新日本古典文学大系 5

古今和歌集

小島憲之
新井栄蔵 校注

岩波書店刊行

題字　今井凌雪

目次

凡例

一 本文は、今治市河野美術館(旧称今治市河野信一記念文化館)蔵『詁訓和歌集』を底本とし、現在通行している字体に改めまた、できるだけもとの姿をたどれるように、左記に従って定めて、活字化した。

1 漢字は、「礒神(いそのかみ)」など、字遣いが現行のものと異なる場合も、底本に従う。参考のために、漢字のよみや送り仮名などを示す場合は、( )に入れて右側に傍記する。

2 仮名は、歴史的仮名遣いと異なる場合、( )に入れて右側に傍記する。底本の仮名を漢字に改める場合は、もとの仮名を振り仮名として残し、歴史的仮名遣いについての傍記は省略する。漢字の当て方は底本に準拠する。仮名序・詞書・作者名・左注については、漢字を多く当てた。

3 清濁は、校注者の考えにより、必要な場合はその旨を脚注に示す。

4 反復記号は、底本に従うが、適宜、漢字や仮名を当て、反復記号は振り仮名として残す。

5 底本の書入れは本文の後にまとめて掲出する。ただし、明暦三年の後水尾院御講釈の折の書入れは省略し、見せ消ちについても特には示さない。

二 歌番号は、18・19を除き、『新編国歌大観』に従う。

三 脚注は、歌番号(仮名序・真名序は注番号)、大意、語句の注(○印)、参考事項(▽印以下に示す)の順で述べた。

四 付録については、それぞれに付した凡例を参照されたい。

古今和歌集

解題

『古今和歌集』の歌人たちは、季節の移ろいの折々につけて、また、人の世の事あるごとに、和歌を詠んでいる。自然の美しさとその翳りに揺れる思いを、生きる喜びと悲しみに乱れる思いを、揺れ動き、乱れ迷うままに和歌に托して、心を通わせようとした。序詞や掛詞を使って表現に工夫をこらしたのも、心のひだをも含めて思いを伝えようとしたためであろう。そのような古今人《びと》の和歌になじみ親しんでいただくのが、わたくしたちの願いである。

『万葉集』以後ほぼ一世紀にわたる、「国風暗黒時代」と呼ばれる漢詩文の隆盛の時代に、人々は、漢詩文になれ親しみ沈潜して、その豊かな文学性を学び続け、やがて、それをやまとことばに生かし成熟させて、新しい和歌を作るようになる。十世紀の初めに、機が熟して、その和歌を選び集めて『古今和歌集』が撰進された。撰進を担当したのは、紀友則、紀貫之、凡河内躬恒、壬生忠岑の四人、初めに紀友則が、その死後には、紀貫之が代表して進められたらしい。もともと王朝律令社会の官人であり、その公務のかたわら、撰進の事に従ったのであろう。

古今人《びと》のほとんども、もともと官人である。「律令」を中心に組み立てられた社会を日々に動かしてゆくこの人々が公務で作成する文書や記録類はもちろんのこと、日常的に記す私的な日記や覚え書も、まだ、漢文で書くのが習いであった。大江千里の『句題和歌』のような和歌集も、その序文は、漢文である。「読み、書く」という、この人々の基本的言語生活は、漢文を基礎としていたのである。

その古今人《びと》の作り出した和歌が、漢詩文から学んだ美意識と表現手法で彩られていることは、少しも不思議ではない。

しかも、その和歌は、やまとことばをしなやかに優しくあやつって仕上げられている。外来の漢詩文の美意識と表現手法を、『万葉集』にも示されているわが国固有の美意識と表現手法にない混ぜて、取るものは取り、捨てるものは捨てて、十分に熟成させた上で、やまとことばとして定着させたのである。古今人《びと》が、その心のひだまでを含めて思いを伝えようとして作った和歌は、その表現の背後にひっそりと息づいている、漢詩文の美意識と表現手法、および、わが国固有の美意識と表現手法の両者を知ることによって、よりよく理解し感じ取ることができる。

また、『古今和歌集』には、それ自身の多くの特色がある。中でもきわだっているのは、集全体を通して、その内的秩序、言いかえれば、集の構造が、あざやかに読みとれることである。撰進に当って、一首一首の歌の配置についてこまやかな心配りがなされたことが推察されるが、同時に、その内的秩序の背後には、王朝時代の人々の物の見方が、強く反映している。

注釈に当っては、これらのことを考えて、漢詩文と『万葉集』を引用することにつとめ、また、集の内的秩序の骨格となっている部立てを巻々の内部についても示すとともに、王朝時代の人々の物の見方についても指摘することにつとめた。これらの引用や指摘を、単に典拠あるいは故実として見るのではなく、一首一首の歌の理解に役立てていただきたい。

『古今和歌集』の底本は、今治市河野美術館蔵の一本（外題「詁訓和歌集」）を用いた。王朝文学の享受・研究に大きな足跡を残した藤原定家が校訂し、その歌学の嫡流の御子左（二条）家に伝えられた貞応二年（一二二三）七月書写本を、五世の孫の藤原為定が書写した文保二年（一三一八）四月書写本の転写本で、明暦三年（一六五七）に後水尾院が古今伝授をした折に使われたものである。

付録として、永青文庫蔵『新撰万葉集上』（抄）、陽明文庫蔵『序注』、派生歌一覧、注釈書目録、初句索引、人名索引、地名索引を付した。

末尾ながら、今治市河野美術館、永青文庫、陽明文庫の御厚情に深く感謝致します。

（新井栄蔵）

（仮名序）

一やまと歌《うた》は、人《ひと》の心《こゝろ》を種《たね》として、万《よろづ》の言《こと》の葉《は》とぞ成《な》れりける。二世中《（よのなか）》に在《あ》る人、事《こと》、業《わざ》、繁《しげ》きものなれば、心に思《おも》ふ事《こと》を、見るもの、聞《き》くものに付《つ》けて、言《い》ひ出《いだ》せるなり。三花に鳴《な》く鶯《うぐひす》、水《みづ》に住《す》む蛙《かはづ》の声《こゑ》を聞《き》けば、生《い》きとし生《い》けるもの、いづれか、歌《うた》を詠《よ》まざりける。四力《ちから》をも入《い》れずして、天地《あめつち》を動《うご》かし、目《め》に見《み》えぬ鬼神《おに》をも哀《あは》れと思《おも》はせ、男女《おとこをむな》の仲《なか》をも和《やは》らげ、猛《たけ》き武人《ものゝふ》の心《こゝろ》をも慰《なぐさ》むるは、歌なり。

「かな(仮名)序」は、巻末の「まな(真名)序」と対応する。どちらが前に成立したかは、諸説一定しないが、二つの序を互いに参照することで、撰進の精神の理解に役立てることができる。

平安時代の律令思想にもとづきつつ、平安初期の漢風に対して、国風の確立の意欲と展望をもって和風に表現し、和歌の本質・起源・技法・歴史・撰進事情などを述べる。以後、和歌集序文の規範とされ、わが国の文学論の基礎ともなった。

和歌の本質と働き

一 和歌は、人間の本性がことばという形にあらわれるものだという。○やまと歌　和歌・倭歌。「唐の詩」(→注二二)に対する。○人の心　異文に「ひとつこころ」があり、ひたむきな心の意の漢語「一心」に当る。尚書・盤庚下「式敷㆓民徳㆒。永肩㆓一心㆒」。続日本紀・宣命「君ヲ一心ヲ以テ護物ソ」。▽和歌を植物にたとえて「種・葉」をいう。「種」は発現のもととなるもの。「言の葉」は「言」という茂る木の「葉」の意。→白氏文集・与元九書(まな序注一)。まな序「夫和歌者託其根…」参照。

二 この世にあるかぎり、人は、その情念を歌によむという。○世中　→九三三。○事業　事やわざ。なすべき行為、仕事など。▽人(個)を、社会的存在としてとらえて述べる。→毛詩・大序、礼記・楽記(まな序注三)。まな序「人之在世…」参照。

三 すべての生き物の声は歌だという。○生きとし生ける　東大寺諷誦文稿「生トシ生ヌル世中ニ人ハ…」。▽自然を四季で、四季を春・秋で、春・秋を、鶯・蛙(今のカジカの類)で代表させる。まな序「若夫春鶯之囀…」参照。

四 和歌の働きを述べる。○天地　天神と地祇。○目に見えぬ鬼神　淮南子・説林「鬼神之貌。不㆑著㆓於目㆒」。「おにかみ」は霊魂・神霊の意の漢語「鬼

[五]この歌、天地《あめつち》の開闢初《ひらけはじ》まりける時より、出来《いでき》にけり。[六]天浮橋《あまのうきはし》の下《した》にて、女神《めがみ》、男神《をがみ》と成《な》り給《たま》へる事《こと》を、言《い》へる歌《うた》なり。

しかあれども、世[七]に伝《つた》はる事《こと》は、ひさかたの天《あめ》にしては、下照姫《したてるひめ》に初《はじ》まり、下照姫《したてるひめ》とは、天稚御子《あめわかみこ》の妻《め》なり。兄《せうと》の神の形《かたち》、岡《をか》、谷《たにゝ》に映《うつ》りて、輝《かゞや》くを詠《よ》める[八]えびす歌《うた》なるべし。これらは、文字《もじ》の数《かず》も定《さだ》まらず、歌《うた》の様《やう》にも有《あ》らぬ事ども也。

あらかねの地《つち》にしては、素盞烏尊《すさのをのみこと》よりぞ、起《おこ》りける。[九]ちはやぶる神世には、歌《うた》の文字《もじ》も定《さだ》まらず、素《ゝ》直《なほ》にして、事の心分《わ》き難《がた》かりけらし。[一〇]人《ひと》の世と成《な》りて、素盞烏尊《すさのをのみこと》よりぞ、三十文字《みそもじ》あまり一文字《ひともじ》は、詠《よ》みける。[一一]素盞烏尊《すさのをのみこと》は、天照大《あまてるおほむ》神の兄《このかみ》也。女と住《す》み給《たま》はむとて、出雲《いづも》の国《くにゝ》に、宮造《づく》り給《たま》ふ時に、その所《ところ》に、[一二]八《や》色《いろ》の雲《くも》の立《た》つを見《み》て、詠《よ》み給《たま》へるなり。八雲《やくも》立つ出《いづ》雲《も》八重垣妻籠《やへがきつまご》めに八重垣造《やへがきつく》るその八重垣《やへがき》を。

かくてぞ、花[一三]を賞《め》で、鳥《とり》を羨《うらや》み、霞《かすみ》を哀《あは》れび、露《つゆ》を悲《かな》しぶ心、言葉《ことば》多《おほ》く、さまざまに成《な》りにける。遠《とを》[一四]き所も、出立《いでた》つ足下《あしもと》より始《はじ》まりて、年月を渡《わた》り、高《たか》き山も、麓《ふもと》の塵泥《ちりひぢ》よ

神」の訓読語。○武人　王朝文学では荒々しいものの代表として、仇・敵などと共にいわれる。▽↓毛詩・大序(まな序注五)。まな序「動天地感鬼神…」参照。

和歌の歴史一　起源と展開(和歌の六義を含む)

五 天・地が分れ、神が生れ、和歌がおこるという。▽天地を神の起源、神を万物の起源とする論理による。↓日本書紀・神代紀上。

六 イザナギ・イザナミ二神遘合(まぐわい)神話を指示する古注。○成り　生れること、「化生・化・生」の意。▽↓日本書紀・神代紀上。

七 伝承では、天上ではシタテルヒメの歌が、地上ではスサノオノミコトの歌が最初だという。○ひさかたの　天の枕詞。↓四。○あらかねの　地の枕詞。「あらかね」は地から出たままの金属。○にして　場所を示す訓読語。▽日本書紀の歌謡の第一首「や雲たつ…」が出雲の清地(すが)でのスサノオノミコトの歌(神代紀上)、第二首の「天なるや…」が天の殯(もがり)のシタテルヒメの歌(神代紀下)で、これを「天・地」の順序に従って述べる。周易・繋辞上「天尊。地卑。乾坤定矣」。

八 上のシタテルヒメの歌が他の一首と共に曲名を「夷曲(ひなぶり)」とされ(神代紀上)、その曲名を「えびすうた(夷歌)」と訓読したものか。

九 神世には、ことわりやことばが整わず、和歌がなかったという。○ちはやぶる　神の枕詞。○神世　日本書紀・神代紀上「自㆓国常立尊㆒迄㆓伊奘諾尊伊奘冉尊㆒。是謂㆓神世七代㆒者也」。○文字　五・七の音数、三十一字。▽日本書紀・神代紀上の「神代七代」の記事には歌謡を含まない。まな序「神世七代…」参照。

一〇 人の世に至り、三十一字の歌が生れたという。○人の世　「神世」(↓注九)に対応する。アマテラ

り成《な》りて、天雲棚引《あまぐもたなび》くまで生《お》ひ昇《のぼ》れるごとくに、この歌《うた》も、かくのごとくなるべし。

[一五]難波津《なにはづ》の歌《うた》は、帝《みかど》の御初《おほむはじ》め也。

[一六]大鷦鷯帝《おほさゝきのみかど》の、難波津《なにはづ》にて、親王《みこ》と聞《きこ》えける時、東宮を、互《たが》ひに譲《ゆづ》りて、位《くらゐ》に即《つ》き給《たま》はで、三年《とせ》に成《な》りにければ、王仁《(わ に)》と言《い》ふ人の、訝《いぶか》り思《(おもひ)》て、詠《よ》みて、奉《たてまつ》りける歌なり。この花は、梅《むめ》の花《はな》を言《い》ふなるべし。

[一七]安積《あさか》山の言葉《ことば》は、采女《うねめ》の、戯《たはぶ》れより詠《よ》みて、

[一八]葛城王《かづらきのおほきみ》を、陸奥《みちのおく》へ遣《つか》はしたりけるに、国司《くにのつかさ》、事疎《をろそか》なりとて、設《まう》けなど、したりけれど、凄《すさ》まじかりければ、采女《うねめ》なりける女の、土器《かはらけ》取りて、詠《よ》める也。これにぞ、王《おほきみ》の心、解《と》けにける。

この二《ふた》歌は、[一九]歌《うた》の父母《ちゝはゝ》の様《やう》にてぞ、[二〇]手《て》習《なら》ふ人の、初《はじ》めにもしける。

[二一]そもそも、歌《うた》の様《さま》、六《む》つなり。[二二]唐《から》の詩《うた》にも、かくぞ有《あ》るべき。その六種《むくさ》の一《ひと》つには、[二三]そへ歌《うた》。[二四]大鷦鷯《おほさゝき》の帝《みかど》を、そへ奉《たてまつ》れる歌《うた》。

[二五]難波津《なにはづ》に咲《さ》くやこの花冬籠《はなふゆごも》り

スオオミカミ以後をいう。▽「三十一字」の歌を和歌の本体とする立場で述べる。以下、この立場が前提となっている。上の「八雲たつ…」のスサノオノミコトの歌が、日本書紀の歌謡の第一首で、、三十一字である。まな序「逮于素盞烏尊…」参照。
一一 スサノオノミコト長子説による古注。○女 クシイナダヒメをいう。↓日本書紀・神代紀上。
一二「や雲たつ…」の歌を「八色の雲…」と解した古注。▽瑞象に関わる「八・雲」にちなんで「色」を出したか。周礼・占人注「色。兆気也」。
一三 歌の形が定まってから、花・鳥などの事物について、めづ・うらやむなどと、意趣を弁別し、言い分けることが多くなったという。○哀れび・悲しぶ 「あはれみ・かなしむ」の交替形。
一四 和歌の発展を述べる。○かくのごとくなるべし 漢語「如此」の訓読語。▽白氏文集・続座右銘(那波本巻二十二)「千里始二足下一。高山起二微塵一。吾道亦如レ此。行レ之貴二日新一」。まな序「譬猶払雲之樹…」参照。
一五 難波津の歌が、天皇の最初だという。○難波津 仁徳天皇が都を置き、高津宮といった。▽日本書紀歌謡で、天皇の最初の三十一字の歌は、仁徳天皇の歌「うま人の立つる言立てうさゆづる絶え間継がむに並べてもがも」で難波高津宮でのもの(仁徳紀)。一般に「難波津の歌」を下の「難波津に咲くや…」(↓注二五)の歌と解して、文意が整い難いとして諸説がある。上の難波高津宮での「うま人の…」の歌を「難波津の歌」と解すれば、それが「帝の御初」すなわち天皇の作った最初の三十一字の歌と解し得て、日本書紀の記述と整合する。
一六 上の「難波津の歌」を「難波津に咲くや…」(↓注二五)の歌とみなし、作者を王仁とする古注。○大鷦鷯帝 仁徳天皇。「ささき(鷦鷯)」(さざき・さざきとも)は鳥の名。○東宮 皇太子の位。○王

今《いま》は春《はる》べと咲《さ》くやこの花

と、言《い》へるなるべし。

二《ふた》つには、二六 かぞへ歌《うた》。

二七 咲《さ》く花に思《おも》ひつくみのあぢきなさ

身にいたつきのいるも知《し》らずて

と、言《い》へるなるべし。二八 これは、たゞ事に言《い》ひて、ものに喩《たと》へなども、せぬもの也。この歌《うた》、いかに言《い》へるにかあらむ。その心、得《え》がたし。五《いつ》つに、たゞ事歌《うた》と言《い》へるなむ、これには適《かな》ふべき。

三《み》つには、二九 なずらへ歌《うた》。

三〇 君《きみ》に今朝《けさ》朝《あした》の霜のおきて去《い》なば

恋《こひ》しきごとにきえやわたらむ

仁　応神朝に帰化した学者。▽ここは帝位ではなく皇太子の位をいう。菟道稚郎子《うぢのわきいらつこ》と仁徳天皇が帝位を譲り合った。↓日本書紀・仁徳紀。

一七 万葉集十六「安積山影さへ見ゆる山の井の浅き心をわが思はなくに」の歌とその左注による。○釆女　後宮職員令「釆女」。▽葛城王を橘諸兄とみなすのが有力である。

一八 陸奥国の国司の饗宴が誠意に欠けると葛城王の機嫌が悪かったのでもと釆女だった女がこの歌をよんで機嫌が直ったという。▽注一七の万葉集歌の左注による古注。「饗(食)」は陸奥国の国司の職責の一つ(職員令)。

一九 古文孝経・父母生績章「父母生レ之。績莫レ大レ焉」。

二〇 書の手習。

二一 和歌に六つの表現形式があるという。○そもく　漢文訓読語、接続表現。○様　かな序の「さま」は、まな序の「義、体、趣」に当る。ここは「義」。「六界」など六つに分類する中国の論理形式に拠る。▽毛詩・大序の「六義」に拠るが、その「義」は道徳的規範をいう。毛詩正義は「六義」は「六詩」に当るという。まな序「和歌有六義…」参照。

二二 漢詩にも六つの表現の形式があるという。▽↓注二一。↓毛詩・大序(まな序注六)。まな序には相当する文がない。

二三 以下、和歌の六つの表現形式を列挙し、その第一が「そへ歌」だという。▽「そへ歌」、まな序にいう「風」に当り、それとなく諷諭し、ことよせる歌の意。↓毛詩正義(まな序注六)。

二四 次の歌が仁徳天皇にことよせた歌だという。

二五 難波津で咲いている木の花よ、長く冬ごもりして、今は春だと、あれ、あんなに咲いている木の花よ。▽法隆寺五重塔落書・木簡などに残り、その表記から「木の花」の歌と解しうる。かな序の

と、言《い》へるなるべし。

三一これは、ものにも擬《なずら》へて、それが様《やう》になむ有《あ》ると様《やう》に言《い》ふなり。この歌《うた》、よく適《かな》へりとも見《み》えず。たらちめの親《おや》の飼《か》ふ蚕《こ》の繭籠《まゆごも》り鬱悒《いぶせ》くもあるか妹《いも》に逢《あ》はずて。かやうなるや、これには適《かな》ふべからむ。

四《よ》つには、三二たとへ歌《うた》。

三三わが恋《こひ》はよむとも尽《つ》きじ有磯海《ありそうみ》の
浜の真砂《まさご》はよみつくすとも

と、言《い》へるなるべし。

三四これは、万《よろづ》の草、木、鳥、獣《けだもの》に付《つ》けて、心を見する也。この歌《うた》は、隠《かく》れたる所なむ無《な》き。されど、初《はじ》めのそへ歌《うた》と、同《おな》じ様《やう》なれば、少《すこ》し、様《さま》を変《か》へたるなるべし。須磨《すま》の海人《あま》の塩焼《しほや》く煙《(けぶり)》風を甚《いた》み思《おも》はぬ方に棚引《たなび》きにけり。この歌《うた》などや、適《かな》ふべからむ。

五《いつゝ》つには、三五たゞこと歌《うた》。

三六偽《いつは》りの無《な》き世なりせばいかばかり
人の言《こと》の葉《は》嬉《うれ》しからまし

歌としては「この花」と解する説がある。
二六 第二が「かぞへ歌」だという。▽「数へ歌」、まな序にいう「賦」に当り、ものごとを連ね列挙し、事実を直接に述べる歌の意。。「賦」を「量(かぞ)へ歌」と和訳したもの。→毛詩正義(まな序注六)
二七 咲く花に心を奪われるわが身がどうにもならない、わが身を病が侵すのも知らぬままに…。▽「付く身」に「つぐみ」(鶫)、「味気」に「あぢ」(アジカモ、水鳥の一種)、「いたつき」(病気)に矢じりの意の「いたづ(清音ともいう)き」と「たづ」(鶴)、「入る」に「射る」を隠して、物の名を読み込む。
二八 毛詩正義の説(→注二六)に従って「かぞへ歌」の名称を批判した古注。○たゞ事　第五の「ただこと歌」。
二九 第三が「なずらへ歌」だという。▽「擬(なずら)へ歌」、まな序にいう「比」に当り、外物に適用し、たとえる歌の意。→毛詩正義(まな序注六)。新撰字鏡「儗　儗也。奈須良不」(儗は擬に当る)。漢書・溝洫注「儗　比也」。→注三二。
三〇 あなたに逢った今朝、朝の霜が白く置くように冷たく起きてお帰りになるならば、わたくしは、お逢いしたくて恋しく思うたびごとに、その霜が消えるように消え入りそうな悲しい思いをするでしょう。○おきて　「起きて」と「置きて」を掛ける。▽「きゆ」は霜の縁。あなたの冷たさを思うと死に入りそうですの意。
三一 毛詩正義の説(→注二九)に従って「なずらへ歌」の名称を批判した古注。例歌「たらちめの…」の歌は、父母の飼っている蚕が繭にこもっているように、わたくしの心はこもりふさいではればれしない、あの娘(こ)に逢わないでいての意。万葉集十二・二九九一の類歌。○たらちめ　「たらちね」に同じ。「め(女)」を意識したか。
三二 第四が「たとへ歌」だという。▽「喩へ歌」、ま

と、言《い》へるなるべし。

三七 これは、事の整《とゝの》ほり、正《たゞ》しきを言《い》ふ也。この歌《うた》の心、更《さら》に適《かな》はず。とめ歌《うた》とや、言《い》ふべからむ。山桜《ざくら》飽《あ》くまで色《いろ》を見《み》つるかな花散《ち》るべくも風吹《かぜふ》かぬ世《よ》に。

六《む》つには、三八 いはひ歌《うた》。

三九 この殿《との》はむべも富《と》みけり三枝《さきくさ》の

三《み》つ葉《ば》四《よ》つ葉《ば》に殿造《とのづく》りせり

と、言《い》へるなるべし。

四〇 これは、世を褒《ほ》めて、神に告《つ》ぐる也。この歌《うた》、いはひ歌《うた》とは、見えずなむある。春日野《かすがの》に若菜《わかな》摘《つ》みつゝ万世《よろづ》を祝《いは》ふ心は神ぞ知《し》るらむ。これらや、少《すこ》し適《かな》ふべからむ。四一 おほよそ、六種《むくさ》に分《わか》れむ事は、え有《あ》るまじき事になむ。

四二 今《いま》の世中《よのなか》、色《いろ》に付《つ》き、人《ひと》の心《こゝろ》、花に成《な》りにけるより、不実《あだ》なる歌《うた》、儚《はかな》き言《こと》のみ出来《いでく》れば、四三 色好《いろごの》みの家《いへ》に、埋《む》もれ木の、人知《し》れぬ事《こと》と成《な》りて、実《まめ》なる所《ところ》には、花薄《すゝき》、穂《ほ》に出《いだ》すべき事にも有《あ》らず成《な》りにたり。

な序にいう「興」に当り、比喩の歌の意。毛詩正義(→まな序注六)では、「比」(→注二九)は分りやすいたとえ、「興」は分りにくいたとえという。名義抄「喩・興 タトフ」。

三三 わたくしの恋は、数をよみ尽し得まいほどで、思いの全てを詠(よ)み尽せぬほどです。荒磯の海辺の砂が数え尽せたとしても。〇よむ 「数む」と「詠む」を掛ける。〇有磯海 →八一八。

三四 毛詩正義の説(→注三二)に従い「たとへ歌」の名称を批判した古注。例歌「すまのあまの…」→七〇八。恋した相手を隠喩している。

三五 第五が「ただこと歌」だという。▽「正言歌」、まな序にいう「雅」に当り、政治的に偽りのない世へと正す歌の意。王朝律令思想からすれば天子の御前で歌うにふさわしい。毛詩・大序「言二天下之事一。形二四方之風一。謂二之雅一」。→まな序注六。

三六 もし偽りのない世でありますならば、どれほどに、人のことばがうれしいことでしょう。〇偽り 「まこと(誠・真言)」(→七一三)に対する。▽七一三番の歌に同じ。ここは、恋の歌としてでなく宮廷で天皇を前にしてよむ歌、宴歌として示したと解する。巻二十・一〇六九番の歌と同系統の歌としたか。

三七 毛詩正義の説(→注三六)に従い、また、例歌(→注三六)については願望の意だけを理解して「ただこと歌」の名称を批判した古注。〇更に… ず 強い否定の表現。〇とめ歌 「とむ」は尋ね求める意の上代語、ここは願うの意か。▽「山桜…」の歌は、山桜のその美しさをたんのうするまで確かに見たことです、花が散りそうな風も吹かないこの盛りの御世にの意。作者は平兼盛なので、平安中期の十世紀後半ごろが古注の上限という。

三八 第六に「いはひ歌」だという。▽「祝歌、斎歌」、まな序にいう「頌」に当り、神に太平を報告し、弥栄(いやさか)を祈念する歌の意。→毛詩・大序(まな序注

その初《はじ》めを思《おも》へば、かゝるべくなむ有《あ》らぬ。[四四]古《いにしへ》の世ゝの帝《みかど》、春の花の朝《あした》、秋の月の夜ごとに、侍《さぶら》ふ人《ひと》〴〵を召《め》して、事《こと》に付《つ》けつゝ、歌《うた》を奉《たてまつ》らしめ給《たま》ふ。或《ある》は、[四五]花を添《そ》ふとて、便《たよ》りなき所《ところ》に惑《まど》ひ、或《ある》は、月を思《おも》ふとて、知《し》るべなき闇《やみ》に辿《たど》れる心《こゝろ》〴〵を見給《たま》ひて、賢《さか》し、愚《をろ》かなりと、知《し》ろし召《め》しけむ。[四六]しかあるのみに非《あら》ず。[四七]細石《さゞれいし》に喩《たと》へ、[四八]筑波《つくば》山に掛《か》けて君《きみ》を願《ねが》ひ、[四九]喜《よろこ》び身に過《す》ぎ、[五〇]楽《たの》しび心に余《あま》り、[五一]富士《ふじ》の煙《けぶり》に寄《よ》そへて人を恋《こ》ひ、[五二]松虫の音《ね》に友《とも》を偲《しの》び、[五三]高砂《たかさご》、[五四]住《すみ》の江の松《まつ》も、相生《あひをひ》の様《やう》に覚《おぼ》え、[五五]男《おとこ》山の昔《むかし》を思《おも》ひ出《い》でゝ、[五六]女郎花《をみなへし》の一時《ひとゝき》をくねるにも、[五七]歌《うた》を言《い》ひてぞ慰《なぐさ》めける。又《また》、[五八]春の朝《あした》に花の散《ち》るを見、[五九]秋の夕暮《ゆふぐれ》に木《こ》の葉《は》の落《お》つるを聞《き》ゝ、或《ある》は、年《とし》ごとに、[六〇]鏡《かゞみ》の影《かげ》に見ゆる雪《ゆき》と浪《なみ》とを嘆《なげ》き、[六一]草の露《つゆ》、

六)。

三九 この御殿は、なるほど豊かで福があることです。福草の三葉四葉が栄えるように御殿作りを確かにしております。○殿 宮殿、御堂。○三枝福草、三枝。和名抄「葛 佐岐久佐。福草」。▽催馬楽歌、神歌。巻二十・二〇〇番の歌(東歌)と同系統の歌としたか。

四〇 毛詩正義の説(→注三八)に従い「いはひ歌」の名称を批判する古注。例歌「春日野に…」→三五七。

四一 和歌の表現形式を六つに分けるのは無理だと批判する古注。

四二 今は、真実が軽んじられ、外面・結果ばかりが求められていて、和歌も、表現だけ飾り、その場かぎりだという。○色に付き いろに就く、いろに引かれてゆくの意。ここの「色」は、色彩・顔面など、表面に現われたこと、その美しさをいう。○不実なる 「あだ」は「まめ」(→注四三)の反対。▽「世」と「人」→注二。「いろ、はな、あだ、はかなき言(こと)」は「華(花)」に当り、「実(まこと)」に反する概念。文心雕竜・白氏文集(新楽府)などや、新撰万葉集序・新撰和歌序などにもみえる文学論の一つ。まな序「及彼時変澆漓…」参照。

四三 和歌が、正しくみやびやかでない家でひそかによまれ、公(おおやけ)の場で詠み出すこともできなくなっているという。○色好み 漢語「好色」の訓読語。令集解・考課令釈「愛レ奸好レ色。是不レ正也」。○埋もれ木の 「人知れぬ」を出す比喩表現。○実なる所 忠なる人のいる所、公の場所の意。まな序にいう「大夫之前」(「大夫」→まな序注二〇)に当る。「まめ」は、忠・誠・実の意。日本書紀・継体紀古訓「忠 マメナル」。○花薄穂に 「出だす」を出す比喩表現。▽まな序「至有好色之家…」参照。

水《みづ》の泡《あわ》を見てわが身《み》を驚《おどろ》き、或《ある》は、六二昨日《きのふ》は栄《さか》え驕《をご》りて、時を失《うしな》ひ世に侘《わ》び、親《したし》かりしも疎《うと》く成《な》り、或《ある》は、六三松山の浪を掛《か》け、六四野中《なか》の水《みづ》を酌《く》み、六五秋萩《はぎ》の下葉《したば》を眺《なが》め、六六明《あ》か月の鴫《しぎ》の羽掻《はねが》きを数《かぞ》へ、或《ある》は、六七呉《くれ》竹の憂《う》き節《ふし》を人に言《い》ひ、六八吉野《よしの》河を引《ひ》きて世中《(よのなか)》を怨《うら》み来《き》つるに、今は、六九富士《ふじ》山も煙《(けぶり)》立《たゝ》たず成《な》り、七〇長柄橋《ながらのはし》も造《つく》るなりと聞《き》く人は、七一歌にのみぞ、心を慰《なぐさ》めける。

七二古《いにしへ》より、かく伝《つた》はる内《うち》にも、平城《なら》の御時よりぞ、広《ひろ》まりにける。七三かの御《おほむ》世や、歌の心《こゝろ》を、知《し》ろし召《め》したりけむ。七四かの御《おほむ》時に、正三位《おほきみつのくらゐ》、柿本《かきのもとの》人麿《まろ》なむ、歌の仙《ひじり》なりける。七五これは、君《きみ》も人《ひと》も、身を合《あは》せたりと言《い》ふなるべし。七六秋の夕《ゆふ》べ、竜田《たつた》河に流《なが》るゝ紅葉《もみぢ》をば、帝《みかど》の御目《おほむめ》に、

四四 古代の歴代の天皇が和歌を奉らせたという。〇春の花… 朝野群載十三・評倭歌策「春花開朝、争二濃艶一而賞翫。秋月朗夕、望二清光一而詠吟」。〇侍ふ人ぐ 漢語「侍臣」に当る。↓まな序注一五。▽まな序「古天子毎良辰…」参照。

四五 歴代の天皇が、和歌をよませて作者の身についた徳を判別したという。〇賢し愚かなり 賢と愚の意で、徳の身につき方の深さ、浅さをいう。名義抄「賢 サカシ」。名例律・六議「賢。謂有二大徳行一」。▽和歌も「道」の一つ(↓まな序注五〇)だから「徳」と通じる。まな序「君臣之情…」参照。

四六 そうであるばかりでなくの意。

四七 ↓三四三。四八 ↓九六六・一〇九五。四九 ↓八六五。五〇 ↓一〇六九。

五一 ↓五三四・一〇二八。五二 ↓二〇〇・二〇三。五三 ↓九〇八・九〇九。

五四 ↓九〇五・九〇六。五五 ↓八八九。五六 ↓一〇一六。▽〈和歌の歴史一〉(注一一三)で、花・鳥などの事物について、めづ・うらやむなど情趣を言い分けることが多くなったというが、ここでは、「古の世々の帝」の治世のあいだに、和歌の表現が更に多様になったことを、例をあげて示す。

五七 人々は和歌を口ずさんで心を慰めたという。

五八 ↓一〇四以下。五九 ↓二八二以下。六〇 ↓四六〇。六一 ↓八六〇・八二七。六二 ↓八八八以下・九六二以下。六三 ↓一〇九三。六四 ↓八八七。六五 ↓二二〇。六六 ↓七六一。六七 ↓九五八。六八 ↓八二八。六九 ↓五三四・一〇二八。七〇 ↓八九〇・一〇五一。▽上に続けて、和歌の多様さを、いっそう複雑な表現の例で示す。

七一 人々は和歌を聞いて心が慰められるという。

七二 古(いにしへ)から伝わり、なら(奈良・平城)の宮をしろしめす帝の治世から和歌が広まったという。〇平城の御時 元明・元正・聖武・孝謙・淳仁・称徳・光仁・桓武・平城各天皇の御世御世。日本後紀・平城紀「天皇遂伝レ位。避二病於数処一。五遷之後、宮二于平城一」。▽この段は、始めに元明天皇を想定し、

錦《にしき》と見給《たま》ひ、春の朝《あした》、吉野《よしのゝ》山の桜《さくら》は、人麿《まろ》が心には、雲かとのみなむ覚《おぼ》えける。又、七七山の辺《（へ）》の赤《あか》人と言《い》ふ人有《あ》りけり。歌に奇《あや》しく、妙《たへ》なりけり。人麿《ひとまろ》は、赤人が上《かみ》に立《た》た《ゝ》む事難《かた》く、赤人《あかひと》は、人麿《ひとまろ》が下《しも》に立《た》た《ゝ》む事難《ことかた》くなむ、有《あ》りける。

七八平城帝《ならのみかど》の御歌《うた》、竜田河紅葉《もみち》乱《みだ》れて流《なが》るめり渡《わた》らば錦《にしき》中や絶《た》えなむ。人麿、梅《むめ》の花それとも見えずひさかたの天霧《あまぎ》る雪の並《な》べて降《ふ》れれ《ゝ》ば。ほの〴〵と明石《あかし》の浦《うら》の朝霧《あさぎり》に島隠《がく》れ行《ゆ》く舟をしぞ思《おも》ふ。赤人、春の野に菫《すみれ》摘《つ》みにと来《こ》し我ぞ野を懐《なつ》かしみ一《ひと》夜寝《ね》にける。和歌《わか》の浦に潮満《しほみ》ち来《く》れば方を無《な》み葦《あし》べを指《さ》して鶴《たづ》鳴《な》き渡《わた》る。

七九この人《ひと》〴〵を置《ゝ》きて、又、優《すぐ》れたる人も、呉竹《くれ》の、世ゝに聞《きこ》え、片糸《かたいと》の、より〳〵に絶《た》えずぞ有《あ》りける。八〇これより前《さき》の歌を集《あつ》めてなむ、万葉集《えうしふ》と名付《なづ》けられたりける。

八一こゝに、古《いにしへ》の事《こと》をも、歌の心《こゝろ》をも知《し》れる人、僅《わづ》かに一人《ひとり》二人《ふたり》也《（なり）》き。しかあれど、八二これかれ、得《え》たる所《ところ》、得《え》ぬ所、互《たが》ひになむ有《あ》る。

記述の進行に従って元正天皇から桓武天皇までを想起し、終りに平城天皇を想定して理解すればよい。

七三 その治世には、和歌の本質を体得して世を治められたのだという。〇歌の心　和歌の本質の意。▽→〈和歌の本質と働き〉。

七四 その治世では、柿本人麿が、天皇のご体得になった和歌の本質を身につけていたという。〇おほきみつのくらゐ　正三位。相当職は大納言。令義解・職員令大納言「王者喉舌之官」。作者の誤解か、当時の伝承かなど諸説があるが、述作の関係上、天皇と人麿の関係を大納言の職掌にたとえたか。〇仙　和歌にすぐれた者の意。まな序では「仙」をあて、万葉集では「聖」をあてる。名義抄「仙 ヒジリ」。▽まな序「然猶有先師…」参照。

七五 天皇と臣人麿とが共に和歌の道を歩むという。〇身を合せたり　共に同じの意。〇人　臣人麿をいう。〇君　天皇をいう。三代実録・清和紀・奏言の「君臣合体」に当る表現。

七六 「平城の御時」特に元明天皇(→注七二)にとって特別な意味のある天武朝・持統朝(日本書紀天武紀・持統紀)の竜田(祭祀。天武天皇四年以降)、吉野(離宮。天武天皇即位前紀以降)による記述か。

七七 人麿と赤人を万葉時代の代表とするのは平安人の一般通念。家持のいう「山柿之門」を山辺と柿本と解したか。「上に立つ、下に立つ」などの比較は六朝の詩論書「詩品」などに学ぶか。朝野群載十三・評倭歌策「子性稟二柿本一…志学二山辺一」。まな序「有山辺赤人者…」参照。

七八 平城帝の御歌(→二八三。左注による)、人麿の歌(→三三四・四〇九。同上)、赤人の歌(万葉集八・一四二四、六・九一九)をあげる古注。

七九 人麿、赤人のほかにも、和歌に優れた人がそれぞれの治世に絶えなかったという。〇呉竹の

八三かの御時《(おほむ)》よりこの方、年《とし》は百年《もゝとせ》あまり、世は十継《とつぎ》になむ、成《な》りにける。八四古《いにしへ》の事《こと》をも、歌《うた》をも知《し》れる人、詠《よ》む人多《おほ》からず。八五今《いま》、この事《こと》を言《い》ふに、官《つかさ》、位《くらゐ》、高《たか》き人《ひと》をば、容易《たやす》き様《やう》なれば、入《い》れず。その外《ほか》に、八六近《ちか》き世に、その名聞《きこ》えたる人は、即《すなは》ち、僧正遍昭は、歌の様《さま》は得《え》たれども、誠少《まことすく》なし。たとへば、絵《ゑ》に描《か》ける女《をうな》を見て、徒《いたづ》らに心を動《うご》かすがごとし。

八七浅緑《あさみどり》糸縒《いとよ》り掛《か》けて白露《しらつゆ》を玉にも抜《ぬ》ける春の柳か。蓮葉《はちすば》の濁《にご》りに染《し》まぬ心もて何《なに》かは露《つゆ》を珠《たま》と欺《あざむ》く。嵯峨野《さがの》にて馬《むま》より落《お》ちて詠《よ》める、名に愛《め》でて折《お》れる許《(ばかり)》ぞ女郎花《をみなへし》我落《お》ちにきと人に語《かた》るな。

八八在原業平《ありはらのなりひら》は、その心余《あま》りて、言葉《ことば》足《た》らず。萎《しぼ》める花の、色無《いろな》くて、匂《にほ》ひ残《のこ》れるがごとし。

八九月や有《あ》らぬ春や昔《むかし》の春ならぬわが身一《ひと》つは本《もと》の身にして。おほかたは月をも愛《め》でじこれぞこの積《つも》れば人の老《お》いとなる物。寝《ね》ぬる夜の夢を儚《はかな》み微睡《まどろ》めばいや儚《はかな》にも成《な》り増《ま》さるかな。

「世ゝ」を出す比喩表現。→九六。〇片糸の　「より〳〵」を出す比喩表現。→四三。

八〇 上の「すぐれたる人」以前の和歌を集めて万葉集を作ったという。▽まな序は、平城天皇の治世の勅撰とする。まな序「昔平城天子…」参照。

八一 古今和歌集の撰進の今の時代では、古代の和歌の実状や本質を理解しているのは、一人か二人だという。〇古の事　上の注八〇までのこと。〇歌の心　→注七三。▽誰を言うかは不明。

八二 彼らは互いに和歌の理解に深浅があるという。

八三 万葉集撰進の治世から、古今和歌集撰進の今の治世まで、百年あまりで、天皇は十代であるという。▽平城天皇の即位の年(八〇六年)から、かな序・まな序のいう受詔の年(九〇五年)までで百年。天皇は、平城・嵯峨・淳和・仁明・文徳・清和・陽成・光孝・宇多、そして、醍醐と、十代。→まな序注三九。まな序「自爾以来時歴十代…」参照。

八四 古代の和歌の歴史も、古代によまれた和歌も理解している人、本当の和歌をよむ人が少ないという。▽これまでの記述を総括的に繰り返した文章。まな序「近代存古風…」参照。

八五 高位・高官の人の和歌を取りあげるのは軽々しいからこれを含めず、他の人の和歌を取りあげるという。〇官　名義抄「司・官・職 ツカサ」。令集解・官位令「大臣以下書吏以上。曰レ官」。〇位　爵位。令義解・官位令「一品以下初位以上。曰レ位」。〇高き　高、貴(→まな序注三六)。令集解・官位令「位有二貴賤一。官有二高下一」。〇容易き　訓読語、「やすし」に当る。▽高位・高官の人は「徳」が高くて位・官が高く(選叙令・考課令)、「徳」(→注四五。まな序注一七)のある人はよく和歌をよむという論理である。遠慮したのではない。→まな序注五〇「道」。

八六 遍昭は、歌体はよいが、こころ(ことばの真

九〇 文屋康秀《ふんやのやすひで》は、言葉《ことば》は《ゝ》巧《たく》みにて、その様《さま》身に負《お》はず。言《い》はば《ゝ》、商《あき》人の、良《よ》き衣着《ゝぬき》たらむがごとし。

九一 吹《(ふく)》からに野辺《のべ》の草木の萎《しほ》るればむべ山風を嵐《あらし》と言《い》ふらむ。深草の帝《みかど》の御国忌《(おほむこき)》に、草深《ふか》き霞《かすみ》の谷に影隠《かげかく》し照《て》る日の暮《く》れし今《け》日《ふ》にやはあらぬ。

九二 宇治山の僧喜撰《きせん》は、言葉《ことば》微《かす》かにして、始《はじ》め、終《をは》り、確《たし》かならず。言《い》はば《ゝ》、秋の月を見るに、暁《あかつき》の雲に、遭《あ》へるがごとし。

九三 わが庵《いほ》は宮この辰《たつ》巳《み》しかぞ住《す》む世を宇治《うぢ》山と人は言《い》ふなり。

九四 詠《よ》める歌《うた》、多《おほ》く聞《きこ》えねば、かれこれを通《かよ》はして、良《よ》く知《し》らず。

九五 小野小町《をのゝこまち》は、古《いにしへ》の衣通姫《そとほりひめ》の流《(りう)》なり。哀《あは》れなる様《やう》にて、強《つよ》からず。言《い》はば《ゝ》、好《よ》き女《をうな》の、悩《なや》める所有《ところあ》るに似《ゝ》たり。強《つよ》からぬは、女《をうな》の歌《うた》なればなるべし。

九六 思《(おもひ)》つゝ寝《ぬ》ればや人の見えつらむ夢《ゆめ》と知《し》りせば覚《さ》めざらましを。色見《いろみ》えで移《うつ》ろふものは世中《(よのなか)》の人の心《こゝろ》の花にぞ有《あ》りける。侘《わ》びぬれば身を浮草《うきくさ》の根《ね》

実)が足りないという。〇近き世 →まな序注二五「近代」。〇たとえば…ごとし 漢語「譬如」の訓読語。▽まな序「華山僧正…」参照。以下、中国六朝の詩品・文心彫竜・古今書評などに学ぶか。六つに分類する論理形式(→注二一)をふまえて、六人の歌人をあげ、こころ(情・誠・実・徳)、ことば(詞)、さま(まな序の「体」に当る)を基準として批評する。

八七 例歌をあげた古注。→二七・一六五・三三六。

八八 業平は、こころ(情感)はあふれるほどだが、表現することばが未熟で足りないという。▽まな序「在原中将之歌…」参照。

八九 例歌をあげた古注。→七四七・八七九・六四四。

九〇 康秀は、ことばは巧みだが、その姿が作者の品格に合わないという。〇商人 名義抄「商・商人 アキヒト」。▽まな序「文琳巧詠物…」参照。

九一 例歌をあげた古注。→二四九・八四六。〇御国忌 →八四六。

九二 喜撰は、ことばが不明瞭で首尾が一貫しないという。▽まな序「宇治山僧喜撰…」参照。

九三 例歌をあげた古注。→九八三。

九四 例が少ないのでよく判らない点があるという。〇良く知らず 漢語「不能知」の訓読語。

九五 小野小町は、しみじみとした感じをもち、弱々しいという。〇流なり 歌の流れ(流派)をくむの意。日本書紀の歌謡で、女性の三十一字の歌は、皇后のものを除き、衣通姫のものが最も古い。→一一一〇。日本書紀・允恭紀「容姿絶妙無レ比。其艶色徹レ衣而見レ之。是以。時人号曰ニ衣通郎姫一也」。〇似たり 訓読語、「いはば」と呼応して「如し」の意。▽まな序「小野小町之歌…」参照。

九六 例歌をあげた古注。→五五二・七九七・九三八・一一一〇。

九七 黒主は、歌体が卑しいという。〇山人 杣(まそ)人、木こり。▽まな序「大友黒主之歌…」参照。

九八 例歌をあげた古注。→七三五・八九九(左注による)。

を絶《た》えて誘《さそ》ふ水あらば去《い》なむとぞ思《(おもふ)》。衣通姫《そとほりひめ》の歌、わが背子《せこ》が来《く》べき宵《よひ》也細小蟹《さゝがに》の蜘蛛《くも》の振舞《ふるまひ》予《かね》て著《しる》しも。

九七 大伴の黒主《くろぬし》は、その様《さま》、卑《いや》し。言《い》はば、薪負《たきゞお》へる山人の、花の陰《かげ》に休《やす》めるがごとし。

九八 思《(おもひ)》出《い》でて恋《こひ》しき時は初雁《はつかり》の鳴《な》きて渡《わた》ると人は知《し》らずや。鏡《かゞみ》山いざ立寄《たちよ》りて見て行《ゆ》かむ年経《としへ》ぬる身は老《お》いやしぬると。

九九 この外《ほか》の人《ひと》〴〵、その名聞《きこ》ゆる、野辺に生《お》ふる葛《かづら》の、這《は》ひ広《ひろ》ごり、林《はやし》に繁《しげ》き木《こ》の葉《は》のごとくに、多《おほ》かれど、歌《うた》とのみ思《おも》ひて、その様知《さまし》らぬなるべし。

一〇〇 かゝるに、今《いま》、皇《すべらぎ》の、天《あめ》の下知《したし》ろし召《め》すこと、四《よ》つの時《とき》、九回《こゝのかへ》りになむ、成《な》りぬる。一〇一 遍《あまね》き御慈《おほむうつくし》みの浪《なみ》、八洲《やしま》の外《ほか》まで流《なが》れ、広《ひろ》き御恵《おほむめぐ》みの陰《かげ》、筑波《つくば》山の麓《ふもと》よりも繁《しげ》くおはしまして、一〇二 万《よろづ》の政《まつりごと》を、聞《きこ》し召《め》す暇《いとま》、もろ〳〵の事《こと》を、捨《す》て給《たま》はぬ余《あま》りに、一〇三 古《いにしへ》の事《こと》をも忘《わす》れじ、古《ふ》りにし事《こと》

九六 この六人のほか、歌人は多いが、その人々も形式や姿で和歌だとばかり思って、情念を表現するという和歌のあり様を知らないという。○歌とのみ思ひて　和歌の本質を考えず、表面的な姿の美しさにとらわれているの意か。まな序の「以レ艶為レ基」に当る。「艶」は姿・形の美しさをいう。文選・招魂注「艶　好貌也」。○様知らぬ　和歌で情念を表現することを知らないの意。「さま」は、まな序の「趣」に当り心の赴くところ、こころざしの意。漢書・馮奉世伝・顔師古注「趣　謂二意所一レ嚮」。▽→まな序注三四。まな序「此外氏姓流聞者…」参照。

古今和歌集の編集　奉詔と編集方針

一〇〇 醍醐天皇の治世の九年に当るという。○すべらぎ　「すめらぎ」の交替形。醍醐天皇をさす。図書寮本名義抄「天皇　スメラギ」。「すべらき」とも。「すめら(みこと)」はやまとことば(和語・風俗)の代表的表現(令義解・儀制令)。↓まな序注一九「字」。○四つの時　四時の訓読語。春・夏・秋・冬の一年。新撰万葉集・序「各献二四時之歌一」。

一〇一 天皇の仁愛が広くおよんでという。○慈み「うつくしび」の交替形。名義抄「仁・恵　ウツクシフ」。○恵み　恵・愛。爾雅・釈詁「恵　愛也」。▽まな序「仁流秋津洲之外…」参照。

一〇二 朝廷のまつりごと(公事。祭事・政事)のあいまに、公(おおやけ)の事以外のこともする余恵に、という。○政　名義抄「祭・祀　マツリ」「行・治・政・庁マツリゴト(事)」。○聞し召す　「聞く」の敬語。名義抄「聞召・聞　キコシメス」「正　キク」。○暇名義抄「仮・暇　イトマ」。○もろ〳〵の事　まつりごと以外のいろいろのこと。諸事、庶事。「もろもろの」は訓読語。名義抄「諸・庶　モロモロ」。○余り　余暇の意。名義抄「遺・残・剰　アマル」。▽「万の政を聞し召す暇」と「もろ〳〵の事を捨て給

をも興《おこ》し給《たま》ふとて、今《いま》も見そなはし、後《のち》の世にも伝《つた》はれとて、一〇四延喜《（えんぎ）》五年四月十八日に、一〇五大内記《（だいないき）》紀友則《きのとものり》、御書所《（ごしよ）のところの》預《あづかり》紀貫之《きのつらゆき》、前甲斐少目《さきのかひのさう》官《（くわん）》凡河内躬恒《おふしかふちのみつね》、右衛門府生《（うゑもん）の（ふさう）》壬生忠岑《みぶのたゞみね》らに仰《おほ》せられて、一〇六万葉集《えうしふ》に入《い》らぬ古《ふる》き歌《うた》、自《みづか》らのをも、奉《たてまつ》らしめ給《たま》ひてなむ。

それが中《なか》に、一〇七梅《むめ》を挿頭《かざ》すより始《はじ》めて、郭公《ほとゝぎす》を聞《き》き《ゝ》、紅葉《もみぢ》を折《お》り、雪《ゆき》を見るに至《いた》るまで、又、鶴《つる》、亀《かめ》に付《つ》けて、君《きみ》を思《おも》ひ人をも祝《いは》ひ、秋萩《はぎ》、夏草《なつくさ》を見て、妻《つま》を恋《こ》ひ、逢坂山《あふさか》に至《いた》りて、手向《たむ》けを祈《いの》り、或《ある》は、春、夏、秋、冬にも入《い》らぬ、種《くさ》〴〵の歌《うた》をなむ、選《えら》ばせ給《たま》ひける。一〇八統《す》べて、千歌《うた》、二十巻《はたまき》、名付《なづ》けて、古今和歌集《こきむわかしふ》と言《い》ふ。

一〇九かく、この度《たび》、集《あつ》め選《えら》ばれて、山下水《したみづ》の、絶《た》えず、浜《はま》の真砂《まさご》の、数《かず》

はぬ余り」が対応する。菅家文草五・三月三日同賦花時…応製并序「我君一日之沢。万機之余」。

一〇三 古代の天皇の治世の和歌の営みを忘れないでこれを盛んにしようとして、今は天皇が御覧になり、後世にも伝わってほしいということで、という。○興し給ふ　天皇からいえば、「忘れじ」に照応し「興さむ」の意。○見そなはし　「みる」の敬語。▽下の「奉らしめ…」に係る。「古の事・古りにし事」→注八一。まな序「思継既絶之風…」参照。

一〇四 撰進の詔を受けた日付。▽→まな序注五二。→解説。まな序「于時延喜五年…」参照。

一〇五 詔命の撰者四名をあげている。○大内記　宮中の政務を管掌する中務省に属し、詔勅を作り天皇の記録をとる職（職員令・中務省）。○御書所預　蔵人所（→三八）に属し、宮中の書物を管理する職（令外官。延喜大炊寮式）。○前甲斐少目官　前官による称。甲斐国（今の山梨県。上国）の国司の四等官（職員令・大国）。○右衛門府生　衛門府に属し、志（四等官）に準ずる。延喜中務式・諸司定員「左衛門府 府生四人」。▽まな序「爰詔大内記紀友則…」参照。公式文書では位を記すが、かな序・まな序ともに欠けている。→まな序注五二。

一〇六 天皇が御覧になり、後世に伝えるために、古歌や撰者自身の歌などをも進上させたという。▽→一〇〇三・一〇〇三。まな序「各献家集并…」参照。

一〇七 進上された和歌の部類分けについていう。▽春・夏・秋・冬、賀・恋・羇旅、雑を、景物などで表現して示す。→一〇〇三。この部類分けが、ほぼ古今和歌集の部立に照応している。

一〇八 撰進したものは、和歌が千首で、これを二十巻にまとめ、古今和歌集と名付けたという。○千歌　千首の意。古今和歌集の全歌数は、本書の底本の為定本で千百首あり、歌数が合わない。巻十八・雑下までで千首あり、和歌の本体を三十一字

多《おほ》く積《つも》りぬれば、今《いま》は、飛鳥河《あすかゞは》の瀬《せ》に成《な》る、怨《うら》みも聞《きこ》えず、細石《さゞれいし》の巌《いはほ》と成《な》る、喜《よろこ》びのみぞ、有《あ》るべき。

[一一〇]それ、まくらことば、春の花匂《にほ》ひ、少《すく》なくして、空《むな》しき名のみ、秋の夜の、長《なが》きを託《かこ》てれば、かつは、人の耳《みゝ》に恐《おそ》り、かつは、歌《うた》の心《こゝろ》に恥《は》ぢ思《おも》へど、棚引《たなび》く雲《くも》の、立《た》ち居《ゐ》、鳴《な》く鹿《しか》の、起《お》き伏《ふ》しは、貫之《つらゆき》らが、この世に同《おな》じく生《むま》れて、この事の時に会《あ》へるをなむ、喜《よろこ》びぬる。[一一一]人麿《まろ》、亡《な》く成《な》りにたれど、歌《うた》の事《こと》、留《とゞ》まれるかな。[一一二]たとひ、時移《うつ》り、事去《ことさ》り、楽《たの》しび、悲《かな》しび行《ゆ》き交《か》ふとも、この歌《うた》の文字《もじ》あるをや。[一一三]青柳《あをやぎ》の糸《いと》、絶《た》えず、松《まつ》の葉《は》の、散《ち》り失《う》せずして、真栄《まさき》の葛《かづら》、永《なが》く伝《つた》はり、鳥《とり》の跡《あと》、久《ひさ》しく留《とゞ》まれらば、歌《うた》の様《さま》を知《し》り、事《こと》の心を得《え》たらむ人は、大空《おほぞら》の月

のものとし(注一〇)、雑体(巻十九)の歌と大歌所御歌(巻二十)を除いて考えると符合する。→九七、巻十九・巻二十の部類名(短歌・旋頭歌・誹諧歌、大歌所御歌・神遊歌・東歌)注。○名付けて…と言ふ　訓読語。▽まな序「於是重有詔…」参照。

結び　古今和歌集完成の喜び

一〇九　古の和歌の道を継承し、和歌も多く集められて、和歌が衰えてしまったとのうらみもなく、和歌の道が確かなものになった喜びだけがあるという。○山下水の　「絶えず」を出す比喩表現。○浜の真砂の数　「多く積り」を出す比喩表現。○飛鳥河の瀬に成る　「怨み」を出す比喩表現。○細石の巌と成る　「喜び」を出す比喩表現。▽以下の部分は〈古今和歌集の編集〉の天皇の希望「古の事をも忘れじ…後の世にも伝はれ」を承けている。

一一〇　古今和歌集の撰進の治世に生れ合せた喜びをいう。○まくらことば　まな序の「臣等、詞…」に当る部分で「(それ)まくらごとは」は「臣等(われら)詞(こと)は」の誤写か。未詳。しばらく、枕となることば、すなわち、序文の意で、この「かな序」全体をさすと解しておく。○春の花　「にほひ」を出す比喩表現。○匂ひ　表現のあふれ出る美しさの意。→一五。○空しき名　実質がない評判の意。○秋の夜の　「長き」を出す比喩表現。○託てれば　嘆くのでの意。○かつは…かつは　一方では…又他方ではの意。○歌の心　→注七三。○棚引く雲の　「立ち居」を出す表現。○鳴く鹿の　「起き伏し」を出す比喩表現。▽天皇が理解し体得しておられる「歌の心」(→注七三)に対して恐れ多いことだが、日夜真心をもってお仕えして、その「歌の心」がこの古今和歌集として実現した治世に出合うことができたの意。まな序「臣等詞少春花之艶…」参照。

一一一　天皇の御心を身に帯していた柿本人麿はすで

を見るがごとくに、古《いにしへ》を仰《あふ》ぎて、今《いま》を恋《こ》ひざらめかも。

に亡いが、「歌の心」(↓注七三)にかなう和歌をよみ、これを撰集する事業は継承したという。○歌の事　直接には〈和歌の歴史二〉をいい、広くは〈和歌の本質と働き〉〈和歌の歴史一〉などを含む。▽まな序「嗟平人丸既没…」参照。↓注七五。

二二 時が過ぎ、和歌の事(↓注一一二)が遠い過去のこととなって、人々に楽しさや悲しさがこもごもに訪れては去るとしても、この古今和歌集が確かにあるのだという。○時移り…行き交ふとも　陳鴻・長恨歌伝「時移事去。楽尽悲来」。○この歌の文字あるをや　古今和歌集として撰進したこの和歌の文字は確実に存在するの意。「をや」は強調・感動の表現。

二三 この古今和歌集が伝わり残れば、和歌を知る人は、和歌の生きていた「いにしへ」の治世をたたえ仰ぎ、その治世の和歌のことを継承して古今和歌集を撰集した「いま」の治世を恋い慕うだろうという。○青柳の糸　「絶え」を出す比喩表現。○松の葉の　「散り失せ」を出す比喩表現。○真柴葛　「永く」を出す比喩表現。○鳥の跡　「久しく留まれらば」を出す比喩表現。○留まれらば　「れらば」は訓読文に多い表現(「ら」は助動詞「り」の未然形・已然形)。○歌の様　和歌の義・体・趣。↓注二一・注九九。○事の心　〈古今和歌集の編集〉までのいろいろの事柄の本質の意。○古　直接には〈和歌の歴史二〉の時代をいい、広くは〈和歌の歴史一〉の時代を含む。○今　〈古今和歌集の編集〉の冒頭の「今」、醍醐天皇の治世。○恋ひざらめかも　「か」は疑問の表現。「も」は詠嘆の表現。▽「いにしへ」「いま」に当集の名の「古・今」を伏せるか。「古」と「今」を対比する表現は、王羲之「蘭亭序」など、漢籍の序に多い。日本後紀・序「庶令後世見今。猶今之視古」。

古今和歌集巻第一

春歌上

1 旧年《ふるとし》に春立《た》ちける日、よめる　　在原元方

年の内に春はきにけりひとゝせを去年《こぞ》とやいはむ今年《ことし》とやいはん

2 春立《た》ちける日、よめる　　紀貫之

袖ひちてむすびし水のこほれるを春立《(たつ)》けふの風やとくらむ

立春の日(立春節)に始まる一年四季(節年・節月・節日)を「天の紀」、元旦(一月一日)に始まる一年十二か月(暦年・暦月・暦日)を「人(王)の紀」とする。「天の紀」を主とし、「人(王)の紀」を従として、自然の景物とその変化、生活の実感とその観念を織りなす歌を、主題、景物などにより分類して配列する。

「書名」プラス「巻第一」とするのは、もと中国の書物の形式による。文選の「文選巻第一」(胡刻本)、万葉集の「万葉集巻第一」(元暦本等)。

春部を上・下二巻にわけ、立春の日の歌群に始まり、梅・桜・花・藤・山吹の歌群を中心に、春の終りの歌群に終る。

立春の日　二首

1　年内に早くも春が来てしまったよ。この一年を立春の日の今日からどう呼べばよいだろう、去年と言おうか、今年と言おうか。〇旧年　新年に対する旧年、古(経)る年のこと。ここは陰暦冬十二月か。〇春立ちける日　漢語「立春日」に当る。「立春」は「春」が対格、「春立つ」は「春」が主格。白氏文集十四・詩題「立春日酬銭員外…」。〇ひとゝせ　元旦から大晦日(おおみそか)まで続くこの一年のこと。▽年内の立春は、当時の暦で平均して二年に一度くらいあって珍しくないが、年内の立春が来年の元旦に先立つそのずれへの驚きと、春が来た喜びとを素直によみあげ、下句で、驚きの内容を分析し、結句「今年とやいはん」に重点をおく。暦(天の紀・人の紀)を、巻頭歌で問題にした点に、勅撰的な趣もあろう。「理(ことわり)つよく、又をかしくも聞えてありがたくよめる」(古来風躰抄)。

2　夏には袖が濡(ぬ)れて手ですくったあの水が凍っているのを、立春の今日の風が解かしているであろうか。〇ひちて　濡れる状態での意。

題しらず　　　　よみ人しらず

3 春霞たてるやいづこみ吉野《よしの》のよしのの山に雪はふりつゝ

二条后《のきさき》の、春の初《はじ》めの御《(おほむ)》歌《うた》

4 雪の内に春はきにけり鶯のこほれるなみだいまやとく覧《(らむ)》

題しらず　　　　読人しらず

5 梅が枝《え》にきゐるうぐひす春かけて鳴《な》けどもいまだ雪はふりつゝ

雪の木に降《ふ》り掛《かゝ》れるを、よめる　　　　素性法師

6 春たてば花とや見らむ白雪《しらゆき》のかゝれる枝に鶯のなく

「ひつ」は清音。○むすびし　「凍る」「解く」に対する。▽山荘などの岩清水の実景の回想と、礼記・月令「孟春之月…東風解レ凍」という観念とを照応させ、季節の流れを立春の今日一日に凝集させる。

残雪（のこんのゆき）　七首

3　春とはいえ霞が立っているのはどこなのか。この人里遠い奥山の吉野の山々に雪は繰り返し降っている。○霞　春の象徴。○み吉野の　吉野の美称。吉野の枕詞とも言う。○ふりつゝ　「つつ」は動作の反復の表現。▽奥山を代表する吉野山に春の遅いことを嘆き、春へのあこがれを霞に託す。作者が吉野に居るとみる説と都に居るとみる説がある。後者では「雪はふりつゝ」は観念的表現。古今和歌集では、雪は元来冬の景物だが、初春の雪も春の景物「残雪」として独立している。

4　まだ雪の降る冬景色のうちに春が来た。凍っていて泣くにも泣(鳴)けなかった鶯の涙が今は解けることだろう。○二条后　藤原高子。天皇・后が作者の場合は詞書に書く。○春の初め↓一〇。○雪の内　漢語「雪中・雪裏」に当る。李益・尋紀道士…「壇草雪中春」。▽鶯の擬人化は唐詩の流行でもあるが、涙を用いたのは王朝的か。白氏文集十八・閨怨詞三首「夜来巾上涙。一半是春氷」。

5　梅の枝に来て宿っている鶯は、春に心を寄せ、慕って鳴くけれども、なおまだ雪は繰り返し降っている。○春かけて　「かく」は心を及ぼす、心を関わらせる意か。▽梅に限らず、花に鶯(↓三・一〇〇等)ともよむ。梅に鶯は万葉集以来の景物。

6　春が来たので花が咲いたと見なしているのだろうか。白雪の降りかかっている枝で、ほら鶯が鳴くよ。○春たてば　↓一。○花とや見らむ白雪を花と見立てる発想。↓九。「見らむ」は「見るらむ」の意(僻案抄)。「見る」は、見なす・見まちが

題しらず　　　　　　　　　　　　よみ人しらず

7 心ざしふかく染《そ》めてしお《(を)》りければ消《き》えあへぬ雪の花とみゆらん

ある人の曰《いは》く、前太政大臣《さきのおほきおほいまうちぎみ》の歌也

二条后《のきさき》の、春宮《とう(ぐう)》の御息所《みやすん(どころ)》と聞《きこ》えける時、正《(むつ》月《き)》三日御前《おまへ》に召《め》して、仰《おほ》せ言《ごと》ある間《あひだ》に、日は照《て》りながら、雪の頭《かしら》に降《ふ》り掛《かゝ》りけるを、よませ給《(たまひ)》ける　　　　文屋康《やす》秀《ひで》

8 春の日の光《ひかり》にあたる我なれど頭《かしら》の雪となるぞわびしき

雪の降《ふ》りけるを、よめる　　　　紀《きの》貫《つら》之《ゆき》

9 霞たち木《こ》の芽《め》も春の雪ふれば花なき里《さと》も花ぞちりける

える・見まがふなど、積極的な付加的意味がある。▽「我が心に花を見るを以つて鶯を察するなり」(両度聞書)。新撰万葉集上・春・三参照。

7 春をあこがれる強い思いに、心を深く染め通したので、春が来ても消え残っている雪が花に見えるのだろう。○心ざし　情が動いて、そのまま心の中に留まるのを言う。毛詩正義・周南「情動㆓於中(中心)㆒。還是在㆑心為㆑志」。○おりければ　「居・折」二説がある。しばらく「居」をとる。○消えあへぬ　「あふ」は、耐える、がまんするの意を加える表現。万葉集以来の表現。名義抄「阻トドム・アフ」。▽歌語としては珍しい「こころざし」と直截に飾らずによみ出した上句が、春への期待を強く示す。「前太政大臣」は伝承。

8 春の日の光を浴びているわたくしですが、頭に白雪が降り懸るのは困ったことです―皇太子様の御恩恵に預りお仕えしておりますが、年月の過ぎるままに老いまして、頭の白くなりますのは、どうしようもなくわびしゅうございます。○二条后　→四。○春宮の御息所　皇太子(ここは陽成天皇)の御母の妃の意。○正月三日　陰暦春正月三日。天皇が父の前帝と母の皇太后を訪ねる朝覲行幸の行事のある日。○春の日の光　→三六四「いづる日」。○わびしき　→一〇八。▽唐詩で好んで白髪の頭を雪に見立てる。白氏文集16・偶題鄧公「一種共㆑翁頭似㆑雪」。高蟾・春「人生莫㆑遣㆓頭如㆒㆑雪。縦得㆓東風㆒亦不㆑消」(教端抄)。

9 霞が立ち、木の芽もふくらむ春、その春の雪が降るので、花の咲いていないこの里にも、雪の花が散っていることだなあ。○霞たち木の芽も　春を出す表現。○春の　「春」と「張る」を掛ける。単に「春」とする説もある。○花なき里　→三一。▽雪と花の見立。万葉集以来例が見える。唐太宗・喜雪「妝梅片片花」、同・望雪「無㆑樹独飄㆑花」。

春《はる》の初《はじ》めに、よめる　　藤《ふぢ》原《はらの》言《こと》直《なお》

10 春やとき花やを《（お）》そきと聞《き》き分《わ》かむ鶯だにも鳴《な》かずもあるかな

春《はる》の初《はじ》めの歌《うた》　　壬《み》生《ぶの》忠《たゞ》岑《みね》

11 はるきぬと人はいへどもうぐひすのなかぬかぎりはあらじとぞ思《（おもふ）》

寛平御時《（くわんぴやうのおほむとき）》后《きさいの》宮《の》歌合の歌《うた》　　源　当《まさ》純《ずみ》

12 谷風にとくる氷のひまごとに打《（うち）》いづる波や春のはつ花《はな》

紀　友《とも》則《のり》

13 花の香《か》を風のたよりにたぐへてぞ鶯さそふしるべにはやる

春の初め　三首

10 春が来るのが早いのか、花が咲くのが遅いのか、声を聞いて判断したいと思うその鶯さえもまだ鳴かないことだ。〇春の初め　元旦に関わって言われることが多いが、ここでは広く春の初めのころ。〇春やとき花やをそき　暦の上では春だから花が咲くはずなのにと、花を待つ心でいう。「や」↓六四五。「とし」は早いの意。名義抄「疾　トシ」。▽花は、柳・梅・桜・藤・山吹など春の景物の花々を包括する、春の代表的象徴としての花。↓九〇—一二八。鶯はその「時(季節)」が来て鳴く春告鳥。

11 春が来たと人は言うけれども、鶯が鳴かないうちはそうではないと思う。▽↓一〇。白氏文集十七・潯陽春三首「先遣㆔和風報㆓消息㆒。続教㆔啼鳥説㆓来由㆒」。

12 谷の春風で解ける氷の透き間からほとばしり出る波よ、これがあの春の初花(はつはな)なのか。〇寛平御時…歌合　寛平五年(八九三)までに宇多天皇の母班子女王主催の歌合の歌の意。「寛平」は宇多天皇治世の年号。〇谷風　漢語「谷風」に当る。毛詩・邶風・谷風「習習谷風。以陰以雨」、同毛伝「東風謂㆓之谷風㆒」。〇打いづる　「うち」は勢いよく出現するの意を加える表現。〇はつ花　漢語「初花」に当る。陳後主・独酌謡四首「初花発㆑春朝」。▽白氏文集10・府西池「池有㆓波文㆒氷尽開」。

鶯　四首

13 花の香りを、便りの役をするという風に添え託して送り、鶯を誘い出す案内としよう。〇花の香　花は梅に限らず春の象徴としての「花」。↓一〇。〇風のたより　漢語「風便・風信」に当る。〇たぐへて　下二段の「たぐふ」は上二段「たぐふ」(↓一三)の他動詞形。〇しるべ　名義抄「指南　シ

14 うぐひすの谷よりいづる声《こゑ》なくははるくることを誰《たれ》かしらまし

大江千里

15 春たてど花もにほはぬ山ざとはもの憂《う》かる音《ね》に鶯ぞなく

在原棟梁

題しらず

読人しらず

16 野辺ちかく家居《いへゐ》しせればうぐひすのなくなるこゑは朝《あさ》な〳〵きく

17 春日野《かすがの》はけふはな焼《や》きそわか草のつまもこもれり我もこもれり

ルベ」。▽漢語「花信風」(荊楚歳時記等)などが発想の背景にあるか。新撰万葉集上・春・六参照。

14 もし鶯が谷から出て来て鳴く声がないとすれば、春の来ることを誰が知り得ようか。○なくは 「は」は未然形に付いて条件を提示する表現。○しらまし 「知る」は「覚・識・悟・察・慮・知」(名義抄)に当る。「まし」は反実仮想の表現。▽↓一〇・一一。「春来る事誰も知ることなれど、鶯の春待ち出で朝に鳴くを感じて言へるなり」(十口抄)。毛詩・小雅・伐木「鳥鳴嚶嚶。出レ自二幽谷一」、文苑英華・省試題「鶯出レ谷」。

15 春が来たけれど、花も美しく咲かないこの山里では、気の進まない声で鶯が鳴くよ。○花もにほはぬ山ざと 「にほふ」は色・姿の美しさを主とし香りも含む。↓三一「花なき里」、↓六八「山里」。○もの憂かる けだるく、大儀そうなさま。このような物事のとらえ方は白楽天の詩に多い。名義抄「倦・嬾・慵・惰・懈 物ウシ」。↓一二八。▽「鶯のウの字を憂き方へ重ねて言へる心」(延五記)。↓四二三。白氏文集10・魏王堤「花寒懶レ発鳥慵レ啼」。新撰万葉集上・春・一〇参照。

16 野に近く家居しているので、鶯の鳴く声は、毎朝毎朝聞いている。○野 もともと高原地帯、山の裾野・緩傾斜の地を言う。山と平地(里・京・都)の中間にひろがる地域。○家居し 漢語「家居」に当る。「し」は強調の表現。白氏文集17・自詠老身…「家居雖二濩落一」。眷属幸団円」。○なる 聴覚によって推定する表現。▽万葉集十「梅の花咲ける岡へに家居れば乏しくもあらず鶯の声」。漢詩にも多い「郊居」の詩想に当るか。

春の野　七首

17 春日野を今日は焼かないで下さい、いとしいあの人も隠れているのです、私も隠れている

18 深山《み》には松の雪だにきえなくに宮こは野《の》べのわかなつみけり

19 春日野の飛火《とぶひ》の野守《もり》いでて見よ今幾日《いくか》ありてわかなつみてん

20 梓弓《（あづさゆみ）》を《（お）》して春雨《さめ》けふ降りぬあすさへ降《ふ》らば若菜つみてん

仁和帝《（にんな）のみかど》、親王《みこ》におましく〳〵ける時に、人に
若菜《わかな》賜《たま》ひける御歌《うた》

21 きみがため春の野にいでてわかなつむわが衣手《（ころもで）》に雪は降《ふ》りつゝ

のです。○な焼きそ　標野（しめの＝禁野）を焼く野守に呼びかけたか。「な…そ」は禁止の表現。○わか草の　「つま」を出す表現。若々しい容姿を連想させる。○つま　つれあい。夫婦の一方、配偶者を男・女ともにいう。▽伊勢物語十二段などの男女のかたらいの民謡的要素もあるか。旧注は春の野の歌群に「野外眺望」と示す。「野遊の儀なり。かかる折節は野をも焼きそとなり」（両度聞書）。

18 深山では松の葉にかかる消えやすい雪さえ消えないのに、都ではもう野辺の若菜を摘んでいることよ。○松の雪　漢語「松雪」に当る。白氏文集十四・酬銭員外…「松雪無レ塵小院寒」。新撰万葉集上・冬歌の詩「冬来松葉雪班班」の松の葉の雪に同じ。○わかな　食用の野草。正月に芽生えたものを食べ、生命力にあやかる。宮中では子（ね）の日に新菜を奉った。後の七種粥（ななくさがゆ）に当る。

19 春日野の飛火野の番人よ、出て見ておくれ、もう何日したら若菜が確かに摘めようかと。○飛火　烽火（のろし）台を設置した一帯の地域の名。○野守　烽火台の要員。烽長、烽子（軍防令）。○つみてん　「てむ」（完了の助動詞「つ」と推量の助動詞「む」）は確実性を示す表現。▽春日烽火台は和銅五年設置（続日本紀・元明紀）。為相注本、梅沢本も一八・一九がこの順である。

20 あたり一面に春雨が今日降った。明日も降るならば、きっと若菜が摘めるだろう。○梓弓　あずさの木で作った弓。万葉集以来の景物。「押す・張る（春）・射る」を出す表現。○をして　「おす」は、押す、圧する、一面に及ぼすの意。○春雨　「張る」と「春雨」を掛ける。○てん　「つ」（て）は意志的動作の確認・強調の表現。▽梓弓を「押（圧）し」たわめて弦を「は（張）る」、その「はる」が「春」に転じる。その展開を、枕詞とも序詞ともいう。

歌たてまつれ、と仰《おほ》せられし時、よみて、奉《たてまつ》れる
貫《つら》之《ゆき》

22
かすが野《の》のわかなつみにや白《しろ》たへの袖ふりはへて人の行(ゆく)らん

題しらず
在原行平朝臣

23
春のきる霞の衣ぬきを薄《うす》み山風にこそみだるべらなれ

寛平御時后《きさいの》宮《の》歌合に、よめる
源宗《むね》于《ゆきの》朝臣

24
常磐《ときは》なる松のみどりも春くれば今ひとしほの色まさりけり

21　あなたのために春の野に出て若菜を摘む私の袖に雪が繰り返し降りまして…。〇仁和帝　光孝天皇。「仁和」はその治世の年号。〇親王にまし〳〵ける　光孝天皇が親王であったの意。光孝天皇は元慶八年(五十五歳)まで親王の位にいた。「おまし〳〵」は他に例がなく不明、「おはします」の意か。〇衣手　衣、袖。ここは袖と解する。▽「帝みづから摘み給ふことなけれど、かくあそばすが有心(うしん)なり」(平松抄)。

22　春日野の若菜を摘みに行くのか、白妙の袖をうち振って人々が出かけて行くようだ。〇…と仰せられし　「今上(陛下)」(醍醐天皇)が、…とおっしゃったの意。直接経験の回想を示すといわれる表現「き」(連体形「し」)が使われていることは、集全体の位相的特性と関わるか。〇白たへ　栲(たえ・こうぞの類)で織った白布、白い衣。〇ふりはへ　ことさらにするの意。「はふ」は延ばすの意、「振延」(栄雅抄)。「ふ(振)り」と「ふりは へ(振延)」を掛ける。▽袖を勢いよく振りつつわざわざ出かけて行く姿を印象づけている。

23　春が着ている軽やかな霞の衣は、横糸がうすく弱いので、山風が吹くとたちまち乱れそうだ。〇霞の衣　漢語「霞衣」に当る。李嶠・百二十詠・舞「霞衣席上転」。〇ぬきを薄み　形容詞語幹に「み」がつくミ語法。「…を…み」の形で「…が…なので」の意。〇べらなれ　助動詞「べし」の語幹「べ」、接尾辞「ら」、助動詞「なり」の連接と説く。漢文訓読・王朝和歌に使う。▽春をそれ自身生命のあるものとしていう。→三三「春の心」。衣・ぬき・乱るは縁。「春を着る人に仕立てたる」(十口抄)。

緑　二首

24　永遠に変らない松の緑も、春が来れば、もう一段と染めあげたように色が深くなることだ。

歌奉《たてまつ》れ、と仰《おほ》せられし時に、よみて、奉《たてまつ》れる　貫《つら》之《ゆき》

25 わがせこが衣春雨ふるごとに野辺のみどりぞ色まさりける

26 青柳《あをやぎ》のいとよりかくる春しもぞみだれて花のほころびにける

西大寺《(にしのおほてら)》のほとりの柳を、よめる　僧正遍昭

27 浅緑糸よりかけて白露を珠《(たま)》にもぬける春の柳か

題しらず　読人しらず

28 百千鳥《もゝちどり》さへづる春は物ごとにあらたまれども我ぞふりゆく

○寛平御時…歌合　→二。○常磐　常盤とも。名義抄「常　トキハ」。「常住不変の心なり」(両度聞書)。○ひとしほ　いっそうに、染料に一度浸して染めるなどの意。両義がひびく。▽「不変の緑、松なれば変ずる所なけれど、春来て時(季節)に感じたる我が見る目なり」(両度聞書)。論語・子罕「歳寒。然後知㆓松栢之後㆒㆑彫也」。

25　わたくしの夫の衣を洗い張りする春が来て、その春の雨が降るごとに、野の緑がね、色が深くなってゆくよ。○…と仰せられし　→三。○せこ　夫、兄弟などを広くいう。○衣春雨　衣を「は(張)る」と「はるさめ(春雨)」を掛けて以下の序となる。▽衣はる(張る・春)、ふる(振る・降る)、色まさる(勝る・増さる・優る)がひびき合う。

柳　二首

26　青柳が風になびいて、まるで糸を撚(よ)り合せるように見えるこの春こそは、青柳の糸が風に乱れ、その柳の花が乱れ咲いていることだ。○青柳のいと　漢語「柳糸」に当る。白氏文集12・楊柳枝詞八首「更有㆔愁腸似㆓柳糸㆒」。○春しもぞ　「しも」「ぞ」と重ねて強く限定する。○花　ここは柳の花。白氏文集16・前有別柳枝…「尋逐㆓春風㆒捉㆓柳花㆒」。○ほころび　つぼみが開くの意と着物がほころびるの意を掛ける。▽「みだれて」は、柳糸と柳花の両者についていう。糸・撚る・掛く・乱る・ほころぶがひびき合う。温庭筠・杏花「紅花初綻雪花繁」。

27　浅緑色の糸を撚(よ)り合せて、白露を玉として貫いている春の柳よ。○糸よりかけて　細い柳枝を糸(→二六)に見立てた。▽柳の糸のような枝葉に露が置いているのを玉を貫くと見る。露を玉に見立てる例は万葉集、漢詩に多いが、白露は一般に秋のものとして表現される。

29 遠近《をちこち》のたづきもしらぬ山中におぼつかなくも喚子鳥《よぶこどり》哉《かな》

雁《かり》の声《こゑ》を聞《き》き《ゝ》て、越《こし》へまかりにける人を思《おもひ》て、よめる

凡河内躬恒

30 春くればかりかへるなり白雲の道行《みちゆき》ぶりに事やつてまし

帰雁《かへる》を、よめる

伊勢

31 はるがすみたつを見すてて《ゝ》ゆくかりは花なき里《さと》に住《す》みやならへる

題しらず

よみ人しらず

32 折《をり》つれば袖こそにほへ梅花《むめのはな》ありとやこゝにうぐひすのなく

鳥 二首

28 種々の鳥がさえずる春は、あらゆるものが新しくなるけれども、わたくしは古びてゆく。○百千鳥 名義抄「百 モモチ」。古今伝授三鳥の一つ。○あらたまれども 「あらたまる」は新しくなるの意。▽万葉集十「冬過ぎて春し来たれば年月はあらたなれども人はふりゆく」。劉希夷・代白頭吟「年年歳歳花相似。歳歳年年人不レ同」に代表される詩想による。万葉集以来、わが国の詩歌に一般的底流として摂取されている。

29 遠近の見当もつかない山中で、心もとなさそうにわが子を呼んで鳴くよぶこ鳥よ。○遠近 「万葉にも遠近と書きてをちこちと読めり」(密勘顕注)。○たづき 手がかりの意。「万葉には便と書きてたづきと読めり」(密勘顕注)。○喚子鳥 鳥の声を、子を呼ぶかのように聞き取って、呼子鳥と言ったか。古今伝授三鳥の一つ。▽万葉集では、よぶこ鳥は陰暦春三月から夏五月に鳴く。

帰る雁 二首

30 春が来ると雁が北へ帰って行く声が聞える。白雲の中のあの道を行くついでに、北の国の友への言伝てをしよう。○越 北陸道の国々。「北国をば、越といふ」(能因歌枕広本)。○なり ↓一六。▽漢書・蘇武伝の雁信に拠る。「帰る雁」は、漢語「帰雁」(春に北へ帰る雁)に当り、「来雁」(秋に北から来る雁)に対する。唐玄宗・春台望「帰雁双双去ニ緑洲一」。白氏文集一・雑興三首「東風二月天。春雁正離離」。

31 春霞がたちわたり花咲く季節になったのを見捨てて北の国へ帰って行く雁は、荒寥(こうりよう)とした花なき里に住み慣れているのか。○はるがすみ 中世注は「はるかすみ」とも示す。○花なき

33 色よりも香《か》こそあはれと思《おも》ほゆれ誰《た》が袖ふれし宿《やど》の梅ぞも

34 やどちかく梅の花うへ《(ゑ)》じあぢきなく松《(まつ)》人の香《か》にあやまたれけり

35 梅花立《(たち)》よる許《(ばかり)》ありしより人のとがむる香《か》にぞしみぬる

梅の花《はな》を折りて、よめる

東三条《の》左大臣《おほいまうちぎみ》

36 鶯の笠に縫《ぬ》ふてふ梅花折《(をり)》てかざさむ老《おい》かくるやと

里　「花」は春の象徴で、永遠に春の来ぬ所を言う。▽「雁の故郷は胡国なり。北の…万里を隔ててある国なれば四季を分たず、一切の草木、寒気に侵されて常住枯色なり…その心にて花なき里にと言へり」(延五記)。李白・塞下曲「五月天山雪。無ㇾ花祇有ㇾ寒」。経国集・嵯峨天皇・塞下曲「沙上万里不ㇾ見ㇾ春」。

梅　十七首

32 手折ったのでその移り香でわたくしの袖が匂うのだが、梅の花があると思ったのか、この袖のところで鶯が鳴くよ。▽花を「折る」のは唐詩にも好んでよむ。花を、心から愛するやさしい美的行為の一つ。梅は香りを主としてよむが、色(姿)もよむ。裏に異性への想いを連想させるものが多い。実生活で香(こう)を多用したことが背景にあろう。「梅」の歌は、移り香・夜の梅・水辺の梅・散る梅、冬部の雪中梅(三三四―三三七)などに分れる。

33 色よりも香りがすばらしいと思われる。誰の袖が触れてその袖からの移り香が薫るこの家の梅なのか。○あはれ　心にしみじみと感じて感嘆する表現。○思ほゆれ　「思ほゆ」は自然にそう思われてくるの意の自発の表現。▽三番歌の逆をよむが、同時にその家の主人へのあいさつになる。玉台新詠八・初春携内人…「梅香漸著ㇾ人」。

34 家の端近くに梅の花は植えないでおこう。どうにもしようもなく、待ち焦れているあの人の香りと思い違えられることだ。○あぢきなく名義抄「無情・無為　アヂキナシ」。「まつ・あやまたれけり」両者にかかる。○松　「まつ」(待つ)の表記。「待つ」のは女性。不変の「松」(→九〇五)を意識する表記か。○あやまたれけり　「る」(れ)は自発の表現で自然にそうなる気持を示す。「あやまつ」は、「まがふ・と見る」などと共に漢詩に学んだ発

題しらず　　　　　　　　　　　　　　素性法師

37 よそにのみあはれとぞ見し梅花あかぬ色香《いろか》は折《(をり)》てなりけり

梅花を折りて、人に贈《をく》りける　　　　　　友《とも》則《のり》

38 きみならで誰《(たれ)》にか見せむ梅花色をも香《か》をもしる人ぞしる

暗部山《くらふ》にて、よめる　　　　　　　　貫《つら》之《ゆき》

39 梅花にほふ春べはくらふ山やみに越《こ》ゆれど著《しる》くぞありける

月夜に、梅花を折りてと、人の言《い》ひければ、
折《お》るとて、よめる　　　　　　　　　　躬《み》恒《つね》

40 月夜にはそれとも見えず梅花香《か》をたづねてぞしるべかりける

想。元稹・生春二十首「緑誤眉心重」。新撰万葉集に「千顆瑠璃多誤レ月」(上・冬)などの例がある。▽盧仝・有所思「相思一夜梅花発。忽到二窓前一疑是君」。

35 梅の花のところにちょっと立ち寄るという程度に近づいたその時から、誰の移り香かと、あの人がとがめるほどのにおいが染みついてしまった。○とがむる　疾妬する、なじるの意。▽「立ち寄る」のは男。「人」は女をさすが、一般の人を漠然と言ったとも解される。「とがむる香とは、もの怨じの儀にはあらず…表(おもて)は、ただ深き匂ひなり」(両度聞書)。

36 鶯が青柳を撚(よ)り合せた糸で笠に縫い合せるという梅の花を手折って髪に挿そう、私の老醜が隠れもしようかと思って。○てふ　「とい(言)ふ」の略。▽梅の美を主とする。「只花の姿を笠に似せて鶯や笠に縫ひて着るらむと思ひ寄せたる」(密勘顕注)。白氏文集12・藍田劉明府…「貌偸二花色一老暫去」。「老い」は雑部の歌題(八九〇—九〇九)。「折る」→三二。

37 遠くからばかり美しいと思って見ていた梅の花であるけれど、賞美しても賞美しきれないその姿と香りとは、折ってみてはじめて分るものだ。○よそ　遠く離れての意。名義抄「疎・疏　トホシ・ヨソ」。○あかぬ　飽き足りないの意。「あく」は、美しいもの、よいことに満ち足りることをいう。○色　色彩をいうが、さらに広く姿をもいう。○折てなりけり　「なりけり」は事実として確認した気持を示す表現。▽「近勝(まさ)りしたるもののなり」(十口抄)。「折る」→三二。

38 あなた以外に誰に見せましょうか、この梅の花を。その姿の美しさをも香りの美しさをも、分る人、あなただけがわかるのです。○色　→三七。○しる　→一四。▽「人のもとへ梅をつかはすとて、

41 春《はる》の夜《よ》、梅《むめ》の花を、よめる

春の夜の闇《やみ》はあやなし梅花色こそ見えね香《か》やはかくるゝ

初瀬《はつせ》に詣《まう》づるごとに宿《やど》りける人の家に、久《ひさ》しく宿《やど》らで、程経《ほどへ》て後《のち》に至《いた》れりければ、かの家の主《あるじ》、かく定《さだ》かになむ宿《やど》りはあると、言《い》ひ出《い》だして侍《(はべり)》ければ、そこに立《た》てりける梅《むめ》の花を折りて、よめる

貫《つら》之《ゆき》

42 ひとはいさ心もしらずふるさとは花ぞ昔の香《か》ににほひける

水のほとりに梅《むめ》の花咲《さ》けりけるを、よめる

伊勢

43 春ごとにながるゝ河を花とみてお《(を)》られぬ水に袖やぬれなむ

その人をほめたるなり」(延五記)。

39 梅の花が薫り高くにおう春は、暗いという名の「くらふ山」を闇の中に越えるけれど、梅の花のありかがはっきりわかることだ。〇春べ　春。「春べとは春と言ふなり」(顕注)。〇くらふ山　地名「くらふ(山)」と「暗」を掛ける。中世注は「くらぶ山」とも示す。▽夜の花の香りは、中唐詩に学び王朝の詩歌に移入された。元稹・雑憶五首「寒軽夜浅繞二回廊一。不レ弁二花叢一暗弁レ香」。香りで道がわかるとの説もある。

40 月夜には、白い光にまぎれて梅の花の見分けがつかない、梅の花は。その美しい香りをさがし訪ねてこそ、そのありかを知ることができるのだ。〇梅花を…　「梅の花を一枝ください」の意で、一首はこのことばに対してよんでいる。〇べかりける　「べし」は当然の表現。「けり」は事態の確認の表現。▽「いかで匂ひをしるべに訪ね来ぬぞと言ふ心なり。詞書にてその心あらはなり」(両度聞書)。白氏文集二一・答桐花「夜色向レ月浅。暗香随レ風軽」。ここは梅を月光にまがえた例だが、一般に雪にまがえた歌が多い(三三四―三三七)。

41 春の夜の闇はわけのわからないものだ。梅の花は、たしかに姿は見えないけれど、その香りだけは隠れるものかね。〇あやなし　条理、すじのないこと。〇色　→三七。▽昼の花の香りは、六朝以来、詩に多いが、夜の花の香りは、白楽天・元稹たちが好んでよんだ。元稹・春月「露梅飄二暗香一」。→四〇。

42 人の方は、心が変ったかどうか、さあわたくしにはわかりません。昔泊めていただいたこの里は、花の方はたしかに昔のとおりの香りがにおっていますね。〇かく定かに…　こんな風にちゃんと泊る所がありますよとやや皮肉に言う。〇言ひ出だして　内から外の人に言う。〇いさ　否

44 年をへて花のかゞみとなる水は散《ち》りかゝるをや曇《くも》るといふ覧

家に有《あ》りける梅《むめ》の花の散《ち》りけるを、よめる　貫《つら》之《ゆき》

45 暮《く》ると明《あ》くと目《め》かれぬ物を梅花いつの人間《ま》にうつろひぬらん

寛平御時　后《きさいの》宮《の》歌合の歌《うた》　よみ人しらず

46 梅《むめ》が香《ゝ》を袖にうつしてとゞめてば春は過《す》ぐとも形見《かたみ》ならまし

素性法師

47 ちると見《み》てあるべき物を梅花うたてにほひの袖《そで》にとまれる

定・疑念の表現。▽「人」は直接には「あるじ(主人)」を言うが、広く、「花」に対する「人」をも暗に含める。「かく定かに宿りは変はらずあると言へる詞を受けて、誠にその宿りの香のみぞ昔に変はらず匂ひける、されども、あるじの心は変はりしやらん、変はらぬもいさ知らず(→三八)との心なり」(教端抄)。「古里」は荒れ果てるもの(→九〇)。劉希夷・代白頭吟(→二八)の詩想に学ぶ。

43 毎年春になるごとに、流れる川に映っている花を、花そのものと思い込んで、折ろうとしても折ることのできない水に袖がぬれることになるのだろうか。○水のほとり… 水面の花(紅葉も)が好んでよまれた。▽「これは水に映りたる影なり。生物の枝にあらず」(延五記)。「折る」→三二。

44 年久しく花を映し出す鏡となっている水は、曇ることもあろうが、それは塵がかかって曇るのではなく、花の散りかかるのを曇るというのがよかろうか。○かゞみとなる水 水が花を映すので鏡と見立てた表現。▽「花の散り覆ひて水の見えぬを見て、散りかかるをや曇ると言ふらんと言へり」(両度聞書)とする説もある。

45 日が暮れるといっては見、夜が明けるといっては見て、目を離さないのに、梅の花は、いったい何時、人の見ない間に散りがたになってしまったのであろう。○物を ここは逆接の表現。○人間 「人の見ぬ間と言ふなり」(顕注)。○うつろひ 「散るにあらず。色の変りて散りがたになるを言ふ」(栄雅抄)に従う。

46 こんなに美しく薫っている梅の香りを、私の袖に移してとどめられるものならば、春は過ぎて行くとしても、この梅の香りが春の思い出であろうに。○寛平御時…歌合 →二一。○形見ならまし 「形見」は思い出の種となるものの意。「なら(断定)・まし(反実仮想)」と続けて、事実として

題しらず　よみ人しらず

48 散《ち》りぬとも香《か》をだにのこせ梅《むめ》の花こひしき時の思《(おもひ)》いでにせん

人の家に植《う》へ《(ゑ)》たりける桜《さくら》の花、咲《さ》き初《はじ》めたりけるを見て、よめる　貫《つら》之《ゆき》

49 今年《ことし》より春しりそむる桜花ちるといふ事はならはざらなん

題しらず　よみ人しらず

50 山高《たか》み人もすさめぬさくら花《ばな》いたくなわびそ我見《み》はやさむ

又は、里《さとゝ》とを《(ほ)》み人もすさめぬ山ざくら

51 山ざくらわがみにくればはるがすみ峰にもお《(を)》にもたちかくしつゝ

あり得ぬことを知りながら、事実となることを望む意を示す。▽新撰万葉集上・春・二参照。

47 散るものだと思って見ていればよいのに。梅の花は、ずいぶん困ったことに、その香りが袖にとどまっているよ。○うたて　格別に、異様にの意。新撰万葉集では「別様」と書く。▽上句に「折ってみたりしないで」の気持も含まれよう。「只散るばかりの名残にて有るべきを、梅の香の深きに依りて、ややもすれば執心相残るあひだ…匂ひのうたてしきとなり。是も梅を深く賞したる心なり」(延五記)。新撰万葉集上・春・三参照。

48 散ってしまうとしても、せめて香りだけでも残してくれ、梅の花よ。恋しく思う時の思い出のよすがとしよう。○こひしき　梅を恋う裏に人を思う意を含もう。▽「袖にとまれるの歌(↓四七)にひきかへて、此歌をみるなり」(教端抄)。

桜　四十一首

〈**咲く桜**〉　二十首

49 今年から春を初めて知って花をつけた桜の花よ、散るという習性は習わないでほしい。○春しりそむる　花にも心があるものとしていう。↓五三「春の心」。▽「祝ふ心をもつてよめり」(平松抄)。「桜咲き初むるを、春知り初むと言へる所、面白きなり」(教端抄)。「桜」の歌は、咲き始めた桜から、散った桜の名残に至る。〈咲く桜〉二十首(四九—六八)と〈散る桜〉二十一首(六九—八九)に分れる。万葉集では梅の歌が多く、古今集では桜の歌が多い。

50 山が高いので、誰も賞賛し慈しまない山桜よ、ひどく絶望し悲しまなくてよいのだよ、わたくしがもてはやしてあげるから。○高み　ミ語法↓三。○すさめぬ　「すさむとは、もてあそび興ずるを言ふなり」(顕注)、「すさめぬは、不愛なり」(六巻抄)。毘沙門堂注引古曹抄(未詳)「貴女ハ

染殿后《そめどののきさき》の御前《おまへ》に、花瓶《がめ》に、桜《さくら》の花《はな》を挿《さ》させ
給《たま》へるを見て、よめる

前太政大臣《さきのおほきおほいまうちぎみ》

52
年ふればよはひは老《お》いぬしかはあれど花をし見れば物思(おもひ)もなし

渚院《なぎさのゐん》にて桜《さくら》を見《み》て、よめる

在原業平朝臣

53
世中(よのなか)にたえてさくらのなかりせば春の心はのどけからまし

題しらず

読人しらず

54
石《いし》はしる滝《たき》なくも哉(がな)さくら花手《た》折(を)りてもこむみぬ人のため

山の桜《さくら》を見《み》て、よめる

素性法師

55
見てのみや人に語《かた》らむさくら花手《て》ごとに折(を)りて家《いへ》づとにせん

有レ敬。好女有レ愛メスサ」、同引左伝「五常ハ人臣之心。不レ有ハ不レ愛」。○はやさむ　「はやす」は賞美する、めでるの意。▽「里とをみ…」は異伝。

51　山桜をわたくしが見に来たところが、春霞が峰にも山裾(もすそ)にも立ちわたって、花を絶えず隠していることだ。▽霞と桜は、それぞれに春を代表する美しい景物だが、皮肉なことに霞が桜を隠すことだと嘆いている。「霞は自然に立つを、花を隠すこととあやにくなり」(十口抄)。

52　年月のたつままに齢(しと)も老いてしまった。そうではあるけれど、この美しい桜の花をこのように見ていれば、もの思いをすることもないのだ。○染殿后　藤原明子。○しかはあれど　漢文訓読によって生れた表現。▽「偏へに、后宮のいかめしき御栄華、千秋万才の御陰に、宮仕ひして齢(よはい)は老いたれども、君の御栄華を見奉れば、もの思ふこともなしと賀してよめるなり」(平松抄)。作者は、染殿后の父親でもある。

53　もしこの世の中に全く桜がないとするならば、春の心は、まことにのどかでありましょう。○世中　↓九三三。○たえて…なかり　強く否定する表現。○…せば…まし　反実仮想の表現。○春の心　春そのものの心、その本性、そして、春の人の心。玉台新詠五・雑詩「春心多二感動一。睹レ物情復悲」などの漢語「春心」に当る。▽たとえ、人の心をゆり動かす桜がなくても、世の中というものはつらいものなのに、ましてやこの世の中に桜というものがあるために悩殺されるのだが、せめての一時をこの渚の院で桜の美しさに心をゆだねて、その心ときめきに慰めを味わい尽しましょうの意。心情を複雑な手法で表現するが、余情のある在原業平の歌の典型である。伊勢物語八十二段。

54　山川(やまがわ)の瀬の石の上を激しく流れ走る急流がなくなってほしい。向う岸の桜を手折って

花盛《ざか》りに、京を見遣《や》りて、よめる

56 見《み》わたせば柳さくらをこきまぜて宮こぞ春の錦なりける

桜《さくら》の花の下《もと》にて、年の老《お》いぬる事を嘆《なげ》きて、よめる

紀《きの》友《とも》則《のり》

57 色も香《か》もおなじ昔にさくらめど年ふる人ぞあらたまりける

折《お》れる桜《さくら》を、よめる

貫《つら》之《ゆき》

58 誰《たれ》しかも尋《と》めておりつる(を)春霞立(たち)かくす覧(らむ)山のさくらを

歌奉《たてまつ》れと、仰《おほ》せられし時に、よみて、奉《たてまつ》れる

59 桜花さきにけらしもあしひきの山の峡《かひ》よりみゆる白雲《しらくも》

来ようよ、あの美しい桜を見ない人のために。○滝 急流をいう。○石はしる 中世注は「いしばしる」とも示す。▽「折る」↓三二。「険しき山の滝を隔てて、花を見ばやと思ふ心なり」(平松抄)。

55 見ただけで人にその美しさを話せましょうか、この桜花よ。さあ皆それぞれの手で折り取って、都人への山のみやげにしようよ。▽この山の桜は、見て語り伝えただけでは、その美しさを心から伝えることはできない、手に取ってみてこそほんとうの美しさがわかる、と言う。「折る」↓三二。

56 はるかに見わたすと、緑の柳と桜の花とが混じり合って、都こそが「春の錦」の織り物なのだ。○見わたせば 京の都を遠くから見わたすと。○こきまぜて 「こく」↓九三。○ける 新たな認識の表現。▽秋の錦が山のものであること(二九六・二九一等)をおさえて、春の錦の発見の驚きを言う。柳は土木工事の資材とするために堤や道ばたに植える(営繕令)ので遠望の都を区画する線になる。毘沙門堂注「漢書(こ)云、松花交レ枝、錦都陰不レ尽。雲水双レ色、玉宮光永新」、同「文集云、花柳色深都錦興」。

57 桜花は、色も香も昔と同じに咲いているようであるが、おのずから年老いていく人は、すっかり変ったことであるよ。○さくらめど 「さくら(めど)」に「桜」をふまえる。○人 人間一般、そして、作者自身。▽劉希夷・代白頭吟(↓二八)などの詩想に学ぶ。特に、この一首は、題も心情も、白氏文集十六・桜桃花下歎白髪「逐レ処花皆好。随レ年貌自衰。紅桜満レ眼日。白髪半レ頭時」の詩情そのものである。田氏家集・花前有感の詩も同想。

58 いったい誰がまあ探し出して折ってしまったのか。春霞が立ちわたってすっかり隠していた山の桜を。○尋めて 「とむ」は、求める、尋ねるの意。○覧 想像を示す表現。▽「折る桜の妙

寛平御時后《きさいの》宮《の》歌合の歌《うた》　友則

60 み吉野《よしの》の山べにさけるさくら花雪かとのみぞあやまたれける

弥生《やよひ》に閏月《うるふ》ありける年《とし》、よみける　伊勢

61 さくら花春くはゝれる年だにも人のこゝろに飽《あ》かれやはせぬ

桜《さくら》の花の盛《さか》りに、久《ひさ》しく訪《と》はざりける人の来《き》たりける時に、よみける　読人しらず

62 あだなりと名にこそたてれ桜花年にまれなる人もまちけり

返し　業平朝臣

63 けふ来《こ》ずはあすは雪とぞふりなまし消《(きえ)》ずは有《(あり)》とも花とみましや

なるを愛する心よりよめるなり。心深く霞み籠めたる山の桜を折りて来たるはたれかと、その人の志を感じて言へるなり」(十口抄)。桜花を折ったこと自体をとがめたのではない。「折る」↓三。花を隠す霞も美しい景物としてよまれている。

59　桜花が美しく咲いたらしいですね。山あいの谷を通して見える白雲、あれこそたしかに今は盛りと咲く桜花です。○…と仰せられし ↓三。○けらし 「けるらし」の略。○あしひきの 山の枕詞。万葉人にも意味不明の一つ。○より 起点を示す場合と、透視(通過)点を示す場合がある。ここは後者と解する。○白雲 桜を白雲に見立てた。▽二条宗祇流の古今伝授では、紀貫之の応詔歌の代表として示し(切紙「土代」)、又、晴の歌の典型とする(切紙「内外口伝歌」)。かな序で、和歌の歴史を述べて「古の世々の帝…ことにつけつゝ歌を奉らしめ給ふ」「吉野の山の桜は、人麿が心には雲かとのみなむ覚えける」などと「歌のこと・歌の心」を言うのを承けて、宗祇流の歌学理論の基本的出発点として、この歌を位置づけたか。

60 吉野の山々に咲いている桜花は、まるで雪かとばかり思いちがえられることだ。○寛平御時…歌合 ↓三。○山べ 山のあたりの意、ここは山々。○あやまたれける ↓三四。▽吉野の桜を雲と見立てる発想と、吉野が雪の名所とされたこと(冬の部・三二七等)とを複合させて、桜を雪と見立てる発想に展開した一例。「吉野は雪の所なれば、かくよめり」(両度聞書)。

61 桜花よ、春がひと月加わっている今年だけでも、見る人の心に、十分に満ち足りて美しさを味わったと思われようとしないかよ。○弥生に…… 陰暦の春閏三月のある年。延喜四年(九〇四)のことか。○春くはゝれる年 閏年で、三月の次に閏三月が置かれた年の意。▽賞美して十分満足す

題しらず　　　　　　　　　　　　よみ人しらず

64 散《ち》りぬれば恋《こ》ふれどしるしなき物をけふこそ桜お《を》らばお《を》りてめ

65 折《をり》とらばお《を》しげにもあるか桜花いざ宿《やど》かりてちるまでは見む

紀《きの》有《あり》朋《とも》

66 さくら色《いろ》に衣は深《ふか》くそめてきむ花のちりなむのちの形見《かたみ》に

桜《さくら》の花の咲《さ》けりけるを見《み》にまうで来《き》たりける人に、よみて、贈《をく》りける　　躬《み》恒《つね》

67 わがやどの花見がてらに来《く》る人はちりなむのちぞ恋《こひ》しかるべき

るまで散らないでいてほしいの意。「桜花を呼びて…いら(答)へて来たらむに…教へたる」(密勘)。

62 はかなく散りやすいと評判になっていますが、桜花は、一年の内でまれにだけ来る人をも待って、今を盛りと咲いているのですよ。○久しく…人　次の六三番の歌が返歌、その作者名により、この「人」は在原業平。○あだなり　散りやすいの意と誠実でないの意を掛ける。「あだ」は浮わついた、移ろいやすいの意。「徒(いたづら)」に当る。「あた」とする説もある(名義抄「怨 アタ」)。▽「非ニ恋歌ニ」(両度聞書)。「伊勢物語にては、恋の心なり。当集にては、只朋友の心にてあるべし」(平松抄)。伊勢物語十七段と同じとする説もある。

63 もしわたくしが今日来なかったならば、明日には雪のようにはかなく消えてしまったでしょう。花だから雪のようには消えないとしても、それを誰が、ああ美しい桜花だったのだと見るでしょうかね。▽皮肉めいてたわむれた返歌。「われ今日来て、あだになさぬにこそあれ。散らば雪と見るとも、今日の花とはいかが見んと言ふ心なり。此集にては、表(おもて)ばかりの理(ことわり)なり」(両度聞書)。伊勢物語十七段。

64 散ってしまえば恋い慕っても甲斐がないのだ。今を盛りと咲いている今日この日にこそ、この桜花を、賞美のために折るならば、さあ折り取ってしまおう。○しるし　効験の意。○物を　詠嘆の表現。▽「花の衰へて後は、折りても更に枝に留まるまじきあひだ、いまだ正しき時に折り置きて、しばらくも翫(もてあそ)ばんとなり」(延五記)。「花に執心のほか、別義なし。かく言へるは、花にその程あるべきにや」(両度聞書)。「折る」→三二。

65 折り取るならば、花も心なしか惜しそうだな、ああ桜花よ。さあこの花陰に宿を借りて、散るまで見ていよう。○おし　いとおしい、惜しい

亭子院歌合《ていじゐんのうたあはせ》の時、よめる　　伊勢

68 見《み》る人もなき山里《ざと》のさくらばなほかのちりなんのちぞさかまし

の意。愛・惜・傷が当る。○も…か　詠嘆の表現。○いざ　勧誘の呼びかけの表現。▽「人の主ありて惜しむにはあらず。花の心を察して言ふなり。しかれば、宿借りても明らかなり」(両度聞書)に従う。上句を作者の心情とする説、下句を花陰の人の家に宿るとする説などもある。「折る」→三。

66　桜色に、衣を深く染めて着よう。花が散ってしまった後の思い出の形見に。○形見　→哭。▽「花は惜しむに甲斐なきものなれば、何を形見と思ふ心より言ふなり」(十口抄)。「ただ、今見る花の色を賞するより、この桜の色のごとくに染めて着んと言へるなり」(教端抄)。

67　わが家の桜花を見るついでにわたくしを訪ねていらっしゃるお方は、花が散ってしまったあとで、きっと恋い慕わしくお思い申しますでしょう。○まうで　尊敬の表現。▽「花なき時は訪ね来じの心を言はずして、恋しかるべきと言へる」(両度聞書)。桜花を惜しむ心の共感を基礎とする。たとえわたくしを訪ねるのではなく、桜花を見るために来たのだとしても、花を惜しむ心が通じ合うあなたを、恋い慕うはずだと言っていると解したい。花を惜しむというだけでも、その人と心が通じるのである。諸説がある。

68　見る人もなくわびしい山里にせっかく咲いている桜花よ。他所(よそ)の花が散ってしまってからあとに咲いてほしいものだ。○亭子院歌合　延喜十三年(九一三)、宇多上皇の御所の一つの亭子院で催された。古今和歌集の成立時期に関わる。→解説。○山里　わびしく、つらい所とされる。→九四。花だけがそれを救えるのである。▽「ほかの散りなん後ならば、山里の花も人にも知られるべし、人目を見る事もあるべし」(十口抄)。桜への思いの裏に、山里への思いがひびく。

古今和歌集巻第二

春歌下

題しらず　　　　読人しらず

69 春霞たなびく山の桜花うつろはむとや色かはり行(ゆく)

70 待《ま》てといふに散《ち》らでし止《と》まる物ならばなにを桜に思(おもひ)まさまし

〈散る桜〉 二十一首

69 春霞がたなびいている山の桜の花は、霞に映えまさりながらも、衰えゆこうとしてか色が変って行くよ。○春霞　ここは、中国的な茜(あか)色、赤い色を帯びた霞をいう。李白・金陵送…「春光白門柳。霞色赤城天」。○うつろはむ　「映ろふ」と「移ろふ」を掛ける。「霞に映じたるさまも何となくあるべし」(両度聞書)。▽霞と花とは、共に春の美感を代表する景物(→五二)。春霞がたなびき、花が今を盛りと咲き、ともに映え合っていてこそ、人は春を喜び、満ち足りる。その春の盛りに、かすかな花の移ろいを感じ取り、人は、その背後に春の翳(かげ)りを予感してしまう。

70 待てと言うのに対して、散らずに枝に留まるものであるならば、何を好きこのんで、桜に対して恋しい思いをつのらせるだろうか。○散らでし　「し」は強調の表現。▽人が花を惜しんで待ってくれといっても桜は応えずに散るからこそよいのだとする説や、こんなに美しい桜に心があって人の期待に応えて散らないでくれればこれにまさるものはこの世にないとする説などがある。教端抄は、両説「捨てがたし」という。散るからこそよいのだとは判っていても、なおかつ、咲き続けて欲しいという、背反した思いのままに余情を汲んでよい。

71 すっかり散るのが愛(め)でたいのだ、桜花よ。なまじ生きながらえては、世の中というものは、ついにはつらい思いを味わうのだから。○世中　→九三三。○憂ければ　「うし」はつらさ、不満が内攻して晴れない気持をいう。▽「世にふれば憂さこそまされ」(九五一)とするのが、古今集の「世の中」への思いである。荘子・天地篇「富則多ㇾ事。寿則多ㇾ辱」。花への思いがそのまま人への思いに重なる。

71
残《のこ》りなくちるぞめでたきさくら花有《(あり)》て世中《(よのなか)》はての憂《う》ければ

72
この里に旅寝《たびね》しぬべし桜花ちりのまがひに家路《いへぢ》わすれて

73
うつせみの世にも似《に》たるか花ざくらさくと見しまにかつちりにけり

僧正遍昭《へんぜう》に、よみて、贈《をく》りける　惟《これ》喬親王《たかのみこ》

74
桜花ちらばちらなむちらずとて古里《ふるさと》人の来《き》ても見なくに

72　この里に旅寝することになってしまいそうだ。桜の花が散り乱れるのに紛れ、家路を忘れて。○まがひ　乱れの意と、紛れ迷いの意を掛ける。道が紛れるほど桜が散り紛れ、更に、作者がそれで紛れるのである。名義抄「繽・紛　マカフ」。文選・羽猟賦・李善注「莫莫紛紛、風塵之貌」(慶安版訓「紛紛　チリマカフテ」)。「まよふ・まどふ・と見る」などとともに、漢風の美的表現を学んだ表現。▽単に迷うのではなく、桜花の美しさに、身も心もとらえられて家路を忘れるのである。「その間の興に家路忘れてと言ふなり」(十口抄)。

73　はかないこの世に似ていることだなあ、桜の花よ。咲くと見た時には、その一方で同時にもう散ってしまうのだ。○うつせみ　「いのち・仮の身・人・世・殻」などを出す表現。原義は不明だが、平安時代には、「空蟬・虚蟬」などと書き、蟬のぬけがらのイメージで、はかないという意に解した。○か　詠嘆の表現。○花ざくら　桜の一種とする説もある。古今和歌六帖では「桜」の下位部類に「かには桜・山桜・庭桜・緋桜」などと並列する。○かつ　状態の共存・並行的進行の表現。他を予定する表現。▽新撰万葉集上・春・三参照。

74　桜の花よ、散るのならば散ってほしい。散らないからといって、昔なじみのあなたが来て見もしないのに。○なむ　願望の表現。○古里　かつて共に居た所をいう。▽詞書に従って、僧正(仁和元年(八八五)任)の遍昭へ、かつての交誼をふまえて贈った歌であると解し、惟喬についてその住居がどこかなど特に限定しなくてもよい。桜への思いと、人への思いとが重なる。

75　桜の散っている、この花の名所の雲林院は、春でありながら、雪が繰り返し降って消えにくそうな状態である。○花の所　「花」と「雲」(林院)の結びつきで解した。諸説がある。○がてに

75 雲林院にて、桜《さくら》の花の散《ち》りけるを見《み》て、よめる

承《そう》均《く》法《ほう》師《し》

さくらちる花の所は春ながら雪ぞふりつゝ消《き》えがてにする

76 桜《さくら》の花《はな》の散《ち》り侍《(はべり)》けるを見《み》て、よみける

素《そ》性《せい》法師《し》

花ちらす風の宿《やど》りは誰《たれ》かしる我にをしへよ行《(ゆき)》てうらみむ

77 雲林院《うりむゐん》にて、桜《さくら》の花を、よめる

承《そう》均《く》法《ほう》師《し》

いざさくら我もちりなん一盛《ひとさか》り有《(あり)》なば人に憂《う》きめみえなん

あひ知《し》れりける人のまうで来《き》て、帰《かへ》りにける後《のち》に、よみて、花《はな》に挿《さ》して遣《つか》はしける

貫《つら》之《ゆき》

する　上代では、「がつ」が可能の表現、「に」が打消の表現。古今和歌集の時代は「難(がて)にする」の意に変ったか。中世注は「かて」とも示す。▽花と雲、花と雪、という見立を背景に「花-雲-雪」という連想が働く。

76 桜の花を散らせる風の宿は、誰か知っているか。わたくしに教えてくれよ。行って怨み言を言おう。○侍ける　「侍り」は一歩退いた謙譲表現。○風の宿り　風の泊る宿。風を実体化してとらえ、それ自体に心のあるものとして表現する。美柳毘沙門堂注に「楽天詩云、艶花空散宿風影。速濃深雨中」とあるが疑問が残る、歌語か。○うらみむ　「うらむ」は上二段活用。「怨む」の意と共に、「うら(心)見む」がひびく。▽花を散らせる風の心を確かめたいのであろう。「無心のものに心をあらせたる」(十口抄)。花を惜しむ心が主意。

77 さあ桜よ、わたくしも散ってしまおう。ひとたび盛りがあるとしても、その後で人の目にみじめなつらいさまが映ることになってしまうだろうから。▽桜花を惜しむ心が主意だが、その桜花への思いが、人生への思いに重なる。「一盛り」(盛んな一時の意)の裏に人生の栄達を意味する。「花に身を寄せてよむなり」(顕注)。↓二三。

78 ひと目だけ見て帰ったあの方が、ひょっとしてまた見にいらっしゃるかと、お待ちしているこの桜花よ。今日はわたくしが見て待っていて、そのうえで、散るなら散ってほしいのだ。○あひ知れりける人　「朋友なるべし」(十口抄)。花を女として相手の男と見る説もある。「あひ」は漢語の助字「相」に当る。対象のある行動であることを言い添える表現。○ひとめ見し　前に一度お目にかかったの意とする説もある。▽花を惜しむ心の共感を主意とする。客と主人(↓六三)、作者と花(↓九五)、の二重の、花を惜しむ心の共感を期待する。

78 ひとめ見《み》しきみもや来《く》るとさくら花けふは待《ま》ちみてちらばちら南《(なむ)》

山の桜《さくら》を見て、よめる

79 春霞なに隠《かく》す覧《(らむ)》さくら花ちる間《ま》をだにもみるべき物を

心地損《ちそこ》なひて、患《わづら》ひける時に、風に当《あた》らじとて、下《おろ》し込《こ》めてのみ侍《(はべり)》ける間《あひだ》に、折《お》れる桜《さくら》の散《ち》り方《がた》になれりけるを見《み》て、よめる

藤原因香《よるか》朝臣

80 たれこめてはるのゆくゑ《(へ)》も知《し》らぬまにまちし桜もうつろひにけり

東宮雅院《(とうぐうのがゐん)》にて、桜《さくら》の花の、御溝水《みかは》に散《ち》りて流《なが》れけるを見《み》て、よめる

菅《すが》野《の、》高世

81 枝よりもあだにちりにし花なればおちても水の泡《あわ》とこそなれ

「思ふ人の、わがために…花に依りてこそ来たるべきに、花も心有りて…人を待ちてその後は散るとても…恨みあらじとなり」(延五記)。

79 春霞は、なぜ隠すのだろう。桜の花は、せめて散るのだけでも見なくてはと思うのに。▽山の花は見る人が居ない(→五〇)、無心の霞までが花を隠す(→五八・九四)などの情感を背景に、桜を惜しむ心をいう。「花を切《ちせ》に思ふなり」(十口抄)。せめてわたくしだけでもという思い入れがある。

80 簾《すだれ》などを下してわが身を籠《もこ》らせて、春の進行の具合を知らないあいだに、待っていた桜も衰えてしまった。○心地損なひて… 病気で悩んでいたころの意。○下し込めて 簾、格子戸などを下して籠っていての意。○折れる桜 折って瓶《かめ》に挿しているのであろう。→五三。「折る」→三二。○はるのゆくゑ 春になり、春の盛りが来て、春が過ぎてゆく、その進み具合。春の景色の移りかわりとする説もある。▽桜花を惜しむ心を主意とする。宗祇は、花が衰えるという心象のかなたに、春の逝くこと、人の世の定めを見据えているのだという(両度聞書)。

81 枝からさえもはかなく散ってしまった花なのだから、落ちて浮いても、むなしく水の泡となることだ。○東宮雅院… 皇太子の宮殿での意。○桜の花の… 水辺の花という歌題(→四三)が花を惜しむ心情に重なっている。○御溝水 宮中の庭の溝を流れる水。○枝よりも 下句の「落ちても」と呼応する。○あだ →八三。▽水に映り、水に流れる花を元来は美しい景物と見る情感を基礎とし、あだに散るから、むなしく消える泡となるのだと花を惜しむ心でいう。

82 どうせならば、咲かないでいたらよいではないか、桜の花よ。散るのを見ているわたくしさえも落ちついた気持がしない。○ことならば

82　桜《さくら》の花の散《ち》りけるを、よみける　　貫《つら》之《ゆき》

ことならばさかずやはあらぬさくら花見る我さへにしづ心なし

83　桜《さくら》のごと、疾《と》く散《ち》る物はなしと、人の言《い》ひければ、よめる

桜花とくちりぬとも思《おも》ほえず人の心ぞ風もふきあへぬ

84　桜《さくら》の花の散《ち》るを、よめる　　紀　友　則

久方のひかりのどけき春の日にしづ心なく花のちるらむ

85　春宮《とうぐう》の帯刀陣《たちはきのぢん》にて、桜《さくら》の花の散《ち》るを、よめる　　藤《ふぢ》原《はらの》好《よし》風《かぜ》

春風は花のあたりをよきてふけ心づからやうつろふとみむ

「こと」は「如(ごとごと)」の意に近く、同じことならばの意に当る。中世注は「ごと…」と示す。○しづ心　静かな落ちついた心の意。▽「花に切(ちせ)なる心なり」(両度聞書)。無心の花に心を見て、その「花の心」に「人の心」、ここでは作者自身の心を重ねてゆく。↓五三。

83　桜の花が早く散ってしまうとも思えません。人の心こそが、風も間に合わぬほどに早く移り変るものなのです。○ごと　如くの意。○疾く↓一〇。○思ほえず　↓三三。○ふきあへぬ　「あふ」(へ)は動作の完成の意を加える。▽はかなく散るといわれる桜よりも、人の心こそがはかなく移ろうの意。桜花に人の心を重ねている。↓八二。「人の心ぞとは…朋友、夫婦も移ろふとなれば、かくこそ詞遣ひのめでたきなり」(両度聞書)。↓八六。

84　日の光がのどかに照らすこの春の日に、どうして落ちついた心もなく桜の花が散るのだろう。○久方の　光・天(あめ)・雲・月などの枕詞。諸説があるが、万葉人も意味未詳と思っていたものの一つ。○らむ　原因・理由を尋ねる表現。▽無心の花に心を見ようとする。↓八二。「ただ、花とも人の心とも、一方に付きがたし」(延五記)。花が散り急ぐのは、理解できないという思いで言う。「風も音せず、春の光ものどけき折しも、いそがはしく散る花をうらむる心なり」(両度聞書)。

85　春風は、桜の花の咲くあたりを避けて吹いてくれよ。桜の花が、みずからの心から散るのかを見ようと思う。○春宮…陣　皇太子護衛の職員として武芸に優れた舎人(とね り)=東宮職員令)に刀を持たせて警備に当らせた詰所。○春風　詞書の春宮の「春」とひびき合う。○よきて　中世注は「よぎて」とも示す。○心づからや…　無心の花に心を見るのである。○みむ　「見る」は見定めるの意。▽「心づから散るものと思はば、風に怨みも

桜《さくら》の散《ち》るを、よめる　　凡河内躬《み》恒《つね》

86 雪とのみふるだにあるをさくら花いかにちれとか風のふく覧《らむ》

比叡《ひえ》に登《のぼ》りて、帰《かへ》りまうで来《き》て、よめる　　貫《つら》之《ゆき》

87 山たかみ見つゝわが来《こ》しさくら花風は心にまかすべらなり

題しらず　　大伴黒主

88 春さめのふるは涙か桜花ちるをお《(を)》しまぬ人しなければ

亭子院歌合歌　　貫《つら》之《ゆき》

89 さくら花ちりぬるかぜのなごりには水なき空《そら》に浪ぞたちける

あらじと言ふ心なり」(両度聞書)。↓八二・八四。

86 まるで雪だとばかりに降るように散ってさえいるのに、桜の花が、さあ、どういうふうに急いで散れということで、風が吹いているのだろうか。▽雪は降るものであり、桜の花は咲くもので惜しくも散るのだが、その花がまるで雪ででもあるかのように降るように散っているのだから、このうえ、風までが散り急がせなくてもよいのに、と桜の花を惜しむ心。風にも心を見る。↓七六。「風を恨みたる心、あきらかなり」(延五記)。

87 山が高いので遥《(るは)》か遠くからよくよく見ながら来たあの桜の花を、風は思いのままにしているようだ。○山たかみ　ミ語法→二三。「道とをき心あり」(両度聞書)。○見つゝ　「つつ」は反復の表現。○心に　風自身の心。風にも心を見る。↓七六。○べらなり　↓二三。▽山の桜は見る人も居ないし、そばに寄って見はやしてやり、折り取って慈しんでもみたい(↓五〇・五五)が、山が高くてそれもかなえられないから惜しんでいるのに、無情な風はほしいままに散らしているだろうと、風を恨み、うらやむ意。「山たかみ見つゝわが来し」に、空間・時間の重層性と広がりがある。

88 春雨が降るのは涙なのか。桜の花が散るのを惜しまない人は居ないのだから。○涙か　上句とでは「春」の涙、下句とでは「人」の涙。「か」は単なる疑問ではなく、詠嘆的気持をもつ。「春」も心を持つものとしていう。↓五三「春の心」。▽「世界皆もつて花を惜しむ心切《(ちせ)》なり」(両度聞書)。桜の歌群は、はじめこの歌で終っていたか。

89 桜の花を散らしてしまった風の吹き過ぎたあとの名残として、はらはらと散り乱れる花びらが、水もない空に波立っているようだ。○亭子院歌合　↓六八。▽花・紅葉が、そのまま水や波のイメージに重なる。↓二九三等。「山花風散青天為

平城帝《ならのみかど》の御《(おほむ)》歌《うた》

90 故郷《(ふるさと)》と成《(なり)》にしならの宮こにも色はかはらず花はさきけり

春《はる》の歌《うた》とて、よめる　　良《よし》岑《みねの》宗《むね》貞《さだ》

91 花の色は霞にこめて見《み》せずとも香《か》をだにぬすめ春の山風

寛平御時《(くわんぴやうのおほむとき)》后《きさいの》宮《の》歌合の歌《うた》　　素《そ》性《せい》法師《し》

92 はなの木も今は掘《ほ》り植《う》へ《(ゑ)》じ春たてばうつろふ色に人ならひけり

題しらず　　よみ人しらず

93 春の色のいたりいたらぬ里はあらじさけるさかざる花の見《み》ゆらん

レ波」「文集云、乱花似レ浪碧羅天」(平松抄)。

花　二十九首

〈咲く花〉　十四首

90 ふる里と成ってしまった奈良の都にも、色だけは変らず花が咲いている。〇平城帝　譲位後旧都平城に遷幸した平城(へいぜい)天皇とされる。↓二六三。〇故郷　古里。「吉野・雪・寒し・草・やつる・別れ」などとよまれ、荒れ果てた状況を象徴する。↓七四一。▽荒寥たる古里と咲き盛る花の色との対照をいう。「色」は、梅・桜・藤・山吹などの花の色、春の色(↓九三)。代白頭吟(↓二六八)の詩想による。

91 花の色は霞に閉じこめて見せないとしても、香りだけでもぬすんで運んで来ておくれ、春の山風よ。〇花の色　白氏文集十九・酬厳十八郎中…「夜酌満レ容花色暖」。↓九三「春の色」。〇ぬすめ　漢語表現による。「竊《カヒッ》この字の心なり」(延五記)。名義抄「竊・偸　ヌスミ」。「竊レ香の字は、晋書・賈謐伝韓寿が故事に出でたり」(教端抄)。白氏文集12・藍田劉明府…「貌偸二花色一老暫去」。▽香りは、梅のほかに、桜・花・山吹・橘・女郎花・藤袴などにもよむ。「匂ひをなりとも、ひそかに誘ひ来よと言ふ心なり」(両度聞書)。

92 花の咲く木も、もう掘って来て植えないでおこう。春にはいつも、花が咲き、やがて衰えて散る、その花の色に、人が見ならうことであるよ。〇寛平御時…歌合　↓二三。〇はなの木　花の咲く木の意。漢語「花木・花樹」に当る。〇春たてば　↓一。〇うつろふ色に…　人が変りやすいことを言う。▽「花を深く賞したる心なり」(延五記)。↓一一二。人の心を主意とする説もある。新撰万葉集上・春・四参照。

93 春の色の方は、至り至って、至らぬ里とてもあるまいのに、それなのにどうして、咲いて

春《はる》の歌《うた》とて、よめる　　貫《つら》之《ゆき》

94 三輪《みわ》山をしかも隠《かく》すか春霞人に知《し》られぬはなやさくらむ

雲林院《うりむ》親王《のみこ》のもとに、花見に、北山《きた》のほとりにまかれりける時に、よめる　　素《そ》性《せい》

95 いざけふは春の山辺にまじりなむ暮《く》れなばなげの花の影かは

春《はる》の歌《うた》とて、よめる

96 いつまでか野辺に心のあくがれん花し散《ち》らずは千世もへぬべし

題しらず　　よみ人しらず

97 春ごとに花の盛《さか》りはありなめどあひ見む事はいのちなりけり

いる花や咲かない花があるのだろう。○春の色　光・景色などを含む、春のかもす「あや」をいう漢語「春色」に当る。「春意」(春の情趣)に対する。白氏文集4・和夢得洛中…「衆皆賞二春色一。君独憐二春意一」。▽春の色の心象は花の色。→九〇・九一・九三一。「至り至らぬ」「咲ける咲かざる」は、白楽天の詩に多い「某不」(至不、咲不)の語法によるか。→一五九。

94 三輪山をこんなにも隠すのか、春霞よ。人に知られていない花が咲いているのかなあ。○しかも　神の山としての「三輪山」を指示する。▽一・二句は、万葉集一「三輪山をしかも隠すか雲だにも心あらなも隠さふべしや」を本歌とする。「三輪は繁き山なれば…花は隠れてあるべきに…霞の隠すは心なきものかなとかこちたる心なり」(延五記)。三輪山は山全体が神のいます山なので「人に知られぬ…」といったか。

95 さあ今日は春の山辺に分け入りましょう。暮れてしまったならば、ここはかりそめの宿りの花かげでありましょうか、いや確かに頼りがいのあるすばらしい花かげです。○雲林院親王　常康親王。○春の山辺　具体的には詞書の雲林院のこと。○暮れなばなげの　「なげとは無の字なり」(延五記)に従う。中世注は「なけ」とも示す。○影　「陰」と「影」を掛ける。○かは　反語の表現。▽花を褒め、連想して、花の名どころの雲林院(→七五)を褒める。異説が多い。

96 いつまで野辺に心があこがれることだろうか。花が散らないなら、千年でもこのままで過ぎてしまうにちがいない。○散らずは　「は」→一四。○千世　多くの世々。→三四三「世」。▽「飽かぬ心…にてよめり」(延五記)。

97 春の来るごとに花の盛りは確かにあろうけれど、その花に逢うことは、こちらの命いかんによるものだ。○あひ見む　逢い見むの意。「あ

98 花のごと世の常《つね》ならば過《す》ぐしてし昔は又も帰《かへ》りきなまし

99 吹風《(ふく)》にあつらへつくるものならばこの一本《ひともと》は避《よ》きよと言《い》はまし

100 待《ま》つ人も来《こ》ぬものゆへ《(ゑ)》にうぐひすの鳴《な》きつる花を折《(をり)》てける哉《(かな)》

寛平御時 后《きさいの》宮《の》歌合の歌《うた》　藤原興《おき》風《かぜ》

101 さく花は千種《ちぐさ》ながらにあだなれど誰《(たれ)》かは春を怨《(うらみ)》はてたる

ひ」は漢語の助字「相」に当るとの説もある。▽花はかないと言うが、人こそはかないとする。代白頭吟(→二八)の詩想による。→八三。

98 毎年咲く花のようにこの世の中が変らないならば、過ぎ去ってしまった昔は、再び帰って来てほしいのだが。○世　→九三「世中」。○常ならば　咲く時の花の色は常(不変)だとする(→九〇)。○過ぐしてし　「過ぐしてじ」とする説もある。▽花ははかないというが、その咲く時の色は変らないの意。花の盛りは帰るが、人の盛りは帰らない。花よりも人の常ない点に重点がある。代白頭吟(→二八)の詩想による。

99 吹く風に注文をつけるとするならば、この一もとの花だけは避けよと言いたい。○あつらへつくるものならば　「風の方へ言ひやる習ひあるものならば」(十口抄)。「つくる」は「つぐる」とする説もある。○この一本は避きよと言はまし「花ごとに言ふべきとなり」(延五記)。「よき」→八五。▽風に心を見る(→七六)。花を強く惜しむ心がいわせるのである。「花により、かくわりなきことも思ふなるべし」(両度聞書)。

100 待つ人も来ないのに、鶯が惜しみ愛して鳴いていた花を折ってしまったのだなあ。○ものゆへ　ここは順接でなく、逆接の例。▽枝ながら見るのも花を愛してだが、さらに進んで、待つ相手の人のために花を折って共に賞(め)でようとしたのに、相手が来なかったのである。→三二・六二。

101 咲く花は、たくさんの種類それぞれに散りやすくはかないけれど、誰がその花の咲く春を怨み通していることか。○寛平御時…歌合　→一二。○あだなれど　→六二・八一。○春を　春の心(→五三)をの意。○怨はてたる　怨んだりしようかの意。▽「人を「はつ」は最後までし通すの意を加える。▽「人を思ふやうに、花をあだなれと言ひ、春をうらみは

102 春霞色のちぐさに見えつるはたなびく山の花のかげかも

在《あり》原《はらの》元《もと》方《かた》

103 霞立《たつ》春の山辺はとをけれど吹《ふき》くる風は花の香《か》ぞする

移《うつ》ろへる花を見《み》て、よめる

躬《み》恒《つね》

104 花見れば心さへにぞうつりける色には出《い》でじ人もこそしれ

題しらず

よみ人しらず

105 うぐひすのなく野べごとに来《き》てみればうつろふ花に風ぞ吹《ふき》ける

てぬなど、心を尽して言へり」(栄雅抄)。

102 春霞が、色がさまざまに見えているのは、その霞のたなびく山の花の影なのかなあ。○春霞色の　→六九「春霞」。○かも　詠嘆の表現。万葉集に例が多い。疑問の表現とする説もある。▽「山の花に映じて…霞の、色々に見えたるさまなり」(両度聞書)。新撰万葉集上・春・一三参照。

103 霞のたつ春の山辺は遠いけれど、吹いて来る風は、花の香りがする。○花の香　山辺に花が咲くと見た表現。実景・仮想・誇張など諸説がある。▽「霞」と「花」は春の美感を代表する二つの代表的景物で、一方が他方を容易に喚起する。「いづくも分かず春の山は立ちこめたれども、なほ風にも霞にもたぐへて、花の香の、近く聞ゆる」(延五記)。咲く花の歌群の末尾歌だが、延五記は、おとろえる花を想定する。新撰万葉集上・春・一五参照。

〈散る花〉　十五首

104 衰えて散る花を見るとわが心までが衰え変って行く。顔色には出すまい、きっと他人(ひと)もその心を知ることになる。○色　顔色の意味が、漢語の基本的な用法で、王朝律令社会も従う。▽「花の移ろふに賞(め)でて、わが心さへ花に奪はれ移りて、現(うつ)なくなりし心なり」(教端抄)。

105 鶯の鳴く、あの野この野へと来て見ると、どこの野辺でも、衰え散る花に風が吹いていたよ。○うぐひすのなく…　白氏文集十八・春江「鶯声誘引来二花下一」。▽散る花に鶯の歌が六首続く。古今和歌集の花に鶯は、雪を花にまがえて鳴き、花が無いとものの憂く鳴き、散る花に鳴くなどとよまれ、「うぐひす」と「憂く干ず」を掛ける(→四二三)ように、悲哀感のただよう心象を主意とする場合が多い。白氏文集・補遺上・惜花「今日流鶯来二旧処一。百般言語泥(啼)二空枝一」。「いづれの野へも、

106 吹《(ふく)》風をなきてうら見ようぐひすは我やは花に手だにふれたる

典侍洽子朝臣

107 散《ち》る花のなくにし止《と》まる物ならば我鶯におとらましやは

仁和《(にんな)の》中将の御息所《みやすん(どころ)》の家に、歌合せむとてしける時に、よみける

藤原後蔭

108 花のちることやわびしきはるがすみたつたの山のうぐひすの声《こゑ》

鶯《うぐひす》の鳴《な》くを、よめる

素《そ》性《せい》

109 木《こ》伝《づた》へばを《(お)》のが羽《は》風《かぜ》にちる花をたれに負《お》ほせてこゝらなくらん

鶯のしきりに鳴きける所ごとに至りて見れば、花のうつろはずと言ふ所なし。さては鳴きけるも理(ことわり)かなといふ心なり」(延五記)。

106 吹く風を鳴いて怨んでくれよ。鶯は―わたくしを責めているようだが―、わたくしが花に手だって触れたかね。○うら見よ ↓一六。○やは 反語の表現。▽「我も鶯の心に劣らず落花を悲しみはべり。わが心をも知らぬ鶯かな」(延五記)。↓八五。

107 散る花が、惜しんでなくことで散りやむものならば、わたくしだって、なくことが鶯に負けていようか。○なく 「鳴く」と「泣く」を掛ける。↓四二。▽散る花を惜しむ鶯と同じく作者も惜しむのである。「われも涙は劣らじと、鶯を慰労(とぶら)ひたる心なり」(延五記)。

108 花の散ることがわびしいのか。春霞のたつ竜田山の鶯の声よ。○仁和中将… 「仁和」(↓二)の御代に「中将の御息所」と言われた女御の意。その歌合と共に未詳。○わびしき あきらめつつもあきらめきれぬ悲しみをいう。「わびしきにあまたの心こもれり」(平松抄)。○たつたの山 霞が「立つ」と地名「たつた(山)」(中世注は「たつだ」とも示す)を掛ける。▽「花を、鶯のことのほかに惜しみて鳴くよとなり」(延五記)。

109 木から木へと飛び移るので自分の羽の風で花が散るのに、それを誰のせいにして、しきりに鳴いているのだろうか。○負ほせて 責めを負わせての意。○こゝら 数量の多いことをいう。万葉集の「ここだ」に当る。▽花を惜しむ鶯をよむ。「わびしげに多く鳴くぞと言へり」(栄雅抄)。

110 効(かひ)もない声を立てていることだなあ。鶯の音(ね)がよ。今年だけ散る花でもないのに。○花の木 ↓九二。○音 「虫・鳥・人の泣き声・琴」についていう。「おと」↓一六九。○うぐひすの 説

鶯《うぐひす》の、花の木にて鳴《な》くを、よめる　躬《み》恒《つね》

110 しるしなき音《ね》をもなく哉《(かな)》うぐひすの今年《ことし》のみちる花ならなくに

題しらず　よみ人しらず

111 駒並《こまな》めていざ見にゆかむ古里《ふるさと》は雪とのみこそ花はちるらめ

112 ちる花をなにかうら見む世中《(よのなか)》にわが身もともにあらむものかは

小野小町

113 花の色はうつりにけりないたづらにわが身世にふるながめせしまに

が一定しないが、「の」は主語で、作者の万感がこめられた余情表現と解す。▽「鶯の、と言へるの文字、優なるべし」(両度聞書)。「徴(しるし=効)も無き音を、いたづらに鶯のなくとよめり」(十口抄)。

111 馬を並べ連ねて、さあ見に行こう。古里は、雪とばかりに花は散っているだろう。○駒子馬。馬の歌語。○並めて　「並へて」とする本も多い。○古里　→九〇。旧都奈良とする説もある。○雪と…　花を雪に見立てた表現。→六〇。▽「古里と言ふに、雪とのみと言ふ…似合ひたり。見る人もなくてさびしく花の散る、ふびんの体なり」(平松抄)。白氏文集一・贈元稹「花下鞍馬遊」。

112 散る花を、どうして恨もうか。この世の中で、わたくし自身も花と一緒に、あり続けることだろうか。○うら見む　→七六。○世中　不定・不安を代表するもの。→九三。○あらむものかは「あり」は生きながらえるの意。→四二。「ものかは」は反語の表現。▽「何かは花ばかりをあだなるものと怨むべき」(鷹司本古今抄)。散る花とはかないこの世に生きる作者を対比する。

113 花の色は衰えてしまったことだなあ。なすべもなく空しく、わたくし自身がこの世でもの思いをしながら過している間に、長雨が続いて。○花の色　→九二。作者の容色を掛けるとする説もある。○うつり　うつろふ、色あせて衰えるの意。○いたづらに　名義抄「徒・閑　イタヅラ」。○ふる　「経(古)る」と「降る」を掛ける。○ながめ　もの思いするの意の「眺め」と「ながあめ」の略の「ながめ」を掛ける。▽「花咲かば木のもとにも…暮さんと思ひ来つるに…うち紛れて過る間に、あまつさへなる雨さへして…空しき儀なり」(十口抄)。

114 「緒(お)し」ともいうように花を惜しいと思う心が糸であるならば、縒(よ)られてほしい。その糸で散る花をいちいち貫き刺して枝に留めて

114 仁和《の》中将の御息所《みやすん》の家に、歌合せむとしける時に、よめる　素《そ》性《せい》

おし《(を)》と思《(おもふ)》心は糸《いと》によられなん散《ち》る花ごとに貫《ぬ》きてとゞめむ

115 滋賀《しが》の山越《ごえ》に、女の多《おほ》く遭《あ》へりけるに、よみて、遣《つか》はしける　貫《つら》之《ゆき》

梓弓《(あづさゆみ)》春の山辺をこえくれば道もさりあへず花ぞちりける

116 寛平御時　后《きさいの》宮《の》歌合の歌《うた》

春の野に若菜《わかな》つまむと来《こ》し物をちりかふ花に道はまどひぬ

117 山寺《でら》に詣《まう》でたりけるに、よめる

宿《やど》りして春の山辺にねたる夜は夢の内にも花ぞちりける

おこう。○仁和中将… ↓一〇八。○おし 「惜し」と「緒し」(「し」は強調の表現)を掛ける。○心は糸に 漢語の「心緒(しんしょ)」に当る。糸は、一句の「緒(し)」からの連想で出る。○なん 願望の表現。▽花を惜しんで心が乱れる、花が散り乱れるなどの心象が背景になっていよう。「乱れたる心が糸に縒らるるものならば、散る花をことごとく貫き止めんとなり」(延五記)。

115 春の山辺を越えてくると、山道は避けて通れないほどに花が散っている。○滋賀の山越 京都の北白川から滋賀へ越える山道。滋賀寺への参詣がしきりに行われた。○梓弓 ↓二〇。○あへず 「あふ」↓八三。▽花に女をよそえている。「大かたの花も盛り過ぎゆくころ…女の多くあへるを、花に添へてよむなり」(十口抄)。

116 春の野で、若菜を摘もうと思って来たことであるが、今は散り乱れる花に心が乱れて道にまよってしまったのだ。○寛平御時…歌合 ↓三。○春の野に… ↓一七一三。若菜は正月に摘むのが普通。○道はまどひぬ 「まどふ」はまよふの意。名義抄「迷 マドフ」。「花にまどひ、まよふ」を主とし、その結果として、「道はまどふ」ことになる。▽「若菜を摘みに来し時は、雪などをかき分けて、そことなき道を尋ねこしに、今はまた、野遊(やゆう)などに、散る花にたどるよしなり」(両度聞書)。若菜を摘むことが、春のかなり長い期間にわたるとすれば、上の句も、そのまま現在とみられる。

117 山寺にこもって、春の山辺に寝たその夜は、夢の中にまでも花が散ることだ。○山寺に… 山寺に参詣することは、山の花をたずねることに通じる。▽「花にさながら心を染めて、分け尽し見尽して、その夜仮りにい寝はべれば、落花の面影身に添ひて、夢の中までも花の散るに交りたる」(延五記)。

寛平御時 后《きさいの》宮《の》歌合の歌《うた》

118 吹《(ふく)》風と谷の水としなかりせば深《み》山がくれの花を見ましや

滋賀《しが》より帰《かへ》りける女《をうな》どもの、花山にいりて、藤《ふぢ》の花の下《もと》に立《た》ち寄《よ》りて、帰《かへ》りけるに、よみて、贈《をく》りける

僧正遍昭

119 よそに見てかへらん人にふぢの花はひまつはれよ枝はお《(を)》るとも

家に藤《ふぢ》の花咲《さ》けりけるを、人の立《た》ち止《とま》りて見けるを、よめる

躬《み》恒《つね》

120 わが宿《やど》にさけるふぢなみ立帰《(たちかへり)》すぎがてにのみ人の見る覧

118 もしも花を吹く風と、それを流す谷の水とがないとすれば、深山に人知れず咲く花を見ることができようか。○寛平御時…歌合 →三。○…せば…まし 反実仮想の表現。▽風と谷川とによって、花の場所が知られるといった趣向。「水も風も花のため良からぬものなり。しかるに、山深く散りにし花の行く方を、この風、水にて見れば、思ひかへして恨みを忘れたるなり」(教端抄)。深山の花→五〇・六八。花と水→四三・四四。

藤 二首

119 よそ目にだけ見て帰ろうとする人に、藤の花よ、はいからまれよ。たとえ枝は折れようとも。○花山 作者の住む花山寺。○よそに見て… →三七。○人 藤の花を見て帰る人と解する。○はひまつはれよ 「まつはる」は長々とからみつくの意。藤が人を引き止める比喩表現。名義抄「繚繞 マツハル」。白氏文集一・紫藤「下如㆓蛇屈盤㆒上若㆓縄縈紆㆒」。▽心から花を惜しむ人ならば、美しい花を折ってでも愛(め)でようとするものだ、ということを前提としている。「折る」→三。

120 わたくしの屋敷に咲いている藤の花を、波がたち返るように、たち返りたち返りして通り過ぎにくそうに、人が見ているようだ。○ふぢなみ 藤の花の房が風にゆられてなびく様子を波に見立てる表現。藤、藤の花そのものをもいう。○立帰 波の縁でいう。「たち」の機能は弱い。○すぎがてに →七五。○覧 原因を尋ねる表現とする説もある。▽「わが家に賞翫する花なれば…心なき者も、情けなくは過ぎじとなり」(延五記)。

山吹 五首

121 以前と同じく今ごろは咲きほこっているだろうかな、橘の小島の崎の山吹の花よ。○にほ

題しらず　　　　よみ人しらず

121 いまもかもさきにほふらむたちばなの小島《こじま》の崎《さき》の山吹の花

122 春雨ににほへる色もあかなくに香《か》さへなつかし山ぶきのはな

123 山ぶきはあやなな咲《さ》きそ花みんと植《う》へ(ゑ)けむきみがこよひ来《こ》なくに

吉野《よしの》河《がは》のほとりに、山吹《ぶき》の咲《さ》けりけるを、よめる　　　　貫《つら》之《ゆき》

124 吉野河岸の山吹ふく風に底《そこ》の影さへうつろひにけり

ふ　↓一五。▽「もと見しを思ひ出せるよしなり」(両度聞書)。「にほふ」を媒介して「橘」と「山吹」がひびき合っているか。↓三三。

122 春雨によって、より美しく咲きほこる色も、いつ見ても見飽きないのに、なおその香りにさえ心をひかれる、山吹の花よ。▽色と香↓五七。美しさが色から香りに移る山吹とする説もある。「春雨に色の美しくなりたるに、香さへ賞(め)で飽かずとなり」(延五記)。雨中雨後の花の美しさをよむのは唐詩の詩想を学んだか。

123 山吹は理由のないままに咲くな。花を見ようと思って植えたあの人が、今晩は来ないのだもの。○あやな　「あやなし」の語幹。「あやなし」は筋が立たない、理由が分らないの意。ここでは、見るために植えた人が見るのなら咲くのはよいが、その人が見ないのだから筋が立たないというのである。○な咲きそ　「な…そ」↓一七。○来なくに　「なくに」を余情表現と解する。倒置法とする説もある。▽「君」と作者について諸説があるが、「君」を男性、作者を女性と見ておく。恋人の来ない不平をいったものか。宗祇は「あるじのものへ出でたる家にて、そのあひだによめるなり」(両度聞書)という。

124 吉野川の川岸の山吹は、次々と吹く風のために、水底の花影までが散ってしまった。○吉野河　宮滝あたりの激しい水流で波が立つ心象をふまえた表現。↓四七一。○山吹ふく風　花の名の「山吹」と「吹き吹く」を掛ける。○うつろひ　「移ろふ」と水に「映る」を掛ける。▽波立つ水面も視野にある表現。「山吹の風に…散るだに惜しきに、水に映れる底の影さへ移ろひ変りしを、いよいよ惜しむ心なり」(教端抄)。

125 河鹿(かじ)も花を惜しむように鳴いている井手の山吹は散ってしまっていたよ。花の盛りの

題しらず　　　　　　　　　　　　　　読人しらず

125 蛙《かはづ》なく井手《ゐで》の山ぶきちりにけり花のさかりに逢《あ》はましものを

この歌は、ある人の曰《いは》く、橘清友《たちばなのきよとも》が歌也

春の歌《うた》とて、よめる　　　　　　　　　　素《そ》性《せい》

126 おもふどち春の山辺に打群《(うち)む》れてそこともいはぬ旅寝《たびね》してしか

春《はる》の疾《と》く過《す》ぐるを、よめる　　　　　　躬《み》恒《つね》

127 梓弓《(あづさゆみ)》春たちしより年月の射《い》るがごとくも思《おも》ほゆるかな

弥生《やよひ》に鶯《うぐひす》の声《こゑ》の久《ひさ》しう聞《きこ》えざりけるを、よめる　　貫《つら》之《ゆき》

128 鳴《な》き止《と》むる花しなければうぐひすも果《はて》はもの憂《う》くなりぬべらなり

時に逢いたかったのに。○蛙なく　かな序の「花に鳴く鶯、水に住む蛙の声を聞けば、生きとし生けるもの、いづれか歌をよまざりける」に従って有意にとりたい。「かはづ」は今の河鹿。左注(→三五)▽旧注は、井手寺の古跡を思っていると言う。左注(→三五)は、橘氏の別荘があったことから、「橘清友が歌」としたものか。

逝く春　六首

126 親しい友が春の山辺に連れだって、どこでもあれ、旅寝をしたいものだ。○春の歌　春を代表する「花」の歌でもあることを言外に示すと見られる。春の山辺へ晩春の花を期待して行くのである。○おもふどち　親しい人であると同時に、春を惜しみ花を惜しむ心を共にする人をいう。「どち」は仲間の意。○打群れて　「うち」→三。○そこともいはぬ　どこと限定しないの意で、旅寝を修飾する。○してしか　「てしか」は願望の表現。▽→七三・九五。「花に心を染むる人をかたらひて…花(と共)に旅寝をせばやとなり」(延五記)。

127 あずさ弓は矢を射るために張るもので、その「はる」と言う名をもつ「春」が来た時から、年月がまるで矢を射るように、なんとも迅《(はや)》く過ぎて逝くように思えることだよ。○梓弓　→二〇。○思ほゆるかな　→三三。▽はる(張る)、いる(射る)は梓弓の縁。文選・長歌行「年往迅ニ勁矢一。時来亮急絃」。「この歌は、必ず春の歌とも見えはべらず。こと書によれるなり」(両度聞書)。田氏家集・惜春命飲の詩のごとく惜春の気持があろう。

128 鳴くことで散るのを引きとめようにも、その花さえないので、鶯も、さすがに結局つらくなって鳴くのもいやけがさしたと見える。○弥生　陰暦春三月の異称。○もの憂く　「懶の字なり」(教端抄)。「懶(慵)」は白楽天の詩に多い。白

弥生《やよひ》の晦日方《つごもりがた》に、山を越《こ》えけるに、山河《(やまがは)》より、花の流《なが》れけるを、よめる

深《ふか》養《や》父《ぶ》

129 花ちれる水のまに〳〵尋《と》めくれば山には春もなくなりにけり

春《はる》を惜《お》しみて、よめる

元《もと》方《かた》

130 お《(を)》しめどもとゞまらなくに春霞帰《(かへる)》道にしたちぬとおもへば

寛平御時后《きさいの》宮歌合《のうたあはせ》の歌《うた》

興《おき》風《かぜ》

131 声《こゑ》たえず鳴《な》けやうぐひす一年《ひとゝせ》にふたゝびとだに来《く》べき春《はる》かは

弥生《やよひ》の晦日《つごもり》の日、花摘《つ》みより帰《かへ》りける女《(をうな)》どもを見て、よめる

躬《み》恒《つね》

氏文集7・池上早秋「露飽蟬声懶」、同1・霓裳羽衣舞歌「陽台宿雲慵不ㇾ飛」。↓一五。○べらなり ↓三。▽「これもわが心より思ひ寄れるなり」(十口抄)。花を惜しむ心は人も鶯も同じだとの気持でよむ。春の花も無く鶯も鳴かない晩春三月の風景。白氏文集十・登村東古塚「花少鶯亦稀。年年春暗老」。新撰万葉集上・春の詩「花貧樹少鶯慵ㇾ囀」。

129 花が散って流れる川をたどりたどり、春の花を探し求めて来たのだが、山には春もなくなってしまったなあ。○弥生の晦日方 陰暦春三月の下旬または末日、尽日(↓一三三)。○まに〳〵「ままに」に同じ。名義抄「任 ママ・ホシイママ」。○春も 春はもちろん、春のものである「花」もの心でいう。▽「花はみな散り果てて…山には春もなくなりにけりとおどろくよしなり」(両度聞書)。

130 去ることを惜しんでも、春はとどまることもないのになあ。霞が立つように春も帰途に立ってしまったと思うと。○なくに ↓一三。○道にし 「し」は強意の表現。○たちぬ 霞が「たつ」と出発するの意の「たつ」を掛ける。▽逝く春を留めようとする詩想は白楽天の詩に多い。白氏文集1・落花「留ㇾ春春不ㇾ住。春帰人寂寞」。和漢朗詠集・三月尽「惆悵春帰留不ㇾ得」。「春の来たることは、霞の立ち初めたる故なれば、今、暮春に立つも霞のわざなり」(延五記)。

131 春の逝くことを惜しんで、いくら鳴いても春はとどまらないとしても、鳴き続けてくれ、鶯よ。この年にふたたび来るはずの春ではないのだから。○寛平御時…歌合 ↓一三。○声たえず鳴けやうぐひす ↓一〇五。○かは ↓九五。▽晩春の鶯に呼びかける。「春を惜しむ心を鶯にゆづりて…心を尽して春を惜しみ鳴けよとなり」(延五記)。

春の終り 三首

132 とゞむべき物とはなしにはかなくもちる花ごとにたぐふ心《こゝろ》か

弥生《やよひ》の晦日《つごもり》の日、雨《あめ》の降《ふ》りけるに、藤《ふぢ》の花を折りて人に遣《つか》はしける

業《なり》平《ひらの》朝臣

133 ぬれつゝぞ強《し(ひ)》ゐてお《(を)》りつる年の内に春は幾日《いくか》もあらじと思へば

亭子院《の》歌合に、春《はる》の果《はて》の歌《うた》

躬《み》恒《つね》

134 今日《けふ》のみと春をおもはぬ時だにも立《(たつ)》ことやすき花のかげかは

132 春の逝くことをとどめられるというものでもないのに、はかなく散ってゆく花の一ひら一ひらに、慕う思いを添えているわが心であるよ。○弥生の晦日の日　陰暦春三月の下旬又は末日。漢語「尽日」に当る。○たぐふ　つく、つれそう、寄りそう、心を寄せるの意。名義抄「属・副・倫・類タク(グ)ヒ」。○心か　「か」は詠嘆の表現。▽「散る花の一花一花に、惜しと思ふ心の添ひてゆく心なり」(教端抄)。詞書によれば花は女の比喩表現。白氏文集14・晩春欲携酒…「無ㇾ計二留ㇾ春得一」。

133 雨にぬれながらも、敢えて藤の花を折ってしまった。今年のうちにこの春も幾日もあるまいと思うから。○弥生の晦日の日　→一三。○強ゐて　「強ふ」は無理にするの意。▽共に花を惜しみ、春を惜しんで、春の花を愛(め)でて折るのである。花を折って贈ることは、最大のあいさつでもある。「折る」→三。伊勢物語八十段。

134 今日だけで終るのだと春を思わない時でさえも、立ち去り難い花のかげであるよ。まして、今日は春の終りであるので立ち去り難いことだ。○亭子院歌合　→六八。○春の果　春の終りの意。四季の初めをよむのに、「立春・立秋、初夏・初冬」とほぼ歌題が固まっていたのに対し、四季の終りをよむ歌題は、確定の度合が弱く、主として、「やよひ・みなづき・ながつき・しはす」の暦月の「つごもり」として示されている。四季の終りが、暦月の「尽日」で代行されてもいるのである。「尽日」をよむのは、白楽天の詩などを学んだもの。白氏文集14・詩題「春尽日天津橋酔吟偶呈二李尹侍郎一」、同16・詩題「春尽日宴罷感ㇾ事独吟」など、春の尽日の詩は多い。○花のかげかは　「かげかは」→九五。▽「春の立ちそめしより、三春の過ぎ行かんずることを覚悟の前にてはべりしに、案のごとく今日に至れりと言ふ、心深きなり」(延五記)。

古今和歌集巻第三

夏歌

題しらず　　読人しらず

135 わが宿《やど》の池の藤波さきにけり山郭公《(ほととぎす)》いつか来《き》なかむ

この歌、ある人の曰《いは》く、柿本《かきのもとの》人麿《まろ》が也

卯月《うづき》に咲《さ》ける桜《さくら》を見て、よめる　　紀利《とし》貞《さだ》

136 あはれてふことをあまたに遣《や》らじとや春にを《(お)》くれてひとりさく覧《(らむ)》

夏は、陰暦では四、五、六月。夏部三十四首のうち、二十五首(一四〇−一六四)は、ほととぎすの歌。

初夏　二首

135 わたくしの家の池のほとりの藤が咲いたなあ、池の水面も夏風に波立っているよ。山に籠《(こも)》っているほととぎすは、いつになると来て鳴くのだろう。〇宿　家の屋外、庭などをいう。〇藤波　「藤波」(→一二〇)と水面の「波」を掛ける。〇さきにけり　藤と波とについて「咲き」という。→四三七。〇来なかむ　鳴くことを願う表現。▽初夏の藤、桜(→一三六)は「残花《(のこんのはな)》」で、春の余情をただよわせつつ、夏の部に導入する。白氏文集五・首夏同諸校正…「鳥恋残花枝」。藤の花は、春の終りごろの花とされていて(→一一九)、白氏文集でも「惜春」の詩に藤の花をよむ。白氏文集十三・三月三十日題慈恩寺「惆悵春帰留不レ得。紫藤花下漸黄昏」。ほととぎすは、万葉集では、立夏の四月にも、五月にも鳴くものとしてよまれ、古今和歌集では五月に鳴く(→一三七)ものとされている。それぞれの季節の鳥を漢語で「時鳥・時禽」という。▽中国では、ほととぎすは春の終りから夏に鳴くものとされ(本草集解)、鳴き声は別離、吐血などを意味するという(荊楚歳時記)。中世の注釈で秘説の多い鳥。歌の左側にある記述「この歌…」は「左注」といい、作者や作歌事情や異文などの二次的・補足的な記述で、無視はしないけれども、本文としては採用しなかったことを述べる。特に「柿本人麿」などとある作者名は伝承的である。

136 すばらしいという褒めことばを他の桜にやるまいと思って、本来咲くべき時期の春には咲かずに、今になってこの桜は独り咲いているのだろうか。〇卯月…　陰暦夏四月の桜。桜は春のもの、ここは「残花」(→一三五)。〇遣らじ　ひとりじ

題しらず　　　　　　　　　　　よみ人しらず

137 さ月松《(まつ)》山郭公うちはぶき今もなかなむ去年《こぞ》のふる声《ごゑ》

伊　勢

138 五月こば鳴《な》きも古《ふ》り南《(なむ)》郭公まだしき程のこゑをきかばや

よみ人しらず

139 さつきまつ花たちばなの香《か》をかげば昔の人の袖の香《か》ぞする

140 いつのまにさ月来《き》ぬ覧《(らむ)》あしひきの山郭公今ぞなくなる

めしようとすること。〇さく覧　主語は「桜」。

皐月《さつき》待つ　三首

137 夏の五月を待って鳴く山ほととぎすよ。羽を振って今すぐにも鳴いてくれよ。去年聞きなれたあの声で。〇さ月　陰暦夏五月の異称。〇うちはぶき　「うち」は接頭語。「ふく」は「振る」の上代語。中世注は「はふき」とも示す。〇ふる声　「ふるこゑ」とも。

138 夏の五月が来れば、鳴き古りて新しさもなくなってしまうだろう、ほととぎすよ。古びない、ういういしい声を聞きたいものだ。〇五月　「さつき」→一三七。〇古り　古くなる、聞き馴れるの意。▽「世間に流布しては無レ曲なり。まづ、疾（と）く聞かせよとなり」（蓮心院注）。

139 夏の五月を待って咲く花橘の香りをかぐと、もと知っていた人の袖の香りがする思いだ。〇さつき　→一三七。〇花たちばな　花の咲く橘、橘の花。橘は、香りの高い白い花の咲く常緑樹。〇袖の香　→一三二。▽「昔の人などを思ひたる折節、橘にふれて、かくよめるさまなり」（両度聞書）。伊勢物語六十段。

ほととぎす　二十五首

140 いつのまにこの夏の五月が来たのであろう。山のほととぎすが、ほら、今鳴いている。〇さ月　→一三七。〇あしひきの　→五九。〇なる　→一二六。▽鳴き声から、陰暦夏五月を待って鳴くはずのほととぎすの到来で五月を確認する。→一三五。

141 今朝やっと来て鳴いて、いまだに旅の終っていないほととぎすよ、今この同じ時節に咲きほこっている花橘に宿を借りてほしい。〇旅なる　所の定まらず飛びまわることの比喩表現。▽「ほととぎすは、卯月五月のころ出でて鳴きわた

141 けさ来鳴《きな》きいまだ旅《たび》なる郭公花たちばなに宿《やど》はから南《(なむ)》

音羽《をとは》山を越《こ》えける時に、郭公の鳴《な》くを聞《き》ゝて、よめる
紀《きの》友《とも》則《のり》

142 を《(お)》とは山けさ越《こ》えくればほとゝぎす梢《こずゑ》はるかに今ぞなくなる

郭公《ほとゝぎす》の、初《はじ》めて鳴《な》きけるを聞《き》ゝて
素《そ》性《せい》

143 ほとゝぎすはつこゑきけばあぢきなく主《ぬし》さだまらぬ恋《こひ》せらるはた

奈良《なら》の礒神寺《いそのかみでら》にて、郭公の鳴《な》くを、よめる

144 礒《いそ》の神ふるき宮この郭公こゑ許《(ばかり)》こそ昔なりけれ

れば旅なるとよめり。花橘は時節の花なれば、鶯の梅に宿するやうに…宿を借れとなり」(延五記)。

142 音羽山を今朝越えて来ると、ほととぎすが木々の梢(えこず)のかなたで、今確かにあの音(ね)で鳴いている。○音羽山　音羽川と共に音に関わってよむ景物。その名「音」羽(山・川)の音(おと)に声・音(ここは、ほととぎすの声)をひびかせてよむ。○なる　→一四〇。▽上句の「越え来(る)」は、まず作者だが、ほととぎすの旅が暗示される。音羽山というから音(おと)を連想したが、はからずもほととぎすの美しい音(ね)を確かに聞けたの意。

143 ほととぎすの、今年の初声を聞くと、どうしようもなくもの悲しくて、人が誰と定まっているわけでもなく、人恋しい思いがおこるよ、いやまったく。○主さだまらぬ　漢語「無主・無定主」に当る。白氏文集十三・遊雲居寺…「勝地本来無㆓定主㆒」。○らる　自発の表現。○はた　もとは甲か乙かの選択のことばだが、ここは一方のみに限定されて詠嘆的な気持を表現する。▽「ほととぎすの声を聞けば…人などの恋しきなるべし」(密勘顕注)。「はた」を、その原義により、四句「主さだまらぬ」の前に倒置とする説もある。

144 石上といえば布留と続くが、その「ふる(古)」という名の通りに古い都に鳴くほととぎすよ、声だけは昔のままである。○礒の神　地名「布留」を出す、万葉集以来の表現。○宮こ　安康・仁賢天皇の都であったことによりいう。▽「古き都のものごとに変り果てたるに、ほととぎすの声ばかり、昔のごとくなりとよめり」(栄雅抄)。

145 夏の山に鳴いているほととぎすよ、お前にもこころ(情)があるのならば、もの思いに沈むわたくしに、その悲しげな声を聞かせないでほしい。○心　和語の「こころ」は、漢語の主として「心」と「情」とに当る。和文では漢字「心」で示すこ

題しらず　　　　　よみ人しらず

145 夏山に鳴《なく》郭公心あらば物思《おもふ》我にこゑな聞《き》かせそ

146 ほとゝぎすなく声きけばわかれにし古里《ふるさと》さへぞ恋《こひ》しかりける

147 郭公ながなくさとのあまたあれば猶うとまれぬ思《おもふ》ものから

148 思《おもひ》いづるときはの山の郭公唐紅の振《ふ》りいでてぞなく

とが多いが、意味は両者にわたる。ここは「情」と解しておく。周易・下経咸伝疏「万物感レ物而動。謂二之情一也」。○な…そ　禁止の表現。▽「この歌、恋の方へは深く思ひやるべからず」(延五記)。李白・奔亡道中五首「誰忍子規鳥。連声向レ我啼」。

146 ほととぎすの鳴く声を聞くと、別れてしまった―人々は言うまでもなく―その古里までが恋い慕われることだ。○古里さへぞ　「さへ」は例をあげ更に重いものを指示する表現。▽→一三七。荊楚歳時記「杜鵑初鳴。先聞者主二別離一」(余材抄)。

147 ほととぎすよ、お前が訪れて鳴く里が、わたくしの所だけでなくあちらこちらとたくさんあるので、やはりうとましくなってしまうよ、いとしくは思うけれども。○うとまれぬ　「うとむ」は「うとし」の動詞形。名義抄「疎・外　ウトシ」。「れ」は自発の助動詞「る」の連用形。○ものから　ここは逆接の表現。▽「数多の里を掛けて鳴けば、思へども猶うとましと言ふよしなり」(僻案抄)。「伊勢物語…にては恋の歌なり。この集にては…ほととぎすの歌なり」(教端抄)。伊勢物語四十三段では賀陽親王が女に送った歌。

148 思い出す時は、常に緑の変わらない常磐(ときわ)の山のほととぎすまでが、唐紅のように真赤な血を吐きそうなほどに、声をふりしぼって鳴くよ。○思いづる　昔、昔の人、亡き人、古里などを思い出す。○ときは　「時は」と山の名「ときは(山)」(「常磐」→二四)を掛ける。○唐紅　中国産のあざやかな紅(べに)、その紅染(べにぞめ)。真紅の色を水に振り出して染めるので「振る」を出す。▽上句に作者の感情投入がある。上句の緑と下句の紅の対照の妙。酉陽雑俎「杜鵑始陽相催而鳴。先鳴者吐レ血死」。白氏文集十二・琵琶行「杜鵑啼レ血猿哀鳴」。

149 鳴く声だけはして、涙は見えないほととぎすよ。わたくしの袖をぬらすこの涙を借りてほ

149 声《こゑ》はしてなみだは見えぬ郭公《(ほととぎす)》わが衣手《(ころもで)》の漬《ひ》つをから南

150 あしひきの山ほとゝぎすおり《(を)》はへて誰《たれ》かまさると音《ね》をのみぞ鳴《な》く

151 いまさらに山へ帰《かへ》るなほとゝぎすこゑのかぎりはわが宿《やど》になけ

三《み》国《くにの》町《まち》

152 やよや待《ま》て山郭公事つてむわれ世中《(よのなか)》に住《す》みわびぬとよ

しい。〇漬つ　↓二。▽「ほととぎすを聞けば心哀れにして涙わが袖をぬらしはべれども…ほととぎすも同じ心にして、わが袖の涙を借れとなり」(延五記)。白氏文集十一・江上送客「杜鵑声似ㇾ哭」。

150 山から来て鳴くほととぎすは、長く鳴き続けて、誰の声がまさっているかと、競って鳴いてばかりいることだ。〇あしひきの　↓五九。〇おりはへて　「をる」は重ねるの意。「はふ」↓三。「うちまかせて、はばかるところもなしとせちなる心なり」(教長注)などの説がある。〇誰か　「か」は疑問の表現。〇音をのみぞ　「のみ」が付いて一層強調される。▽「ほととぎすの声を聞けば、われも…なき侍れば」(延五記)との説もある。

151 今はことさらにもう山へ帰るな、ほととぎすよ。声の続くかぎり精いっぱい、わたくしの家のあたりで鳴いてくれよ。〇いまさらに　今、更にと切って解する。〇宿　↓一三五。

152 さてしばらく待ちなさい、山ほととぎすよ。言伝てしてほしいのだ、わたくしがこの世の中に住むのがつらくなっていると。〇やよや　呼びかけの表現の「や」に、同じ表現の「よ」が付き、更に呼びかけの「や」が続き、強く呼びかける。〇事つてむ　伝言の相手は、山に住む人で、山に修行のためこもる人、世を捨てて山住みする人、単に杣人(そまびと)など範囲が広い。「む」は希望の表現。中世注は「ことつて」と示す。▽「ほととぎすは…山へ帰る鳥なれば…山に入りて住む人に…言付けやらんと言ふ心なるべし」(密勘顕注)。

153 さみだれの降り続く夜、もの思いに心みだれてじっとしている折に、ほととぎすは、夜もふけてこの雨の中を鳴いてどこに行くのだろうか。〇寛平御時…歌合　↓三。〇五月雨　雨の「さみだれ」と「乱れ」を掛ける。〇いづち　どちらの方向にの意。万葉集以来の表現。▽「いづちにか行

寛平御時《くわんぴやうのおほむとき》后《きさいの》宮《の》歌合の歌《うた》

紀　友《とも》則《のり》

153 五月雨に物思《おもひ》をれば郭公夜ふかくなきていづち行《ゆ》くらむ

154 夜やくらき道やまどへるほとゝぎすわが宿《やど》をしも過《す》ぎがてになく

大江千里

155 やどりせし花橘《たちばな》もかれなくになどほとゝぎすこゑたえぬ覧

紀《きの》貫《つら》之《ゆき》

156 夏の夜のふすかとすればほとゝぎすなくひとこゑに明《あ》くるしのゝめ

くらんとうらやむ心なり」(両度聞書)。「余情無レ限ものなり」(十口抄)。新撰万葉集の詩は、主人公を閨中の女とする。新撰万葉集上・夏・二四参照。

154 夜が暗いのか、道に迷っているのか。ほととぎすが、わたくしの家のあたりをよ、通り過ぎにくそうに鳴いている。○過ぎがて　家のあたりをいつまでも鳴いている様。「がてに」→七五。▽「夜の暗きにより過ぎがてに鳴くか、又、行くべき方をまどひてここへ来たるか、さらずは、かうわが宿には鳴かじ…の心なり」(両度聞書)。「暗きにほととぎすの道まどふべきならねど人間の習ひになぞらへて言へり」(栄雅抄)。新撰万葉集上・夏・三八参照。

155 宿としていたその花橘もまだ花が枯れていないのに、どうしてほととぎすは、声が今はぷっつりとしなくなってしまっているのだろう。○やどりせし花橘　→一四一。○かれなくに　「枯れ」と「離(か)れ」をかけるか。「なくに」は万葉語の句法をつぐ。▽「枯れなくにとは、いまだその橘も変はらぬにと言ふやうの心なり」(十口抄)。

156 夏の夜の、横になるかならないかに、ほととぎすの鳴くひと声がしてその声のうちにほのぼのと白んでくる、この夏の夜明け方よ。○夏の夜の　第五句「明くる」にかかる。○ひとこゑ　白楽天の詩に例が多い。白氏文集十二・山石榴寄元九「九江三月杜鵑来。一声催得一枝開」。○しのゝめ　まだ薄暗い刻限で、夜の明ける直前。漢語「黎明、遅明」に当る。▽「夏夜の極めて短かければ、只、鳥の一声の内に明くるかと思へり」(延五記)。新撰万葉集上・夏・二六参照。

157 暮れるかと思っていると、すぐにも明け初めてしまうこの短い夏の夜を、満ち足りないと思って鳴くのか、山ほととぎすよ。○あかず　「飽かず」に「明かず」の意を含むとする説もある(延五

157　暮《く》るゝかと見ればあけぬる夏の夜をあかずとやなく山郭公

壬《み》生《ぶの》忠《たゞ》岑《みね》

158　夏山に恋《こひ》しき人や入《い》りにけむ声《こゑ》ふりたてゝなくほとゝぎす

紀　秋　岑

題しらず

よみ人しらず

159　去年《こぞ》の夏《なつ》なきふるしてし郭公それかあらぬかこゑのかはらぬ

郭公《ほとゝぎす》の鳴《な》くを聞《き》きて、よめる

貫《つら》之《ゆき》

160　五月雨の空《そら》もとゞろに郭公なにを憂《う》しとか夜《よ》たゞなく覧

記)。▽「暁方、しきりに鳴くなり。夜を慕ふかと聞くなり」(十口抄)。新撰万葉集上・夏・二九参照。

158　山から里に出るはずのこの夏の山に、恋しく思っている相手が山入りしてしまったのだろうか、ひときわ声をふりたてて鳴いているほととぎすよ。○夏山　夏安居(げあんご＝延喜玄蕃式)を念頭におくとの説(余材抄)もある。○恋しき人　ほととぎすも心あるものとしていう。▽「ほととぎすの恋しき人なり。人の恋しき人にあらず」(教端抄)。新撰万葉集上・夏・三六参照。

159　去年の夏、鳴き古すように鳴き続けたほととぎすよ。その同じほととぎすなのか、違うほととぎすなのか、声は少しも変らぬことだ。○ふるしてし　「ふるす」は古くなったように盛んになくこと。「古すを飽くやうにみるべからず」(平松抄)。○それかあらぬか　白楽天の詩などに多い「某不、某否」の語法に当る訓読による表現。神田本白氏文集四・李夫人「是耶非耶(両不レ知)」、古訓点「ソレカアラヌカ」。▽「声は古声に変らねども…新らたなれば、それかあらぬかと言へり」(両度聞書)。新撰万葉集上・夏・三二参照。

160　さみだれが激しく降る夜の空も轟(とど)ろかすほどに声を響かせるほととぎすよ。いったい何をつらいと思って、夜どおし鳴いているのだろう。○空もとゞろに　「空も動きてと言ふなり。万葉集には動と書きてとどろと読めり」(密勘顕注)。新撰字鏡「湯　水声也、止々呂久」。○たゞ　ひたすらの意。中世注は「たた」と示す。▽「ものを思ふものは如レ此なりけりと言ふ心なり」(両度聞書)。

161　ほととぎすは、待っているのにその声も聞こえない。山彦はせめて、ほかの所で鳴くほととぎすの声を、反響させて聞かせてくれないのか。○侍　出仕した控室。○男　男子、ここは殿上人。

侍《さぶらひ》にて、男《をのこ》ども酒賜《さけたう》べけるに、召《め》して、郭公《ほとゝぎす》待《ま》つ歌《うた》よめと有《あ》りければ、よめる　　躬《み》恒《つね》

161 ほとゝぎすこゑもきこえず山びこは外《ほか》になく音《ね》をこたへやはせぬ

山に郭公《ほとゝぎす》の鳴《な》きけるを聞《き》ゝて、よめる　　貫《つら》之《ゆき》

162 郭公人松《(まつ)》山になくなれば我うちつけに恋《こ》ひまさりけり

早《はや》く住《す》みける所にて、郭公の鳴《な》きけるを聞《き》ゝて、よめる　　忠《たゞ》岑《みね》

163 むかしへや今《いま》もこひしき時鳥《(ほととぎす)》ふるさとにしもなきて来《き》つらむ

郭公《ほとゝぎす》の鳴《な》きけるを聞《き》ゝて、よめる　　躬《み》恒《つね》

164 ほとゝぎす我とはなしに卯花《(うのはな)》の憂《う》き世中《(よのなか)》になきわたる覧

○賜べ　「たうぶ」は「たまふ(賜)」の転。いただくの意で、ここは酒を飲むこと。○やは　反語的願望の表現。▽「山彦は…よそに鳴く音(ね)をここに応え継ぎて聞かせよとなり」(教端抄)。

162 ほととぎすが、人を「待つ」という名の「松」の山にあんな風に鳴くものだから、わたくしはにわかに恋心がつのって来たよ。○松山　「待つ」と「松」を掛ける。「松」→三四。地名とする説もある。○うちつけに　ものをパッと打ちつけることから、急に、唐突にの意。▽「ほととぎすも人(相手の鳥)を待つやと察して、我も催ほされてうちつけに恋ひまさるよしなり」(十口抄)。→一五八。

163 昔のことが今も恋しいのか。ほととぎすが、昔なじみのこの里にばかり来て鳴いているようだ。○早く…　以前に住んでいた所の意。○むかしへ　昔に同じ。「へ」は方向を示す。中世注は「べ」とも示す。○しも　強意の表現。▽「旧宅に来て昔恋しく思ふ折しも…わが心より推しはかりて、ほととぎすも昔の恋しき故に故郷にしも来鳴くらんとなり」(教端抄)。

164 ほととぎすは、このわたくしではないのに、つらい世の中でわたくしが泣き続けるように、どうして鳴いて飛びわたるのだろうか。○我とはなしに　ほととぎすが自分自身を忘れての意と解するのなど説が多い。○卯花の憂き　「う(卯)」「う(憂)」と重ねてつらさを強調する。○なきわたる　「なき」は「鳴き」と「泣き」を掛ける。○覧　→六四。▽「何故にといふ心なり」(両度聞書)。ほととぎすを冥途鳥、無常鳥などいい(延五記)、卯の花とのとり合せは王朝の歌や詩に多い。

夏景　三首

165 蓮葉が、泥水で育ちつつもその濁りに染まらない心をもちながら、どうして露を玉ではな

165
蓮《はちす》の露《つゆ》を見て、よめる　　僧正遍昭
はちす葉《ば》のにごりに染《し》まぬ心もてなにかはつゆを珠《たま》とあざむく

166
月の面白《おもしろ》かりける夜、あか月方《がた》に、よめる　　深《ふか》養《や》父《ぶ》
夏の夜はまだよゐ《(ひ)》ながらあけぬるを雲のいづこに月やどる覧

167
隣《となり》より、常夏《とこなつ》の花を乞《こ》ひに遣《をこ》せたりければ、惜《お》しみて、この歌《うた》を、よみて、遣《つか》はしける　　躬《み》恒《つね》
塵《ちり》をだに据《す》へ《(ゑ)》じとぞ思《(おもふ)》 咲《さ》きしより妹《いも》とわが寝《ぬ》るとこ夏の花

168
水《み》無《な》月の晦日《つごもり》の日、よめる
夏と秋と行《(ゆき)》かふ空《そら》のかよひ路《ぢ》は片方《かたへ》すゞしき風やふくらむ

いかと思い誤らせるのか。〇心　本性の意。〇あざむく　漢語「欺」に当る。「まどふ、まよふ、誤つ、似る、疑ふ、と見る」など見立の語法の一つ。漢詩の表現に基く。▽蓮の葉の上の露の美しさを賞美することに主意がある。法華経・従地涌出品「不レ染二世間法一。如二蓮華在一レ水」。白氏文集十五・放言五首「荷露雖レ団豈是珠」。

166　夏の短い夜は、宵でありながらそのまま明けてしまうが、いったい雲のどのあたりに沈む暇もないあの美しい月は、いったい雲のどのあたりに宿をとっているのだろう。〇面白かりける　晴やかな美しさをいう。〇あか月　明(あ)か時。夜半から朝までをいうが、まだ十分明けぬ暗いころ。〇よゐ　→四六四。

167　わが家の床(とこ)と同様にこの花にはわずかの塵もおかせぬように大事に思っているのですよ、咲いてからずうっと。妻とわたくしが寝るいつもの床というその「床」という名の「とこなつの花」なのですから。〇隣　隣家。〇常夏の花　なでしこの花。花の名「とこなつ」と、いつもの意の「常」と、「床」を掛ける。〇遣せたり　使いをよこしたの意。▽田氏家集・禁中瞿麦花詩三十韻序「花紅紫赤又有二濃淡一。春末初発夏中最盛」。

夏の終り　一首

168　去り行く夏とやって来る秋とが行きちがう空の通り路は、片側だけに涼しい秋風が吹いているであろう。〇水無月の…　陰暦夏六月の最後の日、尽日(→一三・一三四)。〇かよひ路　漢語「通路」に当る。〇片方すゞしき　「片方(かた)涼しきなり。半(なか)といふ心なり」(両度聞書)。〇風や「や」→六四五。▽秋は涼風とともに来る。→一六九。宋孝武帝・初秋「夏尽炎気微。火息涼風生」。白氏文集1・一葉落「煩暑鬱未レ退。涼飈潜已起。寒温与二盛衰一。逓相二為表裏一」。

古今和歌集巻第四

秋歌上

秋立《(たつ)》日、よめる　藤原敏行朝臣

169 秋《あき》きぬと目《め》にはさやかに見えねども風のを《(お)》とにぞおどろかれぬる

秋立《(たつ)》日、殿上《うへ》の男《をのこ》ども、賀茂《かも》の河原《かはら》に、河逍《かはせう》遥《えう》しける供《とも》にまかりて、よめる　貫《つら》之《ゆき》

170 河風のすゞしくもあるかうち寄《よ》する浪とゝもにや秋はたつらむ

秋部を上・下二巻に分け、立秋の日の歌群に始まり、紅葉・菊・落葉の歌群を中心に、秋の終りの歌群に終わる。

立秋の日　二首

169 秋が来たと、目にははっきり見えないけれど、風の音で、はっと気づいた。○秋立日　漢語「立秋日」に当る。→二「春立ちける日」。○さやかに　「清の字を用ふるか。あざやかに、鮮字なり」(密勘)。万葉集で「清」の字に当る。○おどろかれぬる　はっとする、気づくの意。漢語「驚」に当る。孟浩然・送王昌齢之嶺南「洞庭去遠近。楓葉早驚レ秋」。「る」(れ)は自発の表現。▽「秋に形はなければ、来たるが目には明らかに見えねども、昨日吹きたる風の音には異なれば、驚かるるとなり」(栄雅抄)。礼記・月令「孟秋之月…涼風至」。田氏家集・七月一日「今朝何事殊驚愕。応ニ是傷心第一秋ニ」。立春の日の歌(→二)が暦の上の転換を表に出しているのに対し、この立秋の日の歌は、涼風という実感的景物による転換を表に出しており、春部・秋部が対照的な技法で始まる。

170 川風のなんと涼しいことか、この涼風によって岸に吹き寄せる波と一緒に、秋は立つのであろう。○殿上の男ども　殿上人たち。○逍遥　主として天皇・殿上人の山水御遊をいう。中世注は「かはぜうえう」とも示す。文選・南都賦「聖皇之所ニ逍遥ニ」、同李善注「逍遥、遊也」、続日本後紀・嵯峨天皇遺詔「詣ニ山水ニ而逍遥」。○まかり　「行く」の謙譲表現。○たつらむ　波が「立つ」と秋が「立つ」を掛ける。▽「涼風」→一六九。春は東風とともに至り(→二)秋は涼風とともに至るという、礼記・月令の規定を前提にする。「晴の歌なり…是歌の本なり」(宗祇切紙・内外表裏事)。

題しらず　　　　　　　　　　よみ人しらず

171 わがせこが衣のすそを吹《(ふき)》返しうらめづらしき秋のはつかぜ

172 昨日こそ早苗《さなへ》とりしかいつのまに稲葉《いなば》そよぎて秋風のふく

173 秋風の吹《(ふき)》にし日より久方の天《あま》の河原《かはら》にたゝぬ日はなし

174 ひさかたのあまのかはらのわたしもりきみわたりなば楫《かぢ》かくしてよ

秋風　二首

171 わたくしの夫の衣のすそを吹き返して、心(うら)めずらしく衣のすそ裏を見せる、すばらしい秋の初風よ。〇うらめづらしき　「うら」は衣の「裏」と「心裏(うら)」を掛ける。「めづらし」は心ひかれる、稀なの意。▽上句は、序詞的表現として四・五句を導き、同時に鮮明な叙景ともなっている。「序歌なれども…心あるにや」(両度聞書)。

172 つい昨日は苗代から早苗を採って田植をしたのに、いったいいつの間に、稲葉がそよそよとそよいで、こんなに秋風が吹くのか。〇ふく　連体形止め。▽作者は農耕に目をむける。

七夕　十一首

173 涼風の吹いた立秋の日から、天の川の川原に立って、あなたのいらっしゃるのをお待ちしない日はありません。〇久方の　→八四。〇たゝぬ　織女星が立たないの意。▽万葉集十「妹に逢ふ時片待つと久方の天の川原に月ぞ経にける」。芸文類聚・七月七日・続斉諧記「七月七日織女当レ渡レ河…世人至レ今云三織女嫁二牽牛一也」。文選・洛神賦・李善注「牽牛為レ夫。織女為レ婦。織女牽牛之星。各処二河鼓之傍一。七月七日乃得三一会二」。たなばたは、万葉集以来好んでよむが、渡河するのは、和歌では一般に彦星、中国やわが国の詩では織女星。古今和歌集では、直接的に男女の恋愛に結びつけるのは少なく、普遍的な詠じ方である。

174 天の川の渡し守よ、あのお方が渡ってしまったならば、お帰りになれないよう櫂(かい)を隠してほしい。〇きみ　彦星をいう。〇楫　和名抄「檝　加遅」。▽万葉集十「わが隠せる梶棹なくて渡り守舟貸さめやもしましはあり待て」。「別れの切ならんことを思ひやりてよめる」(両度聞書)。

175
天河《(あまのがは)》もみぢを橋《はし》にわたせばやたなばたつ女《め》の秋をしもまつ

176
恋《こ》ひ〳〵て逢《あ》ふ夜はこよひあまの河霧立《(たち)》わたりあけずもあらなん

寛平御時《(くわんぴやうのおほむとき)》、七日《なぬか》の夜、殿上《うへ》に侍《さぶら》ふ男《をのこ》ども、歌奉《たてまつ》れ、と仰《おほ》せられける時に、人に代《かは》りて、よめる

友《とも》則《のり》

177
あまの河浅瀬《あさせ》しら浪たどりつゝわたりはてねばあけぞしにける

同《おな》じ御時后《きさいの》宮《の》歌合の歌《うた》

藤原興《おき》風《かぜ》

178
契剣《(ちぎりけむ)》心ぞつらき織女《(たなばた)》の年にひとたびあふはあふかは

175 天の川に散り敷いた紅葉を橋として架けるからだろうか、織女星は年ごとにその秋を特に待ちこがれるのだ。〇天河　毘沙門堂注は「あまのがは」と示す。〇わたせばや　彦星を渡すと解する説もある。〇たなばたつ女　棚機つ女、織女星。中世注は「(たなばた)づめ」と示す。▽「秋に限りてかの川を渡りはべれば、紅葉を橋に渡したると言ひたるなり」(延五記)。紅葉の橋について、毘沙門堂注は漢書を引くが、漢書にはなく、日本的発想であろうか。

176 ひたすらに恋い続けて、逢う夜は今宵ひと夜のみ、せめて今宵は、天の川に霧が立ちわたって、このまま明けずにあってほしい。▽「年中恋ひ〳〵て逢ふことはただ今夜一夜なるに、雲霧も心ありて立ちわたる夜…明けずともあれと、星に代りて惜しむ」(平松抄)。霧は秋の代表的景物。

177 天の川の浅瀬がわからないので、白波の立っている所をたどりたどり渡って、なかなか渡り切らないのに、もう夜が明けてしまったなあ。〇寛平御時　宇多天皇の治世にの意。↓三。〇殿上に侍ふ男ども　清涼殿に出仕している殿上人たち。〇…と仰せられける　宇多天皇が…とおっしゃったの意。〇人　殿上人をいう。〇代りて　代作しての意。〇しら浪　「知らなみ」(ミ語法↓三)と「白波」を掛ける。〇わたりはてねば　「ねば」は万葉集に多い「ぬに」の意の語法。▽彦星の立場に立った歌。

178 一年に一度だけ逢おうと契った心は互いに無情なことだ。七夕の、年に一度だけ逢うということは、本当に逢うことになろうか。〇同じ御時…歌合　↓三「寛平御時…」。〇つらき　相手が自分につれなくてつらいの意。〇織女　ここは七夕の二星をいう。▽↓一亖。「一夜の飽かぬ悲しみより、契りけん心ぞつらきと言ふなり」(両度聞

七日《なぬか》の日の夜、よめる　　凡河内躬《み》恒《つね》

179 年ごとに逢《あ》ふとはすれどたなばたの寝《ぬ》るよのかずぞすくなかりける

180 たなばたにかしつる糸《いと》のうちはへて年の緒《を》ながく恋《こ》ひやわたらむ

題しらず　　素《そ》性《せい》

181 こよひ来《こ》む人にはあはじたなばたの久《ひさ》しきほどに待《ま》ちもこそすれ

七日《なぬか》の夜《よ》のあか月に、よめる　　源宗《むね》于《ゆきの》朝臣

182 今はとてわかるゝ時はあまの河わたらぬさきに袖ぞ漬《ひ》ちぬる

書)。彦星が織女星をうらむとする説もある。

179 毎年逢いはするけれど、七夕の—彦星と織女星とが—共寝(ともね)する夜は、なんと数少ないことだ。▽「ただ、思ひいれてうち嘆きたる心なり」(両度聞書)。「延五記云、七夕の逢ひ初めしより年に一度なれば…年を経はべれども逢ふ夜の数はすくなしと…此義、歌の表ばかりを注せり」(教端抄)。

180 織女星にお供えする糸のように、いつまでも長く年を経て恋いつづけることであろうか。○かしつる 「かす」は手向ける意。大蔵省織部司で七月七日織女祭に布などを供える(延喜大蔵式)。後の乞巧奠(きつこうでん)に当る。○うちはへて 延ばしての意。○年の緒 「長く」を出す比喩表現。緒は糸の縁。○恋ひやわたらむ わたくしも七夕の星のように恋い慕うだろうかの意。▽「一年のみならず連続して…うち嘆くよしなり。恋ひやわたらんとは、七夕の心を深く察したるなり」(十口抄)。初学記・七月七日・荊楚歳時記「七夕婦人結㆓綵縷㆒」。許敬宗・七夕賦詠成篇「一年抱ㇾ怨嗟㆓長別㆒」。

181 よりによって七日の今宵に来るような人には会いますまい。七夕の二つの星が久しく待たねばならないように、長いあいだわたくしも人を待つことになると困ることだ。○待ちもこそすれ 「待つ」が七夕と作者に掛る。「も」「こそ」「すれ」と重なって強い不安感を表現する。▽織女星の立場からよんだもの。

182 今はさらば…と別れる時は、帰ろうとして天の川を渡らぬ前から、そら、袖がびっしょりとぬれてしまうことだ。○七日の夜のあか月 陰暦秋七月八日のまだ暗い暁の意。○今は 今となってはの意。別れの時の表現。○袖ぞ漬ちぬる 天の川を渡ってぬれるのなら当り前だが、その前から別れの涙でぬれるのである。「ひつ」→二。▽

八日《やうか》の日、よめる　　壬生忠岑《みぶのただみね》

183 けふよりは今来《こ》む年の昨日をぞいつしかとのみ待《ま》ちわたるべき

題しらず　　よみ人しらず

184 木《こ》の間《ま》よりもりくる月の影《かげ》みれば心づくしの秋はきにけり

185 おほかたの秋くるからにわが身こそかなしき物と思ひ知《し》りぬれ

186 わがためにくる秋にしもあらなくに虫の音《ね》きけばまづぞかなしき

彦星の立場からよんだもの。王朝詩では織女星の袖の意となる。「別れん事はかねて覚悟の前なれども、その時に臨みては悲しきこと、身に当れり」(延五記)。

183 八日になってしまったこの今日からは、これからやって来る年の昨日七月七日を、いつ来るかいつ来るかとだけ思って、待ち続けねばならないのか。▽「ただ、逢ふ夜を待つかたの切(ちせ)なる義なり」(両度聞書)。七夕の後朝(きぬぎぬ)の歌。

秋は悲しき　七首

184 木の間から漏れてくる月の光を見ていると、悲しい思いの限りを尽くさせるその秋が来たのだなあ。▽「秋の色々の思ひを兼ねたるなり」(両度聞書)。「悲秋」という観念を、宋玉・九弁五首、文選・秋興賦や、白氏文集九・早秋曲江感懐「去歳此悲レ秋。今秋復来レ此」などの漢詩から学んでいる。経国集・重陽節神泉苑賦秋可哀など、平安初期の詩などにも、悲秋をよむ。

185 人みなにとって同じはずの秋が来るにつけて、このわが身をこそ、悲しい存在なのだと思い知ってしまうことだ。○おほかたの　世間一般の、一般的にはの意。○からに　理由・原因の表現。○わが身こそ　五句「思ひ知りぬれ」にかかる。▽「秋は天然に来たれども、わが身に生得の悲しき理(ことわり)あれば、何となく来る秋もただならぬよしなり」(十口抄)。白氏文集十五・燕子楼三首「燕子楼中霜月夜。秋来只為二一人一長」。

186 わたくし独りのために来るこの秋でもないのに、虫の声を聞けば、他の何事を見、聞くよりさきにまず悲しくなることだ。○わがためにくる秋にしもあらなくに　「しも」「あら(有)」「なく(無)」と重ねて強い否定を表現する。↓一八五。▽「虫の音(ね)にまづ悲しみ…見るもの聞くものに付

187 物ごとに秋ぞかなしきもみぢつゝうつろひゆくを限《かぎ》りとおもへば

188 ひとり寝《ぬ》る床《とこ》は草葉《くさば》にあらねども秋くるよひは露《つゆ》けかりけり

是貞親王《これさだのみこの》家《の》歌合の歌《うた》

189 いつはとは時はわかねど秋の夜ぞ物思《(おもふ)》ことのかぎりなりける

雷壺《かむなりのつぼ》に、人ゝ集《あつ》まりて、秋の夜《よ》惜《お》しむ歌よみけるついでに、よめる　躬《み》恒《つね》

190 かく許《(ばかり)(を)》おしと思《(おもふ)》夜をいたづらに寝《ね》であかすらむ人さへぞうき

けての秋の思ひこもるべし」(教端抄)。

187 あらゆるものごとにつけて秋は悲しいものであるよ。草木の色変り枯れゆくのを、それらのものごとの極限(おわり)の状態と思うと。○もみぢつゝ 「もみづ」は上二段動詞、紅(黄)葉するの意。万葉語。○限りとおもへば 何の限りかについて諸説がある。▽「四季の内に秋は異相なれば…草木の色も日に添へて色変りゆけば…その限りを思へば万物よそならず」(延五記)。文選・秋興賦「嗟秋日之可レ哀兮。諒無二愁而不一レ尽」。嵯峨天皇・賦秋可哀「秋可レ哀兮。哀二草木揺落一」。

188 独り寝をするこの床(とこ)は草の葉ではないけれど、秋の来る夜は、草葉に露が置くように涙で湿ることであるよ。▽「秋来る空は秋思の催さるべきに、まして独り寝て…長き夜の悲しみを思ひやりて…涙の深き心、哀れ深し」(教端抄)。

189 いつがそうだと、もの思いの深さを季節によって差をつけるのではないけれど、秋の夜こそは、もの思いがもっとも激しくなることだよ。○是貞親王家歌合 寛平五年(八九三)九月以前の歌合で全て秋の歌。○物思ことのかぎり 限りなくもの思うの「限り(極限)」を強調する表現。→一八七。▽「およそ四時(四季)悲しき…長き夜に至りては、これこそもの思ふことの最上よとなり」(延五記)。白氏文集十四・暮立「大抵四時心惣苦。就レ中腸断是秋天」。

190 これほどにすばらしく惜しまれる夜を、空しく何もしないままに寝ないだけで起き明かすような人などは、いかにも残念なことですね。○雷壺 襲芳舎(しほうしゃ)、内裏の北西の隅にある。○寝で 「寝て」とする説もある。中世から「て・で」両説がある。▽万葉集十「ある人のあな心無しと思ふらむ秋の長夜を寝覚め伏すのみ」。「秋の夜は…艶なるを惜しく思ふよしなり」(両度聞書)。

題しらず　　　　　　　よみ人しらず

191 白雲に羽《はね》うちかはしとぶ雁《かり》のかずさへ見ゆる秋のよの月

192 さ夜中《なか》と夜《よ》はふけぬらし雁《かり》が音《ね》のきこゆる空《そら》に月わたるみゆ

是貞親王《これさだのみこの》家《の》歌合に、よめる　　　　　　　大江千里

193 月見れば千《ち》ゞにものこそかなしけれわが身ひとつの秋にはあらねど

忠《たゞ》岑《みね》

194 久方の月の桂も秋は猶もみぢすればや照《て》りまさるらむ

秋の月　五首

191 白雲の浮ぶ大空で、羽をそれぞれに動かしながら連ね飛ぶ雁の数までが見える、明るい秋の夜の月よ。○白雲　明るい夜の雲。○うちかはし　翼を連ねてとする説もある。「うち」は接頭語。○かずさへ　雁はもちろん数までもの意。▽「月のあたりに飛ぶ雁の数まであらはに見ゆるとはべることそ、月の清き姿なれとなり」(延五記)。上句の解釈に諸説がある。この秋の月の歌群のほかに、巻十七・雑歌上に月の歌群(八七七—八八五)がある。

192 真夜中と言えるほどに夜は更けたようだ。雁の声が聞えている空に、月のわたって行くのが見える。○さ夜中と　「と」は状態を示す表現。比喩的な状態を示すことが多い。○わたる　移って行く。西の方にゆく。▽万葉集九「さ夜中と夜はふけぬらし雁がねの聞ゆる空を月渡る見ゆ」の異伝か。

193 月を見ていると、あれこれと限りなくもの悲しいことだ。わたくし自身独りだけの秋ではないけれども。○是貞親王家歌合　↓一八九。○わが身ひとつ　↓三八三・七四七・九四八。▽↓一八五。上句の「ちゞ」と下句の「ひとつ」が照応する。「秋は天下万民の秋にてはべるに、わが一身の上のやうに覚えて悲しきといふ義なり」(教端抄)。古文孝経・三才章注「日月不下為二一物一晦中其明上」に拠り、月は無心ながらわが心により月に愁いを見ると解する説がある(延五記)。

194 月に生えると言う桂の木も、やはり紅葉するので、月の光が一層輝きを増すのだろうか。○久方の　↓八四。○月の桂　木犀(もくせい)など諸説がある。▽月に桂が生えているという中国の伝承による。初学記・月・虞喜安天論「俗伝。月中仙人桂樹」。万葉集十「もみちする時になるらし月人のか

月を、よめる

在原元方

195 秋の夜の月のひかりし明《あ》かければくらふの山もこえぬべら也《(なり)》

人のもとにまかれりける夜、きりぎりすの鳴《な》きけるを聞《き》きて、よめる

藤原忠《たゞ》房《ふさ》

196 きりぎりすいたくな鳴《な》きそ秋の夜《よ》のながきおもひは我ぞまされる

是貞親王《これさだのみこの》家歌合の歌《うた》

敏《とし》行《ゆきの》朝臣

197 秋のよの明《あ》くるもしらずなく虫《むし》はわがごとものやかなしかる覧《(らむ)》

題しらず

よみ人しらず

198 秋萩《あきはぎ》も色づきぬればきりぎりすわが寝《ね》ぬごとや夜《よる》はかなしき

つらの枝の色付く見れば」。

195 秋の夜の月の光がたいへん明るいので、「暗」いという名のある「くらふ山」も、きっと越えられるはずだ。○ひかりし 「し」は強調の表現。○くらふの山 ↓三九。○こえぬべら也 「ぬ」は確認の表現。「べらなり」↓三二。▽「月如レ昼と言へるやうなる夜のさまなるべし」(十口抄)。

虫 十首

196 こおろぎよ、あまりに鳴かないでほしい。秋の夜長のように長くわびしいもの思いは、わたくしがはるかにまさっているのだ。○人 女をいうとする説もある。○まかれりける ↓一七〇。○きりぎりす コオロギの古名。名義抄「蟋蟀 キリギリス」。○な鳴きそ 「な…そ」は否定的願望の表現。▽「秋の夜長」は、白氏文集三・上陽白髪人など例が多い。文選・詠懐詩十七首「開秋兆二涼気一。蟋蟀鳴二牀帷一。感レ物懐二殷憂一。悄悄令二心悲一」。経国集・良岑安世・賦秋可哀にも同想の表現がある。「秋の夜の長く明し難きもの思ひは、我こそ勝れと言ふ」(栄雅抄)。「長き思ひ」に諸説がある。

197 秋の長い夜が明け行くのも気付かずに鳴き続ける虫は、わたくしと同じに何か悲しいことがあるのだろうか。○是貞親王家歌合 ↓一八〇。▽「秋の夜の暗々たるに…虫もまた夜もすがら鳴くは、我と等しき心かと、無心のものに心を付けたるなり」(延五記)。

198 秋萩も色付き秋の色も深まったので、こおろぎよ、わたくしがもの思いのために寝られぬのと同じように、秋の夜が悲しいのか。○きりぎりす ↓一九六。▽「萩の色付く時分は、秋の愁ひも生ずれば、きりぎりすのうちわぶるも、わがごとくなるかとなり」(延五記)。

199 秋のよは露《つゆ》こそことに寒《さむ》からしくさむらごとにむしのわぶれば

200 君しのぶ草にやつるゝふるさとは松虫の音《ね》ぞかなしかりける

201 秋の野に道もまどひぬ松虫の声《こゑ》する方に宿《やど》やからまし

202 あきの野に人松虫のこゑすなり我かと行《ゆ》きていざ訪《とぶら》はむ

199 秋の夜は露がことさらに寒く感じられるのであろう。どの草むらでも虫がわびしそうに鳴いているから…。▽「虫のわぶるとは、もの哀れに鳴くを言ふなり。時節(季節)を思ふべき歌なり」(教端抄)。文選・雑詩二首「漫漫秋夜長…白露霑我裳…草虫鳴何悲」。

200 あなたをしのんでやつれるように、「しのぶ草」が生い茂って荒れ果てた古里は、人を「待つ」という名のその「松虫」の声が悲しく聞こえておりますよ。〇君しのぶ草　思慕するの意の「君しのぶ」と草の名「しのぶ草」を掛ける。「しのぶ草」はシダ類の一つ、シノブ・ノキシノブの類。和名抄「垣衣　之乃不久佐」。〇やつるゝ　衰えるの意と荒れるの意を掛ける。〇ふるさと　→九〇。〇松虫　「待つ」と虫の名「松虫」を掛ける。→一四「松」。▽上句の「しのぶ草」と下句の「まつ虫」が照応している。「古里の姿、草にやつれたるものなり。忍草の生ふる所必ず荒れたる所なり。それに松虫の鳴くは人恋しく思ひて鳴くかと、古里の体を哀れによめる心なり」(延五記)。

201 秋の野の美しさにひかれているうちに、日も暮れて、道も分らなくなってしまった。人を「待つ」という名のその「松虫」の声のする方に、宿を借りよう。〇松虫　→二〇〇。▽漢詩では「秋野」はわびしいものとして描かれることが多いが、和歌では点景も含めて淋しくはあるが美しいものとしてよむことが多い。「野遊びの面白き興に乗じて此処彼処(ここかしこ)するに、道をも惑ひそこともなきに、松虫幸ひに声する方に宿らんとなり」(教端抄)。

202 情趣(あはれ)のある秋の野に、人を「待つ」という名のあの「松虫」の声がする。待っているのはわたくしをかと、さあ行って尋ねよう。〇松虫　→二〇〇。〇こゑすなり　「なり」は音声からの推定

203 もみぢ葉《ば》の散《ち》りてつもれるわが宿《やど》に誰《たれ》を松虫こゝら鳴《な》くらむ

204 ひぐらしのなきつるなへに日はくれぬと思ふは山の陰《かげ》にぞありける

205 ひぐらしのなく山ざとの夕暮《ゆふぐれ》は風よりほかに訪《と》ふ人もなし

初雁《はつかり》を、よめる　　在原元方

206 待《ま》つ人にあらぬものからはつかりの今朝《けさ》なく声《こゑ》のめづらしき哉(かな)

の表現。諸説がある。▽「秋の野のさびしくあはれなる折なれば、松虫の鳴く声も、人を待つかと覚えたり」(延五記)。

203 もみじの葉の散り積った淋しいわたくしの家で、誰を待って、人を「待つ」という名のあの「松虫」が盛んに鳴いているのだろうか。○松虫 →二〇〇。○こゝら →一〇九。▽「秋も暮れ…(落葉に)いとど埋もれ果てて…頼むかたもなきに、松虫の…鳴くをかく思ひよれるなり」(両度聞書)。

204 「日暮らし」の名の通りに、「蜩(ひぐらし)」が鳴きはじめると同時に日が暮れてしまう、と思ったのは、ちょうど山の陰だからだなあ。○ひぐらし　晩夏初秋の日暮れ時に鳴くセミの名「ひぐらし」と「日暮らし」を掛ける。○なへに　同時もしくは時間的連続を示す表現。上代語。▽「日は暮れぬの仮名(なか)にてよみ切りて、との字を下の句につけてよむなり」(延五記)。旅人的な発想。わが住家のこととする説(延五記)もある。

205 「日暮らし」というわびしい名のあの「蜩(ひぐらし)」が鳴く、もの悲しさのつのるこの山里の夕暮は、秋風のほかには訪れる人もない。○山ざと →一六八。▽「秋の日の暮れざれども山里はもの悲しきに…ひぐらしの終日に鳴き侍れば、朝よりも暮にならずといふことなし。されば、何ものか…訪ひはべるべき。ただ訪ふものとては秋風のみなり」(延五記)。文選・贈白馬王彪「秋風発二微涼一。寒蟬(ひぐらし)鳴二我側一」。風流人や隠遁者の立場の作か。

雁　八首

206 待っている人ではないけれど、初雁の今朝鳴く声は、久しぶりで心のひかれることよ。○待つ人…　便りをもたらす初雁についていう。漢の蘇武の雁信(雁書)の故事(漢書・蘇武伝)をふまえる。○ものから　→一四七。○はつかり　この秋

是貞親王《これさだのみこ》家歌合の歌《うた》　　友則《とものり》

207 秋風にはつかりが音《ね》ぞきこゆなる誰《た》が玉章《たまづさ》をかけて来《き》つらむ

題しらず　　よみ人しらず

208 わが門《かど》にいなおほせ鳥《どり》のなくなへにけさ吹風《(ふく)》にかりはきにけり

209 いとはやもなきぬるかりか白露《しらつゆ》のいろどる木ゝももみぢあへなくに

210 春霞かすみて去《い》にしかりがねは今ぞなくなる秋霧《ぎり》のうへに

に初めて来た雁。漢語「早雁」に当る。唐太宗・賦得早雁…「初秋玉露清。早雁出レ空鳴」。〇めづらしき　もっと見たいの意。→三五九。▽万葉集八「長月のその初雁の使にも思ふ心は聞えこぬかも」。礼記・月令「仲秋之月…鴻雁来」。

207 秋風に乗って初雁の声が、そら、聞えるよ。誰の手紙を身に掛けて来たのだろう。〇是貞親王家歌合　→一八九。〇はつかりが音　歌語。「初雁」→二〇六。〇きこゆなる「なり」→二〇二。〇玉章　書信の意。▽→二〇六。新撰万葉集上・秋・四六参照。

208 わが家の門口に稲負鳥が鳴くそのときに、今朝吹く風に乗って雁は来たことだ。〇いなおほせ鳥　和名抄「稲負鳥　伊奈於保勢度利」。不明。雁は稲の実るころ飛来し、庾信・詠雁「稲粱俱可レ恋」ともあり、雁を背景とする語だが、別の鳥名としたために既に意味不明となっていたか。古今伝授「おほせ」を「負・負背」に当てるが不明。古今伝授三鳥の一つ。〇なへに　→二〇四。

209 まったくまあ早くも鳴きはじめた雁であることか。白露が色をつける木々も、もみじし切らないのに。〇いとはやも　「いとは最なり。はやもとははやくなり」(顕注)。「はやも」は「早し」の語幹と強意の表現の「も」。〇なきぬる　「ぬ」(ぬる)は動作の発生の表現。〇白露のいろどる　露が草木を染めるという見立て。→二五七。〇もみぢあへなくに　「もみぢ」→一八七。「あふ」→七。

210 春霞がかすんで、その中を遥か北の方に去って行った雁は、今は、そら、帰って来て鳴いているよ、秋霧の上で。〇春霞かすみて去にし　→三〇・三一。白氏文集十一・初到忠州…「背レ春有ニ去雁ニ」。〇かりがね　「雁が音(ね)」から転じて、単に雁をもいう。〇なくなる　「なり」→二〇二。▽「春の空にたち別れし時はうらめしき…を、ただ今…聞き初めて怨み忘るる心なり」(両度聞書)。

211 夜を寒《さむ》み衣かりがね鳴《な》くなへに萩《はぎ》の下葉《したば》もうつろひにけり

この歌《うた》は、ある人の曰《いは》く、柿本《かきのもとの》人麿《まろ》が也と

寛平御時 后《きさいの》宮《の》歌合の歌《うた》　藤原菅根朝臣

212 秋風に声《こゑ》をほにあげてくる舟は天《あま》の門《と》わたるかりにぞありける

雁《かり》の鳴《な》きけるを聞《き》き《ゝ》て、よめる　躬《み》恒《つね》

213 憂《う》きことを思《(おもひ)》つらねてかりがねのなきこそわたれ秋の夜《よ》な〳〵

是貞親王《これさだのみこの》家《の》歌合の歌《うた》　忠《たゞ》岑《みね》

214 山里は秋こそことにわびしけれしかのなく音《ね》に目《め》をさましつゝ

211 夜が寒いので衣を借りようとして借りられずにいるが、雁が鳴くのと共に、萩の下葉ももみじし初めたことよ。○夜を寒み　ミ語法→三。○かりがね　「借りかね」(主語は雁)と「雁がね」(→二一〇)の掛詞。「かり」だけを掛詞として「衣を借りている、衣を借りようとする」などと訳す説もある。○なへに　→二〇四。○下葉　草や木の下の方の葉。○うつろひにけり　→一二三「うつり」。▽秋の雁は漢語で「寒雁」ともいう。庾信・秋夜望単飛雁「失レ群寒雁声可レ憐」。万葉集二十「天雲に雁ぞ鳴くなるたかまとの萩の下葉はもみちあへむかも」。「柿本人麿」は伝承。新撰万葉集上・秋・七七参照。

212 秋風に乗って声を帆のように高々とあげてくる舟は、天空の水門を通る雁であったことよ。○寛平御時…歌合　→二一。○ほ　「秀(ほ)」と「帆」を掛ける。○舟　雁の列を見立てた表現。○天の門　天を海に見立て、その水門(みなと)＝川口、渡し場など。→二九三)という。▽帆・水門は舟の縁。秋の雁の声を帆を高くあげることに見立てるのは、白氏文集7・河亭晴望「秋雁櫓声来」による連想。新撰万葉集上・秋・五九参照。

213 つらいことを一つ一つ思い並べるように列をなして、雁が、そら、あんなに鳴き渡るよ。秋の夜ごと夜ごとに。▽「思ひつらねて」は雁の心を主とする。「わが身に…雁がねも思ひは同じ…とよめり」(延五記)。「悲秋」(→一八四)を前提とする。

鹿　五首

214 山深くにある人里は、秋こそが特にわびしいものだなあ。鹿の鳴く声で繰り返し目を覚ましながら…。○是貞親王家歌合　→一八九。○山里　→六。○わびしけれ　どうしようもないさびしさをいう。「一事をささず、取りあつめ心ぼそきさまなり」(両度聞書)。○目をさましつゝ　「一夜の

215 奥山に紅葉ふみわけ鳴《(なく)》鹿のこゑきく時ぞ秋はかなしき

よみ人しらず

題しらず

216 秋はぎにうらびれ居《を》ればあしひきの山下《した》とよみ鹿のなくらむ

217 あきはぎをしがらみふせてなく鹿《しか》の目《め》には見えずてを《(お)》とのさやけさ

是貞親王《これさだのみこの》家《の》歌合に、よめる

藤原敏行朝臣《としゆきの》

218 秋はぎの花さきにけり高砂《(たかさご)》のお《(を)》のへのしかは今やなく覧

うち」と「夜ごと」の両者を含めて広くいう。▽「悲秋」(→一八四)を前提とする。万葉集十「山近く家や居るべきさを鹿の音を聞きつつ寝かてぬかも」。

215 奥山に、秋草のもみじを踏み分けて行き、鳴く鹿の声を聞くときにはさあ、秋は悲しいことだ。○奥山に　人里離れた隔絶した状況の代表的景物。二、三、四句にそれぞれかかる。○ふみわけ　鹿の動作とする説もあるが、新撰万葉集の詩により作者の動作とみる。▽「秋はなべてもの悲しきに、殊に所は奥山に…鹿のうち鳴きたるに…」(教端抄)。新撰万葉集上・秋・五七参照。

216 秋萩に対して逢えない思いにつらく思っているので、山の麓(ふもと)が響くほどにひときわ高く、鹿が鳴いているのであろう。○うらびれ居れば　萩の花は万葉集以来鹿の妻と見なされるので「鹿がうらびれ…」と解する。「うらびれ」は「うらぶれ」の転。中世注は「うらひれ」とも示す。○あしひきの　→五九。○とよみ　中世注は「どよみ」とも示す。○らむ　疑問とする説もある。▽「鹿のうちしきりて鳴くを、理(ことわり)にも鳴くよと思ひやる歌なり」(両度聞書)。

217 秋萩をからみ倒しながら鳴く鹿、その姿が目には見えないで、その声の清らかさよ。○しがらみふせて　歩むにつれ萩がさまたげからみ、それを踏み倒すさま。萩に戯れる鹿を作者が想像したもの。○さやけさ　→一六九。体言止めの強い詠嘆の表現。▽「はるけき野の…鳴く鹿の声を聞くさまなり」(両度聞書)。

218 秋萩の花が咲きはじめた。高砂の山の峰の鹿は、今はまさに鳴いているだろうか。○是貞親王家歌合　→一八九。○高砂　→かな序一〇頁。▽萩を鹿鳴草ということから発想したという(密勘顕注)。和名抄「鹿鳴草…萩…楊氏漢語抄又用二鹿鳴草一…本文未レ詳」。万葉集以来、萩と鹿は添

昔《むかし》あひ知《し》りて侍《(はべり)》ける人の、秋の野に遭《あ》ひて物《もの》語《がたり》しけるついでに、よめる

躬《み》恒《つね》

219 秋はぎの古枝《ふるえ》にさける花見れば本の心はわすれざりけり

題しらず

よみ人しらず

220 あきはぎの下葉《したば》いろづく今よりやひとりある人の寝《い》ねがてにする

221 なきわたる雁《かり》の涙やおちつらむ物思《(おもふ)》宿《やど》のはぎのうへのつゆ

222 はぎのつゆ珠《たま》にぬかむと取れば消《け》ぬよし見む人は枝ながらみよ

えてよまれる。新撰万葉集上・秋・㐧参照。

萩 二首

219 秋萩の去年の古い枝に咲いている萩の花を見ると、この花も元の心を忘れなかったのだなあ。〇昔あひ知りて… 旧知の人。「あひ」→卆。女人と限定する説もある。〇物語 対話、よもやま話。〇ついでに その折にの意。〇本の心 昔たがいに通じ合った気持のこと。→六六。▽「あなたはいかが…」という心が隠されている。「古枝には花咲くべくもあらぬに又咲きたるを…本の心を失はざるにたとへたり」(十口抄)。

220 秋萩の下葉がもみじしはじめるこのただ今からは、独り身の人は寝付かれない夜々を過すことか。〇いろづく ここで文が切れるとする説もある。〇ひとりある人 一人で生きている人。漢詩の閨怨詩の寡婦とみるのも一案か。〇寝ねがてに 「寝入りがたきなり」(密勘顕注)。「がてに」→亖。▽秋はそれ自体悲しい季節(悲秋→一四四)だが、孤独に生きる人は一層つらいだろうの意。→一八八。「ただ時節(季節)の感たるべし」(両度聞書)。

露 五首

221 鳴き渡る雁の涙がこのように落ちたのだろうか。もの思いをするわが家の庭の萩の上に置く露よ。〇雁の涙 「鳴くといふにつけて涙の沙汰ははべるなり。これ歌の余情なり」(詠歌大概抄)。漢語に無い和歌的表現か。▽「わがもの思ふ折しも、萩の上の露をうちながむるに、時しも雁の鳴き渡るを聞けば、いとど悲しみの添ひて、大かたの露とも見えはべらねば、雁の涙やと心を述ぶるなり」(両度聞書)。

222 萩に置く露は、玉に貫こうと手に取ると消えてしまう。えいままよ、見ようとする人は枝

ある人の曰《いは》く、この歌は、平城帝《ならのみかど》の御《おほむ》歌也と

223 お《を》りて見ば落《お》ちぞしぬべき秋はぎの枝もたわゝにを《お》ける白露

224 萩が花ちるらむ小野《をの》の露霜《つゆしも》にぬれてをゆかん小夜《さよ》はふくとも

是貞親王《のみこの》家《の》歌合に、よめる　　文屋朝《あさ》康《やす》

225 秋の野にを《お》くしらつゆは珠《たま》なれやつらぬきかくる蜘蛛《くも》のいとすぢ

のままで見なさい。○珠にぬかむと　玉飾りにするために糸を通そうとしての意。○消ぬ　「け」は「消ゆ」の古形。○よし　他人の動作の許容、譲歩の仮定の表現。漢語の「縦・任」に当り、さもあらばあれなどの意。▽「平城帝」(→二八三)は伝承。

223 折って見るならば、きっと落ちてしまうだろう。秋萩の枝もしなうくらいに置いている白露よ。○見ば　「ば」が活用語の連用形を承ける上代的用法。○たわゝ　たわみしなうの意。一本に「とをゝ」。「たはは、とをを、いづれもなびくなり」(両度聞書)。▽「ただ飽かぬ義なり。花の露を…みる心、面白くや」(両度聞書)。「折る」→三二。

224 萩の花が今散っているであろうその野原の露に濡れても行こう。夜がふけるとしても。○小野　「を(小)」は接頭語。「野」→一六。○露霜　単に露あるいは霜を、また漠然と露と霜を示す。中世注は「つゆじも」とも示す。漢語「露霜、霜露」に当る。阮籍・詠懐詩八十二首「呼噏成㆓露霜㆒」。文選・楽府二首・燕歌行「草木揺落露成㆑霜」。万葉集以来の歌語(主として露をさす)。○ぬれてを　「を」は強調表現。○小夜　「小」は接頭語。○ゆかん　男の立場からいう。▽「思ふべき方へも、かかる折にこそ行かめ、さらば人もあはれと思ふべき義なり」(両度聞書)。

225 秋の野に置く白露は玉なのか、つらぬき通して掛けるくもの糸すじよ。○是貞親王家歌合　→一八九。○珠なれや　玉でないのにまるで玉かと思うの意。「なれや」は見立の表現。露を玉と見る表現は漢詩に多い。孟浩然・同盧明府早秋宴…「荷露漸成㆑珠」。田氏家集・見蜘蛛作網「秋寒綴㆑露牽㆓珠貫㆒」。「なれや」は万葉集以来の語法。○いとすぢ　糸の筋。くもの巣の描写。▽くもの巣の白露が美しく輝く描写。「秋の野に露の…置けるは、風も吹かず閑かなる姿なり」(延五記)。

題しらず　　僧正遍昭

226 名にめでておれる許《(ばかり)》ぞをみなへし我おちにきと人にかたるな

僧正遍昭がもとに、奈良《なら》へまかりける時に、男山《おとこ》にて女郎花《をみなへし》を見て、よめる　　布《ふ》留《るの》今《いま》道《みち》

227 をみなへし憂《う》しと見つゝぞ行《(ゆき)》すぐるおとこ山にし立《た》てりとおもへば

是貞親王家《このみこの》歌合の歌《うた》　　敏《とし》行《ゆきの》朝臣

228 秋の野に宿《やど》りはすべしをみなへし名をむつましみ旅《たび》ならなくに

題しらず　　小《を》野《の》美《よし》材《き》

女郎花《おみなえし》　十三首

226 名前にひかれて折っただけのことだほんとに、おみなえしよ。わたしが堕落してしまったと人に言うなよ。○めで　「めづ」は魅力に引かれる、思いをかける意。○おれる許ぞ　「折る」→三。「ぞ」は強調表現。○をみなへし　秋の七草の一つ。和名抄「新撰万葉集詩云。女郎花。和歌云。女倍芝」。中世注は「をみなべし」と示す。○おちにき　「おつ」は、ここでは女色戒を破ること。名義抄「淫・堕　オツ」。▽かな序古注に「嵯峨野にて馬より落ちてよめる」と詞書をつけて示す(→一三頁)。女郎花の「女郎」(おみな・女性)という名による発想。古今和歌集では恋の歌に使わない。

227 おみなえしを、苦々しいと繰り返し見ては通り過ぎて行くよ。「男山」即ち「男」という名のある場所になんか立っていると思うので。○がもとに　のいる所にの意。○憂し　→七一。○おとこ山にし　「男」と地名「をとこ(山)」を掛ける。「し」は強調の表現。▽「遍昭は類なき道心の人なり。その所へ…行く道にて、女郎花の、男山といふ山に咲きたるを見てこの心出来たるなり」(教端抄)。

228 秋の野に宿を取るのがよさそうだ。おみなえしよ、「女郎《おみな》」というその名が親しみ深いので。家を離れて旅をしているのではないけれども。○是貞親王家歌合　→一六九。○宿りは　「は」は「宿り」以外の行為に対し「宿り」を選択する表現。○むつましみ　ミ語法→三。「むつまし」はなじむ、親しむなどの意の形容詞形。名義抄「睦・親・懐・私　ムツマシ」。中世注は「(むつ)まみし」と示す。○なくに　→一六。▽「をみなへしを愛する心なり」(十口抄)。

229 おみなえしが多い野原に宿をとるならば、理由もなく、浮わついているとの評判が立って

229 をみなへし多《おほ》かる野《の》べにやどりせばあやなくあだの名《な》をやたち南《なむ》

230 朱雀院《すざくゐん》の女郎花合《をみなへしあはせ》に、よみて、奉《たてまつ》りける　　左《の》大臣《おほいまうちぎみ》

女郎花秋の野風にうちなびき心ひとつを誰《たれ》によすらむ

231 秋ならで逢《あ》ふことかたきをみなへし天《あま》の河原《かはら》に生《お》ひぬものゆへ(ゑ)　　藤原定方朝臣

232 誰《た》が秋にあらぬものゆへ(ゑ)をみなへしなぞ色《いろ》にいでてまだきうつろふ　　貫《つら》之《ゆき》

しまうだろう。○せば　反実仮想の表現。○あやなく　条理、すじのない意。○あだ　→六三・八一。○名をやたち南　「を」は強調表現。「を」を目的格として「名をたてる」と解する説もある。▽「色好むゆへと人の思はんとなり」(教端抄)。新撰万葉集上・秋・四七参照。

230 おみなえしは、秋の野を吹く風のままにあちらこちらになびいて、いったい誰に心をよせているのだろうか。心は一つなのに。○朱雀院女郎花合　宇多上皇が昌泰元年(八九八)秋に朱雀院で行った女郎花に歌を添えてその花と歌の優劣を争う歌合。○うちなびき　「うち」は接頭語。○心ひとつ　漢語(尚書など)の「一心」に当り、専心・真心・誠などに通じる意。宣命などで好んで使われた語。続日本紀・宣命「君ヲ一心(ひとつこころ)ヲ以テ護物ソ」。▽「心ひとつとは、心のかぎりといふ心なり」(教端抄)。「かくなびくらんその人誰にかといふ儀なり。ゆかしく思ふよしなり」(十口抄)。野風は草木を枯らせる冷たい風(→七八一)なのにという思い入れがある。→かな序注一。

231 秋―という一年に一回だけしか来ない季節―でなくては逢うことの難しいおみなえしよ。七夕のように年に一度だけ天の川原に生い育つものでもないのに。○天の河原　初秋、陰暦秋七月七日の七夕に、織女星・牽牛星が一年に一度だけ渡って逢う天の川の川原。○生ひぬものゆへ　「ぬ」は、打消の表現「ず」の連体形。「ものゆゑ」→一〇〇。▽おみなえしは、陰暦秋七月ころ咲く。

232 だれそれという特定のものの秋ではないのに、おみなえしよ、どうしてだね、色に出てはやばやと変って行くのは。○誰が秋　白氏文集十五・燕子楼三首「秋来只為二一人一長」をふまえ、その反対をいう。誰のための秋とする説もある。○ものゆへ　→一〇〇。○色　おみなえしの花の色、

233 つまこふる鹿《しか》ぞ鳴《な》くなる女郎花を《(お)》のが住《す》む野《の》の《ゝ》花としらずや

躬《み》恒《つね》

234 をみなへし吹《(ふき)》すぎてくる秋風は目《め》には見えねど香《か》こそしるけれ

235 人の見ることやくるしきをみなへし秋霧《ぎり》にのみたちかくる覧

忠《たゞ》岑《みね》

236 ひとりのみながむるよりは女郎花わが住《す》む宿《やど》に植《う》へ《(ゑ)》て見ましを

転じて顔色(→一〇四)、表面の意。○まだき　早々と、その季節でもなくの意。▽「秋」は「移ろふ」の縁で「飽き」に転じる。一首の裏の心は、誰が特に飽きるわけでもなくやがては皆飽きるのだが、それにしてもどうしてお前だけがこんなに早くも飽きて色が変るのかの意。

233 妻を恋い慕う鹿が、そら、鳴いているよ。おみなえしを、自分の住む野の花―すなわち妻そのもの―だと知らないのか。○鳴くなる　「なり」→一六。▽女郎花の「女(郎)」という名をふまえた一首だという(教端抄)。萩を鹿の妻とする発想(→二二六)をふまえる。

234 おみなえしを吹き過ぎて来る秋風は、目には見えないけれど、香りこそがはっきりしている。○目には見えねど　秋の部の冒頭の一六九番の歌に類似する発想。○しるけれ　ありありと感じ取れるけれどの意。▽「女郎花も香りあるものによめり」(為賢注)。女郎花の「女(郎)」によせたとする説もある。「女は…忍べども、その香りはかくれなしとなり」(延五記)。

235 人の見ることがやりきれないのか、おみなえしよ。それで秋の霧にばかり立ったまま隠れているのだろう。○人の見る　「女郎《をみな》」という名のおみなえしを他人《ひと》が見ることをいう。○くるしき　つらい、苦痛だの意。○たちかくる　「たち」を接頭語とする説もある。▽「女郎花といふ名にかかりてよめり」(延五記)。「女の、もの恥ぢしてたち隠れなどするさまにいひなせり」(教端抄)。

236 孤独にもの思いに沈むよりは、おみなえしをわが家の庭に植えて見たいのに。○ながむる　自分ではどうにもならず、わびしくもの思いにしずむの意。○植へて見ましを　女性を手に入れたいという寓意がある。「まし」は反実仮想の表

237

ものへまかりけるに、人の家に女郎花《をみなへし》植《う》へ《(ゑ)》たりけるを見《み》て、よめる

兼覧王

をみなへし後《うしろ》めたくも見ゆる哉《(かな)》あれたるやどにひとりたてれば

238

寛平御時、蔵人所《(くらうどどころ)》の男《をのこ》ども、嵯峨野《さがの》に花見むとてまかりたりける時、帰《かへ》るとて、皆歌《みなうた》よみけるついでに、よめる

平貞《さだ》文《ふん》

花にあかでなに帰《かへ》るらむをみなへしおほかる野《の》べに寝《ね》なましものを

239

是貞親王《これさだのみこの》家《の》歌合に、よめる

敏《とし》行《ゆきの》朝臣

なに人か来《き》てぬぎかけし藤袴《ふぢばかま》くる秋ごとに野《の》べをにほはす

現。▽「秋の寂しさを…慰め難きあいだ、女郎花を植ゑて愛せんとなり」(延五記)。

237　あのおみなえしは不安そうに見えるなあ。荒れ果てた家の庭に孤独に立っているので。○ものへまかりけるに　行くさきをぼかして言う表現。○後めたくも　気がかりだ、おぼつかなく不安だ、こころもとない、不審だなどの意。住む人が少なく荒れた庭に「女郎(をみな)」という名をもつおみなえしが立っているのでいう。「も」は強調の表現。▽「荒れたる宿に、をみなへしの独り立てれば、心もとなく見ゆるとなり」(栄雅抄)。独り住む女の家の比喩的表現とする説もある。

238　花に十分満足しないままでどうして帰るのだろう。おみなえしのたくさんあるこの野に寝てしまいたいのに。○寛平御時　→一七七。○蔵人所　天皇に奉仕する蔵人を管理する役所。令に規定されていないので令外官(りょうげのかん)という。○なに　詰問的に理由を尋ねる表現。○ものを　のになあ、だがなあなどの意。逆接的な強い詠嘆の表現。▽「なごり惜しみたる心ふかし」(教端抄)。詞書に「蔵人所の男ども」とあることから「寝なましと思へど、世に仕へ人に従ひて、心に任せざれば、うち嘆く心あるなり」とする説もある。「女郎花、飽かで、寝なまし」という縁で寓意もあろう。

藤袴(ふじばかま)　三首

239　どんな人が来て脱いで掛けておいたのか。ふじばかまは、やって来る秋ごとに野辺でよい香りをにおわしている。○是貞親王家歌合　→一八九。○なに人か　「か」は疑問の表現。中世注は「なにひと・なにびと」と二説示す。○来てぬぎかけし　「きて」を「着て」とする説もある。○藤袴　キク科の秋の七草の一つ。香り高い草。和名抄「蘭　布知波加麻。新撰万葉集別用二藤袴一」。袴

藤袴《ふぢばかま》を、よみて、人に遣《つか》はしける　貫《つら》之《ゆき》

240 宿《やど》りせし人の形見《かたみ》かふぢばかまわすられがたき香《か》ににほひつゝ

藤袴《ふぢばかま》を、よめる　素《そ》性《せい》

241 主《ぬし》しらぬ香《か》こそにほへれ秋の野に誰《た》がぬぎかけしふぢばかまぞも

題しらず　平貞文

242 今よりは植《う》へ(ゑ)てだに見じ花すゝきほにいづる秋はわびしかりけり

寛平御時后《きさいの》宮《の》歌合の歌《うた》　在《あり》原《はらの》棟《むね》梁《やな》

243 秋の野の草のたもとか花すゝきほにいでてまねく袖と見ゆ覧

(はかま)に見立てる。香りをよむ景物。▽「匂ひ深きを言はんとて、いかなる人の移り香にかと言へり。誰が袖ふれし…(→三三)の類なり」(十口抄)。新撰万葉集上・秋・究参照。

240　わが家にお泊りになったお方の残した形見か、このふじばかまよ。忘られにくい香りでしきりに香っていて…。○宿りせし　わたくしが泊ったとする説もある。○形見　→哭。○わすられがたき　忘れようとしても忘れにくいの意。四段活用の「わする」は下二段活用の「わする」の古形。「る」(れ)は自発の表現。○にほひつゝ　「つつ」は反復の表現。▽「思ふ人などの宿に…立ち寄りて、飽かず思ひ寄るなり。一説、わが宿に宿りしその人の形見とも云々」(十口抄)など旧注も二説を示す。両説とも、相手をほめる心で解する。「その人を賞する心、また珍重にや」(十口抄)。

241　使っている人は誰か分らないけれどこのすばらしい香りが、そら、香っているよ。秋の野にいったい誰が脱いで掛けたふじばかまなのか。○主しらぬ香　使った人が判らない香りの意。→一四三「主…」。○ぞも　「ぞ」は疑問の表現「誰が」の結び。「も」は詠嘆の表現。▽ものみな枯れ行く秋の野と香り高いふじばかまの対照。「野べの香なれば、主知らぬ香に匂ふと言ふなり」(教端抄)。

花すすき　二首

242　これからは、植えてなんぞ見ますまい。花すすきの穂がすっかり出て悲しい気配が目に見えて感じられるその秋はわびしいものなのだ。○今よりは　「秋の感情おこりたる当意をよめり」(教端抄)。○植へてだに　野のすすきは言うまでもなく、まして庭に植えてなんかの意。「植ゑで」と解する説もある。○花すゝき　穂の出たすすき。○ほ　「穂」と「秀(ほ)」「ほにいづる」を出す表現。

244 我のみやあはれとおもはむきりぎりす鳴《な》く夕《ゆふ》かげの山となでしこ

素性法師

題しらず

245 みどりなるひとつ草とぞ春《はる》は見し秋はいろいろの花にぞありける

よみ人しらず

246 百草《もゝくさ》の花のひもとく秋の野に思《(おもひ)》たはれむ人なとがめそ

247 月草に衣は摺《す》らん朝《あさ》つゆにぬれてののちはうつろひぬとも

を掛ける。▽「すすきを…捨つる心にあらず。愛する心よりうち眺むるに秋のわびしさも起りたるなれば…言ひたる。歌の心なり」(教端抄)。

243 秋の野の草のたもとなのか、花すすきは。だから穂が出てまるで人目もはばからずに人を招く袖と見えるのであろう。○寛平御時…歌合↓三。○たもと　袖の意。○ほ　↓二四三。○見ゆ覧「らむ」は理由を推定する表現。▽「下句は上(句)を訓釈したるなり」(十口抄)。唐代小説「任氏伝《(じんしでん)》」あるいは白楽天「任氏怨歌行」(佚文)の故事、鄭氏と女妖任氏の悲恋を思い浮べた作であろうか。新撰万葉集上・秋・五三参照。

秋草　五首

244 わたくしだけが可憐《(あわれ)》と思うのだろうか。こおろぎの鳴く夕べの光の中に咲くやまとなでしこよ。○我のみやあはれと　「や」は疑問の表現。「あはれ」(↓三三)は、ここは可憐さに中心がある。○きりぎりす　↓一九六。○夕かげ　夕方の光の意。万葉集の「暮影・暮陰」に当る。○なでしこ「なでしこ」の「なで(撫づ)」は、愛撫する、いつくしむの意であろう。「鐘(鍾に同じ)愛抽二衆草一。故曰二撫子一」(密勘顕注)。▽「きりぎりすも又、あはれなるものなれば取り合せてよめり」(延五記)。

245 緑色の一つの草だと春には見ていた。だが、秋にはいろいろの種類のとりどりの花であったのだ。○ひとつ草　玉台新詠七・古意二首「当レ春有二一草一。緑花復重レ枝」の例もあるが、ここは同種(一種)類の草の意。▽「春は緑なる一つ草と見えつるが、秋はいろいろの花咲きて、それぞれの名を顕すなり」(栄雅抄)。

246 たくさんの種類の草の花がすっかりほころび咲く秋の野で気持のうえでたわむれよう。人よ、とがめないでくれよ。○ひもとく　許し合っ

仁和帝《(にんな)のみかど》、親王《みこ》におはしましける時、布留《ふる》の滝《たき》御覧《(ごらむ)》ぜむとておはしましける道《みち》に、遍昭が母《はゝ》の家に宿《やど》り給《たま》へりける時に、庭を秋の野《ゝ》に作《つく》りて、御物語《おほむものがたり》のついでに、よみて、奉《たてまつ》りける　僧正遍昭

248 里《さと》はあれて人はふりにし宿《やど》なれや庭も籬《まがき》も秋の野《ゝ》良《ら》なる

た男女が互いに着衣の紐を解く、または、異性を受け入れるためにみずから紐を解くこと、転じて、花が綻(ほころ)び咲くことをいう。上句では転意で、下句とでは本意で解される。○思たはれむ　重点は「たはれ」にある。「たはれ」は万葉語。「紐解く」の縁。新撰字鏡「婬　放逸也。戯也…多波留」。「思ひ」を思いっきりとする説もある。▽「花の姿、花の衣とも、人に寄せてよむ」(顕注)。

247　月草の花で着物は摺(す)りつけて染めよう。朝露にぬれて後には、たとい色あせてしまうとしても。○月草　露草。鴨頭草、鶏冠草。花を今の捺染(なっせん)に当る摺り染めの青色染料に使う。花を変色しやすいので、心変りを比喩して使う。中世注は「つきくさ・つきぐさ」と二説を示す。○衣は「は」は「をば」の意。▽万葉集七・一三五一に当る。「やさしきさまなり。歌人はかく有るべきものとぞ」(両度聞書)。「今見る色の美しければ…やがて移ろひぬとも…着るべきとなり」(栄雅抄)。男女関係のこととして、移り気な性質だがそれを知りながら引かれる気持をよんだとする説もある。

248　この里は荒れ、この住む人も古びて年老いてしまった家なのでしょうか、庭も垣根も秋の野そのものでございますね。○仁和帝…　↓二。○おはしましける道に　お出かけになった道々での意。○秋の野に作りて　秋の野のように仕立ての意。○物語　↓二九。○宿なれや　「里は荒れ人は古りにし宿」と見立てる表現。「なれや」↓三五。○籬　柴・竹を編んだ垣根。○秋の野良なる　「秋野」は寂寥でものさびしいさまの代表的景物。↓二四一。ここは謙遜的な思いもあるか。▽「里は荒れてとは、はかなき宿の述懐なり。人は古りにしは、遍昭の母のことなり。また、わが身古りゆくことを言へり」(十口抄)。

古今和歌集巻第五

秋　歌　下

249
是貞親王《これさだのみこ》家《の》歌合の歌《うた》
文　屋　康《やす》秀《ひで》

吹《(ふく)》からに秋の草木のしほ《(を)》るればむべ山風をあらしといふらむ

250
草も木も色かはれどもわたつ海《うみ》の浪の花にぞ秋なかりける

もみじ　十九首

249　吹くとともに秋の草木がしおれるので、なるほど山風を「あらし」と言うのだろう。○是貞親王家歌合　→一八九。○からに　→一六五。○秋の草木　秋の草は「萩」を、秋の木は「楸」を隠すか。楸はヒサギ、落葉喬木の一種。○むべ　肯定の表現。名義抄「当・肯・宜　ムベ」。○山風をあらしといふらむ　「あらし」は「荒し」と「嵐」を掛ける。「嵐」の字を「山・風」に分解している。和名抄「嵐　山下出風也。阿良之」。「嵐」は荒々しい風。名義抄「嵐・暴・荒　アラシ」。▽「荒き風の端的に草木のしほるるを見て、理《(ことわり)》に山風をば嵐と言ふぞと言ふ義なり」(両度聞書)。白氏文集九・秋懐「涼風従㆑西至。草木日夜衰」。漢詩の離合詩、日本では更にその亜流の字訓詩の流れをくむ歌のよみ方である。文華秀麗集の小野岑守・在辺贈友・離合や、本朝文粋の清原真友・字訓詩参照。

250　草も木も色が変わるけれど、大海の波の花には、秋はないのだなあ。○わたつ海　海の意。わたつみに同じ。中世注は「(わた)づ」とも示す。○浪の花　波の泡やしぶきを花に見立てた表現。漢語「浪花」に当る。李白・姑孰十詠・天門山「岸映㆓松色㆒寒。石分㆓浪花㆒砕」。▽「秋は草木ともに色変わるものなれども、波の花は不変なるところを賞したるなり」(十口抄)。

251　もみじしない常緑の山は、吹く風の音で、秋の気配に耳を傾けつづけているのだろうか。○秋の歌合…　いつのことか不明のもの。○ときはの山　一句から、もみじしないで緑の「常《(とことは)》」な「常《(とき)》は」山と続く。主として松などの生えた山をいう。名所として「色の変らないという名の常磐山」とする説もある。五句の「ききわたる覧」に係るとする説がある。○ききわたる覧　「いつ

秋の歌合しける時に、よめる　　　　紀　淑《よし》望《もち》

251 もみぢせぬときはの山は吹《ふく》風のを《お》とにや秋をききわたる覧《らむ》

題しらず　　　　よみ人しらず

252 霧立《たち》て雁ぞなくなる片岡の朝《あした》の原はもみぢしぬらむ

253 神無《な》月時雨もいまだふらなくにかねてうつろふ神なびの森《もり》

254 ちはやぶる神なび山のもみぢばに思《おも》ひはかけじうつろふ物を

も聞いて覚る」などの説がある。▽「ただ風の音にのみ秋を聞くらんの心なり」(十口抄)。山にも心があるものとしていう。目に見えぬままに秋が来る(→一六九)という見方を前提とする。

252 霧が立ちわたって、目には見えないが、雁が、そら、鳴いている。片岡のあしたの原は今はもうもみじしていることであろう。○霧立て　春の霞に対して、霧は秋の代表的景物。○雁ぞなくなる　霧の中で声だけを聞いていう表現。「なる」→二〇三。○もみぢしぬらむ　「ぬ」は完了の表現。「らむ」は現在の推量の表現。▽「雁がねも既に鳴きはべれば…紅葉しぬべしとなり」(延五記)。

253 冬十月の―その月には当然降るはずの―しぐれも秋の今はまだ降らないのに、前もって色づくかんなびの森よ。○神無月　陰暦冬十月の異称。○時雨　秋から冬にかけて天気が不安定で降ったり止んだりする小雨。陰暦冬十月に降るとされる。漢語「時雨」は、四季それぞれの雨などをいう。礼記・月令「季春之月…是月也。命二司空一曰。時雨将レ降」。○かねて　あらかじめ、先取りしてなどの意。○神なび　神がいます所の意の普通名詞が地名になった。ここは飛鳥のそれよりも竜田神社のあたりか。▽雨が花やもみじをうながすという万葉集以来の考え方を前提とする。「かねてうつろふとは、しぐれを待たず色づく心なり」(教端抄)。「神無月時雨」は万葉集以来の表現。

254 神々のいますかんなび山でもそのもみじの美しさに思いをよせないでおこう。色変わりするのだものなあ。○ちはやぶる　神の枕詞。○かけじ　「じ」は打消の意志の表現。○物を　強い詠嘆の表現。▽「美しきものもつゐに移ろふ習ひあればといふ心なり」(両度聞書)。

255 同じ一本の木の枝ながらそれを区別して西にさした枝の木の葉が色変りゆくのは、西こそ

255 おなじ枝《え》を分《わ》きて木《こ》の葉《は》のうつろふは西こそ秋のはじめなりけれ

貞観《(ちやうぐわん)の》御時《(おほむとき)》、綾綺殿《(りようきでん)》の前《まへ》に、梅《むめ》の木ありけり。西《にし》の方《かた》に差《さ》せりける枝のもみぢ始《はじ》めたりけるを、殿上《うへ》に侍《さぶら》ふ男《をのこ》どものよみけるついでに、よめる

藤原勝《かち》臣《をむ》

256

石山《いし》に詣《まう》でける時、音羽山《をとは》のもみぢを見て、よめる

貫《つら》之《ゆき》

秋風の吹《(ふき)》にし日よりをとは山みねの梢《こずゑ》も色づきにけり

257 白露《しらつゆ》の色はひとつをいかにして秋の木《こ》のはをちゞに染《そ》む覧

是貞親王《これさだのみこの》家《の》歌合に、よめる

敏《とし》行《ゆきの》朝臣

が秋のはじめであったのだなあ。○貞観御時　清和天皇の治世にの意。「貞観」はその年号。○綾綺殿　内裏の紫宸殿の東北にあり、あいだの庭に紅梅が植えてあった。○差せりける　「さす」は枝を伸ばすの意。指すの意も含む。○殿上に侍ふ男　殿上人の意。○ついでに　その事のあった機会にの意。○分きて　特に区別しての意。他動詞四段の「わく」は他動詞下二段の「わく」の古形。○西こそ秋のはじめ　秋は西からくるとされる。五行思想。礼記・月令「立秋之日。天子…迎㆓秋於西郊㆒」。▽「おほかた秋をば西といへど…西の方へさしたる枝のもみじし初めたるを見て、西こそ秋と了解したる儀なり」(両度聞書)。→一六九・二四九。

256　秋風が吹き初めたその日から、音羽山は、峰の梢(こずゑ)も色づき初めたことだなあ。○秋風の吹にし日より　秋風は音で知るとする(→一六九)ことから三句「音」羽山(→一四二)に言い掛け、秋は涼風とともに来るとする(→一六九)ことから五句「色づきにけり」に言い掛ける。▽「ただ時節(季節)の移るを感ずる儀なり」(十口抄)。→二四九。

257　白露の色は一つなのになあ。どのようにして秋の木の葉をとりどりの色に染めるのだろう。○是貞親王家歌合　→一六九。○白露　秋の白露をいう。五行思想で、漢詩による。○ちゞ　種々の色に、又、浅く深くの意。▽上句の「ひとつ」と下句の「ちゞ」が数の対で、漢詩に多い表現。露が草木を染める表現も漢詩に多い。鮑照・三日詩「露色染㆓春草㆒」。「白露は秋の本色をかたどりて皆白色なるに、移ろふ木の葉は、いかなれば紅の浅深あるとなり」(延五記)。新撰万葉集上・秋・六六参照。

258　秋の夜の露は、露として置いて草木を染め、その上に、雁の涙が野原の草木を染めるのだろうか。○つゆとをき　露としての草木を染める役割(→二五七)を果すために置くの意。○ながら

258 秋の夜の露《つゆ》をばつゆとを《(お)》きながら雁《かり》のなみだや野《の》べを染《そ》むらむ

壬生忠岑

題しらず

259 秋のつゆいろ〳〵異《こと》にを《(お)》けばこそ山の木《こ》の葉《は》の千種《ちぐさ》なるらめ

よみ人しらず

守山《もる》のほとりにて、よめる

260 しらつゆも時雨もいたくもる山は下《した》ばのこらず色《いろ》づきにけり

貫《つら》之《ゆき》

秋の歌《うた》とて、よめる

261 雨ふれどつゆも漏らじをかさとりの山はいかでかもみぢ初《そ》めけむ

在《あり》原《はらの》元《もと》方《かた》

するまでの意。事柄の同時進行の表現。〇雁のなみだ　→三二。▽→四「鶯の涙」。「秋の夜の露は…置きて野べの色も移ろふなれど…雁の声に野べの色もひとしほ勝るやうなれば…」(両度聞書)。

259　秋の露が色とりどりに置くからこそ、山の木々の葉は、色さまざまなのであろう。〇いろ〳〵異に　「色々、異に」「色は、色異に」など諸説がある。中世注は「ごとに」とも示す。〇千種　千差万別の意。「ちぢ」に同じ。▽「木の葉の…濃き薄きあるは、露の各別に置くにてぞあるらんとなり」(栄雅抄)。→二五七。

260　白露もしぐれもひどく漏り落ちる、その「漏る」という名の「守山」の下葉までが残りなく色付いてしまったことだ。〇ほとり　名義抄「傍・側・辺　ホトリ」。〇いたく　甚しい、厳しいの意。名義抄「酷　イタシ」。〇もる山　「漏る」と地名「もる(山)」を掛ける。名義抄「守　モル」。〇下ば　→二二一。▽白露だけ、又、しぐれだけなら、こずえ(木末)が色付く程度だろうが、白露、しぐれの両方が甚しいので、下葉までがすべてもみじするのだの意。上句「いたく」と下句「のこらず」が照応する。→二五九・二六一。

261　雨が降ってもまったく漏らないだろうに、笠をさすという名の「笠取山」は、どうして雨のためにもみじし初めるということがあったのだろう。〇雨ふれど　「ど」は結果と照応しない条件の表現。〇つゆも　「露」と、まったく…ないの意の副詞「つゆ」を掛ける。〇かさとり　笠をさす意の「笠取り」と地名「かさとり(山)」を掛ける。中世注は「かさどり・かざとり」とも示す。〇もみぢ初めけむ　→二五三。「初め」を「染め」とする説がある。▽「笠取、雨の縁なり」(教端抄)。

262　神々の瑞垣(みずがき)に這いのびる葛(くず)までも、秋には耐えられないで色が変ってしまったこ

262 神社《のやしろ》のあたりをまかりける時に、斎垣《いがき》の内《うち》のもみぢを見て、よめる　　貫《つら》之《ゆき》

ちはやぶる神のいがきに這《は》ふ葛《くず》も秋にはあへずうつろひにけり

263 是貞親王《のみこ》家《の》歌合に、よめる　　忠《たゞ》岑《みね》

あめふればかさとり山のもみぢ葉《ば》は行《(ゆき)》かふ人の袖《そで》さへぞ照《て》る

264 寛平御時后《(くわんぴやうのおほむとき)きさいの》宮《の》歌合の歌《うた》　　よみ人しらず

散《ち》らねどもかねてぞおし《(を)》きもみぢ葉《ば》は今は限《(かぎり)》の色《いろ》と見つれば

265 大和国《やまとのくに》にまかりける時、佐保《さほ》山に霧《きり》の立《た》てりけるを見て、よめる　　紀《きの》友《とも》則《のり》

誰《た》がための錦なればか秋ぎりのさほの山べをたちかくすらむ

とだ。○ちはやぶる →二五四。○いがき　斎垣(いみ/かき)。和名抄「瑞籬、美豆加岐、以賀岐」。○葛　マメ科の蔓草。○あへず　「あふ」→七。▽「神のいかきは、永遠(はと)にて久しかるべき心なり」(顕注)。

263　雨が降るので笠をさす、その「笠取り」という名の「笠取山」のもみじの葉はもちろん、行きちがう人々の袖までが照り輝いている。○是貞親王家歌合　→一八九。○かさとり　→二六一。○袖さへぞ照る　もみじが照り輝くばかりか人々の袖までが照り輝くの意。「さへ」は重いものを予定して軽いものを言う表現。▽「木陰を行き通ふ人の袖さへ輝くやうなりとなり」(教端抄)。新撰万葉集上・秋・六八参照。

264　散ってはいないけれど、散る前から既になんと惜しいことよ。もみじの葉は、今はもう最後の色と思って見ているので…。○寛平御時…歌合　→二一。○かねて　→二五三。○今は限の色　もみじの盛りの、散る直前の色の意。「至極の色といふ心なり」(十口抄)。▽「紅葉のちしほ(千入)に成り尽してはべれば、今は散るばかりなりとよめり」(延五記)。

265　誰かのためのもみじの錦であるからか、秋の霧が佐保山を、たちわたって隠しているのだろう。○錦　もみじの比喩表現。漢詩に多い。杜甫・復愁十二首「江上亦秋色…巫山猶㆓錦樹㆒」。懐風藻・大津皇子・述志「山機霜杼織㆓葉錦㆒」。春の錦(→五六)に対する。○秋ぎり　春霞に対する秋の代表的景物。▽「霧の内に飽かず見たる心」(十口抄)。

266　秋霧は今朝だけはたちわたってくれるなよ。佐保山のははそのもみじを遠くからでも見たいのだ。○是貞親王家歌合　→一八九。○けさは「ただ今の時節の感なり」(両度聞書)。○柞　楢(なら)の木。特にその若木のコナラともいう。和名抄「柞　波々曾」。○よそ→三七。▽「見む」を「よそ人

是貞親王《のみこ》家《の》歌合の歌《うた》　　よみ人しらず

266 秋霧《ぎり》はけさはな立《た》ちそさほ山の柞《はゝそ》のもみぢよそにても見む

秋の歌《うた》とて、よめる　　坂上是《これ》則《のり》

267 さほ山のはゝその色はうすけれど秋はふかくもなりにける哉《(かな)》

人の前栽《せんざい》に、菊《きく》に結《むす》び付《つ》けて植《う》へ《(ゑ)》ける歌《うた》　　在原業平《なりひらの》朝臣

268 植《う》へ《(ゑ)》しうへ《(ゑ)》ば秋なき時やさかざらむ花こそちらめ根《ね》さへかれめや

寛平御時、菊《きく》の花を、よませ給《たま》うける　　敏《とし》行《ゆきの》朝臣

269 久方の雲のうへにて見る菊は天《あま》つ星《ほし》とぞあやまたれける

この歌《うた》は、まだ殿上《(うへ)》許《ゆる》されざりける時に、召《め》し上《あ》げられて、仕《つか》う奉《まつ》れるとなむ

もあまねく見む」とする説もある(教端抄)。新撰万葉集上・秋・六七参照。

267 佐保山の柞(ははそ)のもみじの色は薄いけれど、秋は深まってしまったことであるよ。○はゝそ　→二六六。○うすけれど　柞は、もみじの色合が浅く控え目なので「うすし」と言ったか。▽「柞の色はうすく見ゆるに、秋は何とて深くなるぞと時節(季節)の移りゆくを惜しみたるなり」(栄雅抄)。もみじの歌群を奈良の佐保山の景で終る。

菊　十三首

268 こうして植えておけば、秋のない場合には咲かないだろうか、いやそんな場合にも咲くだろう—しかも秋のない年などないのだから必ず咲くだろう。花はなるほど散るだろうけれど、根まで枯れることがあろうか。○人の前栽　他家の庭の植込み。○植へしうへば　「し」は強調の表現。しっかり植え込んでおけばの意。▽漢語「時菊」を言い広げた感がある。文選・河陽県作二首「時菊耀二秋華一」。菊は、詩では懐風藻から見え、和歌では延暦十六年(七九七)のもの(類聚国史・歳時部六)が古い例。菊—特に菊の露—は一般に生命と関わってよむのを基本とするが、芸文類聚・初学記の菊の項に、仙人や長寿と結びつけた典拠・表現が多く見える。凌雲集・経国集などにも例が多い。

269 宮中で見る菊は、まるで大空の星かと見まがわれましたことです。○寛平御時　→一七七。○久方の　→八四。○雲のうへ　宮中の意。○天つ星…　菊を星と見立てるのは漢詩に学んだ手法。芸文類聚・菊・盧諶菊花賦「翠葉雲布。黄蘂星羅」。「あやまつ」も漢詩に学んだ見立表現。→三四。「る」(れ)は自発の表現。▽「まだ…」は伝承。

270 露が置いたままで髪に挿しましょう、この菊の花よ。不老の秋がいく久しくありますよう

270 是貞親王《これさだのみこの》家《の》歌合の歌《うた》　紀《きの》友《とも》則《のり》

露ながらお《(を)》りてかざゝむ菊の花老《お》いせぬ秋のひさしかるべく

271 寛平御時后《きさいの》宮《の》歌合の歌《うた》　大江千里

うへ《(ゑ)》し時花まちどを《(ほ)》にありしきくうつろふ秋にあはむとや見し

272 同《おな》じ御時、せられける菊合《(きくあはせ)》に、洲浜《すはま》を作《つく》りて、菊《きく》の花植《う》へ《(ゑ)》たりけるに加《くは》へたりける歌。吹上《ふきあげ》の浜《はま》の形《かた》に、菊植《きくう》へ《(ゑ)》たりけるを、よめる　菅《すが》原《はらの》朝臣

秋風のふきあげに立《た》てるしらぎくは花かあらぬか浪のよするか

273 仙宮《(せんきゅう)》に、菊を分《わ》けて人の至《いた》れる形《かた》を、よめる　素性法師

ぬれて干《ほ》す山路《ち》のきくのつゆのまに早晩《(いつか)》ちとせを我は経《へ》にけむ

に。○是貞親王家歌合　↓一六九。○露ながら　露と共にの意。○老いせぬ　老いないの意の強調表現。○秋　季節の秋、広くは年の意。▽↓二六。「折る」↓三。

271 植えた時には花が待ち遠しかった菊よ。あの時には、その菊が、やがて時も移ろい、花も色変りし、そしてやがては衰え散るであろう秋に出合うだろうと思ったか、いや思いもしなかったなあ。○寛平御時…歌合　↓三。○うつろふ　菊が「移ろふ」の意と秋が「移ろふ」の意を掛ける。菊花は、花盛りとしおれかけて紫紅色変りする姿とを賞美した。▽「節序(季節の変化)の転変してしばらくもとどまらざるを観ずるなり」(教端抄)。

272 秋風が吹き上げている「吹上」の浜に立っている白菊は、花なのか、そうではないのか、あるいは波が寄せているのか。○同じ御時…菊合　宇多天皇の寛平三年(八九一)までの秋の名所の菊合せ。菊合は左方・右方に分かれて菊に歌の短冊を結びつけて提示し合って優劣を競う遊び。○洲浜　海岸の洲に似せて作った、宴席・歌合の調度。○…加へたりける歌　ここまでが以下四首にかかる詞書。○形　模型、姿の意。○ふきあげ　風が「吹き上げ」と地名「ふきあげの(浜)」を掛ける。○花か…　見立表現の一つ。具体的・分析的に表現している。▽「花とや見ん、波の寄するとや見んと言ふ儀なり」(両度聞書)。

273 その露に濡れては乾かして辿《(どた)》る山路に生えている菊に置く露。「つゆのま」ともいうほどに「露」はつかのまのものだが、その「露のま」のわずかのあいだに、いったいいつ千年という長い時をわたくしは過してしまったのであろうか。○仙宮　仙人の宮殿。中世注は「せんぐう・せんごう」とも示す。↓二六八。○至れる　行くの意。○形　↓二七二。○つゆ　「露」とわずかの意の「つゆ(の

274
菊《きく》の花の下《もと》にて、人の、人待《ひとま》てる形《かた》を、よめる　友《とも》則《のり》

花見つゝ人まつ時は白妙の袖かとのみぞあやまたれける

275
大沢《おほさは》の池の形《かた》に、菊植《きくう》へ《(ゑ)》たるを、よめる

一本《ひともと》とゝ思《(おもひ)》し花をおほさはの池のそこにも誰《たれ》かうへ《(ゑ)》けむ

276
世中《(よのなか)》のはかなきことを思《(おもひ)》ける折《おり》に、菊《きく》の花を見て、よみける　貫《つら》之《ゆき》

秋の菊にほふかぎりはかざしてむ花よりさきと知《し》らぬわが身を

277
白菊《しらぎく》の花を、よめる　凡河内躬《み》恒《つね》

心あてにお《(を)》らばやお《(を)》らむ初霜《はつしも》のを《(お)》きまどはせる白菊の花

ま)」を掛ける。▽「仙宮に至れる人に成りてよめり」(教端抄)。仙界の時間を述べた神仙思想。

274　白い菊の花を見ながら人を待っていると、その菊の花がその来る人の白い袖かとばかり見誤れることだ―あの陶淵明の菊見の時のように。○下　そば、あたりの意。○人の人待てる形　洲浜に一つの人形が他の人形を待つのを型どったものの意。「形」→二七三。○白妙　→三。○あやまたれける　→二六九。▽「陶潜(淵明)…九月九日に…菊をもてあそびてをるに…人の使、白衣着たりしが…酒を…もて来りし」(密勘顕注)。芸文類聚・九月九日・続晋陽秋などの陶淵明の故事をふまえる。

275　一本だけ咲いていると思った菊なのに、その菊が大沢の池の水底にも咲いている。いったい誰が植えたのだろう。▽水面に映る菊を、単に影として虚像的にとらえず、実体的にとらえる見立の手法である。「影が映りてかく見ゆるなど思ふべからず。ただ見たる端的をよめるなり」(両度聞書)。「一」と「大(多)」とが照応する。→二四三・二四四。

276　秋の菊が咲きほこるその間だけは、花を賞で惜しみながら、髪に挿していよう。この花より短いかも知れないわが身なのだもの。○世中…　人間関係や社会が、無常で絶望的だという意。ここは人の生命のはかなさを重点とする。「世中」→九三三。▽「にほふ限りはといふ花も又、はかなき心あり」(教端抄)。→二六八。

277　当て推量に、もし折るとするならば折りましょうかね。初霜が置いて、その白さで霜か菊かと、人を困惑させている白菊よ。○おらばやおらむ　「や」は惑いからくる軽い疑問の表現。反語説など説が多い。▽「心あてにとは、霜の置き惑はせしによりてなり」(十口抄)。菊を霜と見立てるのは漢詩に学んだ表現。白氏文集11・重陽席上賦白菊「満園花菊鬱金黄。中有二孤叢一色似レ霜」。

是貞親王《これさだのみこの》家《の》歌合の歌《うた》　　よみ人しらず

278 色《いろ》かはる秋のきくをば一年《ひとゝせ》にふたゝびにほふ花とこそ見れ

仁和寺《(にんなじ)》に、菊《きく》の花召《め》しける時に、歌添《うたそ》へて奉《たてまつ》れ、と仰《おほ》せられければ、よみて、奉《たてまつ》りける　　平貞文《さだふん》

279 秋をおきて時こそ有《(あり)》けれ菊の花うつろふからに色のまされば

人の家なりける菊《きく》の花を、移《うつ》し植《う》へ《(ゑ)》たりけるを、よめる　　貫之《つらゆき》

280 咲《さ》きそめし宿《やど》しかはればきくの花色《いろ》さへにこそうつろひにけれ

題しらず　　よみ人しらず

281 さほ山の柞《はゝそ》のもみぢ散りぬべみ夜《よる》さへ見よと照《て》らす月かげ

278 色が変化して紫紅色を帯びる秋の菊を、一年に再度美しく咲き盛る花なのだと思って見ることでありますよ。○是貞親王家歌合　→一六九。○にほふ　→一五。○とこそ見れ　「と見る」は見立の表現。→一四。▽菊は、花盛りとしおれかけの色変りしたのと二度賞美した。「菊は移ろひて紫に色の美しければ、ひととせに再びにほふ盛りを見るとなり」(栄雅抄)。→二七一。

279 秋という盛りの季節としての「時」を除いても、ほかの盛りの「時」があったのだ。菊の花は、色変りをするとともにその色がいよいよ勝るのだから。○仁和寺　宇多天皇は、寛平九年秋七月に譲位し、昌泰二年に仁和寺で剃髪した。中世注は「にわじ」とも示す。○召しける　宇多上皇が召したの意。○…と仰せられければ　宇多上皇が、…とおっしゃったのでの意。○おきて　「おく」は捨てる、除くの意。名義抄「置・捨・除　オク」。○うつろふ　色が変るの意。▽菊は、秋の花の盛りの「時」だけでなく、宇多上皇の賞美に預かる花の盛りの「時」もあるのだ、菊の花に二度の盛りがある(→二七八)ようにの意。漢語「時菊」をふまえるか。→二六八。

280 咲き初めた屋敷が変ったので、菊の花はその色までがこんなに変ったことだ。○宿しかはれば　「咲き初めし宿にあらぬを…よむなり」(教端抄)。○色さへに　所が変ったのにつれてその色もの意。「さへ」→二六三。○うつろひにけれ　「うつろふ」→二七九。▽菊の花は、美しさを二度賞美する(→二七八)ことをふまえている。「ほかにて咲きたる菊をこなたへ移し植ゑたるなり」(教端抄)。

落葉　二十五首

281 佐保山のははそのもみじが散ってしまいそうだから、昼はもちろん夜まで見なさいよと、

宮仕《づか》へ久《ひさ》しう仕《つか》う奉《まつ》らで、山里《ざと》に籠《こも》り侍《(はべり)》ける
に、よめる
藤原関雄

282
奥山の岩垣《いはがき》もみぢちりぬべし照《て》る日のひかりみる時なくて

題しらず
よみ人しらず

283
竜田河紅葉乱《(みだれ)》て流《(ながる)》めり渡らば錦中やたえなむ
この歌は、ある人、平城帝《ならのみかど》の御《(おほむ)》歌也となむ申す

284
たつた河もみぢ葉《ば》ながる神なびの三室《みむろ》の山に時雨ふるらし
又は、飛鳥河《あすかがは》もみぢ葉《ば》ながる

照らしているこの月の光よ。○柞 ↓二六六。○散りぬべみ 「べみ」は「べし」のミ語法。↓三二。○さへ ↓二六三。▽「月に心をつけていへる、面白し」(十口抄)。もみじの歌群(↓二六七)が奈良の佐保山によせた歌で終り、落葉の歌群が再び奈良の佐保山によせた歌で始まる。

282 奥山の険しい岩々のもみじが、きっと散ってしまうだろう。照り輝く太陽の光を見ないままに…。○山里 秋の山里(↓六八)は寂しさの代表的景物。↓二四。○奥山 ↓二五。○岩垣 岩が重なって垣根や壁のように見えるもの。中世注は「いはかき」と示す。「岩垣もみぢ」は和歌的表現。▽「深き山にこもりて見え奉らぬを、日の影見る時なくとはよめり」(顕注)。文徳実録の藤原関雄卒伝の「性好二閑退一。常在二東山旧居一」によせるとする説によれば、上句は自身を、下句「照る日のひかり」は天子の恵みをさす。↓三〇四。

283 竜田川は、もみじが乱れ流れているように見える。渡るならば、このもみじの錦が中途で断ち切れてしまうだろうかなあ。○流めり 「めり」は、目前の事実について判断を保留する表現。○錦 ↓二九五。○となむ申す ↓四二三「となむ言ふ」。▽「平城帝」は伝承。平城《(へいぜい)》天皇とする説もあるが、奈良に都した文武天皇から平城天皇までのいずれかと広く解することもできる。↓かな序注七二。

284 竜田川は、もみじの葉が流れている。神奈備の三室山にしぐれが降っているからであろう。○神なび ↓二五三。○三室の山 「みむろ」は神のいます所の意の普通名詞から地名に転じた。ここは竜田神社のあたり。左注の異文に従えば飛鳥の雷岳《(いかづちのおか)》。○時雨 ↓二五三。○ふるらし 「らし」は原因を推定する表現。▽左注の異文指示「飛鳥河…」は、六条家本・御子左家で共通。

285
恋《こひ》しくは見《み》てもしのばむもみぢばを吹《(ふき)》なちらしそ山おろしの風

286
秋風にあへずちりぬるもみぢばの行ゑ《ゆく(へ)》さだめぬ我ぞかなしき

287
あきはきぬ紅葉は宿《やど》にふりしきぬ道ふみわけて訪《と》ふ人はなし

288
踏《ふ》みわけて更にやとはむもみぢばのふりかくしてし道と見ながら

285　もみじの美しさが恋しいときは、せめて落葉を見てでもしのびましょう。散り敷くそのもみじ葉を吹き散らさないで下さい、山から吹きおろす風よ。○恋しくは　「もみぢのことなり」(両度聞書)。「こひしく」は連用形。「は」は順接仮定の表現。○しのばむ　「しのぶ」は離れて思慕するの意。○吹なちらしそ　「な…そ」は禁止の願望の表現。▽「木のもとの落葉をも見るべきにとなり」(両度聞書)。風にも心があるとしてよむ。↓七六。

286　秋風に耐え切れないで散ってしまうもみじ葉の行方が定まらない。そのように、行末がどうなるかわからないわが身が悲しいことだなあ。○あへず　「あふ」↓七。○行ゑさだめぬ　この句で、「もみじば」から「我」へ転ずる。「さだむ」は、決める、決まるの両義がある。ここは決まるの意。○我　わが身の意。「身」↓三八三。名義抄「身　ワレ」。▽「飛花、落葉を見て、有為転変の始・中・終を観ずるを…歌道とす」(教端抄)。

287　秋は来た。もみじはわが家の庭に散り敷いている。道を踏み分けて訪ね来る人はいない。○あきはきぬ　「ぬ」は確認の表現。「心に秋思の起る時は初秋、暮秋のけじめなく秋は来たりと言ひぬべし」(教端抄)。○ふりしきぬ　しきりに降る意の「降り頻き」とする説もある。「ぬ」は確認の表現。▽「秋は暮れ、紅葉は散り、人は来ぬなり。この折の悲しさを、憂しとも悲しとも言ひ出でずして、心にもたせて言へるなり」(両度聞書)。

288　踏み分けてわざわざ訪ねて行ったものでしょうか。もみじがこうも降るように落葉して隠し通している道なのだと見ながらも。○更に　なおこの上、ことさらになどの意。名義抄「故　コトサラニ」。○ふりかくしてし　わざわざ隠しているの意(「ふり」は「ふりはふ」の「ふり」に同じ↓三二)の「ふり隠し」と、もみじが散って隠しているの意

289 秋の月山辺さやかに照《て》らせるは落《お》つるもみぢの数《かず》を見よとか

290 吹《(ふく)》風の色のちぐさに見えつるは秋の木《こ》の葉《は》のちればなりけり

関《せき》雄《を》

291 霜のたて露《つゆ》のぬきこそよは《(わ)》からし山の錦のを《(お)》ればかつ散《ち》る

雲林院《うりむゐん》の木の陰《かげ》に佇《たゝず》みて、よみける　僧正遍昭

292 わび人の分《わ》きてたちよる木《こ》のもとはたのむかげなくもみぢちりけり

の「降り隠し」とを掛ける。「つ」(て)は確認の表現。「き」(し)は過去の表現。▽上句「更に」と、下句「ふりかくし」が照応する。二八七番の歌と対照的な一首である。

289 秋の月が山のあたりを清らかに照らしているのは、散り落ちるもみじ葉の数を見なさいというのか。○さやかに →一六九。○照らせるは「る」は状態の存在・継続の表現。▽「飛ぶ雁の数さへ見ゆる(→一九二)と言へるごとくなるべし」(教端抄)。→二八一。

290 吹いている風の色がとりどりに確かに見えているのは、秋の木の葉が散るからなのだなあ。○ちぐさ →二五九。○見えつるは「つ」(つる)は存在の確認の表現。○なりけり →三七。▽「風は目に見えぬものなれど、物に触れてその色あるなり」(栄雅抄)。文選・和徐都曹・六臣注「風本無㆑光。草上有㆓光色㆒。風吹㆓動之㆒。如㆓風之有㆒㆑光」。

291 霜の縦糸と露の横糸とが確かに弱いらしい。山々のもみじの錦が織りあげるそばからちりぢりに散ることだ。○たて 縦糸の意。名義抄「経 タテ」。○ぬきこそ「ぬき」は横糸の意。名義抄「緯 ヨコ」。「こそ」は事実の確認・強調の表現。○錦 →二六五。○かつ →七三。▽漢詩に学んだ表現で万葉集以来例がある。万葉集八「たてもなくぬきも定めずをとめらが織るもみち葉に霜な降りそね」。→二六五。露・霜が木々をもみじさせるという見方を前提とする。→二五七。「散りゆくことを惜しめる心よりよめり」(十口抄)。

292 この世を住みわびている人が選び分けて立ち寄る木の下は、頼りにする木陰がない状態にもみじが散っていることだよ。○わび人 この世に絶望した人、志を失った人の意。ここは作者か。○分きて「わく」→一六九。○たのむ あてにする、寄り添い頼るの意。名義抄「依・頼 ヨル・タヨリ」。

293 二条后《の》の、春宮《(とうぐう)》の御息所《みやす(どころ)》と申ける時、御屏風《(おほむびやうぶ)》に、竜田河にもみぢ流《なが》れたる形《かた》を書《か》けりけるを題にて、よめる

素《そ》性《せい》

もみぢ葉《ば》のながれてとまるみなとには紅深き浪やたつらむ

294 業《なり》平《ひらの》朝臣

ちはやぶる神世も聞《き》かずたつた河から紅に水くゝるとは

295 是貞親王家《これさだのみこの》歌合《の》の歌《うた》

敏《とし》行《ゆきの》朝臣

わが来《き》つる方もしられずくらふ山木ゝの木《こ》のはのちるとまがふに

○かげ　木かげの「陰」に恩恵・御陰の意を含む。▽「述懐の心あり」(十口抄)。

293 もみじの美しい葉が流れ流れて止まる水門には、深い紅色の波が立っているであろうか。○二条の后の…　↓八。○形　↓二七三。○ながれて　「流れで」と解する説もある。○みなと　川や海の水の出入りする所、水や舟や人の集る所の意。港、湊。和名抄「説文云。湊　水上人所ㇾ会也。三奈止」。▽「浪は白きものなれど、もみぢの流れ止まる水門には、紅にぞ浪の立つらんとなり」(栄雅抄)。水門は、もみじまで集まるの心があるか。

294 神々のみ世でも、その事があったと聞いていない。竜田川が深い紅色に水をくくり染めるとは…。○ちはやぶる　↓二五四。○神世　狭義にはイザナギ・イザナミ両神まで七代の神の世(↓かな序注九)。広義には神々の世。○から紅　↓一四八。○くゝる　染色のために糸をくくる、絞り染めに染めるの意。名義抄「括　ククル」。白氏文集7・泛太湖書事寄微之「黄夾纈林寒有ㇾ葉」は、黄色い絞り染めのような色づいた林の比喩表現。旧注は「潜・泳」をあてて「くぐる」とも解する。▽「紅葉の、立田河にひまなく散り敷きたるを言ひ立てんやうなければ、神代には奇妙のことあれども如ㇾ此事は聞かずといふなり」(詠歌大概聞書)。

295 わたくしがやって来た方角も知ることができません。暗いという名の「くらふ山」は、その暗さの上に木々の木の葉が散るので見わけられないから。○是貞親王家歌合　↓一八九。○しられず　「る」(れ)は可能の表現。○くらふ山　「暗(い)」と地名「くらふ(山)」を掛ける。○ちると　「と」は、というわけで、ということでの意の表現。○まがふに　↓七三「まがひ」。「に」は理由の表現。▽「散るとまがふとは、散るとなれば必ず道のまがふの心なり」(古柏)。

296
神なびの三《み》室《むろ》の山を秋ゆけば錦たちきる心ちこそすれ
忠《ただ》岑《みね》

北《きた》山に、もみぢ折《お》らむとてまかれりける時に、よめる
貫《つら》之《ゆき》

297
見《み》る人もなくてちりぬる奥山のもみぢは夜《よる》の錦なりけり

秋の歌《うた》
兼《かね》覧《みの》王

298
たつた姫《ひめ》たむくる神のあればこそ秋の木《こ》の葉《は》の幣《ぬさ》とちるらめ

小野《をの》と言《い》ふ所に、住《す》み侍《(はべり)》ける時、もみぢを見て、よめる
貫《つら》之《ゆき》

299
秋の山もみぢをぬさとたむくれば住《す》む我《われ》さへぞ旅《たび》心地《ち》する

296 神奈備の三室山を秋のもみじの季節に通って行くと、錦の布を仕立てて着る気持が確かにすることだ。〇神なびの三室の山 ↓二八四。〇錦 ↓二六五。〇たちきる 裁ち着るの意。〇心ちこそすれ 「こそ」は強調の表現。▽錦を着るという表現は、中国の故事(↓二九七)によるとの説がある(延五記)。新撰万葉集上・秋・七二参照。

297 見る人もないままに散ってしまう奥山のもみじは、なるほど「夜の錦」なのだなあ。〇なくて 「て」は状態の表現、…の状態での意を示す。〇奥山 ↓二一五。〇夜の錦なりけり 漢書・項羽伝「富貴不レ帰二故郷一。如二衣レ錦夜行一」による表現。効(かい)のない無駄なことを示す比喩表現。「錦」↓二六五。「なりけり」↓三七。▽旧注以来、漢書・朱買臣伝または史記・項羽本紀の「如二衣レ繡夜行一」によるとするが、「繡」はもともと「錦」とは少しずれるので、芸文類聚・錦にも引く漢書・項羽伝によるとする説に従う。↓三二「折る」。

298 竜田姫が手向けをする神さまがおられるからこそ、秋の木の葉のもみじが手向けものとして散るのでしょうね。〇たつた姫 竜田神社の女神。竜田神は風の神として幣帛使を送って祭る(神祇令・天神地祇、延喜神祇式・四時祭上)。中世注は「たつたびめ」と示す。〇たむくる 神に幣(ぬさ)を供えること。〇幣 神への供えもの、特に五色の布。名義抄「祓 ヌサ」。▽もみじを神に供える幣と見立てた。一般に去り行く秋の神の竜田姫が道々の神に手向けすると解するが、竜田姫が秋の神とされるのは少し時代が下るので、ここは土着神の竜田姫が西へ去り行く秋の神(天神)に手向けすると解した。季節を神格化・人格化し、これを送迎するという考え方は中国の影響があろう。↓二五五。道祖神を手向けの神ともいう。和名抄「道神 太無介乃加美」。同じ趣の歌が三首続く。

神奈備《なびの》山を過《す》ぎて、竜田河《たつた》を渡《わた》りける時に、
もみぢの流《なが》れけるを、よめる　清原《きよはらの》深《ふか》養《や》父《ぶ》

300 神なびの山をすぎ行《(ゆく)》秋なればたつた河にぞぬさはたむくる

寛平御時　后《きさいの》宮《の》歌合の歌《うた》　藤原興《おき》風《かぜ》

301 白浪に秋の木《こ》のはのうかべるを海人《あま》のながせる舟かとぞ見る

竜田河《たつた》のほとりにて、よめる　坂上是則

302 もみぢ葉《ば》のながれざりせばたつた河水の秋をばたれか知《し》らまし

滋賀《しが》の山越《ごえ》にて、よめる　春《はる》道《みちの》列《つら》樹《き》

303 山河《(やまがは)》に風のかけたるしがらみはながれもあへぬもみぢなりけり

299 秋の山は、西へ去り行く秋の神がもみじを手向けものとして供えているので、ここにとどまり住んでいるわたくしまでが旅心になることだ。○住む我さへ　「旅せぬ我さへの心なり」(教端抄)。▽秋(の神)が、道の神としての山(の神)に手向けするの意。秋の山が秋の神に手向けすると解する説もある。→二九八。

300 神奈備山を通り過ぎて西へ去り行く秋なので、竜田川にもみじの手向けを供えるわけなのだ。○神なび　→二五三。▽秋(の神)が竜田神に手向けするの意。→二九八。竜田(山・川)はもみじの名所。→二八三。

301 白波に秋の木の葉が浮んでいるのを、漁師が漂い流れるのにまかせている舟なのかと見るのであるよ。○寛平御時…歌合　→三。○海人　漁をする人、男女ともいう。名義抄「漁人・海人　アマ」。○舟かとぞ見る　「と(ぞ)見る」は見立の表現。▽歌合の洲浜(→二七二)の模型を大海の景色に見立てる。白氏文集11・重修香山寺…「一葉往来舟」。「眺望の歌なり」(古柏)。

302 もみじ葉が流れないとすれば、竜田川の「水の秋」を誰が知るだろうか。○せば…まし　反実仮想の表現。○水の秋　「水はいつも同じ色に流るるに、紅葉の波に浮びたる色に、水にも秋の興あることを知れり」(教端抄)。▽水の流れは四季不変だが、紅葉が流れることで水の秋が知られるの意。「水の秋」は「水の春」(→四五九)に対する。

303 山間の川に風が架けていく柵《(さく)》と思ったものは、実は流れようとして流れられないで留まっているもみじであったことよ。○しがらみ　流れをせき止めるために水中に作る柵。○あへぬ　「あふ」→七。「ず」(ぬ)は打消の表現。○なりけり　→三七。

池のほとりにて、もみぢの散《ち》るを、よめる　躬《み》恒《つね》

304
風ふけば落《お》つるもみぢば水きよみちらぬかげさへ底《そこ》に見えつゝ

亭子院の御屛風の絵《ゑ》に、河渡《わた》らむとする人の、もみぢの散《ち》る木の下《もと》に、馬《むま》を控《ひか》へて立《た》てるを、よませ給《たま》ひければ、仕《つか》う奉《まつ》りける

305
立《(たち)》とまり見てをわたらむもみぢ葉《ば》ゝ雨と降《ふ》るとも水はまさらじ

是貞親王家《これさだのみこの》歌合《の》の歌《うた》　忠《たゞ》岑《みね》

306
山田もる秋の仮庵《かりいほ》にをく《(お)》露《つゆ》はいなおほせ鳥《どり》の涙なりけり

題しらず　よみ人しらず

304　風が吹くと散り落ちて行くもみじ葉は、水が澄んでいるので、その散り行くもみじの影に加えて、枝から離れ散らないもみじの影までが、水底にちらちらと見えていて…。○落つるもみぢば　水底に落ちたもみじ葉とする説もある。第五句「底に見えつゝ」にかかる。「…もみぢは」と解する説もある。○水きよみ　ミ語法→三。○ちらぬかげさへ　散り落ちてしまっていない、空中で散り行く過程にあるもみじ葉とする説もある。「さへ」→二六三。▽「散らぬかげさへとは、散るも散らぬもとなり」(両度聞書)。

305　立ち止まってよく見てから渡りましょう。もみじ葉は雨のように降っても川の水は増えないでしょう。○亭子院　→六八。○よませ給ひ…宇多上皇がよませたのでの意。○仕う奉りける歌をよんで奉ったの意。○見てをわたらむ「を」は強調の表現。○雨と降る「と」は、としての意。▽「絵に画ける人にかはりてよめり」(十口抄)。木の葉を雨に見立てる表現は漢詩にある。

秋の田　三首

306　山の田を守るための、秋に作る仮の小屋に置く露は、いなおせ鳥の涙であったのだなあ。○是貞親王家歌合　→一八九。○山田もる　山間や山の麓《ふもと》の田を、特に秋に守る番をするの意。○仮庵　収穫期に田畑の近くに必要に応じて仮設する簡単な小屋。○いなおほせ鳥　→二〇八。○なりけり　→三七。▽「なきわたる雁の涙や…」(二二一)に類する表現。「秋の田面の露を見る時の心なり」(十口抄)。「この稲負背鳥を、何鳥ぞなど言ふべからず。稲と言へばなり。心は時の景なり」(両度聞書)。新撰万葉集上・秋・七五参照。

307　いまだに穂にも出ていない山の田を番をしていると、粗末なこの衣が稲の葉の露でぬれな

307 ほにもいでぬ山田をもると藤《ふぢ》衣いなばのつゆにぬれぬ日はなし

308 刈《か》れる田に生《お》ふるひつちのほにいでぬは世を今更に秋はてぬとか

北《きた》山に、僧正遍昭《へんぜう》と、茸狩《たけがり》にまかれりけるに、よめる

素《そ》性《せい》法師《し》

309 もみぢ葉《ば》は袖にこきいれて持《も》ていでなむ秋は限《（かぎり）》と見む人のため

寛平御時、古《ふる》き歌奉《うたゝてまつ》れ、と仰《おほ》せられければ、竜田《たつた》河もみぢ葉《ば》流《なが》ると言《い》ふ歌《うた》を書《か》きて、その同《おな》じ心に、よめりける

興《おき》風《かぜ》

310 深山《みやま》よりおちくる水の色見てぞ秋はかぎりと思《（おもひ）》しりぬる

い日はないのだ。〇ほにもいでぬ 「いまだ穂に出でぬ」(栄雅抄)に従う。山の田は穂も出ないほどにやせているという説もある。「ほ」は「穂」と「秀(ほ)」を掛けるか。〇山田をもる →三〇六。〇藤衣 藤や葛の皮などの繊維で織る粗末な衣服。〇つゆにぬれぬ日はなし 「露」は涙を暗示する。▽「心は、事、業(わざ)の哀れをいへり」(両度聞書)。「古今集にては恋歌ならず」(教端抄)。

308 刈ってある田に生えるひつちが穂に成って出ないのは、「この時期にいまさら事新しく…」「秋も終ってしまった」とでも思うからなのか。〇ひつち 収穫後の稲の切り株から自生する新しい稲葉。中世注は「ひつち」と示す。和名抄「穭 於路賀於比。比豆知。自生稲也」。〇秋はてぬ 「飽き果て」と「秋果て」を掛ける。「ぬ」は完了の表現。〇とか 相手の気持を推察しつつ問いかける表現。▽刈り入れ後に芽を出す稲は、時を失しており、秋も終ってしまうのだから実りの穂が出ないのだの意。裏の意として、この世の中に生い育ってそのつらさを味わっても仕方のないことだ(→九五七)、この世のつらさを十分に経験し尽している(→九五四)ことだからの意もあろう。「述懐の心なり」(十口抄)。

秋の終り 五首

309 もみじの葉は袖にしごき入れて持って出よう。秋はもう終りと思っているだろう人のために。〇茸狩 きのこ狩り。名義抄「菌・茸 タケ」。〇こきいれて 「こく」は枝からしごき取るの意。名義抄「揃 ノコフ・ムシル・コク」。〇秋は限 秋が深まりやがて冬になろうとするころ、秋の尽日の意。「かぎり」は、白氏文集にも見える漢語「春尽」「尽日」の「尽」に当る。▽→一三四。「もみじもなく、秋も果てぬと思ふ人に見せんとなり」(両度聞書)。

311 秋の果《は》つる心を、竜田《たつた》河に思《(おもひ)》遣《や》りて、よめる　貫《つら》之《ゆき》

年ごとにもみぢ葉《ば》ながすたつた河みなとや秋のとまりなる覧

312 長《なが》月の晦《つごもり》日の日、大井にて、よめる

夕《ゆふ》づくよをぐらの山になく鹿《しか》の声《こゑ》のうちにや秋は暮《く》るらむ

313 同《おな》じ晦《つごもり》日の日、よめる　躬《み》恒《つね》

道《みち》しらばたづねもゆかむもみぢばを幣《ぬさ》とたむけて秋は去《い》にけり

310 奥山から流れ落ちて来る川の水の色をもじっと見ておりまして、秋はもう終りだと思い知りました。○寛平御時 →一七。○…と仰せられければ →一七。○竜田河もみぢ葉流ると言ふ歌 二八四番の歌。○水の色 もみじの流れる水を見なした表現。→二九三・二九四。○秋はかぎり →三〇九。▽「水の色」は、漢語「水色」に当る。白氏文集8・履道春居「春添二水色一深」。

311 来る年ごとにもみじ葉を流す竜田川は、その河口が秋の泊り場所なのだろうか。○秋の果つる →一三四「春の果」。○みなと →二九三。○とまり 居を定めて滞在すること、その場所の意。名義抄「泊 トマリ・トドマル」。▽「毎秋、竜田川のみなとに紅葉の流れ集まれば(→二九三)、このみなとや秋の限りのとまりならんと…」(教端抄)。

312 夕ぐれて薄暗い小倉山に鳴いている鹿の声のうちに、秋は暮れて行っているであろう。○長月の晦日 陰暦秋九月の下旬又は末日、秋の末日。→一三三「弥生の…」。○夕づくよ もと陰暦七日ごろに出る月、又、その月の夜をいう。万葉集に例が多い。ここは夕方のほのぐらさ「小暗」から地名「をぐら(山)」を出す表現となる。万葉集十「春されば木の木(こ)の暗れの夕月夜おぼつかなしも山陰にして」。○をぐらの山 うす暗い意の「小暗(し)」と地名「をぐら(山)」を掛ける。中世注は「をくら」と示す。▽夕暮・小倉山・鹿は、万葉集以来の組合せ。悲しい秋を代表する。

313 もし秋の去って行くその道がわかるならば、その道を探して訪ねてでも行きたい。もみじ葉を旅の安全を祈る手向けものとして供えて秋は去って行ってしまったなあ。○たづねも 求めて、探し出し、訪問しての意。「も」は強調の表現。○幣 →二九八。▽「あとを慕ひ、惜しみたるなり」(栄雅抄)。→二九八。

古今和歌集巻第六

冬歌

題しらず　　よみ人しらず

314 竜田河錦をり(お)かく神無《な》月しぐれの雨をたてぬきにして

冬の歌とて、よめる　　源宗于朝臣

315 山里《ざと》は冬ぞさびしさまさりける人目《め》も草もかれぬとおもへば

冬部は、雪の歌群を主とし、初冬の歌群に始まり、冬の終りの歌群、更に年の終りの歌群で終る。

初冬　三首

314 竜田川は、錦を織って掛け渡している。この初冬十月に、しぐれの雨をたて糸・よこ糸として。○錦　竜田川にもみじが乱れ流れる様をいう。→二八三。元永本は初句「竜田山」で、山のもみじをいうことになる。○をりかく　「かく」はもと一方の側と他方の側を支えとして掛けるの意だが、ここは一方の岸と他方の岸についてその間を広がるの意か。○神無月　陰暦冬十月の異称。○しぐれの雨　しぐれに同じ。→二五三。○たてぬき　「たて」と「ぬき」→二九一。▽「しぐれの雨を…」は、しぐれが草木を紅葉させる(→二五三)という考え方を前提として、上句のもみじを見立てた錦の布のたて糸・よこ糸がしぐれなのだと表現している。初春に残りの雪(残雪)をよみ(→一一九)、初夏に残りの花(残花)をよむ(→一三五・一三六)ように、初冬に残りのもみじをよんでいる。

315 山里は、特に冬がさびしさのつのることだ。人目もなくなってしまい、草も枯れてしまうと思うものだから。○山里　→六八。○かれぬと　人がおとずれない意の「離(か)る」と「枯る」を掛ける。「か(枯)る」は、なくなる、とだえる、尽きるの意。名義抄「枯・涸・死　カル」。▽「山里のさびしさは四時(四季)にわたれり。されど、春は花の行き来のたより、夏はほととぎすなどのよすが、秋は菊・紅葉のつゐでにも、をのづから人目をも見はべるを、草枯れ木の葉散り果てたるころは、たまさかのたよりもなき心を、よく思ひ入れて見はべるべし」(両度聞書)。詞書に「冬の歌」とするように、古今和歌集の冬のイメージをこの歌がよく示す。

題しらず　　　　よみ人しらず

316 大空《おほぞら》の月のひかりし清《きよ》ければ影見し水ぞまづこほりける

317 夕《ゆふ》されば衣手《(ころもで)》さむしみ吉野《よしの》のよしのの山にみ雪《ゆき》ふるらし

318 今よりはつぎて降《ふ》らなむわが宿《やど》のすゝきを《(お)》しなみ降《ふ》れるしらゆき

319 ふる雪はかつぞ消《け》ぬらしあしひきの山のたぎつ瀬《せ》を《(お)》とまさるなり

316 大空の月の光がさむざむと澄みわたっているので、ついさっきまで月影を映していた水がまず最初に凍ったことだ。○清ければ　「きよし」は冷たくさえわたるの意。名義抄「清・澄・冷・凜キヨシ」。○影見し水　水が月光を見たと、擬人法に解する説がある。▽「月の清く宿りつる水のいつしか凍りたるを見て、月に映ぜられて氷もまづむすびけると思ひよれるなり」(十口抄)。新撰万葉集上・冬・八九参照。

雪　二十一首

317 夕方になって袖のあたりがさむざむとする。「み吉野の」というあの「吉野山」にみ雪が降っているらしい。○夕されば　万葉集以来の表現。「さる」は動作の前後に動くことをいう。ここは来るの意。万葉集十「夕されば衣手寒し高松の山の木ごとに雪ぞ降りたる」。○衣手　→二。○み吉野　→三。○み雪　「み」は接頭語。「深雪」とする説もある。▽吉野の近くでよむとする説と都でよむとする説がある。吉野は雪の名所としてよむ。

318 今からは絶えず降り続いてほしい。わが家の庭のすすきを押し伏せて降っている白雪よ。○降らなむ　「なむ」は願望、あつらえの表現。○をしなみ　押しなびかす、押し伏せるの意。▽「あは雪の降り初めて…すすきも雪も面白ければ…かやうに相継いで降れといふ儀なり」(両度聞書)。

319 降る雪は、一方で同時に解けてしまうらしい。山川《やまがわ》の激しく流れる浅瀬の水音があんなに高くなっている。○かつ　→七三。○消ぬらし「く」(け)→二三。○あしひきの　→五九。○たぎつ瀬　「たぎつ」は、はげしく滝のように流れるの意。中世注は「たぎつ・滝つ」の両意で「たきつ」とも示す。○なり　→二〇三。

320 この河にもみぢ葉《ば》ながる奥山《おく》の雪げの水ぞ今まさるらし

321 ふるさとはよしのの山しちかければ一日《ひと》もみゆきふらぬ日はなし

322 わが宿《やど》は雪ふりしきて道もなしふみわけて訪《と》ふ人しなければ

冬の歌《うた》とて、よめる　　紀　貫　之

323 雪ふれば冬ごもりせる草も木も春に知《し》られぬ花ぞさきける

320 この目の前にある川にもみじ葉が流れている。奥深い山々の雪どけ水が今まさにふえているらしいね。〇この河　「うち見たるこの河なり」(延五記)。万葉集の「是川」(巻十一・二四三七等)を平安人は「コノカハ」(正しくはウヂカハ)とよむのも何かの参考になろうか。〇雪げ　「げ(消)」は「く」(け)(→二三)の名詞形。▽「冬浅きころの雪は、やがて消ゆるなり」(十口抄)。

321 古里は、なにしろ吉野山が近いので、一日として雪の降らない日はない。〇ふるさと→九〇。〇山し　「し」は強調の表現。〇みゆき→三一七。▽「古里といへば、いづくもしばしの雪にもかきくらす心地するものなるを、なほこの古里は吉野の山近ければといふ心なり」(両度聞書)。古今和歌六帖(十世紀後期成立)は「行幸」の歌群に収める。「吉野離宮ありしよりのち、如レ此よむなり」(顕注)のような説が古くからあったことをうかがわせる。→三一五。

322 わが家は雪が一面に降り敷いていて道もない。その雪を踏み分けて訪ねて来る人なんか居ないので。〇わが宿　都とする説と山家とする説があるが、限定せずに解したい。〇人し　「し」は強調の表現。▽「やうやく冬至りてわが宿を雪の降り埋みはべれば、いよいよ訪ふ人もなくしてさびしとなり」(延五記)。→三一五。

323 雪が降るので冬籠(もご)りしている草にも木にも、春に知られない花が咲くことだ。〇冬ごもり　古くは清音か。〇知られぬ　「しる」→一四。▽雪を花に見立てた表現。漢詩や万葉集に例がある。「春にしられぬとは、花は春のものなるに、春にも見えず知られぬ花咲けりと雪をよめる」(教端抄)。花を雪と見立てる表現(→七五)の裏返し。

324 白雪がどこもかしこも区別せずにしきりに降っているので、さすがにこの滋賀の山ごえの

324 滋賀《しが》の山越《ごえ》にて、よめる　紀秋《あき》岑《みね》

しらゆきのところも分《わ》かずふりしけば巌《いはほ》にもさく花とこそ見れ

325 奈良《なら》の京にまかれりける時に、宿《やど》れりける所にて、よめる　坂上是《これ》則《のり》

みよしのの山の白雪つもるらし古里《ふるさと》さむく成《な》りまさるなり

326 寛平御時《(くわんぴやうのおほむとき)》后《きさいの》宮《の》歌合の歌《うた》　藤《ふぢ》原《はらの》興《おき》風《かぜ》

浦ちかくふりくるゆきは白浪の末の松山こすかとぞ見る

327 みよしのの山の白雪ふみわけて入《(いり)》にし人のを《(お)》とづれもせぬ　壬生忠岑

あたりでは、岩々にまでも咲く花よと見たことである。〇ところも分かず　降り積もる場所を区別しないでの意。〇ふりしけば　「降り敷けば」とする説もある。〇とこそ見れ　見立の表現の「と見る」の強調表現。▽滋賀の山越は花の名所だからこうよんだという(教端抄)。

325 吉野の山の白雪が降り積もっているらしい。この奈良の古い都は寒さがひとしおつのっている。〇みよしの　→三。〇古里　→九〇。〇成りまさるなり　「まさる」は、いっそうふえるの意。「なり」は、下句の内容によって上句を推量する表現。断定の表現とする説もある。▽「(吉野は)深雪の所なれば、思ひやりてかく言ふなり」(教端抄)。→三二一。

326 入り江のあたり近く降ってくる雪は、あの東歌に言う、白波が末の松山を越しているのかと思うほどに見えることである。〇寛平御時…歌合　→三。〇浦　舟泊りの入り江。和名抄「浦　諸船隠ㇾ風所也。宇良」。〇白浪の…山こすかと　一〇九三番の歌(東歌)による表現。〇とぞ見る　見立の表現「と見る」の強調表現。▽白雪と白波との見立て。「いづくにても浦近き雪の眺望なり」(十口抄)。「松山は思ひよそへて言へるなり」(両度聞書)。一〇九三番の歌は、波が決して越えないことを前提としている。

327 吉野の山の白雪を踏み分けて山に入ってしまった人が、便りさえもよこさない。〇みよしのの山の白雪　→三二五。〇をとづれ　音信。名義抄「音・風　オトツル」。▽「み吉野の山は…深き所なるを、かかる雪さへ積りたらんを踏み分けて入りにし人はなほざりの心にてはあらじと見はべりし時、思ひしごとも案のごとく音信もせぬといふなり」(十口抄)。→三二五。修行のための入山とする説もある(蓮心院注)。新撰万葉集上・冬〻・九三参照。

328 しらゆきのふりてつもれる山ざとは住《す》む人さへや思《(おもひ)》きゆらむ

雪の降《ふ》れるを見て、よめる　凡河内躬《み》恒《つね》

329 ゆきふりて人も通《かよ》はぬ道《みち》なれや跡《あと》はかもなく思《(おもひ)》きゆらむ

雪の降《ふ》りけるを、よみける　清原《きよはらの》深《ふか》養《や》父《ぶ》

330 冬ながら空《そら》より花の散《ち》りくるは雲《くも》のあなたは春《はる》にやあるらん

雪《ゆき》の、木に降《ふ》り懸《かゝ》れりけるを、よめる　貫《つら》之《ゆき》

331 冬ごもり思《(おもひ)》かけぬを木《こ》の間《ま》より花と見るまで雪ぞふりける

328 白雪が降って積っている山里は、雪は消えるというがその雪どころかそこに住む人までも思いの火が消えるのであろうか。○山ざと　↓六。○住む人さへや　「さへ」は重いものを予定して軽いものを示す表現。○思きゆらむ　「思ひ」の「ひ」を「火」に掛けて「消ゆ」をいう。「消ゆ」は雪の縁。わびしさに心が沈んで消え行く思いがするの意。▽「雪中のもの心細き時分、山里を思ひやりたるなり」(十口抄)。↓三五。新撰万葉集上・冬・九〇参照。

329 人の思いというものは、雪が降り積って人も通わない道のようなものであるのか。だからその雪道が人の影も形もないように、人の思いの火も跡かたなく消えるのだろう。○跡はか　「跡」は足跡、形跡の意。「はか」は分担区分、目安の意。○思きゆらむ　↓三八。▽「なれや」(↓三五)は説が分れ一定しない。「この道のごとく跡はかもなきものぞと万事を観じたる心なり」(平松抄)。

330 冬でありながら空から花が散ってくるのは、雲の向こうは春なのだろうか。○ながら　のままに、と共にの意。○にやあるらん　花からの連想の表現。▽「雪を雪とも言はで、空より花の散りくるといへり」(栄雅抄)。雪を花と見立て(七・三三)、その花から春を思うのである。↓三三。

331 冬籠(ごも)りで花など思いがけないのに、木々のあいだから花だと見るほどまでに雪が降ってくることだ。○冬ごもり　「万物冬籠れば」(延五記)の意。○と見るまで　(花と)見立てることができるほどの意。「と見る」は見立の表現。「まで」は状態の及ぶ限度の表現。▽「雪をひとへに花と見る心を思ひ返して、雪ぞ降りけると言へりけるに心あり」(両度聞書)。↓三〇。

332 夜明けがた、有明の月だと見るほどまでに、吉野の里に降っている白雪よ。○あさぼらけ　あけぼの、あかつきの意。名義抄「曙　アカツ

大和国《やまとのくに》にまかれりける時に、雪の降《ふ》りけるを見て、よめる　　坂上是《これ》則《のり》

332 あさぼらけ有明《ありあけ》の月と見るまでによしのゝ里《さと》にふれる白雪

題しらず　　よみ人しらず

333 消《け》ぬがうへに又もふりしけ春霞《はるがすみ》たちなばみゆきまれにこそみめ

334 梅花《(むめのはな)》それとも見えず久方の天霧《あまぎ》る雪のなべてふれゝば

この歌、ある人の曰《いは》く、柿本《かきのもとの》人麿《まろ》が歌也

梅《むめ》の花に、雪《ゆき》の降《ふ》れるを、よめる　　小野篁《たかむらの》朝臣

335 花の色は雪にまじりて見えずとも香《か》をだにゝほへ人のしるべく

キ・アサボラケ」。○有明　月があるままで夜の明けること。○と見るまでに　→三二。▽雪を月に見立てる表現で漢詩に学ぶ。何遜・詠雪「凝ㇾ階夜似ㇾ月」。「吉野の里には山あり川あり草木まで面白き境地なるに…白々と見えたる…と感じたる歌なり」(教端抄)。

333 消え去らないその上に又降り敷いてくれよ。春がすみが立ってしまえばこんなに美しい雪をほんとに稀に見ることであろう。○消ぬがうへに「く」(け)↓三三。「ぬ」は打消の助動詞の連体形。「がうへに」は、空間的・時間的重層の表現。○春霞　↓三一。○みゆき　↓三七。▽「いく重もまづ積れ、春久しく雪を賞せんとなり」(延五記)。

334 梅の花はどれがそれだとも見きわめられない。かき曇る雪が一面に降っているので。○久方の　↓八四。○天霧る　空いっぱいに霧が立ちこめるようなの意。万葉集以来の歌語。中世注は「あまきる」とも示す。○なべて　一面に、全ての意。▽以下四首、雪のうち(中・裏)の梅の歌。六朝の詩題、簡文帝「雪裏覓ㇾ梅花ㇾ」、王筠「和ㇾ孔中丞雪裏梅花ㇾ」などの漢詩の表現に学ぶ。三三番の歌などが雪を花にたとえるのに対し、景物として雪の中の梅をよむ。万葉集八「わが背子に見せむと思ひし梅の花それとも見えず雪の降れれば」。「雪も梅もいづれとなく面白きをそれとも見えずと言へり」(両度聞書)。「柿本人麿」は伝承。

335 花の色は雪に混じり入って見えないとしても、せめて香りだけでも匂わせろよ、人が感じ分けられるように。○色　色彩、姿。ここは梅のそれ。○香をだにゝほへ　「だに」は最小限の希望の表現。「にほふ」は他動詞、万葉集にも例がある。▽↓九二「香をだにぬすめ」。

336 梅の香りが、降り積っている雪に紛れ混じるならば、いったい誰がこれは梅これはほかの

雪の内《うち》の梅の花を、よめる　　紀《きの》貫《つら》之《ゆき》

336 梅の香《か》のふりをける(お)雪にまがひせば誰《たれ》かことぐ〳〵分《わ》きておらまし(を)

雪《ゆき》の降《ふ》りけるを見《み》て、よめる　　紀友《とも》則《のり》

337 雪ふれば木ごとに花ぞさきにけるいづれを梅とわきておらまし(を)

ものへまかりける人を待《ま》ちて、師走《しはす》の晦日《つごもり》に、よめる　　躬《み》恒《つね》

338 わが待《ま》たぬ年《とし》はきぬれど冬草のかれにし人はをとづれ(お)もせず

年《とし》の果《はて》に、よめる　　在原元《もと》方《かた》

339 あらたまの年の終《をは》りになるごとに雪もわが身もふりまさりつゝ

梅と区別して折りましょうか。○まがひせば　「まがふ」→七三・二九五。○誰か…おらまし　「まし」は現実に反する想定をしその結果の状況をいう表現。疑問表現と共に使うと迷い・ためらいが加わる。○ことぐ〳〵　これとこれと、別々にの意。「くはしく分別してなり」(両度聞書)。中世注は「ことこと」とも示す。梅と雪の区別とみる説もある。▽「梅の香の、色のごとく雪にまがはば誰か…折るべきぞ」(栄雅抄)。「折る」→三二。

337　雪が降るのでどの木にも雪の花が咲いたなあ。どれを梅だとして区別して折りましょうか。○木ごとに　この木にもあの木にもすべてにの意。「木ごと」は「木毎」で、「木」と「毎」で「梅」。漢詩の離合詩をまねた表現。→二四九。○いづれを…まし　→三三六「まし」。▽「白梅、色をまがへたりといふ心なり」(延五記)。「折る」→三二。

冬の終り　一首

338　わたくしの待っているわけでもない新しい年がそこまで来てしまった。冬草が枯れ果てて、わたくしから離れて行ってしまった人は便りもして来ない。○ものへまかりける　→三三七。○師走の晦日　陰暦冬十二月末日。→一三三「弥生の…」。○年　ここは翌年・新年の意。○冬草の　「かれにし」を出す表現。○かれにし人　「かる」→三二五。○をとづれ　→三三七。▽除夜・歳暮は中国の六朝以来の詩や王朝漢詩に例がある。冬の終りは、又、年の終りで、年の終りの歌群が続いて四季部が終る。

年の終り　四首

339　一年の終りになるたびごとに、雪もますます降りつのり、わたくしもますます古びて行く…。○あらたまの　年、月などの枕詞。○ふりまさりつゝ　「ふる」は「降る」と「古る」を掛ける。

寛平御時后《きさいの》宮《の》歌合の歌《うた》　　よみ人しらず

340 雪ふりて年《とし》の暮《く》れぬる時にこそつゐ《(ひ)》にもみぢぬ松も見えけれ

年《とし》の果《はて》に、よめる　　春《はる》道《みちの》列《つら》樹《き》

341 昨日といひ今日《けふ》とくらしてあすか河《ゞは》流《(ながれ)》てはやき月日なりけり

歌奉《たてまつ》れ、と仰《おほ》せられし時に、よみて、奉《たてまつ》れる　　紀貫《つら》之《ゆき》

342 ゆく年《とし》のお《(を)》しくもある哉《(かな)》ますかゞみ見る影《かげ》さへにくれぬとおもへば

「まさる」→三五。「つつ」→三。▽「歳暮の雪にわが身を観ず」(教端抄)。

340 雪が降って、年が暮れて行く時は格別に、最後までもみじしない松も見られることである。○寛平御時…歌合　→三。○つゐに　最後にの意。○もみぢぬ　「もみぢ」は動詞「もみづ」の未然形。○見えけれ　「見ゆ」は悟る、認識するの意。「けり」は改めての認識の表現。▽松は永遠の象徴(→三五五・九〇五)。論語・子罕「歳暮(寒)然後知松柏之後凋」(密勘)。白氏文集二・和松樹「歳暮満山雪。松色鬱青蒼」。新撰万葉集上・冬・九四参照。

341 昨日はと言い、今日はと言って時を過して、そして明日はもう年も改まる。なるほど飛鳥川が早く流れるように、過ぎるのも早い月日なのだなあ。○あすか河　「明日」と地名「あすか(川)」を掛ける。○流てはやき　「(飛鳥河)流れてはやき」と「流れてはやき(月日)」を掛ける。「流れてはやき月日」は、漢語「流年」に当る。白氏文集七・詠懐「不覚流年過」。▽昨日、今日、明日と重ね、「あす」で飛鳥川に転じ、「流れて早き」を仲介し、月日に転じる。→九三三。白氏文集十二・浩歌行「昨夜今朝又明日」。→八六二。

342 去って行く年が何と惜しいことよ。鏡に映る姿さえ、年の暮れるのと共に老い衰えてしまうと思うので。○…と仰せられし　→三。○ますかゞみ　「まそかがみ」(真澄鏡。澄み切った鏡の意)の転。「増す」を掛けるか。○くれぬとおもへば　「くる」(くれ)は年の「暮」と人生の「暮」を掛ける。「ぬ」は完了の表現。▽「歳暮はいつも惜しむことながら、暮となりて鏡に対して見る時、いよいよ悲しむ心なり。わが影を見れば、わが年(齢)も暮るる心地すればなり」(十口抄)。現在の事実や未来が鏡に映るとするのは漢詩の影響もあろう。白氏文集9・鏡換杯「鏡裏老来無避処」。

古今和歌集巻第七

賀《(がの》歌《うた)》

題しらず　　　　読人しらず

343 わが君《きみ》は千世に八千世《やちよ》にさゞれ石《いし》の巌《いはほ》となりて苔《こけ》のむすまで

344 わたつ海《うみ》の浜《はま》の真《ま》砂《さご》をかぞへつゝ君が千年《ちとせ》のあり数《かず》にせむ

賀部は、君が世を祝う歌群に始まり、賀算の歌群を主として、誕生を祝う歌群で終る。

君が世を祝う　四首

343 わが君は、永遠の世々に、小さな石が大きな岩と成って苔が生い茂るさきざきまで長く、おすこやかにあらせられませ。○わが君　万葉集の「わが大君」に当る。「君」は一般に敬愛する人を言うが、この賀部では天皇を中心とする皇統について言う。○千世に八千世に　「世」は、人の一生又は天皇の治世の意。ここは天皇の治世。「千」も「八」もたくさんの意。「や」を間投助詞として「千世にや、千世に」と解する説、「や」を「いやさか(弥栄)」の「いや」の意として「千世に、弥千世に」と解するなどの説もある。○さゞれ石　和名抄「細石 説文云礫也。水中細石也。佐佐礼以之」。中世注は「さざれいし」と示す。○苔のむすまで「むす」は生い茂る、長じるの意。▽「限りもなく遠くといはふなり」(十口抄)。酉陽雑俎「石遂長不レ已。経レ年重四十斤」(余材抄)。

344 大海の浜辺の砂を繰り返し数えては、あなた様の「千年」の数量と致しましょう。○わたつ海　→三五〇。○真砂　砂の歌語、万葉集の「まなご」に当る。○君　→三四三。○千年のあり数にせむ　「千年」を一つとして数えてその総数をあなたの生涯の長さとしようの意。▽「大きに限りなきことを言ひたてんためなり」(十口抄)。→一〇八五。

345 しほの山のさしでの磯に住んでいるちどりは、あなた様のみ「世」のことを八千「世」と呼んで鳴いております。○さしで　中世注は「さして」と示す。「差し出(す・る)」と地名「さしで」を掛けるとの説もある。万葉集の「はしり出」と関係あるか。○磯　岩石の多い海岸。○千鳥　水辺に住むチドリ科の鳥。ちよちよと鳴き群れて飛ぶ。○君　→

345 しほの山さしでの磯《いそ》にすむ千鳥君《きみ》が御世《みよ》をば八千世《やちよ》とぞなく

346 わが齢君《よはひきみ》が八千世《やちよ》にとりそへて留《とゞ》めを《（お）》きては思《（おもひ）》いでにせよ

仁和《（にんな）の》御時《（おほむとき）》、僧正遍昭に、七十《（ななそぢ）の》賀賜《たま》ひける時の御歌

347 かくしつゝとにもかくにも永《なが》らへて君が八千世《やちよ》に会《あ》ふよしも哉《（がな）》

仁和帝《のみかど》の、親王《みこ》におはしましける時に、御をばの八十《やそぢの》賀に、銀《しろがね》を杖《つゑ》に作《つく》れりけるを見て、かの御をばに代《かは》りて、よみける

僧正遍《へん》昭《ぜう》

348 ちはやぶる神や伐《き》りけむ突《つ》くからに千年《ちとせ》の坂《さか》もこえぬべらなり

三四三。○世 →三四三。○八千世 →三四三。▽「千鳥の…鳴く声をもよそへて言へるなり」(十口抄)。

346 わたくしの年齢をあなた様の永遠のみ世にお加え下さり、そのみ世と共にお留め置き頂きまして、その年齢の分を生きられる時に、わたくしを思い出すよすがにして下さい。○八千世 →三四三。○とりそへて留めをきては 自分の寿命を他人に譲り預けることか。「…ては」を「…てば」と解する説もある。▽「君臣合体の心なり」(両度聞書)。「君もひとも身を合せたり」(かな序一一頁)。

賀算　十七首

347 このようにして賀算を繰り返し祝って、とにもかくにも生き永らえて、あなたの永遠の長寿にあう手立てが欲しいものだ。○仁和御時 光孝天皇の治世にの意。○七十賀賜ひける 光孝天皇が七十歳の賀算を祝ったの意。○かくしつゝ「賀算のことなり」(教端抄)。○とにもかくにも永らへて ただ単に生きているという生き方でも生き永らえての意。○よしも哉 「よし」は手段、方法の意。名義抄「方 ヨシ」。「がな」は願望の表現。▽「永らふるばかりを詮にして、君が八千代に合はばやと言へり」(両度聞書)。賀算は、四十歳から十年ごとに長寿の達成を祝い、いっそうの延寿を祈る通過儀礼。古文孝経・開宗明誼章・孔安国伝「四十以往。所謂中也。仕服㆓官政㆒。行㆓其典誼㆒。奉㆑法㆑無㆑弐。事㆑君之道也…七十老致㆑仕…」のような思想が背景にあるか。嘉祥二年(八四九)の仁明天皇四十賀算の皇太子上表文(続日本後紀)も、四十歳からを「中」とする。中年の四十歳は、老を迎える前提か。戸令は六十一歳以上、礼記は五十歳以上、古文孝経孔安国伝は七十歳以上を老とする。

348 この銀の杖は神がお切り出しになったのでしょうか。お突きになるとともに千年の長寿の

349
堀川大臣《ほりかはのおほいまうちぎみ》の四十賀《(よそぢの)》、九条の家にてしける時に、よめる
さくら花ちりかひ曇《くも》れ老《おい》らくの来《こ》むといふなる道《みち》まがふがに
在原業平朝臣

350
貞辰親王《さだときのみこ》の、をばの四十賀《よそぢの》を、大井にてしける日、よめる
紀《きの》惟《これ》岳《をか》
亀《かめ》のお《(を)》の山の岩根《いはね》を尋《と》めて落《お》つる滝の白玉千世の数《かず》かも

351
貞保親王《さだやすのみこ》の、后《きさいの》宮の五十賀《(いそぢ)の》奉《たてまつ》りける御屛《(びやう)》風《(ぶ)》に、桜《さくら》の散《ち》る下《した》に、人の花見たる形《かた》書けるを、よめる
藤《ふぢ》原《はらの》興《おき》風《かぜ》
いたづらに過《す》ぐる月日は思《おも》ほえで花みて暮《く》らす春ぞすくなき

坂もきっとお越えになるでしょう。○仁和帝…↓二一。○をば　主に父の姉妹(ここでは嵯峨天皇の皇女)をいうが、広く母の姉妹、父の兄弟の妻などもいい、特定できない。令集解・喪葬令古記「姑　父之姉妹也。俗云乎婆」。○ちはやぶる　↓三五四。○からに　↓一八五。○坂　人生の比喩表現。○べらなり　↓三。▽賀算に杖を送る。礼記・王制「八十杖ニ於朝ニ」。「杖を褒めむとて神や切りけむと言ふ」(栄雅抄)。

349　桜花よ、散り乱れて目の前が暗くなるほどになっておくれ。「老い」がやってくるようだという道がわからなくなるように。○堀川大臣　藤原基経。中世注は「…まうちきみ」と示す。○ちりかひ曇れ　「ちりかふ」は入り乱れるの意。名義抄「交加　チリカフ」。老いの来ないことを願う気持の表現。○老らく　老いるの名詞形。○いふなる　「なり」は伝聞の表現。○まがふがに　「まがふ」↓七二・二九五。「がに」は願望の表現。万葉集の「がね」に当る。▽季節(↓一三〇・三一三)や年齢(↓三四六)や老いなどを実体化していう。

350　亀の形の亀山の、永遠にゆるがない巨岩を求めて走り落ちるあの滝の白玉は、あなたの長寿の「千世」の数ですね。○をば　↓三四八。○亀↓三五五。○お　「尾」と「峰(を)」を掛ける。○岩根　大きな岩。万葉集以来の歌語。○尋めて　尋ね求めての意。○白玉　滝の飛沫をたとえる。漢詩にも例がある。○千世の数　↓三四三「千年…」。○かも↓一〇三。▽↓三四四。

351　むなしく過ぎて行く月日は自覚しないでいて、花を見て暮すこの春の日は少ないことだ。○后宮　二条后(↓四)。○奉りける　貞保親王が祝ったの意。○形　姿の意。↓二七二。○いたづらに　↓一三。○思ほえで　↓三。「で」を「て」と解する説もある。○すくなき　少ないことが痛感さ

352
本康親王《もとやすのみこ》の七十《(ななそぢ)の》賀の後《うしろ》の屏風に、よみて書《か》きける

紀《きの》貫《つら》之《ゆき》

春くれば宿《やど》にまづさく梅花《(むめのはな)》君《きみ》が千年《ちとせ》のかざしとぞ見る

353
古《いにしへ》にありきあらずは知《し》らねども千年《ちとせ》のためし君《きみ》にはじめむ

素性法師

354
伏《ふ》しておもひ起《お》きてかぞふる万世《よろづ》は神ぞしる覧《(らむ)》わが君《きみ》のため

藤原三善《(みよし)》が六十賀《(むそぢの)》に、よみける

在原滋《しげ》春《はる》

355
鶴亀も千年《とせ》ののちは知《し》らなくに飽《あ》かぬ心にまかせ果《は》ててむ

れるの意。▽「詞書にて賀の部に入れるなり」(両度聞書)。

352 春が来ると屋敷の庭に何よりも早く咲く梅の花は、あなたの「千年」の長寿に華をそえる髪かざりと見ておりますよ。○後の屏風　算賀の対象となる人(ここは本康親王)の座(主座となる)の主として背後に立てた屏風(新儀式四・天皇奉賀上皇御算事)の意か。○まづさく　「梅は諸木の花の初めなり」(両度聞書)。万葉集五・八二八「春さればまづ咲く宿の梅の花…」。○千年のかざし　「千年」(→三四)につけた「かざし」の意。○とぞ見る　見立の表現の「とみる」の強調表現。▽「梅は一陽至れば一花開く…その梅の開き初むる春ごとに君が千年のかざしとなれるとなり」(延五記)。

353 古代にその先例があったかないかは知らないのですけれど、千年の長寿の先例をあなたではじめと致しましょう。○ためし　先例、もととなること、よりどころの意。名義抄「本　モト・タメシ」。▽王朝律令制社会は先例・典拠を重んじる。かな序・まな序もその立場で記述する。

354 伏しては念じ、起きては数え願う万世の長寿は、あなたのためと神がたしかに御照覧なさるでしょう。○かぞふる　念誦する、おもんぱかるの意。名義抄「誦・計　カゾフ」。○万世　千世(→三四三)に同じ。「万」はたくさんの意。○しる覧　「しる」→一四。▽五句を四句に係けて解した。初・二句にかけて「君がためにわが祈る心は、神ぞしらせ給ふらん」(両度聞書)とする説もある。

355 鶴や亀も寿命の千年を経ての後は知らないけれど、それはそれとして、いくら生き続けても満足することのない心にすっかりゆだね切って末長く生き続けてほしい。○鶴亀も千年　鶴・亀・松は長寿の象徴。芸文類聚・初学記にくわしい。白氏文集五・効陶潜体詩十六首「松柏与亀鶴」。其

この歌《うた》は、ある人、在原時春《のときはる》がとも言《い》ふ

良岑経也《よしみねのつねなり》が四十《よそぢ》の賀に、女《むすめ》に代《かは》りて、よみ侍《（はべり）》ける

素《そ》性《せい》法師《し》

356 万世《よろづ》を松にぞ君《きみ》をいはひつる千年《ちとせ》のかげにすまむと思へば

内侍《（ないし）》のかみの、右大将藤原朝臣の四十《（よそぢの）》賀しける時に、四季の絵《ゑ》書《か》ける後《うしろ》の屏風に書《か》きたりける歌《うた》

357 春日野《かすがの》に若菜《わかな》つみつゝ万世《よろづよ》をいはふ心は神ぞしるらむ

358 山たかみ雲居《くもゐ》に見ゆるさくら花心の行《（ゆき）》てお《（を）》らぬ日ぞなき

寿皆千年」。〇知らなくに 「しる」一四。「なくに」↓六。〇飽かぬ心 「あく」↓三七。「心」をそれ自身独立した実体の様に表現する。〇まかせ果ててむ 「まかせはつ」は最後までまかせ切るの意。「つ」(て)は確認の表現で、「てむ」は強い意志の表現。▽「在原時春」は伝承。

356 永遠の長寿を期待して、あの千年の命を保つという松に、あなたのことを祈念しております。鶴も千年という、その松と鶴との千年の生命の余恵のもとに、そしてお父様の長寿の陰に生き続けようと思いますので。〇代りて いわゆる代作は中国の詩にも万葉集にもみえる。〇万世 ↓三五四。〇松 長寿の象徴。↓三五五。「待つ」と「松」を掛ける。万葉集に例のある掛け方。「待つ」は期待する、ねがうの意。名義抄「待・期 マツ」。〇いはひつる 「いはふ」は未来をことほぎ祈ることを主とする。「つる」は、確認の表現の「つ」(連体形「つる」)と「鶴」を掛ける。〇千年のかげ 松と鶴の千年の生命の恵みのお陰、又、その生命力を受けて長寿の父のお陰。松に鶴が住むとして、松を父に、鶴を娘に当てる説もある。

357 春日野で若菜を摘みましては、永遠の長寿をお祈りする心は、神がきっと御照覧下さるでしょう。〇内侍のかみ 尚侍。藤原満子か。〇右大将藤原朝臣 藤原定国。〇四十賀しける 尚侍が定国の四十の賀算を祝ったの意。〇後の屏風 ↓三五二。〇春日野 藤原氏の氏神の春日神社のある奈良の春日山の裾野の一帯をいう。↓三五四。〇若菜 ↓一六。〇万世 ↓三五四。〇神 春日神社の神を主とする。↓三五四。〇しるらむ 「しる」↓一四。▽以下七首、賀算の、屏風絵に合せて屏風に書いた歌。歌の執筆者と思われる素性の歌のように扱われている。三五七番の歌の前に「春」とあるべきもののように見えるが、伝存する資料では詞書のあ

夏

359 めづらしき声《こゑ》ならなくに郭公《ほととぎす》こゝらの年《とし》を飽《あ》かずもあるかな

秋

360 住の江《え》の松を秋風吹《ふく》からにこゑうちそふる沖《おき》つしらなみ

361 千鳥なく佐保《さほ》の河ぎり立《たち》ぬらし山の木《こ》の葉《は》も色《いろ》まさりゆく

362 秋くれど色もかはらぬときは山よそのもみぢを風ぞかしける

る場合は必ずしも「春」と示さないので未詳。

358 山が高いので遠く雲近くに見えているさくら花よ。そのすばらしさに「心」が行ってその花を手折らぬ日はないのだ。○山たかみ ミ語法→三。○雲居 雲のかかっている所。「ゐ」は居るの名詞形。→三七一。○心の行て 体はそこに行かないでも心は動いて行っての意。「心」→三五五。▽「折る」→三。高い山の峰の桜の眺望は春を象徴する花の景色の代表。

359 珍しい声ではないのに、ほととぎすは、多くの年をよくもまあ聞き飽きないものだなあ。○めづらしき 稀だ、他とちがうの意。名義抄「稀・異・珍・非常 メヅラシ」。○なくに →一八。○こゝら →一〇九。○飽かずもあるかな 「あく」→三七。「も」は強調の表現。「かな」は詠嘆の表現。▽ほととぎすは、「声の変らぬ」(→一五九)、「声ばかりこそ昔なりけれ」(→一四四)とよむ。

360 住の江の浜の松を秋風が吹くにつれて、その松風の声にさらに声を添え加える沖の白波よ。○住の江 浜辺の松を出す表現。→九〇五。○からに →一六五。○こゑ 直接には波の音だが、上句から松風の音をも思わせる。漢語の「松声、波声」の「声」に当る。▽「殊なる理《ことわり》なくして殊勝なる歌なるべし。大様なる風体なり」(十口抄)。

361 ちどりの鳴く佐保川の川霧が立つようになったようだ。山々の木の葉もみるみる色どり深くなってゆく。○立ぬらし 「ぬ」は確認の表現。「らし」は下句「山の…ゆく」を根拠とする推定の表現。▽佐保川とちどりの取合せは万葉集に例が多い。万葉集四「千鳥鳴く佐保の川瀬のさざれ波やむ時もなしあが恋ふらくは」。又、霧やもみじとも取合せてよむ(→二六五)。

362 秋は来るけれど常に緑の色が変らないこの「常磐」の山は、他所《よそ》の山のもみじを風が

冬

363 白雪のふりしく時はみ吉野《よしの》の山した風に花ぞちりける

春宮《とうぐう》の生《むま》れ給《たま》へりける時に参《まい》りて、よめる　典侍藤原因香《よるかの》朝臣

364 峰たかきかすがの山にいづる日はくもる時なく照《て》らすべらなり

運んで貸したのだなあ。○ときは山　→一四八。○よそ　→三七。○かしける　「かす」を供えるの意(→一八〇)とする説もある。▽「常緑のはずなのに紅葉しているのは…」の気持でいう。「ときはの山も景気の秋のさまになるを、風ぞかしけるとは言ふなり」(両度聞書)。

363 白雪が降りしきる時は、吉野の山々の麓《ふもと》の風に雪の花が散ることだ。○ふりしく　はげしく降りしきるの意。○み吉野　→三。○山した風　万葉集一「み吉野の山下風の寒けくにはたやこよひもわがひとり寝む」の「山下風」を今は「やまのあらし」と読むが、古くは「やましたかぜ」と読んだ。和名抄「嵐　山下出風也」。○花ぞちりける　雪を花に見立てる表現。→三一七。▽吉野は雪の名所としてよむ。→三三。「以上、賀の歌の様にはなけれども、賀の時の絵の歌なれば、この部に入る」(教端抄)。

誕生の賀　一首

364 すばらしく峰の高いあの春日山に出るお日さまは、曇りかくれる時がなく照りわたるでしょう。○春宮　皇太子保明親王。母后は藤原穏子。延喜四年(九〇四)立太子(二歳)なので、これ以後の立場で記述している。○生れ給へりける時に　やや下って、醍醐天皇第十一皇子の寛明親王(朱雀天皇)、同第十四皇子の成明親王(村上天皇)の場合は、御産部類記に誕生儀礼の記事がみえる。○峰たかき　春日山をほめて、ことほぐ意識があろう。○かすがの山　奈良の、春日神社(→三五七)の鎮座する山。○いづる日　生れた皇太子を太陽にたとえる。万葉集では天皇・皇子を太陽神の天照大神の子孫として「日のみ子」という。○べらなり　→三。▽→三五七。「春宮の母公、藤(原)氏なれば、春日山を取り出づるなり」(両度聞書)。

古今和歌集巻第八

離《り》別《べつの》歌《うた》

題しらず　　在原行平朝臣

365 立《(たち)》わかれいなばの山の峰に生《お》ふる松としきかば今かへりこむ

よみ人しらず

366 すがる鳴《な》く秋のはぎはら朝《あさ》たちて旅《たび》行《(ゆく)》人をいつとか待《ま》たむ

離別の部は、生別の歌を集める。地方赴任などの遠い別れの歌群に始まり、つかの間の悲しい近い別れの歌群、普遍的なものとして悲しみをよむ別離の思いの歌群へと続き、道に遭って別れる一期一会(いちごいちゑ)をよむ歌群で終る。芸文類聚・人部に「別」が、初学記・人部に「離別」が立てられている。白氏文集十二に「生離別」の詩題がみえ、このほかにも、同集には「別ニ…ニ」と題する詩が多い。

遠い別れ　二十七首

365 出立してお別れ致し去って行くならばそこはもう「因幡国」で、その因幡国の「因幡山」に生えている「松」よ、その名のようにたしかにあなたが「待っ」ていると聞いたならすぐに帰って参りましょう。○いなば　「去なば」と「因幡(国)」を掛ける。作者は斉衡二年(八五五)に因幡守。○松とし　「松」→三五六。「し」は強調の表現。○きかば　「きく」は、作者が聞く、耳にすること。▽遠い別れは、畿外(畿内五国の山城・大和・河内・和泉・摂津以外の国々)への別れ。白氏文集七・対酒示行簡「兄弟唯二人。遠別恒苦悲」。

366 すがるの鳴く秋の萩の茂る野原を、朝出立して旅を行く人を、いつお帰りかと思って待とうか。○すがる　ジガバチのこと。袖中抄「東には蜂をすがると申すとぞ」。中世注は、王朝和歌では鹿のことをいうと説く。○朝たちて　早朝に出発しての意。中世注は「だちて」と示す。○いつとか待たむ　別れて後に待ちきれない表現。

367 遥(はる)かな雲のあたりの離れた所に別れるとしても、あなたをわたくしの「心」に遅らせるようなことを致しましょうか。○かぎりなき　限度のないほどのの意。○雲井　→三六八・三七一。○よそ　→三七七。○やは　反語の表現。▽下句は、あなたを後ろに残さず、わたくしの心の中に添わせて

367 かぎりなき雲井のよそにわかるとも人を心にを《(お)》くらさむやは

小野千古《をのゝちふる》が陸奥介《みちのくのすけ》にまかりける時に、母《はゝ》の、よめる

368 たらちねの親《おや》のまもりとあひ添《そ》ふる心許《(ばかり)》はせきなとゞめそ

貞辰親王《さだときのみこ》の家にて、藤原清生《ふぢはらのきよふ》が近江介《あふみのすけ》にまかりける時に、餞別《むまのはなむけ》しける夜《よ》、よめる

紀《きの》利《とし》貞《さだ》

369 けふわかれあすはあふみとおもへども夜やふけぬらむ袖のつゆけき

越《こし》へまかりける人に、よみて、遣《つか》はしける

370 かへる山ありとはきけど春がすみたちわかれなば恋《こひ》しかるべし

連れて参りますの意。「心」をそれ自体で独立した実体のように表現する。→三五五・三五八。「日月を送り万里を隔つとも、わが心を君に添へむ心なり」(十口抄)。

368 親のわが子を守るためのお守としてつけ添わせてやるこの親心だけは、「関所」よ塞(せ)き止めないでおくれ。○まかりける 「まかる」は、任につく、公務で行く、赴任するの意。○たらちねの 母・親の枕詞。万葉集では「垂乳根」と書く例がある。○あひ添ふる 「あひ」→七六。○せきなとゞめそ 「せき」は「関」と「塞き(止む)」を掛ける。「な…そ」→一七。▽「心」→三六七。国司の赴任は延喜交替式、関所は軍防令・関市令に定める。公用の赴任は止められないから、心だけは塞き止めるなと「公界へ言ふ心なり」(両度聞書)。東国(→三七三)「東」。ここは最も遠い辺要の国の陸奥国。→四〇七への道は、逢坂・不破・鈴鹿・清見・足柄・白河・勿来など関が多い。

369 今日別れて明日は「近江国」で、「逢う身」というその名の通り一日で逢えるとは思うけれど、夜が更けて露が置いたのでしょうか、袖が露っぽくぬれることです。○まかりける →三六八。○餞別 旅立つ人を送るのに馬の鼻を行先に向けたことから、旅立つ人を送る宴、その贈り物の意。○あふみ 「近江(国)」と「逢ふ身」を掛ける。近江国は京へ一日、京から半日の行程(延喜主計式)。▽涙で袖がぬれる、夜が更けるのが惜しいなどの説もある。

370 帰って来るという名の「かえる山」があるとは聞いているけれど、春がすみの立つ中をあなたが出立して別れて行ってしまわれるなら、やはり恋しく思われることでしょう。○越 越前・越中・越後の三国の総称だが、広く北国をいう。→三〇。○かへる山 地名「かへる(山)」と「帰る」を掛

371 人の餞別《むまのはなむけ》にて、よめる　紀《きの》貫《つら》之《ゆき》

お《(を)》しむから恋《こひ》しき物を白雲《しらくも》のたちなむのちはなに心ちせむ

372 友《とも》だちの、人の国《くに》へまかりけるに、よめる　在原滋《しげ》春《はる》

わかれてはほどを隔《へだ》つとおもへばやかつ見《み》ながらにかねて恋《こひ》しき

373 東《あづま》の方へまかりける人に、よみて、遣《つか》はしける　伊《い》香《か》子《ごの》淳《あつ》行《ゆき》

おもへども身をし分《わ》けねば目《め》に見えぬ心をきみにたぐへてぞやる

374 逢坂《あふさか》にて、人を別《わか》れける時に、よめる　難《なに》波《はの》万《よろづ》雄《を》

相坂《(あふさか)》の関し正《まさ》しき物ならば飽《あ》かずわかるゝきみをとゞめよ

ける。○たちわかれなば　「たつ」は霞・雲・霧など(ここは霞)の発(た)つの意と出発するの意を掛ける。○恋しかるべし　「恋ふ」「恋し」は一緒にいない相手を慕う情念を主とする。

371　名残を惜しみながら同時に恋しいのに、白雲が遠くわきたつようにあなたが出立してしまってから後は、どんな気持がするでしょうか。○餞別　↓三六九。○から　「からに」に同じ。↓一八五。○白雲の　漢詩に多い旅情の表現。枕詞とする説もある。「雲ゐ」(↓三五八・三六七)も「白雲」をふまえる表現。懐風藻・百済和麻呂・秋日於長王…「青海千里外。白雲一相思」。○たちなむのち　「たつ」↓三七〇。「ぬ」(な)は完了の表現。「む」は推量の表現。○なに心ちせむ　つらい気持が起ることをいう表現。▽別れてから「恋し」(↓三七〇)いはずなのに、一緒にいて名残を惜しんでいるうちに既に「恋し」いのでは、実際に別れて後にはいったいどんなことばで言い表すような気持になるのだろうの意。

372　別れてからは距離を隔てると思いますので、一方ではこのように逢っていながら、もう恋しいのですよ。○友だち　同窓の友、同じ志の友。和名抄「朋友 同門曰レ朋。同志曰レ友。止毛太知」。○人の国　畿外(↓三六五)の国、都以外の所の意。○まかりける　↓三六八。○かつ　↓七三。○かねて　↓二五三。▽↓三七一。「月日を隔つる心も…あるにや」(教端抄)。

373　あなたを思いはするけれど、このわが身を分けられないので、目に見えないわが心をあなたにつれ添わせてやるのですよ。○東　東国。東海道・東山道の国々の総称。○身をし分けねば　「し」↓三六五。「わく」(け)は分割するの意。「ね」は否定の助動詞「ず」の已然形。○たぐへ　↓一三。▽「心」↓三六七。韓偓・惆悵「身情長在暗相随。生魄随レ君君豈知」。

題しらず　　　　　　　　　　　よみ人しらず

375 唐衣たつ日はきかじ朝露《あさつゆ》のおきてしゆけば消《け》ぬべきものを

この歌は、ある人、官《つかさ》を賜《たまは》りて、新《あたら》しき妻《め》に付《つ》きて、年経《としへ》て住《す》みける人を捨《す》てゝ、たゞ明日《あす》なむ立《た》つと許《（ばかり）》言《い》へりける時に、ともかうも言《い》はで、よみて、遣《つか》はしける

常陸《ひたち》へまかりける時に、藤原公利《ふぢはらのきみとし》に、よみて、遣《つか》はしける　　　　寵

376 朝《あさ》なけに見べききみとしたのまねば思立《（おもひたち）》ぬる草《くさ》まくらなり

紀宗定《きのむねさだ》が東《あつま》へまかりける時に、人の家に宿《やど》りて、あか月出《い》で立《た》つとて、まかり申しければ、

374 この「逢坂の関」が、まさにその名の通り「逢う坂」であり「関所」であるならば、満ち足りぬままに別れて行くあなたをとどめておくれ。○人を別れける　人と別れるの場合、詞書では助詞「に」でなく、「を」をとる。○相坂の関し　「相坂」は「逢ふ」と地名「あふ(坂)」を掛ける。単に関の名とする説もある。「し」↓三六五。○正しき　正しい、確かなの意。名と実が一致することをいう。訓読語。名義抄「正・当　マサシ」。▽「別れの切なる心よりよめり」(十口抄)。

375 唐衣は「裁つ」ものですが、だからといって、あなたのお「立ち」になる日は聞きたくありません。朝露の置くようにわたくしを置いてなんかお行きになるのですから、その朝露のようにわたくしもきっと消え去ってしまうでしょうよ。○唐衣　衣の美称。もと中国から輸入の上級品。○たつ　「裁つ」と「立つ」を掛ける。「断つ」と「立つ」を掛けるとする説もある。○じ　否定の意志・願望の表現。○おきてし　「おく」は露が「置く」とわたくしを残して「置く」を掛ける。「し」↓三六五。○消ぬべきものを　死ぬような思いをいう。「く」(け)↓三二。「ぬ」は完了の表現。「ものを」は詠嘆の表現。○官を賜りて　国司に任じられての意。○付きて　就いて、一緒になっての意。○年経て…人　長年共住みしていた妻の意。○ともかうも　どのようにも、あれこれの意。○言はで　主語は長年共住みした妻。▽「唐衣」「朝露の」を単に枕詞とする説もある。「ある人…」は伝承。

376 一日中お逢いできるお方としてはあてにしないので、あなたへの思いを絶ち切って常陸国へ出立しまう旅なのです。○朝なけに　「朝にけに」の転。朝も昼もの意。「け」は日の意の古形で「朝にけに常に見れども」(巻三二・三七)など万葉集に例が多い。中世注は「あさなげ」と示す。○見べ

女の、よみて、出《い》だせりける　　　よみ人しらず

377 えぞ知《し》らぬ今心みよ命《いのち》あらば我やわするゝ人や訪《と》はぬと

あひ知《し》りて侍《(はべり)》ける人の、東《あづま》の方へまかりける
を送《おく》るとて、よめる　　　深《ふか》養《や》父《ぶ》

378 雲井にもかよふ心のを《(お)》くれねばわかると人に見ゆ許《(ばかり)》なり

友《とも》の、東《あづま》へまかりける時に、よめる　　　良《よし》岑《みねの》秀《ひで》崇《をか》

379 白雲のこなたかなたにたちわかれ心を幣《ぬさ》とくだく旅《たび》哉《(かな)》

陸奥国《みちのくに》へまかりける人に、よみて、遣《つか》はしける　　　貫《つら》之《ゆき》

380 白雲の八《や》重《へ》にかさなる遠《を》方《ち》にてもおもはむ人に心隔《へだ》つな

き　連用形に「べし」のつく上代的用法。○きみとし　「し」→三六五。相手の名「公利」を隠す。○たのまねば　「たのむ」は頼りにする、期待するの意。○思立ぬる　「(思)ひたち(ぬる)」で国名「常陸(ひたち)」を隠す。決意するの意とする説もある。○草まくら　草を枕にすることから、旅・旅寝の意の表現。▽父などの赴任に従った旅か。

377　あなたは出発するとおっしゃいますが、わたくしにはまったく分りません。だから今すぐに試して下さい、もしも生き永らえるとして、わたくしがあなたを忘れているのか、あなたがわたくしを尋ねてくださらないのか、そのどちらなのかと。○東　→三七三。○まかりける　→三六八。○人の家　ほかの女の家。○あか月　→一六六。○まかり申し　おいとまごいの意。○女　宗定の通い女、妻か。○えぞ知らぬ　「え…ず(ぬ)」は不可能の表現。関西語などの「よう…しない」に当る。「ぞ」は強調の表現。▽三句を二句にかける説、三句以下を初句にかける説などもある。

378　遥(はる)かな雲のあたりまでも通うわたくしの心が、遅れないであなたに連れ添って東国の方まで行きますので、別れて行くとあなたには見えるだけなのです。○あひ知りて　「あひ」→七八。○東　→三七三。○まかりける　→三六八。○雲井　→三五八。○人　相手を、更に広く他人(ひと)をいう。▽「かよふ心の遅れねば」→三六七・三七三。

379　白雲がこちらやあちらに分れるように二人がこちらとあちらに別れて行って、わたくしの心を旅路の神に捧げる幣(ぬさ)のように細かくちぢにくだくわびしい旅ですねえ。○白雲の　→三七一。○たちわかれ　→三七〇。○幣　→二九八。▽「旅には幣を散らせば、心をくだくに寄す」(栄雅抄)。

380　白雲が幾重にも重なる遠い向うの方に居ても、あなたを思っている人に対して、心を隔てな

381 人を別《わか》れける時に、よみける

わかれてふ事は色《いろ》にもあらなくに心に染《し》みてわびしかるらむ

382 あひ知《し》れりける人の、越国《こしのくに》にまかりて、年経《としへ》て京にまうできて、又帰《かへ》りける時に、よめる　凡河内躬《み》恒《つね》

かへる山何《なに》ぞはありてあるかひは来《き》てもとまらぬ名《な》にこそありけれ

383 越国《こしのくに》へまかりける人に、よみて、遣《つか》はしける

よそにのみ恋《こ》ひやわたらむ白《しら》山の雪みるべくもあらぬわが身は

384 音羽《をとはの》山のほとりにて、人を別《わか》るとて、よめる　貫《つら》之《ゆき》

を《(お)》とは山こだかく鳴《な》きて郭公《(ほととぎす)》きみがわかれをお《(を)》しむべらなり

いで下さい。○白雲の　→三七一。○遠方　「こち」に対する、かなた、遠くの意。万葉集に例が多い。○おもはむ人　「人」は人一般で、限定して自分のことになる。→九〇一。「む」は婉曲表現。▽単に遠くでなく、蝦夷《(えぞ)》に接する辺要の地（→四〇七）として特に区別して扱われた陸奥国を意識しての作。

381 別れというものは、色でもないのに、まるで色が染み込むように、どうして心に染み入ってわびしいのであろう。○人を…　→三七四。○なくに　→六。○染みて　染み通っての意。▽色でないのは確かなのだから、こんなに染み通るのは理解できないの気持でいう。

382 「帰る」という名の「かえる山」とは、いったい何なのだよねえ、そこにあっても、その存在する効果は、都に来ても留まらないで「帰る」という、そんな名だったじゃないか。○あひ知れりける　「あひ」→七八。○越国　→三七〇。○かへる山　→三七〇。○何ぞは　「何ぞといふ詞なり」（教端抄）。「は」は強調の表現。中世注は「なにそ」と示す。○ありて　「て」は逆接の表現。○かひ　ききめ、ねうちの意。▽越の国の「帰る山」は、都に帰るという名の山かと思った（→三七〇）のに実は越の国に帰るという名の山なのかの意。

383 遠く離れてずうっと恋い続けるのでしょうか。越の国の白山の雪を、出かけて行って見ることができるはずもないわたくしの身は…。○よそ　→三六七。よそながらの意と解する説もある。○恋ひやわたらむ　「恋ふ」→三七〇。「わたる」は時間的・空間的・心理的な継続の表現。○白山　いつも雪があるのでその名があるとされる。→四一四。○雪みるべくも　「ゆき」は「雪」と「行き」を掛ける。▽「行き見るべくもあらぬ身とは、身を心にまかせぬ心なり」（十口抄）。「身《(み)》」は、狭義の身体を言うこともあるが、多くは、単に身体を言うので

385
藤原後蔭《のちかげ》が、唐物使《からもののつかひ》に、長月《なが》の晦日方《つごもりがた》にまかりけるに、殿上《うへ》の男《をのこ》ども、酒賜《さけたう》びけるついでに、よめる

藤原《の》兼《かね》茂《もち》

もろともになきてとゞめよきり〴〵す秋の別《わか》れはお(を)しくやはあらぬ

386
平元《もと》規《のり》

秋霧《ぎり》の共《とも》にたちいでてわかれなばはれぬおもひに恋《こ》ひやわたらむ

387
源実《のさね》が、筑紫《つくし》へ湯浴《ゆあ》みむとてまかりける時に、山崎《さき》にて別《わか》れ惜《お》しみける所にて、よめる

白《しろ》女《め》

命《いのち》だに心にかなふものならば何《なに》かわかれのかなしからまし

はなく、身の上、身分、境遇、命、また精神的働きなどを含む広い概念。

384 音羽山では、梢(こずゑ)高く鳴いて、ほととぎすがあなたの出立を惜しんでいるようです。○音羽山 →一四二。○こだかく 「木高く」と別れを悲しむ感じの「小高く(鳴く)」を掛ける。○べらなり →三。▽白氏文集十一・江上送客「遠客何処帰。孤舟今日発。杜鵑声似ㇾ哭。湘竹斑如ㇾ血」。華陽風俗記「杜鵑春至則鳴。聞者有ㇾ別離苦ㇾ」(教端抄)。→一四六・一四八。

385 一緒になって鳴いて、行く人を止めておくれ、こおろぎよ。折しも秋九月の終りのお別れは惜しいわけなのだから。○唐物使 九州太宰府での唐物貿易の検査役、主に蔵人の任務(新儀式五・大唐商客事)。○長月の晦日 →三一二。○殿上の男 殿上人。○賜びける →一六一。○もろともに 作者やその場にいる人々とこおろぎが共にの意。○なきて 「鳴きて」と「泣きて」を掛ける。○きりぎりす →一九六。○秋の別れ 秋における送別の意と九月末日の秋季への別れの意を掛ける。

386 秋霧が立つのと共に一緒に出立なさって別れてしまえば、秋霧が晴れないというまさにそのような晴れない思いのままにあなたを恋い慕い続けるでしょう。○たちいでて →三七〇。○はれぬおもひ 「はる」(れ)は霧の消える意と心のなごむ意を掛ける。「晴れぬ」は秋霧の縁。○恋ひやわたらむ →三八三。▽霧は秋の代表的景物。→一七六。

387 せめて命だけでも願い通りになるならば、なんでお別れが悲しいことがありましょうか。○湯浴みむと… 湯治しようとして参ったの意。五位以上は奏聞して医師が派遣され、その指示で治療する(職員令)。「あみ」は「あび」の交替形。「まかる」→三六八。○山崎 「山崎まで陸を行きて…ここより舟に乗りて下りしなり」(教端抄)。土佐

388
山崎《さき》より神奈備《なび》の森《もり》まで送《をく》りに、人〳〵まかりて、帰《かへ》りがてにして別《わか》れ惜《お》しみけるに、よめる

源　実《さね》

人遣《や》りの道ならなくに大方《おほかた》は行《い》き憂《う》しといひていざかへりなむ

389
今はこれより帰《かへ》りねと、実《さね》が言《い》ひける折《おり》に、よみける

藤原兼《かね》茂《もち》

慕《した》はれて来《き》にし心の身にしあればかへるさまには道もしられず

390
藤原惟岳《のこれをかゝ》が、武蔵介《むさしのすけ》にまかりける時に、送《をく》りに、逢坂《あふさか》を越《こ》ゆとて、よみける

貫《つら》之《ゆき》

かつ越《こ》えてわかれも行《(ゆく)》かあふさかは人だのめなる名にこそありけれ

日記はここで舟旅を終える。○命だに　「命」は人間の生命一般を、限定してわが命をいう。「わが身永らへても人を知らぬことなればなり」(十口抄)。「だに」は全てを譲って最小限を示す表現。▽命さえあれば再び逢えようものをの意。「永き別れにもやならんと悲しめる心なり」(延五記)。万葉時代から名高い次田(すきた)温泉(福岡県二日市温泉)へ行ったか。

388　これは自分の旅であって人がさせる旅ではないのだ。一般的にいえば、行くのがつらいと言って、さあ、帰ってしまおうよ。○神奈備　↓二五三。ここは山崎の近く。○がてに　↓七五。○人遣り　他の人がさせるの意。名義抄「使・遣　ヤル」。○なくに　↓一三。○大方は　↓一八五。○憂し　つらい、気の進まぬの意。○いざ　自分の気持を起そうとする表現。▽「我と思ひたつ道なれば…名残の惜しきに任せて立ち帰らんとなり」(延五記)。「別れを慕ひ来たるを謝したる心なり」(教端抄)。

389　あなたをひたすらお慕いする思いにまかせてこうして送りに参ることになってしまった、その心があってこそのわが身ですので、帰る方の道もわかりません。○帰りね　「ね」は完了の表現「ぬ」の命令形。○慕はれて　「る」(れ)は意識してそうするわけでなく自然にそうなる、自発の表現。○来にし　「ぬ」(に)は自然発生的な完了の表現。○さま　ここは方向の意。状態とする説もある。▽「別るる人に心をば添へて…送り来たれば、今わが身は帰るとも心のあらばこそ、道をも覚えはべらめとなり」(延五記)。「心そらにして道も知られぬ心なり」(十口抄)。

390　この「逢う」という名の「逢坂」を、一方では、越えて別れても行くのだなあ。「逢坂」とは、「逢う」という名を持つくせに、人を頼らせる名ばかりで実がないことだなあ。○かつ　↓七三。○行

391 大江千古《おほえのちふる》が、越《こし》へまかりける餞別《むまのはなむけ》に、よめる

藤原兼輔《かねすけの》朝臣

391 きみが行《ゆ》くこしのしら山しらねども雪のまに〳〵跡《あと》はたづねむ

人の花山《はなやま》にまうできて、夕《ゆふ》さりつ方《かた》、帰《かへ》りなむとしける時に、よめる

僧正遍昭

392 ゆふぐれの籬《まがき》は山と見えななむ夜《よる》は越《こ》えじと宿《やど》りとるべく

山に登《のぼ》りて、帰《かへ》りまうできて、人〴〵別《わか》れけるついでに、よめる

幽仙法師《し》

393 別《わかれ》をば山のさくらにまかせてむ止《と》めむとめじは花のまに〳〵

か 「か」は詠嘆の表現。〇あふさか →三七四。▽「名のみ逢ふにて実なしとなり」(教端抄)。

391 あなたのお行きになる越の国の「白山」は知りませんが、あなたの行かれる通りに―白山の雪を頼りに―その「雪」にまかせてお跡を慕い尋ねて参りましょう。〇越 →三〇・三七〇。〇餞別 →三六九。〇しら山 →三八三。同音反復で「知らねども」を出す。〇雪 「行き」と「雪」を掛ける。「行き」は「行く」の名詞形。雪は白山の縁。〇まに〳〵 →二九。ままにの意の「まにまに」と隙々(ひまひま)にの意の「間に間に」を掛けるとする説もある。▽「白山」が「知ら」「雪」ついで「跡」を導き出す。「雪にまかせて尋ねば、隠れあらじの心なり」(両度聞書)。

近い別れ 八首

392 夕暮れ時の柴(ふし)垣は山に見えてしまえばいいなあ。そうすればあなたも夜には越えないでおこうと、きっとここに宿をお取りになるはずだ。〇花山 →二九。〇夕さりつ方 夕方になるころの意。「さる」→三二七。〇籬 →二四八。〇山と見えななむ 「…と見ゆ」は、自然にそう見える、自然に見まがえるの意。「な」は完了の表現「ぬ」(→三八九)の未然形。「なむ」はあつらえ、願望の表現。▽「別れの切なるあまりに、籬も山と見えよとわりなく言へる、面白きなり」(教端抄)。この歌から、都やその近辺、畿内(→三六五)などで、参詣や遊宴などで逢って後に別れる時の歌群。

393 別れということは、あの山の桜に一任しましょう。引き止めようとか、引き止めまいとかということは花の心次第にして…。〇山 ここは比叡山のこと。〇人〴〵 桜のもとで別れたであろうその人々。〇別をば 「をば」は特に取り出して強調する表現。〇とめじは 「じ」は打消の意志の表現の連体形。▽「別るる人をわが力にとどめ

394 雲林院親王《うりむゐんのみこ》の、舎利会《さりゑ》に山に登《のぼ》りて、帰《かへ》りけるに、桜《さくら》の花の下《もと》にて、よめる

僧正遍昭《へんぜう》

山かぜにさくら吹《ふ》きまきみだれ南花《なむ》のまぎれに立《たち》とまるべく

395 ことならば君止《とま》るべくにほはなむかへすは花の憂《う》きにやはあらぬ

幽仙法師《し》

仁和帝《にんなのみかど》、親王《みこ》におはしましける時に、布留《ふる》の滝御覧《たきごらむ》じにおはしまして帰《かへ》り給《たま》ひけるに、よめる

兼芸法師

396 飽《あ》かずしてわかるゝ涙たきにそふ水まさるとや下《しも》は見ゆらむ

がたければ、花にまかせたるなり」(栄雅抄)。玉台新詠九・春別四首「本知人心不レ似レ樹。何意人別似ニ花離一」。花に心を認める表現は漢詩にも見られる。→三三。

394 山風で桜が吹きからまって散り乱れてほしい。花にまぎれてあなたが立ち止まるように。○舎利会　仏骨供養の法会。比叡山ではじまった法事。○山　→三九三。○吹きまき　「まく」はからみ合う、まつわるの意。名義抄「絡・纏　マク」。○みだれ南　「なむ」→三九二。○花のまぎれに　花で目の前が見えないでの意。「まぎる」は区別がつかない、わからなくなるの意。→七三「まがふ」。▽「人をとどめわびて、花ゆゑにや立ち止まるとなり」(十口抄)。→三九三。

395 どうせ同じく咲くのならば、親王様がきっと立ち止るように、美しく咲き誇ってほしい。お帰しするということは、花が、気に入らぬとお思いになっていることになるのではないでしょうか。○ことならば　→八三。中世注は「ごと…」とも示す。○止るべく　「べし」は、するはず、するにちがいないなどの、当然の意の表現。○にほはなむ　「にほふ」は咲き盛るの意。「なむ」→三九二。○花の憂きにやはあらぬ　「うし」は、いとわしい、気に入らぬなどの意。「花の憂し」は、花に対して憂しの意で、主語は親王。花を主語とみる説もある。「やは」は反語の表現。「ぬ」は打消の表現の「ず」の連体形。▽「君をとどめよ。しからずば花の罪(がと)なるべしと言へり」(延五記)。「我は力なくてといへるなり」(栄雅抄)。→三九三・三九四。

396 お名残惜しい気持でお別れするわたくしの涙がこの布留の滝につけ加わります。流れる水が増えていると、下流では見えるでしょうか。○仁和帝…　→二一。○飽かずして　→三七。▽「帰り給ふを慕ひ奉る涙の、滝にたち添ふを、水増さる

397 雷壺《かむなりのつぼ》に召《め》したりける日、大御酒《おほみき》など賜《たう》べて、雨《あめ》のいたう降《ふ》りければ、夕《ゆふ》さりまで侍《(はべり)》てまかり出《い》でける折《おり》に、さか月《(づき)》を取《と》りて　貫之《つらゆき》

秋萩《はぎ》の花をば雨にぬらせども君をばましてお《(を)》しとこそおもへ

398 とよめりける返し　兼覧王

お《(を)》しむらん人の心を知《し》らぬまに秋のしぐれと身ぞふりにける

399 兼覧王《かねみのおほきみ》に、初《はじ》めて物語《ものがたり》して、別《わか》れける時に、よめる　躬《み》恒《つね》

わかるれどうれしくもあるか今宵《こよひ》よりあひ見《み》ぬさきに何《なに》を恋《こ》ひまし

とや、末の人は見るらんとなり」(十口抄)。

397 秋萩の花を雨にぬらして惜しいことですが、あなた様のことが、萩の花にも増して、お名残惜しく存じます。○雷壺　→一六〇。○召したりける　醍醐天皇が命じて呼び出したの意。「召す」は、特に指名して事を命じる場合の表現。○大御酒　神、天皇に捧げられた酒。「大」は美称、「御」は美称で、最大級の尊敬表現となり、大御言など と万葉集に例が多い。○賜べて　→一六六。○いたう降りければ　「いたし」(う)は激しいの意。萩の花が散ってしまうほどに激しく降るのである。○夕さり　→三九二。○侍て　「居り」の謙譲表現。○まかり出でける　「まかりいづ」は退出するの謙譲表現。○さか月を取りて　表敬、感謝の心を表現して作法に従って、盃を面前にしっかりと両手で持ち支えて示しての意か。○君をば　「君」は次の歌の兼覧王をさす。「をば」→三九三。○おし　愛着する、心残りだ、別れがつらいなどの意。

398 名残惜しく思って下さるらしいお方のお気持を知らない間に、秋のしぐれが「降る」、その「ふる」ということばの通りに、わが身は時を経ていたずらに老いてしまいました。○おしむらん「をしむ」は「をし」(惜し→三九七)の動詞形。「らむ」は相手の気持を察する推量の表現。○ふりにける　「ふり」→二一三。▽「かく惜しまるる身とかねて知らば、いたづらなる世とは思ふまじきものをと悔ゆるやうの心なり」(教端抄)。

399 お別れ致しますのは悲しいはずですけれど、かえってうれしく存じますよ。今晩からは、あなたとお逢いする以前には、いったい何を恋い慕っていたのかと思うようになったのです。○物語して　→三九。○今宵より　三句で文を切って、二句に倒置で係るとする説もある。○恋ひまし　今晩より以前には、あなたを知らなかったので、

題しらず　　　　　　　　　　　　　　よみ人しらず

400 飽《あ》かずしてわかるゝ袖のしらたまをきみが形見《ゝたみ》と包《つゝ》みてぞ行《(ゆく)》

401 限《(かぎり)》なくおもふ涙にそほちぬる袖はかは《(わ)》かじ逢《あ》はん日までに

402 かきくらしことは降《ふ》らなむ春雨に濡衣《ぬれぎぬ》きせて君をとゞめむ

403 強《し》ゐ《(ひ)》て行《(ゆく)》人をとゞめむさくら花いづれを道《みち》とまどふまで散《ち》れ

あなたを恋い慕うこともなかったのですの意。「まし」は事実に反する状況を想定する、反実仮想の表現。「恋ふ」→三七〇。▽「かく逢ひ奉りて、名残を惜しみ惜しまれ奉るがうれしきとよめり」(教端抄)。東大寺諷誦文稿「未レ聞レ法前如レ夜。聞レ法以後如レ暁」。

別離の思い　四首

400 お名残惜しいままでお別れするわたくしの袖にたまったこの涙の真珠を、あなたの思い出として大切に隠し持って参りますよ。○飽かずして →三七。○しらたま　白い玉、真珠の意。図書寮本名義抄「真珠 之良太麻」。涙の比喩表現。○形見 →四六。○包みてぞ 「つつむ」は秘蔵するの意。名義抄「蔵 カクス・ツツム」。▽涙を玉にたとえるのは漢詩に多い。白氏文集1・啄木曲「我有二双涙珠一。知二君穿不レ得…線不レ能レ穿二涙珠一」。法華経・五百弟子受記品「以二無価宝珠一。繫二其衣袖一」。

401 際限もなくあの方を思う涙でぬれきってしまうこの袖は、乾きますまい、お逢いする日までは。○そほちぬる 「そほつ」は中までぬれるの意。清音か。中世注は「そほち・そぼち」と両者を示す。○までに 「まで」に同じ。万葉語。

402 同じことなら空一面に暗く降ってほしい。春雨に衣が濡れるといい習わすあの「濡衣《ぎぬれ》」ではないが、降ってくるその春雨に罪をかぶせて、あの方をおとどめ致しましょう。○ことは 「ことならば」(→八二)に同じ。中世注は「ごとは」と示す。○濡衣　濡《ぬ》れた衣の意と無実の罪の意を掛ける。普通は雨で着衣が「濡衣」になる。春雨の縁。▽「人を雨にことつけてとどめんのよしなり」(十口抄)。

403 無理に出立して行く人を留めたいものだ。桜花よ、どれを道だと分らないで困惑するほど

404
滋賀《しが》の山越《ごえ》にて、石井《いし》のもとにて、物言《い》ひける人の別《(わかれ)》ける折《おり》に、よめる

貫《つら》之《ゆき》

むすぶ手の滴《しづく》ににごる山の井のあかでも人にわかれぬる哉

405
道に遭《あ》へりける人の車《くるま》に、物を言《い》ひ付《つ》きて別《わか》れける所にて、よめる

友《とも》則《のり》

下《した》の帯《おび》の道はかた〴〵わかるとも行《ゆ》きめぐりても逢《あ》はむとぞ思《おも》ふ

まで散っておくれ。○強ゐて →一三。○まどふ →二六。▽「花に頼む心なり」(十口抄)。→三九三。

一期一会　二首

404 すくう手からしたたる滴で濁る山の井の水が満ち足りないように、名残惜しいままに人と別れてしまうことだなあ。○石井　石囲いの井、「山の井」に同じ。○物言ひける　ことばをかわした の意。○むすぶ　→二。○山の井　自然の湧き水をせき止めたところ。○あかでも　満足しないでの意。水が少なくて飲む者の渇きが満足できないのである。「あく」→三七。「も」は詠嘆の表現。「あか」に仏前に供える水の「閼伽(あか)」を掛けるとする説もある。▽「歌の本体は、ただこの歌なるべし」(古来風躰抄)。

405 下帯は、通るところがそれぞれに別だがやがては出合う、そのようにお互いの道がそれぞれの方向に分れているとしても、ぐるっとひとまわり回ってでも再びお逢いしたいと思っておりますよ。○人の車　牛車か。○物を言ひ付きて　言葉をかけての意。「…言ひつぎて」と解する説もある。○下の帯の　下帯は万葉集の「下紐(ひも)」に当る。「下紐」は、下袴・下裳などにつけてある紐。○かた〴〵　方々、別の方向にの意。○行きめぐりても　「ゆきめぐる」は、ぐるりと一周するの意。下帯の紐が身体をめぐって最後に合うことにたとえた表現。名義抄「循　メグル・ユク」。▽「道の中にて不慮に逢へる人なれば、こなたかなたに行き別るるなり」(十口抄)。

古今和歌集巻第九

羇《(き》旅《りよの》歌《うた)》

唐土《もろこし》にて月を見て、よみける　　安倍仲麿

406 あまの原ふりさけ見れば春日《かすが》なる三笠《みかさ》の山にいでし月かも

この歌は、昔《むかし》、仲麿《なかまろ》を、唐土《もろこし》に物習《ものなら》はしに遣《つか》はしたりけるに、数多《あまた》の年を経《へ》て、え帰《かへ》りまうで来《こ》ざりけるを、この国《くに》より又使《つかひ》まかり至《いた》りけるにたぐひて、まうで来《き》なむとて出《い》で立《た》ちけるに、明州《めいしう》と言《い》ふ所《ところ》の海辺《うみべ》にて、かの国《くに》の人、餞別《むまのはなむけ》しけり。夜《よる》に成《な》りて、月のいと面白《おもしろ》くさし出《い》でたりけるを見て、よめるとなむ語《かた》り伝《つた》ふる

羇旅の部は、旅の歌を集める。上の「離別」が別れそのものを主題としているのに対し、ここは旅情を主題とする。「羇旅」の語は、文選や万葉集にも見える。文選・秋興賦「遠行有₌羇旅之憤₋」、同李善注「左氏伝。陳敬仲曰。羇旅之臣。杜預曰。羇 寄。旅 客」。文選は「行旅」と「遊覧」を分け、芸文類聚も、「行旅」「遊覧」「別」を分ける。海を越えて、境界を越えて、遠く旅して、などの遠い旅の歌群と、遊覧的な近い旅の歌群とからなる。

遠い旅　十二首

〈**海を越えて**〉　二首

406　大空をふり仰いで眺めると、空にかかる月、そうだあの春日の地にある三笠山に出た月なのだなあ。〇唐土　古代日本での中国の呼び名。「諸越」の訓読。〇あまの原ふりさけ見れば　大空を仰いで遥(はる)かに眺めやればの意。万葉集に多い表現。「さく」(け)は放つの意。〇春日なる「なり」(る)は「にある」の意。〇月かも　「かも」は詠嘆の表現。万葉集に例が多い。→一〇三。平安時代には古語と意識され、「かな」と表現されることが多い。〇昔仲麿…　以下は伝承。〇物習はしに遣はしたりける　政府派遣の留学生としてやったの意。〇え帰りまうで…　帰任できなかったの意。「え…ず(ざり)」→三七七。〇使まかり至りける　遣唐使(天平勝宝四年(七五二))がやって来たの意。「まかる」→三六八。〇たぐひて　→一三。〇まうで来なむ　帰任しようの意。〇餞別　→三六九。〇月の…面白く　月がひろびろと明るくの意。王朝かな文学に多い表現。▽作者は万葉時代の人であり、奈良の地を思い、万葉的表現を使うのも当然であろう。左注に「…となむ語り伝ふる」(→四一二「となむ言ふ」)とあるように伝承歌である。もと漢詩で書き、その一部がこの歌だという中国学者の説もあ

隠岐国《おきのくに》に流《なが》されける時に、舟《ふね》に乗《の》りて出《い》で立《た》つとて、京なる人のもとに遣《つか》はしける

小野篁《たかむらの》朝臣

407 わたの原八十島《やそしま》かけてこぎいでぬと人にはつげよ海人《あま》のつり舟

題しらず

よみ人しらず

408 宮こ出《い》でて今日《けふ》みかのはらいづみ河かはかぜさむし衣かせ山

409 ほのぐ〵とあかしの浦《うら》の朝《あさ》ぎりに島《しま》がくれ行《(ゆく)》舟をしぞ思《(おもふ)》

この歌《うた》は、ある人の曰《いは》く、柿本《かきのもとの》人麿《まろ》が歌《うた》なり

東《あづま》の方へ、友《とも》とする人一人《ひとり》二人《ふたり》誘《いざな》ひて行《い》きけり。三河国《みかはのくに》八橋《やつはし》と言《い》ふ所に至《いた》れりけるに、そ

る。土佐日記・一月二十日の条にも引かれる。

407 大海を多くの島々めざして漕ぎ出てしまったと、都の人々には告げてくれ、漁師の釣舟よ。○京なる人　京に居る人の意。「なり」→四〇六。○わたの原　広い海原、大海原の意。中世注は「わだのはら」と示す。○かけて　目指しての意。「かく」→五。○こぎいでぬ　「ぬ」は自分の意志でなくそうする結果になったの意の完了の表現。○人「京なる人」をいう。▽「近・中・遠」と分ける流刑のうち最も重い遠流の時の歌。摂津国の難波から、因幡国の境港からなど、出港地の説が多い。隠岐国は、京へ三十五日、京から十八日の行程(延喜主計式)で、陸奥国・出羽国・佐渡国・壱岐島・対馬島と共に遠国の中でも特に遠くて防衛上で大事な「辺要」の地(軍防令・関市令、延喜民部式)。

〈**境界を越えて**〉二首

408 都を出て今日は三日目、「瓶(かみ)の原」にいる。いつ見るかと思ったこの「泉川」は川風が寒いことだ。衣を貸してくれ、「桛(かせ)」という名の「鹿背山」よ。○みかのはら　「三日」と地名「みか(の原)」を掛ける。「見」と地名の「み(かの原)」を掛けるとする説もある。○いづみ河　「いつ(何時)見」と川の名「いづみ(川)」を掛ける。○かせ山　「貸せ」とつむいだ糸をかける「桛(かせ)」と山の名「かせ(山)」を掛ける。鹿背山は、都から来て泉川の向うに望まれる山。桛は衣の縁。万葉集六「をとめらがうみ麻(を)かくといふ鹿背の山時し行ければ都となりぬ」。▽奈良時代には奈良から来て大和国を出る、平安時代には京都から来て山城国を出る、他国への境界であった所での旅情の歌。「旅の行く末まで思ひやる心あるべし」(十口抄)。地名をよみ込む、後の道行文の先例の一つである。

409 ほのぼのと明けてゆく「明石の浦」の朝霧の中、島かげに消えて行く、そら、あの舟をしみじ

の河のほとりに、かきつばた、いと面白《おもしろ》く咲《さ》きけるを見て、木の陰《かげ》に下《お》り居《ゐ》て、かきつばたと言《い》ふ五文字《いつもじ》を、句《く》の頭《かしら》に据《す》へ《(ゑ)》て、恋《こひ》の心をよまむとて、よめる

在原業平朝臣

410 唐衣着《き》つゝなれにしつましあればはる〲きぬる旅《たび》をしぞおもふ

武蔵国《むさしのくに》と下総国《しもつふさのくに》との中にある隅田河《すみだがは》のほとりに至《いた》りて、宮《みや》このいと恋《こひ》しう覚《おぼ》えければ、しばし河のほとりに下《お》り居《ゐ》て、思《(おもひ)》遣《や》れば、限《かぎ》りなく遠《とを》くも来《き》にける哉《(かな)》と思《(おもひ)》侘《わ》びて、眺《なが》め居《を》るに、渡守《わたしもり》、はや舟に乗《の》れ、日暮《く》れぬと言《い》ひければ、舟に乗《の》りて渡《わた》らむとするに、皆人《みな》もの侘《わび》しくて、京に思《おも》ふ人なくしもあらず、さる折《おり》に、白《しろ》き鳥《とり》の、嘴《はし》と脚《あし》と赤《あか》き、河のほとりに遊《あそ》びけり。京には見えぬ鳥《とり》なりければ、皆人《みな》見知《みし》らず、渡守《わたしもり》に、これは何鳥《なにどり》ぞと問《と》ひ

みと思うことだ。○ほの〲と　夜明けの薄明るいさまをいう。○あかし　明るいの意の「明し」と地名「あかし(の浦)」を掛ける。▽明石の浦のあたりには、摂津の海の関所が置かれ、畿内から畿外(→三六五)への境界の要地として重視された(令義解・関市令)。「ひとかたならず思ひやるよしなり」(両度聞書)。古今伝授の秘伝歌の一つ。「柿本人麿」は伝承。

〈**遠く旅して**〉八首

410　唐衣を繰り返し着てよれよれになってしまった「褄(つま)」、そんな風に長年つれ添って親しく思う「妻」があるので、その衣を永らく張っては着てまた張っては着るように、はるばる遠く来てしまったこの旅をしみじみと思うことだ。○誘ひて　呼びかけて連れだっての意。名義抄「倡導・率イザナフ」。○下り居て　下りてじっと座わっていての意。○かきつばた…据へて　和歌の五つの句のそれぞれの第一字に「カ・キ・ツ・ハ・タ」の五文字を配って句を作る技法、「折句(おりく)」という。○唐衣　→三七五。○なれにし　軟らかくよれよれになるの意の「穢(な)る」と親しむの意の万葉語「馴(な)る」を掛ける。○つまし　襟先・裾(すそ)先の意の「褄」と連れあいをいう「つま」(→一七)。男の歌なので「妻」と解する)を掛ける。「し」は強調の表現。○はる〲　布の洗い張りの張るを重ねた「張る張る」と遠いさまの「はるばる」を掛ける。○きぬる　「き」は「着」と「来」を掛ける。「ぬ」(ぬる)→四〇七。▽褄・張る・着るは唐衣の縁。伊勢物語九段。

411　その名にふさわしいとすれば、さあ、質問しよう、都鳥よ。わたくしが思うあの方は、無事でいるのかどうかと。○下り居て　→四一〇。○思遣れば　遠く思いを馳せるとの意。○眺め居るに　「ながむ」→三六。○もの侘しくて　何か気持がくじけるようでの意。○名にし　みやこ鳥の「宮

ければ、これなむ宮こ鳥《どり》と言《い》ひけるを聞《きゝ》て、よめる

411 名にし負《お》はばいざ言《ことゝ》とはむ宮こどりわが思ふ人は有《（あり）》やなしやと

題しらず　　よみ人しらず

412 北へ行《（ゆく）》かりぞなくなる連《つ》れてこし数《かず》は足《た》らでぞかへるべらなる

この歌は、ある人、男女《おとこ》もろともに人の国《くに》へまかりけり。男《おとこ》、まかり至《いた》りてすなはち身まかりにければ、女、ひとり京へ帰《かへ》りける道《みち》に、帰《かへ》る雁《かり》の鳴《な》きけるを聞《きゝ》て、よめるとなむ言《い》ふ

東《あづま》の方より京へまうで来《く》とて、道《みち》にて、よめる　　乙《おと》

413 山かくす春《はる》のかすみぞうらめしきいづれ宮このさかひなる覧《（らむ）》

こ」（宮殿すなわち朝廷のある場所、転じて都の意）という名にの意。「し」は強調の表現。○言とはむ　「こととふ」は、ことばを掛ける、尋ねるの意。○宮こどり　カモメ科のユリカモメ。○有やなしやと　白楽天の詩などに多い、主に結句に使う「問…有無」「有不」「在不」の語法を学んだもの。「有・在」は存在を言い、生きている、無事などの意。「や」→六四五。▽伊勢物語九段。

412 北へ帰る雁が、そら、鳴いているよ。昨年の秋にこの南へやって来た時に連なって来た数には足らなくて、それで悲しく鳴きながら帰るのであろう。○北へ行　春になって北国へ帰るの意。→三〇・三一。○かりぞなくなる　「なり」は声を聞いて推定する表現。雁の声は、涙を連想する悲しい声。→二五八「雁の涙」。「ぞ」は強調の表現。○連れてこし　「つる」（れ）は一線に連なるの意と、伴い添える意とを掛ける。○べらなる　→三。○男女…　以下は伝承。○人の国　→三七二。○まかり至りて　着任しての意。→三六八。○すなはち　すぐにの意。○身まかりにければ　→八二九。○帰る雁　→三〇。○…となむ言ふ　と言うことだの意で伝聞を言う左注の文末表現の一つ。▽土佐日記・承平五年正月十一日の条にこの歌を引く。

413 山を隠す春の霞こそがうらめしいことだ。どこが都の境界であろうか。○東　→三七二。○まうで来　京の都へ、遠い所から京に参り上る意の謙譲表現。○道にて　途上での意。○うらめしき　不満だが本心を知りたくて執着しつつもこらえる気持をいう。○宮このさかひ　都（「宮こ」→四一一）の境界の意。京官と外官との別が示すように、都とその他の地域はいろいろな点ではっきり区別されている。▽「都を頼み所と思ひつつ上るに…境をさへ知られぬを思ひわびたる心なり」（両度聞書）。

414 越国《こしのくに》へまかりける時、白《しら》山を見て、よめる　躬《み》恒《つね》

消《き》えはつる時しなければこし路《ぢ》なるしら山の名《な》は雪《ゆき》にぞありける

415 東《あづま》へまかりける時、道《みち》にて、よめる　貫《つら》之《ゆき》

糸《いと》による物ならなくにわかれ路《ぢ》の心ぼそくも思《おも》ほゆる哉《（かな）》

416 甲斐国《かひのくに》へまかりける時、道《みち》にて、よめる　躬《み》恒《つね》

夜を寒《さむ》みを《（お）》く初霜《はつしも》をはらひつゝ草の枕にあまたゝび寝《ね》ぬ

但馬国《たぢまのくに》の湯《ゆ》へまかりける時に、二見浦《ふたみのうら》と言《い》ふ所に泊《とま》りて、夕《ゆふ》さりの餉《かれいひ》賜《たう》べけるに、供《とも》にありける人〴〵、歌《うた》よみけるついでに、よ

414 すっかり消えてしまう時などないので、越路にある「白山」の白いという名は、なるほど白雪に付けた名であったのだなあ。○越国 →三〇・三七〇。○時し 「し」は強調の表現。○こし路なる越路は北陸道の古名の一つ。「なり」→四〇六。○雪にぞありける 雪のことであったよの意。「ぞ」は強調の表現。「けり」は新たな認識の表現。▽「四時(四季)ともに白雪の色変ずることなければ、白山と名づけたる故なり」(延五記)。→三八三・三九一。

415 糸に撚(よ)り合せる片糸ではないのに、ひときわさびしいこの旅路が、片糸が撚られて細いようにいっそう心細く思われることだなあ。○東 →三七三。○糸による物 撚り合せる前の糸の片糸(→四八三)を撚り合せて糸にする。○なくに →一八。○わかれ路 ある所からはっきり別なものになる道の意で、ここは都から離れて遠隔の地へ行くわびしい道のこと。二つに別れる道の意とする説もある。○思ほゆる哉 「おもほゆ」→三。▽「心細きと言はんとて…言へり」(教端抄)。

416 夜が寒いので、置く早霜(はやじも)を繰り返し払いのけては何度も寝返りしつつ、草を枕にするそんな旅の夜々をずいぶんたくさん寝て過したことだ。○夜を寒み ミ語法→三。○初霜 秋の末の初めての霜や普通より早い霜のこと。和名抄「〓 波豆之毛。早霜也」。○草の枕 →三七六。○あまたたび寝ぬ 寒さで一夜に何度か覚めてはまた寝入る、そんな夜を繰り返して寝たの意。旅の苦労をいう。「あまたたび」はなんどもの意。「ぬ」→四〇七。▽甲斐国は、京の都から十三日の行程(延喜主計式)。俊成の古今問答以来一夜のことか数日のことか論じられた歌。「ただ遠き旅の心なるべし」(両度聞書)。

417 夕方の月の出るころの夜は様子がはっきりしないから、くし箱の「蓋(ふた)」と「身(み)」の内側

める

藤《ふぢ》原《はらの》兼《かね》輔《すけ》

417 夕《ゆふ》づく夜おぼつかなきを玉匣《たまくしげ》ふたみの浦はあけてこそ見め

惟喬親王《これたかのみこ》の供《とも》に、狩《かり》にまかりける時に、天《あま》の河と言《い》ふ所の河《かは》のほとりに下《お》り居《ゐ》て、酒《さけ》など飲《の》みけるついでに、親王《みこ》の言《い》ひけらく、狩《かり》して、天《あま》の河原《かはら》に至《いた》ると言《い》ふ心をよみて、さか月(づき)は注《さ》せと言《い》ひければ、よめる

業《なり》平《ひらの》朝臣

418 狩《か》りくらしたなばたつ女《め》に宿《やど》からむ天《あま》のかはらに我は来《き》にけり

親王《みこ》、この歌《うた》を返(かへす)〳〵よみつゝ、返し、えせず成《な》りにければ、供《とも》に侍(はべり)て、よめる

紀《きの》有《あり》常《つね》

419 ひとゝせに一《ひと》たびきますきみまてば宿《やど》かす人もあらじとぞ思(おもふ)

は箱を開けて見るように、「二見の浦」は夜が明けてから見よう。○湯へまかりける 湯治に参ったの意。→三六七。「まかる」→三六八。○夕さり →三一二・三一七。○餉 携帯食の干した飯。○賜べ →一六。○夕づく夜 →三一二。○玉匣 櫛(しく)などを入れる箱。玉は美称。万葉集七「紀伊道(ちき)にこそ妹山ありといへ玉櫛げ二上山も妹こそありけれ」。○ふたみの浦 箱の「蓋・身の裏」と地名「ふたみの浦」を掛ける。「二見」の「見」で下の「見め」を出す。○あけて 箱を「開け」と夜が「明け」を掛ける。

近い旅 四首

418 一日中狩りをして日を暮しまして、さあ、あの織姫に宿を借りましょう。こうして天の川の川原にわたくしは来たのですよ。○下り居て →四二〇。○言ひけらく 言うことにはの意。「けらく」は「けり」のク語法。○…と言ふ心をよみて …という心を題として歌をよんでの意。○さか月 盃のこと。○狩りくらし 狩りを続けて一日を過しての意。当時淀川左岸の交野(かたの)、右岸の水無瀬(みなせ)のあたりは朝廷の御用狩場。○たなばたつ女 空の天の川にいる織女星。中世注は「(たなばた)づめ」と示す。○天のかはら 大阪府枚方(ひらかた)市の川の名「天の川」を、大空の「天の川」に見立てた表現。○来にけり 「ぬ」(に)は確認の表現。「けり」はその確認した事実の印象を新たにした表現。▽「遊宴の時、当座に、偽りとも思はでただありのままに造作なくよめる」(為賢注)。伊勢物語八十二段。

419 一年に一度だけいらっしゃるあのお方を待っているのですから、誰か他の者に宿を貸そうとする人なんかいないだろうと思いますよ。○返〳〵 繰り返しての意。○返しえせず成りにければ 返歌ができなくなったのでの意。「え…ず」→

朱雀院《すざくゐん》の、奈良《なら》におはしましたりける時に、
手《た》向《むけ》山にて、よみける

菅《すが》原《はらの》朝臣

420 このたびは幣《ぬさ》もとりあへずたむけ山紅葉の錦神のまに〳〵

素性法師

421 たむけにはつゞりの袖もきるべきにもみぢに飽《あ》ける神《かみ》や返《かへ》さむ

三七。〇きみ　織女星の立場から一年に一度来る彦星をいう表現。→一七四。〇宿かす人　「人」は織女星を一般的にいう表現。貸す相手をいうとの説もある。▽「たなばたの心によせて、彦星を君とよめること万葉集にその数あり」(顕注)。織女星の立場を推察してよんだもの。伊勢物語八十二段。

420　このたびは行幸が不意のことで幣(さぬ)の用意もできておりません。この手向山では、もみじの色とりどりの錦を、神のおぼしめしのままに幣としてお納め下さい。〇朱雀院　宇多上皇。〇手向山　「手向け」する山の意の普通名詞。旅の安全を祈って幣を手向ける(→二九八)山。〇このたび　「この度」と「この旅」を掛ける。〇幣　→二九八。〇とりあへず　前もって心積りして用意しないでの意。〇紅葉の錦　→二九五。〇まに〳〵　→一二九。▽→二九八。「御幸の御供なれば、心慌ただしくて、幣も取りあへぬなり」(両度聞書)。次の歌とともに昌泰元年(八九八)十月の宇多上皇の吉野宮滝への行幸(日本紀略)の時の歌か。扶桑略記によれば、是貞親王を除くと、大納言右大将の菅原道真が筆頭で供奉の責任者。勅命による諸臣の献歌・献句のことも記されている。

421　たむけをするためにはわたくしの粗末な僧衣の袖を幣(さぬ)として切って代りにささげるのがよろしいのですが、あの錦の美しいもみじに満足なさっている神はお返しになるでしょう。〇つゞり　継ぎ合せて作った着物、粗末な着物、僧衣などの意。新撰字鏡「襤　衣短也。豆々利」。名義抄「繕・補　ツヅル」。〇飽ける　満足しているの意。「り」(る)は存在確認の表現。▽四二〇番の歌を前提とする歌。扶桑略記に、素性法師、菅原道真の問答のことが記されている。「志をいたすべきに、紅葉の錦に飽ける神や返し給はんと、前の御詠(→四二〇)の返しのやうによめり」(栄雅抄)。

古今和歌集巻第十

物名《(もののな)》

鶯《うぐひす》　　藤原敏行《としゆきの》朝臣

422 心から花のしづくにそほちつゝ憂《う》く干《ひ》ずとのみ鳥のなく覧《(らむ)》

郭公《ほとゝぎす》

423 来《く》べきほど時《ゝき》すぎぬれや待《ま》ちわびて鳴《な》くなる声《こゑ》の人をとよむる

空蟬《うつせみ》　　在原滋《しげ》春《はる》

424 浪のうつ瀬《せ》見れば珠《たま》ぞみだれける拾《ひろ》はば《ゝ》袖にはかなからむや

物名《(ものな)》の部は、物の名をよみ込む（清濁の違いは問わない）歌を集める。離合詩（→二四九）や、「蓮《(れん)》」に「怜」「憐」（恋）を掛ける相関語など中国の遊戯的な表現技法に学んだもの。動物（鳥・虫）の名の歌群に始まり、植物（草木）の名の歌群、場所の名の歌群と続き、雑の名の歌群に終る。

鳥の名　二首

422 自分自身の心から好んで花の滴に濡《(ぬ)》れながら、つらいことに乾かないとばかりにうぐいすが鳴いていることだね。〇鶯　「憂く（→七一）干ず」によみ込む。〇心から　鶯自身の心を動機としての意。〇そほちつゝ　「そほつ」→四〇一。「つつ」は反復の表現。〇なく覧　「らむ」→八四。▽この歌のように、物の名をよみ込むと共に、その物のイメージをよむ場合と、四三八番の歌のように、物の名をよみ込むが、その物のイメージとは離れてよむ場合とがある。

423 ほととぎすが来て鳴くはずのころあいの季節が過ぎたためであろうか、待ちくたびれながら待ちに待って、やっと鳴くほととぎすの声が、人々をほめそやさせることだ。〇郭公　「ほど時すぎ」によみ込む。「ほど」は適切な時期の意。〇時　季節の意。時刻の意とする説もある。〇すぎぬれや　「ぬれ」は完了表現の「ぬ」の已然形で理由も表現する。〇待ちわびて　主語は「人」。〇鳴くなる　「なり」は音声を聞いて推定する表現。〇とよむる　賛美してさわがせるの意。ののしらせる、うるさがらせると解する説もある。中世注は「どよむる」とも示す。

虫の名　二首

424 波のたつ浅瀬を見ると、白玉が、そら、乱れ散っていることだ。その白玉を拾うならば、

返し　　　　　　　　　　　　　　壬生忠岑

425 たもとより離《はな》れて珠《たま》を包《つゝ》まめやこれなむそれと移《うつ》せ見むかし

梅《うめ》　　　　　　　　　　　　　よみ人しらず

426 あな憂《う》目《め》に常《つね》なるべくも見えぬ哉《(かな)》こひしかるべき香《か》はにほひつゝ

かには桜《ざくら》　　　　　　　　　貫《つら》之《ゆき》

427 潜《かづ》けども浪のなかには探《さぐ》られで風吹《(ふく)》ごとに浮《う》きしづむ珠《たま》

李《すもゝ》の花

428 今幾日《いくか》春《はる》しなければうぐひすも物はながめて思《(おもふ)》べらなり

袖の中ではかなく消えるだろうか。○空蟬　「うつ(打つ)瀬見」によみ込む。↓七三。○珠　波の飛沫を見立てた表現。○はかなからむや　恐らく消えてしまうだろうの意。▽無常観をふまえるか。

425　そんなことをおっしゃっても袂《(たもと)》以外でその白玉を包めましょうか、包めはしませんよ。だから、これが、さあ、それですよと白玉を袂にお移しなさい、拝見しましょうよ。○たもと　↓二四三。○離れて　離れてそれ以外のものでの意。○包まめや　「め」は予想の表現「む」の已然形。「や」は反語の表現。○移せ見　「空蟬」(↓七三)をよみ込む。○見むかし　「む」は勧誘の表現。「かし」は強調して説得する表現。

草木の名　三十首

426　ああつらいなあ、梅の花は、見る目にいつも変わらない、そんな風にも見えないことだなあ。散った後できっと恋い慕うことになるはずの梅の香りは高く薫っていて…。○梅　「あな憂目に」によみ込む。○憂　「うし」(↓七一)の語幹。○常なる　↓九八。

427　水に潜るけれども、波の中では探り取れないで、風が吹くたびに浮いたり沈んだりするその泡の白玉よ。○かには桜　「なかには探られで」によみ込む。桜の一種。本草和名「桜桃　朱桜。加爾波佐久良乃美」。中世注は「かにばざくら」とも示す。○潜けども　潜って取るけれどもの意。名義抄「潜　カツク」。中世注は「かつげ」とも示す。▽「探れば探られぬといふ心なり」(教端抄)。

428　もうあと何日か…。この春もほとんど残っていないので、鶯も何かをぼんやり思い沈んでいるようだ。○李の花　「うぐひすも物はながめ」によみ込む。李はバラ科の小喬木。○今　更にの意。○幾日　「か」は日に同じ。万葉語。○物は

杏《からもゝ》の花　深《ふか》養《や》父《ぶ》

429 逢《あ》ふからもものはなを(ほ)こそかなしけれ別《わか》れむことをかねておもへば

橘《たちばな》　小《を》野《の》滋《しげ》蔭《かげ》

430 あしひきの山たちはなれ行《ゆ》く雲《も》の宿《やど》りさだめぬ世にこそ有(あり)けれ

をがたまの木　友《とも》則《のり》

431 み吉野《よしの》のよしのの滝《たき》にうかびいづるあは(わ)をか玉《たま》の消《き》ゆと見つらむ

山柿《やまがき》の木　よみ人しらず

432 秋は来《き》ぬ今や籬《まがき》のきり〴〵す夜《よ》な〳〵鳴《な》かむ風のさむさに

「は」は「をば」(↓三九三)の意。○ながめ　↓三六。○べらなり　↓三。▽↓一四。

429 逢っている内からいろいろとやはり悲しいことだ。別れようとしていることをあらかじめ思うので…。○杏の花　「逢ふからもの(物)はなを」によみ込む。あんずの花。和名抄「杏子　加良毛々」。○かねて　↓三五三。▽↓三七一。「会者定離の理(ことわり)」(両度聞書)。

430 山を遠く離れて行く雲が一ところにとどまらないように、仮の住みかを定めない人生であることだ。○橘　「たちはなれ」によみ込む。↓三九。○あしひきの　↓五九。○たちはなれ　「たつ」はくっきり目に見える行為・状態をいう。○雲の　雲のようにの意。○宿り　一時的に借りる場所の意。○さだめぬ　「さだむ」↓二六六。○世　↓三四三。○有けれ　「けり」は事態に気付いた表現。

431 み吉野と呼ぶ美しいあの吉野の滝で浮び出ては消える泡を、白玉が消え去るとしっかり見ているであろうか。○をがたまの木　「あはをか玉の消ゆ」によみ込む。モクレン科の常緑喬木の「おがたま」か。古今伝授秘伝の三木の一つ。中世注は「をかたま・をかだま」とも示す。○み吉野　↓三。○滝　↓五四。○と見つらむ　「…とみる」は見立の表現。「つ」は確認の表現。「らむ」は目に見えない事態を思いやる表現。▽確かな美意識で見れば泡は単なる泡でなく白玉と見立てるべきなのだから、あの急流で知られる吉野の滝で白玉をちゃんと見立てているだろうか、の意。吉野に行った人を思いやった歌であろうか。

432 秋が来た。これからは垣根のこおろぎが夜ごと夜ごとに鳴くだろうか。風の寒さを嘆いて。○山柿(やまがき)の木　「今や籬のきり〴〵す」によみ込む。「やまがき」はまめ柿、実が小さい。○籬　↓二四八。○きり〴〵す　↓一九六・一九八。

葵《あふひ》 桂《かつら》

433 かく許《(ばかり)》逢《あ》ふ日《ひ》の稀《まれ》になる人をいかゞつらしとおもはざるべき

434 人目《め》ゆへ《(ゑ)》後《のち》に逢《あ》ふ日のはるけくはわがつらきにや思《(おもひ)》なされん

くたに　僧正遍《へん》昭《ぜう》

435 散《ち》りぬれば後《のち》は芥《あくた》になる花を思《(おもひ)》しらずもまどふてふ哉《(かな)》

薔薇《さうび》　貫《つら》之《ゆき》

436 我はけさ初《うひ》にぞ見つる花のいろをあだなる物といふべかりけり

433　これほどにお逢いする日がまばらになって行く人を、どうしてつれないお方と思わないでいられましょうか。〇葵　「逢ふ日」によみ込む。万葉集十六・三八三四に例がある。アオイ科のフタバアオイ。〇桂　「いかゞつらし」によみ込む。オカツラ、落葉喬木。和名抄「楓　乎加豆良」。〇稀　機会の少ないの意。〇つらし　つれないの意。〇いかゞ　どうして…なのかの意。〇つらし　つれないの意。→一七八。▽「ばかり・いかが」は不安・危惧を示す。葵・桂は、組合せて、賀茂祭(→四八七)に衣冠や簾《すだれ》などに挿す。

434　人目をはばかって次にお逢いする日が遥《はる》かに隔たることは、わたくしがつれない人間だと見なされるでしょうね。〇逢ふ日　「葵」(→四三三)をよみ込む。「は」は前提を示す表現。〇はるけくは　時間的に遠いの意。〇わがつらき　「桂」(→四三三)をよみ込む。「つらし」→一七八。〇思なされん　「おもひなす」は強いて思うの意。「る」(れ)は受身の表現。▽「忍ぶ恋の心」(両度聞書)。

435　散ってしまえばその後は塵芥《ちりあくた》になる花を、その事情をわきまえもしないで「くたに」の花の美しさに心を乱すと言う蝶よ。〇くたに　「芥に」によみ込む。植物だが不明。中世注は「くだに」とも示す。〇芥　ごみ、ちりの意。名義抄「芥　アクタ・チリ」。〇思しらずも　内情をさとらないの意。「しる」→一四。「も」は強調の表現。〇まどふ　→七三・一二六。〇てふ　「てふ」(→三六)と「蝶」を掛ける。▽「蝶の花に迷ふ心なり」(両度聞書)。古今伝授秘伝歌の一つ。

436　わたくしは今朝初めて「さうび」の花を見たよ。きのうは見なかったこの花の色を変りやすいものとやはり言うべきであるよ。〇薔薇　「けさ(今朝)うひ」によみ込む。バラ。〇初に　やっと、はじめての意。〇見つる　「つ」(つる)は確認の表現。〇あだなる　→六三。〇べかりけり　→四〇。▽

437 女郎花《をみなへし》 友《とも》則《のり》

しらつゆを珠《たま》に貫《ぬ》くとやさゝがにの花にも葉《は》にも糸《いと》を皆《みな》へし

438 あさつゆを分《わ》けそほちつゝ花見むと今ぞ野《の》山をみな経《へ》しりぬる

朱雀院《(すざくゐん)》の女郎花合《をみなへしあはせ》の時に、女郎花《をみなへし》と言《い》ふ五文字《いつもじ》を、句《く》の頭《かしら》に置《を》きて、よめる 貫《つら》之《ゆき》

439 小《を》倉《ぐら》山みね立《た》ちならし鳴《な》く鹿《しか》の経《へ》にけむ秋をしる人ぞなき

桔梗《きちかう》の花《はな》 友《とも》則《のり》

440 秋近《あきちか》う野《の》はなりにけりしらつゆのを《(お)》ける草葉《くさば》も色かはり行《(ゆく)》

「思ひ返してあだなる花と…顧みける心」(教端抄)。

437 白露を玉として緒に貫こうとして、くもが花にも葉にも網の糸を皆掛けたのか。○女郎花 「糸を皆へし」によみ込む。↓三六。○貫くと 「と」は作意の表現。○さゝがに クモの古名。上代語。○へし 「ふ」(へ)は縦糸を織機《(はた)》に掛けたり引きそろえたりするの意。新撰字鏡「経引 波太不」。名義抄「綜 へ・ナラフ・イトアハス」。「き」(し)は直接経験の表現。

438 朝露の置く草むらに分け入って濡《(ぬ)》れながら花を見ようとして、今ではもう野や山を皆知り尽してしまったよ。○女郎花 「野山をみな経しりぬる」によみ込む。↓三六。○そほちつゝ ↓四〇一。○野山 野と山との意。山に対して野をいう。「野」↓一六。○経しりぬる 「ふ」(へ)は次々と通る、経るの意。「しる」(↓一四)はすみずみまで認識するの意。▽「野山を分け尽し尋ね見るよしなり」(両度聞書)。

439 小倉山のあの峰をそこに立って踏み平《(な)》らしながら悲しく鳴く鹿が、過して来たであろう秋の季節の長い年月を本当に分っている人などいないのだ。○朱雀院女郎花合 ↓三三〇。○五文字を… ↓四一〇。○立ちならし その所に立って踏んで平らにする、あたりを歩き回るの意。○秋 季節の「秋」の意と年月をいう「秋」の意を掛ける。○しる ↓四三八。▽折句(↓四一〇)で「ヲ・ミ・ナ・ヘ・シ」の五文字を各句の第一字によみ込む。

440 野はもう秋が近くなったなあ。白露が置いている草葉も秋めいて色が変って行く。○桔梗の花 「秋近う野はなり」によみ込む。キキョウの花。秋の七草の一つ。○なりにけり 「けり」↓四三〇。○しらつゆの… 露は白(五行思想で秋に当る。↓二五七)の一色なのに草木の葉が色とりどりに変るという論理をふまえる。↓二五七。▽「露置けば

441
紫苑《しをに》　　　　　　　　　　　　よみ人しらず
ふりはへていざ古里《ふるさと》の花見むと来《こ》しをにほひぞうつろひにける

442
竜胆《りうたむ》の花《はな》　　　　　　　　友《とも》　則《のり》
わが宿《やど》の花《はな》ふみしたく鳥《とり》うたむ野《の》はなければやこゝにしも来《く》る

443
尾花《おばな》　　　　　　　　　　　　よみ人しらず
有《あ》りと見てたのむぞ難《かた》きうつせみの世《よ》をばなしとや思(おもひ)なしてむ

444
牽牛子《けにごし》　　　　　　　　　　矢《や》田《た》部《べの》名実
打《う》ちつけに濃《こ》しとや花の色を見むを(お)くしらつゆの染《そ》むる許(ばかり)を

草木の気色変りて…秋と知らるる」(為賢注)。

441　わざわざ、さあなつかしい古里の花を見ようとやって来たのに、花の美しさが衰えてしまったことだ。○紫苑(しをに)　「来しをにほひ」によみ込む。シオン、キク科の多年草。○ふりはへて　↓三。○見むと　「と」↓四三七。○にほひ　ここは視覚的な花の美しさか。○ける　↓四三〇。▽古里の花↓四三。「花を恨みたる心なり」(両度聞書)。

442　わたくしの家の庭の花を荒々しく踏みつける鳥をうち払おう。野原には花がないのでここにばかり来るのかねえ…。○竜胆の花　「鳥うたむ野はなけれ」によみ込む。リンドウ、ニガナともいう多年草。中世注は「りうだむ」とも示す。○ふみしたく　音がするほどに踏み伏せなびかしての意。「したく」は清音。中世注は「ふみしだく」とも示す。○うたむ　「うつ」は、瞬間的に勢いよく当てたり驚かしたりするの意。○こゝにしも　「し・も」と強調表現が重なって強い強調の表現。

443　この世には実在と見て頼りにするものなど稀(まれ)だ。むしろはかないこの世そのものを実在でないと見なしておこうかなあ。○尾花　「世をばなし」によみ込む。ススキの花穂、穂の出たススキ。秋の七草の一つ。○有り　存在するの意。↓四一一。○たのむ　↓二九三。○うつせみ　↓七三。○世　↓三四三・九三三。○思なしてむ　「おもひなす」↓四二四。「つ」(て)は意志的動作の確認の表現。▽仏教的無常観をふまえる。↓九四二。

444　けにごしの花をふと見て、なるほど濃いなあとその花の色を見なすだろうかなあ。置いている露が染めているだけのことなのだが。○牽牛子　「打ちつけに濃し」によみ込む。けんごし、アサガオ。本草和名「牽牛子　阿佐加保」。○打ちつけに　突然にの意の「打ちつけに」(↓一六三)となるほどの意の「げ(実)に」を掛ける。▽↓四四〇。

445
二条后《の》、春宮《(とうぐう)》の御息所《みやすん(どころ)》と申《(まうし)》ける時に、めどに削花《けづりばな》挿《さ》せりけるを、よませ給《たま》ひける

文屋康《やす》秀《ひで》

花の木にあらざらめども咲《さ》きにけりふりにしこのみなる時も哉《(かな)》

446
忍草《しのぶぐさ》

紀《きの》利《とし》貞《さだ》

山たかみ常《つね》に嵐《あらし》のふく里《さと》はにほひもあへず花ぞちりける

447
やまじ

平篤《あつ》行《ゆき》

ほとゝぎす峰の雲にやまじりにしありとは聞《き》けど見るよしもなき

448
唐萩《からはぎ》

よみ人しらず

空蟬《(うつせみ)》のからは木ごとにとゞむれど魂《たま》の行《ゆく(へ)》ゑを見ぬぞかなしき

445 花の木ではございませんが花が咲きましたことです。この木に古くなってしまった「木の実」が結実する時でもあればよいと存じますが—年老いてしまったわが「身」が栄進する時でもあればよいとも存ずる次第です。○二条后… →八。○めど 「あらざらめど」によみ込む。蓍、メドハギ。夏のころ紫色を混えた白い小さな花をつける。名義抄「蓍 メド・メドハハギ」。馬道《うめど》とする説もある。古今伝授三木の一つ。○削花挿せりける メドハギの茎に造花をつけたの意か。○花の木 →九二。○ふりにし 「ふる」は古びるの意と年老いるの意を掛ける。○このみ 「木の実」と「此の身」を掛ける。○も哉 願望の表現。▽→八。

446 山が高いのでいつも激しい風が吹く里は、美しく咲き盛ることができずに花が散ることであるよ。○忍草 「嵐のふく里」によみ込む。→二〇〇。○山たかみ ミ語法→三。○嵐 →二四九。「花なき里」(→九)をふまえて「(常に)有らじ」を掛けるか。○にほひ →四二一。○あへず 「あふ」は、すっかり…するの意。▽山の花は元来美しく咲く(九〇番以下・花の歌群)のにとの前提がある。

447 ほととぎすは、山の峰にかかる雲に分け入ることになってしまったのか。確かにいると声では知るけれど姿を見る手だてもないことだ。○やまじ 「雲にやまじり」によみ込む。ユリ科のハナスゲ(花菅)。中世注は「やまし」とも示す。名義抄「児草 ヤマシ」。○まじりにし 「まじる」は混ざる、交ざるの意。○あり →四四三。○よし →三四七。▽ほととぎすは山のもの(巻三・夏部)。

448 蟬の抜け殻《らが》は木々に残してあるように、むなしい亡骸《なきがら》は棺《ひつぎ》に残してあるけれど、その魂の行方をまったく知らないのは悲しいことだ。○唐萩 「からは木ごと」によみ込む。不明。萩の一種ともいう。○空蟬 蟬の意とはかな

449　川菜草《かはなぐき》　　深《ふか》養《や》父《ぶ》

うばたまの夢に何《なに》かはなぐさまむ現《うつゝ》にだにも飽《あ》かぬ心を

450　さがりごけ　　高《たか》向《むこの》利《とし》春《はる》

花の色はたゞ一《ひと》さかり濃《こ》けれども返《（かへす）》〳〵ぞ露《つゆ》は染《そ》めける

451　苦竹《にがたけ》　　滋《しげ》春《はる》

命《いのち》とて露《つゆ》をたのむに難《かた》ければ物わびしらに鳴《な》く野《の》べの虫《むし》

452　皮茸《かはたけ》　　景《かげ》式《のりの》王《おほきみ》

さ夜ふけて半《なか》ばたけ行《（ゆく）》久方の月ふきかへせ秋の山かぜ

いの意を掛ける。→七三。〇から　抜け殻の意と亡骸の意を掛ける。〇木　「木」と「棺(き)」を掛ける。

449　夢でいったい何が慰むだろうか。現実にすらも満足しない心なのだよ。不明、古今伝授の秘伝の一つ。〇川菜草　「何かはなぐさまむ」によみ込む。〇うばたまの　夢・黒・闇などの枕詞。「むばたまの」に同じ。〇現　夢・死などに対する現実。名義抄「覚・現　ウツツ(ナリ)」。〇だにも　「だに」は限定の表現。〇飽かぬ心を　「あく」→三七。「を」は強調の表現。▽恋の歌(延五記)。

450　垂れ下がるさがりごけの花の色はただ一度の盛りに濃いけれど、繰り返し繰り返し露が染めたことだ。〇さがりごけ　「一さかり濃けれ」によみ込む。中世注は「さがりこけ」とも示す。サルオガセか。和名抄「松蘿　佐流平加世」。〇一さかり　「一盛り」(→七七)と「一下り」を掛ける。〇返〳〵　何度も、念入りにの意。〇染めける　「けり」は印象を新たにした表現。▽→四四〇。

451　命として露を頼りにしにくいので、なんとなくくじけて鳴いている野の虫よ。〇苦竹(にがたけ)　「たのむに難けれ」によみ込む。マダケ又はメダケの異名。茸の一種ともいう。〇命とて　生きる力としての意。「とて」は手段の表現。〇たのむに難ければ　露は消えるものではかなさの代表的景物なのでいった表現。「たのむ」→二九三。〇物わびしらに　なんとなく気落ちした状態での意。「ら」は状態の表現。▽→一九九・八六〇。

452　夜が更けてゆき夜半も過ぎて西に傾いて行く月を吹き返してくれ、秋の山風よ。〇皮茸(かはたけ)　「半ばたけ行」によみ込む。竹の類。茸の類とも。〇半ば　一夜の丁度半分の意。〇たけ行　闌け行く、盛りを過ぎること。〇久方の　→一八四。〇山かぜ　山の激しい風。→二四九・四四六。▽宴席の詩で日の沈むのを留めたいとする発想に通じる。

蕨《わらび》

453 煙たちもゆとも見えぬ草の葉《は》を誰《たれ》かわらびとなづけ初《そ》めけむ

真静《せい》法師《し》

笹《さゝ》　松《まつ》　枇杷《びは》　芭蕉葉《ばせをば》

紀《きの》乳母《めのと》

454 いさゝめに時待《ま》つ間《ま》にぞ日は経《へ》ぬる心ばせをば人に見えつゝ

梨《なし》　棗《なつめ》　胡桃《くるみ》

兵衛

455 あぢきなし嘆《なげ》きな詰《つ》めそ憂《う》き事にあひくる身をば捨《す》てぬものから

唐琴《からこと》と言《い》ふ所にて、春の立《た》ちける日、よめる

安倍清行朝臣

456 浪のを《（お）》との今朝《けさ》から異《こと》にきこゆるは春のしらべや改《あらた》まるらむ

453 芽生えはするけれど、煙が立って燃えているようにも見えない草葉を、いったい誰が「蕨」すなわち藁を燃やす火の「藁火（わらび）」と初めに名付けたのだろうか。○蕨　「わらび」によみ込む。「わらび」は「藁火」と「蕨」を掛ける。○もゆ　「燃ゆ」と「萌ゆ」とを掛ける。○とも見えぬ　…と自然には見なされないの意。「…と見ゆ」は見立の表現「…と見る」の自発の表現。

454 かりそめにその時を待っているそのあいだに、日は経ってしまった。わたくしの気持をあの方にたびたび見えるようにしていながらも。○笹・松・枇杷・芭蕉葉　「いさゝめ」（笹）、「待つ」（松）、「日は」（枇杷）、「心ばせをば」（芭蕉葉）によみ込む。○いさゝめ　ほんの一時的の意。万葉語。「微・聊」の訓読。中世注は「いさざめ」と示す。○時　逢う又は契るまさにその時の意。○心ばせ　心の動き、心づかいの意。○見えつゝ　「みゆ」は自然に相手に見えるようにするの意。「つつ」は反復の表現。▽恋の歌（両度聞書）。「人」を世間の人と取れば（古柏）、世間に知られながら恋が成就しないの意になる。

455 仕方ないことだ。嘆いて突き詰めるなんてしないでおきなさい。つらいことに出合って来たその身を捨てはしないのだし。○梨・棗・胡桃　「あぢきなし」（梨）、「な詰めそ」（棗）、「くる身」（胡桃）によみ込む。この三種は信濃国の例年の貢物（三代実録・光孝紀）。○あぢきなし　思うようにならないの意。○な詰めそ　最後までするなの意。重ねるなと解する説もある。「な…そ」→一七。○事に　中世注は「ごとに」とも示す。○ものから　理由の表現。▽万葉集十六「なしなつめ君にあは継ぎはふ葛の後も逢はむとあふひ花咲く」。

所の名　八首

伊加賀崎《いかゞさき》　兼《かね》覧《みの》王《おほきみ》

457 楫《かぢ》にあたる浪のしづくを春なればいかゞさきちる花と見ざらむ

唐崎《からさき》　阿《あ》保《ぼの》経《つね》覧《み》

458 かの方《かた》にいつから先《さき》に渡《わた》りけむ浪路《ぢ》は跡《あと》ものこらざりけり

伊　勢

459 浪の花沖《おき》からさきてちり来《く》めり水の春《はる》とは風やなる覧

紙屋川《かみやがは》　貫《つら》之《ゆき》

460 うばたまのわが黒髪《くろかみ》やかはるらん鏡《かゞみ》の影《かげ》に降《ふ》れるしらゆき

456　波の音が今朝から違って琴のように聞こえるのは、春の調べが新しくなったのだろうか。○唐琴　「今朝から異に」によみ込む。地名「からこと」を唐の琴、中国伝来の琴と見なして、琴とその調べをいう。○異に　特に違っての意の「異に」と「琴に」を掛ける。○しらべ　音律の調子、音階の意。○改まるらむ　「あらたまる」↓二八。「らむ」↓八四。▽立春の日(↓一)から全て改まって新しくなる。楽器に春・秋の二種の調があった。

457　櫂(ｶｲ)に当る波のはね飛ぶ滴を、今は春だから、どうして、立っては消える白波ならぬ咲いては散る花とは見ませんでしょうか。○伊加賀崎　「いかゞさきちる」によみ込む。○楫　↓一七四。○いかゞ　↓四三。○さきちる　「咲き散る」と波が立っては消える意の「さきちる」を掛ける。

458　舟はあちらの方に何時(ｲﾂ)から、先に渡ったのだろうか。波の上の舟の通る道筋は、舟の渡った航跡も残っていないなあ。○唐崎　「いつから先に」によみ込む。○いつから先に　先んじていつからの意。いつより前にと解する説もある。

459　波が沖から白く立っては消えて寄せて来るのは、まるで波の花が沖から咲いては散って寄せて来るようだ。花は春が咲かせるものだが、風が「水の春」の役割を果して、波の花を咲かせているのだろうか。○浪の花　↓二五〇。○沖からさきて　「唐崎」をよみ込む。○さきてちり　↓四五七「さきちる」。○水の春　「水の秋」(↓三〇二)に対応する。○なる覧　「な(成)る」は別の状態になること。「らむ」↓八四。

460　わたくしのこの黒髪が成り変っているのだろうか。鏡に映るわが姿に降り懸っているこの白雪の髪よ。○紙屋川　「黒髪やかはる」によみ込む。○うばたまの　↓四四九。○影　映っている姿。映像の雪景色とする説もある。○しらゆき　白髪

461 淀川《よどがは》

あしひきの山辺にをれば白雲のいかにせよとか晴《は》るゝ時なき

462 交野《かたの》

夏草のうへは繁《しげ》れるぬま水のゆく方のなきわが心哉

忠《たゞ》　岑《みね》

463 桂宮《かつらのみや》

秋くれど月の桂《かつら》の実《み》やはなるひかりを花とちらす許《（ばかり）》を

源　忠《ほどこす》

464 百和香《（はくわかう）》

花ごとに飽《あ》かず散《ち》らしゝ風なればいくそばくわが憂《う》しとかは思《（おもふ）》

よみ人しらず

を雪に見立てた表現。▽↓八・三四二。

461 山辺にこうして住んでいると、白雲が、どうしろというわけでか晴れる時もないのだよ。○淀川（よどがは）「せよとか晴るゝ」によみ込む。「よどむ」を出す表現。↓一七二。○あしひきの ↓五九。○山辺にをれば 漢語「山居」（「家居」に対する）に当る。○白雲の ↓三七二。▽「山家の様なり。山居を雲の立ちこめたらん、哀れ深くこそ」（十口抄）。

462 夏草が表面には覆い茂っている沼、その沼の水が流れ出て行くすべもないように、晴れ行くすべのないわたくしの心だなあ。○交野 「ゆく方の」によみ込む。○ぬま 「沼とは流れぬ水の深くたまれるを言ふ」（能因歌枕広本）は漢語「沼」の意味に当る。○ゆく 流れ行くの意と心が晴れゆくの意を掛ける。○方 方向、手段などの意。

463 秋が来るけれど、月に生える桂の実は成るのかね、成りはしないさ。せいぜいのところ桂の光を花として散らすだけだよね。○桂宮 「桂の実やは」によみ込む。○月の桂 ↓一六四。○実やは 「やは」は反語の表現。○許を 「を」は強調の表現。▽ここは「月の桂」なので、出典としては玉台新詠九・童謡歌二首「桂樹華不ㇾ実」を取らない。

雑の名 五首

464 それぞれの花一つ一つに十分にわたくしが満足しないままにその花を散らした風なので、どれほどにわたくしがつらいと思っていることか。○百和香 「いくそばくわが憂し」によみ込む。香の一種。杜甫・即事「花気渾如二百和香一」。○いくそばく 量・程度の多いことをいう。▽「強く風をうらみたるよしなり」（栄雅抄）。↓八七。

465 春霞よ、その中に通う道がないならば、秋に来る雁は春に帰らないであろうに。○墨流（すみながし） 「春霞中し」によみ込む。墨を水に流して

465 墨流《すみながし》　滋《しげ》春《はる》

春霞中《なか》し通《かよ》ひ路《ぢ》なかりせば秋くる雁《かり》は帰《かへ》らざらまし

466 を《(お)》き火　都《みやこの》良《よし》香《か》

流《(ながれ)》いづる方だに見えぬ涙河沖《おき》ひむ時や底《そこ》はしられむ

467 粽《ちまき》　大江千里

のち蒔《ま》きのを《(お)》くれて生《お》ふる苗《なへ》なれどあだにはならぬたのみとぞ聞《き》く

468 はを初《はじ》め、るを果《はて》にて、眺《なが》めを掛《か》けて、時の歌よめと、人の言《い》ひければ、よみける　僧正聖宝

花《はな》のなか目《め》に飽《あ》くやとて分《わ》けゆけば心ぞともに散《ち》りぬべらなる

紙を染める技法。○中し 「し」は強調の表現。○通ひ路 →一六八。漢語「雁路」をふまえる。○…せば…まし →一五三。▽「来る雁」は漢語「来雁」を、「帰る」は漢語「帰雁」をふまえる。→三一・二〇八。

466 流れ出て来る方向さえ見えない涙川は、沖が干上る時に川底を知り得るように、涙の乾くかもしれない時、悲しみのまことの深さが分るだろう。○をき火 「沖ひむ」によみ込む。灰中のおこった炭火。新撰字鏡「煨 熱灰也。於支比」。○涙河 涙を川に見立てた表現。杜甫・得舎弟消息「猶有ニ涙成レ河」。○沖 「へ(端・岸辺)」の対。○ひむ 「ひる」は流水がなくなるの意と涙の出つくすの意を掛ける。「む」は婉曲・仮定の表現。○底 川底の意と悲しみの真実の奥深い所の意を掛ける。○しられむ 「しる」→四二八。「る」(れ)は可能の表現。▽「心は恋なり」(延五記)。

467 これは遅蒔(ま)きで、遅れて育つ苗ではあるけれど、無駄に実りはしない「田の実」であって、「頼み」効(が)いのあるものと聞いている。○粽 「のち蒔き」によみ込む。練った米粉などを笹などで包んで蒸した食物。和名抄「粽 知万木」。○あだ →六二。○ならぬ 「なる」は「実(な)る」と「成る」を掛ける。○たのみ 稲の実の意の「田の実」と「頼み」(→二九二)を掛ける。▽論語・子罕「子曰。苗而不レ秀者有矣夫。秀而不レ実者有矣夫」。

468 花の中を目には満ち足りるかと分け入って行くと、心の方は花と共に、花が散るように乱れてしまいそうだ。○はを初め… 「は」は歌の第一字に「る」を歌の終り字にの意。○眺めを掛けて 「ながめ」(→三二六)をよみ込んでの意。○時の歌 その季節すなわち春の歌。○飽く →三七。○散りぬべらなる 「ちる」は花が散るの意と心が乱れるの意を掛ける。「べらなり」→二三。

古今和歌集巻第十一

恋歌一

題しらず　　読人しらず

469 ほとゝぎす鳴《な》くやさ月のあやめ草あやめも知《し》らぬ恋《こひ》もする哉《(かな)》

素性法師

470 を《(お)》とにのみきくのしら露《つゆ》夜《よる》はおきて昼《ひる》は思ひにあへずけぬべし

恋の部は、「つまを恋ひ」(→かな序十六頁)する歌を集める。「恋ふ」は、離れていて慕う心を、親子・友人の場合も含めていう(→三七〇)が、ここには、結婚相手を男女ともにいう「つま」に対するものを集める。万葉集の「相聞」、芸文類聚・人部などの「閨情」の系譜を引く。巻十一・巻十二(恋一・恋二)は、契りを結ぶまでの、逢わずして慕う恋の歌。

逢わずして慕う恋　一四七首

〈音に聞く恋〉　七首

469 ほととぎすが、そら、鳴いている、この夏五月の「あやめ草」よ。そのあやめ草の「あやめ」という名のように筋目も分からない恋までもするものだなあ。〇ほとゝぎす　「さ月」すなわち陰暦夏五月のもの(→一三五)。万葉集以来恋い慕うものとしてよむ(→一四三・四九九)。〇鳴くや　「や」は呼び掛け、整調の表現。〇さ月のあやめ草　同音反復で四句「あやめ」を出す。あやめ草は五月を代表する景物。新撰万葉集上・夏の詩「五月昌蒲素得ㇾ名」。万葉集十八・四一〇一「ほととぎす来鳴く五月のあやめ草…」。五月五日の節会の菖蒲草の鬘(かずら)の制(天平十九年五月五日詔・延喜太政官式)をふまえる。〇あやめ　綾目・文目で、ここは筋道の意。〇恋もする哉　万葉集に例の多い「恋もするかも」に当る表現。▽万葉集四・六七五「かつても知らぬ恋もするかも」をふまえるとする説もある。「恋する心地のほれぼれとして、綾の目も見分かぬと言ふなり」(栄雅抄)。恋の初めの歌(両度聞書)。恋部の冒頭の歌として末尾の八二八番の歌と共に、恋を宿命的なものと見る古今人(びと)の思いを示唆する。

470 あの人を噂(うわさ)にだけ聞いていて、あの名高い菊の白露が夜は置きながら昼は日の光に耐えられず消えてしまうように、夜は起きていて昼は恋の思いに絶え入りそうです。〇をと　噂の意。

471
吉野河《よしの》いはなみ高《たか》く行《(ゆく)》水のはやくぞ人を思《(おもひ)》そめてし
紀貫《つら》之《ゆき》

472
白浪の跡《あと》なき方に行《(ゆく)》舟も風ぞたよりのしるべなりける
藤原勝臣

473
を《(お)》とは山を《(お)》とに聞《きゝ》きつゝ相坂《(あふさか)》の関のこなたに年をふる哉
在原元《もと》方《かた》

474
立《(たち)》かへりあはれとぞ思《(おもふ)》よそにても人に心をおきつしらなみ

○きく 「聞く」と「菊」を掛ける。○夜 →五四三。○おき 「置き」と「起き」を掛ける。○思ひ 「(おも)日」と「思ひ」を掛ける。○あへずけぬべし 「あふ」→七。「け(消)」(→三二)は、露などが消えるの意と死ぬ意を掛ける。名義抄「消・死・滅 キユ」▽菊の露→二七三。

471 吉野川が岩に当り波高く流れて行く、その流れる水は速いというが、なんと早くあの人を思い初めてしまったことだ。○吉野河 →一二四。○はやく 水流が「速く」の意と時間的に「早く」の意を掛ける。○思そめてし 「そむ」を「染む」と見て、すっかり恋したと解する説もある。▽「岩波高くとは…思ひのたぎる心なり」(両度聞書)。

472 白波の跡も残っていない方向に行く舟でも、風だけが頼りになる案内者なのだ。○白浪の跡 舟の通ったあとにできる白い波。○たより 手づる、ついでの意。○しるべ →三。○なりける →三七。▽風が恋の便りをしてくれる(風信→三)の意。「舟も風を便りにするごとく…言ひ寄らんとなり」(栄雅抄)。

473 「音羽山」の「音」という名のようにあの人を噂《(うわさ)》にだけ聞きながらも、「逢う坂」という名ながら逢えないままに、この逢坂の関のこちら側で年月を過すことです。○をとは山 →一四三。○をと →四七〇。○相坂の関 →三七四。○こなた 京都側をいうか。▽「逢ふ」はぴったり寄り合うの意で、恋の成就、契りを結ぶの意でもある。

474 繰り返してああ恋しいとそう思います。遠くからでもあの人に心を寄せてしまったことです、寄せては返すあの沖の白波のように…。○立かへり 繰り返しての意と寄せては返しての意を掛ける。○よそ →三七。○おきつ 心を寄せたの意の「置きつ」と「沖つ」を掛ける。

475 世中《よのなか》はかくこそありけれ吹風《ふく》の目《め》に見ぬ人もこひしかりけり

貫《つら》之《ゆき》

右近の馬場《むまば》の引折《ひをり》の日、向《むか》ひに立《た》てたりける車《くるま》の下簾《したすだれ》より、女の顔《かほ》の、ほのかに見えければ、よむで、遣《つか》はしける

在原業平《なりひらの》朝臣

476 見ずもあらず見もせぬ人の恋《こひ》しくはあやなく今日《けふ》やながめ暮《くら》さむ

返し

よみ人しらず

477 知《し》る知《し》らぬ何《なに》かあやなく分《わ》きて言《い》はむ思《おも》ひのみこそしるべなりけれ

475 世の中とはこういうものだったのですね。目に見えない吹く風のように、姿を目に見ない人も恋い慕わしいものなのです。○世中　恋部ではまず男女の仲をいう。→九三三。○けり　→四三〇。

〈**ほのかに見て恋う**〉四首

476 まったく見ていないのでもなく、ちゃんと見たわけでもないその人が恋しいので、わけも分らずに今日はもの思いに沈んで暮すことでありましょうか。○右近　右近衛府《うこんえふ》の略。大内裏西北隅のあたりにあった。○引折の日　不明。五月五日・六日の近衛真手結《まてつがい》の日ともいう(袖中抄)。○下簾　牛車《ぎっしゃ》の前後の簾の内側の垂れ布。○ほのかに　確かに存在するものがうっすらとわずかに現われるさまをいう。名義抄「彷彿　ホノカナリ」。○恋しくは　「は」は強調の表現。○あやなく　→四一。○ながめ　→三六。▽一、二句は、「ほのかに見たる心」(両度聞書)で、四七五番の歌でいう「目に見ぬ人」に対応する表現。「見る」は、ここは単に見るの意であるが、判断する、経験する、逢う、契る、世話をするの意まで幅広く使われる。伊勢物語九十九段。

477 知るとか知らぬとか、どうしてわけも分らずにわざわざ区別しておっしゃるのでしょうか。あなたが恋い慕うというその「思い」の「火」こそが道しるべでございましょうがねえ…。○知る知らぬ　「見ずもあらず見もせぬ…に対してよめり」(延五記)。○思ひ　「思ひ」と情熱の「(おも)火」を掛ける。▽「知る」は、「見る」(→四七六)と同じく、認識する、関心をもつ、逢う、契る、世話をするなど広く使われる(→一四)。漢詩にも心の動きを火にたとえて表現する。白氏文集十・朱陳村「悲火焼㆓心曲㆒。愁霜侵㆓鬢根㆒」。伊勢物語九十九段。

478 春日野の雪を押し分けて芽生え育ってくる草がちらっと見えるように、ちょっとながら確

478
春日祭《かすがのまつり》にまかれりける時に、もの見に出《い》でたりける女のもとに、家を尋《たづ》ねて遣《つか》はせりける

壬《み》　生《ぶの》　忠《たゞ》　岑《みね》

春日野《かすがの》の雪間《ま》をわけて生《お》ひいでくる草のはつかに見えしきみはも

人《ひと》の花摘《つ》みしける所にまかりて、そこなりける人のもとに、後《のち》に、よみて、遣《つか》はしける

貫《つら》　之《ゆき》

479
山ざくら霞の間《ま》よりほのかにも見てし人こそ恋《こひ》しかりけれ

題しらず

元《もと》　方《かた》

480
たよりにもあらぬ思《おも》ひのあやしきは心を人につくるなりけり

凡　河　内　躬《み》　恒《つね》

481
初雁《はつかり》のはつかに声《こゑ》をきゝしより中空《なかぞら》にのみ物を思《(おもふ)》哉

かに見たあなたですよ…。○春日祭　陰暦春二月・冬十一月の奈良の春日神社の勅使の出る祭事(延喜神祇式)。→三五七・三六三。○もの見　祭事の見物の意。○遣はせりける　使いを出して歌をやったの意。○雪間　雪の中の意。雪のない所とする説もある。○はつかに　わずかに、ちょっとの意。○きみはも　「はも」は回想的・追憶的な深い詠嘆の表現で、万葉集に例が多い。

479　山桜が霞のあいだからわずかに見えるように、わずかながら見定めたその人が恋い慕わしいことですよ。○人の　ある女性がの意。○そこなりける…　そこに居た女性の家族の人にの意。○ほのかに　→四七六。○見てし人　「つ」(て)は意志的行為の確認の表現。「き」(し)は確かな体験の記憶の表現。▽三句までは、いっそうの見たさを誘うこととしていう。→九九。

〈**ひそかに恋う**〉　二十八首

480　先方に伝言する使いでもない「思い」が使いでもあるかのように不思議なのは、その「思い」の「火」がわたくしの心を運んであの人に付き添わせることです。○たより　届けること。→一三。○思ひ　→四七七。○あやしき　不思議で心をひかれるの意。○つくる　対象に付着させ一体にするの意。「告ぐる」を掛けるか。○なりけり　→三七。▽この「こころ」と「思い」は漢語の「心」と「情」に当る。→七。まな序注一「託」。

481　初雁の声をちらっと聞くように、ちらっとお声を聞いたあの時から、うわの空でばかりもの思いをしていることです。○初雁の　同音反復で「はつかに」を出す。→二〇六。○はつかに　→四七八。○中空に　空中に浮いての意。中ぶらりんの状態。

482　逢うことは、雲がはるかになるように到底手が届かず、遠く鳴り響く雷を聞くように、遠い噂《(さうわ)》に聞いては恋い続けることです。○逢

482 逢《あ》ふことは雲居《くもゐ》はるかになる神のを《(お)》とにきゝつゝ恋《こ》ひわたる哉

貫《つら》之《ゆき》

483 片糸《かたいと》をこなたかなたによりかけてあはずは何《なに》を玉《たま》の緒《を》にせむ

読人しらず

484 ゆふぐれは雲のはたてに物ぞ思《(おもふ)》あまつ空《そら》なる人を恋《こ》ふとて

485 刈《かり》こもの思《(おもひ)》みだれて我恋《こ》ふと妹《いも》しるらめや人し告《つ》げずは

ふ →四三。○雲居はるかに 初句を受け、「なる」「聞く」に係る。「雲居」(→三五八)は鳴る神の縁。「はるかに」は、遠く離れての意と遠くて逢えないの意を掛ける。○なる神 雷のこと。「成る」を掛ける。○をと →四七〇。▽万葉集十一「天雲の八重雲隠り鳴る神の音のみにやも聞きわたりなむ」。

483 片糸をこちらの方にあちらの方にと次々によりかけて糸をより合せ、それでもうまくより合わない時は、いったい何をもって玉を貫く緒にしましょうか。○片糸 より合わす前の細糸。○あはず 糸をより「合はず」と「逢はず」を掛ける。○玉の緒 玉を貫く緒、魂を身体につなぐ緒、命などの意。「緒」(→五〇三)は糸の縁。▽こうもしてああもしてと心を尽しても、あの人に逢わないのなら、わたくしが生きる力となるものがないの意。

484 夕暮には、雲の果を眺めてもの思いにふけるのです。天上はるかにいるような、手の届かないあの人を恋い慕うということで。○はたて 限界、果ての意。○あまつ空なる人 はるか及びもしない人。貴人とする説もある。▽「夕暮」は「宵」(→五一六)と共に、男女が逢う基本的な時間帯。「夕暮にもの思ふさまなり」(十口抄)。玉台新詠一・枚乗雑詩九首「美人在二雲端一。天路隔無レ期」。

485 刈り取った菰(こも)が乱れるように思い乱れてわたくしが恋い慕っていると、あの女(ひと)は知っているでしょうか。誰も人が告げないでいては。○刈こもの 「乱る」を出す表現。万葉集に例が多い。ここはそのような関係になる願いをこめて言ったか。中世注は「かりごも」とも示す。○妹 親密な関係の女を男が呼ぶ表現。万葉語。○しるらめや 「しる」→一四。「らめや」は反語の表現。○人し 「し」は強調の表現。

486 つれないあの人のことを、ほんとに憎らしいことに、白露の置く朝に起きてはため息をつ

486 つれもなき人をやねたく白露《しらつゆ》のおくとは歎《なげ》き寝《ぬ》とはしのばむ

487 ちはやぶる賀茂《かも》の社《やしろ》の木綿《ゆふ》だすき一《ひと》日も君をかけぬ日はなし

488 わが恋《こひ》はむなしき空《そら》に満《み》ちぬらし思《(おもひ)》やれども行《(ゆく)》かたもなし

489 駿河《するが》なる田子《たご》の浦《うら》浪たゝぬ日はあれども君を恋《こ》ひぬ日はなし

いて悲しみ、夜寝ては面影を思い慕うのでしょうか。○つれもなき 「つれなし」は反応のない、無情なの意。「も」は強調の表現。○ねたく 相手にすげなくされて残念な気持をいう。挿入句。○おく「置く」と「起く」を掛ける。▽「かく情なき人を、ねたくも嘆き慕ふかなの心なり」(教端抄)。

487 賀茂神社の「ゆうだすき」は、一日とてそれを神官たちが掛けて神に奉仕しない日はありません。同様に、一日とてあの人を心に懸けて慕わない日はないのです。○ちはやぶる →二五四。○賀茂の社 京都の賀茂神社。伊勢神宮に次いで重んじられた(令集解・職員令古記)。大祀の践祚大嘗祭に次いで新嘗祭などと共に中祀とされ、平安時代には単に「祭」といえばこれをいう。○木綿だすき 楮(こうぞ)の木の皮の繊維で作った木綿(ゆう)のたすき。神への奉仕に掛ける。○かけぬ 「かく」は、たすきなどを「掛く」と心を「懸く」を掛ける。

488 わたくしの恋い慕う思いがどうも虚空に充満してしまったらしい。思いを遣(や)ろうとするけれどその思いの行く方向もないのです。○むなしき空 大空。漢語「虚空」に当る。▽思いを相手に伝えようとしたが空しい結果に終り、もうどうしたらよいか判らないの意。「下句はただ思いの不レ達のよしなり」(両度聞書)。

489 駿河国に有る田子の浦の波が立たない日はあっても、あの人を恋い慕わない日はありません。▽万葉集十五「からとまり能許の浦波立たぬ日はあれども家に恋ひぬ日はなし」など類想歌が多い。「AはCだが、BはCでない」という形式の民謡的発想から生れたか。「駿河国田子の浦は…波絶えず立つ所」(密勘顕注)。

490 夕月がさしているあの岡のあたりの松の葉が、あれは何時(いつ)のものこれは何時のものと区別がつかないように、いつも変らない恋をする

490 ゆふづく夜さすや岡辺《をかべ》の松の葉《は》のいつともわかぬ恋《こひ》もするかな

491 あしひきの山した水の木《こ》隠《がく》れてたぎつ心をせきぞかねつる

492 吉野河岩《いは》きりとお《(ほ)》し行《(ゆく)》水のを《(お)》とにはたてじこひは死《し》ぬとも

493 たぎつ瀬《せ》の中《なか》にも淀《よど》はありてふをなどわが恋《こひ》の淵瀬《ふちせ》ともなき

ことであるよ。〇ゆふづく夜　→三二。〇さすや「や」→四六九。〇いつともわかぬ　松の葉が何時のものと特定できないの意と常に変らないの意を掛ける。▽「松は常盤(ときは)のものなれば、いつとも分かずと言はむとて続けたるなり」(顕注)。

491 山陰の水が木陰に隠れて激しく流れるように、心の奥底の激しく恋い慕う思いは塞(せ)き止めようとしても塞き止められないことです。〇あしひきの　→五九。〇山した水　山陰を流れる水の意。〇木隠れて　表立たない状態の比喩表現。〇たぎつ　激しく流れるの意と、激しく恋い慕うの意を掛ける。中世注は「たきつ」とも示す。〇心　流れの本性の意の「心」と恋の「心」を掛ける。〇かねつる　「かぬ」はしようとしてできないの意。「つ」(つる)は作為的行為の確認の表現。▽万葉集十一「言(こと)に出でて言はばゆゆしみ山川のたぎつ心を塞(せ)かへたりけり」。

492 吉野川の岩を切り通して流れる水が激しい音を立てる、その音のように表立って噂(うわさ)になるようなことは致しますまい、たとえ恋い焦がれて死ぬとしても。〇吉野河　→一二四。〇岩きりとおし　岩を貫き通しての意。中世注は「ぎりとほし」とも示す。〇をと　「音」と噂の意(→四七〇)を掛ける。表立った行動とする説もある。▽「忍びたる心」(教端抄)。万葉集十一「高山の岩本たぎち行く水の音には立てじ恋ひて死ぬとも」。

493 激しく流れる早瀬にでも浅くて流れの淀(よど)む所はあるといいますのにねえ、どうしてわたくしの恋の思いは、淵や瀬のけじめがなくてただ激しいばかりなのですか。〇淀　名義抄「淀　ヨドム・アサキミツ」。〇てふを　「てふ」→三六。「を」は強調の表現。〇淵瀬とも　流れの淀む淵と流れの急な瀬と共にの意。「と」は万葉集三・三五「天地と長く久しく」の「と」に同じ。「も」は強調の

494 山たかみ下《した》ゆく水のしたにのみ流《(ながれ)》て恋《こ》ひむ恋《こ》ひは死《し》ぬとも

495 思《(おもひ)》いづるときはの山の岩《いは》つゝじ言《い》はねばこそあれ恋《こひ》しき物を

496 ひと知《し》れず思《おも》へばくるし紅のすゑつむ花のいろに出《い》でなむ

497 秋の野のお花《(を)ばな》にまじりさく花の色にや恋《こ》ひむ逢《あ》ふよしをなみ

表現。▽「わが思ひのたぎつよしなり」(十口抄)。

494 山が高いので山陰を流れる水が麓(ふもと)の方にばかり流れるように、心の内でばかり泣かれて恋い慕うでしょう。たとえ恋い死にするにしても。○山たかみ　ミ語法→三。○下ゆく水　「山下水」に同じ。→四九一。○したに　空間的な下こでは下流の麓にの意と心の中での意を掛ける。○流て　「流れ」と「泣かれ」を掛ける。「泣かれ」の「る」(れ)は意志もないのにそうなる自発の表現。○恋ひは死ぬ　「恋ひ死ぬ」の強調表現。

495 思い出す時は、「常磐(ときは)」山の岩つつじのように目立つことがなくて、ことばに出して言わないからこそ人には分らないことではあるが、やはり恋しいのですよ。○ときは　「時は」と山の名「ときは(山)」を掛ける。常磐→二四。万葉集十二・三〇三六「思ひいづる時はすべなみ…」。○岩つゝじ　岩の間などに小花を咲かせるツツジ。図書寮本名義抄「羊躑躅　伊波豆々之」。同音反復で「言はねばこそ」を出す。○言はねばこそあれ　言わないからこそ人には知られないでいるけれどの意。▽常に変わらないことをいう「常磐」と、ひっそり咲く「岩つつじ」とが一首全体の印象になる。

496 人知れずに思っているとたまらなく苦しいのです。紅色のすえつむ花の色のように、表に出してしまおう。○すゑつむ花　紅花の異名。花は、赤黄色で紅(べに)の原料にする。○いろ　色彩の意と表面の意を掛ける。▽万葉集十「よそのみに見つつ恋ひせむ紅の末摘花の色に出でずとも」。

497 秋の野の穂の出たすすきに混じって咲いている花のように、鮮やかに目立って恋い慕いましょう、逢うてだてもないのだから。○お花　→四四三。○花　萩・おみなえし・ふじばかま・月草など。→巻四・秋上。○色　→四九六。○よしをなみ　ミ語法→三。「よし」は理由・口実・手がかりなどの意。

498 わが園《その》の梅の末枝《ほつえ》に鶯の音《ね》になきぬべき恋《こひ》もする哉

499 あしひきの山郭公《(ほととぎす)》わがごとや君に恋《こ》ひつゝ寝《い》ねがてにする

500 夏なれば宿《やど》にふすぶる蚊遣火《かやり》のいつまでわが身したもえをせむ

501 恋せじと御手洗河《みたらし》にせしみそぎ神は受《う》けずぞなりにけらしも

498 わが家の庭の梅の梢(こずゑ)で鶯があんなに声をあげて鳴くように、声を出して泣いてしまうような恋をもすることよ。○園「やど」に同じ。↓三。万葉集に多いが王朝和歌には例が少ない。○末枝　上方の枝、梢。中世注は「ほづえ」と示す。○なきぬべき「なく」は「鳴く」と「泣く」を掛ける。「ぬ」は確認強調の表現。「べし」は当然の表現。○恋もする哉　↓四六九。

499 山ほととぎすよ、わたくしと同じようにあの人をしきりに恋い慕っては寝られずにいるのか。○あしひきの　↓五九。○恋ひつゝ「つつ」は反復の表現。○寝ねがてにする　↓三二〇。▽恋い慕うほととぎす(↓四六九)を前提としながら、自分の恋心を主とする。万葉集二「古に恋ふらむ鳥はほととぎすけだしや鳴きしあが恋ふるごと」。

500 夏であるからわが家にくすぶっている蚊やり火がいつまでも炎をあげずに煙を出し続けるように、いつまでわが身は心ひそかに思いを燃やし続けるのでしょうか。○ふすぶる　煙を立てるの意。名義抄「熏・薫　フスフ」。○蚊遣火　中世注は「かやりび・かやりひ」の両者を示す。○身　↓三六三。○したもえ　くすぶるの意と心中ひそかに思うの意を掛ける。▽恋の苦しみを、蚊やり火のくすぶるのによせている(十口抄)。

501 恋い慕いは致すまいと御手洗川で致したあのみそぎを、神は結局お受けにならなかったらしいなあ。○みそぎ　川・海で罪や穢(けが)れを洗い流す神への誓願の儀式。名義抄「禊　キヨム・ハラヘ・ミソキ」。○けらしも「けらし」↓五九。「も」は強調の表現。▽恋心がやまないの意。「(伊勢)物語にては逢ひて後の歌…。ここにては不レ逢恋の部立なり」(十口抄)。伊勢物語六十五段に類歌。

502 せめて「あわれ」ということばだけでもあればと願うその「あわれ」ということばがないなら、

502 あはれてふ言《こと》だになくは何《なに》をかは恋《こひ》のみだれの束緒《つかねを》にせむ

503 思《おも》ふには忍《しの》ぶることぞ負《ま》けにける色には出《い》でじと思《（おもひ）》しものを

504 わが恋《こひ》を人知《し》るらめやしきたへの枕のみこそ知《し》らばしるらめ

505 浅茅生《あさぢふ》の小野《をの》の篠原《しのはら》しのぶとも人しるらめや言《い》ふ人なしに

いったい何を、恋い慕うわたくしの心の乱れをまとめる緒に致しましょうか―あわれと嘆くことで心がおさまるのです。○あはれ →三三。○なくは →一四。○束緒　「乱れたるものを取り集めて緒にて結ぶなり」(顕注)。「つかぬ」はまとめくくるの意。「緒」は、物をしばる、撚り合せた丈夫な繊維。▽「あはれとうち言ひて慰む心なり」(十口抄)。

503　あの人を思う心に、堪え忍ぶ心が負けてしまいましたよ。恋い慕う心を表には出すまいと思っておりましたのにねえ。○忍ぶる　心中ひそかに思いながらじっと堪えるの意。○色　顔面、表面の意。○ものを →四五。▽「人を思ふ心の、忍ぶにもまかせずなりゆくを言ふなり」(十口抄)。

504　わたくしのこの恋心をあの人が知っているであろうか。いいえ、知っているとすれば枕だけが知っているでしょう。○しきたへの　枕・床などの枕詞。「しきたへ」は敷きものにする栲(たえ)・布の類。▽「身になれぬるものは枕ならではなければ、枕のみこそとよめり」(十口抄)。万葉集以来、「枕」は独り寝の景物。万葉集四「しきたへの枕ゆくくる涙にぞ浮き寝をしける恋のしげきに」。

505　浅茅(あさぢ)の生えている所の野原の篠(しの)原よ、その「しの」という名のように、耐え「忍ぶ」としても、あの人はわたくしの恋心を知りましょうか、いや知りますまい。このわたくしの恋心をあの人に告げる者がないままでは…。○浅茅生　丈の低いチガヤの生えている所。○小野 →三四。○篠原　笹、篠、すすき、かやなどの自生する野原。同音反復で「しのぶ」を出す。「しのぶ」→五〇三。

506　「人に知られない思いなど何だい」というくらいに近いけれど、あの人に逢うてだてもないことです。○何ぞと　「と」は意識的な指示の表現。○葦垣の　葦垣は葦で作った粗末な垣で、間(ま)をつめて作ることから「まぢか」の枕詞。中世注は

506 人《ひと》しれぬ思《おも》ひや何《な》ぞと葦垣《あしがき》のまぢかけれども逢《あ》ふよしのなき

507 おもふとも恋《こ》ふとも逢《あ》はむ物なれや結《ゆ》ふ手《て》もたゆく解《と》くる下紐《したひも》

508 いで我《われ》を人なとがめそ大《おほ》舟のゆたのたゆたに物思《（おもふ）》ころぞ

509 伊勢の海につりする海人《あま》のうけなれや心ひとつをさだめかねつる

「あしかき」とも示す。○よし →三四七。▽毛詩・鄭風・東門之墠「其室則邇。其人甚遠」(余材抄)。毛詩鄭箋は、女が男のもとに奔(はし)るとする表現と解するが、この一首では、男・女いずれも可。

507 どんなに思ってもどんなに恋い慕ってもあの人に逢えようか、いや逢えはしません。それなのに結ぶ手がだるくなる程に結んでも結んでも解けてくるこの下紐ですよ。○逢はむ物なれや 逢うとでもいうのか、本当は逢うのでもないのにの意。○たゆく 「たゆむ」の形容詞形。名義抄「倦・懈 タユム」。○下紐 →四〇五。▽下紐が解けるのを恋人に逢える前徴とする上代の俗信を前提とする。万葉集十二「都へに君は去にしを誰が解けかわが紐の緒の結ふ手たゆきも」。→二四六。

〈揺れる思い〉 二十首

508 どうか、わたくしを人は見とがめないで下さい。大舟のように不安定に動揺しながらもの思いにふけるこのごろなのですよ。○いで 相手に強く呼びかける表現。○なとがめそ 「とがむ」は注目したり、あやしんだりするの意。「な…そ」は禁止の表現。○大舟 中世注は「おほふね・おほぶね」の両者を示す。○ゆたのたゆたに ゆらゆらと不安定に動揺する状態での意。「の」は同格の表現。中世注は「ゆだのたゆだに」とも示す。万葉語「ゆたにたゆたに」に同じ。

509 伊勢の海で釣りをする漁師の使う浮きだとでもいうのか、わたくしの心ひとつを定められないでいることです。○海人 →三〇一。○うけなれや 「うけ」は、うき。釣り糸や漁網を浮かせる漁具。「なれや」→三五。○心ひとつ →三三〇。○さだめかねつる 「かぬ」(ね)→四九一。

510 伊勢の海の漁師が釣り縄を延ばし張っては手繰り寄せるように、ずっと思いをあの人に延ばし掛けて、狂おしいとばかりに思い続けるので

510 いせの海の海人《あま》の釣縄《つりなは》うちはへてくるしとのみや思ひわたらむ

511 涙河なに水上《みなかみ》をたづねけむ物思《(おもふ)》時のわが身なりけり

512 種《たね》しあれば岩《いは》にも松《まつ》は生《お》ひにけり恋《こひ》をし恋《こ》ひば逢《あ》はざらめやも

513 朝《あさ》な〳〵立《(たつ)》河霧《かはぎり》の空《そら》にのみうきて思《おも》ひのある世《よ》なりけり

しょうか。○釣縄 釣糸をたくさん付けて長く延ばした縄の漁具。○うちはへて 「うちはふ」は延ばし張るの意と心を届かせるの意を掛ける。「うち」→一二。○くるし 「繰る」と「苦し」を掛ける。

511 どうして涙川の川上を探し求めたのでしょうか、この川の源はもの思いにふける時のわが身そのものなのですよ。○涙河 →四六六。○なに 反問的な疑問の表現。○水上 上流、水源の意。○身 →三六三。○なりけり →三二七。▽「ただ我からの涙なりけりと思ふ心」(十口抄)。

512 種子さえあれば、あの固い岩でも松は育つものです。だから、このわたくしの恋をしっかり恋いし続ければ、あの人にお逢いしないことがありましょうか。○生ひにけり 「ぬ」(に)は結果の表現。「けり」→四三〇。○恋をし恋ひば 恋い慕い続ければの意。「し」は強調の表現。○逢はざらめやも 「やも」は反語の表現。きっと逢うだろうの意となる。▽「逢ふ」→四七三。「この理《(ことわり)》もあればとうち頼みて思ふ心なり」(両度聞書)。

513 毎朝毎朝立ちのぼる川霧が大空にばかり漂うように、不安で安定しない、不満でつらい状態でもの思いの続く関係であったことです。○朝な〳〵 二・三句と四・五句とに係る。○空にのみうきて 虚脱した状態をいう。「うき」は「浮き」と「憂き」を掛ける。○世 恋部では男女の関係を主としていう。→九三三「世中」。○なりけり →三二七。

514 忘れようとしても忘れられる時などないので、葦鶴が飛び乱れて声高く鳴いているように、恋い乱れてひたすら声を出して泣き続けてばかりいることです。○わすらるゝ時し 「わするる」→二四〇「わすられ…」。「る」(るゝ)は可能の表現。「し」→五一三。○葦鶴 葦の生えている所に住む鶴。万葉語。○みだれて音をのみぞなく 鶴の状態とわが身の状態を掛ける。「ぞ」は強調の表現。

514 わすらるゝ時しなければ葦鶴《あしたづ》の思《おも》ひみだれて音《ね》をのみぞなく

515 唐衣日もゆふぐれになる時は返す〴〵ぞ人はこひしき

516 夜ゐ《(よひ)》〳〵に枕さだめむ方もなしいかに寝《ね》し夜《よ》かゆめに見えけむ

517 こひしきに命《いのち》をかふる物ならば死《しに》は易《やす》くぞあるべかりける

515 唐衣の紐を結ぶ日暮になる時分には、紐を身に巻くように繰り返し繰り返しあの人が恋しいことです。○唐衣 →三七五・四一〇。紐の枕詞とする説もある。○日もゆふぐれ 「紐結ふ暮」と「日も夕暮」を掛ける。「夕暮」→四八四。○返す〴〵 紐を前から後へ、後から前へ回すの意と繰り返すの意を掛ける。中世注は「かへすかへす」と示す。▽「切に恋しきなり」(両度聞書)。→五〇七。

516 宵ごとに枕の仕方を決める方法もわかりません。いったいどのようにして寝た夜にあなたが夢に見えたのでしょうか。○夜ゐ〳〵 夜居夜居で、宿直ごと、夜ごとの意とも解せるが、今は「宵々」の表記と考えておく。「よひ」は、宵で、夕暮(→四八四)の後、日が暮れて暗くなったころから夜中の前までの時間帯。○枕 呪術的意味づけがされ、その仕方で招魂できるという俗信による。→五〇四。○さだめむ 「さだむ」は枕の仕方の是非を決めるの意。名義抄「決・判・断・定 サダム」。○方 手段の意。方角とする説もある。▽「(夢に)見えし時はいかに寝つるぞと枕を定めかねはべるとなり」(延五記)。「夢」は王朝文学、特に恋の歌で好んでよまれたものの一つ。→五三二。

517 この恋しさにわたくしの命を交換するということならば、死ぬことなんかはずいぶんたやすいことであるはずですね。○こひしきに…ならば 命と交換で恋しさが終る、つまり、あの人と逢うということならの意。○死 死ぬの名詞形。○あるべかりける 「べし」は当然の表現。「けり」→四三〇。▽「不レ逢恋の堪えがたきをよめる歌なり」(教端抄)。万葉集十七「なかなかに死なば安けむ君が目を見ず久ならばすべなかるべし」。遊仙窟「十娘報詩曰。他道愁勝レ死。児言死勝レ愁。愁来百処痛。死去一時休」(余材抄)。

518 人の身も習《なら》はしものを逢《あ》はずしていざ心見むこひや死《し》ぬると

519 しのぶればくるしき物を人しれず思《（おもふ）》てふこと誰《たれ》にかたらむ

520 来《こ》む世《よ》にも早《はや》なりななむ目《め》の前《まへ》につれなき人を昔とおもはむ

521 つれもなき人を恋《こ》ふとて山びこのこたへするまでなげきつる哉

518 人の身も習慣でどうにでもなるものだよ。逢わないでいてさあ試してみよう、恋い焦れて死ぬかどうかと…。○身　→三八三。○習はしものを　習慣で左右できるものよの意。「を」は詠嘆的強調の表現。○逢はずして　逢わないことをこのまま習慣づけての意。○いざ　→六五。○死ぬるナ変動詞の連体形。▽「あまりつれなきに思ひわびて言へるなり」(教端抄)。

519 わたくしの思いを人に知られないように忍び隠していると、耐え難くつらいものだなあ。あの人にも知らせずに思っているということを、いったい誰に語りましょうか。○しのぶれば　→五〇三。○人しれず　「人」は恋の相手、更に人々一般をもいう。○てふ　→三六。○誰にかたらむ　あの人にもいわないのだから、他の誰にいっても無駄だの意。▽文選・神女賦「情独私懐。誰者可レ語」。

520 来世にでも早くなってしまってほしい。この世でつれない人を、昔の来世からのことだと思いたいのです。○来む世　未来の意。仏教語「来世」による。○なりななむ　「ぬ」(な)は完了の表現。「なむ」はあつらえの表現。○目の前　現世、生前の意。名義抄「生前　メノマヘ」。○つれなき　→四八六。▽「来む世」は来世、「目の前」は現世、「昔」は前世に当る。「この世ながら変れの願ひの心なるべし」(教端抄)。

521 わたくしの思いに応(こた)えてくれない人を恋い慕うということで、こだまの声が応えるまで嘆いたことであるよ。○つれもなき　→四八六。○山びこ　山の精、山の反響、木霊(こだま)。

522 流れる水に数取りの印の線を書くことよりもはかないのは、わたくしを思いもしないあの人を思うことであるよ。○数かく　数を数えて一定の数ごとに目印の線を引くの意。嘆きの動作。○なりけり　→三七。▽万葉集十一「水の上に数書

522 行《（ゆく）》水に数《かず》かくよりもはかなきは思《おも》はぬ人をおもふなりけり

523 ひとを思《（おもふ）》心は我にあらねばや身のまどふだに知《し》られざるらむ

524 思《（おもひ）》やる境《さかひ》はるかになりやするまどふ夢路《ゆめぢ》に逢《あ》ふ人のなき

525 夢のうちにあひ見むことを頼《たの》みつゝ暮《くら》せるよゐ《（ひ）》は寝《ね》む方もなし

くごときわが命妹に逢はむとうけひつるかも」。涅槃経一「是身無常…亦如ㇾ画ㇾ水。随書随合」。

523 人を思う「心」というものはわたくし自身ではないので、そのわが身が迷い乱れることさえも分らないでいるのでしょうか。○心　こころそのものを独立した存在としていう。→三五。○あらねばや　「ね」は打消の表現の「ず」の已然形で、原因の表現の「ば」、疑問の表現の「や」(→六四五)が加わって、歌の末尾の原因の推量の表現の「らむ」と呼応する。わたくしのところにないのでと解する説もある。○身　→三八三。○まどふ　→一二六。▽「我からわが心にてはなきかと思ふなり。恋の深きありさまなり」(教端抄)。

524 遠く思いをはせる地域がはるかかなたまで広くなったのでしょうか。恋に乱れ、迷いたずねる夢路で逢う人がいないことです。○境　境界のうち、その地域の意。○まどふ　→一二六。○夢路　王朝和歌で好んで使われた歌語。→五二六「夢」。▽「(あの)人の遠ざかるを嘆きて夢路にさへ今は逢ふ事のなきとわびたるなり」(教端抄)。以下四首、夢に逢う恋。

525 夢の中であの人とお逢いすることを頼りにしては待ち暮して来ている、その夜はこうしたらきっと逢えるという寝方も思い当らないのです。○あひ見むこと　「みる」(み)→四七六。「あひ」(→七六)は動詞「逢ひ」とする説もある。「む」は婉曲な推量の表現。○よゐ　「よひ」と解しておく。俊成本などの諸本「よひ」とする。→五二六。○方　→五二六。▽頼みにする夢にさへ逢えないかと不安で寝るすべも分らないの意。→五二六。「暮らせる宵とよめるに待ちわびたるさま見えたり」(十口抄)。

526 恋い慕って死になさい、といってなさっていることらしい。夜はずうっと夢にあの人が繰り返し見えるのです。○業　習慣的で意味のある

526 恋《こ》ひ死《し》ねとする業《わざ》ならしむばたまの夜《よる》はすがらに夢《ゆめ》に見えつゝ

527 なみだ河枕ながるゝうき寝《ね》には夢もさだかに見えずぞありける

528 こひすればわが身は影《かげ》となりにけりさりとて人に添《そ》はぬものゆへ(ゑ)

529 かゞり火にあらぬわが身のなぞもかく涙の河にうきてもゆらむ

こと。万葉集四「今のみのわざにはあらず古の人ぞまさりて音にさへ泣きし」。○ならし　「なるらし」の略。「ならじ」と解する説もある。○むばたまの　「うばたまの」に同じ。→四九。○夜　→五三。○すがらに　とぎれなくの意。▽見なければ忘れるのに、夜には夢に見てもの思いの原因となるのは死ねということだの意。

527 涙川に枕が流れるほどに泣きつづける、その不安でつらい「うき寝」には、夢も確かには見えないものですね。○なみだ河　→四六六。○枕→五四。○ながるゝ　「流るる」と「泣かるる」を掛ける。「泣かるる」の「る」(るる)は意志によらぬ動作をいう自発の表現。○うき寝　「うき」は「浮き」と「憂き」を掛ける。「浮き寝」は不安な気持で横たわるの意。○さだかに　定かに、確実にの意。続日本紀・宣命「後遂者我子ニ佐太加ニ…無過事授賜ト」。▽「涙を言ひたてたり」(十口抄)。

〈**寄るべなき恋**〉　十四首

528 恋い慕うのでわが身はやせて影のようになってしまいました。だからといってあの方に影として寄り添うのではありませんのに…。○影影法師のような恋にやつれやせた姿をいう。万葉集十一「夕月夜あかとき闇の朝影にあが身はなりぬ汝(な)を思ひかねて」。○ものゆへ　→一〇〇。▽「影」を上句ではやつれた姿としていい、下句では光によってできる影として言外に予定している。「衰へ果ててはかなきとよめり」(教端抄)。

529 川に漁する舟のかがり火でもないわが身が、どうしてこのように涙川に映り浮んで燃えているのでしょうか。○かゞり火　漁具。和名抄「篝火　漁者以レ鉄作レ篝盛レ火照レ水」。○身　→三八三。○涙の河　「涙川」に同じ。→四六六。▽「恋ひ・思ひ」の火(→四七七)を篝火に見立てた。「思ひの火いかなれば涙の川に浮きて燃ゆるぞとなり」(延五記)。

530　篝火《（かがりび）》のかげとなる身のわびしきはながれて下《した》にもゆるなりけり

531　はやき瀬《せ》に見るめおひせばわが袖《そで》の涙の河に植《う》へ《（ゑ）》ましものを

532　沖辺《おきへ》にも寄《よ》らぬ玉藻《たまも》の浪のうへに乱《みだ》れてのみや恋《こ》ひわたりなむ

533　葦鴨《あしがも》のさはぐ《（わ）》入江の白浪の知《し》らずや人をかく恋《こ》ひむとは

530　かがり火の影というが、やつれ果てた姿となるわが身がわびしいのは、かがり火の影が流れて水面の下で燃えて見えるように、泣きつづけて心の中で恋の思いに燃えていることなのです。○篝火　↓五二九。○かげ　↓五二八。○わびしき　身にこたえてつらいの意。○ながれて　↓五二七。○下　空間的な下の意と心中の意を掛ける。○もゆる　火が「燃ゆ」と思いが「もゆ」を掛ける。▽↓五二九。

531　急流にも「海松（みる）（め）」が生えるものならば、「見るめ」というその名の縁であるいは逢う機会があるかも知れないから、その「みるめ」をわたくしの袖に激しく流れる涙川に植えてみたいものです。○見るめ　浅い海の岩に育つ海藻の「海松」と逢う機会の意の「見る目」を掛ける。新撰字鏡「海松・水松　美留」。○涙の河　↓五二九。○植へましものを　植えて逢う機会が得られるなら植えるがそれはあり得ぬことだの意。「せば…まし」↓五三。「ものを」↓三二八。

532　沖にも寄ってゆかない玉藻が波の上に乱れ浮ぶように、ひたすら思い乱れて恋い慕い続けるのでしょうか。○沖辺　沖、沖のあたりの意。沖と岸の意の「へ（端）」とする説もある。中世注は「おきべ」とも示す。○玉藻　美しい藻の意。玉は美称。○乱れ　藻の乱れるの意と心の乱れるの意を掛ける。▽「ただ、付くかたなき思ひをたとへて言ふなり」（両度聞書）。

533　葦鴨が騒ぐ入江に寄せる「白波」の、「しら」という名の縁でいうのですが、「知ら」ないでしょうかねえ、こんなに心をさわがせてあの人を恋い慕っているであろうとは…。○葦鴨　葦の生えている所に住む鴨。○さはぐ　多数が入り乱れて声や音を立てるの意。○白浪の　同音反復で「知らず」を出す。▽万葉集十一「葦鶴のさわく入江の白菅のしらせむためとこちたかるかも」。

534 人《ひと》しれぬ思《おも》ひをつねにするがなる富士《ふじ》の山こそわが身なりけれ

535 とぶ鳥《とり》の声《こゑ》もきこえぬ奥《おく》山のふかき心を人は知《し》らなむ

536 相坂《(あふさか)》の木綿《ゆふ》つけ鳥《どり》もわがごとく人やこひしき音《ね》のみなく覧《(らむ)》

537 あふ坂《さか》の関《せき》にながるゝ岩清《いはし》水いはで心に思ひこそすれ

534 人に知られない「思い」を「する」というが、その「思い」の火を常に燃やしている「駿河国」の富士山こそ、恋に燃えるわが身そのものですよ。○つねにするがなる　「する」は行為の「為(す)る」と国名の「する(が)」(駿河)を掛ける。○身　→三八三。○なりけれ　→三七。▽富士の煙→かな序一一頁。都良香・富士山記「常見ニ烟火一」(本朝文粋)。

535 人も訪れず鳥の声さえも聞えて来ない奥山が奥深いように、奥深く恋い焦れているわたくしの心を、あの人はお知りになってほしい。○奥山　→二一五。○ふかき　山の奥「深き」の意と心の奥でひそかに強く思うことをいう「深き」の意を掛ける。○なむ　→五三〇。▽「至りて思ひの深きを言ふなり」(両度聞書)。

536 逢うという名の「逢坂」の関のゆうつけ鶏(どり)も、わたくしにとってあの人が恋い慕わしいのと同じように人恋しいのか、ひたすらに声をあげて泣くように鳴いているようだ。○相坂　この関は、逢うという名なのに関で隔てられて逢えないことをいう景物。→三七四。○木綿つけ鳥　都の境界でお祓(はらい)に用いる木綿(ゆふ→四八七)を付けた鶏。鳥の実体とは別に、人を隔てる関のものとして、二人の仲を邪魔するものとして表現する。遊仙窟など中国にも見られる趣向。○なく　「泣く」と「鳴く」を掛ける。▽「思ひの切なるころ、この鳥を聞きてよめる」(十口抄)。古今伝授秘伝三鳥の一つ。函谷関を脱出した孟嘗君の故事をふまえるか。文華秀麗集・故関聴レ鶏などがある。

537 逢うという名の「逢坂」の関に流れている岩清水よ、それが岩間からわき出すようには表面に出して言わないで、心の中で恋い慕っておりますのですけれど…。○あふ坂の関　→五三六。○岩清水　岩間からわき出す清水。同音反復で「言はで」を出す。▽「いかがして逢ふことのあらんとい

538
うき草のうへは繁《しげ》れる淵《ふち》なれやふかき心を知《し》る人のなき

539
うち侘《わ》びて呼《よ》ばゝむこゑに山びこのこたへぬ山はあらじとぞ思(おもふ)

540
心がへする物にもが片恋《かたこひ》はくるしき物と人にしらせむ

541
よそにして恋《こ》ふればくるし入《い》れ紐《ひも》のおなじ心にいざむすびてむ

ふ心」(教端抄)。

538 浮き草が水面上に茂って隠している淵なのですか、表面は隠していても淵は深い、そのように表には出さないで隠しているわたくしの深い心をあの人が知って下さろうか、知ってほしいのです。〇うき草　万葉集以来の景物。〇うへ　水面の意と表向きの意を掛ける。〇淵　表面は静かで実は深いことをいう代表的景物。毛詩・邶風・燕燕「其心塞淵」、同毛伝「淵　深也」。〇ふかき　淵の「深き」の意と心の「深き」の意を掛ける。→五三五。▽「淵…限りなき深き心をたとへたり」(十口抄)。

539 つらく寂しくなって繰り返し呼び掛け続けるその声に、山彦(やまびこ)が応(こた)えない山などはないはずだと思うのですよ。〇呼ばゝむ　「よばふ」は「呼ぶ」に反復・継続を表現する接尾語の「ふ」が付いたもの。「む」は仮定の表現。〇山びこ　→五三一。▽恋に苦しむわたくしに、応じてくれるべきだ、きっと応じてくれるだろうの意。「呼ばはんに応へぬ人、よもあらじとなり」(栄雅抄)。

540 人の心というものがお互いに交換するようなものであってほしいですね。もしそのように交換できるものならば、わたくしの恋する心をあの人の心と入れ換えて、片恋はつらいものだとあの人に知らせたいのです。〇心がへ　心を交換するの意。「心」→五三三。〇物にもが　願望の表現。〇片恋　一方だけが恋い慕うこと。「独恋と書けり」(顕注)。▽「心を互ひに替ふる習ひもがなと言へり」(両度聞書)。

541 直接に関係のないかけ離れた状態で恋い慕っているとつらいのです。一緒にして離れない入れ紐のように、しっかり結び付く心で、さあ契りを結びましょう。〇よそにして　近寄れない状態での意。→三七。〇入れ紐　結び玉のある紐(雄紐)を輪にした紐(雌紐)に通して離れなくしたも

542 春たてば消《き》ゆる氷の残《のこ》りなく君が心はわれにとけなむ

543 明《あ》けたてば蟬《せみ》のお《(を)》りはへ鳴《な》きくらし夜《よる》は蛍《ほたる》のもえこそわたれ

544 夏虫の身をいたづらになす事もひとつ思《おも》ひに因《よ》りてなりけり

545 夕《ゆふ》さればいとゞ干《ひ》がたきわが袖《そで》に秋の露《つゆ》さへを《(お)》きそはりつゝ

の。「同じ」を出す表現。○いざ　↓六五。○むすびてむ　「むすぶ」は紐を「結ぶ」の意と契りを「結ぶ」の意を掛ける。「つ」(て)は意志的な行為の完結の表現。「む」は意志の表現。▽「苦しきままに慰めに言へるなり」(両度聞書)。「うち解けたる仲と見るべからず。未レ逢恋の類なり」(十口抄)。

〈時のみ過ぎ行く〉　十首

542 立春になると消えるその氷が跡を留めずに解けるように、すっかりあの人の心がわたくしにうち解けてほしい。○春たてば…　↓一二。○残り　他のものの消えた後に存在するの意。○とけなむ　「とく」は氷のとける意の「解く」と心をゆるすの意の「解く」を掛ける。「なむ」↓五三〇。▽「君が心、隔てなく解けよかしなり」(両度聞書)。以下十首、春・夏・秋・冬の四季の序次で並ぶ。

543 夜が明けはじめるとずっと蟬が鳴き続けるように夜明けからずっと一日泣き暮し、夜は夜で、蛍の火があんなに燃え続けるように、こんなに思いの火を燃やし続けております。○おりはへ　…し続けるの意。↓一五〇。○鳴きくらし　「鳴き暮らし」と「泣き暮らし」を掛ける。○夜　心が引かれる意の「寄る」と「夜」を掛けるか。○もえこそ　「もゆ」は蛍火の「燃ゆ」の意と思いの火(↓四七七)の「燃ゆ」の意を掛ける。「こそ」は強調の表現。

544 夏虫が飛び込んで身をほろぼすのも、わたくしと同じ思いの「火」によるのであります。○夏虫　夏の虫。蛾などのこと。○いたづらになす　火に飛び込んで空しく死ぬの意。○思ひ　↓四七七。○なりけり　↓三七。▽心地観経六・離世間品偈の、蛾が火を愛するが故に火に飛び入って死ぬというたとえによる(余材抄)。

545 夕方になると、ますますあの人を思う涙にぬれて乾くことのできないわたくしの袖に、秋の露までがつぎつぎと置き加わって参りまして…。

546 いつとても恋《こひ》しからずはあらねども秋の夕《ゆふ》べはあやしかりけり

547 秋の田のほにこそ人を恋《こ》ひざらめなどか心にわすれしもせむ

548 秋《あき》の田《た》の穂《ほ》の上《うへ》をてらすいなづまの光《ひかり》の間《ま》にも我《われ》やわするゝ

549 人目《ひとめ》守《も》る我かはあやな花すゝきなどかほにいでゝ恋《こ》ひずしもあらむ

○夕されば　→三二七。○いとゞ　ひとしおの意。○つゝ　反復の表現。▽夕暮の恋に秋の悲しみを重ねてよんだもの(教端抄)。→四八四・一八四。

546 いつの季節だといって恋い慕わしくない時はないけれども、秋の夕暮は特に不思議に恋い慕わしい気持になることです。○いつ　何時。「どの時」の意で一般的な時間についての疑問の表現だが、ここは「どの季節」の意。○あやしかりけり　「あやし」→四八〇。「けり」は事柄の認識を新たにした表現。▽→五四五。白氏文集十四・暮立「大抵四時心総苦。就中腸断是秋天」。「大方の思ひなき人だに秋の夕べはあぢきなきを、まして恋ひわびたる人の秋の夕べは最も切なるなり」(十口抄)。

547 秋の田の稲穂が出るように表面に出してこそ恋い慕いは致しませんけれど、どうして心の中で恋の思いが消え去りましょうか。○ほにこそ　「ほ」は稲などの「穂」とはっきり目立つさまの意の「ほ(秀)」を掛ける。「こそ」は強調の表現。○わすれしもせむ　「わする」は自然に思いが消えるの意。「しもす」(せ)は強調の表現。▽「ふびんなる歌なり」(両度聞書)。

548 秋の田の稲穂を照らし出すいなびかりの光はほんの一瞬の間のものですが、その一瞬の短い間もわたくしがあの人への恋の思いを忘れましょうか。○いなづま　雷光。「またたくうちもとどまらぬものなり」(延五記)。○わするゝ　→五四七。

549 人の目をうかがい避けるわたくしでありましょうか。お分りになってないのですね。花すすきが穂に出てと申しますが、どうしてそのように表面に出て恋い慕わないわけがありましょうか。○人目守る　万葉集に例のある表現。「もる」は、じっと警戒する、すきをうかがい待つなどの意。○我かは　「かは」は反語の表現。○あやな　「あやなし」(→四一)の語幹。○花すゝき　穂の出たす

550 淡雪《あはゆき》のたまればかてに砕《くだ》けつゝ我《わ》が物思《（おもひ）》のしげきころかな

551 奥《おく》山の菅《すが》の根《ね》しのぎふる雪《ゆき》のけぬとかいはむ恋《こひ》のしげきに

すき。→四九七「尾花」。○ほにいでて →五四七。○恋ひずしもあらむ　恋せずにはいられないの意。「しも」は強調の表現。▽「忍び果てんも苦しければ…穂に出でてなりと恋ひんとなり」(教端抄)。

550 もともと消えやすい雪が、積もるとこらえ切れずに砕け解けるように、わたくしのもの思いが、繰り返し思いくだけては、その度にかえってしきりになるこのごろなのですよ。○淡雪　冬の初めや春先の解けやすく淡々しい雪。名義抄「沫雪　アハユキ」。万葉集の「あわゆき」(沫雪)に当る。○かてに　「かつ」(て)→七五。「に」は打消の表現の「ぬ」の連用形の古形。中世注は「かてに・がてに」の両者を示す。○砕けつゝ　「くだく」は、雪が粉々に「砕く」の意と恋ひ乱れて悩む「くだく」の意を掛ける。「つつ」は反復の表現。○しげき　もの思いが次々と絶え間なくて苦しいの意。上句の「雪」の降っては砕けるイメージをふまえる。▽「あは雪のたまると思へばくだくるごとく、わが思ひもしげくくだくるとよむなり」(教端抄)。

551 あの奥山の菅(すげ)の根を押え付けて降り積もる深い雪さえが消えてしまうといいますが、そのようにわたくしも絶え果ててしまうと申しましょうか、わたくしの恋のしきりで激しい苦しみのために…。○奥山 →二九七。○しのぎ　押え伏せるの意。中世注は「しのき」とも示す。漢語「凌」に当る。○けぬ　「く」(→三三)は、雪が消えるの意と、思いの火が消える(恋に耐えられない)、命の火が絶えるなどの意を掛ける。「ぬ」は自然の結果の表現。○しげき　→五五〇。▽万葉集八「高山の菅の葉しのぎ降る雪の消ぬとかいはも恋の繁けく」の類歌。「あまり恋のしげければ、わが身は消えぬるとや言はん。さも言ひたらばあはれをもかけて、逢はんとや言はましといふ心にこそ」(両度聞書)。

古今和歌集巻第十二

恋　歌　二

題しらず　　　　小　野　小　町

552 思《（おもひ）》つゝ寝《ぬ》ればや人の見えつらむ夢としりせば覚《さ》めざらましを

553 うたゝねに恋《こひ》しき人を見てしより夢《ゆめ》てふ物は頼《たの》みそめてき

逢わずして慕う恋（承前）

〈**寝ても恋う**〉　八首

552 繰り返し思っては寝ますのであの方があのように見えたのでしょうか。夢だと分っていれば覚めませんでしたのにねえ。○見えつらむ「つ」は確認の表現。○夢　↓五二六。○…せば…ましを　「せば…まし」↓五三。「を」は詠嘆の表現。▽「思ふによりて見ゆる夢なれば又覚めぬもわが心にこそあらめと思ふに、心にもまかせず…嘆くなり」（十口抄）。夢（↓五二六）で逢い、契るという非日常的で神秘的だがそれなりに現実性のある行為として夢を考える古代の認識による。万葉集十五「思ひつつ寝ればかもとなぬばたまの一夜も落ちず夢にし見ゆる」。

553 うたた寝で、恋い慕うあの方をあのように見てしまってから、信じられなかった夢というものを頼りにしはじめました。○うたゝね　うとうとと寝るの意。名義抄「仮寝　ウタタネ」。○見てしより　「てき（し）」は確かな経験の表現。「つ」（て）は確認の表現。「き」（し）は直接経験の表現。○てふ　↓三六。○頼みそめてき　「たのむ」はよい結果を願ってまかせるの意。「てき」は上述。▽「恋しき人をかりそめにあひ見てより頼む心」（教端抄）。玉台新詠二・情詩五首「寐仮交二精爽一。覿二我佳人姿一」。

554 何としても恋しい時は、夜着て寝る衣を裏返して着ることです。○いとせめて　極めて、非常にの意。「せむ」は迫むの意。○むばたまの　↓五三六。○衣を返して　「夜着たる衣を返して着れば…恋しき人の必ず夢に見ゆると言へり」（顕注）。「かへす」は、状態を逆にする、もとに戻すの意で、そのような願望で行なわれる古代の俗信による表現。▽万葉集十二「白たへの袖折り返し恋ふれば

554 いとせめて恋《こひ》しき時はむばたまの夜の衣を返《かへ》してぞ着《き》る

素性法師

555 秋風の身にさむければつれもなき人をぞ頼《たの》む暮《く》るゝ夜ごとに

下出雲寺《しもついづもでら》に人の業《わざ》しける日、真静《せい》法師《し》の、導《だう》師《し》にて言《い》へりける言葉《ことば》を、歌《うた》によみて、小野小町がもとに遣《つか》はせりける

安《あ》倍《べの》清行《きよゆきの》朝臣

556 つゝめども袖にたまらぬ白玉は人を見ぬめの涙なりけり

返し

小《こ》町《まち》

557 を《(お)》ろかなる涙ぞ袖《そで》に玉はなす我は塞《せ》きあへずたぎつ瀬《せ》なれば

か妹が姿の夢にし見ゆる」。「ただ夢にもと思ふ心なり」(両度聞書)。

555 秋風が身に染みて寒いので、つれないあの人をこうして頼りにするのです。暮れて行く夜ごと夜ごとに…。○つれもなき →四八六。○頼む →五五三。▽「秋風…心に染む折はいとど恋しさもまさりゆくままに…かかる折節は人もあはれとこそ思はめなど…暮るる夜ごとに頼む心にや」(両度聞書)。秋の夕暮には、人皆心をゆり動かされるはずだ(→五四六)という思いを前提とする。

556 大事に包み収めるけれども袖にとどまらないでこぼれ出す白玉は、あなたに逢えない目から流れ出る涙なのでした。○業 法要、法事のこと。○導師 主座として法要を行う僧。○言へりける言葉 後出の法華経参照。○つゝめども「つつむ」はもれ出ないようにくるむの意。名義抄「帙・裹・包・蔵 ツツム」。○たまらぬ「たまる」は流れ出ないの意。名義抄「渟 タマル」。○白玉 →四〇〇。○見ぬめ 「め」は「眼」と「憂きめ」などの経験の意の「め」を掛ける。○なりけり →三七。▽法華経・五百弟子受記品「親友…以二無価宝珠一繫二其衣裏一。与レ之而去。其人酔臥。都不二覚知一」による。友の与えた衣の裏の玉を酔って寝ていたために気付かなかったという故事をふまえて、実はあの玉はこの涙だったのだと認識する構成で句末の「なりけり」が強く響いている。

557 あなたの切実でない涙こそが袖の上で玉を作るのですよ。わたくしの涙は止められません、この涙は沸きいで流れる急流ですので。○をろかなる いい加減な、おろそかなの意。名義抄「凡・愚 オロカナリ」。○なす 作るの意。名義抄「造・生 ナス」。○塞きあへず 「あふ」→七・四四六。▽「わが涙の切なるを言はんとてなり」(十口抄)。贈答歌の手本だという(教端抄)。

寛平御時后《(くわんぴやうのおほんとき)きさいの》宮《の》歌合の歌《うた》

558 恋《こ》ひわびてうち寝《ぬ》るなかに行《(ゆき)》かよふ夢の直路《たゞち》はうつゝならなむ

藤原敏行朝臣

559 住《すみ》の江の岸による浪よるさへや夢《ゆめ》の通《かよ》ひぢ人目《め》よく覧《(らむ)》

小《を》野《の、》良《よし》樹《き》

560 わが恋《こひ》は深山《み》がくれの草なれやしげさまされど知《し》る人のなき

紀友《とも》則《のり》

561 夜ゐ《(よひ)》の間《ま》もはかなく見ゆる夏虫にまどひまされる恋《こひ》もする哉《(かな)》

558 恋い慕い悩んで寝ているあいだに、行っては帰る、夢の中のあのまっすぐな道は、現実のものであってほしい。〇寛平御時…歌合　→三。〇直路　まわりみちしない道、本道の意。新撰字鏡「径 太々千」。漢語「直路」に当り、万葉集「直道」、新撰万葉集「只径」とみえる。中世注は「ただち・たたち」とも示す。〇うつゝ　→四九。〇なむ　願望の表現。▽「うつつには通ひがたきに、夢路のごとく、やすく通はせよと言ふ」(栄雅抄)。新撰万葉集上・恋・一〇五五参照。

559 住の江の岸に寄って来る波のようになびき寄るこの夜までも、どうして夢の中の通い路で人目を避けていらっしゃるのだろうか。〇よる浪　「よ(寄)る」は引きつけられて自然に近づくの意。同音反復で「よる(夜)さへや」を出す。名義抄「倚・傍・寄　ヨル」。〇通ひぢ　→一六。〇よく　→会。▽「夢の中にさへ苦労して忍ぶさまなり」(十口抄)。忍ぶ恋のいらだたしさをよむ。

〈片思い〉　二十首

560 わたくしの恋は山奥の人目につかない草なのか、草が密生するように思い慕う恋の激しさがいっそう強くなるけれど、それを知って下さる方がいないのですよ。〇深山がくれ　奥深い山に隠れて人目につかないの意。〇なれや　→三五。〇しげさ　「しげし」の名詞形。草の茂る意と恋の激しさ、絶え間のなさの意を掛ける。▽「事しげけれどもよく忍べば人知らずとなり」(延五記)。

561 夕暮後の一時のあいだを命むなしく飛びまわっているように見える夏虫よりも、ますます迷いの激しくなるむなしい恋をもするものであるよ。〇夜ゐ　→五一六。〇夏虫　→五四四。蛍、蛾などとする説もある。▽→五四四。

562 夕暮になると、蛍の火の燃えるよりも激しくわたくしの恋の思いの火が燃えますけれど、

562 夕《ゆふ》されば蛍より異《け》にもゆれどもひかり見《み》ねばや人のつれなき

563 笹《さゝ》の葉《は》にを《(お)》く霜《しも》よりもひとり寝《ぬ》るわが衣手《(ころもで)》ぞさえまさりける

564 わが宿《やど》の菊のかきねにを《(お)》く霜《しも》のきえかへりてぞ恋《こひ》しかりける

565 河の瀬《せ》になびく玉藻《たまも》のみがくれて人に知《し》られぬ恋《こひ》もする哉

蛍の火と違ってわたくしの思いの火は光がなくて見えないのであの方がつれないのでしょうか。○夕されば　↓三七。○異に　格別に、いっそうの意。名義抄「異 ケニ」。万葉集十「秋風は日にけに吹きぬ高円の野べの秋萩散らまく惜しも」。○つれなき　↓四六六。▽「我は蛍の心を察すれども、人は…わが思ひをばなきものにして…と言へる心なり」(両度聞書)。新撰万葉集上・夏・三五参照。

563 笹の葉に降り置くつめたい霜よりも、独りで寝るわたくしの衣の袖の方がいっそう激しく凍りつくように冷たさがつのりますよ。○衣手　↓三二。○さえまさりける　「さゆ」は冷たく凍るの意。「けり」は新たな認識の表現。名義抄「凍・寒サユ」。▽笹と霜の取合せで独り寝の夜の冷たさを嘆くのは万葉集以来のこと。万葉集二十「笹が葉のさやぐ霜夜に七重かる衣に増せる児ろが肌はも」。新撰万葉集上・冬・八〇参照。

564 わが家の庭の菊の垣根に置く霜が消えたかと思うと又置きますが、わたくしも消え入りそうになっては又改めて恋い慕わしいことです。○きえかへりてぞ　繰り返し消えては置くの意。すっかり消えるの意とする説もある。「きゆ」↓四七〇「け(消)」。▽菊に霜の取合せは迷いを暗示する。↓二七七。「消ゆると思へば又もとのやうに生けるよしなり…たち帰り恋しきなり」(十口抄)。新撰万葉集上・冬・九一参照。

565 川の急流に流れなびいている藻が水に隠れて見えないように、思いを秘め隠していて人に知られない恋もすることであるよ。○玉藻　↓五三二。○みがくれて　水中に隠れての意の「水隠れて」と恋する自分が隠れての意の「身隠れて」を掛ける。万葉集の「水隠(みこもり)」に対する平安当時の訓を示すか。中世注は「みかくれ」とも示す。○恋もする哉　↓四六九。▽「悲しき恋なり」(十口抄)。

566 かきくらし降《ふ》る白雪《しらゆき》のしたぎえにきえて物思《（おもふ）》ころにもある哉

壬《み》生《ぶの》忠《たゞ》岑《みね》

567 きみ恋《こ》ふる涙のとこに満《み》ちぬればみをつくしとぞ我《われ》はなりける

藤原興《おき》風《かぜ》

568 死《し》ぬる命《いのち》いきもやすると心見に玉の緒《を》許《（ばかり）》あはむと言《い》は南《（なむ）》

569 わびぬればしひて忘《わす》れむと思《おも》へども夢といふ物ぞ人だのめなる

566 あたり一面を暗くして降る白雪が下の方で解けて消えるように、心の奥では消え入るように恋のもの思いをするこのごろでありますよ。○かきくらし 「かき」は接頭語。○したぎえにきえて 下の方から消えての意。「下消え」は「下燃え」(→五〇〇)に対応する。「きゆ」→四七〇「け(消)」。▽「上は消えざるやうに見ゆる雪の、下にかつ消ゆるにたとへたり」(十口抄)。

567 あの方を恋い慕う涙が独り寝の床に満ち満ちてしまうので、その涙の海に立っている「みをつくし」という名の通りに、わが身をほろぼすことにわたくしはなりましたことです。○とこ 寝床の意。恋歌の「床」は、共寝を前提として、独り寝を嘆く景物。○みをつくし 難波(→六〇四)の海の景物の、水流の中の道しるべに立っている杭(くい)の「水脈(みお)つ串(くし)」(澪標)と「身を尽し」を掛ける。「尽す」は使いはたすの意。中世注は「みをづくし」と示す。▽常に波に浸るみおつくしを、涙にくれるわが身にたとえた表現。

568 恋しさのあまりに今にも死にそうなわたくしの生命が生き返りでもするかと成り行きを見るために、「玉の緒の間ばかり」というそのわずかのあいだくらいなら逢おうと、せめておっしゃって下さい。○心見 真実を探るためにためしてみる、試みるの意。○玉の緒 短い間のたとえ。→四八三。万葉集十一「玉の緒の間も置かず見まく欲りあが思ふ妹は家遠くありて」。○南 あつらえの表現。▽「誠の志には問はずとも少しも逢はんと言はなん…となり」(教端抄)。

569 つらいので無理に忘れようと思うけれど、夢に見るので、その夢というものがむなしい期待を抱かせることですよ。○わびぬれば 「わぶ」は、あきらめ切れないで悲しむの意。○しひて →一二三。○人だのめ 実際は頼りにならないのに

570 わりなくも寝《ね》ても覚《さ》めても恋《こひ》しきか心をいづち遣《や》らばわすれむ

読人しらず

571 恋《こひ》しきに侘《わ》びて魂《たましひ》まどひなば空《むな》しきからの名《な》にや残《のこ》らむ

紀《きの》貫《つら》之《ゆき》

572 君こふる涙しなくは唐《から》衣むねのあたりは色もえなまし

題しらず

573 世とともに流《(ながれ)》てぞ行《(ゆく)》涙河冬もこほらぬ水泡《みなわ》なりけり

頼もしく思わせるの意。▽→五三三。「忘れんとするに…夢の…我を頼ますするよしにや」(両度聞書)。

570 どうしようもなく寝ても覚めても恋しいことよ。わたくしの心をどの方角に向ければ忘れるでしょうか。○わりなくも　解決しようとしてどうにもならずにの意。「わり」は正しい筋道の意。「も」は強調の表現。○いづち　→一五三。▽「心」と「身」を分けて(→三六八・五三三)その「心」をやる(→三七三)方向を探すのである。「恋の切なる余りに、わが心を…何と持ちて忘れんとなり」(教端抄)。

571 恋しい思いに悲しみ苦しんでわが身から魂が迷い出してしまうならば、恋のために魂の抜けたからっぽのぬけがらが、むなしい評判として後に残るでしょうよ。○魂　生死に関わらず魂と肉体を分けてとらえる考え方による。名義抄「魄・魂魄・霊・精霊　タマシヒ」。「たま」に同じ。○から　なきがら、魂の抜けた肉体の意と空(から)の意を掛ける。○名　「空しい殻」という「名」と評判の意の「名」を掛ける。▽→四四八。「我身はぬけがらになりて…空しき名ばかりや残らんと言ふなり」(延五記)。新撰万葉集上・恋・一一〇参照。

572 あの方を恋い慕って流すこの涙がないならば、この美しい衣の胸のあたりは、思いの火の色がきっと燃えたってしまうでしょう。○なくは→一一四。○唐衣　→三七五・四一〇。○色　激しい恋の炎の色の意。「火のあかき色に燃えなましとよめり」(教長注)。○なまし　「ぬ」(な)は結果の確認の表現。「まし」は、事実でないことを仮定する表現。▽「涙の水の多き心なり」(両度聞書)。→五六七。

573 人の世の時とともに流れ逝く、その涙川は、冬にも凍らないで激しく流れる水にできる泡のようなものでありますよ。○世　人生、その時間(→三四三)の意だが、二人の恋仲としての関係も暗示する。→九三三「世中」。○涙河　→四六六。○水

574
夢路《ぢ》にも露やを《(お)》くらん夜《よ》もすがら通《かよ》へる袖のひちてかは《(わ)》かぬ
素性法師

575
はかなくて夢にも人を見つる夜《よ》はあしたの床《とこ》ぞ起《お》き憂《う》かりける
藤原忠房《たゞふさ》

576
いつはりの涙なりせば唐衣しのびに袖はしぼらざらまし
大江千里

577
音《ね》になきて漬《ひ》ちにしかども春雨《さめ》にぬれにし袖と問はばこたへん

泡　水の泡の意。万葉集七「巻向の山辺とよみて行く水のみなわの如し世の人我は」。▽「涙のたぎる心なり」(両度聞書)。→五七三。

574　夢の中で通う道にも露は降り置くのでしょうか。夢の中で一晩中通いつめて―結局逢えないでいる―わたくしの袖がぬれて乾かないでいることから考えて。〇夢路　→五二四。〇ひちて　→二。▽「通へる袖も夢のことなり。思ひの涙ひまなきよしなり」(十口抄)。

575　みじめで情ない状態で、夢にまであの人をたしかに見た夜は、その夜の明けようとする時分の独り寝の寝床がかえって起きにくいものです。〇はかなくて　実際に逢えない状態をいう。〇あしたの床　夜の終りの明け方の寝床の意。万葉語「朝床(あさどこ)」に当る。〇起き憂かりける　「うし(かり)」はそうせざるを得まいが、しにくい、したくないの意を添える表現。→七一。▽→五五二・五五三。「夢の見えてはかなくさめつる夜は、名残のしたはれて朝の床起き憂くあるとなり」(栄雅抄)。

576　嘘(そう)、偽りの涙でありますならば、わたくしのこの美しい衣はひそかにその袖をしぼらないでしょう。〇いつはり　虚偽の意。〇せば…まし　→五三。〇唐衣　→三七五・四一〇。〇しのびに　見えないように隠れての意。→五〇三。〇しぼらざらまし　「しぼる」はねじって水分を取るの意、涙にぬれる意の「しほる」とする説もある。▽「偽りならば、わざともしぼりて見すべけれ…」(延五記)。

577　声に出して泣いてその涙に袖がぬれてしまったのだが、春雨にぬれた袖なのですと、人がたずねたらお答えしましょう。〇漬ちにしかども　「ひつ」→二。「ぬ」(に)は結果の表現。「き」(しか)は直接経験の表現。〇春雨　草木が芽ぶき花が映える明るい景物。→二五・一二三。〇ぬれにし

578 わがごとく物やかなしきほとゝぎす時ぞともなく夜《よ》たゞなく覧《(らむ)》

敏《とし》行《ゆきの》朝臣

579 五《さ》月山こずゑを高《たか》みほとゝぎす鳴《な》くねそらなる恋《こひ》もする哉

貫《つら》之《ゆき》

580 秋霧のはるゝ時なき心には立《た》ちゐのそらも思《おも》ほえなくに

凡河内躬《み》恒《つね》

581 虫のごと声《こゑ》に立《た》てゝはなかねども涙のみこそ下《した》にながるれ

清原深《ふか》養《や》父《ぶ》

「ぬ」(に)・「き」(し)は前述。▽「わが心の切なるよりよめり」(十口抄)。→五七六。

578 わたくしと同じように何かが悲しいのか、ほととぎすよ。季節ですよというわけでもなく、夜のあいだひたすら鳴きに鳴いているよ。○時ぞともなく　ほととぎすは、古今和歌集では陰暦四月立夏を告げて鳴き、万葉集では陰暦五月盛夏を告げて鳴くとされている(→一三五)ので、「時」を季節の意と解する。単に、時を定めずにずっとと解する説もある。○なく覧　「なく」→四九八。「らむ」は推定の意。○たゞ　そのことだけひたすらにの表現。▽「わが思ひのさわぐなり」(十口抄)。→一四〇・一四三・一四八。

579 夏五月の山の梢(こずゑ)が高いので、ほととぎすの鳴く声が大空高く聞えるように、わたくしもうわのそらの恋をもすることだよ。○五月山「さつき」は陰暦夏五月の異称。万葉集以来の景物。山の名とする説もある。○こずゑを高み　ミ語法→三。ほととぎすは梢より高く鳴くとされる。→一四三。○そらなる　空にあるの意と心も奪われての意を掛ける。▽五月山とほととぎすは万葉集以来の取合せ。「むなしき思ひの心なり」(両度聞書)。

〈**恋に乱れて**〉二十一首

580 秋の霧は晴れる時がないというが、恋の思いが晴れないで続いているわたくしの心には、その秋霧が立ったりじっと動かなかったりする空にも気付かぬほどに、立ったり座ったりするのもうわのそらなことに気付かないのですよ…。○秋霧　立つもの隠すものとしてよむ。→三三五・二六六。○はるゝ　霧が消えるの意と悩みが解消するの意を掛ける。○立ちゐ　立ち居。霧の動きと人の動作を掛ける。○そら　→五七九「そらなる」。○思ほえなくに　「思ほゆ」→三。「なくに」→一八。▽「物のあやめも分かぬよしにや」(両度聞書)。

是貞親王《これさだのみこの》家《の》歌合の歌《うた》

よみ人しらず

582 秋なれば山とよむまでなく鹿《しか》に我おとらめやひとり寝《ぬ》る夜《よ》は

題しらず

貫《つら》之《ゆき》

583 あきの野にみだれて咲《さ》ける花の色のちぐさに物を思（おもふ）ころ哉

躬《み》恒《つね》

584 ひとりして物をおもへば秋のよの稲葉《いなば》のそよといふ人のなき

深《ふか》養《や》父《ぶ》

585 人を思（おもふ）心は雁《かり》にあらねども雲居《くもゐ》にのみもなきわたる哉

581 虫のように声に出しては鳴きませんが、涙こそは人知れず流れているのですよ。〇なかねども 「なか」は「鳴か」と「泣か」を掛ける。〇涙のみ 「のみ」はそれ自体だと強調する表現。〇下↓三五〇。〇ながるれ 「流るれ」と「泣かるれ」を掛ける。

582 今はまさに秋なので、山がとどろくまで鳴く鹿に、わたくしの泣く音(ね)が劣るでしょうか。独り寝る夜は特に…。〇是貞親王家歌合 ↓一六九。〇とよむ 妻を求めて牡鹿が反響するほどに鳴くこと。↓二二六。〇おとらめや 「おとる」は及ばないの意。「む」(め)は推量の表現。「や」は反語の表現。▽「逢ひて後の独り寝にはあるべからず。部立て、逢はぬ恋なり」(両度聞書)。↓二三。

583 秋の野原に乱れ咲いている花の色がそれぞれいろいろであるように、あれこれと恋い乱れるこのごろですよ。〇みだれて咲ける 混じり合ってさまざまに咲いているの意。〇ちぐさに 花の色が多種類での意(↓一〇二)と恋のいろいろに乱れる様の意を掛ける。▽「千々の思ひを言ふなり」(両度聞書)。

584 ただ独りで思いにふけっていると、悲しい秋の夜の稲の葉が風にかさかさと鳴っているが、「そうだよ」とわたくしに言ってくれる人はいないのです。〇秋のよ 悲しいものとして言う。↓一四四以下。〇そよと 万葉語「そよに」に当る風の発する音の擬声表現と、代名詞に呼びかけの表現の付いた連語「其よ」(共感を意味する表現)に引用表現「と」の付いたものとを掛ける。▽三句に異文「秋の田の」がある。

585 あの人を恋い慕うわたくしの心は鳴く雁ではないのだけれど、まるで雁が大空を鳴き渡るように、うわのそらで泣き続けていることです。〇雲居 ↓三五八・三七一。大空遥(るは)かの意とうわのそ

586
秋風に搔《か》きなす琴《こと》の声《こゑ》にさへはかなく人のこひしかる覧　忠《たゞ》岑《みね》

587
まこも刈《か》る淀《よど》の沢《さは》水あめふれば常《つね》よりことにまさるわが恋《こひ》　貫《つら》之《ゆき》

大和《やまと》に侍《(はべり)》ける人に遣《つか》はしける

588
越《こ》えぬまは吉野《よしの》の山のさくら花人づてにのみ聞《き》きわたる哉

弥生《やよひ》許《(ばかり)》に、もの宣《たう》びける人のもとに又人まかりつゝ消息《せうそこ》すと聞《き》きて、よみて、遣《つか》はしける

589
つゆならぬ心を花にを《(お)》きそめて風ふくごとに物おもひぞつく

らの意を比喩的に表現する。↓五七九「そらなる」。○なきわたる　「鳴き渡る」と「泣きわたる」を掛ける。▽雁は悲しい秋を代表する景物(↓二〇六以下)。

586　秋風の吹く時に、どこかでかき鳴らしている琴の声にまで、どうしてむなしくもあの方が恋しいのでしょうね。○搔きなす　かき鳴らすの意。「なす」は「ならす」の古形。○はかなく　秋風・琴の声に寂しさ、恋しさを触発されてそれが満たされない思いをいう。▽秋風が鳴らす、秋風に催されて鳴らすなどの説もあるが、秋風の中でどこかで人が鳴らすと解する。新撰万葉集上・秋の詩に「翠嶺秋声似雅琴。秋風叩処聴徽音」とある。

587　菰(もこ)を刈る淀川の湿地の水は雨が降るといつもよりいっそう増加するが、いつもより特に激しさの増すわたくしの恋よ。○まこも　「ま」は接頭語。「こも」は沼地に生えるイネ科の多年草。万葉集以来の景物。○沢水　「さは」は草の生えるじめじめした低地。名義抄「沢・隰　サハ」。「淀の沢水、もとより深きところなり」(十口抄)。沢は藪(↓八七〇)とともに人手の及んでいない荒地をいう。かえりみてもらえない思いを暗示していよう。○常　普通、平常の意。○ことに　↓三五九。▽「猶恋ひまさるなり」(教端抄)。

588　その大和国へ行かないあいだは、吉野山の桜が雪か雲かと見まちがうほどに美しいと、人伝えにばかり聞いているのです。そのようにあなたのことを人伝えにばかり聞きつづけていることです。○越えぬまは　「こゆ」は国境を過ぎて行くの意。恋の関係を暗示する。○吉野の山のさくら花　↓六〇・かな序注七六。▽詞書は恋の歌であることを指示する。

589　露が花に置くように、消えやすくなく又ささやかでない恋心をあなたに抱きはじめましてからは、露が風に揺れて落ちるように、噂(うわさ)を

題しらず

590 わが恋《こひ》にくらふの山のさくら花まなくちるとも数《かず》はまさらじ
坂上是《これ》則《のり》

591 冬河のうへはこほれる我なれやしたに流《（ながれ）》て恋《こ》ひわたるらむ
宗《むね》岳《をかの》大《おほ》頼《より》

592 たぎつ瀬《せ》に根《ね》ざしとゞめぬ浮草《うき》のうきたる恋《こひ》も我はする哉
忠《たゞ》岑《みね》

593 夜ゐ《（よひ）》〳〵に脱《ぬ》ぎてわが寝《ぬ》る狩《かり》衣かけて思《おも》はぬ時のまもなし
友《とも》則《のり》

聞くたびに思いが激しく動くことです。○弥生許に　「やよひ」は陰暦春三月の異称。「ばかり」はおよその限定の表現。○もの宣びける　ことばをかけて下さったの意。○人まかりつゝ　他の男が通っては の意。○消息す　ことづてや手紙をやるの意。○つゆ　「露」と、消えやすいたとえと、わずかの意とを掛ける。○をきそめて　露が初めておりての意と恋し初めての意を掛ける。○風　「風」と噂(風評)の意を掛ける。

590 わたくしの恋に比べると、「暗部《（くらぶ）》山」の桜花がいとまなく次々と散るとしても、その落花の多さはわたくしの恋の激しさにまさりますまい。○くらふ　「比ぶ」と地名「くらふ(の山)」を掛ける。▽恋の激しさと落花の多さの対比。

591 冬の川の表面が凍っているように表面は悟り澄ましているわたしなのか。実は、その氷の下で水が流れているように心の内で自然に泣かれて恋しつづけていることです。○冬河　中世注は「ふゆがは」と示す。○うへ　→五三八。○こほれる　凍っているの意と状況に動じない態度を保っているの意を掛ける。「操《（みさを）》つくるさまなり」(両度聞書)。○した　水面下の意と心の奥の意を掛ける。○流て　→五八二「なかるれ」。▽「忍ぶ恋にあらず…思ひを押へたるなり」(十口抄)。

592 激しく流れる浅瀬に根を差してそこに留まるようにしない浮草が水に浮いているように、よりどころなく不安定な恋をもわたくしはすることですね。○根ざしとゞめぬ浮草　浮き草(→五三八)は水中に根を伸すだけで水底に根を張らないのでいう表現。「ねざし」は動詞「ねざす」の連用形。名詞ともいう。○うきたる　水に漂っているの意と心の不安定の意を掛ける。▽「たぎつ瀬と置ける、まことによく心をつくべし」(両度聞書)。「たぎつ」は恋や涙の激しさを言う。→五五七。

594 あづま路《ち》の小夜《さや》の中《なか》山なか〳〵に何《なに》しか人を思《(おもひ)》そめけむ

595 しきたへの枕のしたに海はあれど人をみるめは生《お》ひずぞありける

596 年《とし》を経《へ》てきえぬ思《おも》ひはありながら夜《よる》のたもとは猶こほりけり

貫《つら》之《ゆき》

597 わが恋《こひ》は知《し》らぬ山路《ぢ》にあらなくに迷《(まよふ)》心ぞわびしかりける

593 宵ごとに脱いでわたくしが寝るこの狩衣を「掛け」るという、そのように心に「懸け」てあの人を思わない少しの間もありません。○夜ゐ〳〵 →五二六。○狩衣 狩に用いる装束。「狩ぎぬ」に同じ。○かけて 身体にかぶせての意と思いを寄せての意を掛ける。狩衣を衣桁《(いこ)》に掛けてと解する説もある。○時のま ほんの少しの間の意。

594 東海道のさやの中山がその道程の半ばにあるように、なまじ中途半端に、どうしてあの人を恋い慕いはじめたのでしょうか。○あづま路 ここは東海道。→三七三「東」。○中山 同音反復で「なかなか」を出す。○なか〳〵 道のりの中間の意と、いっそなかったらよいと思う半端な状態(なまじっか)の意を掛ける。▽東海道は、伊賀国から三河国までが近国、遠江国から甲斐国までが中国、相模国から常陸国までが遠国(延喜民部式)。その「中国」の遠江国のさやの「中山」なので「中(々)」といった。「なかなかに何しかと言ふうちに、人のつらさもわが思ひの悲しきも多くこもるにこそ」(教端抄)。万葉集四「思ひ絶えわびにしものをなかなかに何か苦しく相見そめけむ」。

595 枕の下に涙の海はありますけれど、その海に「海松《(みるめ)》」も生えないように、あの人を「見る目」すなわち逢う機会もできないことでありますよ。○しきたへの →五〇四。○海 涙の見立表現。→五六七。○みるめ →五三一。○生ひず 生育しないの意と機会がないの意を掛ける。▽見立表現の「涙川」(→四六六)、「思ひ」の「火」(→四七七)の類。

596 年月を過しても消え去らない「思い」の「火」はあるけれど、独り寝の夜の涙にぬれる衣の袖はやはり変りなく凍るのです。○思ひ →四七〇。○こほりけり あなたの冷たさのためにわたくしの心も涙も凍るのだという思いでいう。▽「消えざる火にも涙の氷は解けずとなり」(延五記)。

598 紅の振《ふ》りいでつゝ泣《な》く涙には袂《たもと》のみこそ色まさりけれ

599 白玉と見えし涙も年ふれば唐紅《から》にうつろひにけり

600 夏虫を何《なに》かいひ剣《(けむ)》心から我もおもひにもえぬべら也

躬《み》恒《つね》

601 風ふけば峰にわかるゝ白雲の絶《た》えてつれなき君が心か

忠《たゞ》岑《みね》

597 わたくしの恋は、不案内な山道でもないのに、初めての山道に迷うように恋に乱れ迷う、そんな恋心がつらいことです。○なくに　↓一六。○迷　道に迷う意と心が迷う意を掛ける。▽「恋路の迷ひを、知らぬ山路によそへたり」(十口抄)。

598 真赤な色を振り出して染めるように、ふりしぼっては泣くわたくしの涙にはただもう袖が色濃くなって行くばかりです。○紅の振りいで　↓一四八。○袂のみ　「のみ」はそれと限定して強調する表現。▽漢語「紅涙」(漢詩では女性の涙をいう)に学んだ表現。↓一四八。

599 真白な真珠かと見えたわたくしの涙も、あの人を恋し続けて年月が過ぎますと、真赤な色に変ってしまいましたことです。○白玉　↓四〇〇。○唐紅　血の涙の色をいうことから転じて血の涙(血涙)をも意味する。↓一四八。▽↓五九八。「思ひの切になりたる様なり」(十口抄)。

600 夏虫のことを何だってあんな風にはかなく火に燃えてなどといったのだろうか。わたくし自身の心がもとで、わたくしも「思い」の「火」に燃えてしまうでしょうにね。○夏虫　↓五四四。○心から　「から」はそれ自体が原因での意の表現。○おもひ　↓四七七。○べら也　↓三。▽↓五四四。「夏虫をはかなや…ともどくやうに思ひしが、わが思ひ切になりぬる時は又かくのごとくなれば、何か言ひけんとよめり」(十口抄)。

〈**つれなさをうらむ恋**〉　十首

601 風が吹くと峰で別れて行く白雲のように、まったく反応もなく無情なあの方の心であることよ。○絶えて　全然の意。相手との間が絶えての意と解する説もある。▽「手もつけられずつれなきありさまなり」(教端抄)。逢わずして慕う恋の部立のうちなので、ここでは、二人の仲が切れる嘆きとの解はとらない。

602 月影《かげ》にわが身を変《か》ふる物ならばつれなき人もあはれとや見《み》ん

603 こひ死《し》なば誰《た》が名《な》はたゝじ世中《（よのなか）》のつねなき物と言《い》ひはなすとも

深《ふか》養《や》父《ぶ》

604 津の国《くに》のなにはの葦《あし》のめもはるにしげきわが恋《こひ》人しるらめや

貫《つら》之《ゆき》

605 手《て》もふれで月日へにける白檀《しらま》弓《ゆみ》おきふしよるは寝《い》こそねられね

602 あの月の光にわたくしの身を変えられるならば、つれないあの人も、「あわれ」と思って心を寄せて下さるでしょうか。○物ならば …ということならばの意。一般的な事柄として仮定する表現。○あはれ 愛情の表現。→三三。▽「つれなき人も月影をば面白く見るべければ、わが身を変ふるものならば変へたきとなり」(栄雅抄)。

603 あなたを恋い慕ってわたくしが恋い死するならば、いったいあなた以外の誰の名が評判として立つというのでしょうか。人の命は世の中の無常のものの一つなのだと巧みに言いつくろうとしても…。○世中の 「中の」の「の」を所属格に解したが、主格とみて「世の中は常なきもの」と解する説もある。男女の関係をも暗示する。→四七五。○言ひはなすとも 「いひなす」は巧みにつくろっていうの意。▽「君ゆゑにこそ死したれとは言はんとなり」(教端抄)。万葉集十二「里人も語り継ぐがねよしゑやし恋ひても死なむ誰が名ならめや」。

604 摂津国の難波の地のあの有名な葦は「芽も張る」というが、その名の通りに芽を出した葦が「目も遥」かに遠くまで生い茂るように、激しいわたくしの恋をあの人はご存知なのでしょうか。○なには 「名には」と地名「なには(難波)」を掛ける。難波は、万葉集以来の菅・葦の名所。古今和歌集では、ほとんどが有名の意の「名には」を暗示する。○めもはる 「芽も張る」と「目も遥(か)」を掛ける。新撰万葉集上の「駒なめてめもはるの野に…」の歌の詩に「綿綿曠野策㆑驢行。目見㆓山花㆒耳聴㆑鶯…」とある。○しげき →五六〇「しげさ」。▽「妹知るらめや(→四八五)の類なり」(両度聞書)。

605 手も触れないままで月日が過ぎてしまったしらま弓よ。弓ならば「起き、伏し、寄る、射る」などするものだが、わたくしは起きたり臥(ふ)したり思ったりし続けて夜は寝ることもできませ

606 人知《ひとし》れぬ思《おも》ひのみこそわびしけれわがなげきをば我のみぞ知《し》る

友《とも》則《のり》

607 事にいでて言《い》はぬ許《(ばかり)》ぞ水無瀬《みなせ》河したに通《かよ》ひてこひしき物を

躬《み》恒《つね》

608 君をのみ思《おも》ひ寝《ね》にねし夢《ゆめ》なればわが心から見つるなりけり

忠《たゞ》岑《みね》

609 いのちにもまさりてお《(を)》しくある物は見はてぬ夢《ゆめ》の覚《さ》むるなりけり

んよ。○白檀弓　白い檀(まゆみ)の木で作った弓。万葉集以来の恋の景物。○おきふしよるは寝こそ　弓を使う姿の「起き・伏し・寄る(は)・射(こそ)」と、夜間に転々と悩む姿の「起き・臥し・寄る(は)・寝(いこそ)」を掛ける。「よる」は更に「夜」を掛ける。「寄る」→五五九。○寝こそねられね　「いこそぬ」は寝るの意の強調表現。「い」は睡眠の意の名詞。▽初句「手もふれで」も、むつみ契り得ぬ恨みを具体的にいっている。万葉集四「神木にも手は触るといふをうつたへに人妻といへば触れぬものかも」。

606　人に知られない燃えるような「思い」の「火」こそがつらいものなのです。その火に投げ入れて燃えあがらせる焚木(たきぎ)のように思いの火をつのらせるわたくしの嘆きを、自分だけが知っていることです。○思ひ　→四七七・五三九。○なげき　「嘆き」と「投げ木」を掛ける。投げ木は、投げ込んで燃やす薪(たきぎ)。→一〇五五・一〇六九。

607　ことばに出して言わないだけなのです。水がないという名の「水無瀬川」が地下を流れ続けるように、心はあなたのところに通って恋い慕っておりますよ。○水無瀬河　水のない川の意。万葉集以来の景物。ここは水が伏流として川床の下を流れているものとしていう。○した　→四六四。○通ひて　流れが通じての意と、女の所へ心だけは行っての意を掛ける。○物を　詠嘆の表現。▽「下に通ひては、人に心の通ふによせたり」(教端抄)。

608　ひたすらあの方のことを思いながら寝たその夢ですので、この夢はわたくしの恋心によって見たのでありますね。○君をのみ　「のみ」はそれと限定して強調する表現。○夢　→五一六。○なりけり　→三七。▽「人の情にて見する夢にもあらずと嘆く心なり」(両度聞書)。→五二五・五五二。

610 梓弓(あづさゆみ)ひけば本末《もとすゑ》わが方によるこそまされ恋《こひ》の心は

春《はる》道《みちの》列《つら》樹《き》

611 わが恋《こひ》はゆくゑ(へ)もしらずはてもなし逢《あ》ふを限(かぎり)と思許(おもふばかり)ぞ

躬《み》恒《つね》

612 我のみぞ悲《かな》しかりける彦星《ひこぼし》も逢《あ》はで過《す》ぐせる年しなければ

613 今ははや恋《こ》ひ死《し》なましをあひ見むと頼《たの》めし事ぞいのちなりける

深《ふか》養《や》父《ぶ》

609 生命にもいっそうまさって惜しいものであるのは、最後まで見終らない夢がさめることなのですね。○おしくある　惜しいと確定的にいう表現。○見はてぬ夢　最後まで行かずに途中で切れてしまう夢の意。逢う場面の夢が終らない夢である。○なりけり　→三七。▽「不レ逢恋なり」(十口抄)。→五二四・五三三。

610 あずさ弓を引くとその本と末とがわが身の近くの方に「寄る」というが、わたくしがあの人に引きつけられて寄るばかりで、独り寝の夜にこそいっそう強くなるのです、恋い慕うわたくしの心は…。○梓弓　→二〇。「引く、本・末、寄る」を出す表現。→六〇五「白檀弓」。○本末　「もと」は弓の下端、「すゑ」は弓の上端のこと。○よる　→五五九。▽「無心のものも、引けば寄る理(ことわり)あるをうち嘆く心にや」(教端抄)。→六〇五。

〈逢うことを願う恋〉　五首

611 わたくしの恋は、どうなって行くかの方向もわかりませんし、どこまで行って落着するかという終極もありません。今はただひたすらに、あの人に逢うことを恋の限界と思うばかりなのです。○ゆくゑ　行く方向の意。○はて　事の成り行きが達する境界の意。○限　気持・行為が終る限界の意。▽恋は離れて慕うことを言うので、逢うことはひとまず恋の消滅を意味するのである。ただし逢って後には新たな思いが生れる(→巻十三・巻十四の、契りを結んで後の、逢って後に逢えずして慕う恋)。

612 わたくしだけが悲しいことですよ。あの彦星だって織女星に逢わないで過した年なんかないのですから。○彦星　牽牛星。○年し　年は一年間。「し」は強調の表現。▽→一七九。万葉集十五「年にありて一夜妹に逢ふ彦星も我にまさりて思ふらめやも」。「ふびんなる歌ざまなり」(十口抄)。

614 頼《たの》めつゝ逢《あ》はで年《とし》ふるいつはりに懲《こ》りぬ心を人は知《し》らなむ

躬《み》恒《つね》

615 命《いのち》やは何《なに》ぞは露《つゆ》のあだものを逢《あ》ふにし換《か》へばお《(を)》しからなくに

友《とも》則《のり》

613 こうなった今は、もはやさっさと恋い焦がれて死んでしまいたいことです。「お逢いしましょう」とあてにさせたあなたのおことばこそが、わたくしの生きる力だったのです。○はや　はやく、さっさとの意。自分にうながす気持を表わす。○あひ見むと　契りを結ぼうとの意。○頼めし　「たのむ」は頼りにさせるの意。「あひ」→六八。○いのち　生命、生命力の意。○なりける　→三七。▽「頼めしゆゑにもの思ふとの義なり」(教端抄)。

614 あてにさせては逢って下さらないままで年月が過ぎて来た、そんな嘘(そう)に、苦い思いで気持を変えもしないわたくしの心をあの人には知って頂きたいのです。○頼めつゝ　「たのむ」→六一三。「つつ」は反復の表現。○いつはり　うそ、虚偽の意。○懲りぬ心　苦い経験をしながらも考えを改めない心の意。○知らなむ　「なむ」はあつらえの表現。▽「(相手の人が)偽り偽りのみして逢はでのみ過すに懲りも果てぬべきを…なほ頼む心を、人もあはれと思へと言ふ義なり」(十口抄)。

615 命なんて。いったい何なのだい。露と同じくはかないものですよね。あの人と逢うのに取り換えるのならば惜しくありませんよ。○命やは　「やは」は反問の表現。○何ぞは　→三八二。○露のあだものを　「の」は同格の表現。「あだもの」は変りやすくはかないものの意。「あだ」→六二。「を」は強調の表現。○逢ふにし　契りを結ぶことにの意。「し」は強調の表現。○なくに　→一三。▽「命やはとは、我と軽んじていへる詞なり」(両度聞書)。巻十一・恋一、巻十二・恋二の「逢わずして慕う恋」、すなわち、逢うこともかなわず恋い慕い、ひたすらに恋い乱れ、つれなさを恨み続け、契りを結びたいと願う恋をよむ歌がここで終る。

古今和歌集巻第十三

恋歌　三

弥生《やよひ》の一日《ついたち》より、忍《しの》びに、人にものら言《い》ひて後《のち》に、雨《あめ》のそほ降《ふ》りけるに、よみて、遣《つか》はしける

在原業平朝臣

616 起《お》きもせず寝《ね》もせで夜《よる》をあかしては春の物とてながめ暮《くら》しつ

業平《なりひらの》朝臣の家に侍《(はべり)》ける女のもとに、よみて、遣《つか》はしける

敏《とし》行《ゆきの》朝臣

617 つれ〴〵のながめに増《ま》さる涙河袖のみぬれて逢《あ》ふよしもなし

巻十三・巻十四(恋三・恋四)は、契りを結んで後に逢えないで恋い慕い苦しむ情念をよむ、契りを結んで後になお慕い思う恋の歌。

契りを結んで後になお慕い思う恋　一三一首

〈逢うよしなしに〉　十八首

616 起きてしまうでもなく寝てしまうでもなく夜を明かしましては、その上に昼は昼で、春のものということで長雨が降り続くのを嘆いて時を過しました。○弥生の一日　陰暦春三月の朔日又は初旬。○忍びに…言ひて　こっそりと女に逢って言い交しての意。○そほ降りけるに　しとしとと降っていた時にの意。中世注は「そほぶり」とも示す。○春の物　春の景物の意。「そほ降る」雨をいう。漢語「春物」に当る。白氏文集六・喜陳兄至「坐憐春物尽。起入二東園一行」。○ながめ　→一一三。○暮しつ　夕暮まで時を過したの意。「つ」は意志的行為の存在確認の表現。▽「思ひの切なるを深う言へるなり」(両度聞書)。伊勢物語二段。

617 続く長雨で水かさの増して行く川のように、独り気もまぎれずにふけるもの思いに、恋心がつのっていよいよ泣けてくる涙、その涙の川で袖だけが濡れるばかりで逢うすべもありません。○つれ〴〵の　長々しく続くの意と、孤独で単調で気持がまぎれないの意を掛ける。名義抄「徒然ツレ〳〵ナリ」。○ながめ　→一一三。○増さる　水量がふえるの意と、恋心がつのっていよいよ泣くの意を掛ける。○涙河　→四六六。○ぬれて　水に濡れるの意と涙に濡れるの意を掛ける。○よし　→三四七。▽「つくづくと思ひの切なるままにうち眺め居たれば、いとど涙のまさる心なり」(両度聞書)。伊勢物語一〇七段。

618 水の浅い所でこそ袖は濡れると申しますが、きっとあなたの恋心が浅いからこそその袖は

かの女に代《かは》りて、返しに、よめる

業《なり》平《ひらの》朝臣

618 浅《あさ》みこそ袖は漬《ひ》つらめ涙河身さへながると聞《き》かばたのまむ

題しらず

よみ人しらず

619 寄《よ》るべなみ身をこそとを（ほ）くへだてつれ心は君が影となりにき

620 いたづらに行（ゆき）ては来《き》ぬる物ゆへ（ゑ）に見まくほしさに誘《いざ》なはれつゝ

621 逢《あ》はぬ夜の降《ふ》るしらゆきとつもりなば我さへともにけぬべきものを

この歌《うた》は、ある人の曰《いは》く、柿本人麿が歌也

濡れるくらいで済んでいるのでしょうね。あなたの涙の川が、袖が濡れるどころか身体までが流れるのだと聞いたなら信じましょう。○代りて →一七。○浅み 浅い所(「み」は場所を示す接尾語)の意と、浅いので(ミ語法→三三)の意を掛ける。○漬つ →二。○涙河 →四六六。○たのまむ →二九三。▽「涙は心ざしに従ふものなればかく言ふなり」(両度聞書)。伊勢物語一〇七段。

619 寄りかかって頼りにするところもありませんので、わが身を遠く引き離しておりますけれど、心はとっくにあなたに寄り添う影となってしまっております。○寄るべなみ 身を寄せる所がないのでの意。ミ語法→三三。「よる」→五九。○影 →五三八。▽「心は君が影のごとく添ひてあるとなり」(教端抄)。玉台新詠九・擬北楽府三首「願為レ影兮随二君身一」。

620 期待はずれになることは分っていても出掛けて行っては結局帰って来るからこそ、かえって又、逢いたさ見たさに引かれて、ついいつものことながら行き来させられまして…。○いたづらに 期待に反して用をなさなくて、無駄足をふんでの意。○見まく 見ることの意。ク語法。○誘なはれつゝ 「いざなふ」は導く、連れ出すの意。→四二〇。「る」(れ)は自発の表現。「つつ」は反復の表現。▽「恋路の習ひついかくのごとし」(十口抄)。伊勢物語六十五段。

621 お逢いしない夜々が、降りしきる白雪のように積り重なるのならば、その雪がやがては消えるとともにわが身も消え去ってしまってよいはずでしょうに。○つもりなば 雪が積もるの意と夜々が重なりふえるの意を掛ける。「ぬ」(な)は結果の表現。○けぬべきものを 「け(消)」は雪が融け去るの意とわが身が死ぬの意を掛ける。→四七〇。「ぬ」は上述。▽「雪の積もるごとくならば消ゆる

622
秋の野に笹《さゝ》わけし朝《あさ》の袖よりも逢《あ》はで来《こ》し夜《よ》ぞひちまさりける

業《なり》平《ひらの》朝臣

623
みるめなきわが身をうらと知《し》らねばや離《か》れなで海人《あま》の足《あし》たゆくくる

小野小町

624
逢《あ》はずして今宵《こよひ》あけなば春の日のながくや人をつらしと思《おも》はむ

源宗于朝臣

625
晨明《（ありあけ）》のつれなく見えし別《（わかれ）》より暁許《（ばかり）》うき物はなし

壬《み》生《ぶの》忠《たゞ》岑《みね》

ことあるべきをとなり」(十口抄)。恋に狂いつつ生きる苦しみを訴える歌。「柿本人麿」は伝承。

622　秋の野で、冷たい白露が降り置いている笹を分けながら帰った朝の袖は、白露と別れの涙とですっかり濡れてしまうものですが、そのきぬぎぬの別れの朝の袖よりも、お逢いしないままに帰って参りました夜のほうがいっそうひどく濡れることですね。〇ひちまさりける　「ひつ」→二。▽巻十三は契りて後の恋の部立なので、きぬぎぬの別れの朝の状況と解する。伊勢物語二十五段。

623　逢う機会を作ろうともしないわたくしが、わたくし自身わが身をつらい、いやだと思っているからこそ逢わないでいるのだとも知らないので、あの人は遠のきもしないで足もだるくなるまで通っていらっしゃるのですか。それはまるで、海松(みるめ)が生えない入江だと知らないので、遠のきもしないで漁師が足もだるくなるまで通ってくるようなものですのに。〇みるめ　→五三一。〇うら　「浦」と「憂(ら)」を掛ける。〇離れなで　離れないでの意。〇海人　→三〇一。ここは男の比喩表現。〇足たゆく　中世注は「あしだゆく」とも示す。▽男が逢わないなど説が多い。

624　お逢いしないままで今夜が明けてしまいますと、春の日は長いというそのままに長く長くいつまでも、あの人をつれないお方だと思うでしょう。〇春の日の　長くを出す表現。春の日は長いものとしていう。万葉集一・五「霞立つ長き春日の…」。〇つらし　→一七六。▽→六四。

625　月を残したまましらじらと夜が明けて行くありあけのころの、あの人が無情に見えたあのきぬぎぬの別れ以来、あかつきほどつらいものはない。〇晨明　→三三二。〇つれなく　夜がしらじらと無情に明けるの意と人がしらじらしく無情だの意を掛ける。→四八六。〇暁　→一六六。〇うき　→

626 逢事《(あふ)》のなぎさにし寄《よ》る浪なればうらみてのみぞ立《た》ちかへりける

在《あり》原《はらの》元《もと》方《かた》

627 かねてより風にさきだつ浪なれや逢《あ》ふことなきにまだき立覧《(たつらむ)》

よみ人しらず

628 陸奥《みちのく》にありといふなるなとり河無《な》き名《な》とりては苦《くる》しかりけり

忠《たゞ》岑《みね》

629 あやなくてまだき無《な》き名《な》のたつた河わたらで止《や》まむ物ならなくに

御《み》春《はるの》有《あり》助《すけ》

七二。▽「つれなく見えし別れよりこの方…暁ごとに思ふ心を含めし歌なり」(教端抄)。

626 逢うことがないというその「無き」という名を持つ「渚(なぎさ)」に寄る波なので、「浦」を見るだけで立ち返る、そのように、お逢いすることもなくただ「恨み」に思うばかりで立ち帰ったことです。○なぎさにし 「なぎさ」は「無き(さ)」と「渚」を掛ける。「し」は強調の表現。○うらみ 「浦見」と「恨み」を掛ける。「浦」→三六。○立ち 波の縁。

627 前もって風の吹くのに先だって立つ「波」のように前もって先だって立つ名であるのか、波静かな「凪(なぎ)」のうちにはやばやと波が立つように、逢ってもいないうちにはやばやと名が立っているようです。○さきだつ 万葉語の波が「さき」立つ意と名が先に立つ意を掛ける。○浪 「波」と「名(み)」を掛ける。単に「波」の意とする説もある。○なれや →三五。○なきに 「凪に」と「無きに」を掛ける。○まだき →三三。○立覧 波が立つ意と名が立つ意を掛ける。▽以下五首、「無き名」の歌で、契りを結びながらも、その後、逢うという実のないままに言われる名・噂(うわさ)を嘆くもの。万葉集十一「風吹かぬ浦に波立ち無き名をも我は負へるか逢ふとはなしに」。

628 あの遠い陸奥国に実在するということを聞く「名取川」よ。—それは実在するのだから、その「名を取る」という名の通りに評判になってもよかろうが—逢う実のない「無き名」で評判になっては苦しいことです。○陸奥 →三〇。遥かに遠いことを暗示する。○いふなる 「なり」は伝聞の表現。○なとり河 評判になるの意の「名取り」と川の名「なとり(川)」を掛ける。▽→六二七。

629 わけもわからないではやばやと逢う実のない「無き名」が「立つ」という、その「竜田川」を渡って—たとえそのように名が立つことになるとし

630 人はいさ我は無《な》き名《な》のお《(を)》しければ昔も今もしらずとを言《い》はむ

元《もと》　方《かた》

631 懲《こ》りずまに又も無《な》き名《な》はたちぬべし人にくからぬ世《よ》にし住《す》まへば

よみ人しらず

東《ひむがし》の五条わたりに、人を知《し》りを《(お)》きてまかり通《かよ》ひけり。忍《しの》びなる所なりければ、門《かど》よりしも、え入《い》らで、垣《かき》の崩《くづ》れより通《かよ》ひけるを、度《たび》重《かさ》なりければ、主聞《あるじき》きつけて、かの道《みち》に夜ごとに、人を伏《ふ》せて守《まも》らすれば、行《い》きけれど、え逢《あ》はでのみ帰《かへ》りて、よみて、遣《や》りける

業《なり》　平《ひらの》　朝　臣

632 人《ひと》しれぬわが通《よ》ひぢの関守《せきもり》はよゐ《(ひ)》〳〵ごとにうちも寝《ね》ななむ

ても―この恋を貫かずには止むものではありませんよ。○たつた河　名が「立つ」と、川の名「たつた(川)」を掛ける。○わたらで　「わたる」は川を渡るの意と逢って恋を遂げるの意を掛ける。○なくに　→一三。▽→六二七。竜田川は二人の仲を隔てるものの比喩表現とする説もある。

630 人さまは、さあ、いかがでしょう。わたくしは逢う実のないことをいう「無き名」がもったいないので、どうせなら昔も今もまったくあの人を知らないとそんな風に申しましょう。○人はいさ　→四二。「人」は相手をいうとする説もある。○おしければ　心残りなのでの意。「をし(けれ)」は手中にしたものを手放せない気持をいう。○しらずとを　「を」は詠嘆の表現。▽六二三番の歌の逆説的表現で「無き名」を恨むのである。現代風の、事実無根の噂(うわさ)は迷惑だとの解はとらない。

631 懲りもしないでまたしても逢う実のない「無き名」が立ってしまいそうです。人が恋い慕われる間柄を頼りに生きておりますので。○まに　「ままに」に同じ。○にくからぬ　憎くない、愛するの意。「なつかしき人をば人にくからずと申すめり」(密勘顕注)。○世　→五二三。○住まへば　「すまふ」は居所を定めるの意。

632 あの人のもとへ参る、人に知られない通い路を守る関守は、宵ごとにいつも、さっさと寝てしまってほしい。○知りをきて　よく知り親しんでの意。○まかり通ひけり　「通ひけり」の謙譲表現。○通ひぢ　→一六八。○関守　詞書の「人を…守らすれば」の警備する者をいう比喩表現。○よゐ〳〵　→五二六。○うちも寝ななむ　「うち」は動作を敏速にする意の表現。「も」は強調の表現。「ぬ」(な)は完了の表現。「なむ」はあつらえの表現。▽契って後に、忍ぶ恋の故に逢えないことを嘆くもの。伊勢物語五段。

題しらず

633 しのぶれど恋《こひ》しき時はあしひきの山より月のいでゝこそ来《く》れ

貫《つら》之《ゆき》

634 恋《こ》ひ〳〵てまれにこよひぞ相坂《あふさか》の木綿《ゆふ》つけ鳥《どり》はなかずもあらなむ

よみ人しらず

635 秋の夜も名のみなりけり逢《あ》ふといへば事ぞともなく明《あ》けぬるものを

小《を》野《の》小《こ》町《まち》

636 長《なが》しとも思《おもひ》ぞはてぬ昔より逢《あ》ふ人からの秋の夜《よ》なれば

凡河内躬《み》恒《つね》

633 人目を忍んで恋い慕う思いを秘め隠しているが、あの人が恋しい時は、山の端から月が出てくるように、わたくしも出掛けてくることです。〇あしひきの →五九。〇いでてこそ来れ 月が出る意と人が出掛ける意を掛ける。▽山の端から月が出るのは自然な出来事で、これをたとえとすることで、人の行動も当然で自然な自発的なものであることを示す。万葉集十二「あし引の山より出づる月待つと人には言ひて妹待つ我を」。

〈**まれに逢う夜は**〉 五首

634 ずうっと恋いこがれて来て、めったにないことにようやく逢う今宵(いよ)なのですよ。逢坂の関のゆうつけ鶏(りど)はこの夕暮から鳴かないでおくれ。〇こよひ 「よひ」→五一六。〇相坂 逢坂の関は人を隔てるもの。→三七四。〇木綿つけ鳥 →五三六。▽「逢ふ夜を惜しむなり」(十口抄)。男は翌朝早く戻って行く。逢うことは翌朝の別れ(「きぬぎぬの別れ」→六三九以下)を暗黙の前提としてよまれる。「まれ(稀)に」とあり、初めて逢う(契る)のでないことが分る。

635 「秋の夜」は長いものといわれるが、それも名だけのことでありましたよ。逢うということになると格別にどうということもないように早く明けてしまいますのにねえ。〇秋の夜 長いものの代表的景物。→一九六。〇といへば 婉曲に一般化した前提条件の表現。万葉集以来の表現。▽万葉集十「秋の夜を長しと言へど積りにし恋を尽くせば短くありけり」。→六三四。

636 長いと思い込みはしませんよ。昔から、逢う人によって決まる秋の夜なのですから。〇思ぞはてぬ 「おもひはつ」は心の中で最終的判断を下すの意。「ぞ」は強調の表現。「ぬ」は打消「ず」の連体形。▽→六三五。「逢ふ夜は長しとも思ひはべらぬとなり」(教端抄)。

637 しのゝめのほがら〳〵と明《あ》けゆけばを《(お)》のがきぬ〴〵なるぞ悲《かな》しき

よみ人しらず

638 明《あ》けぬとて今はの心つくからになど言《い》ひしらぬ思《おも》ひ添《そ》ふらむ

藤原国経《くにつねの》朝臣

寛平御時《(くわんぴやうのおほむとき)》后《きさいの》宮《の》歌合の歌《うた》

639 明《あ》けぬとて帰《かへ》る道にはこきたれて雨も涙もふりそほちつゝ

敏《とし》行《ゆきの》朝臣

題しらず

640 しのゝめの別《わか》れを惜しみ我ぞまづ鳥よりさきになき始《はじ》めつる

寵

637 夜明けが晴々と明けて行くと、二人それぞれの別れの朝が来て、めいめいの着物を着て別れるのがつらいことです。○しのゝめ →一五六。○ほがら〳〵 「ほがらかなり」の語幹の重複形。名義抄「開・朗 ホガラカナリ」。○きぬ〴〵なる 「きぬぎぬ」は衣を脱ぎ重ねて共寝し翌朝それぞれ着ること、そうして後の別れ、またその朝などの意。「なり」は指定の表現。▽契りを交した夜をあまりにも晴々とした夜明けとの対照でよむ。

638 夜が明けてしまうということで、「今はもう」という心が定まると同時に、どうして何とも言えぬ思いが寄りそうのでしょう。○今は →一六二。○つく 定着するの意。○からに →一六五。○添ふ ぴったりそばにつくの意。▽「心」が働いて「思ひ」となる。「今は」とことばに表わせる「心」が定着すると同時に、ことばにならない「思ひ」が寄り添う矛盾を言うことで、きぬぎぬの別れを前にした悲しみをよむ。

〈**きぬぎぬ**〉 十首

639 明けてしまうということで帰る道では、しごいてこぼれ落ちるように、雨が降りそそぎもし涙がこぼれ落ちもしてすっかり濡れてしまいまして…。○寛平御時…歌合 →三。○ふりそほちつゝ 「ふる」は雨が降るの意と涙が流れるの意を掛ける。「そほつ」→四〇一。中世注は「ふりそほぢ」とも示す。そぼ降るの意とする説もある。▽「ただ別ればかりもあるべきに、雨うちしきる時分なればわが涙をうち添へていとどしほれまさるとなり」(教端抄)。

640 夜が明けて行くころのきぬぎぬの別れを名残り惜しく思って、わたくしこそが朝の鶏(とり)が鳴く先に泣き始めることだ。○しのゝめ →一五六。○惜しみ ミ語法→三。「をし」→三九七。▽「鳥より先にと言ふ、早く別るるよしなり」(栄雅抄)。

641 ほとゝぎす夢かうつゝか朝露《あさつゆ》のおきて別《わか》れし暁のこゑ

読人しらず

642 玉匣（たまくしげ）あけばきみが名《な》たちぬべみ夜ふかく来《こ》しを人見けむかも

643 今朝《けさ》はしもおきけむ方も知《し》らざりつ思（おもひ）いづるぞきえてかなしき

大江千里

人《ひと》に逢《あ》ひて朝《あした》に、よみて、遣《つか》はしける

業《なり》平《ひらの》朝臣

644 寝《ね》ぬる夜の夢《ゆめ》をはかなみまどろめばいやはかなにもなりまさる哉（かな）

641 ほととぎすよ、あれは夢の中のものなのか、現実にあったものなのか。朝露の置くころに起きてきぬぎぬを惜しんで別れた夜明け方のあの声…。○おきて 「置きて」と「起きて」を掛ける。○暁 ↓一六六。○こゑ まずほととぎすの声だが、一首全体では、女の声、男の声が重なってくる。▽ほととぎすのほのかな声に、夢うつつの別れの心まどいを添える(十口抄)。

642 玉くしげは「開け」てこそ使えるものではあるが、夜が「明け」てからではあの方のうき名がきっと立つので、それを避けて深夜のうちに帰って来たのを他人(ひと)が見たであろうかなあ。○玉匣 ↓四一七。「あけ」を出す表現。万葉集以来の表現。○あけば 「開けば」と「明けば」を掛ける。○たちぬべみ 「ぬ」は強調の表現。「べみ」は「べし」のミ語法。↓三。○かも ↓一〇三。

643 今朝という今朝は、起き出て来た方向もまったく気付かないことでしたよ。「思い」の「日」が出るのに、かえって、「思い」の「火」が消え入るように悲しいことだ。○今朝はしも 「し」「も」は共に強調の表現で、重複して強い強調表現になる。○思 ↓四七〇・四七七。▽「心空に、出でぬる方も知らざりしに…」(栄雅抄)。「方」を方法とする説、初句「しも」を霜とする説などもある。

644 共寝致しました夜の夢のような不確かさがはかないので、その夢をもう一度しっかり見ようとしてうとうとしていると、ますます、まあ、不確かになって行くことですよ。○夢 その夜見た夢、転じて夢見心地に過した共寝をいう。○はかなみ 「はかなし」のミ語法。↓三。○まどろめば うとうとと寝るとの意。○いや いよいよの意。○はかなにも 「はかな」は「はかなし」の語幹。「も」は強調の表現。中世注は「ばかなにも」とも示す。○なりまさる哉 ますますなるなあの意。

業平朝臣の、伊勢国《のくに》にまかりたりける時、斎《(さい》宮《ぐう)》なりける人に、いとみそかに逢《あ》ひて、又の朝《あした》に、人遣《ひとや》るすべなくて思《おも》ひ居《を》りける間《あひだ》に、女のもとより遣《をこ》せたりける

よみ人しらず

645 君や来《こ》し我や行《ゆ》きけむ思《おも》ほえず夢《ゆめ》かうつゝか寝《ね》てかさめてか

返し

業《なり》平《ひらの》朝臣

646 かきくらす心のやみにまどひにき夢《ゆめ》うつゝとは世人《(よひと)》さだめよ

題しらず

よみ人しらず

647 むばたまの闇《やみ》の現《うつゝ》はさだかなる夢《ゆめ》にいくかもまさらざりけり

「かな」は詠嘆の表現。▽「夜深く別れて、又寝のさまなり」(十口抄)。伊勢物語一〇三段。

645 あなたがいらっしゃったのかしら、それともわたくしが参りましたのかしら、なんとも分りません。夢の中のことなのですか現実に起ったことなのですか、又、寝ている折のことですか目覚めているうちのことですか…。○まかりたりける 「まかる」→三六八。○斎宮なりける人 伊勢神宮を祭る斎王であった人の意。皇女を任じた。○みそかに 人目をしのぶ状態での意。○又の朝 翌朝、逢った夜の明けた朝の意。○すべ 手段・方法の意。○遣せたりける 「おこす」はよこすの意。○思ほえず 一・二句と四・五句の両者について言う。四・五句の倒置とする説もある。「おもほゆ」はひとりでに判断される、自然に知れるの意。万葉集以来の表現。▽夢見心地の逢う瀬をよむ。「や」は問いかける心を、「か」は問いかけて知ろうとする心を表現する(脚結抄)。来る・行く、夢・うつつ、寝て・覚めて、と二項対立でよむが、現実では男(君)が通い、夢では女(我)が通うという論理をふまえる。伊勢物語六十九段。

646 人の思いをかき乱すように暗くする心の闇にすっかり混乱致しました。あの逢う瀬が夢なのか現実なのかは他の人が定めて下さい。○心のやみ 分別のつかない心の状態をいう。○世人 世間の人の意だが、恋部では「世」は恋愛関係を言う(→五三)ので、恋仲の人つまり相手(女)と解する。中世注は「よびと」とも示す。▽「わが造作をせざる心なり」(両度聞書)。伊勢物語六十九段。

647 夜深い闇の中であの人にはかなくお逢いした現実の逢う瀬は、ありありと見た夢の中での逢う瀬にたいしてまさらないことです。○闇の現 闇の中での現実の意。顔・姿が見えない。○さだか →五二七。○いくかも 打消表現を伴って、

648 さ夜ふけて天《あま》の門《と》わたる月かげに飽《あ》かずも君をあひ見《み》つる哉

649 君が名《な》もわが名《な》も立《た》てじ難波《なには》なる見つともいふなあひきともいはじ

650 名とり河瀬《せ》ゞの埋《むも》れ木あらはればいかにせむとかあひ見《み》そめけむ

651 吉野河水の心はは《ゝ》やくとも滝のを《(お)》とには立《た》てじとぞ思《(おもふ)》

どれほども（…ない）の意。「か」は「ら」の誤写か。

648 夜がふけて大空を渡って行く月は名残り惜しくいくら見ていてもたんのうしないものですが、そのように月の光のもとで見飽きもせずにあの人をじっと見つめておりましたことです。○さ夜　夜の意。「さ」は接頭語。○天の門　上代語では天の磐戸(いはと)、天を海に見立ててその入口などをいうが、ここは月の通るコース、空の意。○月かげ　月の意と月光の意を掛ける。○飽かず　↓三七。○あひ見つる　「あひ」↓七六。▽「飽かぬ心、切なるべきにや」(両度聞書)。

〈人目を忍ぶ恋〉　十七首

649 あなたの名もわたくしの名も世間に立てますまい。あの有名な「難波」に在る「見つ」という名のその「御津」のあたりでは網引きをしてその掛声がひびきわたるでしょうが、そのように世間に知れわたらないように、たしかに逢っているなどとおっしゃらないで下さい、わたくしも逢ったことがあるなどと申しません。○立てじ　「じ」は打消の意志の表現。○難波なる　「なには」↓六〇四。「なり」↓四〇六。○見つ　「身」と「御津」と「見つ」を掛ける。「身」↓三八三。「津」は港の意。令義解・関市令「津者、摂津」と代表的に例示される摂津国の港に当るか。「みる」(み)↓四七六。「つ」は確認・強調の表現。○あひき　魚取りのための網引きの意の「網引(あびき)」と「逢ひき」を掛ける。「あふ」↓四七三。「き」は直接経験の表現。

650 「名取川」は、評判が立つというその名の通りに浅瀬浅瀬に隠れている埋れ木が水面に顕れそうな気がするが、そのように忍ぶ恋が露顕したらどうしようとしてあの時逢いはじめたのでしょうか。○名とり河　↓六二八。○埋れ木　水底に埋れた木の化石のようなもの。○あらはれば　水面に出ればの意と人に知られるならの意を掛ける。

652
恋《こひ》しくはしたにをおもへ紫の根摺《ねずり》の衣色に出《い》づなゆめ

小《お》野《の》春《はる》風《かぜ》

653
花すゝきほにいでて恋《こ》ひば名をお《(を)》しみ下結《したゆ》ふ紐《ひも》のむすぼゝれつゝ

橘清樹《たちばなのきよき》が忍《しの》びにあひ知《し》れりける女のもとより、遣《をこ》せたりける

よみ人しらず

654
思《おも》ふどちひとり〳〵が恋《こ》ひ死《し》なば誰《たれ》によそへて藤《ふぢ》衣きむ

返し

橘《たちばなの》清《きよ》樹《き》

655
泣《な》き恋《こ》ふる涙に袖のそほちなば脱《ぬ》ぎかへがてら夜《よる》こそは着《き》め

651 吉野川の流水は強くたぎって流れるものだが、そのように恋心がたとえ強いと仮定しても、それを外に出して、吉野川のたぎる水音のように大さわぎする世間の評判にはさせまいと心を決めていることです。○吉野河　→三四。○心　→四九一。○はやくとも　「はやし」は「速し」と勢いの激しく強い意を掛ける。「とも」は現前の事実を仮定的にいう表現。万葉集一・三一「ささなみの志賀の大わだ淀むとも」。○をと　→四九三。▽「心はいかにたぎるとも音には立てじとなり」(教端抄)。→四七一・四九一。

652 恋い慕わしいのならば心のうちで思っていなさいよ。紫草の根でこすりつけて染める衣の色が鮮やかなように、はっきりと表情やそぶりにお出しなさいますな、絶対に。○紫　根から紫色の染料を取るムラサキ科の多年草。→八六七・八六八。○ゆめ　決しての意。▽自分に言うとの説もある。

653 花すすきが穂を出すように表立って恋い慕うと評判が惜しいので、下紐(したひも)が解けるどころかかえって固く締められるように思いが晴れずつらいことです。○花すゝきほにいでて　→五四七。○名をおしみ　ミ語法→三。○下結ふ紐　「下紐」に同じ。→五〇七。○むすぼゝれつゝ　結ばれての意と心が解けないでの意を掛ける。「る」(れ)は自発の表現。「つつ」は反復の表現。▽→五〇七。

654 互いに恋い慕っているわたくしたちのどちらか一人が恋い死するならば、いったい誰にことと寄せて喪服を着ましょうか。○忍びに　ひそかにの意。○あひ知れりける　契りを結んでいたの意。「あひ」→七六。○どち　同類を示す接尾語。○ひとり〳〵　中世注は「ひとりびとり」とも示す。○よそへて　人のせいにしての意。○藤衣　→三〇七。▽「忍ぶ恋の切なるなり」(両度聞書)。

655 亡き人を泣いて恋い慕って流れる涙でわたくしの衣の袖がびしょ濡れになってしまうとき

題しらず　　　　小《こ》町《まち》

656 現《うつゝ》にはさもこそあらめ夢にさへ人目《め》を守《も》ると見るがわびしさ

657 かぎりなき思《おも》ひのまゝに夜《よる》も来《こ》む夢路《ぢ》をさへに人はとがめじ

658 ゆめぢには足《あし》もやすめず通《かよ》へども現《うつゝ》にひとめ見しごとはあらず

読人しらず

659 おもへども人目《め》つゝみの高《たか》ければ河と見ながらえこそわたらね

もありましょうから、それを脱ぎ替えるついでに夜だけはきちんと喪服を着ることに致しましょう。▽「昼着んことを忍ぶ心なり」（教端抄）。

656 現実の世ではそんな風に人目をうかがうこともありはするでしょうけれど、夢の中でさえ、稀(まれ)の逢う瀬にも人目を気にしていると思って見ていることのつらさよ。○人目を守る →五四九。▽「忍ぶ心の苦しきとなり」（両度聞書）。

657 尽きることのない恋の思いに従って、その思いの火をたよりとして夜の夢ではきっと逢いに来て下さるでしょうね。夢の中の通い路を通うことまで他人(ひと)はとがめだてしないでしょう。○思ひ →四七七。○夜も 「も」は強調の表現。○来む 相手の動作を「来む」といったもの。○夢路 →五三四。▽「来む」の意に説が多い。「忍び通ひのわりなきを侘びて言へるなり」（十口抄）。→六四五。

658 夢の中の通い路では心がはやって足も休めないで参りますけれど、現実に一目お逢いしたその時のような喜びはございません。○ゆめぢ →五三四。▽六四七番の歌の逆になるが、いずれも忍ぶ恋の切なさを訴えている。

659 恋い慕ってはおりますけれど、一方では人目をはばかる気持も強いので、まるで堤防が高いために川を目の前にしながら渡りたいのに渡り越えることができない時のように、「あの人は…」と思いながらようお逢いできないでおりますが…。○つゝみ 気がねして、障害になっての意と「堤」を掛ける。名義抄「障 ツツム」。中世注は「づつみ」とも示す。○河 「川」と「彼は」を掛ける。○えこそわたらね 「わたる」は、川を「渡る」と、決断する、逢う、契る、恋を遂げるなど（→六二九）の意を掛ける。「え…ず」→三七七。「こそ」は強調の表現。▽「彼は…」は、そこにいるのに、どうするか、いとしいなどの忍ぶ恋の思い、迷いを含み込んで

660 たぎつ瀬《せ》のはやき心を何《なに》しかも人めつゝみの塞《せ》きとゞむらむ

寛平御時后《きさいの》宮《の》歌合の歌《うた》　紀《きの》友《とも》則《のり》

661 紅の色には出《い》でじ隠《かく》れ沼《ぬ》のしたにかよひて恋《こ》ひは死《し》ぬとも

題しらず　躬《み》恒《つね》

662 冬の池に住《す》む鳰鳥《にほどり》のつれもなくそこにかよふと人にしらすな

663 笹《さゝ》のはにを《(お)》く初霜《はつしも》の夜を寒《さむ》みしみは付《つ》くとも色《いろ》にいでめや

言い残す。

660 沸きかえって流れる浅瀬のように激しくはやる恋心を、どうして、堤防が水の流れを止めてしまうように、人目という障害が邪魔してせき止めるのでしょうか。○つゝみ　→六五九。○はやき　→六五一。○何しかも　上代語。▽たぎつ・瀬・はやき・堤・せき止むは水の縁。

661 鮮やかな紅の色のようにははっきりと表情やそぶりに出しますまい。草におおわれて表面が隠れている沼の水面の下の水は流れないとはいってもそれでもひそかに流れているものだが、そのようにひそかに通いつづけるだけで恋い死をすると致しましても。○寛平御時…歌合　→三。○紅の色には出でじ　→四九六「いろ」。○隠れ沼　万葉集「隠沼(こもりぬ)」の平安時代の訓読による語か。「ぬま」→四六三。○したにかよひて　→五九一「した」。▽「下に通ふ心は苦しくとも切に忍ばむの心なり」(十口抄)。新撰万葉集上・恋・一〇〇参照。

662 冬の池に住む鳰鳥(にお)はいつも雌・雄連れ添っていて水に潜るのも上手な鳥だが、今はその連れ合いもなくて独りで水「底」深く潜って移動する。そのように、わたくしがそ知らぬふりでただ独りひそかに「其処(そこ)」に通っていると、他人(ひと)に知らせないで下さい。○鳰鳥　ニオ、カイツブリ。水鳥の一種。万葉集以来の景物。○つれもなく　連れがないの意と無関係にの意を掛ける。○そこ　「底」と「其処」を掛ける。○かよふ　移動するの意と女の所に通う意を掛ける。▽池・鳰鳥・底は水の縁。

663 笹(ささ)の葉に置く初霜が、夜が寒いので凍り付くとしても、その葉が色付くことがありましょうか。そのようにわたくしのあなたへの深い恋を表立たすことは致しません。○笹の…初霜　→五六三。○夜を寒み　ミ語法→三。○しみ　「凍(し)

664 山科《しな》のを《(お)》とはの山のを《(お)》とにだに人《ひと》の知《し》るべくわが恋《こ》ひめかも

読人しらず

この歌《うた》、ある人、近江采女《あふみのうねめ》のとなむ申す

665 満《み》つ潮《しほ》の流《なが》れひるまを逢《あ》ひがたみ見るめの浦《うら》によるをこそ待《ま》て

清原《きよはらの》深《ふか》養父《やぶ》

666 白河《しらかは》のしらずとも言《い》はじそこきよみ流《(ながれ)》て世ゝにすまむと思へば

平貞文

667 下《した》にのみ恋《こ》ふればくるし玉《たま》の緒《を》の絶《た》えてみだれむ人なとがめそ

友《とも》則《のり》

み」と「染(し)み」を掛ける。○めや 反語の表現。▽「忍ぶ心なり」(顕注)。

664 山科の「音羽山」はその名の通りに「音」にちなんで引き合いに出されるが、そのような単なる噂(うわさ)としてだけでも他人(ひと)の耳にとまるように表立ってわたくしが恋い慕いなんか致しましょうか。○をとはの山 →一四三。○をと →四九二。○知るべく きっと知ることになるようにの意。「べし」(く)は当然の表現。○かも 「か」は疑問の表現。「も」は詠嘆の表現。▽「近江采女」は伝承。

665 満ちている潮が流れて干潮になるまでのあいだに海松(みる め)が入り江に流れ寄るのを待っていればよいわけだが、わたくしは、その待つあいだの「干る間」(「昼間」)は逢うのも難しいので、海松が寄るという名の通り逢える時もあろうかと、こうして二人の夜を待ちわびているのです。○…を逢ひがたみ ミ語法→三。○見るめ 「海松」と「見る目」と地名「みるめ(の浦)」を掛ける。→五三一。○ひるま 「干る間」と「昼間」を掛ける。○よる 波の「寄る」と二人がなびき「寄る」と「夜」を掛ける。▽みるめの浦を地名としない説もある。

〈**色に出でなむ**〉 六首

666 「白川」の「しら」という名のように「知らじ」などとは言いますまい。その白川の水底はけがれなくきれいなので、いつまでも流れていずれの御世にも澄み切っているでしょうが、そのように、心清らかに時の流れゆくいつの世までも一緒に暮らそうと思いますので。○白河 同音反復で「知らず」を出す。○しらず 「しる」(→一四)は男女の関係があるの意。○言はじ 「じ」は打消の婉曲表現。○そこきよみ ミ語法→三。水底が清いの意と心が清いの意を掛ける。○世ゝ 御世御世の意(→三四三「世」)と現世・来世の意(→五三〇)を掛ける。

668 わが恋《こひ》をしのびかねてはあしひきの山橘《(たちばな)》のいろに出《い》でぬべし

よみ人しらず

669 大方《おほかた》はわが名《な》も水門《みなと》こぎいでなむ世をうみべたに見るめ少《すく》なし

平貞文

670 枕より又しる人もなき恋《こひ》を涙《なみだ》せきあへず漏《も》らしつる哉

よみ人しらず

671 風ふけば浪打《(うつ)》岸の松なれやねにあらはれて泣《な》きぬべら也

この歌《うた》は、ある人の曰《いは》く、柿本《かきのもとの》人麿《まろ》がなり

「世」は二人の仲(↓五二三)をも暗示する。○すまむ 「澄まむ」と「住まむ」を掛ける。「す(住)む」は夫婦になる、共住するの意。

667 心の中だけで恋い慕っているとつらいのです。もともとは丈夫で切れないはずの玉を貫き止めている紐(ひも)も、やがては切れて玉が乱れ散るものですが、そのように乱れてみよう、どなたもとがめだてしなさるな。○下に 心の中での意。○玉の緒の絶えて 「乱れ」を出す表現。「玉の緒」↓四八三。○な…そ ↓一七。▽「忍ぶことの苦しきほどにうち乱れむ…と言へるなり」(両度聞書)。

668 わたくしの恋い慕う思いを秘(ひ)め隠すことに耐えられなくて、山たちばなの実の色が鮮やかに赤いように、恋い慕う思いがきっと表に出てしまうでしょう。○山橘 ヤブコウジ。赤い実が目立つ。○いろに出でぬべし 「いろ」↓四九六。

669 もともとは、わたくしの名も、人目の多い港を通って舟が漕ぎ出して行くように世間に知れわたってほしいのです。普通ならあるはずの海べに「海松(みるめ)」がなんとも少ないのと同様に、二人の仲に疲れてしまうほどに逢う機会が少ないのですから。○大方は ↓一八五。四・五句にも響いている。○水門 人の集るところ。↓二九三。○いでなむ 「いづ」(で)は外に出るの意と噂(うわさ)が流れるの意を掛ける。○世 ↓五二三。○うみべた 飽きるの意の「倦(う)み」と「海べた(海辺)」を掛ける。○見るめ ↓五三一。

670 枕だけが知っていてほかに知る人もないはずのその恋を、悲しみの涙がこみあげて塞(せ)き止められないままに、他人(ひと)に漏らしてしまったことです。○枕 ↓五〇四。○せきあへず 「あふ」↓七。

671 わたくしは、風が吹くと波がうち寄せる岸べの松のようなものだろうか、その岸べの松の

672 池にすむ名《な》をゝしどりの水を浅《あさ》みかくるとすれどあらはれにけり

673 あふことは玉《たま》の緒《を》許《（ばかり）》 名《な》のたつは吉野《よしの》ゝかはのたぎつ瀬《せ》のごと

674 群鳥《むらどり》のたちにしわが名《な》今更に事なしぶともしるしあらめや

675 きみによりわが名《な》は花に春霞野にも山にもたち満《み》ちにけり

根が波に洗われて露出するように、まさに声に出してあらわに泣いてしまいそうなことです。○なれや →三五。○ね 「根」と「音」を掛ける。「根」は松の縁。「音」は松風・波の縁。○あらはれて 「洗はれて」と「現はれて」を掛ける。○べら也 ↓三。▽音にな(鳴・泣)く↓四九八。「忍びかねたる心なり」(教端抄)。「柿本人麿」は伝承。

〈**名立ちて**〉 五首

672 池に住んでいるあの「おしどり」は、その名を、恋仲だという評判が「惜し」というくせに、いつも雄・雌連れだっているうえに池の水が浅いものだから、その姿が人目から隠れているつもりですっかり見えている。それと同じように、わたくしも、あの人と恋仲ではあってもそれが評判になるのが残念なので、人目にはつかないでいると思い込んでいたのに、やはりすっかり目立っていたことです。○名 鳥の「名」の意と評判の意の「名」(→五七二)を掛ける。○をし 「惜し」と鳥の名「をし」(おしどり)を掛ける。おしどりは、常に雌雄同棲し、むつまじい夫婦の比喩とされる。日本書紀の歌謡に見え、中国も同様。○水を浅み ミ語法→三。○かくるとすれど 「かくる」は水に隠れるの意と人目から隠れるの意を掛ける。○あらはれにけり 「あらはる」は、鳥の姿が見えるの意と恋が世間に知れるの意を掛ける。▽名を惜し↓六三〇「をし」。「忍ぶも忍びがたき心なり」(両度聞書)。万葉集二十「磯の裏につねよひ来住むをしどりの惜しきあが身は君がまにまに」。

673 お逢いすることは玉の緒のようにわずかであって、評判が立つのは、水音が高いというあの吉野川のわき返って激しく流れる瀬のように騒がしいことでして。○玉の緒許 わずかのことの比喩。→五六八。万葉集十四「さ寝らくは玉の緒ばかり恋ふらくは富士の高嶺の鳴沢のごと」。○吉野

676
知《し》るといへば枕だにせで寝《ね》しものを塵《ちり》ならぬ名《な》のそらにたつ覧

伊　勢

のかは　→三四・四七一。

674　群がっている鳥が騒がしくいっせいに飛び立つようにやかましく立ってしまったわたくしの恋の評判は、いまさら何ごともなかったようなふりをしても効果がありましょうか、いやまったくありませんでしょうね。○群鳥の　いっせいに飛び立つ鳥の群れの生態から、「立つ・朝立つ」を出す表現。万葉集以来の表現。○たちにし…「たつ」は鳥が飛び立つの意と噂《さう》が立つの意を掛ける。「ぬ」(に)は完了の表現。「き」(し)は直接経験の表現。○事なしぶ　事無しぶ。何事もないようにふるまうの意。○しるし　→六四。○めや「む」(め)は推量の表現。「や」は反語の表現。

675　あなたによってわたくしの評判は盛りの花のように花やかに、しかも花に春霞とよまれるその春霞が野や山の至る所に立ちわたるように、野にも山にも、そして言うまでもなく都のすみずみまでいっぱいに立ってしまったことです。○花に　花やかに、浮々との意。花は春の美の代表的景物。→九〇以下。「実」に対するはかないものとしていうとの説もある。○野にも山にも　「も」は並列の表現。野・山は都・里に対していう。○たち満ちにけり　「たつ」はかすみが立つの意と噂《さう》が立つの意とを掛ける。「ぬ」(に)は結果の表現。「けり」は新たな認識の表現。▽花と霞は、春の美の代表的な取合せ表現で、霞が花の美しさをいっそう引き立たせるものとしていう。→一〇二・一〇三。

676　秘めごとも知ってしまうというのでその枕さえしないで寝ましたのに、もともと空に浮く塵が大空に立つのは分りますが、その塵にも値しない評判が当て推量になぜ高く立っているのでしょうか。○枕　→五〇四。○塵　塵埃。○そら　空間の意と、根拠も知らずに高くの意を掛ける。

古今和歌集巻第十四

恋歌四

題しらず

よみ人しらず

677
陸奥《みちのく》の安積《あさか》の沼《ぬま》の花かつみかつ見る人に恋《こ》ひやわたらむ

678
あひ見ずは恋《こひ》しきこともなからましを《(お)》とにぞ人を聞《き》くべかりける

契りを結んで後になお慕い思う恋（承前　七十首）

〈見れども飽かず〉　九首

677　陸奥国の安積の沼の「花かつみ」よ、その「かつ見」という名のように、一方では逢っていながらも、遥(はる)かに遠いあの陸奥国から都を恋い慕うようにわたくしはあの人を恋いつづけることになるのでしょうか。○陸奥　→三八〇。○花かつみ　花の名「はなかつみ」と「かつ見」を掛ける。中世注は「はながつみ」と示す。○かつ見る　「かつ」→七三。「見る」→四七六。ハナカツミは未詳。ハナアヤメ、ハナショウブの類か。万葉集以来の景物。▽万葉集四「をみなへし咲き沢に生ふる花かつみ都(かつ)ても知らぬ恋もするかも」に当る歌を、古今六帖・六に下句「都(みやこ)も知らぬ恋もするかな」として採るのは当時の理解を示す。「あひ見て思ひのまさるよしなり」（十口抄）、「行く末を思ふ心なるべし」（教端抄）のいずれも当っていよう。

678　お逢いしないでいたらこんなに恋い慕わしいこともなかったでしょう。噂(うわさ)でだけあの人のことを聞いているべきでした。○あひ見ずは　「みる」→四七六。「あひ」→七八。○まし　反実仮想の表現。○をとにぞ…　→四七〇。「べし」は当然の表現。「けり」→四三〇。▽「あひ見て思ひのまさるよしなり」（十口抄）。

679　あのよく知られた石上の「布留」の「中道」のその「ふる」という名のようにやがて過ぎ去って薄れゆくと思いましたが、「なか」という名のように「なかなか」かえって、なまじお逢いしなければこうも恋しいとは思いはしなかったでしょう。○礒の神　→一四四。○ふる　地名「布留」と「経(古)る」を掛ける。○中道　諸説があり一定しない。○なかなかに　→五九四。「なかなかに」を出す表現。○見ずは　「みる」→四七六。○ましやは　「まし」は

679 礒《いそ》の神ふるの中道《なかみち》なか〱に見ずは恋《こひ》しと思《おも》はましやは

貫《つら》之《ゆき》

680 きみといへば見まれ見ずまれ富士《ふじ》の嶺《ね》の珍《めづら》しげなくもゆるわがこひ

藤《ふぢ》原《はらの》忠《たゞ》行《ゆき》

681 夢にだに見《み》ゆとは見えじ朝《あさ》な〱わが面影《おもかげ》にはづる身なれば

伊勢

682 石《いし》ま行《(ゆく)》水の白浪立《(たち)》かへりかくこそは見め飽《あ》かずもある哉《(かな)》

よみ人しらず

反実仮想の表現。「やは」は反語の表現。▽「あひ見て後の心なり」(両度聞書)。

680 あなたのことということになると、他人(ひと)が見ていようがいまいが、又、お逢いしていようがいまいが、そんなことにおかまいなく、富士山は昔から煙を出して燃え続けるのが当り前であるように、いつも燃えあがっているわが恋の火よ。○といへば ↓六三五。○見まれ見ずまれ 「みる」は見るの意と逢うの意(↓四七六)を掛ける。○珍しげなく 稀でなく、常にの意。○もゆる 焔・煙が立つ意「燃ゆ」と「恋・思い」の「火」の「燃ゆ」を掛ける。○こひ 「恋」と「ひ(火)」を掛ける。↓四七〇・四七七。▽「君といへばに心をつくべし」(両度聞書)。↓五三四。

681 せめて夢の中だけでもわたくしの方から現われてあなたに見えているのだと思われたくありません。毎朝毎朝鏡に映るわたくし自身の面影に気が引ける思いのわが身なのですから。○面影 鏡に映る影。↓三三三。▽「夢」↓五二六。「夢にだに」は、待ちに待ってようやく逢う現実の場合も恥かしいのに、まして、知らぬうちに魂が抜け出して行って何の心用意もないままにあの人に見られてしまう、その夢を前提にいう。「女歌にて殊におもしろし」(十口抄)。

682 石のあいだを流れて行く水の白波が逆巻いてもとの所に戻って行く、そのように、繰り返し繰り返しお逢いしたいのです。それでも満ち足りるということはないのですよねえ。○立かへり 元に帰りの意と繰り返しの意を掛ける。○見め 「みる」↓四七六。○飽かずも ↓三三七。「も」は強調の表現。▽「ほのかに逢ひて飽かず思ふ心なり」(十口抄)。

683 伊勢国の漁師が朝にも夕べにも水に潜って採ると聞いている「海松(みる)」、その「見る目」と

683 伊勢のあまの朝《あさ》な夕《ゆふ》なに潜《かづ》くてふ見るめに人を飽《あ》くよしも哉《(がな)》

友《とも》則《のり》

684 春霞たなびく山の桜花みれどもあかぬ君にもある哉《(かな)》

深《ふか》養《や》父《ぶ》

685 心をぞわりなき物と思《(おもひ)》ぬる見る物からや恋《こひ》しかるべき

凡河内躬《み》恒《つね》

686 かれはてむ後《のち》をば知《し》らで夏草のふかくも人のおもほゆる哉

いう名の通りに、朝にも夕べにもお逢いする機会があって、あの人に心から満ち足りるすべがあればよいのにと願っています。○あま →三〇一。○見るめ →五三一。○飽く →三七。○も哉 強い願望の表現。▽上句は、万葉集十一「伊勢のあまの朝な夕なにかづくといふ鮑の貝の片思(も)ひにして」に同じ。

684 春がすみがたなびいている山の桜花はなんとも美しくて、いくら見ていても心から満足することがありませんが、それと同じく、いくらお逢いしてもわたくしが心から満ち足りるということがないあなたですね。○春霞…桜花 →五一・一〇三。○みれども 「みる」→六八〇。○あかぬ →三七。

685 こころというものはどうしようもできないものだと思うようになりました。そうでなければどうしてお逢いしていながら同時にこんな風に恋しいはずがありましょうか、そんなことはないはずなのですから。○わりなき →五七〇。○思ぬる 「ぬ」(ぬる)は無作為の結果の表現。○物から 順接の表現。○や 反語の表現。▽「あひ見るからは心も休すべきを…となり」(教端抄)。

〈深く思う恋〉 十六首

686 枯れ尽すであろう将来のことは知らないで無心に夏草が深く茂っているが、それと同じく、やがては疎遠になってしまうこともあろう将来のことには関心もなくて、こんなに深くあの人が思われることですよ。○かれはてむ 「枯れ果てむ」と「離(か)れ果てむ」を掛ける。○後 これから先々の意。○知らで 知覚しないでの意と関心を持たないでの意を掛ける。「しる」→一四。

687 飛鳥川が昨日の淵が今日は浅瀬になる、そのように変りやすい世の中であるとしても、又そんな風に変りやすいのが男女の仲だとしても、この人と思い定めて恋い慕いはじめたあの人のこ

687 あすか河淵《かはふち》は瀬《せ》になる世なりとも思《（おもひ）》そめてむ人はわすれじ

よみ人しらず

寛平御時后《（くわんぴやうのおほむとき）きさいの》宮《の》歌合の歌《うた》

688 思《おも》ふてふ事の葉《は》のみや秋をへて色もかはらぬ物にはあるらん

題しらず

689 さむしろに衣かたしき今宵《こよひ》もや我を松覧《（まつらむ）》宇治の橋姫

又は、宇治《うぢ》の玉姫《たまひめ》

690 きみや来《こ》む我や行《ゆ》かむのいさよひに槙《まき》の板戸《いたど》もさゝず寝《ね》にけり

とはいつまでも忘れは致しますまい。○あすか河…世　↓九三。「世」は世の中の意と二人の仲の意(→四七五)を掛ける。○思そめてむ　思ひ初めたの意。「つ」(て)は確認の表現。「む」は婉曲の表現。▽「深く思ふ人に、心の誓ひなり」(両度聞書)。

688 木の葉は「秋」になると色が変るものですし、人の心も「飽き」がくると様子が変るものですが、あの人を思うという—たとえそれが普通には「言の葉」と言われるとしても—このわたくしの心からのことばだけは、けはいでさえも変らないものでしょう。○寛平御時…歌合　↓三。○てふ　↓三六。○事の葉　ことばの意。「事」は「言」に同じ。秋・(木の葉の)色の縁で言の「葉」という。○や　詠嘆の表現。○秋　「秋」と「飽き」(→三七)を掛ける。○色　色彩の意と様子・けはいの意を掛ける。

689 狭いむしろに自分の衣だけを広げて独り寝して、今宵(こよ)もわたくしを待っていてくれるでしょうか、宇治の橋姫よ。○さむしろ　藁(わら)などで編んだ狭いむしろ、狭筵。「さ」を接頭語とする説もある。○衣かたしき　共寝は二人の衣を重ね広げるので、独り寝のさまをいう。○松　「待つ」の表記。○宇治の橋姫　古いなじみの女をうじ橋の守り神にたとえた。宇治橋(続日本紀・文武紀・道照伝)は古いものの代表とされる(→九〇四)。中世注は「はしびめ」とも示す。▽万葉集九「あが恋ふる妹は逢はさず玉の浦に衣片敷きひとりかも寝む」。「宇治の玉姫」は五句の異文。玉は美称。伊勢物語六十三段。

690 あなたがいらっしゃるのか、わたくしが参るのかというためらいのために、十六夜(いざよい)の月のようにぐずぐずとして、真木の板戸を閉ざさないで寝てしまうことになったことです。○いさよひ　ためらいの意となかなか出ないいざよいの月を掛ける。中世注は「いざよひ」と示す。○槙の

691 今こむと言《い》ひし許《(ばかり)》に長月のありあけの月を待《ま》ちいでつる哉

素《そ》性《せい》法師《し》

692 月夜《よ》よし夜よしと人に告《つ》げやらば来《こ》てふににたり待《ま》たずしもあらず

よみ人しらず

693 きみこずは寝屋《ねや》へもいらじ濃《こ》紫わが元結《もとゆひ》に霜はを《(お)》くとも

694 宮木野《の》のもとあらの小《こ》萩《はぎ》つゆをおもみ風をまつごと君をこそまて

板戸　ヒノキなどの良材で作った板の戸。万葉集以来の景物。▽男は現実に通い、女は夢で通う(→六四五)。

691 もうすぐ行くよとおっしゃったばかりに秋の夜長をお待ちし続けておりまして、九月の長い夜のありあけの月が出るまでお待ちしてしまったことです。○こむ　「く(来)」は女の所を中心にして言う表現。○長月　陰暦秋九月の名称と秋の夜長の意の「長」を掛ける。○ありあけの月　陰暦の暦月《(れきげつ)》の下旬の夜、遅く出て夜明けに残る月。

692 月が美しい、夜がすばらしいとあの人に言ってやるなら、まるで来て下さいとこちらから言うようなものですね。でもお待ちしていないわけでもないのですもの。○月夜　「月」に同じ。○夜よし　漢語「良夜」に当る。○来てふ　「こ」は「く(来)」の命令形。「てふ」→三六。▽万葉集六「わがやどの梅咲きたりと告げやらば来(こ)と言ふに似たり散りぬともよし」。

693 あなたが来ないならば寝屋へなんか入りますまい。濃い紫色の組糸で結んだわたくしの元結にたとえ霜が置くと致しましても…。○寝屋　閨、寝室。多く女のそれをさす。○元結　髻《(もとどり)》を結ぶ組糸。▽女性の服制(衣服令)も、濃紫は貴人の礼服・朝服での色で、ここは正装のままでいるのを暗示するか。万葉集二「居明かして君をば待たむぬばたまのわが黒髪に霜は降るとも」。

694 遠い宮城野の根元の葉のまばらな萩が、枝先の葉に置く露が重いのでその露を吹き落してくれる秋風の吹くのを待つように、さびしく重い気持を、お出でになって払いのけて下さるそんなあなたをお待ちしております。○もとあら　根元の葉がまばらの意。○小萩　小は愛称。○つゆをおもみ　ミ語法→三。漢詩に学んだ表現。庾仲容・詠柿「風生樹影移。露重新枝弱」。露が重いの

695 あな恋《こひ》し今も見てしか山がつの垣《かき》ほに咲《さ》ける山となでしこ

696 津の国《くに》のなには思《おも》はず山城《しろ》のとはにあひ見むことをのみこそ

貫《つら》之《ゆき》

697 しきしまの大和《やまと》にはあらぬから衣ころも経《へ》ずして逢《あ》ふよしも哉(がな)

深《ふか》養《やぶ》父《ぶ》

698 恋《こひ》しとは誰《た》が名《な》づけけむ事ならん死《し》ぬとぞたゞに言《い》ふべかりける

での意と心が重いのでの意を掛ける。

695 ああ恋い慕わしい、今も逢いたいものだ。山に住む人の垣根に咲いていたあのやまとなでしこのようなやさしかったその娘(こ)よ。〇見てしか　「みる」→四六六。「てしか」は願望の表現。〇垣ほ　垣根の意。〇山となでしこ　→二四四。草の名「やまとなでしこ」とかきなでる、可憐な女の意の「撫でし娘(こ)」を掛ける。

696 津の国という摂津国の港を代表する「難波」はその「名」を「何は」といいますが、その名のように他の何かを漠然と思ってはいません。山城国の「鳥羽」がその名を「とわ(永久)」というように末永くお逢いすることだけをひたすら思っています。〇津の国のなには　→六〇四・六四九。「なには」は、地名「難波」と「名には」と他の何かの意の「何は」を掛ける。〇とは　地名「鳥羽(はと)」と「永久」を掛ける。中世注は「とば」とも示す。〇のみこそ　限定して強調する表現。

697 敷島というその日本ではなく、遠い唐の国から伝わった美しい唐衣は日ごろ着なれていますが、あいだに幾日も置かずにお逢いするすべでもあればよいのになあ。〇しきしまの大和　日本国のこと。「しきしまの」は大和の枕詞。磯城島(しきしま)金刺宮の名からかけたとの説もある。〇から衣　国名の「唐(から)」(中国)と衣服の「唐衣」を掛ける。「衣」の同音反復で「頃(ころ)も」を出す。〇も哉　願望の表現。▽→四二〇。

698 この思いを「恋し」というのはいったい誰が名づけたことばでありましょう。むしろ「死ぬ」とそのものずばりに言うべきでありました。〇べかりける　「べし」は当然の表現。「けり」は認識を新たにした表現。

699 吉野の逆巻き流れるあの吉野川の岸に、風になびいて波打つように咲く「藤波」。その「な

よみ人しらず

699 み吉野《よしの》の大河《おほかは》のへの藤《ふぢ》なみのなみに思《おも》はば我恋《こ》ひめやは

700 かく恋《こ》ひむものとは我《われ》も思《(おもひ)》にき心の占《うら》ぞまさしかりける

701 あまのはら踏《ふ》みとゞろかし鳴《な》る神もおもふ仲《なか》をば裂《さ》くるものかは

702 梓弓《(あづさゆみ)》ひき野《の》のつゞら末《すゑ》つゐ《(ひ)》にわが思ふ人にことのしげゝむ

この歌は、ある人、天帝《あめのみかど》の、近江采女《あふみのうねめ》に賜《たま》ひけるとなむ申す

み」という名のように並み一通りにあの人を思っておりますなら、わたくしがこんなにお慕い致しましょうか。○み吉野の大河　吉野川(→一二四)。「み吉野」→三。「大」は美称。○へ　中世注は「べ」と示す。○藤なみ　→一二〇。「波」の同音反復で「並み」を出す表現。○やは　反語の表現。▽万葉集五「若鮎(わかゆ)釣るまつらの川の川波のなみにし思(も)はば我恋ひめやも」。

700 このようにやがては深く恋い慕うことになるものだと、わたくしも思うようになっておりました。心の中で将来を知ろうとしたあの占いにぴったり合っていることです。○思にき　「ぬ」(に)は結果の表現。「き」は直接経験の表現。○心の占　心の中でする占いの意。名義抄「占・裏・底ウラ」「卜・占　ウラナフ」。○まさしかりける　「まさし」→三七四。「ける」→六九八。

701 大空を踏み轟(とどろ)かして大音響を立てる雷神だってわたくしたちの恋仲を引離そうか、いやそんなことはしない。○あまのはら　→四〇六。○鳴る神　→四八二。○ものかは　反語の表現。

702 〈噂も高く〉　三首

あずさ弓は本末(もとすえ)を「引く」ものですが、その「引」きという名の「引野」の蔓草(つるくさ)の「末」といわれる蔓の先の末端が繁茂して伸びるように、やがて最後にはわたくしが恋い慕うあの人に噂(うわさ)が高く立つことでしょう。○梓弓　→二〇・六一〇。○ひき野　弓を「引き」と地名「ひき(野)」(不明。万葉集以来の地名)を掛ける。○つゞら　ツヅラフジなどの蔓草。名義抄「黒葛・累葛　ツヅラ」。○末つゐに　「末」は蔓の末端での意と最後の最後にの意を掛ける。「つゐ」は「つひ」が正しい。○こと　状態の意の「事」と噂の意の「言」を掛ける。○しげゝむ　草が繁るだろうの意と噂が高いだろうの意を掛ける。「しげけ」は形容詞「しげし」の未然

703 夏引《び》きの手《て》びきの糸《いと》をくりかへし事しげくとも絶《た》えむとおもふな

この歌《うた》は、返しによみて奉《たてまつ》りけるとなむ

704 里人《さと》の事は夏野《の》のしげくともかれゆくきみに逢《あ》はざらめやは

藤原敏行朝臣の、業平朝臣《なりひらの》の家なりける女をあひ知《し》りて、文遣《ふみつか》はせりける言葉《ことば》に、今《いま》まうでく、雨《あめ》の降《ふ》りけるをなむ見煩《わづら》ひ侍《(はべる)》と言《い》へりけるを聞《き》きて、かの女に代《かは》りて、よめりける

在原業平朝臣

705 かず〳〵に思《おも》ひおもはず問《と》ひがたみ身をしる雨は降《ふ》りぞまされる

形の古形。○天帝　天の御門(みかど)の意。天皇を指す。万葉集以来の表現。○近江采女　近江国出身の采女(→かな序注一七)。▽引き・末は梓弓の縁。万葉集十「あづさ弓引きつの辺なる名のりその花咲くまでに逢はぬ君かも」。「天帝…」は伝承。

703　夏に手で繊維を手ぐり出して作る糸を次々と手ぐり出して溜(た)めるように、世間で繰り返し繰り返し噂(うわさ)が高いとしてもわたしとの仲が絶えるだろうとは思わないで下さい。○夏引きの糸を出す表現。万葉集の枕詞「夏麻(そ)引く」に当るが、それは「う(績)」などにかかる。○くりかへし　たぐり出すの意と反復するの意を掛ける。○事　→七〇三「こと」。○しげくとも　密集しての意と噂が多くての意を掛ける。○絶えむ　糸が切れるだろうの意と恋仲が切れるだろうの意を掛ける。▽「返し…」は伝承。

704　世間の人の立てる噂(うわさ)は、夏の野に草が繁茂していてもやがては枯れてゆくようにどんなに高くてもやがては忘れられてゆくものですのに、その噂で遠のいて行くあの人にお逢いせずにおられましょうか。○里人　山人(→一〇七六)・都人(→九三七)に対する表現。「(夏)野」の縁でいう。○事　→七〇三「こと」。○しげく　→七〇三。○かれゆく　草が「枯れ行く」と、噂がなくなる意の「涸(か)れ行く」と、人が「離(か)れ行く」を掛ける。

705 〈**身のほどを知る**〉　十三首

ねんごろにわたくしを思ってくださるのかそうは思ってくださらないのか、聞きたくても聞けないのでお聞きしませんでしたが、雨のため出にくいとおっしゃるおことばで身のほどを知ってますますあふれ出す涙と同様に、わが身のほどが分るその雨がますます降りつのっていることです。○家なりける　家に居たの意。○あひ知りて　親しくしての意。「あひ」→七八。○文　手紙の

ある女の、業平朝臣《なりひらの》を、所定《ところさだ》めず歩《あり》きすと思《おも》ひて、よみて、遣《つか》はしける

よみ人しらず

706 大幣《おほぬさ》の引《ひ》く手《て》あまたになりぬれば思《おも》へどえこそ頼《たの》まざりけれ

返し

業《なり》平《ひらの》朝臣

707 大幣《おほぬさ》と名《な》にこそ立《た》てれながれてもつゐ(ひ)に寄《よ》る瀬《せ》はありてふ物を

題しらず

よみ人しらず

708 須磨《すま》のあまの塩《しほ》やくけぶり風をいたみ思《おも》はぬ方にたなびきにけり

709 玉かづら這《は》ふ木あまたになりぬれば絶《た》えぬ心のうれしげもなし

意。○言葉　手紙の文言の意。歌の用語としては「こと(言)」、ことのは(→かな序注三六)」を用いる。○今まうでく　すぐ行くの意。「く(来)」→六九一。○見煩ひ　困っての意。○かず〳〵に　価値があるとの意とたくさんの意を掛ける。○思ひおもはず　「至り至らぬ」(→九三)と同じく古今和歌集的表現の一つ。○がたみ　ミ語法→三。○しる雨　相手の心を察知する根拠の雨の意と相手の心を見きわめて流す涙の雨(→六三九)の意を掛ける。「しる」→一四。○降りぞまされる　「降る」は涙が流れるの意と雨の降る意を掛ける。▽伊勢物語一〇七段。

706　大幣(おおぬさ)を引き寄せる手がたくさんあるように、あなたを誘い寄せる女性がずいぶん多くなったので、思いを寄せてはおりますものの、あなたを信じて頼れません。○所定めず　通う女を定めないでの意。○大幣　六月・十二月の末日などの百官の集合が義務づけられている大祓(おおはらえ)=神祇令)のぬさ(→二九八)で、人々が引き寄せて穢(けがれ)を移しはらい、後に川へ流す。名義抄「御麻　オホヌサ」。神祇令「大祓者。中臣上㆓御祓麻㆒」。○引く手　引き寄せる手の意と誘う女の意を掛ける。○え…ざり　→三七七。▽伊勢物語四十七段。

707　わたくしが大幣(おおぬさ)のようなものだとおっしゃいますけれど、大幣なら川に流れても最後には流れつく浅瀬があると言いますのに。このわたくしはかえって、あなた恋しさに涙がこみあげても最終的に頼りにして落ちつくあてもないもの…。○大幣　→七〇六。○ながれて　→四四。○寄る瀬　流れ寄る浅瀬の意と居を定める所の意を掛ける。○てふ　→三六。○物を　→二三八。▽最後は女の所へ行くのだと解する説もある。伊勢物語四十七段。

708　わびしいあの須磨の浦の漁師が塩を取るのに海藻を焼く煙が風が強いので思いがけない方

710 誰《た》が里《さと》に夜離《よが》れをしてか郭公《(ほととぎす)》たゞこゝにしも寝《ね》たるこゑする

711 いで人は事のみぞ良《よ》き月草のうつし心は色ことにして

712 いつはりのなき世なりせばいか許《(ばかり)》人の事の葉《は》うれしからまし

713 いつはりと思《(おもふ)》ものから今更に誰《た》がまことをか我はたのまむ

向にたなびくように、あの人は思いがけない人の方になびいてしまったことです。○須磨　「あま」を出す表現。又「塩焼く」を出す表現。万葉集以来のもの。寂しさをいう景物。○あま　→三〇一。○風をいたみ　ミ語法→三二。○たなびき　煙が「たなびき」と寄る意の「靡(なび)く」を掛ける。伊勢物語一一二段。

709 蔓草(つるくさ)のからみつく木が多くなるように、あの人が別に通う所が多くなったので、蔓草は途切れないというその通りに、わたくしとの関係の切れないでいるあの人の気持がちっともうれしくありません。○玉かづら　蔓草の総称。玉は美称。○絶えぬ　蔓が切れないの意と仲が切れないの意を掛ける。蔓の縁。○うれしげ　心にかないよろこぶの意。名義抄「怡 ウレシ」。▽伊勢物語一一八段。

710 今宵(こよい)はどの女(ひと)のところに行くのをやめてなのですかねえ、ほととぎすがまるでほかに行くことはないような声で鳴くように、あの人はもっぱらこのわたくしの所だけで寝ているようにおっしゃる。○里　女の所をいう。○夜離れ　通うのが途切れること。一夜だけでもいう。○しも　強調の表現。▽新撰万葉集上・夏・四一参照。→一四七。

711 いやもうあの人はことばだけがうれしく立派です。露草で色を移し染めたその色が初めと変るように本心は違っていまして…。○いで　→五〇八。○月草　→二四七。○うつし心　「移し」と「現し心」(本心)を掛ける。○ことに　異にの意。

712 嘘(そら)のない二人の仲ならば、どれほどにあの人のおことばがうれしいことでしょう。○いつはり　→五七六。真実・誠の反対。○世　→五一三。○せば…まし　→五三。○事の葉　→かな序注三六。▽この歌は、ここでは恋の歌であるが、かな序で

714 秋風に山の木《こ》の葉《は》のうつろへば人の心もいかゞとぞ思《(おもふ)》

素性法師

寛平御時后《きさいの》宮《の》歌合の歌《うた》

友《とも》則《のり》

715 蟬のこゑ聞《き》けばかなしな夏衣うすくや人のならむと思へば

題しらず

よみ人しらず

716 うつせみの世の人言《ひとごと》のしげければ忘《わす》れぬ物の離《か》れぬべら也《(なり)》

717 飽《あ》かでこそ思《おも》はむ仲《なか》は離《ゝな》れなめそをだに後《のち》の忘《わす》れがたみに

は恋の歌と指定していないので一首の心が変る。↓かな序注三六。

713 虚偽のおことばだとは思いますものの、いまさらどなたの真実をわたくしは頼りにしたらよいのでしょうか。○いつはり →七一三。○まこと 真実、誠。○たのまむ →二九三。▽「頼まれぬ人と思ひつめても、さてもその人をさしおきてだれをか我は頼まんとなり」(十口抄)。

714 秋風が吹いて山の木の葉が色づき変るように、人も心移りするので、あの人の本当のお気持はどうなのかと思うことです。○秋風…うつろへば →二五六。「あき風」は「秋(風)」と「飽き」を掛ける。「秋風」は冷たくつらい思いをさせるものとしていう。→五五五。「うつろふ」は色づく、色が変るの意と心変りするの意を掛ける。○人の心 「人」はまず相手をいうが、背後に「人間というもの」の気持がある。

715 蟬(みせ)の声を聞くとなんとも悲しいことですよ。声もまばらで羽根の薄い晩夏の蟬は薄い夏衣を思わせるが、あの人もやはり冷たく薄情になるのだろうと思いますので。○寛平御時…歌合 →三。○うすく 稀にの意と、衣が薄くの意と、気持が薄くの意を掛ける。蟬の縁。▽→八六六。

716 「空蟬(うつせみ)」ともいうようにはかない恋仲ははかないものではあろうが、それにしてもそのはかない世間のうわさが絶えないので、わたくしのことを忘れはなさらないものの、二人の仲が途絶えてしまいそうです。○うつせみ →七三。○離れぬべら也 「かる」→六三三・七二〇。「べらなり」→三。新撰万葉集上・夏・三参照。

717 飽きの来ないうちに思い合っている二人の間柄は切れてしまいましょうよ。飽きが来たから別れたのではないというそのことだけでも、後々の忘れられない思い出の形見として…。○飽

718
わすれなむと思《(おもふ)》心のつくからにありしより異《け》に先《ま》づぞ恋《こひ》しき

719
忘《(わすれ)》なむ我をうらむな郭公《(ほととぎす)》人の秋には逢《あ》はむともせず

720
たえず行《(ゆく)》飛鳥《あすか》の河《かは》のよどみなば心あるとや人のおもはむ
この歌《うた》、ある人の曰《いは》く、中臣東人《なかとみのあづま(ひと)》が歌也

721
淀河《よどがは》のよどむと人は見るらめど流《(ながれ)》てふかき心ある物を

かで　→三七。○そをだに　その点だけでもの意。○忘れがたみに　「忘れ難(がた)み」(ミ語法→三)と「忘れ形見に」を掛ける。「かたみ」→四六。

〈**ひたすらに慕うわが恋**〉　十八首

718　忘れてしまおう、というその気持が起ってくるとたんに、今まで実際にそうであったのより以上に何はともあれとにかく恋い慕わしいことです。○つくからに　「からに」→一六五。○ありし「あり」→四二一。「き」(し)は直接経験の表現。○異に　→五六二。▽「忘れむと思へば恋しさの先に立つ心なり」(十口抄)。

719　忘れてしまいましょう、わたくしを恨んで下さいますな。夏のほととぎすもあんなに人の心をとらえさわがせながらも秋を待とうとしないで山に帰ってしまうが、わたくしだって人の心の秋に逢いたいとは思わないのです。○郭公　夏のものとしていう。→一四〇・四三。○人の秋　避け得ないものとして人の心に訪れる「飽き」の意。「あき」は「秋」と「飽き」を掛ける。→八〇四。▽「思ふあまりなれば、その心を人も恨むなといふなり」(教端抄)。初句・二句の切れ方について説があり一定しない。

720　一時もとどまらず流れている飛鳥川がよどむこともあるように、わたくしがためらって時を過しているならば、その原因となるような薄情でためらう気持があるとあの人が思うでしょうか、そんな気持のあるわけがないのに。○飛鳥の河「飛鳥川」に同じ。→九三三。○よどみ　流れの止まるの意と薄情でためらうの意を掛ける。→四九三。○や　反語の表現。疑問の表現とする説もある。▽万葉集七「絶えず行くあすかの川の淀めらば故しもあるごと人の見まくに」の類歌。

721　「淀(よど)」という名のために、淀川が浅くて流れのとどこおる川だと人は見ているようだが、

722
底《そこ》ひなき淵《ふち》やはさは《(わ)》ぐ山河《(やまがは)》のあさき瀬《せ》にこそあだ浪はたて

素《そ》性《せい》法師《し》

723
紅の初《はつ》花ぞめの色ふかく思《(おもひ)》し心われわすれめや

よみ人しらず

724
陸奥《みちのく》のしのぶもぢずり誰《たれ》ゆへ《(ゑ)》にみだれむと思《(おもふ)》我ならなくに

河原《かはらの》左大臣

725
思《おも》ふよりいかにせよとか秋風になびく浅茅《あさぢ》の色《いろ》ことになる

よみ人しらず

実はよく流れる深い川です。それと同じく、わたくしが薄情でためらっているとあの人は見ているらしいけれど実は行末を思って涙がこみ上げるほどの深い思いがあるのですよ。〇淀河　中世注は「よどかは」と示す。〇よどむ　→七二〇。〇人　世の人一般をいい、限定して恋の相手をいう。〇流てふかき　水が「流れて深き」と思いが「泣かれて深き」を掛ける。→七九三「流て」。〇物を　→九九。

722 底も知れない深い淵は音を高く立てますか。山あいの川の浅瀬にこそ誠意がないという名の「あだ」波がいたずらに立ち騒ぐのでして。〇底ひ　究極の意。〇あだ浪　相手の気まぐれで浅はかな頼りにならない心・態度の比喩表現。「あだ」→六三。▽「浅き瀬にあだ波の立つごとく、浅く思ふ中にこそあだ名は立ため、我は淵のごとく深ければとなり」(教端抄)。

723 紅色の鮮やかな紅花(べにばな)の初咲きの花で染めた色が深いように、深くあの人を思ったその心をわたくしは忘れましょうか。〇紅の初花ぞめ　その年に初めて採り入れた紅花でする染めの意。→四九六。▽→六八七。万葉集十一「こま人のぬか髪結へる染(し)めゆふの染(し)みにし心我忘れめや」。「われ忘れめや」は万葉集的句法。

724 遥(はる)かに遠い陸奥国の信夫郡で作る忍草の摺(す)り染めの紋様が乱れているように、あなた以外の誰かのために思い乱れるのかと思うような、そんなわたくしではありませんよ。〇陸奥　→六二八。〇しのぶ　地名の「しのぶ(郡)」と草の名「しのぶ(草)」(→三〇〇)を掛ける。〇もぢずりねじり摺り染めの意。ねじるの意の「捩(もぢ)る」の語幹に「摺り」(→三四七)が続いたもの。「乱れ」を出す表現。〇なくに　詠嘆的な否定の表現。▽「君ゆゑにこそ乱れ初めぬれと言へる心なり」(両度聞書)。

726 千ゞ《ち》の色に移《うつ》ろふらめど知《し》らなくに心し秋のもみぢならねば

小《を》野《のゝ》小《こ》町《まち》

727 海人《あま》のすむ里《さと》のしるべにあらなくにうら見むとのみ人のいふらん

728 くもり日の影《かげ》としなれる我《われ》なれば目《め》にこそ見えね身をばはなれず

下野《しもつけの》雄《を》宗《むね》

729 色もなき心を人に染《そ》めしよりうつろはむとは思《おも》ほえなくに

貫《つら》之《ゆき》

725 こんなに思っているのにこれ以上どうせよということであの人は、「秋」風に伏しなびく浅茅が色変りするように、「飽き」るにつれて心変りするのですか。○秋風 →七一四。○なびく 伏しなびくの意と従うの意を掛ける。○浅茅 →五〇五。○色ことに →三五九「いろ〳〵異に」。○なる 変化して別の状態に至るの意。

726 草木の葉がそれぞれいろいろの色に変るように、あの人の心はさまざまに変るようですけれど、わたくしにはよく分らないことですよ。人の心というものは、秋のもみじではないのですから、飽きがきたからとそう簡単に心変りするものではないはずですもの。○千ゞ →二五七。○移ろふ →七一四。○なくに →七二四。○心し 「し」は強調の表現。新撰万葉集上・恋・二九参照。

727 わたくしは漁師の住む村里の道案内でもないのに入江を見たいどこですかと人さまが尋ねる、そのように見当違いなのに、どうしてわたくしを恨みますよとばっかりあの人はおっしゃるのでしょうか。○海人 →三〇一。○しるべ →二三。○なくに →一八。○うら見む 「浦(→三六)見む」と「怨みむ」を掛ける。○人の 「人」→七二一。▽こんなに愛しているのにその気持も知らないでという心である。

728 曇りの日に出来るぼんやりとした影法師になり切っているわたくしですので、お目にはとまらないかもしれませんけれど、あなたの身から離れは致しません。○影とし 「影」→五二八。「し」は強調の表現。○身 →三八三。▽「かく思ふを人はさも知らじのよしなり」(十口抄)。

729 もともと色があるわけでもないわたくしの心を、色を染めるようにあの人に寄せたあの時から、わたくしが、色の移ろうように心変りするだろうとは思えないことですよ。○染めしより

よみ人しらず

730 めづらしき人を見むとやしかもせぬ我《わ》が下紐《したひも》の解《と》けわたるらむ

731 陽炎《かげろふ》のそれかあらぬか春雨《はるさめ》のふる日となれば袖ぞぬれぬる

732 堀江《ほりえ》こぐ棚無《たなゝ》し小《を》舟こぎかへり同《おな》じ人にや恋《こ》ひわたり南《(なむ)》

伊勢

733 わたつ海《み》とあれにし床《とこ》を今さらに払《はら》はゞ袖や泡《あわ》とうきなむ

「そむ」は色を染めるの意と心を寄せるの意を掛ける。「き」(し)は直接経験の表現。○うつろはむ　色が変るだろうの意と心がさめるだろう、心移りするだろうの意を掛ける。○なくに　→七二四。▽「心は色なきものなれば…」(両度聞書)。→七三三。

730　お珍しい方に逢うことになろうということで、その前兆として、自分でほどくわけでもないわたくしの下紐がこのようにほどけてゆくのでしょうか。○めづらしき　→三五九。もっと見たいの意(→一〇六)を含む。○しかもせぬ　そのようにもしないの意。○下紐　→四〇五。▽→五〇七。「帯の解くるは、人に…逢はむにやの心なり」(教端抄)。

731　ちらちらする陽炎が確かに立っているのかどうかわからないのと同じように、いったいその人なのかその人でないのかというほど久しぶりにお逢いして、それが古なじみのあの人なのだから、春雨の降る日に袖がぬれるように泣けてきて仕方ありません。○陽炎の　実意で二句に係り、又、陽炎のたつ春の意の枕詞として三句「春(雨)」に係る。○それかあらぬか　「それ」はまず「陽炎」を指示し、転じて、場面に予定されている相手の人物を指示する。白氏文集の「是耶非耶」に学んだ表現(余材抄)。→四二一。○ふる日と　「降る日と」と「古人」(古なじみの人)を掛ける。▽→六四一・六四五。

732　あの有名な難波の運河を漕ぎ渡る棚板もない小舟を繰り返し漕ぎ返すように、繰り返し元に戻っては同じあの人を恋い慕い続けるのでしょうか。○堀江…小舟　難波(→六〇四)の「堀江」は、橋を架けにくい要所に渡し舟・渡し守を置く代表的地点とされた(令集解・雑令古記逸文)。「棚無し小舟」は舷側の横板(棚)もない小舟。万葉集以来の景物。○こぎかへり　「漕ぎ返り」とあるべき所へ戻るの意の「帰り」を掛ける。

734 いにしへに猶立《(たち)》かへる心哉《(かな)》恋《こひ》しきことにもの忘《わす》れせで

貫《つら》之《ゆき》

人を忍《しの》びにあひ知《し》りて、逢《あ》ひがたくありければ、その家のあたりをまかり歩《あり》きける折《おり》に、雁《かり》の鳴《な》くを聞《き》きて、よみて、遣《つか》はしける

大伴《の》黒《くろ》主《ぬし》

735 思《(おもひ)》いでて恋《こひ》しき時は初雁《はつかり》のなきてわたると人知《し》るらめや

右大臣《のおほいまうちぎみ》、住《す》まずなりにければ、かの昔遣《むかしをこ》せたりける文《(ふみ)》どもを取《と》り集《あつ》めて、返すとて、よみて、贈《をく》りける

典侍藤原因香《よるかの》朝臣

736 頼《たの》めこし事の葉《は》今は返してむわが身ふるればを《(お)》き所なし

733 あの人を思って泣く涙がたまって海のように荒れた独り寝のわたくしの寝床を、いまさらあの人を迎えるために袖で払い清めようとしても、その袖がたまった涙の上に泡となって浮いてしまうでしょうよ。〇わたつ海 「わたつうみ」(↓二五〇)に同じ。〇あれにし 「荒れにし」と「離(あ)れにし」を掛ける。「き」(し)は直接経験の表現。〇払はば 「はらふ」は空しく男を待って床を清める動作。▽万葉集十一「ま袖もち床打ち払ひ君待つと居りし間に月かたぶきぬ」。玉台新詠一・同声歌「洒掃清二枕席一」。

734 過ぎ去った恋の日々のあの昔にやはり立ち帰って行くわたくしの心よ。ひたすらに恋しい逢いたいという思いについてはまったく忘れもしませんので。〇いにしへ 恋の昔の意。〇恋しきこと 恋しいというその思い自体の意。中世注は「こひしきごと」と示す。▽↓六八八・七三三。「忘るべき人を忘れもやらで立ち帰り立ち帰り恋ふる心なり」(十口抄)。

735 あなたを思い出して恋しい時は、秋の初雁が鳴いて渡って行くようにわたくしが泣き泣き通っていると、あなたはご存知でしょうか、たぶんご存知ありますまい。〇あひ知りて ↓六五四。〇まかり歩き 「ありき」の謙譲表現。〇初雁の ↓二〇六。〇なきてわたる ↓五八五「なきわたる」。〇らめや ↓四八五。▽かな序古注(一五頁)の引用歌は、結句が「人は知らずや」と推量表現の「らむ」のない強い表現である。

〈**離れ行く人を思う恋**〉 七首

736 あなたがあてにさせて来たお手紙を、木の葉を散らすことになるのも惜しいけれど、今はもうお返し致しましょう。わが身が古び疎まれるのですから身の置き所もないくらいでして、まして手紙の置き場所などございません。〇右のおほ

返し　　　　近院《の》右大臣《のおほいまうちぎみ》

737 今はとて返《かへ》す事の葉《は》ひろひを《(お)》きてを《(お)》のがものから形見《かたみ》とや見む

題しらず　　　　因《よる》香《かの》朝臣

738 玉桙《たまほこ》の道はつねにもまどはなむ人を訪《と》ふとも我かとおもはむ

読人しらず

739 待《ま》てといはゞ寝《ね》てもゆかなむ強《し》ひてゆく駒《こま》の足《あし》お《(を)》れ前《まへ》の棚橋《たなはし》

中納言源昇《のぼるの》朝臣の、近江介《あふみのすけ》に侍《(はべり)》ける時、よみて、遣《や》れりける　　　　閑院

740 相坂《あふさか》の木綿《ゆふ》つけ鳥《どり》にあらばこそきみが行《ゆ》き来《ゝ》をなく〳〵も見め

いまうちぎみ　右大臣の和名。○住まず　「すむ」は共住みする、通い続けるの意。○遣せたりける　寄こしてあったの意。○文　→七〇五。○頼めこし事の葉　「たのむ」→六二三。「き」(し)は直接経験の表現。「ことの葉」は手紙を木の葉に見立てた表現。→七〇五。○ふるれば　過去のものとなるので の意。「うとまるるなり」(栄雅抄)。○をき所なし　わが身・心のやり場がないの意と、心情として手紙を置く場所がないの意を掛ける。▽「置き所なしは、文のことなれど身のことをも言ふにや」(両度聞書)。散る花やもみじへの惜別の情(→六六・三〇九等)をふまえた表現。

737 今はもうということで、お返しになる手紙を散り落ちた木の葉を拾い集めるように集めておいて、もともとわたくしのものながらあなたの形見と見ていましょうか。もうお別れだというのでの意。○今はとて　今はもう　→一八二。○事の葉　→七三六。○形見　→四六。▽→七三六。

738 せめてお通いの道はいつも迷ってほしいものです。ほかのお方を目指して行っておられたとしても、わたくしの所においで下さったと思うでしょう。○玉桙の　道の枕詞。万葉集以来の表現。中世注は「たまぼこ」と示す。○まどはなむ「まどふ」→二六。「なむ」はあつらえの表現。▽「思ふ人のよそにのみ通ふを見て、道をだにせめてまどへといへる心、哀深し」(両度聞書)。

739 もう少し待って下さいとわたしがいったなら、せめてお寝(やす)みなりともなさったうえでお行きになってほしい。おしきって強いてお帰りになるお馬の足を折っておくれ、前方にある棚橋よ。○待て　帰るのを遅らせて下さいの意。○強ひて　→一三三。○駒　→一一二。○棚橋　棚のように板を渡した簡単な橋。万葉集以来の景物。▽「止むべきたよりなきままにいへり。切なる時はかくわ

題しらず　　　　　　　　　　　　　　　　伊　勢

741
古里《ふるさと》にあらぬものからわがために人の心のあれてみゆらむ

寵

742
山賤《がつ》の垣《かき》ほに這《は》へる青《あを》つゞら人はくれども事づてもなし

酒《さか》井《ゐの》人《ひと》真《ざね》

743
大空《おほぞら》は恋《こひ》しき人のかたみかは物思《おもふ》ごとにながめらるらむ

よみ人しらず

744
逢《あ》ふまでのかたみも我はなにせむに見ても心の慰《なぐさ》まなくに

りなき心をも使ふべし」(両度聞書)。

740　「逢う」という名のあの「逢坂」の関のゆうつけ鶏(りど)であるならば、それはそれで、任国の「近江国」へあなたの行ったり来たりするのを鳴きながらも直接に見ることもありましょうけれど、関に隔てられた、「逢う身」ならぬわたくしはただ泣きつづけるだけです。○相坂　→三七四。○木綿つけ鳥　→五三六・六三四。▽詞書の「近江(国)」によって「逢坂(関)」を出し、国の名「あふみ」を関の名「あふ(坂)」の縁で「逢ふ身」とよみかえる(→三六九)型をふまえる一首。

741　人の心というものは、もの皆荒れてゆく古里ではないのに、どうしてわたくしにとってはあの人の心が荒れ果てて離(あ)れて行くように見えるのでしょう。○あれて　→七三三。○古里　荒れ果ててゆくものとしていう。▽「人の心」→八三・七一四。「恨みたる心なり」(十口抄)。一・二句の主語をわたくしと解する説もある。

742　山住みの人の住居の垣根に生え延びているあおつづらを手繰り寄せるように、他人(とひ)は来るけれど、わたくしへは言伝てさえもありません。○山賤の垣ほ　→六九五。○這へる　「り」(る)は存在の表現。○青つゞら　アオツヅラフジなどの蔓草の一種。○くれども　「繰る」と「来る」を掛ける。▽「人は来れども言伝てさへせぬといへる恨み浅からず」(栄雅抄)。

〈形見〉四首

743　大空というものは恋しいあの人の思い出の形見なのでしょうか。そうともいえないのに、どうして、もの思いするたびごとに、大空をはるかにじいっと望み見るように思いにふけることになるのでしょう。○大空　空のこと。→四八八。○かたみ　形見。→四六。○ながめらるらむ　「ながむ」は遠望するの意ともの思いするの意(→二三六)を

親《おや》の守《まも》りける人の女《むすめ》に、いと忍《しの》びに逢《あ》ひて、ものら言《い》ひける間《あひだ》に、親《おや》の呼《よ》ぶと言《い》ひければ、急《いそ》ぎ帰《かへ》るとて、裳《も》をなむ脱《ぬ》ぎ置《を》きて入《い》りにける。その後《のち》、裳《も》を返《かへ》すとて、よめる

興《おき》風《かぜ》

745 逢《あ》ふまでのかたみとてこそ留《とゞ》めけめ涙に浮《う》かぶもくづなりけり

題しらず

よみ人しらず

746 かたみこそ今はあだなれこれなくは忘《わす》るゝ時もあらまし物を

掛ける。名義抄「睎眇 ナガム」。文選・江賦・李善注「睎眇 遠視貌」。「らる」は自発の表現。

744 次に逢うまでの思い出の形見も、わたくしにはどうしようもありません。たとえそれを見てもわたくしの思いが慰さむわけでもありませんので…。○かたみ　形見。↓四六。○なにせむに　反語の表現。何になろうか、何にもならないの意。万葉集以来の表現。○なくに　↓七三。

745 次に逢うまでの思い出の形見として置いて行ったのでしょうけれど、その「裳(も)」はわたくしの悲しみにくれる涙の種でありまして、その「も」という名の通りに、わたくしの涙の海に浮ぶ「藻屑(もくず)」であることです。○守りける　心をくばり大事に守っていたの意。○忍びに　↓六五四。○ものら言ひける　「ものいひける」に同じ。「ら」は複数形の接尾語で、婉曲表現になる。○裳　女子の正装(礼服・朝服・制服)で腰にまとうもの。衣服令の「裙」に当る。名義抄「裙・裳 モ」。釈名・釈衣服「裙 下裳也」。○もくづ　「裳」と「藻屑」を掛ける。藻は海草の総称。▽↓五三一・五六七・五九五。「思ひの端(つま)となる心なり」(十口抄)。

746 思い出のものであるはずのこの形見そのものが今はもうはかないことであり、わたくしを悲しませる仇敵(かたき)です。これがなければ、かえってあの人への恋心を忘れることもありましょうに。○かたみ　形見。↓四六。○あだ　相手の不実で恋が実らなくてはかないの意の「あだ」(↓六三)と怨み・敵の意の「あた」を掛ける。名義抄「仇・怨・敵 アタ」。▽「はかなきよしにあだなれとよむ人おほかり」(教端抄)。白氏文集十五・燕子楼三首「鈿暈羅衫色似レ煙。幾回欲レ著即潸然。自ニ従不ニ舞霓裳曲一。畳在ニ空箱一十一年」に似た趣向。伊勢物語一一九段。

古今和歌集巻第十五

恋歌　五

五条后《のきさいの》宮西《のにし》の対《たい》に住《す》みける人に、本意《ほい》にはあらでもの言《い》ひわたりけるを、睦《む》月の十日《とをか》あまりになむ、他所《ほか》へ隠《かく》れにける。在《あ》り所《（どころ）》は聞《き》きけれど、えものも言《い》はで、又の年《とし》の春《はる》、梅《むめ》の花盛《さか》りに、月の面白《おもしろ》かりける夜、去年《こぞ》を恋《こ》ひて、かの西《にし》の対《たい》に行《い》きて、月の傾《かたぶ》くまで、あばらなる板敷《いたじき》に伏《ふ》せりて、よめる

在原業平朝臣《なりひらの》

747
月やあらぬ春や昔の春《はる》ならぬわが身ひとつはもとの身にして

この巻（恋五）は、時間的・心理的に距離をおいて、相手を、自分を、そして二人の間柄を見つめ、さらには恋というものを見つめてよむ歌を集める。多義的で余情のある哀切な歌が多い。

恋　八十二首

〈わが身は〉　十一首

747　月は、そして、春は、昔のままの月であり春であって、自然はやはり変らない。それに反して人は変っていくものなのに、どうしたことか取り残されたように、わたくしのこの身だけがもと通りの状態であって…。〇五条后　藤原順子。〇西の対　寝殿の西側の建物で客人の仮り住いなどにも使われる。〇本意には…　共住みを願いながら果せず忍んで通ったの意。「ほい」はもともとの期待の意、本意。〇睦月の十日あまり　陰暦春一月の十日以後の意。月は夕方に東の空にあって夜半過ぎに西山に沈む。〇え…言はで　気持を伝えられないでの意。「え…ず（で）」→三七。〇月の面白かりける　→一六六。〇あばらなる　目の荒い、粗末なの意だが、「客亭・亭」の訓読からの表現か。名義抄「客亭　アハラ」「亭　アバラヤ」。〇月やあらぬ　「月や昔の月ならぬ」に同じ。「や」は反語の表現。疑問の表現とする説もある。〇春や　「や」は前項に同じ。〇身　→三八三。〇もと　前の通りの、本来のの意。▽花の盛り、月の明るさ（→九七・一六六・八〇）との対照で悲しい恋を詠ん（→六三七）で、変るはずの人事の中でさえ、自分だけが変らないで恋しつづける孤独さを述べる。「わが心の思ひ為しに…変りて覚ゆる事なり」（栄雅抄）。劉希夷・代白頭吟（→四三）や、白氏文集8・臨都駅答夢得…「昨日老二於前日一。去年春似二今年一」などに学んだ表現。古来、解釈が分れ、かな序の業平評（一三頁）とも関わって論じられる歌。「かぎりなくめでたきな

題しらず

藤原仲平《なかひらの》朝臣

748 花すゝき我こそ下《した》に思《おもひ》しかほにいでて人にむすばれにけり

藤原兼輔《かねすけの》朝臣

749 よそにのみ聞《き》かまし物をおとは河わたるとなしに身なれ初《そ》めけむ

凡河内躬《み》恒《つね》

750 わがごとく我をおもはむ人も哉《かな》さてもや憂《う》きと世を心見む

元《もと》方《かた》

751 久方のあまつ空《そら》にも住《す》まなくに人はよそにぞ思《おもふ》べらなる

り」(古来風躰抄)。伊勢物語四段。

748 花すすきのようなあの女(ひと)をこのわたくしは心の中で深く思っていたのに、あの女(ひと)はすすきの穂が出るように表立って他人(ひと)と結ばれてしまったことです。〇花すゝき…ほにいでて →二四三・五四七。〇にけり 「ぬ」(に)は結果の表現。「けり」は認識の確認の表現。▽「人(他人)には忍ばでと恨むるなり」(両度聞書)。

749 恋というものがこんなに苦しいのなら契らずに遠くから噂(うわさ)に聞いてだけいればよかった。「音羽川」はその名の通り「音」に聞くだけでわざわざ渡らなくても水に馴れ親しめるのに、どうしてわたくしは、ちゃんと契るわけでもなく、かといって遠くで噂を聞いているわけでもなく、なまじいに逢い親しんで馴染(なじ)みはじめたのでしょう。〇よそ かけ離れた所の意と疎遠なの意を掛ける。〇おとは河 →一四三。〇わたる →六二九。〇身なれ 「身馴れ」と「水馴れ」と「見馴れ」を掛ける。「なる」は、親しむ、むつまじくなるの意。→四一〇。▽忍ぶ恋に悩む歌。万葉集十二「かくばかり恋ひむものぞと知らませば遠く見るべくありけるものを」。

750 わたくしが恋い慕うように、わたくしのことを思ってくれる人がほしい。そのような人との仲でもつらいのかと、真実を体験してみたいのです。〇わがごとく →五三六。六六六―七一八の歌群参照。〇憂き →七一。〇世 →五一三。〇心見む 心を知る、試みる、ためすの意。▽「憂き心より思ひ寄るなり」(十口抄)。

751 あの人は遠く遥(はる)かな大空に住んでいるわけでもないのに、まるで天上界に住んでいるようにわたくしのことをよそよそしく思っておられるようです。〇久方の →八四。〇あまつ空 →四八四。〇なくに →一八。〇よそ →七四九。〇べらな

752
みても又またも見まくの欲《ほ》しければなるゝを人は厭《いと》ふべら也《なり》
よみ人しらず

753
雲もなくなぎたる朝《あさ》の我なれやいとはれてのみよをばへぬらん
紀《きの》友《とも》則《のり》

754
花筐《がたみ》めならぶ人のあまたあれば忘《わす》られぬらむ数《かず》ならぬ身は
よみ人しらず

755
うきめのみおひてながるゝ浦なればかりにのみこそ海人《あま》は寄《よ》るらめ

る　↓三。▽「我に遠き心なるべし」(教端抄)。

752　逢わなければ逢いたいし、逢ってもやはりその上に逢いたいものなので、たびたび逢うことでむつまじくなり切ってしまうのをあの人はきっと避けておられるのだ、およそ人間(とひ)とはそういうものなのでしょう。○みても　「も」は他を予定する並列の表現。○見まくの欲しければ　「見まくほしければ」(↓六二〇)に同じ。○なるゝ　↓七四九。○人　人間一般を言い、限定して恋の相手、更には自分自身を言う。○厭ふ　いやがる、避けて身を守るの意。○べら也　↓三。▽「大方の世人をいふなり…我をもいふべきなり」(古今和歌集注抄出)。

753　雲もなく穏やかな朝は、晴れたままで夜が過ぎたからそうなっているのだろうか。だとすれば泣いている朝のわたくしはどうだったのだろう、嫌われたままで嘆きながら夜を過したからこうなっているのでしょうね。○なぎたる　「なぎ」は「凪ぎ」と「泣き」を掛ける。○なれや　↓三五。○いとはれて　「最(いと)晴れて」と「厭(いと)はれて」(↓七三二)を掛ける。○よ　「夜」と「世」(↓五一三)を掛ける。▽「身を嘆く心切なり」(両度聞書)。

754　花籠(はなかご)の編目が並んでいるように、あの人の見比べるお方が多いので、忘れられてしまうでしょうよ、ものの数ではないわが身は。○花筐　目の細かい花籠。名義抄「筐　カタミ」。女たちの暗示かとの説もある。○めならぶ　編目が並ぶの意と見比べるの意を掛ける。万葉集の「目並べず」の反対。○身　↓三八三。▽「卑下したる心」(十口抄)。

755男の歌、女の歌いずれでもよい（顕注）。浮き藻ばかりが生えて流れるだけでほかに何もない入江なので、その浮き藻の刈り取りにだけ漁師は立ち寄るだろう。それと同じように、わたくしがいやなつらい思いばかりを背負って泣

756 あひにあひて物思《（おもふ）》ころのわが袖《そで》にやどる月さへ濡《ぬ》るゝ顔《がほ》なる

伊勢

よみ人しらず

757 秋ならでを《（お）》く白露《しらつゆ》は寝覚《ねざ》めするわが手枕《たまくら》のしづくなりけり

758 須磨《すま》のあまの塩《しほ》やき衣お《（を）》さをあらみまどを《（ほ）》にあれやきみが来《き》まさぬ

759 山城《しろ》の淀《よど》の若菰《わかごも》かりにだに来《こ》ぬ人たのむ我ぞはかなき

いているばかりのそんな気持でいるので、あの人はほんのかりそめにだけお立ち寄りになっているのでしょう。○うきめ　「うし」→七一。○浮き海藻(め)」と「憂き目」を掛ける。○おひてながるゝ「生ひて流るる」と「負ひて泣かるる」を掛ける。○浦　「浦」(→三六)と心の意の「うら」を掛ける。○かり　「刈り」と「仮り」を掛ける。○海人　→三〇一。▽本気になってくれないのかという女の恨みの歌。

756 あれほどによくお逢いしながらも、あれこれと思い悩むこのごろのわたくしの袖は涙に濡れておりますが、袖に映った月までが、わたくしに劣らずに涙に濡れたような顔つきです。○あひにあひて　「行き行きて」などと同じく「逢ひて」の強調表現。○やどる　映るの比喩表現。○顔　月の顔。月を人の顔にたとえた表現。▽→五〇八・五七六。

757 白露は秋に置くものですが、その秋の季節ではなくても置く白露があるのです。その白露とは、恋の悩みのために寝覚めするわたくしの独り寝の手枕から落ちる涙の滴なのです。○寝覚めする　当然続くはずの眠りの途中で目を覚すの意。○手枕　腕を枕にすること。「枕」→五〇四。○しづく　→四〇四。○なりけり　→三七。▽共寝の手枕を前提に独り寝の枕を「わが手枕」と表現した。

〈逢うことも間遠になって〉　二十三首

758 須磨の浦の漁師が塩を取るために海草を焼くのに着る衣服は、筬(さお)の使い方が粗いので織糸の間が離れているように、あなたのおいでにならないのは間遠なのですか、このごろちっともいらっしゃらないのは。○須磨のあまの塩やき衣　藤などの荒い繊維で作る衣服。→七〇八。○おさをあらみ　ミ語法→三。「をさ」は横糸をつめるための織物の道具。名義抄「筬　ヲサ」。○まどを　間遠。時間的に合間のあること。距離的なもので「遠いからか」の意とする説もある。○あれ

760 あひ見ねば恋《こひ》こそまされみなせ河なにゝ深《ふか》めて思《(おもひ)》そめけむ

761 暁のしぎの羽《はね》がき百羽《もゝは》がき君がこぬ夜は我ぞかずかく

762 玉《たま》かづら今は絶《た》ゆとや吹《(ふく)》風のを《(お)》とにも人のきこえざる覧《(らむ)》

763 わが袖にまだき時雨のふりぬるは君が心に秋やきぬらむ

や　あるのかの意。「や」→六四五。○来まさぬ　「ます」は尊敬表現。▽万葉集三「須磨のあまの塩焼きぬの藤衣間遠にしあればいまだ着なれず」。

759　山城国の淀の地の若菰《(わかごも)》だってちゃんと誰かが「刈り」に来るのに、「かりそめ」にさえいらっしゃらないあの人を頼りにするわたくしはなんとはかないことよ。○かりに　→七五五。○若菰　マコモ(→四八五)の若芽で食用にする。

760　お逢いしないので恋しさが激しくつのります。水がないという名のあの水無瀬川も川底深く水が流れているとはいいますが、どうしてわたくしは思いを深めて恋い慕いはじめたのでしょう。○あひ見ねば　「あひ」→七八。○みなせ河　→六〇七。○なにゝ　何によっての意。「に」は原因の意をもつ指定表現。○思そめけむ　「そむ」は、…し初めるの意。

761　明け方の鴫《(しぎ)》の羽ばたきは「百羽がき」というほどにたくさんするといいますが、あなたがいらっしゃらない夜は、わたくしこそが数とりの数をたくさん書きしるすのです。○暁　→一六八。○しぎ　シギ科の鳥の総称。万葉集以来の景物。○羽がき　はがきに同じ。○百羽がき　中世注は「ももはかき」とも示す。○かずかく　「数書く」(→五二二)と羽ばたく意の「播く」を掛ける。

762　「玉葛《(たまかずら)》」絶ゆと言い習わしますが、そのように今はもう縁が切れているということなので、吹く風の便りにさえあの人のことが聞えてこないのでしょうか。○玉かづら…絶ゆ　→七〇九。○吹風のをと　「おと」→四七〇。→四七三「風の便り」。

763　わたくしの袖を濡《(ぬ)》らしてこんなに早くしぐれが降り始めて、それが当り前のようになってゆくのは、もう「秋」が来てしまったからなのでしょうか。いやそれはきっとあなたの心に「飽き」が来て、それに引かれて時ならぬしぐれが降

764 山の井のあさき心もおもはぬを影《かげ》許《(ばかり)》のみ人の見ゆ覧

765 忘草《(わすれぐさ)》たね採《と》らましを逢《あ》ふことのいとかくかたき物と知《し》りせば

766 恋《こ》ふれども逢《あ》ふ夜《よ》のなきは忘草ゆめ路《ぢ》にさへや生《お》ひしげるらむ

767 夢《ゆめ》にだに逢《あ》ふこと難《かた》くなりゆくは我や寝《い》をねぬ人やわするゝ

り始めるのでしょう。〇まだき　→三二。〇ふりぬる　「降りぬる」と印象が薄れるの意の「古りぬる」を掛ける。

764 「山の井の浅き」といいますが、そんな浅い心で思ってはおりませんのに、どうしてちらちらとしか見えない山の井に映る影ほどにちらっとしかあの人はお見えにならないのでしょう。〇山の井のあさき　「山の井」(→四〇四)は「浅(井)」を出す表現。→かな序注一七。▽「わが心は深う思ふを、人はただまさかに見ゆるさへ影ばかりのやうなりと恨むるよしなり」(両度聞書)。

765 激しい恋の悲しみも忘れるというその忘れ草の種を採っておくのでした。お逢いすることがこんなにひどく難しいものだと分っていたならば。〇忘草　ヤブカンゾウ、ユリ科の一種、萱草。万葉集以来の景物。名義抄「萱　ワスレグサ」。文選・養生論「萱草忘レ憂」。〇…まし…せば　事実でないことを想定する反実仮想の表現。▽「逢ふことの難きを思ひわびて…わが心を責むるなり」(両度聞書)。

766 恋い慕っておりますけれど、お逢いする夜がないのは、つらさを忘れさせるというあの忘れ草が夢の通い路にまで生い茂っているからなのでしょう。〇忘草　→七六五。〇ゆめ路　→五二四。▽忘れ草が夢路にも生えると見立てた表現。「人の心に忘れ草生ひはべるかとよめり」(延五記)。

767 夢の中でさえお逢いするのが難しくなってゆきますのは、あの人に思いこがれて寝もしないからなのか、あの人がわたくしのことなんかお忘れだからなのか。〇夢　→五一六。〇寝をねぬ　→六〇五。〇…や…や　→六四五。

768 遥(はる)かに遠いはずのあの唐(もろこし)の国でさえ夢に見たのだからほんとうは近いのです。夢の中でも逢うことのないそんな二人の仲は、むし

768 唐土《もろこし》も夢にみしかば近《ちか》かりき思《おも》はぬ仲《なか》ぞはるけかりける

兼《けむ》芸《げい》法師《し》

769 ひとりのみながめふるやのつまなれば人を忍《(しのぶ)》の草ぞ生《お》ひける

貞《さだの》登《のぼる》

770 わが宿《やど》は道もなきまで荒《あ》れにけりつれなき人を待《ま》つとせしまに

僧正遍《へん》昭《ぜう》

771 今来《こ》むと言《い》ひてわかれし朝《あした》より思《おも》ひくらしの音《ね》をのみぞなく

ろ遥かに遠くかけ離れたものなのですね。○唐土　↓四〇六。○近かりき　「き」は直接経験の表現。○ける　↓七四八。▽「(二人の)仲は、夢にさへ見えねば、なお遥けきのよしなり」(両度聞書)。

769 わびしく長雨の降りつづく古い家の軒端なので、人を「忍ぶ」という名のあの「忍ぶ草」が生い茂っておりますが、その通りに、独りだけでもの思いにふけって時を過している「つま」ですから、あの人を遠く思い慕う気持が生れつのっていることです。○ながめ　↓一一三。○ふるや　「降るや」と「経るや」と「古屋」を掛ける。「や」は声調を整える表現。○つま　軒先の意の「端(つま)」と夫・妻の意の「つま」(↓一七)を掛ける。○忍の草　「忍草」(↓二〇〇)に同じ。○ける　↓七四八。

770 わたくしの住いの庭は、あの人がかよって来るはずの道さえもないほどに草が生え茂り荒れ果てているのです。つれないあの人を待つことをついついしているあいだに。○宿　↓一三五。○つれなき　↓四八六。▽「人を待ちつつ今や今やなど思ひ、又、もしやなど頼みて月日重なり行けば、庭の、葎(むぐら)・蓬(よもぎ)の陰になりぬるさまあはれなる心なり」(十口抄)。

771 すぐ来ますよといってお別れした明け方から恋い暮しまして、悲しい秋の初めにひぐらしが朝に夕べに鳴くように、わたくしも一日中声をふりしぼって泣いてばかりおります。○今来むと　↓六九一。○朝　↓五七五。○思ひくらし　「思ひ暮し」と蟬の「ひぐらし」(↓二〇四)を掛ける。○音をのみぞなく　「なく」↓四九八。▽一日のこととする説と日々の夕暮ごとにとする説(両度聞書)がある。

772 恐らく来てくださらないだろうとは思うものの、ひぐらしが日暮を告げて鳴き、わたくしも待ちわびて泣いている夕暮には、ついつい何度も立ってお待ちせずにはいられません。○来め

よみ人しらず

772 来《こ》めやとは思《おもふ》物からひぐらしのなくゆふぐれは立《た》ち待《ま》たれつゝ

773 今《いま》しはと侘《わ》びにし物をさゝがにの衣に掛《かゝ》りわれを頼《たの》むる

774 今は来《こ》じと思《おもふ》物からわすれつゝ待《ま》たるゝ事のまだもやまぬか

775 月夜《よ》には来《こ》ぬ人待《ま》たるかきくもり雨も降《ふ》らなむわびつゝもねむ

や　反語の表現。○ひぐらし　→二〇四。○なく→四九八。○ゆふぐれ　→四八四。▽「頼まぬ人を待つよしなり」(両度聞書)。

773　今となってはもうあの人は来てくださるまいとみじめな気持になっておりましたのに、喜び事を知らせるというその蜘蛛(くも)が衣に取りついて、あの人が来るかも知れないとわたくしに思わせるのです。○今しはと　→一八三。「し」は強調の表現。○侘びにし　「わぶ」→五六九。「ぬ」(に)は結果の表現。「き」(し)は直接経験の表現。○さゝがに　くも。→四三七。▽「摩訶止観にも、蜘蹰降而有二嘉事一といへり」(教長注)。毛詩正義・豳風・東山疏「蠨蛸…此虫来著二人衣一。当レ有二親客至有レ喜也」。なお芸文類聚・蜘蛛参照。

774　今となってはもう来てはくださるまいと思うものの、ついついそれを忘れては待たずにはいられないということがいつまでもやまないのですよ。○今は　→一八三。○待たるゝ事　「る」(るゝ)は自発の表現。○まだ　依然としての意。○…も…か　詠嘆的な結びの表現。万葉集以来の表現。言外に「やんでほしいが」という気持がある。▽「身を責めて思ふよしなり」(両度聞書)。

775　月の美しい夜には、来てくださりもしないあの人が待たれて仕方ありません。空一面にかき曇って雨でも降ってほしい、そうすれば、みじめな思いは絶えずするとしても独りで寝ましょうものを。○待たる　「る」→七七四。○かきくもり「かき」は全面的で急激な変化の表現。○降らなむ　「なむ」は願望の表現。▽「さても安かるまじけれど侘びつつも寝むの心」(十口抄)。

776　田植えをしてそのままお帰りになってしまった田が実る秋になって、その秋の田を刈り取るまであの人がお見えにならないので、今朝やって来た初雁が鳴くように、ひたすら声をふりしぼ

776 植《う》へ《(ゑ)》て去《い》にし秋田かるまで見え来《こ》ねばけさ初雁《はつかり》の音《ね》にぞなきぬる

777 来《こ》ぬ人を松ゆふぐれの秋風はいかに吹《ふ》けばかわびしかるらむ

778 ひさしくもなりにけるかな住《すみ》の江《え》の松はくるしき物にぞありける

兼《かね》覧《みの》王《おほきみ》

779 住の江の松ほど久《ひさ》になりぬれば葦鶴《あしたづ》のねになかぬ日はなし

って泣いてしまったことです。○去にし 「いぬ」は姿を消すの意。「き」(し)は直接経験の表現。○初雁 →三〇六。○秋田 中世注は「あきだ」と示す。○なきぬる →四九八。▽「人の立ち別れて月日経たる心」(十口抄)。

777 もう来てくださらないあの人をひたすらお待ちしている夕暮に吹いて来る、この「飽き」という名の「秋風」は、どのように吹くからといってこんなにもみじめな気持なのでしょうか。○来ぬ人を松ゆふぐれ →四八四。○秋風 →七二四。▽「いかに吹けばかといふ所に心をつけて見るべし」(教端抄)。二句「松ゆふぐれ」の「松」は「待つ」の表記だが、単にたわむれに又は気どって表記したのではなく、長い時の流れを象徴する景物の「松」(→九〇五–九〇九)をあえて表記に使うことで、一首の「待つ」時間の長さを言外に示したか。次の二首は「住の江の松」なのでそのことが一首の歌としても表現されている。

778 なんと久しくなったことでありましょう。多くの年月を経ているというあの「住の江の松」のように長くお待ちすることは何とも苦しいものです。○ひさしくも 「も」は強調の表現。○なりにけるかな 「ぬ」(に)は結果の表現。「けり」→七四八。「かな」は詠嘆の表現。○住の江の松 万葉集以来の景物。→九〇五。「松」は「松」と「待つ」を掛ける。→かな序注五四。○ありける 「けり」→七四八。▽→七七七。「つれなき人を待ち来たる心を観じたる心あるべし」(十口抄)。

779 多くの年月を経たものとして「住の江の松」と申しますが、お待ちする期間がその「松」くらいにずいぶんと久しくなってしまったので、松のゆかりのあの葦べの鶴が声を挙げて鳴くように、わたくしも心の奥底から声をふりしぼって泣かない日はありません。○住の江の松 →七七八。○ほ

仲平朝臣《なかひらの》、あひ知《し》りて侍《(はべり)》けるを、離《か》れ方《がた》になりにければ、父《ち、》が、大和守《やまとのかみ》に侍けるもとへまかるとて、よみて、遣《つか》はしける

伊勢

780 三輪《みわ》の山いかに待《ま》ち見む年経《ふ》ともたづぬる人もあらじと思へば

題しらず

雲林院《の》親《み》王《こ》

781 吹《(ふき)》まよふ野風をさむみ秋萩《はぎ》のうつりも行《(ゆく)》か人の心の

小《を》野《の、》小《こ》町《まち》

782 今はとてわが身時雨にふりぬれば事の葉《は》さへに移《うつ》ろひにけり

返し

小野貞《さだ》樹《き》

ど 時の経過の程度の意と経過する時間の意を掛ける。○葦鶴 ↓五二四。松の縁。○ね 鶴の縁の「音(ね)」と松の縁の「根」(しっかりと地中にくいこむもの)を掛ける。○なかぬ ↓四九八。▽↓七七七。「これも…久しく待てば音になくとなり」(教端抄)。

780 三輪山は神が「待つ」と申しますが、わたくしはいったいどのようにお待ちしてお逢いすることになるのでしょうか。年月が経っても訪ねて来てくださる方なんていらっしゃらないだろうと思いますので。○あひ知りて ↓六五四。○離れ方 男女の仲が疎遠になるころの意。○三輪の山 「待つ」を出す表現。「わが庵は三輪の山もと恋しくは訪ひきませ…」(九八二)の歌と三輪明神(大物主命)の伝承が結びついて、三輪山の神が人を待つとされたことによる。▽「来る人もよもあらじ、さればいかにか待つべきとなり」(教長注)。

〈**人の心は…**〉 二十四首

781 あちらからこちらからと方角も定まらないで吹きすさぶ野の風が寒いので、秋萩は花が散り葉が色付いてゆくように、やはりこうも変ってゆくものなのか、人の心というものは。○野風をさむみ ミ語法↓三。鮑照・代東門行「野風吹二秋木一。行子心腸断」。○うつりも 「も」は強調の表現。○行か 「か」は詠嘆の表現。○人の心 ↓七一四。▽↓一〇四。「まだ盛りなるべき萩の…移ろふやうに、まだき(↓三三)移ろひ行くなり」(両度聞書)。

782 秋が来てしぐれが降ると草木の葉の色が変るが、それと同じように、今はもうということで、わたくしは冷たく降るしぐれのように悲しみの涙にくれながら身も古くなってしまったので、なるほど木の葉ばかりかあなたの、「言の葉」ともいうそのおことばまでも変ってしまったことです。○今はとて 今はもうの意(↓一八三)とその時(季節。ここは秋)が来ての意を掛ける。○身 ↓三八三。○

783 人を思ふ心の木《こ》の葉《は》にあらばこそ風のまに〳〵散《ち》りもみだれめ

業平朝臣《なりひらのあそん》、紀有常《きのありつね》が女《むすめ》に住《す》みけるを、怨《うら》むることありて、暫《しば》しの間《あひだ》、昼《ひる》は来《き》て、夕《ゆふ》さりは帰《かへ》りのみしければ、よみて、遣《つか》はしける

784 天雲《あまぐも》のよそにも人のなりゆくかさすがにめには見《み》ゆるものから

返し　　業《なり》平《ひらの》朝臣

785 行《ゆ》きかへりそらにのみして経《ふ》ることはわがゐる山の風早《はや》みなり

題しらず　　景《かげ》式《のりの》王《おほきみ》

786 唐衣なれば身にこそまつはれめ掛《か》けてのみやは恋《こ》ひむと思《おもひ》し

時雨に　しぐれとなっての意。涙の比喩表現。○ふりぬれば　「ふる」は、「降る」と、涙が流れるの意と、「古る」を掛ける。○事の葉　→六八八。「言の葉」に同じ。○にけり　→七四八。

783　あなたは人のことばのことを「言の葉」とおっしゃいましたが、人を思う心というものは、もしそれが「言の葉」と同じように「木の葉」ならば風の吹くままに散り乱れもしましょうが…。木の葉などではありませんから、散り乱れるなどということはございません。○散りもみだれめ　他の人に心を寄せることはないの意の比喩的表現。▽前歌を承けて「まことに思ふ心ならばいかでか変るべき」(栄雅抄)と返した。

784　大空の雲のように遠くかけ離れてよそよそしくあなたはなってゆくのですねえ。それにしては、かえって妻であるわたくしの目には見えていらっしゃるくせに。○住みける　→七三六。○夕さり　→三一七。○天雲のよそ　万葉集以来の表現。「よそ」→七四九。○か　詠嘆の表現。○さすがにそれにしてもの意。万葉語「しかすがに」に当る。○め　「妻」と「目」を掛ける。▽「天(雲)」と対して「人」があり、「妻」がある。→四八四「夕暮」。

785　天雲が行ったり来たりして中空にゆらゆらし続けるのは山風が強いからですが、わたくしが行ったり来たりしてうわのそらに過すのは、わたくしが共住みするそのお山の様子がきびしすぎるからなのです。○経る　…して過ぎるの意。○ゐる　住む(→七三六)の意。○山　女の家の比喩表現。間接的に人を指示する。→九五三。○風早みミ語法→三三。山風が強いのでの意とあり方が厳しいのでの意を掛ける。▽空・山・風は天雲の縁。

786　唐衣も着なれれば身についてぴったりするように、あの人になれ親しめばわたくしにぴったりで長く続くだろうけれど、それにしても、衣

787
秋風は身をわけてしも吹《ふ》かなくに人の心のそらになる覧

友《とも》則《のり》

788
つれもなくなり行《(ゆく)》人の事の葉《は》ぞ秋よりさきのもみぢなりける

源宗于朝臣

心地《こゝち》損《そこな》へりける頃《ころ》、あひ知《し》りて侍《(はべり)》ける人の訪《と》はで、心地《こゝち》を《(お)》こたりて後訪《のちとぶら》へりければ、よみて、遣《つか》はしける

兵衛

789
死出《しで》の山ふもとを見《み》てぞ帰《かへ》りにしつらき人よりまづ越《こ》えじとて

あひ知《し》れりける人の、やうやく離《か》れ方《がた》になりける間《あひだ》に、焼《や》けたる茅《ち》の葉《は》に文《ふみ》を挿《さ》して遣《つか》はしける

を「掛け」るというその通りにあの人を長々と心に掛けて恋い慕うことになろうとは全く思いがけないことです。〇唐衣なれば →四一〇。〇まつはれめ →二九。衣の状態と自分の状態を掛ける。〇掛けてのみやは →四八七。「やは」は強い反語の表現。▽慣る・まつはる・掛くは唐衣の縁。

787 「秋」風は人の身を二つに分けて吹き抜けるわけではない、同じように、たとえ「飽き」が来てもそれが人の身を切り裂いてしまうわけでもない、それなのにどうして、人の心というものは風に吹き飛ばされるように空虚でむなしくなるのでしょうか。〇秋風 →七一四。〇わけて 分割しての意。〇なくに →一八。〇人の心 →七一四。〇そら →五七九。〇覧 →八四。▽秋風が冷たく厳しいことと、心が体の中にあることとを前提としている。

788 つれなくなってゆくあの人のおことばは、なるほど「言の葉」なのですね。そうだからこそ、草木の葉ならば秋が来てからもみじするのに、ほんとうに飽き果てもしないうちから変るものなのですね。〇つれもなく →四八六。〇事の葉 →六八六。もみじの縁。〇もみぢ 紅葉するものの意と色(ことばの表情・調子)が変るものの意を掛ける。〇ける →七四八。▽「まだき(→三二)に移ろふ心なり」(両度聞書)。

789 冥土(めいど)へ行く道にあるというあの死者の越える「死出の山」の麓(ふもと)を見て、こうしてちゃんと帰ってまいりました。病気中に見舞ってもくださらないような薄情なお方より以前には、その山を越えますまいと思いまして。〇心地損へりける →八〇。〇あひ知りて →六五四。〇心地をこたりて 病気が快方に向っての意。名義抄「緩 ユルブ・オコタル」。〇死出の山 「よみぢをばしでの山といふ」(能因歌枕広本)。涅槃経二十七「四大山。即生老病死也」。「渡り河」(→八二九)の類。〇帰

せりける

小《こ》町《まちが》姉《あね》

790 時すぎてかれ行《(ゆく)》小《を》野《の》のあさぢには今は思《おも》ひぞ絶《た》えずもえける

物思ひける頃《ころ》、ものへまかりける道《みち》に、野火《(のび)》の燃《も》えけるを見て、よめる

伊勢

791 冬がれの野べとわが身を思《おも》ひせばもえても春《はる》を待《ま》たまし物を

題しらず

友《とも》則《のり》

792 水の泡《あわ》のきえでうき身といひながら流《(ながれ)》て猶もたのまるゝ哉《(かな)》

よみ人しらず

793 みなせ河ありて行《ゆ》く水なくはこそつゐ《(ひ)》にわが身を絶《た》えぬとおもはめ

りにし「ぬ」(に)は完了の表現。「き」(し)は直接経験の表現。○つらき →一七八。

790 季節が過ぎて草木の枯れ果ててゆく野原の薄いちがやには、今は野焼の火が燃えております。それと同じように、恋の時も過ぎ間柄が絶えようとしている今は、恋い慕う思いの火がひっきりなしに燃えていることです。○あひ知れりける →六五四。○離れ方 →七八〇。○時 季節とくに秋、ふさわしい時、盛りの時などの意。→二七九・五七八・九六七。「時過ぎて…」は万葉集以来の表現。○かれ行 →三一五。○小野 →三二四。○思ひ →四七七。○もえ →五三〇。

791 もしも、冬の草木がすべて枯れ果てる野なのだとわが身を思いなすとすれば、野火で燃えてもやがて春が来て草木が芽を出すように、わたくしも思いの火に燃えて恋が復活する日を待ちましょうけれど…。○物思ひける あれこれと思いなやんでいたの意。○ものへまかりける →三二七。○野火 野焼の火の意。万葉集、文華秀麗集などに例が見える。○野べ →一一六。○わが身 →八一九。○…せば…まし →五三三。○もえて →五三〇。

792 すぐに消えるはずの水の泡が消えもせずに浮くのと同じように、死にもしないではかなくつらいわが身だと言いながらも、泡が流れて行くように涙にくれつつ恋の成行きに身をゆだねて、このままやはりあの人を頼りにせずにはいられないことでありますよ。○きえで 消滅しないでの意と死なないでの意を掛ける。「で」を「て」と解する説もある。○うき 「浮き」と「憂き」(→七二)を掛ける。○流て 泡の縁の「流れて」と「泣かれて」(「る」(れ)は自発の表現)と成行きにまかせての意を掛ける。

793 水がないという名の水無瀬川の、川底をいつも流れて行く水脈が絶えるというような、そ

794 吉野河よしや人こそつらからめはやく言《い》ひてし事はわすれじ

躬《み》恒《つね》

795 世中《(よのなか)》の人の心は花染《ぞ》めのうつろひやすき色にぞ有《(あり)》ける

よみ人しらず

796 心こそうたて憎《にく》けれそめざらばうつろふ事もおし《(を)》からましや

797 色《いろ》見えてうつろふ物は世中《(よのなか)》の人の心の花にぞありける

小《こ》町《まち》

れほどに起りえないことが起るのなら、結局はわたくしも恋が終ったのだとわが身を認めましょう。でもそれはありえないことなので…。○みなせ河　→六〇七。○身を　「水脈《をみ》」(→八八二)と「身(→三八三)を」を掛ける。○絶えぬ　「たゆ」は水が涸《か》れるの意と仲が切れるの意を掛ける。▽「わが身」→八一九。「終りぬと思ひつめたる時、又思ひ返していへり」(十口抄)。万葉集十一「うらぶれてものは思はじ水無瀬川ありても水はゆくといふものを」。

794 吉野川はその名が「よし」で流れの速いところですが、「よしや」あの人が薄情であっても、早くからあの人に申していたその恋の告白は忘れは致しません。○吉野河　同音反復で「よしや」を、景物として「はやく」を出す表現。→一二四。○よしや　ままよ、たとい(…でも)の意。○はやく　→四七一。吉野川の縁。○言ひてし　「つ」(て)は確認の表現。「き」(し)→七八九。○事　→七〇三。恋を語った事、そのことばの意。相手のことばとする説もある。

795 世の中の人の心というものは、花染めが変りやすい色であるように変りやすい類のものであることです。○世　→五二三。○花染め　→七三三・二四七。○うつろひやすき　→七二四。○色　色彩の意と種類の意を掛ける。○ける　新たな認識の表現。

796 心というものこそが特に憎いことです。染めなければ色あせることもないように、心を寄せなければ心変りするのが惜しいと思うこともなかろうに。○うたて　→四七。○そめざらば　→七三九。○うつろふ　→七二四。▽「わが心を…嘆くよしなり」(両度聞書)。

797 色が見えていて変るものは花ですが、色が見えないで変るものは、世の中の人の心という花であることです。○見えて　「て」は接続の助詞「て」と打消の助詞「で」を掛ける。中世注は「みえ

798 我のみや世《よ》をうくひずとなきわびむ人の心の花と散《ち》りなば

よみ人しらず

799 思《おも》ふともかれなむ人をいかゞせむ飽《あ》かずちりぬる花とこそ見め

素《そ》性《せい》法師《し》

800 今はとてきみがかれなばわが宿《やど》の花をばひとり見てやしのばむ

よみ人しらず

801 忘草《(わすれぐさ)》かれもやするとつれもなき人の心に霜《しも》はを《(お)》か南《(なむ)》

宗《むね》于《ゆきの》朝《あ》臣《をむ》

で」と示す。〇うつろふ　↓七二四。〇世　↓五三三。〇人の心の花　人の心(↓七四)を花にたとえた。仏教語の「心花」は静浄心のたとえ。広弘明集・梁簡文帝・文請御講啓「心花成レ樹。共転二六塵一」。

798　このわたくしだけが、うぐひすが散る花を嘆くようにこの世はつらい涙が干(ひ)ないと嘆くばかりでしょう。あの人の心が散る花のようにどこかに消えてしまうならば。〇や　詠嘆の表現。〇世　↓五三三。〇うくひず　「鶯」と「憂く干ず」を掛ける。↓四二三。〇人の心　↓七二四。〇花と　花としての意。↓七九七「人の心の花」。〇散りなば　落花すれば の意と他へ移って消えるの意を掛ける。

799　どんなに恋しく思っても、花が「枯れ」るように「離(か)れ」て行ってしまう人をどうしよう。見飽きないままに散ってしまう花だと思ってあきらめましょうよ。〇かれなむ　↓三二五「かる」。「む」は婉曲表現。〇飽かず　↓三七。〇…とこそ見め　↓六「見る」。▽花を人に見立てた表現。

800　今はもうといってあなたが離れていってしまうならば、わたくしの家の庭の花をただ独り見て、あなたをしのぶことになるでしょうね。〇今はとて　↓一八二。〇かれなば　↓三二八。〇宿　↓三三。▽↓九〇・七九九。「しのばむといふに恋ひ偲ぶ心と堪え忍ぶ心と両義あり」(教端抄)。

801　恋を忘れるという名の忘れ草がひょっとして枯れもするだろうかと、つれないあの人の心にきっと生えているに違いないその忘れ草を枯らす霜が置いてほしいと願います。〇忘草　↓七六六。〇かれもや　「か(枯)る」↓三二五。〇つれもなき　↓四八六。〇霜　草木が霜で枯れるとの心でいう。万葉集十・一八四六「霜枯れの冬の柳は…」。〇をか南　「なむ」は希求の表現。▽忘れ草が心に生えるという見立の表現。↓七六六。「悲しさの余りにいへり」(教端抄)。あの人の恋心を忘れさせる忘れ草が枯

寛平御時《くわんぴやうのおほむとき》、御屏風《おほむびやうぶ》に、歌《うた》書《か》か《ゝ》せ給《たま》ひける時、よみて、書《か》きける

素《そ》性《せい》法師《し》

802 わすれぐさ何《なに》をか種《たね》と思《おもひ》しはつれなき人の心なりけり

題しらず

803 秋の田のいねてふこともかけなくに何《なに》を憂《う》しとか人のかるらむ

紀《きの》貫《つら》之《ゆき》

804 初雁《はつかり》のなきこそわたれ世中《よのなか》の人の心の秋し憂《う》ければ

よみ人しらず

805 あはれとも憂《う》しとも物を思《おもふ》時などか涙《なみだ》のいとながる覧

れれば、わたくしを愛してくれるだろうの意。忘れ草が人をつれなくさせてるという論理である。作者の「あをむ」は「朝臣」のよみくせか(十口抄)。

802 恋を忘れるという名のあの忘れ草とは、いったい何を種にして生えるのかと思いましたが、その種とはなんと薄情なお人の心でありましたよ。○寛平御時　↓一七。○わすれぐさ　↓七六五。○つれなき　↓四八六。○けり　↓七四八。▽↓八〇一。自作の歌を屏風に書いたもの。

803 「秋」の田の「稲」というものは刈ったり架けたりするが、「飽き」たから「去(い)ね」などということばをわたくしが掛けたわけでもないのに、あの人は何をつらいといって離れてゆくのでしょうか。○秋　「秋」と「飽き」を掛ける。○いね　「稲」と去れの意の「去(い)ね」を掛ける。○てふ　↓三八六。○かけなくに　「かく」は稲架(いなかけ)に架けるの意とことばを掛けるの意を掛ける。○憂し　↓七一。○かるらむ　「かる」は「刈る」と「離る」(↓三一五)を掛ける。▽架く・刈るは稲の縁。

804 秋の初雁が鳴き渡るように泣き暮しています。もともとこの世の「秋」は悲しいものですが、世の中の人の心に来る「飽き」こそがつらいので。○初雁の…　↓二〇六。○世　↓四七五。○人の心の秋し　「人の心」↓七二四。「秋」↓八〇三。「し」は強調の表現。○憂ければ　「うし」↓七一。▽↓七三五。「人の心は…頼まれぬものの義なり」(両度聞書)。

〈**わが身悲しも**〉　十五首

805 いとしいともつらいともいろいろのことを思うその時は、どうして涙がとめどもなくこんなに流れるのでしょうか。○あはれ　↓三二。○憂し　↓七一。○いとながる覧　暇(いとま)なくの意(僻案抄)の「いとなし」の連体形「いとなかる」と「最(いと)流る」(↓七三三)を掛ける。中世注は「いとなかる」とも示す。▽「切なる思ひのさまなり」(十口抄)。

806
身を憂《う》しと思ふに消《き》えぬ物なればかくても経《へ》ぬる世にこそ有《(あり)》けれ

典侍藤原直子《なほいこの》朝臣

807
あまの刈《か》る藻《も》にすむ虫《むし》の我からと音《ね》をこそなかめ世をばうら見じ

因《いな》幡《ば》

808
あひ見《み》ぬも憂《う》きもわが身のから衣思《(おもひ)》しらずも解《と》くるひも哉

寛平御時后《きさいの》宮《の》歌《うた》合

809
つれなきを今は恋《こ》ひじとおもへども心よは《(わ)》くも落《お》つる涙か

菅《すが》野《の》忠《たゞ》臣《をむ》

806　わが身をつらいと思うことで命が消えはしないものなのだから、頼りにもならないわが身ながらこんなことで過ぎてゆく、この世であります。〇身　→三八三。〇憂し　→七一。〇かくても　命の消えないわが身のままでもの意。〇経ぬる　「ぬ」(ぬる)は確認の表現。〇世　→五一三。〇けれ　改めての認識の表現。▽「世間自由ならざる理《(ことわり)》なり」(十口抄)。

807　漁師が刈り取る海藻に住みつく虫の「われから」という名の通りに、「わが身ゆえに…」と声を出して泣きましょう。漁師の住む入江を見るようにあの人の心をのぞき見て恨むようなことは致しません。〇あま　→三〇一。〇我から　甲殻類の一種の「われから(割殻)」と「我から」を掛ける。「から」→三七一。〇なかめ　→四九八「なく」。〇世　→五一三。〇うら見　→七三七。▽浦はあま・藻の縁。「非を悔ゆるほかに道はなきものなり」(両度聞書)。古今伝授秘伝歌の一つ。伊勢物語六十五段。

808　お逢いしないのもつらいのもわが身ゆえのことで。そんなわたくしの思いも知らないで解ける唐衣の下紐でありますことよ。〇憂き　→七一。〇身　→三八三。〇から衣　理由の意の「から」(→三七二)と「唐衣」(→四一〇)を掛ける。〇思しらずも　実情を覚らないでの意。「も」は強調の表現。〇解くるひも　人に逢える前兆とされる。→五〇七。▽「ただ心一つよりあり初めし嘆きなり」(両度聞書)。

809　あの人が無情で応えてくださらないのを、今はもう恋い慕うまいと思うけれど、なんと気弱にも落ちる涙でありますことか。〇寛平御時…歌合　→一二。〇つれなきを　→四八六。〇今は　→一八二。〇心よはくも　「頼む心を、心弱くもといへり」(両度聞書)。「も」は強調の表現。〇か　詠嘆の表現。▽新撰万葉集上・恋・一一三参照。

題しらず伊勢

810 人しれず絶《た》えなましかばわびつゝも無《な》き名《な》ぞとだに言《い》はましものを

よみ人しらず

811 それをだに思《（おもふ）》事とてわが宿《やど》を見きとな言《い》ひそ人の聞《き》かくに

812 逢《あ》ふことの専《もは》ら絶《た》えぬる時にこそ人のこひしき事も知《し》りけれ

813 わび果《は》つる時さへものゝ悲《かな》しきは何処《いづこ》をしのぶ涙《なみだ》なるらむ

810 他人に知られないままで二人の仲が切れてしまうのなら、気落ちしてつらく思いはするとしても、ありもしない噂《(うわさ)》ですとだけでもせめて申しましょうに。○…ましかば…まし　反実仮想の表現。○無き名　→六三七。▽→四九六。人に知られた上で別れるのだとすれば、「無き名」とさえいえないのは余計につらいの意。二人の仲が切れる以上、黙って切れてほしいの意を逆の方から述べたもの。「切なる仲は無き名と言ひ逃るるもわびしけれどもの心なり」(教端抄)。

811 あなたのいらっしゃらなくなったあとのわが家のことばかりを思っておりますので、わが家を知っていたなどとはおっしゃらないで下さい。他人《(ひと)》が聞きますので。○それ　「わが宿」を指示する。○だに　限定して強調する表現。○とて　理由の表現。○見き　これまでは知っていた、すなわち今は知らないの意。「き」は直接経験の回想の表現。○な…そ　禁止の表現。○聞かく　聞くことの意。ク語法。▽「(恋の)変り果てて後の歌なり。部立の儀なり」(両度聞書)。別れて後のわが家の空虚さをせめて独りで耐えて行こう、他人に噂《(うわさ)》されたくないとの意。「それ」は三・四句を指示する、二句はわたくしを思う意など諸説がある。

812 お逢いすることがまったくなくなってしまうまさにその時こそはじめて、人が恋い慕わしいということそれ自体をほんとうに身にしみて知ったことですよ。○専ら　和名抄「専　毛波良。専一之義也」。○人のこひしき事　→五一九「人」。○けれ　→七九五。▽「絶え果てての恋しさに類《(たぐ)》へてみれば、来し方の恋しさは数にもあらぬよしなり」(十口抄)。

813 あきらめ切ったその時にさえあれこれと悲しいのは、いったい何を思い慕う涙なのでしょ

814 怨《(うらみ)》ても泣《な》きてもいはむ方ぞなき鏡に見《み》ゆる影《かげ》ならずして

藤原興《おき》風《かぜ》

815 夕《ゆふ》されば人なき床《とこ》をうち払《はら》ひ嘆《なげ》かむためとなれるわが身か

読人しらず

816 わたつ海《み》のわが身こす浪立《(たち)》かへり海人《あま》の住《す》むてふうら見つる哉

817 新小《あらを》田《(だ)》をあら鋤《す》きかへし〱ても人の心を見てこそやまめ

うか。〇わび果つる　すっかり気落ちして嘆くの意。「わぶ」→五六九。〇何処　不定の人、事柄の意。▽「人も変り果てわれも思ひ切りたるに、又もの悲しく思ふ心出できたる…さまなり」(十口抄)。

814 うらんでも泣いても訴えて行くところがありません。鏡に映る自分の影以外には。〇方方角の意。直接に指示せずに絶え果てた相手をいう。〇鏡に見ゆる影　→三四二。▽「絶えし怨みの切なるよしなり」(教端抄)。

815 夕方になると、あの人もいないむなしい寝床の塵を払ってひたすら嘆くだけになっているわが身であることよ。〇夕されば　→三一七。〇床をうち払ひ　→七三三「はらふ」。〇嘆かむためと嘆くことを目的に、嘆くことだけを生きがいにの意。〇身　→三八三。〇か　詠嘆の表現。▽「人なき」はかつて人がいた後の空虚さをいう。万葉集十「明日よりはわが玉床をうち払ひ君と寝ずして独りかも寝む」。

816 大海のわが身を越すほどの大波が寄せては返す姿そのままに、わたくしは幾たびとなくたち返って、漁師の住むという入江を見るように、あの人の心をのぞき見て恨んだことです。〇わたつ海　→七三三。〇立かへり　波が返るの意と再びするの意を掛ける。〇海人　→三〇一。〇うら見つる哉　「うらむ」→七三七。▽一〇九三番の歌を本歌とするという説もある。「恨むることのはかなきを嘆く義なり」(両度聞書)。

817 新しく開墾した田を粗く何度も掘り返すように、いく度も繰り返してでも、人の心というものをしっかり見てこそ恋の恨みも止むことでしょう。〇新小田　しばらく、新田で荒い土の田の意とする説に従う。「を」は小さい意の接頭語か。荒小田とする説もあるが未詳。〇鋤きかへし　農具で掘り耕しの意。名義抄「犂・鋤　スク」「墾　カヘ

818 有磯海《(あり)そうみ》の浜《はま》のまさごと頼《たの》めしは忘《わす》るゝ事のかずにぞ有《(あり)》ける

819 葦《あし》べより雲居《くもゐ》をさしてゆく雁《かり》のいやとを《(ほ)》ざかるわが身かなしも

820 しぐれつゝもみづるよりもことの葉《は》の心の秋に逢《あ》ふぞわびしき

821 秋風の吹《ふ》きと吹《ふ》きぬる武蔵野《むさしの》はなべて草葉《くさば》の色かはりけり

ス」。○かへしても 「翻しても」と「返しても」を掛ける。○人の心 →七一四。▽「人の心は…見果ててこそ思ひも止まめといへるなり」(両度聞書)。

818 荒磯《あらいそ》の海の「浜の真砂《まさご》」などと、二人の恋が尽きないことをたとえていってみせて期待させたのは、実は、恋の誓いを忘れることの数の多さであったのですね。○有磯 岩石のある荒れた海べの意。万葉集以来の景物。○浜のまさご →三四四。○頼めしは →六一三。○かず 数・量・程度の多さの表現。○ける →七四八。

819 葦の生えているあたりから遠い雲を目指して飛んで行く雁がどんどん遠ざかる、そんなわたくしの恋がなんとも悲しいのです。○雲居 →三六八。○ゆく雁 漢語「去雁・行雁」に当る。○いや いよ(いよ)の交替形。○わが身 恋仲にあるものとしてのわが身の意。「身」→三八三。○も 強調の表現。▽「いよいよ遠ざかるわが仲の悲しきとなり」(栄雅抄)。

〈**心の秋**〉 五首

820 しぐれが幾度となく降っては木の葉が紅葉してゆくその秋もわが身が悲しいが、それ以上に、あなたの、「言の葉」とたとえていうおことばが心の「秋」という「飽き」に直面して変ってゆくのは、なんともつらいことです。○しぐれつゝもみづる 悲しい秋の代表的景物。→一八七。○ことの葉 →六六八。▽「心の秋」→八〇四。「悲秋」(→一八四)を前提とする。

821 冷たい「秋風」が吹きまくるあの武蔵野は、一様に風がなびき伏せて草の葉の色が変ってしまうが、人の心もその「飽き風」が吹くとすっかり変るものです。○秋風 →七一四。○吹きと吹きぬる 吹きに吹くの意。「ぬ」(ぬる)は確認の表現。○武蔵野 関東平野の空っ風の吹き方をいうか。○なべて すべての「なべて」「みな」を出す表現。

822
秋風にあふたのみこそ悲《かな》しけれわが身むなしくなりぬとおもへば
小町

823
あき風の吹《ふ》き裏《うら》がへす葛《くず》の葉《は》のうらみても猶うらめしき哉
平貞文

824
秋といへばよそにぞ聞《き》ゝしあだ人の我を古《ふる》せる名《な》にこそありけれ
よみ人しらず

825
わすらるゝ身をうぢ橋《ばし》の中たえて人もかよはぬ年《とし》ぞへにける
又は、此方彼方《こなたかなた》に人も通《かよ》はず

意の「なべて」と押し伏せる意の「靡(な)べて」を掛ける。○かはりけり　草葉の色が変るの意と人の心が変るの意を掛ける。「けり」→七四八。▽→七八七。

822　冷たい「秋風」に出合った「田の実」の稲穂はどうしようもないが、あの人の「飽き風」に直面したわたくしの信頼こそどうにもなりません。稲の実が空(から)であるように、わが身もはかなくあてもなくなってしまうと思いますと。○秋風　→七二四。○たのみ　稲穂・稲の実の意の「田の実」と信頼の意の「頼み」を掛ける。○悲しけれ　力が及ばずどうしようもないの意。○わが身　→八一九。「身」は「身」と「実」を掛ける。○むなしく　空(から)の意とむなしくの意を掛ける。▽→七八七。「頼む方なき心なり」(十口抄)。

823　冷たい「秋風」が吹いて裏返す葛の葉の裏が見えるように、「飽き」が来て心変りした本心を知った今は、恨んでも恨んでもまだ恨めしく思います。○あき風　→七二四。○裏がへす　ひっくり返すの意と心変りするの意を掛ける。中世注は「うらかへす」とも示す。○葛　→二六三。○うらみても　「裏見て」と「うら(心)見て」と「恨みて」を掛ける。▽「心変り果てたる後のことなり」(教端抄)。

824　これまで、「秋」といえばいくら悲しくてもわたくしには直接関係のないもの、「飽き」るなんて他人(ひと)事と思って聞いていました。でも今になってみると、それは不誠実なあの人がわたくしを古いもの扱いして捨てる「秋」、その名もまさに「飽き」だったのですね。○秋　→八〇三。○よそに　→三七。○あだ人　あだ(→六三)な人の意。○古せる　古いものにするの意。→七三六。「る」は確認の表現。

〈**よしや世の中**〉四首

825　忘れ去られている身が「憂し」というその「宇治橋」が途中で切れて、誰も渡らない年月がたつように、二人の仲が切れてあの人が通わない

826 逢《あ》ふことをながらの橋《はし》のながらへて恋《こ》ひわたるまに年ぞへにける

坂上是《これ》則《のり》

827 うきながらけぬる泡《あわ》ともなりななむながれてとだに頼《たの》まれぬ身は

友《とも》則《のり》

828 流《ながれ》ては妹背《いもせ》の山のなかに落《お》つる吉野の河のよしや世中《よのなか》

読人しらず

826 逢うことも無く、「長柄橋」が時を経るように、わたくしはなすすべもなく生きながらえて恋い慕いつづけているうちに、年月ばかりがたってしまったことです。○ながらの橋　同音反復で「ながらへて」を出す表現。橋の名「ながら(橋)」(古いものの代表的景物→八九〇)と「無(から)」を掛ける。○ながらへて　古びて時がたつの意と生きつづけるの意を掛ける。

827 浮いたままで消えてゆく泡になってしまえるなら、その泡にでもなってしまいたい。泡ならば流れ流れてやがてはどうにかなろうけれど、涙にくれながら成りゆきにまかせたとて期待の持てないこのわが身としては。○うきながら　「浮きながら」と「憂きながら」を掛ける。「憂し」→七一。○けぬる　泡が消えるの意と死ぬの意を掛ける。→四七〇。○なりななむ　「ぬ」(な)は完了の表現。「なむ」は願望の表現。○ながれて　→七九三。○頼まれぬ　→八二三。○身　→三八三。▽→八二九「わが身」。

828 涙にくれながらも成りゆきにわが身をまかせてはいるが、流れ流れて妹山と背山とのあいだを裂いてたぎり落ちる吉野川のように激しくきびしいのが、ままよ、この世の男女の仲なのか。○流ては　→七九二。○妹背の山　男女の仲の比喩表現。○吉野の河　→一二四・四七一。同音反復で「よしや」を出す。○よしや　→七九四。○世中　男女の仲を、又、世の中一般をいう。→四七五。▽古今伝授秘伝歌の一つ。恨み・執着・諦めなど、読者が、時代時代にそれぞれの思いを託して理解した一首。特に中世人の心を深くとらえたようだ。

古今和歌集巻第十六

哀傷歌《(あいしやうのうた)》

妹《いもうと》の身まかりにける時、よみける　小野《の》篁《たかむら》朝臣《の》

829 泣《な》く涙雨と降《ふ》ら南《(なむ)》わたり河水まさりなば帰《かへ》りくるがに

前太政大臣《さきのおほきおほいまうちぎみ》を、白河《しらかは》のあたりに送《をく》りける夜、よめる　素《そ》性《せい》法師《し》

830 血《ち》の涙《なみだ》おちてぞたぎつ白河は君が世までの名《な》にこそ有《(あり)》けれ

哀傷の部は、死別の歌を集めており、万葉集の挽歌の系譜を引くが、文選・芸文類聚(人部)「哀傷」に学んだ部類であろう。他人(ひと)をいたむ歌群と辞世の歌群とからなる。死者を知る者は哀悼し、遺族を知る者は弔慰する。礼記・曲礼「知㆑生者弔。知㆑死者傷」。この部の「泣く・悲しむ」は漢語「哭」で代表される情念。名義抄「哭 ナク・カナシブ」。

ひとをいたむ　二十八首

〈みまかりける時に〉　十一首

829 わたくしの泣く涙が冥途(めいど)への道に雨となって降ってほしい。その道にあるという渡り川の水かさがふえれば、妹が帰って来るように。○妹　「いもひと」の転。姉妹の意。○身まかり　あの世に退くの意の「身罷り」。死ぬの改まった表現。公式には官位により薨・卒・死と称する(喪葬令)が、古今和歌集では天皇(八四五―八四七)以外共通してこの表現による。○降ら南　「なむ」は願望の表現。○わたり河　生と死を分ける境界に想定された川の一つ、三途(さんず)の川。○がに　→三四九。▽「ただただ亡き人を慕ふ切なる義なり」(両度聞書)。

830 血の涙が落ちて逆巻いている。そのために赤くなってしまって、この「白川」も今は白い川ではなくて悲しいことだが、「白川」とはあなたの御生涯までの名でありましたよ。○前太政大臣　藤原良房のこと。○送りける　送葬したの意。死去の当日から三日間家で哀悼(挙哀)し、その三日目に埋葬するのを基準とする(喪葬令)。○血の涙　激しい涙を血と見立てた表現。漢語「血涙」に当る。白楽天・元稹らの詩文に見え、竹取物語にも例がある。○たぎつ　→三二九。○君　死者への親愛の情をこめた表現。○世　人の一生の意。▽三代実録・清和紀「葬㆓太政大臣於愛宕郡白川辺㆒」。良房が摂政として事に当った(公卿補任)とすれば、

831 堀川太政大臣《ほりかはのおほきおほいまうちぎみ》、身まかりにける時に、深《ふか》草《くさ》の山にお(を)さめてける後《のち》に、よみける

僧都勝延

空蝉(うつせみ)は殻《から》を見つゝもなぐさめつ深草の山烟(けぶり)だにたて

上《かむ》野《つけの》岑《みね》雄《お》

832 深草の野辺《べ》の桜《さくら》し心あらばことし許(ばかり)はすみぞめに咲《さ》け

藤原敏行《ふぢはらのとしゆきの》朝臣の、身まかりにける時に、よみて、かの家に遣《つか》はしける

紀《きの》友《とも》則《のり》

833 寝《ね》ても見ゆ寝《ね》でも見てけり大方《おほかた》はうつせみの世ぞ夢《ゆめ》にはありける

あひ知《し》れりける人の、身まかりにければ、よめる

紀《きの》貫《つら》之《ゆき》

「君」は治世の君、「世」は治世の意に準じた意(↓三四三)となる。

831 この世のものとしては、はかない亡骸(なきがら)を拝みましては悲しみを慰めておりました。埋葬した今は、せめて深草の山に煙だけでも立ってほしい。○堀川太政大臣　藤原基経のこと。○身まかり　↓八二九。○おさめてける後に　埋葬がすんで後にの意。「つ」(て)は完了の表現。令義解・喪葬令「葬者。蔵也」。中世注は「てげる」とも示す。○空蟬　この世の存在の意。↓七三。○殻　亡骸の意。哀悼の三日間の状況でいう。生前の身体とする説もある。↓四四八。○煙　火葬の煙。万葉集以来の哀悼の情を表現する景物。▽↓四四八。

832 亡骸(なきがら)をおさめた深草のこの野の桜の花よ、桜には心があるというがほんとうにお前に心というものがあるのならば、せめて今年だけは薄い墨色に咲いてほしい。○野辺　↓一六。○桜し心あらば　↓八五。「し」は強調の表現。○すみぞめ　喪服の基本的な色彩による表現。令義解・喪葬令「用ニ浅墨染一也」。地名「すみぞめ」をふまえるか。▽春の花を代表し、心を持つものとして和歌によむ桜(↓八四)で哀悼を表現した。藤原基経は寛平三年(陰暦)春一月に死去。必ずしも桜に対していったのでなく、悲しみの深い心をいった比喩的表現とする説(両度聞書)もある。

833 亡き人のお姿は、寝ても夢に見えますし、寝ないでいても心に思い浮べております。もっとも、普遍的にいえることは、うつせみのようなはかないこの現世こそが夢なのであります。○大方は　↓一八五。○うつせみの　↓七三。○ありける　改めての認識の詠嘆的な表現。▽仏教的観点でこの世を夢と見て(↓九四二)、その夢の世での夢を示して、激しい空しさを表現した。白氏文集13・読禅経「夢中説レ夢両重虚」。遺族への弔慰を兼ねる。

834 夢とこそいふべかりけれ世中《(よのなか)》にうつゝある物と思《(おもひ)》ける哉《(かな)》

あひ知《し》れりける人の、身まかりにける時に、よめる

壬生忠岑《みぶのたゞみね》

835 寝《ぬ》るがうちに見るをのみやは夢《ゆめ》といはむはかなき世《よ》をも現《うつゝ》とは見ず

姉《あね》の、身まかりにける時に、よめる

836 瀬《せ》を塞《せ》けば淵《ふち》となりても淀《よど》みけり別《わか》れを止《と》むるしがらみぞなき

藤原忠房《ふぢはらのたゞふさ》が、昔《むかし》あひ知《し》りて侍《(はべり)》ける人の、身まかりにける時に、弔問《とぶらひ》に遣《つか》はすとて、よめる

閑院

837 さきだゝぬ悔《く(い)》ひの八千《やち》たびかなしきはながるゝ水の帰《かへ》りこぬ也《(なり)》

834 この世は夢そのものなのだというべきでありました。それなのに、この世に夢でない現実があるものだと思い込んでおりました。○あひ知れりける人 親しくしていた人、親友、知人の意。↓三七八。「あひ」↓七八。○世中 ↓九三三。○うつゝ 現実の意。▽↓四四九。「ただ今の嘆きに、日ごろの覚悟のはかなさよと驚き嘆く心あり」(教端抄)。

835 寝ているその中で見るものだけを夢というのでしょうか。いやそれだけを夢とはいえないでしょう。はかないこの世も、夢そのものであって、現実なのだとは思いません。○あひ知れりける ↓八三四。○身まかり ↓八二九。▽↓八三四。白氏文集9・想東遊五十韻「幻世春来夢。浮生水上漚」。

836 激しく流れる瀬々も塞(せ)き止めれば深く水をたたえる淵となり、やがては浅い淀みとなるものです。だが、この永遠の別れを止める堰(せき)はないことです。○淵 ↓五三八。○淀みけり ↓四九三「淀」。「けり」は真実の表現。○別れ 死別の意。○しがらみ ↓二〇三。▽万葉集二「飛鳥川しがらみ渡し塞(せ)かませば流るる水ものどにかあらまし」。年月の流れと人生の変転の激しさとへの思いを前提としている。↓九三三。

837 わたくしこそあの世に先立つはずだったという悔いが繰り返し何とも悲しいのは、流れる水のように全てが帰って来ないということなのですね。○あひ知りて侍ける人 ↓八三四。旧妻とする説もある。○弔問 藤原忠房への弔問・弔慰の意。万葉語。名義抄「弔 トブラフ」。↓二四九頁冒頭注。○さきだゝぬ 後悔先に立たずの意とする説もある。○八千たび ↓三四三。▽万葉集十五・三六三五「行く水の帰らぬごとく…跡もなき世の人にして」。白氏文集九・感逝寄遠「逝者不㆓復見㆒。悲者長已矣。存者今如何…浮世如㆓流水㆒。応㆑歓旧交遊。凋零日如㆑此」。旧友を失った人への弔慰の歌。

紀友則《きのとものり》が、身まかりにける時、よめる　　貫《つら》之《ゆき》

838 明日《あす》しらぬわが身と思《おも》へど暮《く》れぬまの今日《けふ》は人こそかなしかりけれ

　　　　　　　　　　　　　　　　　　　　　　　　　　　　　忠《たゞ》岑《みね》

839 時しもあれ秋やは人の別《わか》るべきあるを見《み》るだにこひしき物を

母《はゝ》が喪《おもひ》にて、よめる　　凡河内躬《み》恒《つね》

840 神無《な》月時雨に濡《ぬ》るゝもみぢ葉《ばゝ》はたゞわび人の袂《たもと》なりけり

父《ちゝ》が喪《おもひ》にて、よめる　　忠《たゞ》岑《みね》

841 藤《ふぢ》衣はつるゝいとはわび人の涙の玉《たま》の緒《を》とぞなりける

838 明日という日を知らないわが身だと思いますけれど、一日が過ぎてしまうまでのあいだのつかの間の今日のこの日は、亡き人こそが悲しいことですよ。〇明日しらぬ　↓九三。〇暮れぬま一日が終らないあいだの意。▽紀友則は撰者の筆頭で、撰者仲間の哀悼の歌。「明日・今日」↓八六二。

839 季節はほかにもあるのに、選(よ)りに選って秋の季節に人が別れてあの世に行ってよいものですか。その人が生きているのを見ていてさえ慕わしいのに。〇時しもあれ　「とき」は季節の意。↓一八九。「しも」は強調の表現。「あれ」は逆接の表現。〇ある　↓四二。〇こひしき　巻八・離別部の場合(↓三七〇等)と同じく、親しい人と別れて慕い悲しむ心情の表現。〇物を　↓四五。▽「悲秋」(↓一八四)という観念を前提とする。

〈**服喪の時に**〉　六首

840 神無月のしぐれの雨に濡れているあの紅葉の葉は、嘆きに沈むわたくしという「わび人」の血の涙で染まった袖そのものです。〇母が喪　母の喪(も)にの意。「喪」は亡き親族への哀悼のために規定(喪葬令)に従ってする服喪。親は一年。「おもひ」は、悲しみなどが内にあること、又、それを表にあらわすの意。〇神無月時雨　↓二五三。〇たゞ　他の何ものも加わらないでの意。〇わび人　↓二九二。〇袂　袖の意。▽「血の涙」↓八三〇。

841 喪服のほつれて抜ける糸は、嘆きに沈むわたくしという「わび人」の涙を貫きつなぐ紐となって続いていることです。〇父が…　父の喪に服していての意。〇藤衣　ここは喪服をいう。↓三〇七。〇はつるゝ　名義抄「脱　ハナル・ヌク・ホツル」。〇わび人　↓二九二。〇涙の玉　涙を玉に見立てた表現。↓五五六。〇玉の緒　↓四〇三。▽↓八四〇。亡き人をしのぶ涙の絶えないことをいう。「はつるるいと」は、家の長(戸主・家長。戸令)としての

842
喪《おもひ》に侍《(はべり)》ける年《とし》の秋、山寺《でら》へまかりける道《みち》にて、よめる　貫《つら》之《ゆき》

朝露《あさつゆ》のおくての山田かりそめに憂《う》き世中《(よのなか)》を思《(おもひ)》ぬる哉

843
喪《おもひ》に侍《(はべり)》ける人を、弔問《とぶらひ》にまかりて、よめる　忠《たゞ》岑《みね》

墨染《すみぞめ》のきみが袂《たもと》は雲なれやたえず涙の雨とのみふる

844
女の親《おや》の喪《おもひ》にて山寺《でら》に侍《(はべり)》けるを、ある人の、弔問《とぶらひ》遣《つか》はせりければ、返事《(かへりごと)》に、よめる　よみ人しらず

あしひきの山辺《べ》に今はすみぞめの衣の袖の干《ひ》る時もなし

「父」を失った親族がばらばらになることを暗示するか。「いと」→一〇五四。

842 朝露の置く「晩稲(おくて)」の山田を刈り初めており、山々も色づいているが、それも一時のことで、やがて厳しい山寺の冬が来る、そのようにかりそめのはかないものだと、つらいこの世の中を思うようになったことです。○喪　→八四〇。○おくて　「置く」と「晩稲(おくて)」を掛ける。○山田　晩秋の厳しさ、さびしさをいう景物。中世注は「やまだ」と示す。→三〇六以下。○かりそめ　「刈り初め」と「染め」と「仮り」を掛ける。名義抄「暫　カリソメ」。○世中　→九三三。○思ぬる哉　「ぬ」(ぬる)は結果の表現。「かな」は詠嘆の表現。▽山寺への参詣の景色をふまえる。「喪に侍…」と「はべり」を使うのは令制外の私的な服喪についていうためか。又、「山寺へまかり…」と「まかる」(→三六八)を使うのは公務による参詣のためか。

843 薄墨色の喪服のあなたの袖はあの悲しい雲なのでしょうか、わたくしまでも、途切れないで涙がひたすらに降る雨となって降ります。○喪に侍…　→八三二。○弔問　→八三七。○まかりて　→三七八・八四二。○墨染　→八三二。○きみ　→八三〇。○雲　→三三五。○涙の雨とのみふる　→八二九。「のみ」は限定して強調する表現。▽「人の涙の雨のひまなきを…いへり。うち見るに哀れに耐えぬよしなり」(両度聞書)。

844 山寺に住んでおりまして、薄墨色の喪服のこの衣の袖が乾く時もありません。○女の親　妻の親の意。「女の」を「侍けるを」の主語とする説もある。○喪にて…侍けるを　→八四三。○弔問遣はせりければ　「弔問」(→八三七)の手紙、使者をやったのでの意。○あしひきの　→五九。○すみぞめ　「住み」と「墨染め」(→八三二)を掛ける。

845 諒闇《(らうあん)》の年《とし》、池のほとりの花を見《み》て、よめる　篁《たかむらの》朝臣

水の面《おも》にしづく花の色さやかにも君《きみ》が御《み》かげのおもほゆる哉

846 深草帝《のみかど》の御国忌《(おほむこき)》の日、よめる　文屋康《やす》秀《ひで》

草ふかき霞の谷にかげかくし照《て》る日のくれし今日《けふ》にやはあらぬ

847 深草帝《のみかどの》御《(おほむ)》時に、蔵人頭《(くらうどのとう)》にて、夜昼《よるひる》、なれつかうまつりけるを、諒闇《(らうあん)》になりにければ、更《さら》に世にも交《ま》じらずして、比叡《ひえの》山に登《のぼ》りて、頭《かしら》おろしてけり。その又の年《とし》、皆《みな》人御《(おほむ)》服《ぶく》脱《ぬ》ぎて、或《ある》は冠《かうぶ》り賜《たま》はりなど、喜《よろこ》びけるを聞《き》き《ゝ》て、よめる　僧正遍昭

みな人は花の衣になりぬなり苔《こけ》のたもとよかは《(わ)》きだにせよ

845 水に映って、池の底に沈んでいるように見えている花の影の色は清らかで鮮やかなものでありますが、それにつけても、御恩恵を頂きました帝《(みかど)》の面影がたいへん鮮やかに思い浮べられることです。〇諒闇　天皇の父帝の崩御、又はこれに準じて定められた先帝の崩御の折の一年の服喪(喪葬令)をいう。淳和(続日本後紀)・仁明(文徳実録)両帝のどちらの場合か定め難い。〇しづく　沈んだ状態で見えるの意。万葉語。〇さやかにも　→一六九。「も」は強調の表現。〇君　ここは先帝の意。〇御かげ　美しい藤の花の水に映る「影」と恵みの意の「御陰」と面影の意の「御影」を掛ける。〇おもほゆる哉　→三三。「かな」は詠嘆の表現。

〈亡き人を思いて〉十一首

846 草深い霞の立ちこめるこの谷に、日の光の君がお隠れになり、照り輝く太陽が昏《(くら)》くなった今日この日ではございませんか。〇深草帝の御国忌　仁明天皇の祥月命日。国忌は先帝の命日(職員令「国忌 先皇崩日也」)だが、実際には治世ごとに限定して行われ、延喜民部式は、六帝(天智・光仁・桓武・仁明・文徳・光孝)、三皇太后(乙牟漏・沢子・胤子)を定める。供養は崇福寺・東寺・西寺で営まれた。〇草ふかき　陵墓の地「深草」の訓読による表現。〇霞　美しさ、すばらしさを隠すものとしていう景物。→九一。栄雅抄に、崩御をいう昇霞(遐)をふまえるという。〇照る日のくれし　比喩表現としての天皇の崩御するの意と太陽が暗くなる、没するの意を掛ける。「き」(し)は直接経験の表現。名義抄「昏 クル」。▽白氏文集十二・夜哭李夷道「逝者絶ニ影響一。空庭朝復昏」。天皇を「日(太陽)」にたとえるのは万葉集以来のこと。→三六四。

847 人々は皆花やかで色とりどりの衣服になったとのことである。涙に濡れて苔の生えたわた

848 河原大臣《のおほいまうちぎみ》の、身まかりての秋、かの家のほとりをまかりけるに、もみぢの色、まだ深《ふか》くもならざりけるを見て、かの家に、よみて、入《い》れたりける

近院《の》右大臣《のおほいまうちぎみ》

うちつけに寂《さび》しくもあるかもみぢ葉《ば》もぬしなき宿《やど》は色なかりけり

849 藤原高経《ふぢはらのたかつねの》朝臣の、身まかりての又の年《とし》の夏《なつ》、郭公《ほとゝぎす》の鳴《な》きけるを聞《き》きて、よめる

貫《つら》之《ゆき》

ほとゝぎす今朝《けさ》なく声《こゑ》におどろけばきみに別《わか》れし時にぞ有《(あり)》ける

850 桜《さくら》を植《う》へ《(ゑ)》てありけるに、やうやく花咲《さ》きぬべき時に、かの植《う》へ《(ゑ)》ける人、身まかりにければ、その花を見て、よめる

紀《きの》茂《もち》行《ゆき》

花よりも人こそあだになりにけれいづれを先《さき》に恋《こ》ひんとか見《み》し

くしの衣よ、せめて乾いてほしい。○深草帝 →八四六。○蔵人頭 蔵人所(→三八)の実務の長。○夜昼なれつかうまつりけるを 夜も昼も親しくお仕えしたがの意。蔵人頭は秘書役として常に天皇に近侍する。○諒闇 仁明天皇の諒闇(→八四五)の意。○頭おろしてけり 出家得度して僧になったの意。○御服脱ぎて 喪服を脱いでの意。諒闇の喪服なので「御(服)」というか。中世注は「(御)ぶく」と示す。○或は ある人々はの意。○冠り賜はり 官位が昇進しての意。○花の衣 位階で定められたそれぞれの色づかいの礼服・朝服などの比喩表現。○なりぬなり 「ぬ」は完了の表現。「なり」は伝聞の表現。○苔 →三四三。▽作者の良岑宗貞は、仁明天皇崩御の時に葬礼装束司に任ぜられ、やがて僧となり後に遍昭と称した(文徳実録・三代実録)。諒闇直後の嘉祥三年四月に多くの叙任があった(文徳実録)ことが背景にある。

848 突然にまあなんとさびしいことか。もみじの葉もご主人のいらっしゃらないこのお宅は色どりのないものであります。○河原大臣 河原の左大臣源融。○身まかりて →八三九。○かの家のほとりをまかりけるに その邸宅(いわゆる河原院に当るか。伊勢物語八十一段)のそばを通った時にの意。→八四二。○よみて入れたりける 歌をよんで家人に贈ったその歌の意。○うちつけに →一六三。○寂しくもあるか 「も」は強調の表現。「か」は詠嘆の表現。○ぬし →一四三。○なき →四二一。○宿 →三三。▽草木にも心があるものとしていう。源融は寛平七年(陰暦)秋八月に死去。

849 ほとゝぎすが今朝鳴いたその声にはっと気がついてみると、一年前にあなたにお別れしたまさにその時期でありました。○ほとゝぎす 陰暦夏五月の鳥(→一四〇)、冥途に通う鳥(→八五五)とされている。○おどろけば →一六九。○きみ →八三〇。

主《あるじ》、身まかりにける人の家の梅の花を見て、よめる　　貫《つら》之《ゆき》

851 色《いろ》も香《か》も昔の濃《こ》さににほ《ゝ》へども植《う》へ《(ゑ)》けむ人の影《かげ》ぞこひしき

河原左大臣《の(ひだり)のおほいまうちぎみ》の、身まかりてのち、かの家にまかりてありけるに、塩釜《しほがま》と言《い》ふ所の様《さま》を作《つく》れりけるを見て、よめる

852 きみまさで煙《(けぶり)》たえにし塩釜《ゝほがま》のうらさびしくも見えわたる哉

藤原利基朝臣《のとしもとの》の、右近中将《(うこんの)》にて住《す》み侍《(はべり)》ける曹司《ざうし》の、身まかりて後《のち》、人も住《す》まずなりにけるを、秋の夜更《ふ》けて、ものよりまうで来《き》けるついでに見入《い》れければ、元《もと》ありし前栽《せんざい》も、いと繁《しげ》く荒《あ》れたりけるを見て、早《はや》くそこに侍け

▽藤原高経は寛平五年(陰暦)夏五月に死去。

850 はかないものといわれる桜花よりも、人の方がはかないものとなってしまいました。あなたが桜を植えられた時には、花と人とのどちらを先に恋い慕うことになろうかなどとはわたくしは思ってみもしませんでした。○やうやく花咲きぬべき時に　待ちに待ってやっと花が咲きそうになった時にの意。○花よりも人こそあだに　→六三。○恋ひんとか　→八三九「こひしき」。「か」は反語の表現、人が先に死んだ嘆きをいう。

851 この梅の花は色も香りも昔通りの濃さで咲き誇っているけれど、この梅を植えたあの御主人の面影こそが恋しいことです。○色も香も昔の　→三八・四三・五七。○にほへども　→一五。○影ぞ言外に予定される美しい梅の花の「影・陰」(→九五・一〇二)に対しても強調していう。○こひしき　→八三九。▽白氏文集十三・感月悲逝者「存亡感レ月一潸然。月色今宵似二往年一。何処曾経同望レ月。桜桃樹下後堂前」。

852 あなたがいらっしゃらないで、煙も絶えてしまったこの塩釜でありますが、その入江はさびしいと申しますように、まさに心さびしく見渡されることであります。○河原左大臣　→八四八。○かの家にまかりて　→八四三・八四八。○塩釜と言ふ所の様を作れりけるを　塩釜(悲しさをいう代表的な景物→一〇八八)の景色に似せて作ったのを庭に作ったものか。→二四八。○きみ　→八三〇。○まさで　「ます」は「居る」の敬語。○煙　塩を取るための藻を焼く煙の意。→八三一。○うらさびしくも　「浦(→三二六)さびしく」と荒涼としたの意の「うらさびしく」を掛ける。「も」は強調の表現。▽「塩釜の浦を写して、あま(漁師)の塩屋に煙を立たせてもてあそばれける…」(密勘顕注)。源融の邸宅はその死去の翌年に遺志により寺とした(菅家文

れば、昔《むかし》を思《(おもひ)》遣《や》りて、よみける　　御《み》春《はるの》有《あり》助《すけ》

853 君《きみ》がうへ《(ゑ)》し一群《ひとむら》すゝき虫《むし》のねのしげき野辺《のべ》ともなりにけるかな

惟喬親王《これたかのみこ》の、父《ちゝ》の侍《(はべり)》けむ時によめりけむ歌《うた》どもと乞《こ》ひければ、書《か》きて贈《をく》りける奥《おく》に、よみて、書《か》けりける　　友《とも》則《のり》

854 ことならば事の葉《は》さへもきえなな《ゝ》む見れば涙のたぎまさりけり

題しらず　　よみ人しらず

855 なき人の宿《やど》に通《かよ》はば《ゝ》郭公《(ほととぎす)》かけてねにのみなくと告《つ》げなむ

856 誰《たれ》見よと花さけるらむ白雲のたつ野《の》とはやくなりにしものを

草十二・願文)。

853 あなたがお植えになった一群のすすきは、わびしい虫の声の絶えない荒れ野になってしまったことでありますよ。〇曹司　邸宅内の女房・官人の部屋。貴人の子弟は、独立する前には親の邸宅内の曹司に住む。中世注は「さうじ」とも示す。〇ものよりまうで来ける　帰参したの意。「ものより」は婉曲表現。「まうづ」は朝廷などへ参上するの意。〇前栽　→二六八。〇早く　以前にの意。〇侍ければ　お仕えしていたのでの意。〇一群　ひとまとまりの意。万葉集以来の表現。〇しげき　虫の声が密で続くの意の「繁く」と草が繁って荒れ果てたの意の「蕪く」を掛ける。新撰字鏡「蕪荒也。志介志」。

854 同じことなら、このよみ残された歌までもが消えてほしいものです。なまじこれを見ますと、涙の滝がますますたぎり流れることでありますす。〇父の侍けむ時に　父上(紀有朋)が居られた時の意。「はべり」は「あり」(→四二一)の丁寧表現。「けむ」は「けり」の婉曲表現。〇歌どもと　「と」は取り立てて指定する表現。〇乞ひければ　親王が頼み求めたのでの意。〇奥に　父の歌の後にの意。〇ことならば　→八三。〇事の葉　和歌のことをいう。「言の葉」に同じ。→六八八。〇さへも　→二六三。〇きえななむ　「ぬ」(な)は完了の表現。「なむ」は願望の表現。〇たぎまさりけり　激しい涙の比喩表現の「滝増さりけり」と「たぎまさりけり」を掛ける。

855 今は亡き人の屋敷に通うのならば、ほととぎすよ、お前があの人を心にかけて偲《(のし)》びつつ声を張りあげて悲しく鳴くのと同様に、わたくしも声を張りあげて泣いてばかりいると、残された人たちに告げてほしい。〇なき人　万葉集以来の表現。〇宿　→一三五。死者のいる所とする説もある。〇かけて　→五。〇ねにのみなく　「なく」

式部卿《(しきぶきやう)》親王《のみこ》、閑院《(かんゐん)の》五皇女《のみこ》に住《す》みわたりけるを、いくばくもあらで、女皇女《みこ》の、身まかりける時に、かの皇女《みこ》の住《す》みける帳《(ちやう)》の帷子《かたびら》の紐《ひも》に、文《ふみ》を結《ゆ》ひ付《つ》けたりけるを、取《と》りて見《み》れば、昔《むかし》の手《て》にて、この歌《うた》をなむ書《か》きつけたりける

857 かず〳〵に我《われ》を忘《わす》れぬものならば山の霞《かすみ》をあはれとは見《み》よ

男《おとこ》の、人の国《くに》にまかれりける間《ま》に、女、俄《にはか》に病《やまひ》をして、いと弱《よは》くなりにける時、よみ置《を》きて、身まかりにける

よみ人しらず

858 声《こゑ》をだに聞《き》かで別《わか》るゝ魂《たま》よりもなき床《とこ》に寝《ね》む君ぞかなしき

病《やまひ》に患《わづら》ひ侍《(はべり)》ける秋、心地《こゝち》の、頼《たの》もしげなく

→四九八。○なむ　あつらえの表現。▽ほととぎすは、場所を移して鳴く鳥(→一四七)、恋い慕って鳴く鳥(→一五八)とされる。

856　いったい誰が見なさいということで花が咲いているのであろう。白雲が遥(はる)かに立ち、人のいない野に既になってしまったのに。○誰見よと　あの人もいない今、いったい誰が見るのかの心でいう。○白雲の　遠く広がる光景をいう表現で、死者や遠い故郷・恋人などへの慕情を託す。万葉集以来の表現。→三七一・八四三。○たつ　雲の「たつ」とあの世へ人が行く意の「たつ」を掛ける。○野　→一六。▽「あはれと眺むべき人もなき宿に春の花の咲きたるをうち眺めて…よめるにや」(両度聞書)。

辞世の歌　六首

857　ねんごろにわたくしをお忘れでないということならば、わたくしを偲(しの)んで見るはずのあの山の霞をあわれと思って御覧ください。○式部卿親王　敦慶親王か。○閑院五皇女　閑院に住んでいた第五の内親王の意だが、誰かは不明。○住みわたりける　ずっと住みついていたの意。○いくばく　「いくそばく」に同じ。→四六四。○女皇女　閑院五皇女のこと。○身まかりにける　→八六九。○帳　室内に張り垂らして他と隔てるもの、又そのようにした寝所などの場所の意。○帷子　「帳」に使う裏布のない布。○文　→七〇五。○昔の手　生前の通りの筆づかいの意。○かず〳〵に　→七〇五。「何事につけてもなどいふ心にや」(両度聞書)。○山の霞　火葬の煙をいう。→八三二・八四六。▽以下六首は、辞世の歌をまとめて掲出した最初の例である。

858　お声を聞くこともなしにお別れするわたくしよりも、わたくしの存在しない寝床に独り寝

覚《おぼ》えければ、よみて、人のもとに遣《つか》はしける　　大江千里

859 もみぢ葉《ば》を風にまかせて見るよりもはかなき物は命《いのち》なりけり

身まかりなんとて、よめる　　藤原惟《これ》幹《もと》

860 露をなどあだなる物と思《(おもひ)》けむわが身《み》も草《くさ》にを《(お)》かぬ許《(ばかり)》を

病《やまひ》して弱《よは》くなりにける時、よめる　　業《なり》平《ひらの》朝臣

861 つゐ《(ひ)》にゆく道《みち》とはかねて聞《き》ゝしかど昨日今日《きのふけふ》とは思《おも》はざりしを

甲斐国《かひのくに》に、あひ知《し》りて侍《(はべり)》ける人弔問《とぶら》はむとてまかりけるを、道中《みちなか》にて、俄《にはか》に病《やまひ》をして、いま〳〵と成《な》りにければ、よみて、京にもてま

なさるあなたのことこそ悲しいことです。○人の国にまかれり…　→三七三。「まかる」→八四三。○俄に　急に、突然にの意。○弱く　衰弱した状態にの意。○魂　霊魂の意。名義抄「霊　ミタマ」。○なき　→四二一。▽お別れしてもわたくしの魂はあなたの魂と必ず逢えるといいますが、それにしても、生身のわたくしが死んだ後にあなたは冷たい寝床に独り寝なさる、それを思うと悲しいの意。本当に恋する魂は必ず逢えるものだという発想を前提とする。「亡き跡まで深き契りの末を思ふ心、悲しくや」(両度聞書)。

859 もみじの葉を秋風にゆだねて吹き散らさせ、その行方も定まらないのを見ているよりも、もっとむなしくはかないものは人の生命であります。○頼もしげなく　病気で心細くて期待できなくての意。○もみぢ葉を風にまかせて　「まかす」は吹くままにさせるの意。→二八六。○命なりけり　命なのだと改めて認識したという表現。「なりけり」→三七。▽「風の誘ふ木の葉は、限りの時至る(→三二〇)ものなれば、思ひよせて言へるや」(両度聞書)。

860 消えやすいあの露を、いままでどうしてはかないものと思ったのでしょうか、わが身だってはかないことは同じであって、ただ露とちがって草の葉に置かないというだけなのに。○身まかりなんとて　→八二九。「ぬ」(な)は結果の表現。「む」(ん)は推量の表現。○あだなる　→六三。○許を　限定して強調する詠嘆的表現。▽「(死の)期に臨みて深く思ひ合せたるなり」(十口抄)。

861 最後には行かねばならない道だと、あらかじめ聞いてはおりましたけれど、さし迫って昨日今日のことだとは思わなかったなあ。○弱く　→八五八。○つゐに　→三四〇。○昨日今日　広くは連続した永続的な時の流れ(→三四一・九三三)を、狭くは

かりて、母《はゝ》に見せよと言《い》ひて、人に付《つ》け侍《(はべり)》けるうた

在原滋《しげ》春《はる》

862 かりそめの行《ゆ》きかひ路《ち》とぞ思《(おもひ)》こし今は限《かぎ》りの門出《かどで》なりけり

人生の時の流れを、昨日―今日―明日と具体的に三分割して示し、今(今日)を境界として、昨日―今日と明日とに分け、昨日―今日を明日(未来)に対比していう表現。万葉集以来のもので、挽歌以外にも一般的に使われている。▽「しか」「し」(き)は直接経験の表現。伊勢物語一一五段。

862 ほんのしばらくの、行って帰ってくる「甲斐道(かいじ)」だとばかり思ってこちらに参りました。今になってみると、あれが今はもう嘆いても効(かい)のない最後の門出なのでありました。〇甲斐国　身軽な旅でも往復二十六日が規準になる(延喜主計式)。〇あひ知りて　→八三四。〇弔問はむとて　弔問しようということでの意。→八三七。〇道中にて　道の途中での意。〇俄に　→八五八。〇いま〳〵と　死が今か今かという状態にの意。〇もてまかりて　持って行っての意の謙譲表現〇人に　この「人」は従者をいうか。〇付け侍る　ことづけたの意の丁寧表現。〇かりそめのほんの一時的なの意。→八四三。〇行きかひ路「行き交ひ路」と「甲斐道」と何かよい結果が出るの意の「効(かい)」を掛ける。〇今は　→一八二。▽「道の空(そら)にて亡くならむ心、ひとしほ悲し。母に見せよといひける心をも…思ふべきなり」(両度聞書)。「弔問はむとてまかり…」を、単に知人を訪ねると一般には解するが、甲斐国守(上国・従五位下相当の職)などが現職で死亡し、公務として弔問・弔慰のために使いしたとも考えられよう。→八四三。

古今和歌集巻第十七

雑歌《(ざふのうた)》　上

題しらず　　　　よみ人しらず

863 わが上《うへ》に露《つゆ》ぞを《(お)》くなる天《あま》の河門《と》わたる舟の櫂《かい》のしづくか

864 思《おも》ふどち円居《まとゐ》せる夜は唐錦たゝまくお《(を)》しき物にぞありける

雑の部は、四季・賀・離別・羇旅・恋・哀傷などの部類に入らぬものを集める(→かな序注一〇七)。万葉集の「雑歌」の流れをくむ。この巻には、よろこび、雑の月、本(もと)の心、老い、時はながれて、水辺にて、屏風の絵などの歌群を収める。

よろこび　十四首

863 わたくしの上に露が置いているようだ。天の川の通い路を彦星が渡っているその舟の櫂(かい)から垂れるしずくなのか。○をくなる　「なり」は推定の表現。湿める感じを露がおくといった。○門　舟の通路の意。→二九三「水門」。▽万葉集十「この夕べ降り来る雨は彦星のはや漕ぐ舟の櫂の散りかも」。二句の「露」を、想像の世界の天の川の舟の櫂のしずくと見立てている。彦星と織女星との一年に一度の出逢いのよろこびをふまえる。伊勢物語五十九段。以下、うれしさ、祝い、笑い、こころよさなど、遊宴的・慶祝的な明るいよろこびの歌が続く。

864 互いに大事に思い合っている仲間が楽しく集まっている夜は、唐錦を断つのが惜しいように、その集りを終らせるのが惜しいものであることだ。○円居　丸く輪になって座る意の「まとゐる」の名詞形。○唐錦　中国から輸入した上質の錦の布の意。「裁つ」を出す表現。○たゝまく　ク語法。「たつ」は「裁つ」と「断つ」を掛ける。「立つ」(座を立つ)を掛けるとする説もある。

865 このうれしさを何に包みましょうか。こんなことなら、唐衣の袖をゆったり仕立てるようにいっておくのだったのに。○唐衣　→三七五・四一〇。○ましを　「まし」は反実仮想の表現。▽大きなうれしさを比喩的に表現したもの。

866 めでたく限りないあなたのためにと思って折って差上げる花は、もしそんな花があるとす

865 うれしきを何《なに》につゝまむ唐衣たもとゆたかに裁《た》てといはましを

866 限《(かぎり)》なききみがためにとお《(を)》る花は時しもわかぬ物にぞありける

ある人の曰《いは》く、この歌は、前大臣《さきのおほいまうちぎみ》の也

867 紫のひともとゆへ《(ゑ)》に武蔵野《むさしの》の草はみながらあはれとぞ見る

妻《め》のおとうとを持《も》て侍《(はべり)》ける人に、袍《うへのきぬ》を贈《おく》るとて、よみて、遣《や》りける

業《なり》平《ひらの》朝臣

868 むらさきの色こき時はめもはるに野なる草《くさ》木ぞわかれざりける

るなら、季節などを限らずにいつも咲く花こそふさわしいのです。〇限なき 「極りなきなり。無レ窮也。無レ涯也…君が世を祝ひてもあるべし」(顕注)。〇きみ →八三〇。〇おる花 →三。〇時しも 「時」は季節の意。「しも」は強調の表現。〇ける 認識の確認の表現。▽「人を賞したる歌なるべし」(十口抄)。長寿をことほぐ歌とする説もあるが、広く人を賞賛する歌と解したい。「前大臣」は伝承。伊勢物語九十八段は藤原良房とする。

867 紫草の一本があるために、あの荒涼とした武蔵野の草は皆すっかりいとしいと思って見ることです。〇紫 各地に自生するムラサキ科の多年草で、根から紫の染料を取る。延喜縫殿式「雑染用度…深紫綾一疋…紫草卅斤」。万葉集以来の景物。本草和名「紫草 无良佐岐」。〇武蔵野 →八二一。▽「この歌より…紫の一本ゆゑ…紫のゆかりともよむなり」(密勘顕注)。

868 紫草で染めるその紫色が濃いときは「紫の一本ゆえに」というように、目も遥(るは)かに野べの芽ぶいている春の草木が区別なくいとしく思われることです。〇妻の…人 作者の妻の妹を妻としている人の意。〇袍 和名抄「袍 宇倍乃岐沼。朝服」。大嘗会などに着る礼服と通常の公事に着る朝服がある。〇むらさき →八六七。妻を愛情深くほめていった比喩表現。後世には女の別称ともなる。〇めもはるに 「目も遥(るは)に」と草木の縁の「芽も張る」と「春」を掛ける。→六〇四。▽八六七番の歌をふまえる。妻を紫(草)に、その縁者の男を草木に比喩表現して、男への親しみをいった。紫を服制の色とする説もあるが、濃い紫は皇太子、一品・一位に限られる(衣服令)ので取らない。伊勢物語四十一段。

869 色を染めてない白絹をお贈りするので、情趣もないことだと御覧になることでしょうか。

869 大納言藤原国経朝臣《ふぢはらのくにつねの》、宰相より中納言になりける時に、染《そ》めぬ袍綾《うへのきぬあや》を贈《おく》るとて、よめる　近院右大臣《のおほいまうちぎみ》

色《いろ》なしと人や見るらむ昔よりふかき心に染《そ》めてしものを

礒神《いその》の並松《なむまつ》が、宮仕《づか》へもせで、礒神《いそのかみ》と言《い》ふ所に籠《こも》り侍《(はべり)》けるを、俄《にはか》に冠《かうぶり》賜《たま》はれりければ、喜《よろこ》び言《い》ひ遣《つか》はすとて、よみて、遣《つか》はしける　布《ふ》留《るの》今《いま》道《みち》

870 日のひかり藪《やぶ》し分《わ》かねば礒《いそ》の神ふりにしさとに花も咲《さ》きけり

二条后《のきさき》の、まだ東宮《(とうぐう)》の宮《(みや)》すん所《(どころ)》と申ける時に、大原野《おほはらの》に詣《まう》で給《たま》ひける日、よめる　業《なり》平《ひらの》朝臣

871 大原《おほはら》や小《を》塩《しほ》の山もけふこそは神世のことも思《(おもひ)》いづらめ

この白絹は、前々からあなたを思う親しみの心で染めてはあるものですが。○宰相　参議(正四位下相当の職)の異称。もとは中国の名称だが和名に準じて一般的に使う。○中納言　従三位相当の職。○袍綾　袍(→八六八)の綾織の地文様のある絹布。○色　色彩の意と表にあらわれた心遣いの意を掛ける。○ふかき心に…　心にかけていたの意の比喩表現。▽三位以上は「貴」(四・五位は「准貴」)とされて多くの特権が伴い、禁色ともいわれる紫色の衣服もその一つ(衣服令)。

870 太陽の光は草藪の土地にも差別しないでそそぐので、今は繁栄にとり残されたようにみえる古き都のあった石上の、その古里に美しい花が咲くことです。○宮仕へ　官職について宮中・貴人に仕えること。○俄に　思いがけずにの意。○冠…　冠は五位以上(→八六九)が礼服に用いることから、五位の叙任をいう。○日のひかり　帝の恩恵の比喩表現。→三六四・八四六。○藪し　草木の生い茂るやぶ。未開発の土地の一類で「山川藪沢」(雑令)とまとめていわれる。「し」は強調の表現。○礒の神　→一四。○花も咲きけり　叙位の祝いを花に托した比喩表現。「も」は強調の表現。▽→九〇。

871 大原野の小塩山も、今日というこの日には、神世のことをも思い出すことでありましょう。○二条后の…　→八。「東宮」は春宮に同じ。○大原野　大原野神社のこと。○大原や　「や」は声調を整える表現。○小塩の山　大原野神社の背後の山。○神世のこと　天孫降臨と中臣(藤原)氏の遠祖アメノコヤネノミコトの任務など、神世(→まな序注九)第七代イザナギ・イザナミ二神の意向に発することを広くいう。▽藤原氏の女性(ここは二条后高子)が皇太子の母として藤原氏の氏神(大原野神社は奈良の春日神社を分祠した。延喜神祇式・四時祭の一つ)への参詣を祝う歌。伊勢物語七

五節舞姫《(ごせち)のまひゝめ》を見て、よめる

良《よし》 岑《みねの》 宗《むね》 貞《さだ》

872 天《あま》つかぜ雲の通《かよ》ひ路《ぢ》ふきとぢよをとめの姿《すがた》しばしとゞめむ

五節の朝《あした》に、簪《かむざし》の玉《たま》の落《お》ちたりけるを見て、誰《た》がならむと訪《とぶら》ひて、よめる

河原左《の》 大《おほいまうちぎみ》 臣

873 主《ぬし》やたれ問《と》へどしらたまいはなくにさらばなべてやあはれと思《おも》はむ

寛平御時《(くわんびやうのおほむとき)》に、殿上《うへ》の侍《さぶらひ》に侍《(はべり)》ける男《をのこ》ども、瓶《かめ》を持《も》たせて、后宮《きさいの》の御方に、大御酒《おほみき》の下《おろ》しと聞《き》こえに奉《たてまつ》りたりけるを、蔵人《くら(うど)》ども笑《わら》ひて、瓶《かめ》を御前《おまへ》に持《も》て出《い》でて、ともかくも言《い》はずなりにければ、使《つかひ》の帰《かへ》りきて、さなむありつると言《い》ひければ、蔵人《くら(うど)》の中《なか》に贈《をく》りける

敏《とし》 行《ゆきの》 朝 臣

874 玉《たま》だれのこがめやいづらこよろぎの磯《いそ》の浪わけおきに出《い》でにけり

十六段。

872 天の風よ、雲の中の通り道を吹き閉じてしまってくれ。このすばらしい少女の姿をしばらくでもとどめておきたいのだ。〇五節舞姫　大嘗会・新嘗会の公事の一つで四人以上の少女が舞う。内裏式・新嘗会式「奏二大歌一舞二五節一…導二引姫四人以上一」。〇天つかぜ　神事(神祇令「惣祭二天神地祇一」)なので、単に空の風といわず「天」といった比喩表現。〇雲の通ひ路　漢語「雲路」に当る。▽舞姫を天女に見立てて、舞い終ってもなお地上にとどめてその姿を見たいの意。本朝文粋・三善清行・意見十二箇条(請レ減二五節妓員一事)「重案二旧記一。昔者神女来舞。未下必有二定数一四五人上」。

873 持ち主は誰か、とその玉に訊ねてみたが、「白(しら)玉」という名の通りに「知ら」ないふりをしていわない。それならいっそのこと誰ときめずに、舞姫をすべてかわいい少女たちと思うことにしようかねえ。〇五節の朝　五節舞(→八七二)のあった夜の翌朝の意。〇簪の玉　髪飾りにつけた真珠の意。〇誰がならむ　誰のものであろうの意。〇訪ひて　聞いてまわっての意。〇しらたま　真珠の意の「白玉」と「知ら」を掛ける。〇いはなくに「なくに」→一八。〇なべて　→三三四。

874 あの小さな「かめ」はどうなったのだい。少女が磯の藻を摘むというあのこよろぎの浜の波を分けて、沖の方へ出て消えてしまったようだよ。〇寛平御時　→一七。〇殿上の侍　侍臣(→まな序注一五)の控える清涼殿の殿上の間。〇男ども→一六一。〇后宮　皇太后班子女王のこと。〇大御酒　→三九七。〇下し　お下りの意。〇聞こえに奉りたりけるを　お願い申上げるのに瓶をお差出し申上げたがの意。〇蔵人　下臈の女房のこと、女蔵人。五位相当の女房ともいう(栄華物語・日蔭蔓)。〇御前　后宮の御前の意。〇ともかくも言

女どもの、見て笑《わら》ひければ、よめる

兼《けむ》芸《げい》法《ほう》師《し》

875 かたちこそ深《み》山がくれの朽《くち》木なれ心は花になさばなりなむ

方《(かた)》違《たが》へに、人の家にまかれりける時に、主《あるじ》の、衣《きぬ》を着《き》せたりけるを、朝《あした》に返《かへ》すとて、よみける

紀《きの》友《とも》則《のり》

876 蟬の羽《は》の夜《よる》の衣はうすけれど移《うつ》り香《が》こくもにほひぬる哉《(かな)》

題しらず

よみ人しらず

877 を《(お)》そくいづる月にもある哉《(かな)》あしひきの山のあなたも惜《(をしむ)》べら也《(なり)》

878 わが心なぐさめかねつ更科《さらしな》やをばすて山にてる月を見て

はず　女蔵人がなんともいわない状態での意。○さなむありつる　こうこうでありましたの意。○蔵人の中に　女蔵人たちにの意。○玉だれの　「を(緒・小)」の枕詞、ここは同義の「小(こ)」の枕詞に転用。○こがめ　「小瓶」と「小亀」を掛ける。○いづら　どこ、どこへ行ったかの意。○こよろぎの磯　→一〇九四。○おき　「沖」と中宮の御前の意の「奥」を掛ける。▽わらいの歌(戯咲歌)。

875 姿かたちこそは深山に隠れている腐った木のようなものだが、その心の方は、花になろうと思えばいくらでも美しい花になることだよ。○朽木　質のよくないもののたとえ。論語・公冶長「子曰。朽木不レ可レ雕也」をふまえるか。▽人の形はよくないが、人の心は当人やまわりの人次第だというわらいの歌(戯咲歌)。

876 蟬の羽ともいう薄ものの夜の衣はたしかに薄いけれど、その衣に心を込めてたきしめた香の移り香が、わたくしに濃くにおっていることです。○方違へ　陰陽道で、悪い方角を避けて他の方向に泊って行動すること。○蟬の羽　薄い絹織物の羅(うすもの)の異称。和名抄「羅 良(ら)、一云蟬翼」。▽方違えの、夏の一夜の宿の心遣いのこころよさへの謝辞を移り香の濃さに托して述べたもの。

雑の月　九首

877 なんと遅く出る月であるなあ。月の出てくる山のかなたでも、きっと月を惜しんでいるのだろう。○あしひきの　→五九。○べら也　→二三。▽山の向うに月を惜しむ人がいるから、なかなか月が山を越えて昇らないの意。この歌群は月にまつわる心情をよむ歌である。

878 わたくしの気持を和らげようとして和らげられないでいる。更科の地の「姨を捨てる」という荒々しい名の「姨捨山」に照っているこの月を見

879 おほかたは月をも賞《め》でじこれぞこの積《つも》れば人の老《お》いとなる物

業《なり》平《ひらの》朝臣

月おもしろしとて、凡河内《(おほしかふちの)》躬《み》恒《つね》が、まうできたりけるに、よめる

紀《きの》貫《つら》之《ゆき》

880 かつ見れど疎《うと》くもある哉《(かな)》月かげのいたらぬ里《さと》もあらじと思《おも》へば

池に、月の見えけるを、よめる

881 ふたつなき物と思《(おもひ)》しを水底《みなそこ》に山の端《は》ならでいづる月かげ

題しらず

よみ人しらず

882 天《あま》の河雲のみお《(を)》にてはやければ光《ひかり》とゞめず月ぞながるゝ

ていて。○をばすて山　地名「をばすて(山)」と「姨捨て」を掛ける。「をば(姨)」→三八。▽兄弟・姉妹と同等に三か月の服忌をすべき親族の「をば」(喪葬令)を捨てるというその名だけで心が落着かず、とても月を見ても慰まないの意。姨捨伝説は後のものであろう(余材抄)。

879　一般的な気持でいえば、月を賞美することはすまい。この月こそは、積り積ると人の老齢になるものなのだ。○おほかたは　→一会。○月をも　天体の月と暦月を掛ける。「も」は強調の表現。▽陰暦では、月の周期で暦月を数えるので、天体の月のあり方がそのまま年月の経過に重なる。月を見るのを不吉とする俗信は竹取物語にもみえる。白氏文集十四・贈内「莫下対二月明一思中往事上。損二君顔色一減二君年一」。

880　一方では美しいと思って見はするけれども、同時にうとましくもあるなあ。月の光がくまなく照らして行きとどかない里もないだろうと思うと。○おもしろし　しんから親しめないの意。「も」は付加の表現。○月かげの…　文華秀麗集・和滋内史秋月歌「月照無レ私幽顕明」と同想。▽→一四七。客の訪問を歓迎しながらも、ここを特に選んだのではなかろうという意を裏にこめる。

881　月は一つだけで、二つとはないものだと思っていたのに、そらこの水の底に山の端からでなくて出る月影よ。○池に月　中国では月を水の精としており、水の縁で表現する例が多い(芸文類聚・初学記)。○山の端　山の上端、嶺線の意。

882　天の川は広い大空の雲の移動する水脈であって、特に流れが早いので、月の光がその水面に映りとどまることもなく流れて行くことだ。○みお　水脈、川や海の特に流れの早い道筋をいう。▽流れの早い雲の中の月をよんだもの。

883
飽《あ》かずして月の隠《かく》るゝ山もとはあなたおもてぞ恋《こひ》しかりける

884
惟喬親王《これたかのみこ》の、狩《かり》しける供《とも》にまかりて、宿《やど》りに帰《かへ》りて、夜一夜《ひとよ》、酒《さけ》を飲《の》み、物語《ものがたり》をしけるに、十一日の月も隠《かく》れなむとしける折《をり》に、親王《みこ》、酔《ゑ》ひて内《うち》へ入《い》りなむとしければ、よみ侍《(はべり)》ける　　業《なり》平《ひらの》朝臣

飽《あ》かなくにまだきも月の隠《かく》るゝか山の端《は》にげて入《い》れずもあらなむ

885
田村　帝《むらのみかどの》御時に、斎院《(さいゐん)》に侍《(はべり)》ける慧子皇女《あきらけいこのみこ》を、母過《はゝあやま》ちありと言《い》ひて、斎院を替《か》へられむとしけるを、そのこと止《や》みにければ、よめる　　尼《あま》敬信

おほぞらを照《て》り行《(ゆく)》月し清《きよ》ければ雲《くも》かくせどもひかり消《け》なくに

883　十分に満足するまで眺めないうちに月が沈んで行く山の麓は、あちら側がきっと表なのだ、その表側こそが恋しいことである。○飽かずして　↓三七。○あなたおもてぞ　「おもて」は表側の意の名詞。▽「山もと」の「もと」は、こちらが本来の場所と思っていたのにの気持も表現する。↓八七七。「月の隠れわたるを慕ふよしなり」(十口抄)。

884　十分に満足しないのにこんなにも早く月が隠れてしまうことですよ。山の端よ、逃げて行って月を沈ませないでほしいのです。○宿り　宿泊の場所の意。○夜一夜　一晩中の意。○物語　対話することの意。○十一日の月　月齢十一日の月の意。月は夜中過ぎに沈む。○内　寝所の意。○飽かなくに　ク語法。「あく」↓三七。○まだきも　↓三三。「も」は強調の表現。○隠るゝか　「か」は詠嘆の表現。○山の端　↓八八一。○あらなむ　「なむ」は願望の表現。▽月は惟喬親王を比喩した表現。伊勢物語八十二段。

885　大空を照り輝いて行く、そらあの月はきれいに澄みきっていますから、雲が隠しはしますが、その澄んだ光は消えは致しませんよ。○田村帝　文徳天皇。○斎院　斎宮(↓六四五)と並び皇女がなる賀茂神社の祭主(延喜神祇式)。○母過ちありと…　親族にまで罪が及ぶ縁坐による(名例律・六議・議親、賊盗律・縁坐)。○替へられむ　交替させられようの意。○月し　「し」は強調の表現。○消なくに　「け」↓三三。「なくに」↓五八〇。▽月は斎院とその母を比喩する表現。↓九六八。「人の空言《そらごと》を言ひて…(斎院の職を)失はむとすれども、誤りなければ、つひに消へずと言へり」(教長注)。

本の心　二首

886　石上の布留のと言い習わすあの古里の年月を経た幹が立っている、その野の本来の柏の木

題しらず　　よみ人しらず

886 礒《いそ》の神ふるから小野《をの》の本柏《もとかしは》本の心はわすられなくに

887 いにしへの野中の清《し》水ぬるけれど本《もと》の心をしる人ぞくむ

888 いにしへの倭文《しづ》の苧環《をだまき》いやしきも良《よ》きもさかりはありし物也

889 今こそあれ我も昔はおと《(を)》こ山さかゆく時もありこしものを

がそうであるように、わたくしのもともとの初心は忘れ得ないことですよ。〇礒の神　↓一四四。〇ふるから　「ふる」は、地名「布留」(↓六七九)と古里・古幹(から)の「古」と「経る」を掛ける。「から」は枯れた幹や枝をいう。〇小野　野の意。↓三四。〇本柏　本来のかしわの意で、柏(かへ)をいう。和名抄「柏　加閉・加之波」。同音反復で「本の心」を出す。〇本の心　相手のそれをいうとの説もある。〇なくに　↓七三四。▽論語で、永遠を象徴する「松」と並んで言うあの「かしは(柏)」こそ本当のかしわだとみなしている。

887 「いにしへの野中」と古歌にもよまれているその野中の清水は、今は生ぬるくなっているがやはり喉(のど)を潤すために人が汲み取るように、わたくしは決して利巧ではないけれど、もともとわたくしの本の心を知る人はきっとこの心をくみとって下さる。〇ぬるけれど　生ぬるいけれどの意と遅鈍だけれどの意を掛ける。名義抄「遅　ヌルシ」。〇くむ　水をすくうの意と心を察するの意を掛ける。▽桓武天皇が口ずさんだ古歌「いにしへの野中古道改めば改まらむや野中ふる道」と、天皇がみずから和した歌「君こそは忘れたるらめにぎ玉のたわやめ我は常の白玉」(類聚国史七十五・曲宴)をふまえるか。昔を忘れずに尋ねてくれるといった寓意があるとする説もある。

老い　十六首

888 昔から「しづのをだまき卑し」というが、その身分の卑しい者も逆に身分のよい者も、等しくかつては人生の盛りがあったのだ。〇倭文の苧環　「賤(いや)し」に係る枕詞。「しづ」(もとは清音)は日本古来の、舶来物に較べて質素な織物。「をだまき」は紡いだ糸を巻き取る道具。

890 世中《(よのなか)》にふりぬる物は津《つ》の国《くに》のながらの橋《はし》と我となりけり

891 さゝの葉《は》にふりつむ雪の末《うれ》をおもゝみ本くたち行《(ゆく)》わが栄《さか》りはも

892 大荒木《おほあらき》の森《もり》の下草《したくさ》老《お》いぬれば駒《こま》もすさめず刈《か》る人もなし
又は、さくら麻《あさ》の麻生《をふ》の下《した》草

893 数《かぞ》ふれば止《と》まらぬ物をとしといひて今年《ことし》はいたく老《お》いぞしにける

889 今でこそこんなだが、わたくしも男として、男山の坂を上るように栄えた時をちゃんと過して来たものだよ。○おとこ山　女性に対する「男」と地名の「をとこ(山)」を掛ける。○さかゆく　「坂行く」と「さか(栄ゆの語幹)行く」を掛ける。○ありこしものを　「あり」は存在の意。→四二。「ものを」は強調の表現。▽白氏文集十五・晏坐閒吟「昔為二京洛声華客一。今作二江湖潦倒翁一」。

890 この世の中で、確実に時と共に古びて行くものは、摂津の国の「長い」という名のあの「長柄橋」とわたくしとであることだ。○ふりぬる　「ふる」は時を経て古くなるの意。「ぬ」(ぬる)は確認の表現。○ながらの橋　「長(ら)」と地名「ながら(の橋)」を掛ける。○けり　認識の確認の表現。▽長柄橋は古いものの代表とされる。文徳実録・摂津国奏言「長柄三国両河。頃年橋梁断絶」。

891 笹の葉に降り積もる雪で葉先が重いので、茎のもとまでがしない下がるように、衰えてゆくわたくしの生の盛りよ。○末をおもみ　ミ語法→三。「うれ」は茎の先の方の意。○くたち　しなって下がるの意と、時と共に朽ちるの意を掛ける。中世注は「くだち」とも示す。○はも　詠嘆の表現。

892 大荒木の森の下に生える草が老いさらばえて堅くなってしまったので、馬も興味を持たないし、ましてや刈る人もいない。○大荒木　地名か。仮の埋葬の「殯《あらき》」の意とする説もある。○すさめず　心を寄せない、好まないの意。中世注は「おほあらぎ」とも示す。▽「さくら麻の…」は異伝の本文。おほあらき・下草・さくら麻(を)は万葉集以来の景物。

893 どんどん進行して止まらないものを「疾(と)し」というが、その名の通りにそれは「年」でもあって、なるほど数えてみると、今年はなんとひどく年をとって老いてしまったものだ。○と

894
を《(お)》してるやなにはの水にやく塩《しほ》のからくも我は老《お》いにける哉

又は、大伴《おほとも》の御津《みつ》の浜辺《はまべ》に

895
老《お》いらくの来《こ》むと知《し》りせば門《かど》さしてなしと答《こた》へて逢《あ》はざらましを

この三《み》つの歌は、昔ありける三人《みたり》の翁《おきな》のよめるとなむ

896
さかさまに年も行《ゆ》かなむ取《と》りもあへず過ぐる齢《よはひ》やともに帰《かへ》ると

897
取《と》りとむる物にしあらねば年月をあはれあな憂《う》と過《す》ぐしつる哉

し　進行が早いの意の「疾し」(→一〇)と「年」を掛ける。○いたく　甚だしくの意。名義抄「酷　イタシ」。▽一句を二句以下の全体に係るものと解したが、二句だけに係るとする説もある。

894　あの有名な難波の御津の海の水で取る塩が塩からいように、なんとひどくわたくしは老いてしまったことよ。○をしてるや　難波の枕詞。上代以来の表現。中世注は「おしでるや」とも示す。○なには　「名には」と地名「なには(難波)」を掛ける。○水　「水」と「御津」を掛ける。○からくも　塩からくの意と心にこたえて強くの意を掛ける。名義抄「醎・苛・酷　カラシ」。「も」は強調の表現。○ける哉　「けり」は改めての認識の確認の表現。▽「大伴の…」は異伝の本文。大伴は難波のあたりの万葉集以来の地名。→七〇八。

895　老いというものがやって来ると知っていたならば、門を閉ざして居ないと答えて逢わないでいたのに。○老いらく　老いることの意。ク語法。○さして　閉じての意。○…せば…まし　→五三。▽老いをそれ自体実在するものとしてよんでいる。→三四二。「この三つの歌は…」は伝承。

896　逆さまに年月が流れていってほしい。取りのけることもできずに過ぎてゆく年齢が一緒に帰ってくるかと思って。○行かなむ　「なむ」は願望の表現。○取りもあへず　「あふ」→二六三。「も」は強調の表現。▽「早々過ぐる世の齢(よはひ)も共に立ち返りて若やぎもやすべきとなり」(教端抄)。文選・遊仙詩七首「時変感二人思一。已秋復願レ夏」。

897　取り押えて止めるようなものでなんかないので、流れ去って行く年月を、ああなんと、あわれなことだと過していることだよ。○物にし　「し」は強調の表現。○あはれ　嘆息の表現。→三。○あな憂　→七一・四二六。「う」は憂しの語幹。○過ぐしつる哉　「つ」(つる)は確認の表現。▽

898
留《とゞ》めあへずむべもとしとは言《い》はれけりしかもつれなく過《す》ぐる齢《よはひ》か

899
鏡山いざたちよりて見てゆかむ年へぬる身は老《お》いやしぬると

この歌は、ある人の曰《いは》く、大伴黒主《のくろぬし》が也

業平《なりひらの》 朝臣の母皇女《はゝのみこ》、長岡《ながをか》に住《す》み侍《(はべり)》ける時に、業平《なりひら》宮仕《づか》へすとて、時〳〵も、えまかり訪《とぶら》はず侍ければ、師走《しはす》 許《(ばかり)》に、母皇女《はゝのみこ》のもとより、とみの事とて、文《ふみ》を持《も》てまうできたり、開《あ》けて見れば、言葉《ことば》は《ゝ》なくて、ありけるうた

900
老《お》いぬればさらぬ別《わか》れもありと言《い》へばいよ〳〵見まくほしきき《ゝ》み哉

「とどめ難き年月なれば、あな憂とのみいひて年々歳々暮すことを思ふなり」(十口抄)。文選・遊仙詩七首「六竜安可レ頓。運流有二代謝一」。

898 歳月は留めきれるものではないからなるほど「疾(と)し」すなわち「年」とは名づけられたのだ。そんなようにまあどんどんと人の気もおかまいなく過ぎてゆく年齢だなあ。○留めあへず 「あふ」→四四六。○むべ →二四九。○とし →八九三。○しかも 「とし」を指示する。「も」は強調の表現。○つれなく →四八六。○か 詠嘆の表現。▽→八九三。

899 「鏡」という名のあの「鏡山」にさあ立ち寄って見て行こう。年月を経てきたわが身は確かに年老いているものなのかと。○鏡山 映す「鏡」と地名の「かがみ(山)」を掛ける。▽「へぬる・しぬる」の「ぬ」(ぬる)は結果の表現。鏡にわが身を映して年月の経過を実感する例は唐詩に多い。→三四二・一〇八六。「大伴黒主」は伝承。

900 この年齢になったので、避けられない永遠の別れもやがてはあるというそのせいもあって、ますますお逢いしたいあなたですよ。○宮仕へ →八七〇。○えまかり訪はず侍ければ 六日勤務・一日休暇を基本としてその他の公休は制限が厳しく(仮寧令)、公の許しを得ての訪問(「まかる」→三六八)は難しかった。○師走 陰暦冬十二月の異称。○とみ さしせまったの意。漢語「頓」の音読語。名義抄「頓 ニハカニ」。○文 手紙の意。→七〇五。○持てまうできたり 使いの者が持って来たの意。○言葉 →七〇五。○さらぬ 逃げられないの意。名義抄「避・逃 サル」。○別れ 死別の意。○見まくほしき ク語法→六二〇。▽老いにちなむ歌としてこの部類に入る。伊勢物語八十四段。

901 この世の中に、避けられない永遠の別れがなければよいと思います。いつまでもと心配する人の子のために。○世中 →九三三。○さらぬ →

返し　業平朝臣

901 世中《(よのなか)》にさらぬ別《わか》れのなくも哉《(がな)》千代《ちよ》もとなげく人の子《こ》のため

寛平御時后《きさいの》宮歌合《のうたあはせ》の歌《うた》　在《あり》原《はらの》棟《むね》梁《やな》

902 しら雪の八重《やへ》ふりしけるかへる山かへるがへるも老《お》いにける哉《(かな)》

同《おな》じ御時の殿上《うへ》の侍《さぶらひ》にて、男《をのこ》どもに、大御酒《おほみき》賜《たま》ひて、大御《おほみ》遊《あそ》びありけるついでに、仕《つか》う奉《まつ》れる　敏《とし》行《ゆきの》朝臣

903 老《お》いぬとてなどかわが身を責《せめ》きけむ老《お》いずは今日《けふ》に逢《あ》はましものか

題しらず　よみ人しらず

九〇〇。○も哉　望みのないことを願う表現。○千代　↓三四三。○なげく　憂い思うの意。名義抄「悒ナゲク」。○人の子　裏に人の子である「われ」を隠す。▽「わが上をいはず、世間の人の子の心をいへる、玄妙なり」(栄雅抄)。伊勢物語八十四段。

902　白雪が幾重にも降り敷いているかえる山のその姿、その名のように、幾かえりも幾かえりも年月を経ながら老いたことであるなあ。○寛平御時…歌合　↓一三。○かへる山　↓三七〇。同音反復で「かへるがへるも」を出す。○老いにける哉「にけり」は結果の認識の確認の表現。▽「八重に降り敷く」という重層的な姿と「かへる(山)」という山の名の両方から「かへるがへる」が表現されている。白雪は、白氏文集の例のように、白髪を暗示していよう。↓八。「(上句に)星霜の積る心あり」(教端抄)。

903　老いてしまったとしてなぜわが身を責めたのでしょうか。もし年老いて長く生きなかったら、今日のこのよき日に逢えなかったことでしょう。○同じ御時　宇多天皇の治世。○殿上の侍↓八七四。○男ども　↓一六二。○大御酒　↓三九七。○大御遊び　天皇主催の奏楽、賜宴などを広くいう。○仕う奉れる　詠んだ(歌)の意の謙譲表現。○責きけむ　「せめく」は責めたてるの意。「く」は清音。名義抄「鬩　セメク」○逢はましものか　「まし」は反実仮想の表現。「ものか」は反語の表現。予想もしなかった事態が実現したとの思い入れでいう。▽長寿の余恵としてこの大御遊びに加わることができた喜びをいう。

時は流れて　六首

904　宇治橋の橋守たちよ、お前たちを特にたいしたものだと思うのだ。長年にわたって次々とこの橋を守りつづけて来たその年月が、ずいぶん

904 ちはやぶる宇治の橋守《はしもり》汝《なれ》をしぞあはれとは思《（おもふ）》年のへぬれば

905 我見ても久《ひさ》しくなりぬ住《すみ》の江《え》の岸《きし》の姫《ひめ》松いく世《よ》へぬらん

906 住吉の岸のひめ松人ならば幾《いく》世かへしと問はまし物を

907 梓弓《（あづさゆみ）》いそべの小《こ》松誰《た》が世《よ》にか万世《よろづよ》かねて種《たね》をまきけむ

この歌は、ある人の曰《いは》く、柿本《かきのもとの》人麿《まろ》が也

とたって来ているのだから。○ちはやぶる　宇治の枕詞。○橋守　日本書紀・天武紀上「命ニ菟道守橋者(はしもり)ニ…」。渡し舟の渡し守は徭役で置く(令義解・雑令)ので年々交替して役務を引き継ぐと考えて、これに準じて複数に解する。○汝をしぞ　「し」「ぞ」は共に強調の表現で、「しぞ」は強い強調の表現になる。○あはれ　→三。▽上代より宇治橋と橋守とが存在し続けた年月への驚嘆をいうと解したい。以下六首、同じ趣の歌が続く。

905 わたくしが見ているだけでもずいぶん久しくなった。住の江の浜べの松はいったい幾つの世代を経て来ているのだろうか。○住の江の岸の姫松　「住の江」は住吉の入江の意で、「松」を出す表現。「姫」は美称の接頭語。松は永遠の象徴。→三五六。○いく世　→三四三「世」。▽人間の一生(世)を基準に、「松」の過す年月を幾つの世かといってその経て来た年月への驚嘆をいう。住の江の松は万葉集以来の景物。古今伝授秘伝歌の一つ。

906 住吉の浜べの松が、もし人間だとするならば、「幾世を経たか」と質問してみたいなあ。○住吉の岸のひめ松　→九〇五。「住吉」も、「松」を出す表現。○幾世　→九〇五。○問はまし物を　「ましものを」→三六。▽→九〇五。

907 磯辺のあの松は、いったい誰の生きていた世に、万世の願いを込めて種をまいたものであろうか。○梓弓　「い(射)」を出す表現(→二〇)で、ここは「いそべ」の「い」の枕詞。○いそべ　岩石の多い海岸の意。「べ」は接尾語。→一六「野べ」。○誰が世　→三四三「世」。○万世　→三五四。○かねて　→三五三。▽→三五六。「柿本人麿」は伝承。

908 このように生きては人生を終るのだろうか。高砂の峰に立っている古い松ではないけれど。○かくしつゝ　「高砂の松」で比喩される生き方を指示する表現。○高砂のおのへ　→二八。○なく

908 かくしつゝ世《よ》をや尽《つく》さむ高砂《たかさご》のおのへ(を)に立《た》てる松ならなくに

909 たれをかも知《し》る人にせむ高砂《たかさご》の松も昔の友ならなくに

藤原興《おき》風《かぜ》

910 わたつ海の沖《おき》つ潮合《しほあひ》にうかぶ泡《あわ》のきえぬ物からよる方もなし

よみ人しらず

911 わたつ海《うみ》のかざしにさせる白妙の浪もてゆへる淡路《あはぢ》島《しま》山

に ↓一八。▽「高砂の松」は、かな序(一〇頁)では親しさをいう景物だが、「いたづらに生ひにけるかな、嘆きつつ世をや尽さむ」(古今六帖)のように無常感をいう景物でもある。「いたづらに…永らへぬることを嘆きよめるにや」(両度聞書)。

909 いったいぜんたい誰を知己とすればよいのかね。あの名高い高砂の松だって古いことは古いだろうが、昔からのわが友ではないのに。〇たれをかも 「か」は疑問の表現。「も」は強調の表現。〇知る人 心の通じる人、親友の意。〇なくに ↓一八。▽高砂の松↓九〇八。「高砂の松こそ…古きことを語らふべきと思ふに、それも又昔の友ならねば…といふにや」(両度聞書)。

水辺にて 二〇首

910 大海原の沖の潮合に浮んでいる泡が消えはしないものの、寄り動く方向もない。〇わたつ海 ↓三五〇。〇潮合 海中の潮流の出合う所の意。〇物から 逆接の表現。▽上の「老い」「時は流れて」の歌群を承けて、下句を「身の寄るべなきさま、永らふるさまに喩へいふにや」(両度聞書)などと解することがある。ただしこの歌以下四首、それぞれの歌自体は、遥かに見わたせる大海原をよむ叙景歌とみるべきか。以下九首、海の歌。

911 大海原の神が髪飾りにさしている真白な波で結い巡らしている淡路島山よ。〇わたつ海 ここは海神の意。名義抄「海神 ワタツミ」。〇かざし ↓三五二。〇白妙 ↓三。〇ゆへる 名義抄「絡・繚 ユフ」。「り」(る)は存在確認の表現。〇淡路島山 淡路島の意。「島山」を、単に島の意に用いるのは漢語「島嶼」をふまえての歌語か。▽「眺望の心なり」(両度聞書)。わたつ海・白妙・淡路島・島山は万葉集に例が多い。淡路島は、イザナギ・イザナミ二神が最初に産んだ島とされ(日本書紀・

912 わたの原寄《はらよ》せくる浪のしば〳〵も見《み》まくのほしき玉津島かも

913 なには潟潮《がたしほ》みちくらしあま衣たみのの島にたづなきわたる

貫之《つらゆき》が、和泉国《いづみのくに》に侍《(はべり)》ける時に、大和《やまと》より越《こ》えまうできて、よみて、遣《つか》はしける　藤原忠房《たゞふさ》

914 きみを思《おも》ひおきつの浜《はま》になく鶴《たづ》のたづね来《く》ればぞありとだに聞《き》く

返し　貫《つら》之《ゆき》

915 おきつ浪たかしの浜《はま》の浜《はま》松の名《な》にこそ君を待《ま》ちわたりつれ

神代紀上)、神々との縁でよまれることがある。

912 大海原から寄せて来る波が繰り返し寄せるように、繰り返し見たいと願う玉津島だなあ。○わたの原　→四〇七。中世注は「わだのはら」とも示す。○しば〳〵も　つぎつぎ(寄せる)の意と、たびたび(見る)の意を掛ける。「も」は強調の表現。○見まくのほしき　→七五三。○玉津島　地名だが、「玉」には美玉を意識する。▽「これも遠望の心なり」(両度聞書)。

913 あの有名な難波潟は、潮が満ちて来るらしい。漁師の着る「雨衣」すなわち「田蓑」という名のあの「田蓑島」をさして鶴が鳴きながら渡ってゆく。○なには　→六〇四。○潟　満潮で没する洲のこと。難波のあたりは広大な潟があった。○あま衣　漁師の着る衣類の意の「海人衣」と「雨衣」を掛ける。「あま」→三〇一。○たみのの島　作業用に藁などで作った雨具の「田蓑」と地名「たみの(の島)」を掛ける。▽万葉集六「若の浦に潮満ち来れば潟をなみ葦辺をさしてたづ鳴き渡る」など万葉集に類歌が多い。「鶴」は干潟で餌をあさる習性があり満潮を避けて飛んで行く。「遠望の心なり」(教端抄)。

914 あなたを気にかけていて、このおきつの浜に鳴く「鶴(たづ)」のようにこうしてちゃんと「尋ね」て来たので、あなたが御健在とだけは聞きました。○大和より…　二上山麓の当麻《たいま》から河内、和泉へ出たか。○おきつの浜　「(思ひ)置きつ」と地名「おきつ(の浜)」を掛ける。○鶴　同音反復で「たづね来れば」を出す。○あり　→四二一。○だに　最小限の限定の表現。

915 沖の波が「高」いという名のあの「高師」の浜の浜べの松、まさにその「松」という名の通りに、あなたをひたすら待ちつづけたことです。○おきつ浪　上の地名「おきつ(の浜)」を承けて「沖つ(波)」と出した表現。○たかしの浜の　「高し」と

916 難波《なには》にまかれりける時、よめる

なには潟《がた》おふる玉藻《たまも》をかりそめの海人《あま》とぞ我はなりぬべらなる

917 あひ知《し》れりける人の、住吉《すみよし》にまうでけるに、よみて、遣《つか》はしける　壬《み》生《ぶの》忠《たゞ》岑《みね》

住吉と海人《あま》は告《つ》ぐともながゐすな人忘草《(ひとわすれぐさ)》おふといふなり

918 難波《なには》へまかりける時、田蓑島《たみのゝしま》にて、雨《あめ》に遭《あ》ひて、よめる　貫《つら》之《ゆき》

雨《あめ》によりたみのの島《しま》をけふゆけど名には隠《かく》れぬものにぞありける

法皇、西川《にしかは》におはしましたりける日、鶴洲《つるす》に立《た》てりと言《い》ふ事を題《だい》にて、よませ給《たま》ひける

地名「たかし(の浜)」を掛ける。同音反復で「浜松」を出す。高師浜の松は万葉集以来の景物。○名にこそ… 「名」は「まつ(松・待つ)」なので、下句は、「(松と同じく長く長く)待ちにこそ待ちわたりつれ」の意となる。「松」→九〇五。○待ちわたりつれ 「つ」(つれ)は意志的行動の確認の表現。

916 この名高い難波の潟に生い育つきれいな海藻を初めて刈る、急ごしらえの漁師になることになりそうなことです。○なには →六〇四。○潟 →九一三。○玉藻 玉は美称の接頭語。○かりそめ 「刈り初め」と「仮りそめ」を掛ける。→八四三。○べらなる →三。▽難波潟をほめたもの。「かりそめのあまとは…しばしやすらふ心なり」(教端抄)。「心は述懐のよしにこそ」(両度聞書)。

917 「住吉」の地はその名の通り「住み好」い所だと、漁師は知らせても、「長居」はしなさんなよ。そこは人を忘れるという忘れ草が生い育つということだ。○あひ知れりける人 →八三四。○住吉にまうでけるに 住吉神社に参詣した時にの意。「住吉」は、地名「すみよし」と、「住み好し」を掛ける。○ながゐ 住みつく意の「長居」と地名「ながゐ」を掛ける。○人忘草 「人忘れ」と草の名「わすれ(草)」(→七六五)を掛ける。○なり 伝聞の表現。▽あなたにわたくしが忘れられては困るからといった気持でいった歌。住吉の忘れ草は土佐日記にも例がある。万葉集では「住吉の恋忘れ貝」をよむ。→一一一。

918 雨に降られて「田蓑」を着てこの「田蓑」の島を今日行ったが、有名な難波のこの島はやはりその「田蓑」の名で広く知られるだけのことがあるわい。○雨により 雨のためにの意。○たみのの島 →九一三。○名には →八九四。○ける →九二八。▽「名には」というほどに「名」にちなむ難波(→六〇四)の地にあるだけに、なるほどここも「田蓑」と

919 葦鶴《あしたづ》のたてる川《かは》べをふく風に寄《よ》せてかへらぬ浪かとぞ見る

中務《(なかつかさ)》親王《のみこ》の、家の池に、舟を作《つく》りて、下《おろ》し初《はじ》めて遊《あそ》びける日、法皇御覧《(ごらむ)》じにおはしましたりけり。夕《ゆふ》さりつ方《かた》、帰《かへ》りおはしまさむとしける折《をり》に、よみて、奉《たてまつ》りける　伊勢

920 水のうへに浮《うか》べる舟《ふね》の君《きみ》ならばこゝぞ泊《とま》りと言《い》はましものを

唐琴《からこと》と言《い》ふ所にて、よめる　真静《せい》法師《し》

921 宮こまで響《ひゞ》き通《かよ》へるからことは浪の絃《を》すげて風ぞひきける

布引《ぬのひき》の滝《たき》にて、よめる　在原行平朝臣

922 こき散《ち》らす滝《たき》の白玉ひろひを《(お)》きて世のうき時の涙にぞかる

いう名に恥じないなと興じた。蓑は「隠れ」の縁。

919 白い鶴が立っている川辺は、吹く風のためにうち寄せてそのまま返らない白波なのか、とまあこんな風に見たいものでございます。○法皇 宇多上皇。○おはしましたりける日 行幸なさった日の意。○葦鶴 →五一四。○とぞ見る 見立の表現。→六。「ぞ」は強調の表現。▽単にそう見えるとよんだのではなく、今日のよき日だからこそ、洲に立つ鶴をこう見立てるとよんだもの。

920 水の上に浮んでいる御舟が、故事にいうように、あなた様でありますならば、「此処(ここ)こそが今夜の舟泊りでございます」と申し上げたいものですのに。○中務親王 敦慶(あつよし)親王のこと、当時中務卿。○下し初めて 初めて水の上に浮べの意。○法皇 →九一九。○おはしましたりけり →九一九。○夕さりつ方 →三九三。○舟の君ならば 舟が君であるならばの意。芸文類聚・鑒戒「孫卿子曰。…君者舟也。庶人者水也。水則載レ舟。水則覆レ舟」などの君主を舟にたとえる表現による。○泊り →三二一。○ものを →三三八。▽「還御を惜み奉るなり」(両度聞書)。→八六四・九六六。

921 都まで名声が響き渡っているこの地「唐琴」は、なるほど「唐の琴」という名の通りで、波の絃(げん)を取りつけてその絃を風が演奏して響き渡るのだな。○響き通へる 響が届くの心でいう表現。○からこと 地名「からこと」と中国伝来の楽器の「唐琴」を掛ける。→四三六。○浪の絃 波を紐(ひも)の意の「を(緒・絃)」に見立てた表現。名義抄「絃 コトヲ」。○すげて 取りつけての意。○ける 新たな認識の表現。▽「聞え高き所なれば、琴といふにつけて…いへり」(両度聞書)。

922 一面にうち散らしている滝のしぶきの白玉を拾っておいて、世の中がつらい時のわたくしの涙として借りておくよ。○布引 中世注は「ぬ

布引の滝《たき》の下《もと》にて、人〳〵集《あつ》まりて、歌《うた》よみける時に、よめる

業《なり》平《ひらの》朝臣

923 抜《ぬ》き見たる人こそあるらし白玉《しらたま》のまなくも散《ち》るか袖のせばきに

吉野《よしの》の滝《たき》を見て、よめる

承均法師

924 誰《た》がために引《ひ》きてさらせる布《ぬの》なれや世をへて見れどとる人もなき

題しらず

神退《たい》法師《し》

925 清滝《きよたき》の瀬〻《せ》の白糸《しらいと》くりためて山わけ衣をりて着《き》ましを

竜門《(りうもん)》にまうでて、滝《たき》のもとにて、よめる

伊勢

926 裁《た》ち縫《ぬ》はぬ衣《きぬ》きし人もなき物をなに山姫《ひめ》の布《ぬの》さらすらむ

のびき」とも示す。○こき散らす　「数もなく乱るる心なり」(両度聞書)。「こく」は、しごく、むしる、うつの意。万葉集以来の表現。名義抄「擿・捎・撲　コク」。○白玉　真珠の意。滝の飛沫(→三五〇)、涙(→四〇〇)を見立てる表現。▽「述懐なり」(栄雅抄)。以下八首、滝の歌。

923 糸を抜いてみて乱れ散らしている人があるらしい。白玉が次々と乱れ散っていることよ。包み取ろうにもわたくしの袖は小さいのに。○抜き見たる　「ぬく」は玉を連ねる糸を抜くの意。「見たる」は「見たる」と「乱る」を掛ける。○白玉→九二三。○まなく　絶え間なくの意。○散るか「か」は詠嘆の表現。○せばき　「せま(狭)き」の交替形。▽滝の飛沫の白玉のあまりの多さを「袖の狭きに」で表現している。袖は滝の名の布(引)の縁。伊勢物語八十七段。

924 誰のために引き広げて晒(らさ)している布であるのか。世々を経て見るけれどいつもここにあって取ってゆく人もいないことだ。○さらせる　布を白くするために水で洗い日に当てているの意。○布　滝を見立てた表現。漢語「瀑布」に当る、万葉集以来のこと。○世をへて　→九〇五「いく世」。○とる人もなき　晒した布なら取り入れる人がいるはずの心でいう表現。▽「常住同じさまなるとなり」(十口抄)。「滝の眺望なり」(両度聞書)。

925 清滝川の「滝」という名の通りに瀬から瀬へと下る急流の白糸が本当の糸ならば、それをたぐり出して貯めておいて、山分け衣を織って着ようものをなあ。○清滝　急流で知られる景物。○瀬〻　瀬ごとにの意。○白糸　滝、急流の見立の表現。布(→九二四)から進んで糸になる。○くりためて　「くる」は、繰る、糸をたぐって巻き取るの意。○山わけ衣　入山僧や山人が山に入るための衣の意。○ましを　「まし」→一四。「を」は強調の表

927 朱雀院《(すざくゐん)の》帝《みかど》、布引《ぬのひき》の滝《たき》御覧《(ごらむ)》ぜむとて、文月《ふん(づき)》の七日《なぬか》の日、おはしましてありける時《とき》に、侍《さぶら》ふ人〴〵に、歌《うた》よませ給《(たまひ)》けるに、よめる

橘《たちばなの》長《なが》盛《もり》

主《ぬし》なくてさらせる布《ぬの》を織女《たなばた》にわが心とや今日《けふ》はかさまし

928 比叡《ひえの》山なる音羽《をとは》の滝《たき》を見て、よめる

忠《たゞ》岑《みね》

おちたぎつ滝《たき》の水神《みな(かみ)》年つもり老《お》いにけらしな黒《くろ》きすぢなし

929 同《おな》じ滝《たき》を、よめる

躬《み》恒《つね》

風ふけどところも去《さ》らぬ白雲は世《よ》をへて落《お》つる水にてありける

現。▽「眺望の心なるべし」(両度聞書)。

926 裁ちも縫いもしない衣を着たあの仙人もいないのに、なんで山の女神が滝という白い布を晒(らさ)しているのか。○裁ち縫はぬ　神仙・天女の衣服についていう漢語「無縫」に当る。○人　仙人をいう。○山姫　山に女神が居るとしていう表現。中世注は「やまびめ」とも示す。→二九八「竜田姫」。○布さらすらむ　→九二四。「らむ」は理由を思う表現。▽吉野山の竜門を神仙境とみなし、その一場面として滝を布と見立て、その布を晒す女性すなわち山姫を出す。懐風藻・遊竜門山の詩に、仙人王喬(文選・遊天台山賦・李善注引列仙伝)をよむ。竜門寺の仙人伝説が既にあったか。

927 持ち主がいるでもなく晒してあるこの「布引」の滝の、滝という白い「布」を、今日のたなばたの日には、わたくしの気持として織女星にお供え致しましょうか。○朱雀院帝　宇多天皇。○文月の七日　陰暦秋七月七日。たなばたの日。○おはしまして　→九一九。○侍ふ人〴〵　侍臣(まな序注一五)に当る。○さらせる布　→九二四。○かさまし「かす」→一八〇。「まし」→一四。▽→一八〇・九二四。「滝眺望なり」(両度聞書)。

928 激しく落ちたぎり、音高く流れる比叡山のこの音羽の滝の水源の神は、さすがに長い年月が積もり積もって年老いたらしいね。全てが白くて黒い毛筋が一本もないわい。○山なる　山にあるの意。○音羽の滝　音をいう表現。→一四三「音羽山」。○水神　「水上」と、「水神」と、「皆髪」を掛ける。○けらしな　「けらし」は「けるらし」の略。「けり」→九三一。「らし」は五句を根拠とする推定の表現。「な」は詠嘆の表現。▽比叡の神の存在をふまえる一首であろう。「眺望なり」(両度聞書)。

929 風が吹くけれどそのあり場所を去らない白雲は、実は、世々を経て音高く落ちつづけるあ

田村《むらの》御時に、女房《ばう》の侍《さぶらひ》にて、御屏風《(おほむびやうぶ)》の絵《ゑ》御覧《(らむ)》じけるに、滝落《たきお》ちたりける所面白《ところおもしろ》し、これを題にて歌よめと、侍《さぶら》ふ人に仰《おほ》せられければ、よめる

三条《の》町

930 思《(おもひ)》せく心の内の滝《たき》なれや落《お》つとは見れどを《(お)》とのきこえぬ

屏風の絵《ゑ》なる花を、よめる

貫《つら》之《ゆき》

931 咲《さ》きそめし時より後《のち》はうちはへて世は春なれや色のつねなる

屏風の絵《ゑ》に、よみ合《あは》せて、書《か》きける

坂上是《これ》則《のり》

932 刈《か》りてほす山田の稲《いね》のこきたれて鳴《な》きこそわたれ秋のうければ

の比叡山の音羽の滝の水であったのだ。○ところも 「も」は強調の表現。○白雲 滝を見立てた表現。→三七一。○世をへて →九〇五「いく世」。○ける →九三一。▽「眺望なり」(両度聞書)。

屏風の絵 三首

930 思いを塞(せ)き止めている心の中の滝なのでしょうか、流れ落ちているとは見るけれど音が聞えないことです。○田村御時 文徳天皇の御治世にの意。○女房の侍 女官の詰所、清涼殿の台盤所。○御屏風の絵 清涼殿の屏風の絵。○侍ふ人 女官たちの意。→九二七。ここは「侍臣」(→まな序注一五)に相当する五位以上の典侍・命婦などの女官のことをいうか。○思せく 外に出ようとする強い気持を塞(せ)き止めるの意。○なれや →三五。▽経国集・清涼殿画壁山水歌(嵯峨天皇)「嶺上流泉聴無レ響。潺湲触レ石落二渓隈一」。

931 咲き初めた時から後は、引きつづいて世は常に変らぬ春であるのか、色が変らないことだ。○咲きそめし 「絵に一筆書き初めしを咲き初めしといふにや」(両度聞書)。○うちはへて →一八〇。○世 絵の中の世界をいい、更に広くこの世(→三四三)をもいう。▽常住不変の春を述べてことほぐもの。経国集・清涼殿画壁山水歌「画勝二真花一咲二冬春一。四時常悦世間人」もその一例。

932 刈って干す山の田の稲がしどきこぼれるように、ぽろぽろと涙を落しつづけて雁がそら、あんなに鳴いて空を渡って行くことだ、秋がつらいので。○よみ合せて 絵に合せて歌をよんでの意。○書きける その屏風に書いた歌の意。○刈りてほす 「刈り」に「雁」をよみ込む。○こきたれて 扱きこぼれての意と、ぽろぽろとしきりにの意を掛ける。→六三九・九三三。○うければ 「うし」→七一。▽秋はつらく悲しいものとしてよむ。→一八四。

古今和歌集巻第十八

雑歌《ざふのうた》　下

題しらず　　　　　　読人しらず

933 世中《よのなか》はなにか常《つね》なるあすか河《がは》きのふの淵《ふち》ぞけふは瀬《せ》になる

934 幾《いく》世しもあらじわが身をなぞもかく海人《あま》の刈《か》る藻《も》に思《おもひ》みだるゝ

この巻には、世の中、盛りの時を失って、知己の訪れ、宿、朋友、国史、献上の歌などの歌群を収める。

世の中　二十八首

933 世の中というものは、何を一定不変のものとし得ようか。「明日」という名のあの「飛鳥川」《あすかがわ》だって、昨日もあれば今日もあるのであってその証拠には、昨日までの深い淵が今日は浅い瀬になるのだ。〇世中　単に抽象的に社会というのではなく、人と人とのあいだ、人と人の関わり方という具体的なイメージを含んでいう。名義抄「人間　ヨノナカ」。→四七五。〇常　一定不変をいう概念で、万葉集以来例が多い。〇あすか河　変ることの代表的景物。→三四一。▽昨日・今日・明日→八六一。「世の中に、いづれのことか、いかなるわざか、常ならんと思ひ取る心なり」(両度聞書)。

934 いくつもの人生を生きて行くわけでもないわが身だよ。それなのにどうしてこのように、漁師が刈り取る海藻が乱れるように思い乱れるのか。〇幾世　「世」→三四三。〇あらじわが身を　「あり」は存在の意。〇藻に　「に」は動作の状態の表現で「みだるゝ」に係る。〇思みだるゝ　交じり合うの意の「乱るる」と心が錯乱するの意の「思ひ乱るる」を掛ける。▽「幾ほどもあるまじき世を、な思ひ乱れそとなり」(教端抄)。

935 秋の雁がやって来る山々の峰にかかる朝霧はほんとうに霽(は)れないものだが、それと同じようにまったく胸が晴れないばかりで、なんとも思いの尽きることのないこの世の中のつらさよ。〇雁のくる　漢語「雁来」に当る。哀感をいう景物。→二三。〇朝霧　「はれず」を出す景物。〇はれずのみ　霧が消えないの意と胸が晴れないの意を掛

935 雁のくる峰の朝霧《あさぎり》はれずのみ思《おも》ひ尽《つ》きせぬ世中《(よのなか)》の憂《う》さ

小《を》野《の》篁《たかむらの》朝臣

936 しかりとて背《そむ》かれなくに事しあればまづ嘆《なげ》かれぬあな憂《う》世中《(よのなか)》

甲《か》斐守《ひのかみ》に侍《(はべり)》ける時、京へまかり上《のぼ》りける人に、遣《つか》はしける

小《を》野《の》貞《さだ》樹《き》

937 宮こ人いかにと問はば山たかみはれぬ雲居《くもゐ》に侘《わ》ぶとこたへよ

文屋《(ふむや)》康秀《のやすひで》が、三河掾《みかはのぞう》になりて、県《あがた》見には、えいで立たじやと、出《い》で立《た》たじやと、言《い》ひ遣《や》れりける返事《(かへりごと)》に、よめる

小野小町

938 わびぬれば身をうき草の根《ね》をたえて誘《さそ》ふ水あらば去《い》なむとぞ思《(おもふ)》

ける。「のみ」は限定して強調する表現。○尽きせぬ　尽きぬの強調表現。○憂さ　→七二「うし」。▽「雁のくる峰」は中国の「雁門(雁塞)」を暗示するか。秋の来雁と霧は万葉集以来の取り合せ。

936 そうだとしても背を向けることもできないのになあ。いざとなるとつい真っ先に嘆くことになってしまう、ああつらいこの世の中。○しかりとて　三・四句を指示する。○背かれなくに　「そむく」は、無視する、捨てる、独りになる、出家するなどの意。名義抄「背・孤・反　ソムク」。「る」(れ)は可能の表現。「なくに」→一八。○事しあれば　何か事があるとの意。万葉集以来の表現。「し」は強調の表現。○まづ　他に先立っての意。○嘆かれぬ　「る」(れ)は自発の表現。▽「誰も口に言ふばかりにて過ぐるのみなり」(栄雅抄)。

937 都人がいかがかと聞いてくれたなら、この甲斐の地は山が高いので霽(は)れもやらない遥(はる)かな雲の中にわび暮していると答えてくれ。○まかり上り　参上するの意。「まかり」→三六。○宮こ人　単に京の都に住む人でなくて、天下の中心の朝廷のある、華やかで他国になかなか行くことのない都の人の意。▽「甲斐の白根(甲斐国の代表的な山〔能因歌枕〕)などの陰思ひやられて誠に哀れ深かるべき歌にこそ」(両度聞書)。

938 わび暮してきているので、わが身をつらく思っておりまして、浮草の根が切れて誘い流す水があれば流れ去るように、誘って下さる方があるなら都を去って行こうとそう思います。○三河掾　三河国の国司の三等官。○県見　遠い任国を見に行くことの意。○え出で立たじや　出発できないかの意。○わびぬれば　「ぬ」(ぬれ)は結果としての現状の表現。○うき草　「憂き」とわが身の状態をたとえる「浮草」を掛ける。○根を　「を」は強調の表現。▽「浮草の根を絶えて・去なむ」は浮

題しらず

939 あはれてふ言《こと》こそうたて世中《よのなか》を思《おもひ》離《はな》れぬほだしなりけれ

よみ人しらず

940 あはれてふ事の葉《は》ごとにをく《お》露は昔を恋《こ》ふる涙なりけり

941 世中《よのなか》の憂《う》きもつらきも告《つ》げなくにまづ知《し》る物はなみだなりけり

942 世《よ》の中《なか》は夢かうつゝかうつゝとも夢とも知《し》らずありてなければ

草にたとえてわが身のことを、「誘ふ水あらば」は浮草の縁で水を出しその水にたとえて相手のことをいう。

939 「あわれ」ということばこそ、何ともしようのないことに、世の中を思い切れないきずなであることだ。〇あはれ　対象への共感・愛情・慈悲をいう表現。「頼むよしなり」(両度聞書)。↓三三。〇うたて　ますますの意。「うたた(転)」に同じ。ここは事がひどくなるためにあきらめていう表現。〇ほだし　行動の自由を奪うものの意。和名抄「絆　保太之。拘使ニ半レ行不レ得ニ自縦一也」。〇けれ　↓九三二。▽ことばを実体としてとらえてそれが人を動かしているというのである。かな序(↓注四)・まな序(↓注五)は、ことばすなわち和歌が天地をも人をも動かすと述べている。

940 「あわれ」ということばすなわち「言の葉」の、その一つ一つの「葉」に置く露は、実は昔のことを恋い慕う涙であったのだ。〇あはれ　↓九三九。〇事の葉　↓六八八・かな序注一。〇けり　↓九二二。▽両度聞書は、わが心に筋道を立てて説いているのだと注する。↓九三九。

941 世の中の憂さもつらさもわたくしが告げ知らせはしないのに、その憂さつらさをまっさきに知るのは涙なのであるよ。〇憂き　↓七一。〇なくに　↓一八。〇まづ　↓九三六。〇知る　察知する、認識を共にするの意。↓一四。▽涙をそれ自体で認識能力のある実体としてみなしてよむ。↓九三九。

942 世の中というものは夢なのか現実なのか。現実とも夢ともわからない。存在していて無でもあるのだから。▽夢と現実という具体性のある二項対照を、あり(有)となし(無)という抽象的な二項対照でとらえ直した表現。「夢・うつつ」↓六四五。「あり・なし」↓四二。狭義の仏教教理だけを背景として説かなくてもよい。「世の中のはかなきを時

943 世中《よのなか》にいづらわが身の有《あり》てなしあはれとや言《い》はむあな憂《う》とやいはむ

944 山里は物のわびしき事こそあれ世の憂《う》きよりは住《す》みよかりけり

945 白雲の絶《た》えずたなびく峰にだに住《す》めば住《す》みぬる世にこそありけれ

惟《これ》喬《たかの》親《み》王《こ》

946 知《し》りにけむ聞《き》きても厭《いと》へ世中《よのなか》は浪のさは《わ》ぎに風ぞしくめる

布《ふ》留《るの》今《いま》道《みち》

に当りて思ひとる時の義なり」(十口抄)。

943 この世の中に、いったいどこかねえ、わが身は存在していて存在していない。「あわれ」といってよいのか、「ああつらい」といってよいのか。○いづら どこの意。わが身を探しあぐねていう表現。↓八七四。○わが身 単に身体のことではなく、人間関係を予定してその関係に規定される存在としていう。「身」↓三八三。○有てなし ↓九四二。○あはれ ↓九三九。○憂 ↓七一「うし」。▽上句は「わが身…置き所なし」(↓七三六)に近い表現。

944 山里というものは確かに何かとわびしいことがあるけれど、世の中というもののつらさよりはかえって住みやすいことだよ。○山里 孤絶したさびしさをいう代表的景物。↓六八。○わびしき ↓一〇八。○憂き ↓七一。○けり ↓九二八。▽藤原定家はこの歌の「わびし」に漢語「憀慄(りょうりつ)」を当てている(伊達本古今和歌集)。文選・秋興賦「善乎宋玉之言曰。悲哉秋之為㆑気也。蕭瑟兮草木揺落而変衰。憀慄兮若㆘在㆓遠行㆒。登㆑山臨㆑水。送㆖将㆑帰」をふまえてこの一首を解そうとしたか。

945 白雲が絶えずたなびいている山の上でも、住んでみるとそれなりに住みつくことになる、世の中とはなるほどそんなものであることだ。○白雲の…峰にだに 人里から隔絶した山上をいう表現。「だに」は最低の状況を想定する強調の表現。「白雲の」↓三七一。○住みぬる 「ぬ」(ぬる)は自分の意志とは関わらない結果の表現。○けれ ↓九二一。▽「世の中を思ひとりてよみ給ひける心」(両度聞書)。

946 もう既に知ったことだろう。でなければとにかく聞いて背を向けるがよい。世の中というものは、波の騒がしい音に加えて風がどんどん吹きよせるようなものじゃないかね。○知りにけむ 「ぬ」(に)は完了の表現。○聞きても 「も」は

素《そ》性《せい》

947 いづくにか世をば厭《いと》はむ心こそ野にも山にも迷《（まよふ）》べらなれ

よみ人しらず

948 世中《（よのなか）》は昔《むかし》よりやは憂《う》かりけんわが身ひとつのためになれるか

949 世《よ》のなかをいとふ山辺《べ》の草木《くさ》とやあなうの花の色《いろ》にいでにけむ

950 み吉野《よしの》の山のあなたに宿《やど》も哉《（がな）》世のうき時のかくれがにせむ

「知る」に対する「聞く」を並列する表現。○厭へ　嫌え、世を捨てよの意。○さはぎ　騒乱・騒音の意。名義抄「躁 サハク」。○しくめる　「しく」は次々と重なる意の「しきる(頻・重)」の古形。万葉集に例がある。「めり」は一歩ゆずっていう婉曲の表現。▽「知る・聞く」の内容は三句以下の「世中は……」。世の騒擾を心で知り耳で聞けというのだが、静寂の境地を理想としていう。

947 そうはしたいけれど、いったいどこに、世を捨てて隠れ住もうか。たとえわが身をどこかに置くとしても、わが心の方は、野にでも山にでも、そして都にまでも、きっと迷いさすらうことであろう。○世をば厭はむ　漢語「厭世」の訓読による表現。「をば」は強調の表現。○心こそ　「こそ」は強調の表現。「わが身」(→九四三)に対していう。○べらなれ　→三。▽「野にも山にも」→六五五。栄雅抄に「花厳経にいふ、三界唯一心、心外無別法」という。

948 世の中というものは昔からつらいものであったのだろうか。あるいは、わが身だけにとってこんな風につらいものになっているのであろうか。○世中　→九三三。○昔よりやは　「やは」を反語の表現とする説もある。○わが身　→九四三。▽世の憂さ(→七二「うし」)を強く表現したもの。

949 世の中を捨てて隠れ住むこの山辺の草木として、「ああ、つらい」という名の「うの花」がそのつらさの色を外に出して咲いているのであろうか。○いとふ　→九四六。○あなうの花の　「あな憂」(→七二)と花の名「卯(の花)」を掛ける。○色　→四九六。○いでにけむ　「いづ」は内にあるものが外に見えるの意。「ぬ」(に)は結果の表現。

950 吉野の山の彼方に隠れ住む住居がほしい。この世がつらい時の隠れ家にしたいのだ。○あなた　遠称。「かなた」の転か。現世との境界の向

951 世にふれば憂《う》さこそまされみ吉野《よしの》の《ゝ》岩《いは》のかけ道《みち》ふみならしてむ

952 いかならん巌《いはほ》の中《なか》に住《す》まばかは世の憂《う》きことの聞《き》こえこざらむ

953 あしひきの山のまに〱隠《かく》れ南《(なむ)》うき世中《(よのなか)》はあるかひもなし

954 世中《(よのなか)》の憂《う》けくに飽《あ》きぬ奥山のこの葉《は》にふれる雪やけなまし

う側という心でいう。○も哉　願望の表現。○うき　→七一。▽吉野は仙境とされていた。→九三六。

951 この世で生きていると、つらさこそがますますひどくなることだ。吉野の山の険しい道を踏みしめて行きたい。○世にふれば　「ふ」は過す、生きつづけるの意。名義抄「生　イク・フ」。○岩のかけ道　岩から岩に板などを掛け渡した険しい道の意。「山のかけぢ」に同じ。中世注は「かげみち」とも示す。和名抄「棧道　夜末乃加介知」。「棧」は「桟(桟道)」に当る。○ふみならしてむ　「ふみならす」→四三九「立ちならし」。▽「住み難き山に住まむとの心」(教端抄)。→九五〇。

952 いったいどれほどの険しい岩山の中に隠れ住んでみたなら、世の中のつらいことが聞えて来ないで済むものであろうか。○巌　岩、岩山、岩穴の意。名義抄「岫・巌　イハホ」。○住まばかは　「か」は疑問の表現。「は」は強調の表現。「かは」を反語とする説もある。○憂き　→七一。▽文選・遊仙詩七首の道士鬼谷子などを想像したもの。

953 どんな山でもその山の様子に任せて隠れ住んでしまいたい。山には「峡(かい)」があって住めばそれだけの「効(かい)」があろうが、この世の中は住んでいる効もない。○あしひきの　→五九。○山のまに〱　山の状態のままにの意。○隠れ南　「ぬ」(な)→九四九。○あるかひもなし　「あり」→四二。「かひ」は谷の意の「峡(かひ)」と効果の意の「効(かひ)」を掛ける。「も」は山のかい(峡・効)に対して「ある効」を並列する表現。

954 世の中のつらさにほとほといやになった。あのさびしい奥山の木の葉に降り積っている雪が消えてゆくように、足にまかせて静かに消えてゆきたいものだが。○憂けく　「うし(憂)」(→七一)を名詞化するク語法。○飽きぬ　十分に経験していやになったの意。名義抄「飽・厭　アク」。「ぬ」→

同《おな》じ文字《もじ》なき歌《うた》　物《もの》部《べの》良《よし》名《な》

955 世《よ》のうきめ見えぬ山路《ぢ》へいらむには思《おも》ふ人こそほだしなりけれ

山の法師《し》のもとへ、遣《つか》はしける　凡河内躬《み》恒《つね》

956 世をすてて山に入《(いる)》ひと山にても猶うき時はいづちゆくらむ

物思《(おもひ)》ける時、幼《いときな》き子《こ》を見て、よめる

957 今更になに生《お》ひいづらむ竹の子《こ》の憂《う》きふししげきよとはしらずや

題しらず　読人しらず

958 世にふれば事の葉《は》しげきくれ竹の憂《う》きふしごとに鶯ぞなく

九四九。○奥山　人のいないさびしさをいう代表的景物。○雪　「雪」と「行き」を掛ける。○けなまし　「け(消)」(→三三)は雪の消滅の意と姿を隠すの意を掛ける。「まし」は反実仮想の表現。▽人目を引かずに消えたいがそれもできないの意。

955 世の中のつらさがない山道に入ろうとするには、わたくしの愛する人こそが足かせであるよ。○同じ文字なき　いろは歌と同じく、かな文字を一首の中に繰り返して使わないの意。○世　↓九三三「世中」。○うきめ見えぬ　つらい経験に出合わないで済むの意。「うき」↓七一。○山路　仏道の修業をいう。○ほだし　↓九三九。▽愛する人こそがこの世を捨てられないいきずなだという。↓九四七。

956 この世を捨ててお山に入っている人は、あのお山でもやはりつらい時には、いったいどこに行くのだろう。○山に入　ここは出家の意の仏教語「入山」をふまえていう。無量寿経上「入レ山学レ道」。↓九五五「山路」。山は比叡山をいうことが多い。▽「その人を責めていふにあらず」(十口抄)。

957 今さらどうして生い育っているのであろうか。竹の子は節が密接していてその節ごとに茎があるものだが、つらい折節(おりふし)が次々と続くこの世なのだとも知らないでなあ。○物思ける時　何かと思いに沈む時にの意。○なに　↓三八。○竹の子　幼児の比喩表現。○ふし　竹の「節」と機会の意の「節」を掛ける。○しげき　隙き間なく密なの意と絶え間ないの意を掛ける。○よ　竹の節のあいだをいう「よ」、と「世」を掛ける。名義抄「両節間 ヨ」。○や　詠嘆の表現。▽「さても憂き所へ生れ来ぬると子を哀れみたる心なり」(教端抄)。

958 この世に生きていると、竹の茎が伸びて葉が密生するように何かと噂(うわさ)が多くて、それがつらい折節(おりふし)には、くれ竹の節々で鶯がつらいつらいと口々に鳴くように、わたくしも泣いて

959 木にもあらず草にもあらぬ竹のよの端《はし》にわが身はなりぬべら也《(なり)》

ある人の曰《いは》く、高津内親王《たかつのみこ》の歌也

960 わが身から憂《う》き世中《(よのなか)》となづけつゝ人のためさへ悲《かな》しかるらむ

隠岐国《おきのくに》に流《なが》されて侍《(はべり)》ける時に、よめる　篁《たかむらの》朝臣

961 思《おも》ひきや鄙《ひな》のわかれに衰《おとろ》へてあまの縄《なは》たき漁《いさ》りせむとは

田村《むら》の御時《(おほむとき)》に、事に当《あた》りて、津国《のくに》の須磨《すま》と言《い》ふ所に籠《こも》り侍《(はべり)》けるに、宮のうちに侍ける人に、遣《つか》はしける　在原行平朝臣

962 わくらばに問《(とふ)》人あらば須磨《すま》の浦にもしほたれつゝ侘《わ》ぶとこたへよ

いる。○世　→九五七。○ふれば　生きるの意と生長するの意を掛ける。「ふ」→九五一。○事の葉しげき　噂(言)が多いの意と葉が茂るの意を掛ける。「ことのは」→六六八。○くれ竹　アワ竹の一種で節が多く葉が茂る。○ふし　→九五七。○鶯ぞなく「なく」→四九八。鶯は「憂く、干ず」と鳴く。→四二三。

959 木でもなく草でもない竹の茎の端のように、世の中の半端ものにわが身はなってしまいそうだ。○木にも…草にも…　和名抄は草木部に木類・草類と別に竹類を立てる。戴凱之・竹譜「非レ草非レ木」(淵鑑類函。余材抄)。○よ　→九五七。○端　竹の茎の両端の部分の「端」と半端の意の「はし(た)」を掛ける。名義抄「末・端　ハシ」。○わが身　→九四三。○べら也　→三。▽「高津内親王」は伝承。

960 わが身のせいで「つらい世の中」と名づけながら、そのくせにどうして他人(ひと)のことまでもこのように悲しいのだろう。○なづけつゝ「つつ」は反復の表現。▽世の中(→九三三)のつらさは本質的にわが身(→九四三)から出るのだという。

盛りの時を失って　八首

961 思いもしなかった。遠い田舎への別れで衰え果てて、漁師の釣り縄を手ぐりのばして漁をするようになろうとは。○隠岐国に…　→四〇七。○思ひきや　漢語訓読的表現。○鄙のわかれに　田舎・辺地への別れが原因での意。名義抄「鄙　ヒナ・ヰナカ」。○衰へて　落ちぶれて、衰弱しての意。名義抄「悴・落　オトロフ」。○縄　→五一〇「釣縄」。○たき　「たく」(四段)は手で操るの意。○漁り　魚取りの意。中世注は「いざり」とも示す。○以下八首、官職などで栄えることを失った歌。万葉集以来の表現。○漁り

962 たまたま聞く人があるならば、藻を焼いて塩を採ると言い習わすあの須磨の浦で、泣く泣く

963
左近将監解《と》けて侍《(はべり)》ける時に、女の訪《とぶら》ひに遣《をこ》せたりける返事《(かへりごと)》に、よみて、遣《つか》はしける　小《を》野《の》春《はる》風《かぜ》

天彦《あまびこ》のを《(お)》とづれじとぞ今は思《(おもふ)》我か人かと身をたどる世に

964
官解《つかさと》けて侍《(はべり)》ける時、よめる　平定《さだ》文《ふん》

うき世には門差《かどさ》せりとも見えなくになどかわが身の出《い》でがてにする

965
ありはてぬ命待《いのちま》つまのほど許《(ばかり)》うき事しげく思《おも》はずも哉《(がな)》

966
親王宮《みこの》の帯刀《たちはき》に侍《(はべり)》けるを、宮仕《づか》へ仕《つか》う奉《まつ》らずとて、解《と》けて侍ける時に、よめる　宮《みや》道《ちの》潔《きよ》興《き》

筑波嶺《つくばね》の木《こ》のもとごとに立《た》ちぞよる春のみ山の陰《かげ》をこひつゝ

くわび暮していると答えて下さいよ。〇田村の御時　→八六五。〇事に当りて　事件に遭遇しての意。〇籠り侍けるに　閉じこもり外出しないの意。〇わくらばに　偶然にの意。万葉集以来の表現。〇もしほたれ　塩を取るための「藻潮垂れ」と泣く意の「しほたれ」を掛ける。名義抄「泣々　シホタル」。▽須磨は「塩焼く」とよむ。→七〇八。

963　山彦は応答するものだが、そのようにお見舞に応えてあなたを訪ねて行くことはするまいと今は思います。わたくし自身なのか、誰か他人(とひ)なのかと、わが境遇を確かめようと手探りする今のこの人生で。〇解けて　解任になっての意。〇訪ひに…　左近衛府の三等官。〇解けて　解任になっての意。〇訪ひに…慰問によこしたの意。〇天彦　山彦の意。「天」は朝廷を意識する表現。〇をとづれじ　「おとづる」は音がする、訪ねるの意。名義抄「音　オトツル」。「じ」を「し」と解する説もある。〇身　→三〇三。

964　つらいこの世には門がとざしてあるようにも見えないのに、どうしてわが身がこの世を捨てて出て行きかねているのか。〇門差せり　「さす」→八九五。〇なくに　→一八。〇がてに　→七五。▽仏教語「出世(間)」をふまえる。任官・昇任の意の漢語「出世」をふまえるとの説もある。

965　この世にいつまでもいるわけでもないこの人生の最後を待つあいだくらいは、つらいことをあれこれと思わないでいたいことだ。〇ありはてぬ　「あり」は官職にあって仕えるの意とみるべきか。「はつ」は最後までするの意。「ぬ」は打消の表現「ず」の連体形。〇命　生涯の意と死期の意を掛ける。〇うき　→七一。〇しげく　いろいろと多くの意。〇も哉　願望の表現。▽「種々のつらさを心に込めて言へり」(十口抄)。

966　「筑波嶺のこのもかのもに影はあれど」というその木の下のあちらこちらに立ち寄っており

時なりける人の、俄《にはか》に時なくなりて嘆《なげ》くを見て、自《みづか》らの、嘆《なげ》きもなく、喜《よろこ》びもなきことを思《(おもひ)》て、よめる

清原深養父《ふかやぶ》

967 光《ひかり》なき谷には春もよそなれば咲《さ》きてとく散《ち》る物思《(おもひ)》もなし

桂《かつら》に侍《(はべり)》ける時に、七条《の》中宮の問《と》はせ給《たま》へりける御返事《(おほむかへりごと)》に、奉《たてまつ》れりける

伊勢

968 久方のなかに生《お》ひたる里《さと》なれば光《ひかり》をのみぞ頼《たの》むべらなる

紀利貞《きのとしさだ》が、阿波介《あはのすけ》にまかりける時に、餞別《むまのはなむけ》せむとて、今日《けふ》と言《い》ひ送《をく》れりける時《とき》に、此処《こゝ》彼処《かしこ》にまかり歩《あり》きて、夜更《ふ》くるまで見えざりければ、遣《つか》はしける

業《なり》平《ひらの》朝臣

969 今ぞ知《し》るくるしき物と人またむ里《さと》をば離《か》れず訪《と》ふべかりけり

ます。春宮様にたとえられる春のみやまの、「君がみかげにますかげはなし」ともいうその御恩恵をお慕い致しまして。○親王宮　春宮(皇太子)御所。○帯刀　皇太子護衛の帯刀舎人(たちはきのとねり)。○筑波嶺　中世注は「つくはね」とも示す。○春のみ山「春の宮」と「春の御山」を掛ける。▽一〇九五番の歌をふまえる。→三六四。

967 光のさし込まない谷には春の季節も他所(そよ)ごとなので、花が咲いてすぐ散る心配もないように、時を得て栄えることもなくそれを失う恐れもないわたくしは、何かと悩むこともない。○時なりける人　時を得て栄えていた人の意。○時なくなりて　繁栄を失っての意。○嘆きもなく喜びもなき　盛りの時が去る嘆きも来る喜びもないの意。▽天皇などの恩恵を光にたとえるのは万葉集以来のこと。→八七〇。一種の諦念を述べたもの。

968 久方の月と言い習わすその月の中に生まれた桂の里ですので、中宮様にたとえられるあの月の光の御恵みだけを、当然のことながら頼りに致していることです。○桂に…　桂の宮殿にいました時にの意。○七条中宮　藤原温子。○問はせ給へりける　使いを遣って様子をお尋ねになったの意。○久方の　月の枕詞、ここは月を暗示する。月は后(中宮)の比喩表現。礼記・昏義「天子之与レ后。猶ニ日之与レ月。陰之与ヒ陽」。○里　桂の宮殿の比喩表現。○光　月の光の意。中宮の恩恵の比喩表現。○べらなる　→三三。▽→一九四。伊勢は宇多天皇の御子を産みその御子を桂の宮に置いて中宮温子に仕えた。

知己の訪れ　十二首

969 今はよく分った、人を待つのは苦しいものだと。人の待っているはずのその里は時を置かずに訪ねるべきであった。○阿波介に…　阿波国

惟喬親王《これたかのみこ》のもとにまかり通《かよ》ひけるを、頭《かしら》おろして、小野《をの》と言《い》ふ所に侍《(はべり)》けるに、正月《(むつき)》に、訪《とぶ》らはむとてまかりたりけるに、比叡《ひえの》山の麓《ふもと》なりければ、雪《ゆき》いと深《ふかゝ》かりけり。強《し》ひてかの室《むろ》にまかり至《いた》りて、拝《おが》みけるに、つれ〲として、いともの悲《がな》しくて、帰《かへ》りまうで来《き》て、よみて、贈《をく》りける

970 わすれては夢《ゆめ》かとぞ思《(おもふ)》おもひきや雪《ゆき》ふみわけて君《きみ》を見むとは

深草の里《さと》に住《す》み侍《(はべり)》て、京へまうで来《く》とて、そこなりける人に、よみて、贈《をく》りける

971 年をへて住《す》みこし里《さと》をいでて去《い》なばいとゞ深草野《の》とやなり南《(なむ)》

返し　　読人しらず

972 野とならばうづらとなきて年は経《へ》むかりにだにやはきみは来《こ》ざらむ

の副長官として赴任する時にの意。○餞別　↓三六九。○今日と　今日送別の宴をするとの意。○此処…見えざりければ　主語は紀利貞。「まかり歩き」は赴任に伴う業務(延喜交替式)などをふまえていうか。○離れず　間を置かずにの意。▽「人を待ちわびて、苦しき心を思ひ知るとなり」(十口抄)。待たされたので軽い皮肉を言った。伊勢物語四十八段。以下十二首、知己のおとずれ(訪問・音信)の歌。

970　出家なさったこのような状況で正月の御あいさつを致す現実をふと忘れては、これはきっと夢ではないかと思うのです。思いもかけませんでした、御あいさつに来る人もいないままに、雪を踏み分けてわが親王様にお目にかかろうとは。○頭おろして　親王が剃髪して僧になっての意。○強ひて　無理を押しての意。○かの室　親王の庵室。○拝みける　正月の拝賀をしたの意。○つれ〲…もの悲しくて　なす所なく悲しい状態での意。業平が感じた親王の様子。○わすれては「ては」は繰り返しの表現。○おもひきや　↓九六一。▽「雪ふみわけて」↓三二。雪は親王をとりまく制約の比喩表現か。正月の私的な拝賀は厳しく制限されていた(儀制令。続日本紀・文武紀・禁制)。伊勢物語八十三段。

971　年月を経て住んできたこの深草の里を出てわたくしが居なくなると、ますます深く草の生い茂る本当の「野」に成ってしまうでしょうか。○深草の里　京の都の近郊にある。○深草　地名の「ふかくさ」と丈高く茂る草の意の「深い草」を掛ける。○野　京の都に対する野。和名抄「野　郊牧外地。乃」(郊は近郊、牧は牧場)。▽都の近郊の深草の里が、遠隔の地の「野」(→一六)に成るかといった。ここでは必ずしも男女の歌と決めなくてもよい。伊勢物語一二三段。

題しらず

973 我をきみなにはのうらにありしかばうきめをみつのあまとなりにき

この歌《うた》は、ある人、昔《むかし》、男《おとこ》ありける女《をうな》の、男訪《おとこと》はずなりにければ、難波《なには》なる三津寺《みつのてら》にまかりて、尼《あま》になりて、よみて、男《おとこ》に遣《つか》はせりけるとなむ言《い》へる

返し

974 なには潟《がた》うらむべき間《ま》も思《おも》ほえずいづこをみつのあまとかはなる

975 今さらに訪《と》ふべき人もおもほえず八重葎《やへむぐら》して門《かど》させりてへ

友達《ともだち》の、久《ひさ》しうまうで来《こ》ざりけるもとに、よ

972 おっしゃるようにこの深草の里がひょっとして「野」に成るのならば、わたくしも「鶉(うずら)」に化けてその名のように「憂(う)、つら(い)」と泣いて年月を経ることになるでしょうよ。でも、あなたはその鶉を狩りにたとえ仮りそめにでもおいでになるでしょうかね。○野とならば　上の「野」を承けていう表現。○うづら　自分をたとえる「鶉」と悲しい思いをいう「憂、つら(「つらし」の語幹)」を掛ける。鶉は、キジ科の小鳥で草の中などでよく鳴く鳥だが、ガマ(蛙の一種)の化けたものとされる。和名抄「鶉　淮南子云蝦蟇化為レ鶉。宇都良」。淮南子・斉俗「夫蝦蟇為レ鶉…唯聖人知ニ其化一」。○かりに　「狩りに」と「仮りに」を掛ける。○やは　反語の表現。▽淮南子の故事をふまえて、深草の里が「野」に化けるなら、わたくしだって「鶉」に化けると答えている。伊勢物語一二三段。

973 わたくしをあなたが、「難波の浦」というその名の通りに噂(うわさ)ではお嫌いであったので、つらい思いをして、浮き藻を拾う御津(みつ)の浜の漁師(あま)といい習わすその三津(みつ)寺の尼となってしまったのです。○なには　地名の「難波」と名称の意の「名には」、評判の意の「名には」を掛ける。○うら　「浦」と「憂(う)」を掛ける。○うきめ　「憂き目」と「浮き藻(め)」を掛ける。○みつ　「見つ」と「御津」と「三津」を掛ける。中世注は「みづ」とも示す。○あま　漁師の意の「蜑(あま)」と「尼」を掛ける。▽→六四。「昔…」は伝承。

974 「難波」潟の「浦」というその名の通りに、評判になるほどにあなたがつらく思うような隔りは思い浮ばない。いったいわたくしたちの間柄のどの点を見たからといって、御津(みつ)の浜の漁師とか、三津(みつ)寺の尼とか、となるのでしょうか。○間　隔りの意と間柄の意を掛ける。▽上の歌の掛け方の趣向をそのまま使って返したもの。

みて、遣《つか》はしける　　　　躬《み》恒《つね》

976 水の面《おも》におふる五《さ》月の浮草《うきくさ》のうき事あれやねを絶《た》えてこぬ

人を訪《と》はで久《ひさ》しうありける折《おり》に、あひ怨《うら》みければ、よめる

977 身をすてて行《ゆ》きやしにけむ思ふより外《ほか》なる物は心なりけり

宗岳大頼《むねをかのおほより》が、越《こし》よりまうで来《き》たりける時に、雪の降《ふ》りけるを見て、己《をの》が思《おも》ひは、この雪《ゆき》のごとくなむ積《つも》れると言《い》ひける折《をり》に、よめる

978 きみがおもひ雪とつもらば頼《たの》まれず春より後《のち》はあらじと思《おも》へば

975 出家したのなら、今さらあなたを訪ねて行くような人も考えられない。それでもせめて、生い茂る蔓草が門を閉しているとくらいは言ってくださいよ。〇訪ふべき人も　「べし」は当然の表現。「も」は強調の表現。〇八重葎　たくさんの蔓草の雑草の意。万葉集以来の景物。敬愛する人を迎える家を謙譲的にいう表現。〇てへ　「といへ(言へ)」の略。▽九七三番の歌への返歌として解したが、「題知らず」と詞書のある異本(元永本古今和歌集など)に従うとすれば、女の歌として、「今さらわたくし(作者)を訪ねてきてくださる人なんか思いつきません。この家は生い茂る蔓草が門をとざしていて入れなかったと、あの人に言ってください」のように解しうる。

976 水面に生える夏五月のよく茂った「浮草」の「憂(う)き」という名の通りに、あなたはつらいことがあったのかねえ。根が切れた浮草のようにぷっつりと音信(おとずれ)も来ないのは。〇五月　陰暦夏五月の異称。〇浮草　同音反復で「憂き」を出す。つらさをいう景物。→九三八。〇あれや　→七五八。〇ね　浮草の縁の「根」と「音」を掛ける。

977 わが身を捨ててわが心があの人の所へ行ってしまったのだろうか。思うにまかせないのは「身」なのだとばかり思っていたが、実は「心」であったのだ。〇あひ怨みければ　「あひ」→七六。「怨」→まな序注四。〇思ふより…　思う以外のものの意。▽わが身はあの人に逢っていないのだから何のもの思いもないと思ったけれど、わが心があの人の所に行っていて、その心がもとであの人を不満に思う思いが生じたのだの意。「身・心・思い」をそれぞれ実体のある存在としてよむ。→六一九。

978 あなたの「思い」の火が、おっしゃるように雪として積るのならば、それを頼りにはできません。春から後は消えて存在しないと思うので。

返し　　　　　　　　　　　　　　宗岳大頼

979 君をのみ思《おも》ひこし路《ぢ》の白山《しら》はいつかは雪のきゆる時ある

越《こし》なりける人に、遣《つか》はしける　　　　紀《きの》貫《つら》之《ゆき》

980 思《（おもひ）》やる越《こし》の白山《しら》しらねども一夜《ひとよ》も夢《ゆめ》にこえぬ夜《よ》ぞなき

題しらず　　　　　　　　　　　　よみ人しらず

981 いざこゝにわが世《よ》は経《へ》なむ菅原《すがはら》や伏見《ふしみ》の里《さと》の荒《あ》れまくもお《（を）》し

982 わが庵《いほ》は三輪《みわ》の山もと恋《こひ》しくは訪《とぶら》ひきませ杉《すぎ》たてるかど

○越　↓三〇。○己が思ひ　北国に生きるわたくしの積る思いの意。○きみがおもひ　あなたのわたくしへの思いの意。▽「思ひ」↓四七。やや戯れた歌。

979　あなたをだけ思ってこうしてやって来た北国の道にある白山は、いったいいつ雪が消える時があろうか、それと同じくわたくしの「思い」の火も消えはしないのです。○思ひ　↓四七。○こし路　「来し路」と「越路」(↓四一四)を掛ける。○白山　消えぬ雪をいう景物。○きゆる　雪が消えるの意と思いの火が消えるの意を掛ける。

980　遥(るは)かにわが思いをはせるあなたの居る北国の雪の「白山」は「知ら」ないのですけれど、ただの一夜だって夢の中で越えてゆかない夜はないのです。○越なりける人　北国に居る人の意。↓三〇。○白山　↓九七九。同音反復で「知ら(ねども)」を出す。○こえぬ　「こゆ」は夢の中で相手に逢うために白山を越えるの意。▽夢↓五五二。

宿　十首

981　さあこの里に住居を定めて、わが生涯を過すことにしよう。この菅原の地の伏見の里が荒れ果ててゆくことが、なんともいたましいのだ。○世　↓四三。○菅原や　「や」は声調を整える表現。○荒れまくも　「まく」は推量の表現「む」の名詞化のク語法。「も」は強調の表現。▽去るにしのびないのでここを住みかとするの意。日本書紀・垂仁紀にみえる垂仁天皇の菅原の伏見陵の前で復命できずに泣いて死んだ田道間守(たじまもり)の伝承をふまえるか。中世には神仙の歌とされた古今伝授秘伝歌。以下十首、わが宿、人の宿をよむ歌。

982　わたくしの住居は三輪山の麓です。慕わしいなら訪ねて来て下さい。杉の立っている門口(かどぐち)ですよ。○庵　自宅を卑下していった表現。○訪ひきませ　「ませ」は相手の動作への敬意の表

983 わが庵《いほ》は宮この辰巳《たつみ》しかぞ住《す》む世をうぢ山と人はいふなり

喜《き》撰《せん》法師《し》

984 荒《あ》れにけりあはれいくよの宿《やど》なれや住《す》みけむ人のを《(お)》とづれもせぬ

よみ人しらず

奈良《なら》へまかりける時に、荒《あ》れたる家に、女の、琴弾《ひ》きけるを聞《き》きて、よみて、入《い》れたりける

良《よし》岑《みねの》宗《むね》貞《さだ》

985 わび人のすむべき宿《やど》と見るなへに嘆《なげ》き加《くは》はる琴《こと》のねぞする

初瀬《はつせ》にまうづる道《みち》に、奈良《なら》の京に宿《やど》れりける時、よめる

二条

986 人《ひと》ふるす里《さと》をいとひて来《こ》しかどもならの宮こも憂《う》き名《な》なりけり

現、万葉集に多い。▽三輪の杉は万葉集以来の景物。中世には三輪明神の歌とされた古今伝授秘伝歌。もと三輪の巫女《こみ》に関する歌謡か。→七八〇。

983 わが庵《いお》は都の東南で、その「巽《たつみ》」という名の通りに慎ましく住んでいるだけのことだ。ところが世間の人は「世を宇(憂)治山」と言っているそうな。○辰巳　東南の方向で漢語「巽位《そんい》」に当る。名義抄「巽　タツミ」。「巽」は、論語・子罕「巽与之言」、同何晏集解「馬曰。巽　恭也。謂二恭孫謹敬之言一」。○しかぞ　そんな状態での意。「辰巳(巽)」を指示する。「ぞ」は強調の表現。「しか」は「鹿」を掛けるとする説もあったか(顕注)。○世をうぢ山　世をきらうというその「憂《う》」という名の「宇《う》」治山の意。「憂」と地名の「うぢ(山)」を掛ける。▽ただ慎ましく生きているのに、世間は世を嫌ったのだと大げさに騒ぐらしいの意。「たつみ」は「宮こ(都)の」を承けて東南の意、「恭」の意に転じて「しかぞ」の内容を示す。

984 荒れ果てているなあ。ああいったい幾世を経た住み家なのか、住んでいたはずの人が訪れもしないことだ。○よ　→三四三。▽「訪れもなき旧宅をうち眺めて…哀れむ心なり」(両度聞書)。伊勢物語五十八段。

985 きっとこの世を住みわびている人の住む住居だなと思って見ていると、ちょうどその折に、嘆きが加わり重なる琴の声がすることである。○わび人　→二九二。○すむべき　「べし」は当然の表現。▽まな序「怨者其吟悲」(三三八頁)の情感を、荒れ果てた宿、女の嘆きを伝える琴の音によせて表現する。玉台新詠五・江淹古体四首「佳人撫二鳴琴一。清夜守二空帷一」。→五八六。

986 人を古びさせだめにするあの里を嫌って、こうしてここに来たけれど、奈良の都も「古里」というつらい名であることだ。○ふるす　→八二四。

題しらず　よみ人しらず

987 世中《(よのなか)》はいづれか指《さ》してわがならむ行《ゆ》きとまるをぞ宿《やど》とさだむる

988 相坂《(あふさか)》の嵐のかぜはさむけれど行《ゆ》くゑ《(へ)》しらねば侘《わ》びつゝぞ寝《ぬ》る

989 風のうへにありか定《さだ》めぬ塵《ちり》の身は行《ゆ》くゑ《(へ)》もしらずなりぬべら也

家を売《う》りて、よめる　伊勢

990 あすか河《ゞは》ふちにもあらぬわが宿《やど》もせに変《かは》り行《(ゆく)》物にぞ有《(あり)》ける

主語を「人」とする説もある。○里　居る所の比喩。○来しかども　「き」(しか)は直接経験の表現。▽「奈良」は平安京からは古里。→九〇。「奈良の都も古里といへば…憂しとなり」(寂恵本書入)。

987　世の中は、そのうちどれ一つをとってもわたくし自身のものではないはずだ。だから、行きつく所をわが住居とそう定めるのだ。○世中→九三三。○いづれか　たくさんの中のどれか一つの意。「か」は反語の表現。○指して　指定して、確定しての意。○わが　わがもの、わがことの省略形。○行きとまる　進んで行って止まる所の意。

988　逢坂山の嵐の風は寒いけれど、わたくしの行くところも分らないので、かえすがえすつらく思って独り寝ることである。○嵐のかぜ　強い風の意。○行くゑしらねば　とほうにくれるの意。万葉集以来の表現。○侘びつゝぞ　「つつ」は反復の表現。▽「相(逢)坂」は、その名の通り人に「逢」えればよいのに実際には「逢」えないのでという、「侘びつゝぞ寝る」の前提条件を暗喩する。

989　風に乗ってあり場所も定めない「塵(ちり)」というが、その塵のように軽いわが身は、きっと行方も分らなくなってしまうだろう。○風の…塵　世・世俗をたとえる漢語「風塵」をふまえる。中世注は「ありが」とも示す。○べら也　→三一。▽「塵の身」は小さな軽い身をいう比喩表現。経国集・奉和詠塵の詩群の「惟塵在二細微一…承レ吹(かぜ)乍零霏」「俳徊寧有レ定。動息固無レ常」などは塵の生態をよく描く。白氏文集「此身一種虚空塵」(毘沙門堂注)。

990　飛鳥川の深い「淵」が浅い「瀬」に変るというように、世の中はすべて変っていくものなのだが、それでも、「扶持」として夫のために手離すのでもないわが家までもが、「銭」に変ってゆくものなのであったよ。○家　一般に家屋は女子が相続

991 筑紫《つくし》に侍《(はべり)》ける時に、まかり通《かよ》ひつゝ、碁《ご》打ちける人のもとに、京に帰《かへ》りまうで来《き》て、遣《つか》はしける

紀《きの》友《とも》則《のり》

ふる里《さと》は見しごともあらず斧《おのゝ》の柄《え》のくちし所ぞ恋《こひ》しかりける

992 女ともだちと物語《ものがたり》して、別《わか》れて後《のち》に、遣《つか》はしける

陸《みちの》奥《く》

飽《あ》かざりし袖のなかにや入《い》りにけむわが魂《たましひ》のなき心地《ち》する

993 寛平御時《(くわんぴやうのおほむとき)》に、唐土判官《もろこしのはう》に召《め》されて侍《(はべり)》ける時に、東宮《(とうぐう)》の侍《さぶらひ》にて、男《をのこ》ども、酒賜《さけたう》べけるついでに、よみ侍ける

藤《ふぢ》原《はらの》忠《たゞ》房《ふさ》

なよ竹の夜ながきうへに初霜《はつしも》のおきゐて物を思《(おもふ)》ころ哉《(かな)》

する。〇ふち　「淵」と「扶持」を掛ける。「扶持」はここは舅姑(しゆうと・しゆうとめ)の葬礼への妻からの援助をいう(令義解・戸令)。〇せに　「瀬に」と「銭(ぜに)」を掛ける。続日本紀・元明紀「以㆓穀六升㆒当㆓銭一文㆒」。〇ける　→九三一。▽→九三三。生れ育ち、夫を迎えたわが家を売る哀感をいうもの。

朋友　二首

991 帰って来たこのふる里は、昔見た感じ、あなたと打つ碁のようになじみ深いその感じではありません。斧の柄が朽ちるほどに長くあなたと楽しみを共にしたそちらが恋しいことです。〇まかり通ひつゝ　通っては の意の謙譲表現。〇ふる里　昔住んだ京の都の意。〇見しごとも　中国の晋の王質が時間を忘れて楽しんだ故事による表現(密勘顕注)。「述異記云。晋王質…見㆓数童子囲㆑碁…局未㆑終斧柯爛尽。既帰無㆓復時人㆒」(余材抄)。以下二首、故事をふまえる友情の歌。

992 十分に満足致しませんでした。袖の中にでも入ってしまったのでしょうか。わたくしの魂がなくなった気が致しますもの。〇物語　会話の意。〇袖の…入りにけむ　魂を玉に見立てて、その玉が袖に入ったという。法華経・五百弟子受記品の故事(→五五六)をふまえる表現。〇する　することよの意。動詞「す」の連体形。▽朋友と別れてがっくりとして楽しまぬことをいうもの。

国史　五首

993 なよ竹の長い「節(よ)」の上に初霜の置いている秋の長い「夜」を起きて坐っておりまして、何かともの思いをするこのごろでございますことよ。〇寛平御時　→一七。〇唐土判官　遣唐使(大使・副使・判官・主典)の三等官。この時は中止となった。〇召されて　任命されての意。〇東宮の

題しらず　　　　　　　　　よみ人しらず

994 風ふけば沖《おき》つしら浪たつた山夜半《は》にや君がひとり越《こ》ゆらむ

ある人、この歌は、昔、大和国《の》なりける人の女《むすめ》に、ある人、住《す》みわたりけり。この女、親《おや》もなくなりて、家も悪《わる》くなり行《(ゆく)》間《あひだ》に、この男《おとこ》、河内国《のくに》に、人をあひ知《し》りて通《かよ》ひつゝ、離《か》れやうにのみ成《な》り行《ゆ》きけり。さりけれども、つらげなる気色《けしき》も見えで、河内《かうち》へ行《い》くごとに、男《おとこ》の心のごとくにしつゝ、出《いだ》しやりければ、怪《あや》しと思《(おもひ)》て、もしなき間《ま》に異《こと》心もやあると疑《うたが》ひて、月の面白《おもしろ》かりける夜、河内《かうち》へ行《い》く真似《まね》にて、前栽《せんざい》の中《なか》に隠《かく》れて見《み》ければ、夜更《ふ》くるまで、琴《こと》を掻《か》き鳴《な》らしつゝうち嘆《なげ》きて、この歌《うた》をよみて寝《ね》にければ、これを聞《き》きて、それより、又他《ほか》へもまからず成《な》りにけりとなむ言《い》ひ伝《つた》へたる

995 誰《た》がみそぎ木綿《ゆふ》つけ鳥《どり》か唐衣たつたの山にお《(を)》りはへてなく

侍　皇太子の御殿の侍従官の控室。○男ども…　→一六二。○なよ竹　中世注は「なよたけ・なよだけ」と両者を示す。○夜　竹の茎の「よ」(→九五七)と「夜」を掛ける。○おきゐて　「置き居て」と「起き居て」を掛ける。▽「旅立ち…を思ふよしにや」(両度聞書)。以下五首、遣唐使、竜田越え、国史(記録)、万葉集勅撰など、国史(歴史)をふまえる歌。

994 風が吹くと沖の白波が「立つ」とよみ習わすあの険しい「竜田山」越えの道を、夜中にあなたがただ独り越えているであろうことよ。○たつた山　波が「立つ」と地名「たつた(山)」を掛ける。○越ゆらむ　「こゆ」は大和から河内へ行くの意。「らむ」は現在の推量の表現。○大和国なりける人　大和国に本拠のあった人の意。○住みわたりけり　→六五七。○悪く　貧乏にの意。○間に　ころにの意。○あひ知りて　→六五四。○離れやう　「離れがた」に同じ。→七六〇。○見えで　見せないでの意。○男の心…　男の希望通りにしてはの意。○なき間に　自分の居ない間にの意。○異心　ほかの人を思う心の意。○面白かりける　→一六六。○前栽　→二六八。▽神武天皇東征伝承の険峻(しゅん)な竜田越えを念頭におく配置と解する。「昔大和国…」は伝承。日本書紀・神武即位前紀「歩趣二竜田一。而其路狭嶮。人不レ得二並行一」。

995 誰の禊(みそぎ)の「木綿(ゆふ)」を「付け」ている「ゆふつけ鶏(どり)」が、唐衣を「裁つ」という名のあの「竜田山」に長く続けて鳴いているのか。○みそぎ　→五〇一。○木綿つけ鳥　「木綿(→四八七)付け」と、鳥の名「ゆふつけ(鳥)」(→五三六)を掛ける。関に添えてよむ景物。○唐衣　→三七五。○たつたの山　衣を「裁つ」と、地名「たつた(山)」を掛ける。○おりはへて　→一五〇。▽日本書紀・天武紀「是月。初置二関於竜田山大坂山一」。

996 わすられむ時偲《しの》べとぞ浜《はま》ちどりゆくゑ《（へ）》も知《し》らぬ跡《あと》をとゞむる

貞観《（ちやうぐわん）の》御時、万葉集はいつ許《（ばかり）》作《つく》れるぞと、問《と》はせ給《たま》ひければ、よみて、奉《たてまつ》りける

文屋有《あり》季《すゑ》

997 神無《な》月時雨ふりを《（お）》ける楢の葉《は》の名《な》におふ宮の古《ふ》るごとぞこれ

寛平御時、歌奉《たてまつ》りけるついでに、奉《たてまつ》りける

大江千里

998 葦鶴《あしたづ》のひとりを《（お）》くれてなく声《こゑ》は雲のうへまで聞《きこ》え継《つ》がなむ

藤原勝《かち》臣《をむ》

999 人《ひと》しれず思《（おもふ）》心は春がすみ立《た》ちいでて《ゝ》君《きみ》が目《め》にも見えなん

996 忘れられるかもしれない時になってこれを読んで思い慕いなさいということで、文字で故実を書き留めてあることよ。浜にいる千鳥は行方も知らずといわれるが、その飛び立った後に足跡を残すように。○偲べ　賛美し慕うの意。○浜ちどり　「足跡、足跡絶ゆ、行方知らず」などを出す景物。↓三四五。○跡　中国古代の黄帝の時、蒼頡(さうけつ)が鳥の足跡を見て文字を作ったという故事をふまえる。▽記録、特に国史(日本書紀以下の六国史)を念頭におく。歌による記録ともいえる万葉集(次の九九七番の歌の主題)に対して、散文の記録の代表の「国史」を主題とする。遣唐使(九九三)、神武天皇東征ゆかりの竜田越え(九九四)、天武天皇ゆかりの竜田の関(九九五)と歴史的出来事をふまえる三首に続く、「国史」を主題とするこの歌と、万葉集を主題とする次の歌(九九七)とを合せて五首の、天皇を頂点とする王朝律令思想による歌群があり、次いで、その天皇への献上の歌三首(九九八―一〇〇〇)の歌群があって、かな序にいう古今和歌集の千首(「千歌」)→一六頁)がひとまず終る構成。

997 神無月のしぐれの雨が降りまして、ひとしおもみじの照り輝くようになる「楢(なら)」の木の葉、その「なら」という名のあの「奈良」の宮廷の古言、これでございます、万葉集は。○貞観御時→三五五。○万葉集は…　万葉集はいったいいつごろ作ったのかねの意。○神無月　陰暦冬十月の異称。○ふりをける　「おく」はそれ本来の状態を事物に与えるの意をつけ加える表現。○名におふ　名として持つの意。万葉集以来の表現。○古るごと　歴史上の立派な出来事をいうことばの意。かな序の「古の事」「古りにし事」(一五頁)、「この事」(一三頁)などに照応する表現。日本書紀私記丙本・神武元年「古語　不留古止」。▽「ならの…宮」は、奈良の宮廷、特に平城(へいぜい)天皇の御代のそれを指

歌召《うため》しける時に、奉《たてまつ》るとて、よみて、奥《おく》に書《か》き付《つ》けて、奉《たてまつ》りける　　伊勢

1000 山河《(やまがは)》のをと《(お)》にのみ聞《き》くもゝしきを身をはやながら見るよしも哉《(がな)》

示する。→まな序(三四六頁)。

献上の歌　三首

998 葦辺の鶴が一羽だけ取り残されて鳴くその鳴き声のように、わたくしのつたないこの歌も、これより前に御披露された献上歌のことのついでに、続いてお耳に入ってほしいことです。○寛平御時　→一七。○葦鶴　→五一四。○をくれて　後に残されての意と劣っての意を掛ける。○声　歌の比喩表現。○聞え継がなむ　「つぐ」は前の直後に続くの意をつけ加える表現。「なむ」は願望の表現。「聞え付かなむ」とする説もある。▽謙遜の心でいう歌。大江千里・句題和歌・序「未レ習二艶辞一。不レ知レ所レ為…豈求レ駭レ目。只欲レ解レ頤」。毛詩・小雅・鶴鳴「鶴鳴二于九皐一声聞二于天一」。天皇が和歌を召して人々の心を知ったことは、かな序(一〇頁)、まな序(三四二頁)にいう。

999 人知れず思っておりますわたくしの思いが、春霞が立ちのぼるようにはっきり出て、わが君主の目にも見えてほしいことでございます。○春がすみ　「立つ」を出す景物。→三。○立ちいで　霞が発ちのぼっての意と、心が表現されての意を掛ける。○なん　願望の表現。▽→九九八。

1000 山の谷川の高い水音のように、お噂《(うわさ)》としてだけうかがうこのごろの宮中ですが、谷川の「水脈《(みお)》」が早いと申しますように、わが「身」も昔に帰って拝見するすべなりとほしいものでございます。○奥　→八五四。○をと　→四九三。○もゝしき　大宮の枕詞から転じて宮中の意。→九六八「ひさかたの」。○身を　「水脈」と「身を」(→九四三「身」)を掛ける。「(身)を」は強調の表現。○はやながら　「はや」は「はやし」の語幹。水流が早いの意と、昔・以前の意を掛ける。○も哉　願望の表現。▽→九六八。→九九六・参考欄。

古今和歌集巻第十九

雑《ざつ》体《たい》

短《たん》歌《か》

題しらず　読人しらず

1001 逢《あ》ふことの　稀《まれ》なる色《いろ》に　思《おも》ひそめ　わが身は常《つね》に　天雲《あまぐも》の　晴《は》る〻時なく　富《ふ》士《じ》の嶺《ね》の　燃《も》えつ〻永久《とは》に　思《おも》へども　逢《あ》ふことかたし　何《なに》しかも　人をうら見む　わたつ海《み》の　おきを深《ふか》めて　思《おも》ひ

雑体(ざつたい)の部は、和歌の本体の三十一文字の歌(かな序注一〇)に対して、三つの「雑」の歌体、短歌(たんか)・旋頭歌(せどうか)・誹諧歌(ひかいか)を集める。

ここにいう「短歌」は、詠唱する場合の韻律上の名称。奈良時代末期の歌学書の歌経標式(一名「歌式」)などに、歌の冒頭部を五七五・七五と区切って説くが詳細は不明。五七五・七五…七五・七七という音数律で詠唱するものをこの歌体に集めたようにみえる。編集上、あるいは書写上の誤りによるなど説が分れる。平安時代に入ってからは伝えられるものは少ない。

1001 逢うことも稀(まれ)なあの人を思いはじめてからは、わが身は心の晴れる時がなく、恋に燃えていつまでもと思うけれど逢うことは難しい。かといって、どうしてあの人を怨みに思おうか。それにしても、深く思い定めたわが恋が今は効(かい)なくなってしまいそうだ。恋心が絶える時もなく乱れに乱れて、消えられるものなら消えてしまいたいと思うけれど、生身の存在なので、なお恋し続けて思いが深くなるばかりだ。心の奥で沸きかえるこの思いを、いったい誰に語ったらよいのか。表面に出れば他人(ひと)がきっと知ってしまうだろうから、夕暮になると独り座ってああ悲しいことだと嘆いて、その嘆きのあまりになすすべもなく庭に出て佇(たたず)んでいると、いっそ死んでしまいたいと思うけれども、せめて遠く他所(よそ)ながらにでもあの人に逢いたいとも思うので、やはり悲しくて悲しくて仕方がない。〇逢ふことの…思ひそめ　なかなか逢えない人を、めったにない色合に染めるように思い初めての意。〇天雲の　「晴るる時なく」を出す表現。〇富士の嶺の　「燃え」を出す表現。→六〇。〇何しかも　万葉集以来の表現。〇わたつ海の　「おきを深めて」を出

てし　思《おも》ひは今《いま》は　いたづらに　なりぬべらなり　行《ゆ》く水の　絶《た》ゆる時なく　かくなわに　思《おも》ひ乱《みだ》れて　降《ふ》る雪《ゆき》の　消《け》なば消《け》ぬべく　思《おも》へども　閻《え》浮《ぶ》の身なれば　猶やまず　思《おも》ひは深《ふか》し　あしひきの　山下水《したみづ》の　木隠《こがく》れて　たぎつ心を　誰《たれ》にかも　相語《あひかた》らはむ　色《いろ》にいでば　人知《し》りぬべみ　すみぞめの　夕《ゆふべ》になれば　ひとりゐて　あはれ〱と　嘆《なげ》きあまり　せむすべなみに　庭《には》にいでて　立《た》ちやすらへば　白妙《しろたへ》の　衣のそでに　置《を》く露《つゆ》の　消《け》なば消《け》ぬべく　思《おも》へども　猶嘆《なげ》かれぬ　春《はる》がすみ　よそにも人に　逢《あ》はむと思《おも》へば

古歌奉《ふるうたたてまつ》りし時の目録《もくろく》の、その長歌《ながうた》　貫《つら》之《ゆき》

1002 ちはやぶる　神の御世《みよ》より　くれ竹の　世ゝにも絶《た》えず　天彦《あまびこ》の　音羽《をとは》の山の　春《はる》がすみ　思《おも》ひみだれて　さみだれの　空《そら》もとゞろに

す表現。↓七三。○べらなり　↓三。○行く水の　「絶ゆる時なく」を出す表現。○かくなわに　「思ひ乱れて」を出す表現。「かくなわ」は縄を結んだ形の菓子の一種。和名抄「結果　如レ結レ緒…加久乃阿和」。○降る雪の　「消なば消ぬべく」を出す表現。○閻浮の身なれば　愛着の深い人間の世界の意の仏教語「閻浮提(えんぶだい)」による表現。○あしひきの　↓五九。○山下水の　「木隠れてたぎつ心」を出す表現。↓四九一。○べみ　「べし」のミ語法。↓八三。○すみぞめの　「夕」の比喩表現。↓三。○なみに　「なし(無)」のミ語法(↓三)に助詞の「に」がついたもの、理由の表現。○立ちやすらへば　「やすらふ」は、事の進行を止めて行為を継続する意を加える表現。名義抄「俳佪　タタスム・ヤスラフ」。○白妙の　↓三。○春がすみ　峰たち隠すなどと遠景をいうことから、「よそ(他所)」を出す表現。▽句数はいわゆる「長歌(ちょうか)」に当るが、一〇〇三番の歌の詞書に「長歌(ながうた)」と示す。

1002 神代の神々から帝(みかど)の御世御世にも断絶せずに伝えられて、春がすみ、山ほととぎす、もみじ葉、降る雪など、毎年、季節に合せて感慨をこめて和歌を作っては、帝の弥栄(いやさか)の祈り、燃える恋、別れの涙、亡き人への哀傷などの深い思いをよみあげた和歌の一つ一つを、陛下の御命令を承って、歌集の巻々の中にすべて入れようとして、集め採ろうと致しましたが、なかなか行き届かぬままに年月を経過致しまして、こうして宮中でお仕えしておりますあいだ、顧りみもしなかったわが家は、草が生い茂り、屋根も荒れ果てて春の雨が漏りはしないかと気がかりであります。○古歌　伝承された昔の歌の意。かな序の「古き歌」、まな序の「旧歌」に当る。○目録　内容の項目を書いたもの。下の部立(ぶだて)を骨子とするか。○その　中世注は「ぞ(序)の」とも示す。○ちはやぶ

小夜《さよ》ふけて　山ほとゝぎす　鳴《な》くごとに　誰《たれ》も寝覚《ねざ》めて　唐錦《からにしき》　たつたの山の　もみぢばを　見てのみしのぶ　神無《な》月　時雨《しぐれ》〳〵て　冬の夜《よ》の　庭もはだれに　降《ふ》る雪《ゆき》の　猶消《き》えかへり　年ごとに　時につけつゝ　あはれてふ　ことを言《い》ひつゝ　君《きみ》をのみ　千代《ちよ》にと祝《いは》ふ　世の人の　思《おも》ひするがの　富士《ふじ》の嶺《ね》の　燃《も》ゆるおもひも　飽《あ》かずして　別《わか》るゝ涙《なみだ》　藤《ふぢ》衣　織《を》れるこゝろも　八《や》ちぐさの　言《こと》の葉《は》ごとに　すべらぎの　仰《おほ》せかしこみ　巻《まき》〳〵の　中につくすと　伊勢《いせ》の海の　浦《うら》の潮貝《しほがひ》　拾《ひろ》ひあつめ　採《と》れりとすれど　玉《たま》の緒《を》の　短《みじか》き心　思《(おもひ)》あへず　猶あらたまの　年をへて　大宮にのみ　ひさかたの　昼夜《ひるよる》わかず　仕《つか》ふとて　顧《かへり》みもせぬ　わが宿《やど》の　しのぶ草《ぐさ》おふる　板間《いたま》あらみ　降《ふ》る春雨《はるさめ》の　漏《も》りやしぬ覧《(らむ)》

る ↓二五四。○神の御世　↓かな序注九「神世」。○くれ竹の「世」を出す表現。↓九五八。○天彦の…　四季の春の部立に当る表現。「天彦の」は、「音」を出す表現。↓九六三。↓一四三「音羽山」。○さみだれの…　四季の夏の部立に当る表現。○唐錦…　四季の秋の部立に当る表現。「からにしき」(↓八六四)は、「たつ」を出す表現。「たつたの山」↓九九五。「しのぶ」はここは賞美するの意。○神無月…　四季の冬の部立に当る表現。「神無月」↓二五三。「はだれ」は、はらはらと散り積るさまをいう、万葉語。○時　季節の意。○こと　ことばの意。和歌をいう。○君をのみ…　賀の部立に当る表現。「いはふ」は吉事を求めてことほぐの意。○世の人の…　恋の部立に当る表現。「するが」↓五三四。「富士の嶺」↓一〇〇一。○飽かずして…　離別の部立に当る表現。「飽かず」↓三七。○藤衣…　哀傷の部立に当る表現。「藤衣」↓三〇七。「おれる」は布を作るの意と文(あや)なすの意を掛ける。○八ちぐさ　たくさんの意、八千種。「や(八)・ち(千)」↓三四三。○言の葉　↓六八八。○すべらぎ　当代の帝(醍醐天皇)をいうやまとことば。↓かな序注一〇〇。○伊勢の海の　「浦」を出す表現。○浦の潮貝　「拾ひ」を出す表現。「貝」は和歌の比喩表現。○玉の緒の　「短き」を出す表現。↓五六八。○短き　高しの反対で能力の低さをいう。名義抄「卑　ミジカシ・ツタナシ」。○思あへず　「あふ」↓四四六。○あらたまの　↓三三九。○大宮　皇居の尊称。万葉集以来の表現。○ひさかたの　↓八四。○しのぶ草　↓二〇〇。○板間　屋根を葺いた板の透き間の意。○あらみ　荒(粗・疎)いのでの意。ミ語法↓三。▽古今和歌集の編集の詔勅の時に献上した古歌に付けたものか。古今和歌集の部立の原形が念頭にあったか。

1003　神々や帝(みかど)の御世御世に伝わった古歌がもし存在しないならば、どうして情念を十分に

古歌《ふるうた》に加《くは》へて奉《たてまつ》れる長歌《ながうた》

壬生忠岑

1003 くれ竹の　世ゝの古言《ふるごと》　なかりせば　伊香保《いかほ》の沼《ぬま》の　いかにして
思《おも》ふこゝろを　述《の》ばへまし　あはれ昔《むかし》へ　ありきてふ　人麿《まろ》こそは
うれしけれ　身は下《しも》ながら　言《こと》の葉《は》を　天《あま》つ空《そら》まで　聞《きこ》えあげ　末《すゑ》
の世《よ》までの　あと《ゝ》となし　今も仰《おほ》せの　下《くだ》れるは　塵《ちり》に継《つ》げとや
塵《ちり》の身に　つもれる事を　問《と》はるらむ　これを思《おも》へば　けだものゝ
雲に吠《ほ》えけむ　こゝちして　千《ち》ゞのなさけも　思《おも》ほえず　ひとつ心
ぞ　誇《ほこ》らしき　かくはあれども　照《て》るひかり　近《ちか》き衛《まも》りの　身なり
しを　誰《たれ》かは秋の　来《く》るかたに　あざむきいでて《ゝ》　御垣《みかき》より　外重《とのへ》
守《も》る身の　御垣守《みかきもり》　長《をさ》〳〵しくも　思《おも》ほえず　九重《こゝのかさね》の　なかにては
あらしの風も　聞《き》かざりき　今は野《の》山し　ちかければ　春はか

述べられましょうか。ああ、昔に確かに居たという柿本人麿こそは、ありがたい人です。わが身は下々(しもじも)の者ながら、和歌を宮中まで奏上し、後世までの証跡と致し、今また、勅撰和歌集の撰進の勅命が下りますのは、故事(ふること)に申す「継塵」ということで、塵埃のように軽いわが身に、昔から積り積って来ている事柄をお尋ね下さるのでしょうか。このことを思いますと、故事に申す「犬吠㆓雲中㆒」という、心のざわめくうれしい気持でありまして、あれこれ思い惑う余裕もなく心から誇らしゅうございます。このようには存じますが、もともとわたくしは、宮中をお守りする左近衛府の番長でありまして、どなたかの御推挙で右衛門府の府生に任ぜられ、今は宮城を外からお守り致しておりまして、その任に耐えられるほどの能力があるとも存じません。あの奥深い宮中では嵐の風も聞きませんでした、今は宮城の外でお仕えしていて野や山が近いので、春は霞の中で、夏は蟬と共に、秋はしぐれに打たれ、冬は霜にせめられる、このような切ないわが身であるままに、積り積った御奉公の年月は、既に三十年であります。これに付き加わる、任官以前の私人としての年齢の数もずいぶんと多いので、身分の方は低くて、年齢の方は高いことのなんと苦しいことよ。こうして生き長らえて、波のような皺(しわ)の中でおのれを失ってゆくのか、とは思いますものの、やはり命は惜しゅうございまして、頭は真白になってしまいましても、噂(うわさ)に聞くあの「不老不死」の薬があればよいと存じます、そして、お上(かみ)の永遠の御世を、わたくしは繰り返し若返っては、拝見致したいことでございます。○古歌　→一〇〇三。○伊香保の沼の　同音反復で「いかに」を出す。○…(せ)ば…まし　反実仮想の表現。○人麿　柿本人麿。→かな序(一一頁)、まな序(三四二頁)。○言

すみに　たなびかれ　夏はうつせみ　なき暮《くら》し　秋は時雨に　袖《そで》をかし　冬は霜《しも》にぞ　せめらるゝ　かゝるわびしき　身ながらに　つもれる年《とし》を　記《しる》せれば　五《いつゝ》つの六《む》つに　なりにけり　これに添《そ》はれる　わたくしの　老《お》いのかずさへ　やよければ　身はいやしくて　年たかき　ことの苦《くる》しさ　かくしつゝ　長柄《ながら》の橋《はし》の　ながらへて　難波《なには》の浦《うら》に　立《た》つなみの　なみの皺《しわ》にや　おぼゝれむ　さすがに命《いのち》　惜《お》しければ　越《こし》の国《くに》なる　白山《しら》の　かしらは白《しろ》く　なりぬとも　音《をと》羽《は》の滝《たき》の　音《をと》にきく　老《お》いず死《し》なずの　くすりもが　君《きみ》が八千世《やちよ》を　若《わか》えつゝ見ん

1004 君《きみ》が世に相坂《(あふさか)》山の岩清《いはし》水木隠《こがく》れたりと思《(おもひ)》ける哉《(かな)》

の葉　→六八。○天つ空　宮中の比喩表現。雲上の類。○塵に継げとや　漢語「継塵」を言いのべた表現。→まな序注一八。○けだものの…　淮南王劉安のつくった仙薬を飲んで昇天した犬や鶏が、「雲」(ここは宮中の比喩表現にもなる)の上で吠えたり鳴いたりする中国の神仙伝などの故事による表現。○千ゞのなさけ　下の「ひとつ心」に対する表現。名義抄「心・情　ナサケ」。○ひとつ心　→かな序注一。○照るひかり　天皇の比喩表現。→三六四・八七〇。○近き衛りの　令外官の「近衛(府)」を言いのべた表現。○誰かは…　右衛門府の府生への転出をふまえる表現。右衛門府は宮城の西側を分担警護する。→三五「西こそ秋…」。「あざむく」は導く、進めるの意。新撰字鏡「誘　導也・引也・進也」(天治本傍訓　サソフ・アサムク)。○外重　外側の意。○御垣守　宮城の諸門を警護する人の意。衛門府も警護する。○長〳〵し　長ずる、きちんと処理できるの意。名義抄「正　ヲサヲサシ」。○九重　宮中の意。漢語「九重」の訓読による表現。○五つの六つ　→まな序注二五「二三人」。○わたくし　「官・公」に対する「私」としていう。○やよければ　いよいよ多いのでの意。○長柄の橋の　「ながらへて」を出す表現。→八二六。○難波の浦に　「立つ波」を出す表現。長柄橋は難波にある。○立つなみの　「なみの皺」を出す表現。○おぼゝれむ　ぼんやりとして自分を見失うだろうの意。名義抄「漂・溺　オホホル」。○越の国なる白山の　「(頭は)白く」を出す表現。→三八三。○音羽の滝の　「音」を出す表現。「音羽(山)」→一四三。○老いず死なずのくすり　漢語「不老不死」の訓読による表現。中国の仙薬。○君が八千世　→三四三。▽作者は、撰者の一人で、自分の官歴をふまえて詠む。

1004 お上《(みかど)》の御世にお「逢い」致し、このように華やかで名誉な立場になりました。あの有名

冬の長歌《ながうた》　　　　　　　　凡河内躬恒

1005 ちはやぶる　神無月《な》とや　今朝《けさ》よりは　曇《くも》りもあへず　うちしぐれ
もみぢとともに　古《ふ》る里《さと》の　吉野《よしの》の山の　山あらしも　寒《さむ》く日ごと
に　なりゆけば　玉《たま》の緒《を》とけて　こき散《ち》らし　あられ乱《みだ》れて　霜《しも》こ
ほり　いや堅《かた》まれる　庭《には》の面《おも》に　群《むら》〱見《み》ゆる　冬草《くさ》の　上《うへ》に降《ふ》り
しく　しらゆきの　つもり〱て　あらたまの　年《とし》をあまたも　過《す》
ぐしつるかな

七条后《のきさき》、亡《う》せ給《たま》ひにける後《のち》に、よみける　　　　伊勢

1006 沖《おき》つなみ　荒《あ》れのみまさる　宮のうちは　年《とし》へて住《す》みし　伊勢《いせ》の海《あ》
人《ま》も　舟ながしたる　心地《ち》して　寄《よ》らん方なく　かなしきに　なみ

な「逢坂山の岩清水」はなるほど木々に隠れて表面に出ないものですが、そのように思い込んでおりましたわけです。○君が世　→三四三・三四五。○相坂山の岩清水　→五三七。「相(ふあ)」は、「逢ふ」と、地名「あふさか(山)」を掛ける。○木隠れたりと思ける哉　「たり」は存在確認の表現。「けり」は新たな認識の確認の表現。▽「相(逢)坂山」の「逢ふ」という名は、確かに御世に「逢ふ」という名であったのだと思い当ったの意。一〇〇三番の歌で言おうとしたことを、万葉集の長歌(長形式の歌)に対する反歌のあり方をふまえてよむ。「撰者となりて、後代に名を残さんことを喜ぶ心なり」(教端抄)。

1005 神無月ということでか、今朝からは、空が曇りもしないうちからしぐれだして、山々のもみじが色変りしてゆくのと共に、ふる里の吉野山から吹き下す風も日に日に寒くなってゆくので、玉を連ね結ぶ紐が解けてその玉をこき散らすようにあられが降って、霜が凍ってますます堅くなる庭の土の表面に、あちこちまだらに群って見えている冬の草の上に降り重なる白雪が積り積る、そのように積りに積る年月を、なんとたくさん送り迎えたことよ。○ちはやぶる　神(無月)の枕詞。○神無月　陰暦冬十月の異称。冬の第一月。→二五三。○曇りもあへず　「あふ」→四四六。○うちしぐれ　「うち」→一三。○古る里　→九〇。○吉野の山　ふる里・雪の代表的景物。→三二一。○玉の緒　「解けて」「乱れて」を出す表現。→四八三。○いや　→六四四。○群〱　所々に群がるさまをいう。○あらたまの　→三三九。▽「述懐をいへるなり」(十口抄)。

1006 荒れ果ててゆく御殿の内は、長年仕えて参った伊勢の漁師ともいうべきわたくしめ伊勢も、漁師にとっていちばん大事な舟を流し失った心地がして、寄りかかるすべもなく悲しくて、この悲しみに流す涙の紅の色は、わたくしどものあいだ

だの色《いろ》の　くれなゐは　われらがなかの　時雨にて　秋のもみぢと
人〻《ひと》は　己《をの》が散《ち》り〴〵　わかれなば　頼《たの》むかたなく　なりはてゝ
止《と》まるものとは　花すゝき　君《きみ》なき庭《には》に　群《むれ》たちて　空《そら》をまねかば
初雁《はつかり》の　なきわたりつゝ　よそにこそ見め

旋《せ》頭《どう》歌《か》

題しらず　　　　よみ人しらず

1007 うちわたす　遠方人《をちかたびと》に　もの申す　我《われ》そのそこに　白《しろ》く咲《さ》けるは
なにの花ぞも

に降るしぐれの雨のようでありまして、そのしぐれに降られた秋のもみじ葉のように、人々はそれぞれ散り散りになって別れてしまえば、ついには頼りとする木影も無く成り果てて、ここに留るものとては、花すすきだけが、あなた様の今は亡きこのお庭にあちらに一かたまりこちらに一かたまり群をなして立って、空に向って呼び招きますと、その空には初雁が鳴きながらどこか他所(よ)に飛んで行くが、わたくしも、繰り返し泣き続けては、この御殿をよそながら拝見するほかはないでしょう。○七条后　→九六八「七条中宮」。○沖つなみ「荒れ」を出す表現。○住みし　部屋住みして仕えたの意。○伊勢の海人も　作者の名による謙譲の比喩表現。○舟ながしたる　主人を亡くした喪失感の比喩表現。○なみだの色の…　→一四八。「くれなゐ」は、女性の「涙」と、下の「もみじ」の両者についていう。○時雨　「涙」の比喩と雨の「しぐれ」を掛ける。○花すゝき　「まねかば」を出す表現。残された人々の比喩表現でもある。→二四三。○なきわたりつゝ　→五六五。○よそ　雁の行く他所の意と御殿から離れた所の意を掛ける。▽沖つ波・あま(漁師)・舟は伊勢の海の縁。「陰を頼みし身も、寄りどころなきさまなり」(十口抄)。主人が亡くなると、女房たちは離散する事情が背景にある。

旋頭歌は、五七七・五七七を基本型とする歌体。民謡的な問答体が多い。三十一文字・五句の形式に一句を加えた形式と理解したらしく(新撰和歌髄脳)、五七五・七七七などの型もみえる。

1007 ずらっとそちらの遠い所のお方にお尋ね致す。そうわたくしですよ、そのあなたのお側に咲いている白い花はいったい何の花ですかね。○うちわたす　こちらからずうっと続いている向うの意。○遠方人　万葉集以来の表現。○もの申す

返し

1008 春されば　野辺にまづ咲《さ》く　見れどあかぬ　花まひなしに　たゞ名《な》のるべき　花の名《な》なれや

題しらず

1009 初瀬《はつせ》河　ふる河《かは》の辺《へ》に　二本《ふたもと》ある杉《すぎ》　年《とし》をへて　又もあひ見《み》む　二《ふた》本《もと》ある杉《すぎ》

貫《つら》之《ゆき》

1010 君《きみ》がさす　みかさの山の　もみぢばの色《いろ》　神無《な》月　しぐれの雨《あめ》の　染《そ》めるなりけり

誹《(ひ》諧《かい》歌《か)》

「もの言ふ」の謙譲表現。上代の歌謡、万葉集などの表現で、平安時代以降、一般に和歌の中で敬語は使わない。↓一〇九二。○ぞも　強い強調の表現。中世注は「そも」とも示す。▽為定本(↓解説)では、三句が「もの申す」で「我」は四句に含まれる書式。親本の貞応二年七月定家書写本の書式を踏襲した可能性が高い。一般に三句を「もの申す我」として解する。

1008 春が来ると野原にまっさきに咲く、いつ見ても飽きないものだ。花のお礼なしにそのまま名告(の)っていいような花の名ではないよ。○春されば　万葉集以来の表現。「さる」↓三七。○あかぬ　↓三七。○花まひなしに　花のお代がない状態での意。「まひ」は謝礼・贈物の意、万葉語。○たゞ　↓一六〇。○名のる　ここは名前を教えること。○なれや　反語の表現。▽為定本は、一〇〇七番の歌と同じく五七六・七七七の書式。これも一般に三句を「見れどあかぬ花」として解する。

1009 初瀬川は昔からよく知られた川で、そこに流れこむその名も「ふる」という「布留川」の岸べに、二本ちゃんと立っている杉。そのように年月を過して再びきっと逢おうよ。あの二本ちゃんと立っている杉のように。○初瀬河　「経(古)る」を出す表現。万葉集以来の景物。○ふる　「経(古)る」と地名の「ふる(川)」を掛ける。↓六七九。○二本ある杉　二本の木が枝で連なり、男女の仲を比喩する景物の連理樹とする説もある。「あり」↓四二。○又も　「も」は強調の表現。○あひ見む　「あひ」↓七八。▽「行く末をかけて契るよしなり」(栄雅抄)。

1010 あなたがお飾しになるあの錦で覆った「御蓋(みかさ)」という名をもつ「三笠山」のもみじの色よ。実は神無月のしぐれの雨が染めるものなのですね。○さす　上にかざすの意。○みかさ　「御蓋」と地名「みかさ(山)」を掛ける。蓋(かさ)は、高位

題しらず　　　　　　　　　　　　読人しらず

1011 梅《むめ》の花見にこそ来《き》つれうぐひすのひとく〳〵と厭《いと》ひしもをる

1012 山吹の花色衣《はないろごろも》ぬしやたれ問《と》へど答《こた》へずくちなしにして

素《そ》性《せい》法師《し》

1013 いくばくの田を作《つく》ればか郭公《ほととぎす》しでのたをさを朝《あさ》な〳〵よぶ

藤原敏行《としゆきの》朝臣

七月六日《ふみづきむいか》、たなばたの心を、よみける　　　　藤原兼輔《かねすけの》朝臣

1014 いつしかとまたぐ心を脛《はぎ》にあげて天《あま》の河原《かはら》を今日《けふ》やわたらむ

の人が儀式に使い、天頂と四隅を錦で覆う寺などにある天蓋《てんがい》のようなもの(令集解・儀制令)。単に傘(笠)のような雨具とする説もある。○神無月　→二五三・一〇〇五。▽万葉集十一・二六七五「君が着るみかさの山に…」のように表現されている。

誹諧歌は、三十一文字の正体の歌(→かな序注一〇)に対して、三十一文字ではあるが正体でない歌を、四季、恋、雑に分けて集める。万葉集巻十六の歌の系譜のもの。誹諧の語義は説が多い。「誹」は悪いの意、「諧」は調べの意(広雅・釈詁「誹悪也」。周礼・調人注「諧 調也」)で、右の正体の歌に対して欠点のある歌の意か。又、「誹」はそしる、悪口をいう(原本系玉篇「謗也」)、「諧」はやわらぐ、戯れる(原本系玉篇「和也」)の意でもあるので、おどけたり、悪口をいう、ふざけるの意か。

〈**四季**〉十一首

1011 梅の花を見にやって来たのに、鶯がヒトクヒトクと鳴いて「人が来る、人が来る」とがんばって嫌がっているぞ。○ひとく〳〵　鶯の声の擬声表現「ヒトクヒトク」と「人来、人来」を掛ける。○厭ひしもをる　「いとふ」→七五三。「しも」は強調の表現。「をる」は、軽蔑を伴っていう「居る」と、「折る」を掛けるか。▽以下二首、春の歌。鶯は、花の美しさや花の散るのを惜しんでよむのが本意の景物だが、この歌のようにその本意を外れたり、又、「脛《はぎ》」(→一〇一四)のような身体の部位などの卑俗、露骨な素材・表現のものを誹諧歌としたか。

1012 山吹の花のような黄色の衣は、持主は誰だねと尋ねるけれど答えない、口がないという名の「くちなし」色であって。○ぬし　主人の意。○くちなし　アカネ科の常緑灌木で実を染料にする、それで染めた黄赤色の色名「くちなし」と「口無し」を掛ける。▽山吹の花の本意→一二一以下。

題しらず　　　　凡河内躬《み》恒《つね》

1015 睦言《むつごと》もまだ尽《つ》きなくに明《あ》けぬめりいづらは秋の長《なが》してふ夜《よ》は

僧正遍《へん》昭《ぜう》

1016 秋の野になまめき立《た》てる女郎花《をみなへし》あなかしがまし花もひと時

よみ人しらず

1017 秋《あき》くれば野辺《のべ》にたはるゝ女郎花いづれの人か摘《つ》まで見《み》るべき

1018 秋霧の晴《は》れて曇《くも》ればをみなへし花のすがたぞ見えかくれする

1013 いったいどれほどの田を作っているからといって、ほととぎすは、シデノタオサと鳴いて「田長(たをさ)」を毎朝毎朝呼ぶのかね。○いくばく　少ないのにの気持でいう。名義抄「無多　イクバク・スコシバカリ」。○しでのたをさ　ほととぎすの声の擬声表現「シデノタオサ」と「(しでの)田長」を掛ける。ほととぎすの異名。「しで」は「死出」とする説もあるが不明。「田長」は農夫の長の意。▽夏の歌。ほととぎすの本意→一三五以下。

1014 いつかいつかとはやる気持を、脛(はぎ)まで衣をまくりあげるようにまる出しにして、彦星は天の川を今日のうちにでも渡ろうとするのかね。○またぐ　名義抄「驀　マタグ」。全くとする説もある。○あげて　「挙げて」と明るみに出すの意の「あけて」を掛ける。▽七夕の詩(→一七三)のように織女星の動作とみればなお面白い。七夕の本意→一七三以下。→一〇二一・参考欄。以下七首、秋の歌。

1015 秘め言もまだ終らないのに夜が明けてしまいそうだ。どうしたのかねえ、秋の長いといいならわす夜は。○睦言　閨(ねや)の男女の秘かな語らいの意。○めり　事実の婉曲な表現。○いづら　→一八四。▽秋の夜の本意→一八九・一九〇。

1016 秋の野にあでやかさを競っているおみなへしよ。ああうるさいことだ。だいたいが花も一時のものだよ。○なまめき立てる　「たつ」はそれぞれ主張するの意。名義抄「婀娜　ナマメク」。しとやかに立つと解する説もある。○花も　「も」は言外の人の世との並列の表現。▽女の競い合う姿から、その女たちのおしゃべりを出す。おみなえしの本意→二二六以下。以下四首、おみなえしの歌。

1017 秋が来ると野原でみだらに浮れているように見えるおみなえしよ。一体、誰がつねったり摘み採ったりせずに、ただ見ているものかね。○たはるゝ　みだらな様をいう。名義抄「嬉・婬　タ

1019 花と見《み》て お《（を）》らむとすれば女郎花うたゝある様《さま》の名《な》にこそありけれ

寛平御時后《きさいの》宮《の》歌合の歌《うた》

在原棟《むね》梁《やな》

1020 秋風にほころびぬらし藤袴《ふぢばかま》つゞりさせてふきり〴〵す鳴《な》く

明日《あす》、春立《はるたゝ》たむとしける日、隣《となり》の家の方《かた》より、風の、雪を吹《ふ》き越《こ》しけるを見て、その隣《となり》へ、よみて、遣《つか》はしける

清原深《ふか》養《や》父《ぶ》

1021 冬ながら春のとなりの近《ちか》ければ中垣《なかゞき》よりぞ花はちりける

題しらず

よみ人しらず

1022 礒《（いそ）》の神ふりにし恋《こひ》の神《かみ》さびてたゝるに我は寝《い》ぞねかねつる

ハル」。○摘まで　「摘まで」と「抓まで」を掛ける。

1018 秋霧が晴れたり曇ったりするので、おみなえしは、その花の容姿(すがた)が見えたり隠れたりする。○秋霧の　「立ち隠す、晴れず」などを出すのが本意の景物。→三三五・二六五・三八六。

1019 美しい花だと見てとって折ろうとすると、それは「をみなへし」、その名も「女がへこます」であったよ。美しいものとばかり思っていたが、変れば変る趣の名であることだ。○女郎花　花の名「をみなへし」と「女(をみな)押(へ)し」を掛ける。「へす」は押える、くじく、へこますの意。「女をへこます」ともとれる。霊異記下・三十六「挫 幣師」。○うたゝある　変化があるの意。名義抄「転 ウタタ」。▽おみなえしの美しさと、物名風にその名を「女押し」と読んだ印象とのその異和感をいっている。異和感を否定するのが古今人の美意識。

1020 秋風で蕾(つぼみ)がほころび開くというが、なるほど綻(ほころ)びてしまったようだ、藤袴(ふじばかま)よ。「綴(つづ)り刺せ」という名の蟋蟀(こおろぎ)がツヅリサセと鳴いている。○寛平御時…歌合　→三。○ほころびぬらし　「ほころぶ」は咲き開くの意と縫い目が解けるの意を掛ける。○藤袴　→二四〇。○つゞりさせ　蟋蟀の声の擬声表現「ツヅリサセ」とほころびを織り糸で刺して縫い綴るの意を掛ける。○きり〴〵す　→一九六。▽綻ぶ・袴・綴り刺すは布の縁。下句は、芸文類聚・虫豸部蟋蟀にも引く毛詩義疏「幽州人謂ニ之趣ヒ織(促レ織に当る)。督促之言也」の故事をふまえる。藤袴はその香りをよむのが本意→二四〇・二四一。

1021 冬でありながら、明日はもう春で、そこまで来たその春にたとえられるようにお隣さんが近いので、あいだを隔てる垣根からこんなに雪の花が散ることだよ。○明日…　立春の日(→一)の前日の意。○風　立春の日には東風が吹くとして

1023 枕よりあとより恋《こひ》のせめくればせむ方なみぞ床中《とこなか》にをる

1024 恋《こひ》しきが方もかたこそありと聞《き》け立《た》てれをれどもなき心ち哉《(かな)》

1025 ありぬやと心見がてらあひ見ねば戯《たはぶ》れにくきまでぞ恋《こひ》しき

1026 みゝなしの山のくちなし得《え》てし哉《(がな)》おもひの色《いろ》のしたぞめにせむ

よむ(→三)。○吹き越しけるを 「こす」は寄こすの意。○春のとなり 春という隣の意。空間的に隣を春とし、時間的に明日(隣)を春(立春日)としていう。▽冬の歌。冬は、誰も来ない(→三三)とし、待たぬ年が来る(→三六)とよむのが本意。

〈恋〉 三十九首

1022 磯の「神」「布留」と言い習わすが、年経て久しい恋が「神」になって祟(たた)るので、年老いて俗情から切り離されているはずなのに、わたしはおちおち寝られない。○礒の神ふり →一四。○神さびて 神として行動しての意と俗事を超越しての意を掛ける。○たゝるに 「祟(たた)るに」と「絶たるに」を掛ける。○寝ぞねかねつる 「寝ぞね」は寝るの意の強調表現。「寝(い)」→六〇五。「かねつる」→四九一。▽恋の歌は、ひたすらに恋ふとよむのが本意。万葉集十一「いそのかみ布留の神杉神さぶる恋をもあれは更にするかも」。

1023 枕もとから足もとから恋が攻め寄せるので、全くしようがないので寝床の真中でかしこまっていることだ。○あと 足さきの意。名義抄「蹠・踵 アト」。○せむ方なみぞ ミ語法→三。▽恋の歌は、「わが心から」(→六〇八)、秘め事を知る枕(→六七六)、空しい涙の床(→五六七)とよむのが本意。

1024 何にでも方向はあるもので、恋しいことの方向にしてもそれにふさわしい方向というものがあると聞いているけれど、立ってみるけれども又座ってみるけれどもそんな方向はない気がするなあ。○方 方向の意。方法、型などの意とする説もある。▽恋の歌は、その成就する方向があるものとしてよむのが本意。→五二六。

1025 このままでいられるかと、試みに逢わないでいるので、軽い冗談ごとにできないほどに恋しいことだ。○ありぬやと 「ぬ」は結果の表現。○あひ見ねば 「あひ」→七六。「逢ひ見ねば」と解す

1027 あしひきの山田の案山子《そほづ》を《(お)》のれさへ我お《(を)》欲《ほ》しといふ憂《うれ》はしきこと

紀《きの》乳《めの》母《と》

1028 富士《ふじ》の嶺《ね》のならぬおもひに燃《も》えばもえ神だに消《け》たぬ空《むな》しけぶりを

紀《きの》有《あり》朋《とも》

1029 あひ見《み》まくほしは数《かず》なくありながら人に月なみ惑《まど》ひこそすれ

小《を》野《の》小《こ》町《まち》

1030 人に逢《あ》はむ月のなきには思《(おもひ)》を《(お)》きてむねはしり火に心やけをり

る説もある。○戯れにくき　ふざけられない、軽々しくできないの意。▽恋の歌は、心からのつらさをよむのが本意。「たはぶれ」(名義抄「俳・遊・娃」)の要素は排除されている。

1026 耳がないという名のあの有名な「耳成山」の、口がないという名の「くちなし」を手に入れたいものだ。そうすれば、わたしの恋の思いの「火」の色である「緋」色の下染めのように、恋の思いを心の奥にじっとしまっておこう。○みゝなし　大和三山の一つの名「みみなし(山)」と「耳無し」を掛ける。○くちなし　↓一〇一二。○てし哉　願望の表現。「てしか」に同じ。↓一二六。○おもひ　「思ひ」と「火」と「緋」(黄色混りの燃えるような赤色)を掛ける。↓四七七。○したぞめ　「した」↓四九四。「そむ」↓七三九。▽自分が聞かず語らわなければ恋が燃え上ってしまわないはずだの意。↓一〇二一・参考欄。

1027 山の田の案山子(かかし)よ、お前までわたしを欲しいという。つらいことだ。○案山子　奥義抄「田に驚かしに立てたる人形(ひとがた)なり」。中世注は「そほつ」とも示す。○をのれ　軽くいう二人称の表現。○憂はしき　残念だの意。名義抄「憂　ウレハシキ」。↓七一二「うし」。▽山田は「悲秋」をよむのが本意↓三〇六・九三三。「おほし」は表記のままに、「大し」又は「生ほし」と解すべきか。

1028 富士山の「火」にならない煙のように、わたしの恋も成就しない思いの「火」にくすぶり立つのなら、くすぶり立てよ。神でさえ消さない空しい煙だもの。○ならぬ　炎を上げずに煙だけを出すの意と恋が成就しないの意を掛ける。○おもひ　↓四七七。○燃えば　「もゆ」は煙を上げるの意。○神だに　神でさえの意。▽神は人に対して超越的な全能者として人と並列しないでよむのが本意。

1029 逢って「欲し」いという気持はその「星」のように数限りなくありながら、「月」がなくてどう

寛平御時后《きさいの》宮《の》歌合の歌《うた》

藤原興《おき》風《かぜ》

1031 春霞たなびく野《の》べの若菜《わかな》にもなり見てし哉《(がな)》人も摘《つ》むやと

題しらず

よみ人しらず

1032 思《おも》へども猶うとまれぬ春霞かゝらぬ山のあらじと思《おも》へば

平貞文

1033 春の野のしげき草ばの妻恋《つまご》ひにとびたつ雉子《きじ》のほろゝとぞなく

紀《きの》淑《よし》人《ひと》

1034 秋の野《ゝ》に妻《つま》なき鹿《しか》の年《とし》をへてなぞわが恋《こひ》のかひよとぞなく

してよいか分らないように、あの人に近寄る手がかりがないのですっかり心が乱れている。○あひ見まくほし 「あひ」→七八。「見まくほし」は「(見)まくほし」(→六三〇「見まく」)と「星」を掛ける。○月なみ ミ語法→三一。月は「月」と手がかりの意の「つき(なし)」(→二九「たづき」)を掛ける。▽恋の歌での月の本意→六三三・七四七・七五六。

1030 あの人に逢う手掛りがない時には、月のない夜に思い沈んで起きていて、思いの火の燃えさしが走り火になって燃え上るように、恋の思いが胸の中を駆け巡って心が乱れている。○月 →一〇二九。○思 →四七。○をきて 「起きて」と「熾(お)き」を掛ける。名義抄「熇・煨 オキヒ」。○むねはしり火 「はしる」は思いが激しく動くの意と火がぱちぱちはねるの意を掛ける。▽→一〇二九・参考欄。

1031 春がすみがたなびく野原の若菜にでもなってみたいものだ。誰かが摘んでくれるかと思って。○寛平御時…歌合 →三。○若菜 →一八。○てし哉 →一〇二六。○摘む →一〇一七。▽若菜(古今和歌集では恋の歌の景物に無い)の本意→一八以下。

1032 あの人を恋い慕いはするけれどやはりなじみ切れない。春がすみが掛からない山がないように、あの人の関わらない相手があるまいと思うので。○うとまれぬ →一四七。○かゝらぬ 元来は雲などについていう掛からないの意と、関わらないの意を掛ける。○山 男女ともに恋の相手をいう比喩表現。▽春霞は、立ち、かすみ、たなびいて隠すものとしてよむのが本意。

1033 春の野の、生い茂る草の葉のように絶え間のない妻恋いのために、飛び立つ雉が「ホロロ」と鳴くようにわたしもほろほろと泣くことだ。○しげき →五六〇。○ほろゝ 雉の声の擬声表現「ホロロ」と涙の擬態表現のホロホロの略の「ホロロ」を掛ける。○なく →五三六。▽雉はこの誹諧歌の

1035 せみの羽《は》のひとへに薄《うす》き夏衣なればよりなむ物にやはあらぬ

躬《み》恒《つね》

1036 隠《かく》れ沼《ぬ》の下《した》より生《お》ふるねぬなはのねぬなは立《た》てじくるないとひそ

忠《ただ》岑《みね》

1037 ことならば思《おも》はずとやは言《い》ひはてぬなぞ世中《よのなか》の玉襷《たまだすき》なる

よみ人しらず

1038 思《おも》ふてふ人の心のくまごとに立《たち》かくれつゝ見るよしも哉《がな》

部立以外には採られていない景物。

1034 秋の野で妻のない鹿が「ヒヨ」と鳴くように、わたしも妻がいないままに長い年月を過して、なんだ、このありさまがわが恋の「効(かい)」であったよと泣くことだ。〇なぞ　「何」の意の強調表現。〇かひ　行為の代償の意の「効(かひ)」と鹿の声の擬声表現「ひ(よ)」(播磨国風土記・賀古郡「一鹿走二登於此丘一鳴。其声比々(ひひ)」)を掛ける。▽恋の効の無さを嘆く歌。秋の鹿は、妻のある雄鹿が妻の雌鹿を慕って鳴くとよむのが本意→一〇三九・参考欄。

1035 蟬の羽のように一重で薄い夏の衣は、着慣れればよれよれになってしまうものだが、同じように、全く薄情でも、その人に慣れ親しめば気持が傾くものでありはしないかね。〇せみの羽の　「ひとへに薄き」を出す表現。→八六六。〇ひとへに　「一重に」とひたすらにの意の「偏に」を掛ける。〇なれば　→四二〇「なる」。〇よりなむ　「よる」は「縒(よ)る」と「寄る」を掛ける。「ぬ」(な)は結果の表現。〇やは　強い反語の表現。▽蟬・夏衣は薄情を怨む恋の哀れさをよむのが本意→七二五。

1036 水面の見えない沼の下から生い育つ「ねぬなわ」、その「寝ぬ名」という名のようにひそかに通うだけで共寝もしないなんて評判は立てませんよ。大体「ねぬなわ」は手繰ってこちらに来るのを採るもので、だから、わたしが来るという評判を嫌がって下さいますな。〇隠れ沼の下　→六六一。〇ねぬなは　若芽や根を食用にする水草の蓴菜(じゅんさい)の古名「ねぬなは」と、無き名(→六二七)を露わにいう「寝ぬ名は」を掛ける。和名抄「蓴　奴奈波」。〇くるな…そ　「くる」は「繰る」と「来る」を掛ける。「な…そ」は禁止の表現。▽→一〇二一・参考欄。

1037 同じことなら、思っていないとどうして言い切ってしまわないのかねえ。なんだい、男女の仲は、玉襷でもあるまいし、なんと中途半端な

1039 思へども思《おも》はずとのみ言《い》ふなれば否《いな》や思《おも》はじ思ふかひなし

1040 我をのみ思《おも》ふといはばあるべきをいでや心は大幣《おほぬさ》にして

1041 われを思《(おもふ)》人をおもはぬ報《むく(い)》ひにやわがおもふ人の我をおもはぬ

深《ふか》養《や》父《ぶ》

1042 思《おも》ひけむ人をぞともに思《おも》はまし正《まさ》しや報《むく(い)》ひなかりけりやは

ものだなあ。○ことならば ↓八二。○やは ↓一〇三五。○言ひはてぬ 「はつ」↓九六五。○なぞ ↓一〇三四。○世中 ↓五一三・八二八・九三三。○玉襷 ↓四八七。玉は美称。万葉集以来の景物。▽襷は、心に掛けて思うとよむのが本意↓四八七。

1038 思っているとと言うあの人の心の隅々に隠れてみてはよく見定める、そんなすべが欲しいなあ。○てふ ↓三六。○心のくま 漢語「心曲」の訓読による表現。名義抄「隅・曲・隈 クマ」。○立かくれつゝ ちょっと隠れてはの意。「つつ」は反復の表現。○も哉 願望の表現。▽「強ひて(心の)底を見むとするも非なり」(両度聞書)。

1039 わたしは思っているのだけれども、あの人は思っていないとばかり言うのだから、もういやだ、わたしは思うまい。思い効(かい)がないのだから。○思へども 相手を主語とする説もある。○否や 拒否反応の表現。○かひ 行為の代償の意。▽「思ふ」を意識的に重ねたもの(一〇四一・一〇四二も同じ)で万葉集以来の表現。恋の歌は、効(代償)を考えずに盲目的な「あやめも知らぬ恋」(↓四六九)をよむのが本意。

1040 わたしばかりを思っているとだけでももし言ってくれるなら、それでやってゆけるのに、まあいやなことに、あの人の心は引く手あまたの大幣(ぬさ)で、頼りにならなくて。○あるべきを 十分なのに、生きてゆけるのになどの意。「あり」↓四二一。○いでや ↓五〇八。「や」は詠嘆の表現。○大幣 ↓七〇六。▽恋の歌は、ひたすら思い、頼むとよむのが本意↓一〇三九・参考欄。

1041 わたしを思ってくれたその人を思わなかった応報(むくい)だろうか、わたくしが思っているあの人がわたくしを思ってくれないことだ。○報ひ 因果に対する応報の意、仏教語。▽↓一〇三九・参考欄、一〇四〇・参考欄。

1043
出《い》でてゆかむ人を止《とゞ》めむよしなきに隣《となり》の方に鼻《はな》もひぬかな

よみ人しらず

1044
紅にそめし心もたのまれず人をあくにはうつるてふなり

1045
厭《いと》はるゝわが身ははるの駒《こま》なれやのがひがてらに放《はな》ちすてつる

1046
鶯の去年《こぞ》の宿《やど》りのふるすとや我には人のつれなかる覧《(らむ)》

1042 わたしを思ってくれたあの人をこそ、あの時同時に思ってあげればよかったことだ。ほんとだなあ、そうしなかった応報(むくい)がなかったというのか、いやあったではないか。○ともに　同じ行動をしての意。○まし　反実仮想の表現「まし」の連体形。○正しや　→三七四。「や」は詠嘆の表現。○報ひ　→一〇四一。○やは　強い反語の表現。▽→一〇三九・参考欄、一〇四〇・参考欄。

1043 出て行こうとしているあの人を止めようとしてもわたしにはそのすべもないのに、せめてもと思う隣の家でくしゃみさえもしないなあ。○よし　→三四七。○隣の方　司馬相如・美人賦、文選・登徒子好色賦などの東家の女子の一連の故事をふまえるか。「かた」を方向とする説もある。○鼻もひぬかな　「はなひる」は相手に逢える前徴とされた。「も」は強調の表現。新撰字鏡「嚔嚏　波奈比留」。万葉集十一「眉根かき鼻ひ紐解け待つらむかいつかも見むと思へる我を」。凶徴とする説もある。▽せめて男が隣の女に逢いに来れば、よそ目にでも逢えるのにの意。→一〇二一・参考欄。

1044 紅色に染めたあなたの真心も、頼りにするわけにはゆかない。どんな色も「灰汁(あく)」で変色して褪(あ)せるように、人に飽きると心変りするということだ。○あく　灰の上澄み液の意の「灰汁」と「飽く」(→三七)を掛ける。和名抄「灰汁　阿久」。○うつる　色褪せるの意と心変りするの意を掛ける。○なり　伝聞の表現。▽赤く染めた深い心(漢語「赤心」に当る)は変らないのが本意。

1045 あの人にいやがられているわが身は、春の馬だとでもいうのか、牧場で飼い養う時には馬を放牧するというが、わたくしを送り出すついでに放り出したことだ。○厭はるゝ　→七五三。○はるの駒　馬は馬寮が主管し、春は牧野に放ち飼いし秋は厩舎に入れる(厩牧令、延喜馬寮式)。○な

1047
さかしらに夏は人《ひと》まね笹《さゝ》の葉《は》のさやぐ霜夜《しもよ》をわがひとり寝《ぬ》る

平　中　興

1048
逢《あ》ふことの今はは《ゝ》つかになりぬれば夜ふかゝらでは月なかりけり

左《の》　大臣《おほいまうちぎみ》

1049
もろこしの吉野《よしの》の《ゝ》山にこもるともを《(お)》くれむと思《(おもふ)》我ならなくに

な　か　き

1050
雲はれぬ浅間《あさま》の山のあさましや人の心を見てこそ止《や》まめ

れや　→三五。○のがひ　「野飼ひ」と送り返す意の「のがひ」を掛けるか。新撰字鏡「送却　乃我比須豆」。▽馬は大事なもので、使用後は返却(送却)し放牧後は戻し繋ぐ(延喜馬寮式)のに、わたしは放り出されたの意か。→一〇二一・参考欄。

1046　鶯の去年一年の仮り寝の宿である「古巣」のように、古びさせて飽きて捨てる積りで、わたしにはあの人が冷たいのでしょうか。○ふるす「古巣」と「古す」(→八二四)を掛ける。○とや　「や」は疑問の表現。▽宿(り)は、ほととぎすの本意でよむが、鶯ではよまない。→一〇二一・参考欄。「鶯の去年の宿り」は存在しないものの比喩とみて、わたしが存在しないかのごとく冷たいの意と解する。

1047　賢ぶって、夏のあいだは「人真似」くらいの積りでわたしは「人間寝」したよ。ところが、笹の葉がさやさやと鳴る霜のおりた冷たい冬の夜を、そのわたしが独り寝ることだ。○さかしらに　かしこそうにの意、万葉集の用字の「賢」に当る。↓かな序注四五。○人まね　「人真似」と人の居ない睡眠すなわち独り寝の意の「人間寝」を掛ける。「人ま」↓四五。○笹の葉の…　万葉集二十・四四三一「笹が葉のさやぐ霜夜に…」。▽→一〇三五・参考欄。

1048　逢うといってもそれが今はちょっとだけになっているので、今は月の二十日だから深夜にしか月が出ないように、夜がふけてからでなくては逢うのも無理なことだ。○はつかに　少しの意の「はつかに」(→四七八)と月齢の「二十日に」を掛ける。○月なかりけり　「月無かり」と無理だの意の「付き無かり」を掛ける。▽→一〇三五・参考欄。

1049　たとい中国の吉野山にあなたが籠(こも)って住むとしても、あなたに取り残されると思うそんなわたしではないことだ。○もろこし　→四〇六。○我ならなくに　付いて行くのだの意でいう。「なくに」↓一八。▽吉野山は中国にあるわけでもな

1051 なにはなるながらの橋《はし》もつくるなり今はわが身をなにゝたとへむ

伊　勢

1052 まめなれど何《なに》ぞは良《よ》けく刈《か》る萱《かや》の乱《みだ》れてあれど悪《あ》しけくもなし

よみ人しらず

1053 何《なに》かその名《な》のたつことのお《(を)》しからむ知《し》りてまどふは我ひとりかは

興《おき》　風《かぜ》

従兄弟《いとこ》なりける男《おとこ》によそへて、人の言《い》ひければ

1054 よそながらわが身にいとのよると言《い》へばたゞいつはりにすぐ許《(ばかり)》也

屎《くそ》

いのにこう言ったのが誹諧である(両度聞書)。

1050 雲の晴れることがない「浅間山」のようにはっきりしないあの人は不愉快だ。どうせなら、あの人の心の奥底をすっかり見てやろう。○浅間の山の　同音反復で「あさまし」を出す。相手の比喩表現。○あさましや　あきれて不快だの意。「や」は詠嘆の表現。○見てこそ止まめ　見て後に止めようの意。▽→一〇三八・参考欄。

1051 「難波」にあってその名も高い、「長ら」えるものを代表する「長柄橋」も、人の手で作ったものだという。では、今はわが身を何にたとえようか。○なにはなる　→六〇四。「なり」→四〇六。○ながらの橋　→八九〇。○わが身　恋の今の境遇にあるわたくしの意でいう。→九四三。▽長柄橋の本意→八二六・八九〇。「つくる」を尽くると解する説もある。

1052 まじめであるけれど、何がいったいよいことか。刈り取った萱が乱れて置いてあるように、恋に乱れる状態であるけれどわるいことなんか特にはない。○まめ　→かな序注四三。○何ぞは　→三八二。○良けく　万葉語「よけし(良)」のク語法。○刈る萱の　乱れを出す表現。カヤはイネ科植物の総称。和名抄「萱 加夜」。○乱れて　乱雑であっての意と定まらないの意を掛ける。「まめ」の対。名義抄「淫・縦・紊・乱 ミタ(ダ)ル」。○悪しけく　万葉語「あしけし(悪)」のク語法。▽恋の歌も「まめ」を前提とするのが本意→かな序注四三。

1053 何でいったい、名の立つことが惜しいであろうか。それが判っていて迷い乱れるのは、わたしだけではないのだ。○その　二句を指示する。「名のたつこと」(評判になること)それ自体の意になり、一種の強調表現になる。○知りて　上句全体を受けていう。○まどふ　→一二六。○かは　強い反語の表現。▽恋の歌は、「名を惜し」とよむのが本意→六五三など。

題しらず　　讃岐《さぬき》

1055 祈言《ねぎごと》をさのみ聞《き》きけむ社《やしろ》こそ果《はて》はなげきの森《もり》となるらめ

大輔

1056 なげきこる山とし高《たか》くなりぬればつらづゑのみぞまづ突かれける

よみ人しらず

1057 なげきをばこりのみ積《つ》みてあしひきの山のかひなくなりぬべら也

1058 人恋《こ》ふる事をおも荷《に》と担《にな》ひもてあふこなきこそわびしかりけれ

1054 糸を「撚(よ)る」というようにわが身に従兄弟(いとこ)が「寄」ってくると、—ただ糸が「針」を通るように従兄弟として普通のことをしているだけなのに—、関係があるなどと他人(ひと)がいうのは、全くの「偽り」だと聞き過しているばかりだ。〇よそへて　男女関係があるとしての意。〇よそながら　上の「よそ(へて)」を受けて、反対の、無関係の意の「他所(よそ)」と言い起した。〇いと　「いと(こ)」と「糸」を掛ける。〇よる　「撚る」と「寄る」を掛ける。〇いつはり　「偽り」と「針」を掛ける。〇すぐ　通過するの意と聞き流すの意を掛ける。▽撚る・針・過ぐは糸の縁。従兄弟を「いとこはらから」、従姉妹を「いときも」と言う(令集解・喪葬令古記)のに共通する「いと」を生かす一首。恋の歌は、真言(まこと)を求めてよむ(→七三)のが本意。

1055 祈り言をばかり聞いてきたお社(やしろ)は、それだからきっとついにはその名も「嘆き」という名の「投げ木」が集って森となっているのであろう。〇祈言　祈りのことばの意。名義抄「祝　ネグ・イノル」。〇なげき　「嘆き」と「投げ木」を掛ける。「投げ木」は火に投げて燃やす木で、恋の火を燃やす種の比喩表現。〇森　古く「社」は森であった。名義抄「社　モリ」。▽古今和歌集は、恋の歌では恋の成就を神に祈らない。恋を人事としたか。

1056 木を伐(き)り出す山は登るのに「杖」を突くものだが、なんとその山のように、「嘆き」という名の「投げ木」が集り固ってできた山がすっかり高くなってしまったので、「頬杖」ばかりつくことになったことだ。〇なげき　→一〇五五。〇こる　「伐(こ)る」と、「凝る」を掛ける。名義抄「伐　コル」。〇山とし　「と」は、としての意。「し」は強調の表現。〇つらづゑ　もの思いのしぐさの頬杖の意の「つらづゑ」と、「杖」を掛ける。名義抄「支頤　ツラヅエツイテ」(頤は下あご)。▽→一〇一一・参考欄。

1059
よゐ《(ひ)》のまに出《い》でて入《(いり)》ぬるみか月のわれて物思《(おもふ)》ころにもある哉

1060
そへ《(ゑ)》にとてとすればかゝりかくすればあな言《い》ひしらずあふさきるさに

1061
世中《(よのなか)》の憂《う》きたびごとに身を投《な》げば深き谷こそあさくなりなめ

1062
世《よ》の中《なか》はいかに苦《くる》しと思《(おもふ)》らむこゝらの人に怨《うら》みらるれば

在原元《もと》方《かた》

1057 木を伐(き)り出して積み上げると山あいの谷が埋ってしまうように、「投げ木」という名の「嘆き」をどんどん凝りに凝り固めさせて、山の「峡(かひ)」のように嘆きの「効(かひ)」もきっとなくなってしまいそうだ。〇なげき　→一〇五五。〇こりのみ　「こる」→一〇五六。「のみ」は限定して強調する表現。〇あしひきの　→五九。〇かひ　→九三三。〇べらも也　→三三。▽→一〇三九・参考欄。

1058 人様を恋い慕うことを重荷として荷ないながら、その重荷を荷なう「あふご」が無いように、恋のつらさに耐えさせてくれる「逢ふ期(ご)」がないのは苦しいことだ。〇もて　「もって」の略。〇あふこ　荷なう道具の天秤棒の「あふご(朸)」と逢う折の意の「逢ふ期」を掛ける。▽→一〇二一・参考欄。

1059 夕方のあいだに出ては隠れる三日月が―まるで瓶(めか)や盃と同様に―欠けているように、ちぢに乱れてあれこれと思い沈むこのごろの成り行きであるよ。〇よゐ　→四四。〇みか月　夕方に出てすぐ沈む、月齢三日の「三日月」と「甕(みか)」・盃(きつ)」を掛ける。〇われて　「欠(わ)れて」と「破(わ)れて」を掛ける。名義抄「缺・破　ワル」。〇ころ　「頃」と成り行きの意の万葉語「ころ」を掛ける。▽→一〇二一・参考欄。

1060 そうだからといってそうすればこうで、ではと思ってこうすれば…、ああどう言えばよいか判らない。逢うとしても別れるとしても。〇そへに　「故・所以」(コノユヱニ)の訓読による表現。名義抄「故　ユヘ・カルカユヘニ・ソヘニ」。〇あふさきるさ　諸説があるが「逢ふさ切るさ」と解する。「さ」は方向を示す。又、…の場合にの意。「きる」は一線を画する、離すの意。▽→一〇三九・参考欄。

1061 〈雑〉八首
世の中がつらいと思うそのたびごとに身を投げていれば、深い谷がきっと浅くなってしま

よみ人しらず

1063 何《なに》をして身のいたづらに老《お》いぬらむ年の思《おも》はむことぞやさしき

興《おき》風《かぜ》

1064 身は捨《す》てつ心をだにも放《はふ》らさじつゐ《(ひ)》にはいかゞなると知《し》るべく

千里《さと》

1065 白雪のともにわが身はふりぬれど心は消《き》えぬものにぞありける

題しらず　　　よみ人しらず

1066 梅花《(むめのはな)》さきての後《ゝち》の身なればやすき物とのみ人のいふらむ

うだろうよ。○世中　→九三三。▽和歌は、成り行きとしての死は本意としてよむが、身投げは、つきつめ過ぎのこととして本意に外れる。→一〇三八・参考欄、一〇五〇。以下二首、世の中の歌。

1062 世の中の方は、どんなに苦しいと思っているであろう。こんなにたくさんの人に怨まれているので。○こゝら　→一〇九。○怨みらるれば「うらむ」(まな序注四)は古くは上一段活用、王朝時代は上二段活用。近世以降の四段活用の「うらむ」の古形。▽世の中(→九三三)は、人を規定する条件あるいは人の意識の対象としてよむのが本意で、「世」自体が意識のあるものとしてよまない。

1063 いったい何をしてわが身がむなしく老いこんだのだろう。年月が思うであろうことがはずかしい。○何をして　下の「年」以外の何が原因での意。○年　年月の意。それ自体を実体化し、意識の働きのあるものとしてよむ。○やさしき　名義抄「忝 ヤサシ」。忝は「吝」(惜しむ・恨む・恥じる)に当る。日本霊異記下・三十八「吝 夜左斯」。新撰字鏡「吝 恨也」。万葉集五・八九三「世の中を憂しとやさしと…」。▽人は年月と共に老いるとよむのが本意。以下四首、わが身(→九四三)の歌。

1064 わが身は捨てた。せめて心の方ばかりは投げ放らせまい。最後にどうなるかと知ることができるように。○捨てつ　「つ」は意志的動作の確認の表現。○放らさじ　「はふらす」は放るようにするの意。「殯《はぶる》」はこの一類のもの。▽「身」と「心」は、本意としてもそれぞれ自立するものとしてよむ(→三六八等)が、身を捨てるという表現が、本意に外れるか。→一〇六一・参考欄。

1065 白雪が降るのと共にわが身は古びてゆくけれど、心の方は白雪のようには消え去らないものであるよ。○白雪のともに　白雪と共にの意。「のともに」は万葉語。○ふりぬれど　「ふる」→

法皇、西河《にしかは》におはしましたりける日、猿《さる》、山の峡《かひ》に叫《さけ》ぶと言《い》ふことを題にて、よませ給《たま》うける

躬《み》恒《つね》

1067 わびしらに猿《ましら》なゝきそあしひきの山のかひあるけふにやはあらぬ

題しらず

読人しらず

1068 世をいとひ木《こ》の下《もと》ごとに立《た》ちよりてうつふし染《ぞ》めの麻《あさ》の衣《きぬ》なり

三元九。「ぬ」(ぬれ)は結果の表現。▽心は消えるものとしてよむ(→五六四等)のが本意。

1066 梅の花が咲いてから成る実は酸っぱいが、人生の花の盛りを過ぎて後のわが身なので、その「酸きもの」に引掛けて「過ぎ者」とばかり他人(ひと)が言うのか。〇さきて　花が咲いての意と人生の盛り(→八八八)があっての意を掛ける。〇身「実」と「身」(→三八三)を掛ける。〇すき物　「酸きもの」と世を過ぎた人の意の「過ぎ者」を掛ける。「好色者(すきもの)」の意も暗示しよう。▽→一〇六四・参考欄。

1067 心細そうに、猿よ鳴いてくれるな。ここは山の谷あいでその名も「峡(かひ)」というように、まことに「効(かひ)」のあるよき日ではないか。〇法皇　→九一九。〇西河　大井川のこと。中世注は「にしがは」とも示す。〇猿山の峡に叫ぶ　「猿叫レ峡」は、巴東の三峡で三たび鳴く猿の声として(芸文類聚・猨・宜都山川記「猨鳴三声涙霑レ衣」)漢詩に好んでよまれた景物。〇わびしらに　「ら」は状態の表現。〇猿　「ましら」は猿の異名。〇な…そ　禁止の表現。〇かひ　→九三三。〇やは　強い反語の表現。▽王朝漢詩と違って、古今和歌集では、猿は正体の和歌(一〇〇〇番まで)の景物となっていない。

1068 世を厭い捨て、あちこちの木の下に立ち寄りその木の下で平伏する、その「うつ伏し」という名の「うつぶし」染めの麻の法衣である。〇世をいとひ　→九四七。〇木の下　仏教語「樹下」の訓読による表現。〇うつふし　「うつ伏し」と、ヌルデの葉の虫こぶで作ったフシともいう五倍子(ふし)で染めた薄墨色の「うつぶし(染め)」を掛ける。名義抄「伏　ウツフス」。中世注は「うつぶしぞめ」とも示す。▽僧を想定した歌。古今和歌集では木陰・木の下は恩恵をよむ(→二九二・九六六)のが本意。

古今和歌集巻第二十

大歌所御歌《(おほうたどころのおほむうた)》

大直日《おほなほび》の歌《うた》

1069 あたらしき年の始《(はじめ)》にかくしこそ千年《ちとせ》をかねてたのしきを積《つ》め

日本紀《(にほんぎ)》には、仕《つか》へまつらめ万代《よろづよ》までに

古《ふる》き大和舞《やまとまひ》の歌《うた》

1070 しもとゆふ葛城山《かづらきやま》にふる雪の間《ま》なく時なくおもほゆる哉《(かな)》

この部は、神に対し、又は、神のみ前で歌う神歌の大歌所御歌(おほうたどころのおほむうた)・神遊びの歌・東歌(あづまうた)を集めた。

大歌所御歌は、新嘗祭などの節会に供奉する令外の部署の大歌所で伝承・管理する歌。

神遊びの歌は、神前で音曲を演奏し歌うその歌のことで、いわゆる神楽歌を含む。↓一〇七四前注。

東歌は、万葉集十四の「東歌」の系譜のもの。万葉集・東歌が、東海道の遠江(とおとうみの)国より東、東山道の信濃(しなのの)国より東の、比較的遠い東国の歌であるのに対し、ここの東歌は、東海道の近国の伊勢(いせの)国の歌(一〇九九)と、京の都の近郊の国々を特にいう畿内(↓三六五)の山城(やましろの)国の歌(一一〇〇番の賀茂神社の祭の歌)を含む。↓一〇八七前注。

1069 新しいこの一年の始めに、さあこのようにして、千年を祈り予定して「楽しき」という名の「木」すなわち「御薪(みかまぎ)」を積みあげましょう。〇大直日　神直日(かむなほびの)神と並ぶ、汚れを清め曲直を正す神(日本書紀・神代紀上)。〇あたらしき　立派でもったいないの気持でいう。天皇の治世の始めの「元年」に準じて年頭にことほぐ表現としていう。〇かねて　↓三五三。〇たのしき　「楽しき」と「木」を掛ける。「たのし」は神前・節会などで満ち足りた快い状態をいう。〇日本紀　ここは続日本紀のこと。▽「あたらし・たのし」は、古今和歌集の歌ではここだけにみえる。一月十五日の進薪日(雑令)に献上する「御薪」(日本書紀・天武紀)をふまえる。「仕へまつらめ…」は続日本紀・聖武紀天平十四年一月十六日条の六位以下の人が歌った類歌の異伝本文。類聚国史によれば、正史(六国史)で、元日朝賀から子日曲宴までの節会の記事に引く唯一の三十一字の歌である。琴歌譜(きんかふ)の片降(かたおろし)歌(五句「楽しきを経め」)にみえる。

近江《あふみ》ぶり

1071 近江《あふみ》より朝《あさ》たちくればうねの野に鶴《たづ》ぞ鳴《な》くなる明《あ》けぬこのよは

水茎《みづくき》ぶり

1072 水くきの岡《をか》の屋形《やかた》に妹《いも》と我《あ》れとねての朝《あさ》けの霜《しも》のふりはも

しはつ山ぶり

1073 しはつ山うちいでて見ればかさゆひの島漕《こ》ぎかくる棚《たな》なし小舟《をぶね》

1070 柴をたばねる「葛(かずら)」という名の「葛城山」の雪が止む間もなく、何時(いづ)と決った時にだけ降るのでもないように、ひっきりなしに何時ということなく思われることだ。〇大和舞　大嘗祭などに奉納する舞楽の一つ。もと大和国(奈良県)に発生した歌舞か。〇しもとゆふ　雑木の若く細い枝を結びたばねるの意。「葛城山」を出す表現。〇葛城山　万葉集以来の景物。「葛」(→七〇九「玉かづら」)と山の名「かづらき(山)」を掛ける。〇間なく時なく　万葉集以来の表現。雪についての意と思いについての意を掛ける。〇おもほゆる　→三。▽もとは恋の歌か。

1071 近江国から朝早く出発してくると、うね野に鶴が鳴いている。明けてきたな、この夜は。〇近江ぶり　大歌所で、歌の最初の語をとって歌曲の名としたもの。中国の歌曲命名法に学ぶ。中世注は「あふみふり」とも示す。〇近江より…　よその国へ向って近江国から、との意識でいう。〇鳴くなる　「なり」は音声による推定の表現。

1072 小高い岡に作った仮りの家に妻とわたくしとが寝(やす)んだ、その夜の明け方の霜の置きようはなんとまあ。〇水茎ぶり　→一〇七一「近江ぶり」。〇水くきの　岡の枕詞。掛り方未詳。「岡」を地名とする説もある。〇屋形　形だけの仮り屋。〇朝け　夜が白々と明ける早朝のこと。万葉集以来の表現。〇ふりはも　「ふり(降)」は名詞。「はも」は強い詠嘆の表現。多く回想の場面に用いられる。

1073 しはつ山を出て見わたすと、「笠結ひ」という名のあの「かさゆいの島」に漕ぎ隠れてゆくあの小舟よ。〇しはつ山ぶり　→一〇七一「近江ぶり」。〇うちいでて　「うち」は接頭語。〇かさゆひ　「笠(を)結ひ」と地名「かさゆひ」を掛ける。〇棚なし小舟　→七三。▽万葉集三「しはつ山うち越え見ればかさぬひの島漕ぎ隠る棚なし小舟」の異伝。

神遊《あそ》びの歌《うた》

採物《とりものゝ》の歌《うた》

1074 神垣《がき》の三室《みむろ》の山の榊葉《さかきばゝ》は神の御前《みまへ》にしげりあひにけり

1075 霜《しも》八《や》度《たび(お)》をけど枯《か》れせぬさかきばのたちさかゆべき神の巫覡《きね》かも

1076 巻向《まきもく》のあなしの山の山人と人《ひと》も見るがに山かづらせよ

神遊びの歌は、多くは神楽歌だが、天皇即位の時に行う大嘗祭(神祇令)に、諸国を代表して、卜定されて奉仕する悠紀(ゆき)の国と主基(すき)の国の二国が捧げる「御嘗(おほむべ)」の歌を主とする。「あそぶ」は、神前や狩猟・遊宴などで日常性を離れて別世界に陶酔することをいう。

1074 神域の三室のみ山の榊の葉は、神の御前でともどもにこんなに繁茂していることです。○採物の歌　神前で楽人が手に持って舞う「採物」についての歌の意。○神垣　神域を区切って示す垣の意、斎垣(いかき)→二六二に同じ。「みむろ(御室)」を出す表現。中世注は「かみかき」とも示す。○三室の山　→二八四「みむろ山」。ここは三輪山をさすか。○榊　常緑樹の総称で、神事に使う木をいう。ツバキ科のサカキがその代表。○しげりあひにけり　「あふ」は一緒にの意を加える表現。「ぬ」(に)は確認の表現。▽以下二首、榊を採物とする歌。

1075 霜が繰り返し置くけれど枯れもしない榊の葉が勢いよく繁茂するように、栄えてゆくはずの神人たちよ。○八度　多くの回数の意。「八」→三四三。○枯れせぬ　枯れて生命力を失わないの意。「す」(せ)は強調の表現。○さかきば　→一〇七四。○たちさかゆべき　繁茂するの意と勢いのよいの意を掛ける。「たち」は、はっきり出現する意を加える表現。「さかゆ」は充実した生命力があふれ出るの意。上代以来の表現。「べし」は当然の表現。○巫覡　神に奉仕する人の意。ここは巫女(みこ)か。

1076 巻向の穴師山の山住みの人だと、他人(ひと)が見るほどに、山葛(やまかずら)を髪飾りにしなさい。○巻向のあなし　万葉集以来の景物。万葉集七・一一〇〇「まきむくの痛足(あなし)の川ゆ…」。「まきもく」は「まきむく」の転。○山人　山村の民の意。○山かづら　「山葛」(→七〇九「玉かづら」)と頭髪のかざりものの意の「鬘(かずら)」を掛ける。名義抄「鬘　カヅ

1077
深《み》山にはあられ降《ふ》るらし外《と》山なるまさきの葛《かづら》色づきにけり

1078
陸奥《みちのく》の安《あ》達《だち》のまゆみわがひかば末《すゑ》さへ寄《よ》り来《こ》しのび〳〵に

1079
わが門《ゝど》の板《いた》井の清《し》水里《さと》と《ゝ》を《(ほ)》み人し汲《く》まねば水草《みくさ》おひにけり

日霊女《ひるめ》の歌《うた》

1080
さゝのくまひのくま河に駒《こま》とめてしばし水飼《か》へかげをだにみむ

ラ」。▽以下二首、葛を採物(→一〇七四)とする歌。

1077 奥山には霰(あられ)が降っているらしい。手前の山のまさきの葛が色付いている。○あられ　名義抄「雹 アラレ」。○外山　人里に近い山の意。深山・奥山に対する。○まさきの葛　テイカカズラ、常緑の蔓性の植物。「真栄、真木」を掛けていうか。▽下句から上句を推定した表現。

1078 陸奥国の安達の里の檀(まゆみ)で作る弓を引くとその本も末も寄ってくるように、わたくしが誘い引いたらさきざきも寄り添っておいで、ひっそりと。○陸奥の安達のまゆみ　引くを出す表現。万葉集の「陸奥のあだたらまゆみ」の転化した表現。「まゆみ」→六〇五「白檀弓」。○ひかば　「引かば」と「導(ひ)かば」を掛ける。名義抄「導 ヒク」。○末　弓のもとすえ(→六一〇)の「末」と将来の意の「末」を掛ける。○寄り来　弓の両端が寄るの意と人が寄り添うの意を掛ける。○しのび〳〵に　→五七六。▽弓を採物(→一〇七四)とする歌。

1079 わが家の門口の板囲いの井戸の清らかな水は、人里が遠いから人が汲まないので、水辺の草が生い茂ってしまっている。○里とをみ　ミ語法→三三。○水草　万葉集以来の景物。▽水を汲む柄杓(ひしやく)を採物(→一〇七四)とする歌。

1080 ささの隈(くま)の地の「檜隈川」、奥まった所をいうその名の「陽(ひ)の隈」にちなむここで、馬を駐めてしばらくなりと水を飲ませよ。水に映る「陽」の光をせめて大神のみ影として拝みたいのです。○日霊女　日の女神の意。天照大神をいう(日本書紀・神代紀上)。○さゝのくまひのくま河に　類歌の万葉集十二「さひのくまひのくま川に馬とどめ馬に水飼へ我よそに見む」の一・二句の転化した表現か。「ひのくま」は地名「ひのくま(川)」と「陽の隈」を掛ける。「ひ(陽)」は日霊女の「日」に当る。「くま」は川の曲り目、近付き難い奥まった

返《かへ》し物の《ものゝ》歌《うた》

1081
青柳《あをやぎ》を片糸《かたいと》によりてうぐひすの縫《ぬ》ふてふ笠《かさ》は梅《むめ》のはながさ

1082
真金《まがね》ふく吉備《きび》の中山おびにせるほそたに河のを《(お)》とのさやけさ

この歌は、承和《(じようわ)》の御《(おほむ)》嘗《べ》の、吉備国《きびのくに》の歌《うた》

1083
美作や久米《くめ》の佐良《さら》山さら〳〵にわが名《な》は立《た》てじよろづ世《よ》までに

これは、水尾《のお》の御嘗《べ》の、美作国《みまさかのくに》の歌《うた》

1084
美濃の《みのゝ》国関《くにせき》の藤河《ふぢがは》たえずして君につかへむよろづ世《よ》までに

これは、元慶《(ぐわんぎやう)》の御嘗《べ》の、美濃の《みのゝ》歌《うた》

場所(ここでは神域を暗示する)の意。〇水飼へ 水を与えよの意。名義抄「飼 カフ」。〇かげ 水面の陽光の意と日の神の御姿の意を掛ける。↓八四五。▽もとは大和国の檜隈地方の民謡であろう。

1081 青柳を片糸にして糸を撚(よ)りあげて、鶯が縫いあげるという笠は、そう、この梅の花笠。〇返し物 呂から律へ旋法を転じたり、基調音を移す(転調)ことをいう。〇青柳を 糸を出す表現。↓二六。〇片糸 ↓四八三。〇てふ 「とい(言)ふ」の略。▽鶯が梅の枝を次々と移る姿を比喩的によんだもの。梅の花笠を採って舞う歌か。次の歌から五首は大嘗祭の賛美の歌で、配列上は、旋法を変え転調を指示することで、天皇即位の場面での、高揚した雰囲気を予告することになる。

1082 黄金を産出するわたくしども吉備国の中山が、帯のように巡らせている細い谷川、その「細谷川」の水音の明るく澄みわたって清らかなことよ。〇真金 本当の金属、黄金の意。中世注は「まかね」とも示す。〇ふく 熔解・製錬して金属を取り出すことをいう。〇吉備 備前・備中・備後の三国(ほぼ今の岡山県)の総称。〇ほそたに河 地形をいう「細谷」と地名「ほそたに(川)」を掛ける。〇さやけさ ↓一六九。〇承和の御嘗 仁明天皇の大嘗祭の意。▽万葉集七「大君の三笠の山の帯にせる細谷川の音のさやけさ」の類歌。悠紀方が近江国、主基方が吉備国。以下二首は主基方の歌。

1083 わたくしども美作国の久米の地の「佐良山」、その「さら」という名のままに「更々」にわたくしの名を立てては致しますまい。末長き後の世々まで。〇や 声調を整える表現。〇佐良山 同音反復で「さら〳〵に」を出す。〇さら〳〵に 決しての意。万葉集以来の表現。〇よろづ世 ↓三五四。〇までに 「まで」(→三二一)に同じ。〇水尾の御嘗 清和天皇の大嘗祭の意。▽漢語「立名」もふまえる

1085 君《きみ》が世《よ》は限《かぎ》りもあらじ長浜《ながはま》の真砂《まさご》の数《かず》はよみつくすとも

これは、仁和《(にんな)》の御嘗《べ》の、伊勢国《いせのくに》の歌

1086 近江《あふみ》のや鏡《かゞみ》の山をたてたればかねてぞ見ゆる君《きみ》が千年《ちとせ》は

これは、今上《(きんじやう)》の御嘗《べ》の、近江《あふみ》の歌《うた》

東《(あづま》 歌《うた)》

陸奥歌《みちのくうた》

1087 阿武隈《あぶくま》に霧《きり》たちくもり明《あ》けぬともきみをば遣《や》らじ待《ま》てばすべなし

か。「善悪ともに名は立てじの心なり。名の名たるべきは常の名にあらずの心なり」(両度聞書)。立つべきは神たる大君(帝)の名のみだという趣の歌。悠紀方が三河国、主基方が美作国。

1084 わたくしども美濃国の不破の関の「藤」という美しい名の「藤川」は水が涸れません、そのようにいつまでも絶えることなくあなた様にお仕え致します、末長き後の世々まで。○藤河 「藤」と地名「ふぢ(川)」を掛ける。中世注は「ふぢかは」とも示す。「立ち返り」を出す「藤波」(→一三〇)を暗示するか。○たえずして 涸れないでの意と途絶えずにの意を掛ける。○君 天皇を指示する。→三四三。○よろづ世 →三五四。○までに →一〇八三。○元慶の御嘗 陽成天皇の大嘗祭の意。▽「藤河」に文徳天皇以来三代にわたる天皇の母方である藤原氏への賛美(→三六四)を隠すか。悠紀方が美濃国、主基方が備中国。以下三首、悠紀方の歌。

1085 あなた様の御治世は長く続いて限りもないでしょう。たとえ、わたくしども伊勢国の「長い浜」のある「長浜」の砂の数は数え尽すと致しましても。○君が世 →三四三「君・世」。○長浜 長い浜の「長浜」と地名「ながはま」を掛ける。○真砂の数 →三四四。○よみつくすとも 「よむ」は順に一つずつ数えるの意。○仁和の御嘗 光孝天皇の大嘗祭の意。▽悠紀方が伊勢国、主基方が備前国。

1086 わたくしども近江国のあの「鏡山」という名のすべてを映し出す「鏡」を立ててありますので、あらかじめちゃんと見通せるのです。あなた様の末長く続く御治世の年月というものは。○や 声調を整える表現。○鏡の山 →八九九。○たてたれば 設けてあるのでの意。上代以来の表現。○かねてぞ見ゆる 予見できるの意。「かねて」→二五三。「ぞ」は強調の表現。○君が千年は →三四四。○今上の御嘗 古今和歌集勅撰の当代の醍醐天皇の大

1088 陸奥《みちのく》はいづくはあれど塩釜《しほがま》の浦こぐ舟の綱手《つなで》かなしも

1089 わが背子《せこ》をみやこに遣《や》りて塩釜《しほがま》のまがきの島《しま》のまつぞこひしき

1090 お《(を)》ぐろ崎《さき》みつの小島《こじま》の人ならば宮このつとにいざと言《い》はましを

1091 御《み》さぶらひ御《み》笠《かさ》と申せ宮木野《の》の木《こ》の下露《したつゆ》は雨《あめ》にまされり

嘗祭の意。▽悠紀方が近江国、主基方が丹波国。作者名「大ともくろぬし」は底本の補入。

この東歌は、日本国の五方(東・西・南・北と中央)のうち、東・西・南・北を東(東海道・東山道)で代表させ、中央を京の都のある山城国で示して、中央から東方を指示することで、天皇の支配圏としての日本国全体を比喩的に示そうとしたか。令集解・賦役令釈「夷。東夷也。挙レ東而示レ余。推可レ知」。東遊歌(あずまあそびうた)をいうとの説もある。

1087 阿武隈川に朝霧がすっかりたちこめて、夜が明けてきても、あなたをお帰し致しますまい。お待ちしているとどうしようもなく困ってしまうのです。〇たちくもり 「たち」は、目立って…するの意。〇遣らじ 「やる」は、思い切って出してやるの意。万葉集以来の表現。〇すべなし 方法・手段がないの意。万葉集以来の表現。▽東山道の東の果ての陸奥国は代表的な遠隔の地(延喜民部式。→四〇七)。もとは相聞歌。

1088 陸奥国は、どこがそうかは別として、塩釜の入江を漕いでゆく舟の引き綱が、そう、なんとも切々(せせつ)と悲しいのだ。〇いづくはあれど どこが一番そうであるかは別としてもともかくの意。〇綱手 親舟が小舟を引く綱の意。万葉集以来の景物。〇かなしも 「も」は強調の表現。▽塩釜も綱手もわびしさをいう景物。

1089 わが夫を遠い都に出してやって、あの塩釜の柴垣を結ってあるまがき島の「松」ではないが、長く長く「待つ」のはほんとうにやるせなく恋い慕わしいことだ。〇みやこに 「に」は既に都にいるものとしていう表現。〇遣りて →一〇八七。〇まがき 「籬」(→二四八)と地名「まがき(島)」を掛ける。〇まつ 年月の長い経過をいう景物の「松」(→九〇五)と「待つ」を掛ける。▽→三八〇。塩釜も籬もわ

1092 最上《もがみ》河のぼれば下《くだ》る稲舟《いなふね》のいなにはあらずこの月ばかり

1093 きみをおきてあだし心をわが持《も》たば末《すゑ》の松山浪もこえなん

相模歌《さがみうた》

1094 こよろぎの磯《いそ》たちならし磯菜《いそな》つむめざし濡《ぬ》らすな沖《おき》にをれ浪《なみ》

常陸歌《ひたちうた》

1095 筑波嶺《つくばね》のこのもかのもに影はあれど君が御《み》かげにますかげはなし

びしさをいう景物。もとは相聞歌。

1090 かすかで暗いという名の小黒崎の、「見つ」という名の「みつ」島という小島がもし人間であるならば、遠い都へのお土産として、「さあ一緒に」と言おうにねえ。〇おぐろ崎　かすかの意の「をぐろ」(「くろ」は「くろし」の語幹)と地名「をぐろ(崎)」を掛けるか。名義抄「幽　カスカナリ・クロシ」。中世注は「おぐろざき・おくろざき」とも示す。〇みつの小島　見た、逢ったの意の「見つ」と地名「みつ(島)」を掛ける。〇ましを　反実仮想の表現。「を」は強調の表現。▽かわいらしい島の珍しい名による一首。伊勢物語十四段。

1091 お供の人よ、「お笠をどうぞ」とご主人に申し上げよ。「宮域(みや)」という名ではありますがこの「宮城野」の木の下の露は雨にもまさっているのです。〇御さぶらひ　お仕えする者の意、御侍。〇申せ　「言へ」の謙譲表現。〇宮木野　施設も整った宮廷の地域の「宮き(域)」と地名「みやぎ(野)」を掛ける。「宮木」(→一二〇二)をも掛けるか。▽都から下向した官人のお供によせたか。

1092 最上川を上ったり下ったりする「稲」積み舟の「いな」という名があるからといって、「否(ない)」ではありません。ただこの月だけは都合が悪いのです。〇最上河　中世注は「もかみがは」とも示す。〇のぼれば下る　上って行けばやがては必ず下って来るの意。〇稲舟の　同音反復で否定の「いな」を出す表現。中世注は「いなぶね」とも示す。〇月　暦月の意。▽もとは結婚を誘われた女の相聞歌か。

1093 あなたを差しおいて他の人を思う心をわたくしが持つなら、あの末の松山は波も越えてしまうでしょう。〇あだし心　他心の意と不実の意(→六三「あだ」)を掛ける。名義抄「他　アタシ」。〇末の松山　波が越えるはずがないとしていう。

1096 つくばねの峰のもみぢ葉《ば》落《お》ちつもり知《し》るも知《し》らぬもなべてかなしも

甲斐《かひ》歌《うた》

1097 甲《か》斐《ひ》が嶺《ね》をさやにも見しかけゝれなく横《よこ》ほり伏《ふ》せるさやの中《なか》山

1098 甲斐が嶺《ね》を嶺《ね》こし山こし吹《(ふく)》風を人にもがもや言《こと》づてやらむ

伊勢歌《うた》

1099 おふの浦《うら》に片枝《かたえ》さし覆《おほ》ひなるなしのなりもならずも寝《ね》て語《かた》らはむ

1094 こよろぎの岩の多い浜辺を動き回って、磯の海草を摘む少女を濡(ぬ)らしなさんな。沖にじっとして居れよ、波は。○磯 →三四五。○たちならし →四三九。○磯菜 万葉集の「浜菜」に当る。○めざし 子供の切りそろえた前髪の意、転じて童子、特に童女をいう。中世注は「めさし」とも示す。新撰字鏡「髫 小児髪。女佐之」。▽以下六首、東海道の国々の歌。相模国・常陸国が遠国、甲斐国が中国、伊勢国が近国(延喜民部式)。

1095 昔から名高いあの筑波山のこちら側にもあちら側にも「かげ」はあるけれど、「かげ」とは名ばかりのことで、あなた様の御面「影」にまさる「陰」はございません。○筑波嶺 万葉集以来の景物。○このもかのも 「も」は表面、方向の意の「おも」の略。万葉集の「をてもこのも」に当る。○影 木かげ、山かげの「陰」と姿の「影」を掛ける。○御かげ →八四五。○ます 優越するの意。▽もとは別として、ここは、かな序「広き御恵みの陰、筑波山の麓よりも繁くおはしまして」(→一五頁)、まな序「恵茂二筑波山之陰一」(→三四八頁)のごとく天子の恩恵を讃えるものとみるべきであろう。

1096 昔から名高いあの筑波山のもみじの葉が落葉して積っていて、秋はともかく「悲しい」ことではあるが、それでもやはり、知っている葉も知らない葉も、すべてそれぞれにしみじみといとしく思われることだなあ。○つくばね →一〇九五。○かなしも 悲哀の意の「悲し」と万葉集以来の表現のいとしいの意の「愛(なか)し」を掛ける。「も」は強調の表現。▽秋は悲しいもの(→一八四)という前提でいうが、転じて、「葉」が「御世」を暗示し(広雅・釈詁「葉 世也」)て、一〇九五番の歌を承けた御世御世の賛歌と解する。「おほやけ(朝廷・公)のあまねき御恵みの遠近なきにたとへたり」(顕注)。もとは筑波山の嬥歌会(いかが)の歌とする説もある。

冬の賀茂祭《のまつり》の歌《うた》

藤原敏行《としゆきの》朝臣

1100 ちはやぶる賀茂《かも》の社《やしろ》の姫小《ひめこ》松よろづ世ふとも色《いろ》はかはらじ

1097 甲斐国の峰々をはっきり見たい。心ないことに、伏し横たわって眺望をさまたげているさやの中山よ。○甲斐が嶺　山の名とする説もある。○さやに　万葉集以来の表現。「さやかに」(→一六九)に同じ。○見しか　「しか」は願望の表現。○けゝれ　「こゝろ」の東国の方言。万葉集・東歌に例がみえる。○さやの中山　遠江(とおとうみの)国(静岡西部)の地名とされる。→五九四。▽→四一六。「よこほる」も東国方言とする説がある。もとは旅の歌か。

1098 峰を越し山を越して甲斐国の峰々を吹くこの風が人間であってほしいなあ。そうすれば言伝てしてやろうと思う。○甲斐が嶺　→一〇九七。○風を　「を」は強調の表現。○人にもがもや　万葉集以来の表現。「に」は指定の表現「なり」の連用形。「もがも」は強い願望の表現。「や」は詠嘆の表現。▽→四一六。風は便りをもたらすというが、人の言伝ての方が確かだという心でよんだもの。

1099 育つという名の「おふ」の入江に、片方の枝が覆いかぶさるようにして実る「梨」は、「成る」ものなのに「成し」とも「無し」ともいうが、「成る」にしろ「成ら」ないにしろ、共寝をして相談しようよ。○おふ　「生ふ」と地名「おふ」を掛ける。○なるなしの　「なりも…」を出す。「なし」は、「梨」と、そうする意の「成し」と、そうでない意の「無し」を掛ける。○なりも…　「なる」、は梨の実がなるの意と、結果が生ずるの意を掛ける。万葉集十四・東歌・三四九二「成りも成らずも…」。

1100 賀茂のお社の姫小松は、末長い御治世を経過してもその緑の色は変りは致しますまい。○冬の賀茂祭　宇多天皇の時に始まる。臨時の祭ともいう。→四八七「賀茂の社」。○ちはやぶる　神の枕詞。ここは「賀茂の社」を出す。○姫小松　姫・小は美称。○よろづ世　→三五四。▽藤原敏行が詠唱した東遊歌という(余材抄引用寛平御記)。

家〻称証本之本乍書入以墨滅歌 今別書之

巻第十　物名部《もののなのぶ》

ひぐらし　　　　貫之《つらゆき》

1101 杣《そま》人は宮木ひくらしあしひきの山の山びこ呼《よ》びとよむなり

在郭公《ほととぎす》下、空蟬《うつせみ》上

をがたまの木　　勝臣

1102 かけりてもなにをか魂《たま》の来《き》ても見む殻《から》は炎《ほのほ》となりにしものを

友則下

「家〻称証本之本乍書入以墨滅歌。今別書之」(家々(いへいへ)に証本(しやうほん)と称するの本に書き入れながら墨を以ちて滅(け)ちたる歌。今別にこれを書く)。それぞれの家で古今和歌集の証本と称して、その家の説の根拠としている伝本に書いてありながら墨で消してある歌、今はここにまとめて書き出しておくの意。

もとの古今和歌集には書いてなかったとみなせるもので、このようにまとめたのは、藤原俊成とする説と、その子藤原定家とする説とがある。「巻第十」の五首(一一〇一-一一〇五)と、「巻第十一、巻第十三、巻第十四」の六首(一一〇六-一一一一)とは成立事情に違いがある。

1101 木こりたちはお宮用の材木を一日中伐(き)り出しているらしい。それで、あんなに山のこだまが呼びかわしとどろいているのよ。○ひぐらし →二〇四。二句「ひくらし」によみ込む。○宮木 神社や宮殿の建設用の材木の意。○ひくらし 一日中するの意の「日暮し」と伐採して用材にするの意の「引く(らし)」を掛ける。名義抄「材 ヒク」。○あしひきの →五九。○なり 音声による推定の表現。○在郭公下… 四三三番の歌の次、四三四番の歌の前にあったの意。

1102 大空を飛びまわっても、いったい何を、魂がここに帰ってきて見るであろうか。亡きがらはこうして炎となってしまったのに。○かけりても 霊魂が虚空を翔(か)けてもの意。万葉集以来の表現。○来ても 帰って、戻っての意。○殻 →四四八。○炎と… 立合った火葬の場面としていう。「ぬ」(に)は完了の表現。「き」(し)は直接経験の表現。○をがたまの木… 四三一番の歌の次にあったの意。二・三句「何をか魂の来ても」に「をがたまの木」をよみ込む。▽霊魂が空を翔けるという

くれのおも　　　貫《つら》之《ゆき》

1103 来《こ》し時と恋《こ》ひつゝをれば夕《ゆふ》ぐれの面影《おもかげ》にのみ見えわたる哉

忍草《(しのぶぐさ)》　利貞下

を《(お)》きの井　みやこしま　　　小《を》野《の》小《こ》町《まち》

1104 を《(お)》きのゐて身を焼《や》くよりもかなしきは宮こ島《しま》べのわかれなりけり

唐琴《からこと》　清行下

染殿《そめどの》　粟田《あはた》　　　あやもち

1105 憂《う》きめをばよそ目《め》とのみぞ逃《のが》れ行《(ゆく)》雲《くも》のあはたつ山のふもとに

この歌《うた》、水尾帝《のおのみかど》の、染殿《そめどの》より、粟田《あはた》へ移《うつ》り給《たま》うける時に、よめる

桂宮《(かつらのみや)》下

発想の歌は万葉集に多い。

1103 かつては来た時刻だと思って、あの人を恋い慕ってはじっと坐っていると、「暮の面(おも)」という名の通りに、夕暮の定かでない面影にばかりあの人が見えつづけるなあ。○くれのおも　セリ科の多年草ウイキョウの古名。本草和名「懐香子 久礼乃於毛」。その名を「暮の面」に隠して、「夕暮の面影」によみ込む。○来し　「し」は直接経験の表現。○面影　目の前に思い描く幻影の意。万葉集三「みちのくの真野のかや原遠けども面影にして見ゆといふものを」。○忍草…　四四六番の歌の次にあったの意。

1104 盛んに燃える火があって、それでわが身を焼け焦がすのよりも悲しいのは、都と島べとに別れ別れになることだ。○をきの井　配列から地名とされる。「をきのゐて」によみ込む。「招(を)きの井」と解すべきか。○みやこしま　「宮こ島辺」によみ込む。○をきのゐて　「おき」は「おきび」(→四六六)に同じ。「ゐる」は物事が動かずに在るの意。○身　→三八三。○宮こ島べ　都と島べ(→六〇「山べ」)が並列されている。○唐琴…　四五六番の歌の次にあったの意。

1105 この世のつらいことなどは他所目(よそめ)に見るばかりにしようと逃れて行くのだ。白雲が薄く立ち昇るあの山の麓に。○染殿　「よそ目とのみぞ」によみ込む。○粟田　「あはたつ」によみ込む。○憂きめ　→九五五。○よそ目　他所(よそ)ながら見ることの意。○あはたつ　淡々しく雲が立ち昇るの意。○水尾帝…　清和天皇が母の染殿后(藤原明子)の邸を出て粟田院に移り住んだ時にの意。「うつる」は住居を移すの意。行幸などの臨時の移動は「おはします」と述べる。→四二〇等。○桂宮下　四六三番の歌の次にあったの意。▽三代実録・陽成紀「太上天皇。遷レ自二清和院一。御二粟田院一」。

巻第十一

奥山の菅《すが》の根しのぎ降《ふ》る雪下

1106 けふ人を恋《こ》ふる心は大井河ながるゝ水におとらざりけり

1107 我妹子《わぎもこ》に相坂《（あふさか）》山のしのすゝきほには出《い》でずもこひわたる哉

巻第十三

恋《こひ》しくは下《した》にを思《おも》へ紫《むらさき》の下

1108 犬上《いぬがみ》のとこの山なるなとり河いさと答《こた》へよわが名もらすな

この歌、ある人、天帝《あめのみかど》の、近江采女《あふみのうねめ》に給《たま》へると

1106 今日この日にあの人を恋い慕うわたくしの心は、大井川の堰(せき)を越えて流れる水とよむように、せきを切ってあふれる涙に劣りません。○奥山の… 五五一番の歌の次にあったの意。○大井河 「堰(ゐ)」を出す表現で、ここはそれを暗示する(→九六八「久方の」)。○ながるゝ水 流水の意。流れる涙の比喩表現でもある。▽涙はわが思いを知って激しく流れる(→九四二)が、その涙もこの恋の強さには劣るの意。

1107 いとしい妻に逢うというその「逢う」を名とする「逢坂山」なのに、じっと耐えて表面に出さないという「しの」を名とする—その「逢坂山」の—「篠すすき」が穂に出ようともしない、そんな風に、表には出さないで恋いつづけることよ。○我妹子 「妹(いも)」に同じ。万葉集以来の表現。「こ」は愛称。○相坂山 →三七四「相坂…」。○しのすゝき じっと耐えるの意の万葉集以来の表現の「しの(に)」とハナススキ(→二四三)に対する穂の出ていないススキの意の「篠すすき」を掛ける。○ほには出でずも →五四七。▽万葉集十「わぎもこに逢坂山のはだすすき穂には咲き出でず恋ひわたるかも」の類歌。一一〇六番の歌と共に五五一番の歌の次、巻十一の末尾にあった。

1108 犬上の地の「床」という名の「とこ山」の、名を取るという「名取川」でもないのに、床入りしたと評判がたちそうだよ。他人には「いさ知らず」と答えよ、わたくしの名を漏らさぬように。○恋しくは… 六五二番の歌の次にあったの意。○とこの山 「床」と地名「とこ(の山)」を掛ける。○なとり河 →六二八。○いさ →四二。○天帝の… →七〇三。▽万葉集十一「いぬがみのとこの山にあるいさや川いさとをきこせわがなのらすな」の類歌。

1109 山科の地の「音羽の滝」はその名の通りに「音」高くたぎり落ちるものですが、そんなそうぞ

返し　釆女《うねめ》の奉《たてまつ》れる

1109 山科《しな》のをとは《(お)》の滝《たき》のをと《(お)》にだに人のしるべくわがこひめやも

巻第十四

思ふてふ言《こと》のはのみや秋を経《へ》て下

衣通姫《そとほりひめ》の、独《ひと》り居《ゐ》て、帝《みかど》を恋《こ》ひ奉《たてまつ》りて

1110 わが背子《せこ》が来《く》べきよひ也《(なり)》さゝがにの蜘蛛《くも》の振舞《ふるま》ひかねてしるしも

1111 道知《みちし》らば摘《つ》みにもゆかむ住《すみ》の江《え》の岸《きし》に生《お》ふてふこひわすれ草《ぐさ》

深養父《(ふかやぶ)》　恋《こひ》しとは誰《た》が名付《なづ》けゝむ言《こと》ならむ下

貫《つら》之《ゆき》

うしい評判でなんか人が知るように、あらわにわたくしが恋い慕いましょうか。○をとはの滝　同音反復で「をと(音)」を出す。→一四二「音羽(山)」。○をと　→四七〇。○人のしるべく　「べし」は当然の表現。○やも　反語の表現。万葉集に例が多い。▽六六四番の歌の類歌だが、山と滝のイメージの差は大きい。一一〇八番の歌と共に六六三番の歌の次にあった。

1110 わたくしのいとしい夫がきっといらっしゃる夕暮だわ。蜘蛛(もく)の動作は前もってはっきりあらわしていますもの。○思ふてふ…　六八八番の歌の次にあったの意。○衣通姫の…　→かな序注九五。日本書紀・允恭紀「衣通郎姫。恋二天皇一而独居」。「ゐる」は、待ち控えて坐りつづけているの意。○わが背子　妻に次ぐ妾(戸令)の立場からの表現。○よひ　→四八四。○さゝがにの蜘蛛　→四三七・七七三。○振舞ひ　目につく挙動の意。○かねて　→二五三。○しるしも　→三二四「しるけれ」。「も」は強調の表現。▽允恭紀の歌「わがせこが来べき宵なりさゝがねの蜘蛛の行ひ今宵しるしも」。

1111 その在り場所への道筋を、もし知っているならば、なんとしても摘みに行こう。住の江は「松」すなわち「待つ」とか、波が「寄る」とかよむけれど、そのくせ、その岸に生えていると言い伝えられるあの恋を忘れるという名の恋忘れ草を。○深養父…　→六九八番の歌の次にあったの意。○道恋忘れ草のある所への道をいう。○住の江　「松(待つ)」、岸に寄る波」を出す表現。→五五九・七七八。○生ふてふ　「てふ」は「といふ(言)」の略。○こひわすれ草　「恋忘れ」と草の名「わすれ(草)」(→七五六)を掛ける。→九一七「人忘れ草」。▽恋する心、恋の苦しさを忘れたい心でいう。万葉集七「住の江に行くといふ道に昨日見し恋忘れ貝言にしありけり」をふまえるか。

古今和歌集序

紀　淑　望

夫和歌者。託ニ其根於心地一。発ニ其華於詞林一者也。人之在レ世。不レ能ニ無為一。思慮易レ遷。哀楽相変。感生ニ於志一。詠形ニ於言一。是以逸者其声楽。怨者其吟悲。可ニ以述一レ懐。可ニ以発一レ憤。動ニ天地一。感ニ鬼神一。化ニ人倫一。和ニ夫婦一。莫レ宜ニ於和歌一。和歌有ニ六義一。一曰風。二曰賦。三曰比。四曰興。五曰雅。六曰頌。

この頁からの文章は「まな(真名)序」という。「かな(仮名)序」に対し、漢風的に表現する。

和歌の本質と働き(和歌の六義を含む)

一 和歌は、その根を心という大地に寄せて、その花をことばという林に咲かせるものだという。○夫　文章を起す語。○託　たよる、まかせるの意。名義抄「託 ツク・ヨル」。○心地　仏教語。「心」に当る。白氏文集5・内道場永讙上人…「五夏登壇内殿師。水為ニ心地一玉為レ儀」。○詞林　「辞林」に同じ。李善上文選注表「搴ニ中葉之詞林一」。文選・序「泛覧ニ辞林一」。▽まな序を通じて「心」の字はここのみ。白氏文集・与元九書(那波本巻二十八)「感ニ人心一者。莫レ先ニ乎情一…詩者根レ情苗レ言。華レ声実レ義」。↓かな序注一。

二 人はこの世にあって何かをしないわけにはいかず、思いや考えも、悲しみや喜びも変りやすいという。○無為　何もしないの意。周易・繋辞上「易無レ思也。無レ為也。寂然不レ動…」。○遷　うつる、変動するの意。

三 感情はこころ(志)から生れ、和歌はことばからできるという。○志　毛詩・大序「詩者。志之所レ之也。在レ心為レ志。発レ言為レ詩。情動ニ於中一而形ニ於言一」。礼記・楽記「音之起。由ニ人心一生也」。○詠　歌の意。名義抄「詠 ウタフ」。○形　名義抄「形 アラハス」。

四 心やすらかに暮す人はその声が楽しく、怨みをもつ人はその声が悲しく、それによって思いを述べ不満を示すことができるという。○是以　そこでの意の接続表現。「ここをもちて」は訓読語。○逸　名義抄「逸 ヤスシ」。○怨　「恨(うら)(み)」とは違い、可能性がありながら実現されないために起る憤懣・不満をいう。○以…以…　…したり…したりするの意。○述懐　上の「逸者」に関係する表現。

古今和歌集序《こきんわかしふのじよ》

紀《きの》淑《よし》望《もち》

一夫《そ》れ和歌《わか》は、其《そ》の根《ね》を心地《しんち》に託《つ》け、其《そ》の華《はな》を詞林《しりん》に発《ひら》くものなり。二人《ひと》の世《よ》に在《あ》るとき、無為《むゐ》なること能《あた》はず。思慮《しりよ》遷《うつ》ること易《たやす》く、哀楽《あいらく》相《あひ》変《かは》る。三感《かん》は志《し》に生《な》り、詠《えい》は言《げん》に形《あら》はる。四是《こ》を以《も》ちて、逸《いつ》する者《ひと》は其《そ》の声《こゑ》楽《たの》しく、怨《ゑん》ずる者《ひと》は其《そ》の吟《うたかな》悲《し》し。以《も》ちて懐《おもひ》を述《の》ぶべく、以《も》ちて憤《いきどほり》を発《おこ》すべし。五天地《てんち》を動《うご》かし、鬼神《きしん》を感《かん》ぜしめ、人倫《じんりん》を化《くわ》し、夫婦《ふうふ》を和《わ》すること、和歌《わか》より宜《よろ》しきは莫《な》し。六和歌《わか》に六義《りくぎ》有《あ》り。一《いち》に曰《いは》く風《ふう》、二《に》に曰《いは》く賦《ふ》、三《さん》に曰《いは》く比《ひ》、四《し》に曰《いは》く興《きよう》、五《ご》に曰《いは》く雅《が》、六《ろく》に曰《いは》く頌《しよう》。

文華秀麗集に「述懐」の部がある。○発　名義抄「発 イダス」。○憤　不満や晴れない心の意。上の「怨者」に関係する表現。日本書紀古訓「懐悒 イキドホル」。▽毛詩正義・序「歓娯被二於朝野一…怨刺形二於詠歌一。作レ之者。所三以暢レ懐舒二憤」。

五和歌は、天地・鬼神・人倫・夫婦に影響を与えるという。○鬼神　→かな序注四。○人倫　毛詩正義「君臣父子之義。朋友之交。男女之別。皆人之常理」。▽毛詩・大序「動二天地一。感二鬼神一。莫レ近二於詩一。先王以レ是。経二夫婦一。…厚二人倫一…」。

六和歌に六つの表現形式があるという。○和歌有六義　かな序と対照すると、毛詩・大序、毛詩・大序鄭箋の「風」の定義を基礎に、毛詩・大序、毛詩正義などの説を〈和歌の六つの表現形式〉の説明に応用したもの。毛詩・大序「故詩有二六義一焉。一曰風。二曰賦。三曰比。四曰興。五曰雅。六曰頌」。○風　毛詩・大序鄭箋「風化風刺。皆謂三譬喩不二斥言一也」。○賦　毛詩正義「賦之言。鋪也。鋪二陳善悪一。則詩文直陳二其事一。不二譬喩一者。皆賦辞也」。○比　毛詩正義「比者。比二方於物一。諸言レ如者。皆比辞也」。○興　毛詩正義「興者。託二事於物一。則興者起也。取レ譬引レ類。起二発己心一。詩文諸挙二草木鳥獣一。以見レ意者。皆興辞也…比顕而興隠」。○雅　毛詩・大序「雅者正也。言三王政之所二由廃興一也」。○頌　毛詩・大序「頌者。美二盛徳之形容一。以二其成功一。告二於神明一者也」。「神明」→注三七。▽和歌の六義はどこに重点があるか不明。一般にやや無理があるとされる。続日本後紀・仁明紀「夫倭歌之体。比興為レ先。感二動人情一。最在レ茲矣」。詩品・序は興(隠喩)・比(直喩)・賦(直叙)の三義を示す。

和歌の歴史一　起源と展開

七春の鶯、秋の蟬が鳴くのも、変化こそないがそれぞれに歌っているのであり、万物にこれがある

若夫春鶯之囀二花中一。秋蟬之吟二樹上一。雖レ無二曲折一。各発二歌謡一。物皆有レ之。自然之理也。然而神世七代。時質人淳。情欲無レ分。和歌未レ作。逮三于素盞烏尊到二出雲国一。始有二三十一字之詠一。今反歌之作也。其後雖二天神之孫。海童之女一。莫乙不下以二和歌一通上レ情者甲。爰及二人代一。此風大興。長歌短歌旋頭混本之類。雑体非レ一。源流漸繁。譬猶下払レ雲之樹。生レ自二寸苗之煙一。浮レ天之波。起中於一滴之露上。至レ如下難波津之什。献二天皇一。富緒河之篇。報中太子上。或事関二神異一。或興入二幽玄一。但見二上古歌一。多存二古質之語一。未レ為二耳目之翫一。

のは生来のことであるという。〇若夫　前段を承けて文脈を展開する、さてなどの意の接続表現。「もしそれ」は訓読語。〇曲折　変化、あやが多いの意。〇発　→注四。〇物皆　万物の意。万葉集以来の表現。〇自然　ありのままの、それ自身からの意。〇理　あり方の意。広雅・釈詁「理　道也」。→注五〇「道」。▽毛詩正義・序「若夫哀楽之起。冥二於自然一…燕雀表二啁噍之感一。鸞鳳有二歌舞之容一」。詩品・序「若乃春風春鳥。秋月秋蛙…斯四候之感二諸詩一者也」。

八 神の世の七代の神々のあいだは、世の中は素直で人の心は厚く、細やかな感情が動くこともなく、和歌はまだ起らなかったという。〇然而　逆接の接続表現。〇神世七代　→かな序注九。〇時質人淳　文選・序「世質民淳。斯文未レ作」、同六臣注「時人質樸。文章未レ作」。〇情欲無分　情も欲も細かに分れていないの意。ものの未分化をいう記述は淮南子などの漢籍に多い。▽以下、文選・序による語句が多い。

九 スサノオノミコトが出雲国に行って始まるのが三十一字の和歌で、これが今の反歌の起りだという。〇逮　文選・序「逮三乎伏羲氏之王二天下一也…」、同六臣注「逮　及也」。〇三十一字之詠　→かな序注一〇。〇反歌　韻律形式としての「短歌」(→巻十九・冒頭注)との混乱を避けたか。万葉集で人麿の歌には「反歌」を「短歌」と標記した例もある。

一〇 天つ神の孫や海の神の娘も、和歌で思いを通じたのだという。〇天神之孫　ヒコホホデミノミコトをいう。〇海童之女　トヨタマヒメをいう。文選・呉都賦「海童於レ是宴語」、同六臣注「海童　海神童也」。▽→日本書紀・神代紀下。

一一 天皇の治世になり、和歌を作る習わしが盛んになり、歌体も多くなり、もとの流れが次第に栄えているという。〇人代　人皇(天子)の代々の意。

七若《も》し夫《そ》れ春《はる》の鶯《うぐひす》の花《はな》の中《なか》に囀《さへづ》り、秋《あき》の蟬《せみ》の樹《き》の上《うへ》に吟《うた》ふは、曲折無《きよくせつな》しと雖《いへど》も、各《おのおの》歌《か》謡《えう》を発《いだ》す。物皆之《ものみなこ》れ有《あ》るは、自然《じねん》の理《ことわり》なり。八然而《しかれども》、和歌《わか》未《いま》だ作《おこ》らず。神世七代《かみのよななよ》、時質《ときすなほ》に人淳《ひとあつ》くして、情欲分《じやうよくわか》るること無《な》く、和歌《わか》未《いま》だ作《おこ》らず。九素戔烏尊《すさのをのみこと》の出雲《いづも》の国《くに》に到《いた》るに逮《およ》びて、始《はじ》めて三十一字《さんじふいちもじ》の詠《えい》有《あ》り。今《いま》の反歌《はんか》の作《おこり》なり。一〇其《そ》の後《のち》に、天神《あまつかみ》の孫《みまご》、海童《わたつみのかみ》の女《むすめ》と雖《いへど》も、和歌《わか》を以《も》ちて情《こころ》を通《かよ》はさずといふことなし。一一爰《ここ》に人代《ひとのよ》に及《およ》び、此《こ》の風大《ふうおほ》きに興《おこ》る。長歌《ちやうか》、短歌《たんか》、旋頭《せどう》、混本《こんぽん》の類《たぐひ》、雑体《ざつたい》一《ひと》つに非《あら》ず、源流漸《げんりうやうや》くに繁《しげ》し。一二譬《たと》へば雲《くも》を払《はら》ふ樹《き》の、寸苗《すんべう》の煙《けぶり》より生《な》り、天《そら》を浮《うか》ぶる波《なみ》の、一滴《いつてき》の露《つゆ》より起《おこ》るが猶《ごと》し。一三難波津《なにはづ》の什《じふ》を天皇《てんわう》に献《たてまつ》り、富緒河《とみのをがは》の篇《へん》を太子《たいし》に報《こた》ふるが如《ごと》きに至《いた》りては、或《ある》いは事神異《ことしんい》に関《かかは》り、或《ある》いは興幽玄《きよういうげん》に入《い》る。一四但《ただ》し上古《じやうこ》の歌《うた》を見《み》るに、多《おほ》く古質《こしつ》の語《こと》を存《そん》す。未《いま》だ耳目《じぼく》の翫《もてあそび》と為《な》さず、

○長歌短歌　韻律形式上の長歌・短歌か。歌経標式「求韻。一者長歌。二者短歌」。→巻十九・冒頭注。○旋頭　→巻十九・二〇〇七番の歌の前注。○混本　不明。但し、「混」は「ヒタタク」と読める(名義抄「混 ヒタタケテ」)ので、「混本」は「ヒタモト」と読めよう。歌経標式の「双本」(ヒタモト)と対応し、旋頭歌と関係があろう。○雑体　→巻十九・冒頭注。▽文選・序「自レ茲以降。源流寔繁」。

一二 たとえば、雲を払うような大木も小さな苗の精気から生れ、天を浮べるばかりの大海の波も一滴の露から始まるようなものだという。○譬猶　前文をたとえとしての例を示す表現。○払雲　岑参・感遇二首「払レ雲百丈青松柯」。○煙　生命の根元の「気」、ここは植物の芽のそれをいう。○浮天之波　広大な海、その波の比喩表現。文選・海賦「浮レ天無レ岸」、同六臣注「広大無レ岸。若三天浮二於上一」。

一三 さらにたとえば、難波津の歌を仁徳天皇に奉り、富緒川の歌を聖徳太子に報(たこ)えたのなどは、事柄は霊妙であり、和歌は幽玄の趣があるという。○難波津之什　「なにはづに咲くやこの花…」の歌(→かな序六頁、和歌の六つの表現形式の第一首「そへ歌」)をいう。「什」は毛詩の一篇ずつの区分、転じてここは和歌の一首。○富緒河之篇　「いかるがや富緒川の絶えばこそわが大君のみ名忘れめや」の歌(拾遺和歌集・哀傷など)をいう。「某聖人」(日本霊異記上・四)の作とする伝承がある。○神異　霊妙の意。○幽玄　奥深くはかり知れないの意。仏典・六朝散文などに見える語。▽「神異」が富緒川の歌、「幽玄」が難波津の歌に当るとする説もある。

和歌の歴史二

一四 上古の天皇の治世のはじめの代々のころの歌

徒為二教誡之端一。古天子。毎二良辰美景一。詔二侍臣一。預二宴莚一者。献二和歌一。君臣之情。由レ斯可レ見。賢愚之性。於レ是相分。所下以随二民之欲一。択中士之才上也。自三大津皇子之。初作二詩賦一。詞人才子。慕レ風継レ塵。移二彼漢家之字一。化二我日域之俗一。民業一改。和歌漸衰。然猶有二先師柿本大夫者一。高振二神妙之思一。独歩二古今之間一。有二山辺赤人者一。並和歌仙也。其余業二和歌一者。綿々不レ絶。及下彼時変二澆漓一。人貴中奢淫上。浮詞雲興。艶流泉涌。其実皆落。其華孤栄。至レ有下好色之家。以レ此為二花鳥之使一。乞食之客。以レ此為中活計之謀上。

は、古めいてかざりのないやまとことばを使い、まだ聞いたり見たりして楽しむためでなく、ただ教訓の一端のためのものだったという。〇語「字」(→注一九)に対する。〇耳目之翫　文選・序「譬下…為二入レ耳之娯一…為中悦レ目之翫上」。

一五 古代の天皇は、良い季節美しい景色の時はいつも、おそば近く仕える侍臣に命じて、宴席に列席した人々に和歌を奉らせたという。〇天子　古事を説く場合は改行・欠字しない(公式令)との規定に従い、和歌の歴史を記述する部分もこれによる。〇良辰美景　文選・擬魏太子鄴中集詩序「天下良辰美景。賞心楽事」。白氏文集14・三月三日祓禊洛浜序「美景良辰。賞心楽事。尽二得於今日一矣」。〇侍臣　令義解・宮衛令「侍臣者。少納言。侍従。中務少輔以上也」。〇宴莚　朝廷の行事などに伴う内宴などをいう。▽日本後紀・平城紀「幸二神泉苑一。有レ勅。令三…賀是麻呂作二和歌一…皇帝歎悦。即授二従五位上一」の例もある。

一六 天皇の和歌を作らせる御志とこれに応える人々の意欲とは、この一事によって理解すべきであり、また、これで人々の賢・愚も区別されるという。〇君臣之情　天子の意向と臣下の意欲の意。〇斯　→注五一。〇賢愚之性　賢いか愚かかの本性の意。「賢」は「徳」(ものごとを正しくわきまえるの意)のこと。名例律・六議・議賢注「有二大徳行一」、同疏「賢人君子言行。可レ為二法則一者」。「愚」は「賢」の反対。名義抄「賢　タダス・ヨシ」。

一七 和歌は、人民の願いに合うように官人の適性を選択する手段だという。〇択士之才　王朝律令制で、徳・実務能力・勤務年数を考慮して官職に選ぶその選択の意。「才」→注四一。令義解・選叙令「選者。選択。言選レ才授レ官也」。→かな序注四五・注八五。〇士　名義抄「士　ヲノコ」。

一八 大津皇子が、日本で初めて漢詩を作ってから、

徒《ただ》に教誡《けうかい》の端《はし》と為《な》すのみ。[一五]古《いにしへ》の天子《てんし》、良辰美景《りやうしんびけい》にある毎《ごと》に、侍臣《じしん》に詔《みことのり》して、宴筵《えんえん》に預《あづか》る者《ひと》をして和歌《わか》を献《たてまつ》らしむ。[一六]君臣《くんしん》の情《こころ》、斯《こ》れに由《よ》りて見《み》つべく、賢愚《けんぐ》の性《さが》、於是《ここ》に相分《あひわか》る。[一七]民《たみ》の欲《ねがひ》に随《したが》ひて、士《をのこ》の才《ざえ》を択《えら》ふ所以《ゆゑ》なり。[一八]大津皇子《おほつのみこ》の、初《はじ》めて詩賦《しふ》を作《つく》りしより、詞人才子《しじんさいし》、風《ふう》を慕《した》ひ塵《ちん》を継《つ》ぐ。[一九]彼《か》の漢家《かんか》の字《もじ》を移《うつ》し、我《わ》が日域《じついき》の俗《ならひ》を化《か》ふ。民業《みんげふ》一《ひと》たび改《あらたま》りて、和歌《わか》漸《やうや》くに衰《おとろ》ふ。[二〇]然《しか》れども猶《なほ》し先師《せんし》柿本大夫《かきのもとのたいふ》といふ者《ひと》有《あ》り。高《たか》く神妙《しんべう》の思《おも》ひを振《ふる》ひ、独《ひと》り古今《こきん》の間《あひだ》に歩《あゆ》む。[二一]山辺赤人《やまのべのあかひと》といふ者有《ひとあ》り。並《なら》びに和歌《わか》の仙《ひじり》なり。[二二]其《そ》の余《ほか》の和歌《わか》を業《わざ》とする者《ひと》、綿〻《めんめん》として絶《た》えず。[二三]彼《か》の時《とき》の澆漓《げうり》に変《かは》り、人《ひと》の奢淫《しやいん》を貴《たふと》ぶに及《およ》び、浮詞《ふし》雲《くも》と興《おこ》り、艶流《えんりう》泉《いづみ》と涌《わ》き、其《そ》の実《み》皆落《みなお》ち、其《そ》の華《はな》孤《ひと》り栄《さか》ゆ。[二四]好色《かうしよく》の家《いへ》、此《これ》を以《も》ちて花鳥《くわてう》の使《つかひ》と為《な》し、乞食《きつしよく》の客《かく》、此《これ》を以《も》ちて活計《くわつけい》の謀《はかりごと》と為《な》すこと

詩人たちがその詩風を慕い跡を継いで漢詩を作ったという。○大津皇子… 日本書紀・持統紀「皇子大津…詩賦之興。自㆓大津㆒始也」。懐風藻・序、同大津皇子伝参照。○詞人才子 詞の人すなわち詩人と詩才のある人との意。文学者。文選・序「詞人才子。則名溢㆓於縹嚢㆒」。○継塵 事の継承をいう比喩表現。後漢書・陳寔伝賛「二方承㆑則。八慈継㆑塵」。→一〇三。

一九 中国の漢字表現を移入して、わが日本のことばの習慣としたために、わが国の人民の言動(表現)が変り、次第に和歌が衰えたという。○漢家 漢の朝廷、ここは中国の意。白氏文集十二・長恨歌「聞道漢家天子使」。上延喜格式表「択㆓旧儀於漢家㆒」。○字 文字、漢字。書記に用いるものの意。漢語を「書記に用いるもの」「文字」など、やまとことばを「風俗に称するもの」「俗語、辞」などという(令集解・儀制令)。○日域 日の出る地域、ここは日本国の意。文選・長楊賦「東震㆓日域㆒」、同李善注「日域 日出之域也」。○民業 民の本来の言動の意、ここは表現行動が中心。

二〇 それでも、先達の柿本人麿がいて、奥深い霊妙なやまとことばをうたいあげ、古今を通じて独自なものがあるという。○先師 師として尊ぶ故人をいう。○大夫 令集解・公式令釈「一位以下五位以上通称耳」。→注三六「貴」。○独歩 ひとり傑出するの意。文心雕竜・論説「並当時独歩。流㆓声後代㆒」。

二一 山辺赤人という人がいて、柿本人麿と並んで和歌に通じた人であるという。○和歌仙 和歌に優れた人を仙人・聖人にたとえた表現。漢語の「詩仙・詩聖」に当る。→かな序注七四。

二二 そのほかにも和歌を自己の表現として作る人は、長く絶えないという。○業 →注一九「民業」。○綿〻 長く絶えない様をいう。毛詩・大雅・綿

故半為二婦人之右一。難レ進二大夫之前一。近代存二古風一者。纔二三人。然長短不レ同。論以可レ弁。華山僧正。尤得二歌体一。然其詞華而少レ実。如三図画好女。徒動二人情一。在原中将之歌。其情有レ余。其詞不レ足。如下萎花雖レ少二彩色一。而有中薫香上。文琳。巧詠レ物。然其体近レ俗。如三賈人之著二鮮衣一。宇治山僧喜撰。其詞華麗。而首尾停滞。如下望二秋月一遇中暁雲上。小野小町之歌。古衣通姫之流也。然艶而無二気力一。如三病婦之著二花粉一。大友黒主之歌。古猿丸大夫之次也。頗有二逸興一。而体甚鄙。

「綿綿瓜瓞」、同毛伝「綿綿 不レ絶貌」。

二三 世の中が軽薄にかわり、人がおごりたわむれることを大事にし、浮薄なことばやはでなことばが雲や泉のように出現したために、和歌の「こころ」という「実(真実)」がみな消え落ちて、和歌の「ことば」という「花(あや)」だけが咲き栄えているという。○澆漓 澆・漓(醨に同じ)ともに薄いの意。続日本後紀・仁明紀・詔勅「頃者風俗澆醨」。○奢淫 魏志・袁術伝「術奢淫肆欲。徴斂無レ度」。○浮詞 実のないことばの意、「浮辞」に同じ。文選・為石仲容与孫皓書「崇飾浮辞」、同李善注「尚書序曰。翦二截浮辞一」。儀制令「徒事二浮詞一」。○艶流 「艶」→かな序注九九。○泉涌 生成の強いことをいう比喩表現。文選・序「氷釈泉涌」。○其実皆落其華孤栄 文・質に対する花・実の論は、文心雕竜など六朝の詩論に拠る表現。「実・花」→注二七。▽続日本後紀・仁明紀「夫倭歌…季世陵遅。斯道已墜」。

二四 正しくみやびやかでない家では和歌を花鳥の使いとし、修業僧は生計の手段とするまでになったので、半ば女子の言動の補助手段となり、貴人の前には出しにくくなったという。○好色 →かな序注四三「色好み」。○花鳥之使 男女の仲をとりもつなかだち、恋の使いの意。元稹・上陽白髪人「天宝年中花鳥之使」、同注「天宝中密号采二取艶異者一為二花鳥使一」。○乞食… 僧尼令「其有二乞食者(コツジキスルヒト)一。…須二午以前捧レ鉢告乞一。不レ得三因レ此更乞二余物一」の規定を冒した乞食の僧をいう表現。○活計 白氏文集9・老戒「老多レ憂二活計一」。○婦人之右 婦人は主として夫のある女性をいう(名例律)。名義抄「右 タスク」。爾雅・釈詁「亮・介 右也。皆相佑助。左右 亮也」。○大夫 →注二〇。

二五 近代は、古代の和歌のあり方を残している人は、六人だけである。○近代 古代に対していう。

有《あ》るに至《いた》る。故《ゆゑ》に半《なか》ば婦人《たわやめ》の右《たすけ》と為《な》り、大夫《たいふ》の前《まへ》に進《すす》むること難《かた》し。
二五近代《ちかつよ》に古風《こふう》を存《そん》する者《ひと》、纔《わづ》かに二三人《ふたりみたり》。二六然《しか》れども長短同《ちやうたんおな》じからず、論《ろん》じて以《も》ちて弁《わきま》ふべし。二七華山《はなやま》の僧正《そうじやう》は、尤《もと》も歌《うた》の体《たい》を得《え》たり。然《しか》れども其《そ》の詞華《ことばはな》にして実《み》少《すく》なし。図《と》に画《か》ける好《よ》き女《をうな》の、徒《いたづ》らに人《ひと》の情《こころ》を動《うご》かすが如《ごと》し。二八在原《ありはら》の中将《ちうじやう》の歌《うた》は、其《そ》の情余《こころあま》り有《あ》りて、其《そ》の詞足《ことばた》らず。萎《しぼ》める花《はな》の、彩色《いろ》少《すく》なしと雖《いへど》も、薫香有《にほひあ》るが如《ごと》し。二九文琳《ぶんりん》は、巧《たく》みに物《もの》を詠《えい》ず。然《しか》れども其《そ》の体俗《たいしよく》に近《ちか》し。賈人《あきびと》の鮮《あざ》らけき衣《きぬ》を著《き》たるが如《ごと》し。
三〇宇治山《うぢやま》の僧喜撰《そうきせん》は、其《そ》の詞華麗《ことばくわれい》にして、首《はじ》め尾《をは》り停滞《ていたい》す。秋《あき》の月《つき》を望《のぞ》むに暁《あかつき》の雲《くも》に遇《あ》へるが如《ごと》し。三一小野小町《をののこまち》の歌《うた》は、古《いにしへ》の衣通姫《そとほりひめ》の流《りう》なり。然《しか》れども艶《えん》にして気力《きりよく》なし。病《や》める婦《をうな》の花粉《はなのこ》を著《つ》けたるが如《ごと》し。三二大友《おほともの》黒主《くろぬし》の歌《うた》は、古《いにしへ》の猿丸大夫《さるまるたいふ》の次《つぎて》なり。頗《すこぶ》る逸興《いつきよう》あれども、体甚《たいはなは》だ鄙《いや》し。

「今」すなわち醍醐（だいご）天皇の治世（八九七年から）より少し前、ここは平城（へいぜい）天皇より後の代々の天皇の治世、いわゆる六歌仙のころ。毛詩正義・序「其近代為㆓義疏㆒者…」。〇古風　上（主として注一四から注一七まで）で述べた和歌の正しいあり方をいう。〇纔　わずかに、やっとの意。〇二三人　「二三人」は一般には二名か三名を意味するが、ここは六名の意の標記とされる。

二六 しかし、その六人もそれぞれ長所・短所が違うので、それらを論じて区別してみるという。

二七 華山僧正すなわち遍昭（へんじょう）は、ひときわ歌のさまがすぐれているが、その歌のことばは花やかだがそのことばの真実が足りない、絵の中のよい女が人の情念をいたずらに動かすようなものだという。〇歌体　↓かな序注二一「様」。〇実　ことばの真実の意。「華の」反対。↓かな序注四二。〇好女　玉台新詠一・古楽府詩六首「秦氏有㆓好女㆒」。〇徒動人情　人の情念を動かしはしても、本当にこころが通じ合わないの意。

二八 在原中将すなわち業平（なりひら）は、歌によもうとする情念はあり余っているが、それを表現することばが十分でない、しおれた花の赤い色が薄れているけれど香りを残しているようなものだという。〇萎　名義抄「萎 シボム」。〇彩色　色の意。朱色で代表される。説文「彩 色也」。令義解・職員令「彩色。謂。用㆑画之雑色。即朱黛等之類」。

二九 文琳すなわち文屋康秀（ふんやのやすひで）は、巧みに詠むけれど、その歌のさまは相当に卑俗である、商人が美服を着るようなものだという。〇文琳　「文」は姓の一字、「琳」（美玉の意）はあざ名、中国風の表現。〇詠物　「詠」↓注三。〇俗　土俗・風俗の「俗」で、ここは欲しいままにするの意。釈名・釈言語「俗 欲也」。名義抄「俗 ヤブル」。〇賈人　周礼などの宮廷の府庫の役人（吏）で物の価値を見定

如三田夫之息二花前一也。此外氏姓流聞者。不レ可二勝数一。其大底皆以レ艶為レ基。不レ知二歌之趣一者也。俗人争事二栄利一。不レ用レ詠二和歌一。悲哉々々。雖下貴兼二相将一。富余中金銭上。而骨未レ腐二於土中一。名先滅二世上一。適為二後世一被レ知者。唯和歌之人而已。何者語近二人耳一。義慣二神明一也。

昔平城天子。詔二侍臣一。令レ撰二万葉集一。自レ爾以来。時歴二十代一。数過二百年一。其後和歌棄不レ被レ採。雖下風流如二野宰相一。軽情如中在納言上。而皆以二他才一聞。不下以二斯道一顕上。伏惟。

める人の意。ここは単に商人(あきひと)のこと。名義抄「賈 アタヒ」。○鮮衣　鮮麗な衣服の意。ここは身分にふさわしくない比喩表現。普通、無位・庶人は黄色の衣、家人奴婢は濃いねずみ色の衣を着る。名義抄「鮮 アザラケシ」。

三〇 宇治山に住む僧の喜撰は、ことばが華やかすぎて首尾が一貫しない、秋の月をはるかに見ようとして夜明けの雲が出てしまったようだという。○華麗　一般に都や宮殿の壮大な美しさをいうが、ここは歌の過度な華やかさをいう。

三一 小野小町の歌は、古代の衣通姫のたぐいである、しかし姿は美しいけれど活力がない、病気の婦人がおしろいや紅で化粧しているようだという。○衣通姫　→かな序注九五。○流　系列につながるの意。名義抄「流 タグヒ・トモガラ」。○艶　→かな序注九九。○婦　→注二四「婦人…」。江総・婦病行に、病む婦人の美しさが描かれている。○花粉　花粉(かふん)の意。ここは白粉(おしろい)・紅粉(頬紅・口紅に使う)の比喩表現。

三二 大伴黒主の歌は、古代の猿丸大夫の類である、ずいぶんすぐれた趣があるけれどその歌体はひどく野卑で、農民が美しい花の所で休息するようなものだという。○次　「流」(→注三一)の意に同じ。○頗　やや、いささかの意。○逸興　世俗を脱したすぐれた趣向があるの意。○鄙　事柄が分っていないことをいう。文選・東京賦・李善注「広雅曰。鄙 固陋不レ恵也」、名義抄「鄙 イヤシ」。○田夫…　二つの事柄がふさわしく整合しないことの比喩表現で、趣向と歌体の不釣り合いをいう。田夫は農民・野夫の意。礼記・郊特牲「黄衣黄冠而祭。息二田夫一也」。▽以上、六人の歌風をものにたとえる仕方は、詩品の詩人の詩のたとえ方に類する。

三三 この六人のほかにも、その名の知られている人がたくさんいるという。○氏姓　氏(じう)と姓

田《た》夫《ひと》の花《はな》の前《まへ》に息《やす》めるが如《ごと》し。三三此《こ》の外《ほか》に氏姓《うぢかばね》の流《つた》はり聞《きこ》ゆる者《ひと》、勝《あ》げて数《かぞ》ふべからず。三四其《そ》の大底《おほむね》は皆艶《みなえん》を以《も》ちて基《もと》と為《な》し、歌《うた》の趣《おもむき》を知《し》らざる者《ひと》なり。三五俗人《しよくじん》争《あらそ》ひて栄利《えいり》を事《こと》とし、和歌《わか》を詠《えい》ずることを用《もち》ゐず。悲《かな》しき哉《かも》悲《かな》しき哉《かも》。三六貴《たふと》きことは相将《しやうしやう》を兼《か》ね、富《と》めることは金銭《きんせん》を余《あま》すと雖《いへど》も、骨《ほね》は土中《どちう》に腐《く》ちざるに、名《な》は先《ま》づ世上《せじやう》に滅《き》ゆ。適《たまたま》後《のち》の世《よ》の為《ため》に知《し》らるる者《ひと》は、唯《ただ》和歌《わか》の人《ひと》のみ。三七何《いかに》となれば、語《ことば》は人《ひと》の耳《みみ》に近《ちか》く、義《ぎ》は神明《しんめい》に慣《かな》へばなり。

三八昔《むかし》平城天子《へいぜいのてんし》、侍臣《じしん》に詔《みことのり》して、万葉集《まんえふしふ》を撰《えら》ばしめたまふ。三九爾《そ》れより以来《このかた》、時《とき》は十代《じふだい》を歴《へ》、数《かず》は百年《ひやくねん》を過《す》ぐ。四〇其《そ》の後《のち》和歌《わか》は棄《す》てて採《と》られず。四一風流《ふうりう》は野宰相《やさいしやう》の如《ごと》く、軽情《けいせい》は在納言《ざいなごん》の如《ごと》しと雖《いへど》も、皆《みな》他《ほか》の才《ざえ》を以《も》ちて聞《きこ》え、斯《こ》の道《みち》を以《も》ちて顕《あらは》れず。伏《ふ》して惟《おも》ひみれば、

(かばね)の意。〇不可勝数　「不可勝計」に同じ。数えつくせないの意。名義抄「勝 アゲテ」。文選・序「不レ可ニ勝載一矣」。

三四 その人たちのほとんどは、歌の表面的な美しさを和歌の本質と思っていて、和歌の本当のあり方を知らないという。〇大底　およそ、おおかたの意。中国の俗語。白氏文集十二・酔後走筆…「大底浮栄何足レ道」。〇趣　↓かな序注九九。▽かな序・まな序の第一文の、和歌は心をもととするものだという考えを前提として、ほとんどの人は逆に、歌の表面的美しさだけを追っているという。

三五 さらに、世間のふつうの人は、身分の栄達と世上の利益ばかりを求めて、和歌をよもうとしないことは悲しいことだという。〇不用　…しないの意。「もちゐず」は訓読語。▽「争」を「いかでか(…用ゐざる)」と読む説もある。

三六 大臣と大将を兼ねた高貴さや、黄金や銭(ぜに)を多く持った豊かさがあっても、死んでその骨が土の中で腐り果てもしないうちに、その人の名は世間から忘れられてしまうもので、たまたま後世にその名が知られるのは、和歌を作った人だけだという。〇貴　三位以上をいい、四・五位も準じていう(名例律)。〇相将　文官の最高の地位の「相」(大臣など)と武官の最高の地位の「将」(大将など)をいう。〇適　名義抄「適 タマタマ」。陶淵明・形贈影「適見レ在ニ世中一。奄去靡ニ帰期一」。▽生前の名は滅んでも文学は残るという文学思想は、文選の魏文帝「典論(論レ文)」に見える。凌雲集・経国集にも、この「典論」の説を反映する部分がある。

三七 なぜならば、和歌は、そのやまとことばが人の耳になじみやすく、そのあり方が神々のみ心にもかなっているからだという。〇何者　上を承けて理由をいう接続的表現。「いかにとなれば」は訓読語。〇語　↓注一四。〇義　人の目指すところ

陛下御宇。于レ今九載。仁流二秋津洲之外一。恵茂二筑波山之陰一。淵変為レ瀬之声。寂々閉レ口。砂長為レ巌之頌。洋々満レ耳。思レ継二既絶之風一。欲レ興二久廃之道一。

爰詔二大内記紀友則。御書所預紀貫之。前甲斐少目凡河内躬恒。右衛門府生壬生忠岑等一。各献二家集幷古来旧歌一。曰二続万葉集一。於レ是重有レ詔。部二類所レ奉之歌一。勒為二二十巻一。名曰二古今和歌集一。

臣等。詞少二春花之艶一。名竊二秋夜之長一。況哉。進恐二時俗之嘲一。退慙二才芸之拙一。適遇二和歌之中興一。以楽二吾道之再昌一。嗟乎。人丸

の意。毛詩・序の「六義」の「義」に同じ。文選・序・六臣注「六義者…各随二作者之志一名也」。○慣「貫」に同じ。通じるの意。史記正義・楽書「貫猶通也」。○神明　あらたかな神、群神の意。周易・説卦「聖人之作レ易也。幽二賛於神明一而生レ蓍」。毛詩・大序「告二於神明一者也」(毛詩正義は「群神」と言い換える)。天照大神を指示することもある。令義解・神祇令「神衣祭。謂。伊勢神宮祭也…以供二神明一」。→かな序注五。

三八 平城(へいぜい)天皇が侍臣に命じて万葉集を撰集したという。○平城天子　平城(奈良京)に都した天子(→かな序注七二)とも思えるが、下の記述(→注三九)によれば人皇五十一代の平城天皇に当る。○侍臣　→注一五。▽万葉集は成立期未詳。ここは王朝人(とび)の一つの見解。

三九 平城天皇以来、ときは十代、年数は百年が過ぎたという。○時　世の意。文選・北征賦・李善注「時　世也」。▽文選・序「時更二七代一。数逾二千祀一」、同六臣注「七代謂三自レ周至二梁也。逾　越也。祀　年也」。→かな序注八三。

四〇 万葉集以後、和歌は捨てられて取りあげられなかったという。○採　取りあげる、採択(凌雲集・序)するの意。▽続日本後紀・仁明紀「夫倭歌之体…礼失則求二之於野一。故採而載レ之」。

四一 風の流れるままの気風の小野篁(たかむら)も、心が軽やかな態度の在原行平(ゆきひら)も、ほかの才で世に聞えており、和歌の道でその名が顕彰されていないという。○風流　風の流れの意。自由な気風をいうが、ここはみやびやかな態度、文雅の精神をいう。唐では好色の意にも用いる。○野宰相「小野」の一字を取る漢風表現。宰相は参議の異称。○軽情　「艶情(綺艶)」に対する語(→文鏡秘府論・南巻引用「文筆式」)、ここは軽快な態度をいう。「軽艶・軽華」に近い意か。本朝文粋では「雅情」と

四二陛下《へいか》の御 宇《あめのしたしろしめすこと》、今《いま》に九載《きうさい》なり。四三仁《うつくしみ》は秋津洲《あきづしま》の外《そと》に流《なが》れ、恵《めぐみ》は筑《つく》波山《はやま》の陰《かげ》に茂《しげ》し。淵変《ふちへん》じて瀬《せ》と為《な》る声《せい》、寂〻《じやくじやく》として口《くち》を閉《と》ぢ、砂長《いさごちやう》じて巌《いはほ》と為《な》る頌《しやう》、洋〻《やうやう》として耳《みみ》に満《み》つ。四四既《すで》に絶《た》えにし風《ふう》を継《つ》がむと思《おも》ひ、久《ひさ》しく廃《すた》れにし道《みち》を興《おこ》さむと欲《おもほ》す。

四五爰《ここ》に大内記《だいないき》紀友則《きのとものり》、御書所 預《ごしよどころのあづかり》紀貫之《きのつらゆき》、前甲斐少目《さきのかひのさうくわん》凡河内躬恒《おほしかふちのみつね》、右衛門府生《うゑもんのふさうみ》壬生忠岑《ぶのただみねら》等に詔《みことのり》して、四六各 家集《おのおのいへのしふ》并《なら》びに古来《こらい》の旧歌《きうか》を献《たてまつ》らしむ。続万葉集《しよくまんえふしふ》と曰《い》ふ。四七於是《ここ》に重《かさ》ねて 詔 有《みことのりあ》り。奉《たてまつ》る所《ところ》の歌《うた》を部類《ぶるい》し、勒《ろく》して二十巻《はたまき》と為《な》す。名《な》づけて古今和歌集《こきんわかしふ》と曰《い》ふ。

四八臣等《しんら》、詞《ことば》は春《はる》の花《はな》の艶少《えんすく》なく、名《な》は秋《あき》の夜《よ》の長《なが》きを竊《ぬす》めり。四九況《いは》むや進《すす》みては時俗《じしよく》の嘲《あざけり》を恐《おそ》り、退《しりぞ》きては才芸《さいげい》の拙《つたな》きを慙《は》づるを。五〇適《たまたま》和歌《わか》の中興《ちうこう》に遇《あ》ひ、以《も》ちて吾《わ》が道《みち》の再《ふたた》び昌《さか》りなることを楽《たの》しぶ。五一嗟乎《ああ》、人丸《ひとまろ》

ある。「文選注文。風情高謂二軽情一」(教端抄)。○在納言 「在原」の一字を取る漢風表現。納言は中納言の略。○才 ここは主として漢詩文を読み、作る能力とそれによって身についた徳性をいう。○斯道 和歌の道。→注五〇。▽「国史」では、小野篁が文章・書など(文徳実録・薨伝)、在原行平が道義(三代実録・光孝紀・行平上表への勅答)を顕彰されるが、和歌のことはみえない。

古今和歌集の編集

四二 醍醐(だいご)天皇の治世が九年目だという。○載 年の意。中国・唐の玄宗の天宝三載(七四四)以来用いたが他の帝王は使わない。▽年月の長さをいう場合、「載」は暦年の数を、「年」は三百六十日すなわち満年をいう(名例律)。寛平九年(八九七)即位で延喜五年(九〇五)は治世九年目に当る。

四三 天皇の仁愛は日本国の外まであふれ出し、その恩恵は筑波山の山かげに草木が茂るように深く、世を怨む声もなく、世を賛える喜びは盛んに聞えるという。○秋津洲 日本国の異称(日本書紀・神武紀)。○恵茂… →一〇九五。○淵変… →九三三。○寂〻 文選・詠史詩八首「寂寂楊子宅」、同李善注「説文曰。寂寂 無二人声一也」。○砂長… →三四三。○頌 →注六。○洋〻満耳 「洋〻」は盛んに大きくの意。論語・泰伯「関雎之乱。洋洋乎盈レ耳哉」。毛詩・衛風・碩人毛伝「洋洋 盛大也」。

四四 醍醐天皇は、既に絶えた、和歌を採択して撰集する事業を継承し、長らく廃れていた和歌の道を盛んにしようとしたという。○既 全くの意を含む。○風 周礼・春官・大師注「風 聖賢治道之遺化也」。下の「道」に対する。○道 和歌の道。→注五〇。▽「…継…絶…興…廃…」は、歴史を記述する場合の類型的な表現の一つ。文選・両都賦序「以興レ廃継レ絶。潤二色鴻業一」。

既没。和歌不レ在レ斯哉。于レ時延喜五年歳次二乙丑一四月十八日貫之等謹序。

四五 撰集の命を受けた四人の撰者を挙げている。○爰　上を承けて下に展開する表現。爾雅・釈詁「爰・于　於也」。名義抄「爰　ココニ」。▽撰者→かな序注一〇五。

四六 家々の和歌を集めたものや古くから伝わる和歌を奉らせ、これを「続万葉集」といったという。○家集　家門の人々の詩文を集めたもの(例えば菅家後集十三にみえる「家集」)をいったが、そのうちの特定の人の詩文を集めたものをいう「別集」と同じ意に解されるようになる。ここは家門の和歌の「集」の意。▽「続万葉集」の名はこのまな序のみにあり、今のところ、他の文献にはみえない。

四七 勅命がふたたびあって、その奉られた和歌を分類し、整理して二十巻とし、古今和歌集と名づけたという。○部類　種類を分けるの意。名義抄「部　ワカツ」。○勒　まとめる、整えるの意。日本書紀古訓「勒　トトノヘ」。▽漢籍に学んだ「序」の表現。文選・序「都為二三十巻一。名曰二文選一云爾」。文華秀麗集・序「分為二三巻一。名曰二文華秀麗集一」。「祈・祝・別」など中間案かともみえる部立名が古今和歌集諸本にみえる。

結び

四八 わたくしたち撰者は、春の花のような表現の美しさが足らず、名声だけは、秋の夜のような長さを盗んでわがものとしているという。○竊「窃」に同じ。盗むの意。論語・顔淵「季康子患レ盗…孔子対曰。苟子之不レ欲。雖レ賞レ之不レ竊」。▽「序」の末尾近くで述べる、選述に当った人の謙退表現の一つ。経国集・序「臣等。学非二飽蹠一。智異二聚沙一」。令義解・序「臣等。遠愧二皐虞一。近慙二荀賈一」。春の花で文章をたとえる例は、文選・答賓戯「摛レ藻如二春華一」などに見えるが、秋の夜の長さで名声をたとえたのは撰者の発想か。

既《すで》に没《ぼつ》す、和歌《わか》斯《ここ》に在《あ》らざらむや。五二 時《とき》に延喜《えんぎ》五年《ごねん》、歳《ほし》乙丑《きのとうし》に次《やど》る四《う》月《づき》十八日《じふはちにち》、貫之等《つらゆきら》謹《つつし》みて序《じょ》す。

四九 一方では世間の嘲(あざけ)りを恐れ、一方では能力のつたないことを恥かしく思うという。〇況哉　上を承けて更に程度の高いことを加えていう表現。「哉」は強調し声調を整える助字。但し漢籍には「哉」を用いない。▽上の文に続く謙退の表現。

五〇 たまたま和歌の中興に逢うことができ、わたくしの生き方と思っているその和歌の道が再び栄えることをよろこんでいるという。〇適　→注三六。〇昌　名義抄「昌　サカリナリ・サカユ」。▽和歌を「道」という例は、既に続日本後紀(→注一三)にみえる。これらの「道」は、古文孝経・開宗明誼章・孔注「道者。扶㆓持万物㆒。使㆔各終㆓其性命㆒者也」といわれるように、ものごとの本質、生命力、人間性などというのに近い。

五一 ああ、先師の柿本人麿は今はもはや亡いが、和歌の道は健在なのだという。〇嗟乎　賛嘆の表現。名義抄「嗟乎　ア」。〇不在斯哉　「ここにあらずや」ともよめる。「斯」は一つを取り出していう強い語気の表現。名義抄「斯　コレ・ココニ」。▽論語・子罕「文王既没。文不㆑在㆑茲乎」。論語義疏を参考にして解すれば、「斯」は、「和歌の道を守る者は、ほかならぬ我々だ」と撰者たち自らが、撰者自身を特定して指示する表現と解し得る。

五三 上表文の形式に準じて、奉勅の日付でしめくくる表現。▽この終り方は公式文書として考えればかなり略式である。凌雲集・序、新撰万葉集・序、新撰和歌・序などは更に略式であるが、例えば先行の勅撰漢詩集の経国集は、官職・兼職・位記・姓名を示して、「謹上」・元号・年月日を記しており、この方が公式文書の一般的書式(公式令)にはるかに近い。撰集の奉勅、完了の日付については、説が一定しない。→解説

此集家〻所㆑称。雖㆓説〻多㆒。且任㆓師説㆒。又加㆓了見㆒。為㆑備㆓後学之証本㆒。不㆑顧㆓老眼之不㆒㆑堪。手自書㆑之。近代僻案之好士。以㆓書生之失錯㆒。称㆓有識之秘事㆒。可㆑謂㆓道之魔性㆒。不㆑可㆑用㆑之。但如㆑此用捨。只可㆑随㆓其身之所㆒㆑好。不㆑可㆑存㆓自他之差別㆒。志同者可㆑随㆑之。

貞応二年七月廿二日癸亥　戸部尚書藤判

同廿八日。令㆓読合㆒訖。書㆓入落字㆒了。

伝㆓于嫡孫㆒。可㆑為㆓将来之証本㆒。

此《こ》の集《しふ》の家〻《いへいへ》の称《しよう》する所《ところ》、説〻《せつせつ》多《おほ》しと雖《いへど》も、且《か》つ師説《しせつ》に任《まか》せ、又了《またれう》見《けん》を加《くは》へ、後学《こうがく》の証本《しようほん》に備《そな》へむが為《ため》に、老眼《らうがん》の堪《た》へざることを顧《かへり》みず、手《て》もて自《みづか》ら之《これ》を書《か》く。

近代《きんだい》の僻案《へきあん》の好士《かうし》、書生《しよせい》の失錯《しつさく》を以《も》ちて、有識《いうしき》の秘事《ひじ》と称《しよう》す。道《みち》の魔性《ませい》と謂《い》ひつべく、之《これ》を用《もち》ゐるべからず。但《ただ》し此《かく》の如《ごと》き用捨《ようしや》は、只其《ただそ》の身《み》の好《この》む所《ところ》に随《したが》ふべく、自他《じた》の差別《さべつ》を存《そん》すべからず。志《こころざし》の同《おな》じき者《ひと》は、之《これ》に随《したが》ふべし。

貞応二年七月廿二日癸亥　戸部尚書藤判

同廿八日、読《よ》み合《あは》さしめ訖《を》はんぬ。落字《らくじ》を書《か》き入《い》れたり。

嫡孫《ちやくそん》に伝《つた》へて、将来《しやうらい》の証本《しようほん》と為《な》すべし。

以二家本一不レ違二和漢文字仕并行分等一。連〻書写校合畢。但於二仮名序初五枚一者。先人御自筆也。彼強行分等。不レ被レ守二正本一之間。雖レ随レ其。自二春上一不レ違二一字一。至二行分以下落字等一。皆以如レ本書レ之。正本細〻披見之条。不レ可レ然之間。如レ此慇懃染筆了。曾不レ相二違家本一者也。

文保二年四月十三日　羽林中郎将藤判

家《いへ》の本《ほん》を以《も》ちて、和《わ》漢《かん》の文字《もじ》仕《づか》ひ幷《ならび》に行分《ぎやうわ》け等《など》を違《たが》へず、連《つらな》りて書写《しよしや》し校合《かうがふ》し畢《を》はんぬ。但《ただ》し仮名《かな》序《じよ》の初《はじ》めの五枚《ごまい》に於《お》いては、先人《せんじん》の御自筆《ごじひつ》なり。彼《かれ》強《し》ひて行分《ぎやうわ》け等《など》、正本《せいほん》を守《まも》られざるの間《あひだ》、其《そ》れに随《したが》ふと雖《いへど》も、春《はる》の上《じやう》より一字《いちじ》も違《たが》へず、行分《ぎやうわ》け以下《いか》落字《らくじ》等《など》に至《いた》るまで、皆《みな》以《も》ちて本《もと》の如《ごと》くに之《これ》を書《か》く。正本《せいほん》細ゝ《くはし》く披見《ひけん》するの条《でう》、然《しか》るべからざるの間《あひだ》、此《かく》の如《ごと》く慇懃《いんぎん》に染筆《せんぴつ》せり。曾《かつ》て家《いへ》の本《ほん》に相違《さうい》せざるものなり。

文保二年四月十三日　羽林中郎将藤判

書入れ一覧

一、底本の状況を示すために、本文に対する注記をまとめて示した。ミセケチおよびそれに伴う書入れと、明暦三年の後水尾院御講釈の折の書入れと思われるものは除いた。
二、声点・合点のつけられている箇所は、仮名序および各巻の後に、それぞれまとめた。
三、本文の表記は、底本に従う。但し、掲出語が踊り字で始まる場合、〔 〕内にそれが表わす仮名を示した。
四、記号は、仮名序・真名序の場合、11・8は十一頁八行を、歌の場合、10は歌番号を、声点・合点の項の＊印は詞書・作者名を、それぞれ意味する。
五、声点の場合は、声点のついている文字のみをあげた。合点の場合は、掲出語句の第一字の右上に合点があることを示す。

仮名序

11・7 いにしへ ＝ 文武天皇
12・7 これよりさき ＝ ＼さき不審未決
声点 4・1 やまとうた 5・3 したてる 5・5 ゝ〔す〕なほ 6・9 そ
へ 7・3 かそへ 7・8 なすらへ 8・8 たゝこと

巻一

10 ふちはらのことなお ＝ 言直
12 源まさすみ ＝ 当純 近院右大臣男
15 在原棟梁 ＝ 業平朝臣男
36 東三条の左のおほいまうちきみ ＝ 源常 嵯峨源氏 左大臣
左大将 斉衡元年薨卅四
52 そめとののきさき ＝ 清和母后明子 昌泰三年正月一日崩七
十二 大《（ママ）》皇太后宮
さきのおほきおほいまうちきみ ＝ 忠仁公 摂政太政大臣
声点 2 ひち 6 らむ 7 おり 58 しかも
合点 2 ひちて 6 見らむ 7 おりけれは 19 とふひ
28 もゝちとり 58 たれ 61 さくら花

巻二

74 これたかのみこ ＝ 惟喬　文徳第一　母従五位上紀種子　名
虎女

75 そうくほうし ＝ 承均

81 東宮雅院 ＝ 待賢門内北　壬生東

85 ふちはらのよしかせ ＝ 好風

88 大伴黒主 ＝ 一本

90 ならのみかと ＝ 平城天皇　大同天子

107 典侍洽子朝臣 ＝ 寛平延喜掌侍典侍　糸所別当　アマネイコ

108 藤原後蔭 ＝ 蔵人右少将　中納言有穂《アリホ》男

125 たちはなのきよとも ＝ 清友　贈太政大臣　嵯峨后父

声点　82 ことならは　94 みわ・しかも　95 なけ　97 なめ
99 よき　111 なめ

合点　70 まてと　77 いさ　94 みわ山　95 いさ　111 こま

巻三

声点　147 なか　152 やよやまて　163 へ

合点　152 やよやまて

巻四

189 これさたのみこ ＝ 是貞　仁和第二　元右中将　母同寛平

223 たわゝ ＝ とをゝ

230 左のおほいまうちきみ ＝ 本院贈太政大臣

231 藤原定方朝臣 ＝ 三条右大臣

声点　189 いつはとは　209 いとはや　224 つゆしも

合点　184 このま　189 いつはとは　191 白雲　208 いなおほせ
とり　216 うらひれ　223 たわゝ

巻五

251 紀よしもち ＝ 淑望

255 藤原かちをむ ＝ 勝臣

272 すかはらの朝臣 ＝ 延喜元年以後贈位以前仍姓朝臣

283 ならのみかと ＝ 文武天皇

284 たつた河…時雨ふるらし ＝ 此歌不注人丸歌　他本又同

巻六

合点　323 冬こもり

巻七

349 ほりかはのおほいまうちきみの四十賀 ＝ 昭宣公　貞観十四
年右大臣卅七左大将　十七年四十

350 さたときのみこ ＝ 貞辰　清和第七

きのこれをか ＝ 家本用之　或説惟熈《ノリマサ》

351 さたやすのみこ ＝ 貞保　二(書入れ一)品式部卿　清和第一(書入れ二)　号南宮　母二条后　延長二年薨
352 もとやすのみこ ＝ 本康　仁明第七　一品式部卿　号八条宮
延喜元年薨　母従四位下(書入れ上)紀種子　名虎女
357 内侍のかみ ＝ 満子　内大臣高藤二女　奉養延喜聖主　延喜十七年従二位
右大将藤原朝臣 ＝ 大納言右大将定国　延喜六(書入れ八)年
同年七月薨四十
364 春宮 ＝ 文彦太子　保明親王　延喜三年誕生　四年二月十日立太子　十六年十月元服　廿三年三月薨廿一

巻八

369 ふちはらのきよふ ＝ 清生
374 なにはのよろつを ＝ 万雄
376 寵 ＝ 或本無此名
385 藤原のかねもち ＝ 兼茂　延喜元年《(ママ)》参議
386 平もとのり ＝ 元規　蔵人右衛門尉
388 源さね ＝ 右近少将　実
声点　366 すかる　376 あさなけ　388 やり　402 ことは
合点　366 すかる　376 あさなけ　388 人やり

巻九

413 おと ＝ 壬生よしなりかむすめ

巻十

444 やたへの名実 ＝ 矢田部
450 たかむこのとしはる ＝ 高向
455 兵衛 ＝ たゝふさかもとに侍ける
458 あほのつねみ ＝ 阿保経覧
463 源ほとこす ＝ 忠
466 みやこのよしか ＝ 都良香
声点　422 うくひす　431 ＊をかたま　445 ＊めと　454 いさゝめ　465 なかし　466 おきひ
合点　465 春霞

巻十一

498 ほつえ ＝ はつ
声点　469 あやめ(も)　476 ＊ひをり　484 はたて　508 ゆた・たゆた　550 かて
合点　484 雲　498 ほつえ　508 ゆたの　550 あはゆき・かて

巻十三

640 寵 ＝ 一説ウツク　一説チヨウ用之
647 （いく）か ＝ 〵ら
声点　619 よるへ
合点　619 よるへ

巻十四

737 近院の右のおほいまうちきみ ＝ 能有　文徳源氏　右大臣左
大将
740 中納言源のゝほるの朝臣 ＝ 昇　延喜八年二月中納言　九年
民部卿　十四年大納言
743 さかゐのひとさね ＝ 酒井人真
声点　702 つゐ　705 かたみ
合点　702 梓弓

巻十五

748 藤原なかひらの朝臣 ＝ 仲平
769 さたのゝほる ＝ 備中守　貞朝臣登　仁明御子
781 雲林院のみこ ＝ 常康親王　仁明御子
789 兵衛 ＝ 藤原高経朝臣女
807 典侍藤原なほいこの朝臣 ＝ 直子
808 いなは ＝ もとよのおほきみの女
809 すかのゝたゝをむ ＝ 忠臣
声点　753 なき　760 ふかめ　769 ＊さた　772 こめや　773 し
は　805 いとなかる
合点　761 暁　773 いま　805 あはれ

巻十六

830 さきのおほきおほいまうちきみ ＝ 忠仁公　延喜之比太政大
臣只二人也　仍雖不辞人（書入れ官）前ト書也　前後之由也
831 ほりかはのおほきおほいまうちきみ ＝ 昭宣公　寛平三年正
月薨五十六　太政大臣　関白始
832 かむつけのみねお ＝ 岑雄
833 （見）て ＝ 〵え
847 深草のみかと ＝ 仁明
僧正遍昭 ＝ 蔵人頭　右近少将　良岑宗貞
848 河原のおほいまうちきみ ＝ 嵯峨源氏融　寛平七年八月廿五
日薨七十三
近院の右のおほいまうちきみ ＝ 能有　文徳源氏　寛平七年
于時大納言　右大将民部卿　皇太子傅
850 きのもちゆき ＝ 茂行
853 藤原のとしもとの朝臣 ＝ 利基　高藤公兄
みはるのありすけ ＝ 御春有助

857 式部卿のみこ ＝ 敦慶
声点　845 しつく
合点　845 水　851 こさ

巻十七

869 大納言ふちはらのくにつねの朝臣 ＝ 国経　寛平六年五月五日任中納言即従三位
近院右のおほいまうちきみ ＝ 于時大納言右大将　皇太子傅
871 二条のきさき ＝ 高子　貞観八年二月女御　十年十二月生第一皇子　十一年三月為皇太子　元慶元年正月即位日為中宮　六年正月為皇太后宮　春宮母儀女御也
885 あきらけいこのみこ ＝ 慧子　母藤列子　従五位上是雄女
（以下、上余白に）慧子　代始斎院　天安元年二月廃之　其事秘世莫知云々　若先是又有此事歟　遂被廃了　元慶五年正月六日薨　以述子為斎院　母同惟喬　二年而退）
885 あま敬信 ＝ よるかの朝臣母
900 なりひらの朝臣のはゝのみこ ＝ 伊豆内親王　桓武皇女　貞観三年九月薨
918 をけふゆけと ＝ 一本 にきたれとも
930 三条の町 ＝ 惟喬のみこの母
声点　891 くたち　900 さらぬ
合点　874 たまたれ

巻十八

959 たかつのみこ ＝ 高津内親王　桓武女
963 をのゝはるかせ ＝ 寛平二年任右少将
966 みやちのきよき ＝ 清樹
986 二条 ＝ 源いたるの朝臣女
992 みちのく ＝ 橘くすなおか女
声点　954 うけく　959 はし
合点　946 しくめる　959 木

巻十九

1005 うちしくれ ＝ はつ
1006 七条のきさきうせたまひにける ＝ 延喜七年六月八日崩卅六
1042 ふかやふ ＝ ヘ一本
1043 よみ人しらす ＝ ヘ一本
1054 くそ ＝ 屎　源つくるか女
1055 さぬき ＝ 安倍清行朝臣女
1056 大輔 ＝ 源たすくか女
声点　1001 えふ　1003 やよけれ　1008 まひなし　1052 まめ
合点　1008 花　1052 まめ

巻二十

声点　1094 めさし　1097 けゝれ
合点　1094 こよろき　1097 かひかね

真名序

342・3 大津皇子 ＝ 天武天皇第三皇子

付録

新撰万葉集上(抄)

一、底本は、永青文庫蔵『新撰万葉集』による。
一、『古今和歌集』の歌もしくは類歌を本書(上巻)より摘出し、その詩に訓読を付する。詩は『古今和歌集』の解釈に参考に資するためである。
一、本文の適切ならぬと思われる点は、諸本や意改によって改める。本文の左傍＊印はその箇処を示す。その説明は後に一括してまとめる。
一、訓読はなるべく版本類の訓によるが、なお私見による部分もある。
一、各歌の冒頭に付した数字は、括弧内が「在九州国文資料影印叢書(一)」による『新撰万葉集』の歌番号、括弧のつかないものが本書による『古今和歌集』の歌番号である。

(小島憲之)

春

(2)
47
散砥見手《ちるとみて》　可有物緒《あるべきものを》　梅之花《むめのはな》　別様匂之《うたてにほひの》　袖丹駐礼留《そでにとまれる》　素性

和風触処物皆楽　和風《わふう》触《ふ》る処《ところ》物《もの》皆《みな》楽《たの》しぶ
上苑梅花開也落　上苑《じやうゑん》の梅花《ばいくわ》開《さ》きて也《また》落《ち》る
淑女偸攀堪作簪　淑女《しゆくぢよ》偸《ひそ》かに攀《よ》ぢて簪《かんざし》に作《な》すに堪《た》へたり
残香匂袖払難却　残香《ざんかう》袖《そで》に匂《にほ》ひて払《はら》ふに却《そ》け難《がた》し

(4)
92
花之樹者《はなのきは》　今者不掘殖《いまはほりうゑじ》　春立者《はるたてば》　移徙色丹《うつろふいろに》　人習藝里《ひとならひけり》　素性

花樹栽来幾適情　花樹《くわじゆう》栽ゑ来《きた》りて幾《いく》ばくか情《こころ》に適《かな》ふ
立春遊客愛林亭　立春《りつしゆん》遊客《いうかく》林亭《りんてい》を愛《あい》す
西施潘岳猜千万　西施《せいし》潘岳《はんがく》猜《そね》むこと千万《せんまん》なり
両意如花尚似軽　両《ふた》りの意《こころ》花《はな》の如《ごと》くにして尚《なほ》し軽《かろ》きに似《に》たり

(6)
13
花之香緒《はなのかを》　風之便丹《かぜのたよりに》　交手曾《まじへてぞ》　鶯*倡《うぐひすさそふ》　指南庭遣《しるべにはやる》　友則

頻遣花香遠近賒　頻《しき》りに花《はな》の香《か》を遣《つか》はし遠近《をちこち》賒《はるか》なり
家々処々匣中加　家々《いへいへ》処々《ところどころ》匣中《かふちゆう》に加《くは》ふ
黄鶯出谷無媒介　黄鶯《くわうあう》谷《たに》より出《い》づるに媒介《なかだち》無《な》し

唯可梅花為指車　唯梅花《ただばいくわ》を指車《しるべ》と為《す》べし

(10)
15
春立砥《はるたてど》　花裳不匂《はなもにほはぬ》　山里者《やまざとは》　嬾軽声丹《ものうかるねに》　鶯哉鳴《うぐひすやなく》　棟梁
境埆幽亭豈識春　境埆《かうかく》の幽亭《いうてい》豈に春《はる》を識《し》らむや
不毛絶域又無匂　不毛《ふもう》の絶域《ぜつゐき》又《また》匂《にほひ》無《な》し
花貧樹少鶯慵囀　花《はな》貧《とも》しく樹《き》少《すく》なくして鶯《うぐひす》の慵《ものう》く囀《さへづ》る
本自山人意未申　本《もとより》　自山人《やまびと》意《こころ》未《いま》だ申《の》べず

(11)
46
梅之香緒《むめがかを》　袖丹写手《そでにうつして》　駐手者《とどめてば》　春者過鞆《はるはすぐとも》　片見砥思牟《かたみとおもはむ》　不知
無限遊人愛*早梅　限《かぎ》り無《な》く遊人早梅《いうじんさうばい》を愛《あい》し
花々樹々籬前栽　花々《はなばな》樹々《きぎ》籬《まがき》の前《まへ》に栽《う》う
自攀自翫堪移袂　自《みづか》ら攀《よ》ぢ自《みづか》ら翫《もてあそ》びて袂《たもと》に移《うつ》すに堪《た》へたり
惜矣三春不再来　惜《を》しき矣三春《かなさんしゆん》の再《ふたた》び来《きた》らざること

(12)
73
鶯者《うぐひすは》　郁子牟鳴濫《むべもなくらむ》　花桜《はなざくら》　坼砠見芝間丹《さくとみしまに》　且散丹藝里《かつちりにけり》
誰導春天日此長　誰《たれ》か導《い》ふ春天日《しゆんてんひ》此《こ》れ長《なが》しと
桜花早綻不留香　桜花早《あうくわはや》く綻《ほころ》びて香《か》を留《とど》めず
高低鶯囀林頭聒　高《たか》く低《ひき》く鶯囀《うぐひすさへづ》りて林頭聒《りんとうかまびす》し
恨使*良辰独有量　恨《うら》むらくは良辰《りやうしん》をして独《ひと》り量《ことはかり》有《あ》らしむる

ことを

(13)
102
春霞《はるがすみ》　色之千種丹《いろのちぐさに》　見鶴者《みえつるは》　棚曳山之《たなびくやまの》　花之影鴨《はなのかげかも》
霞光片々錦千端　霞光片々《かくわうへんぺん》として錦千端《にしきせんたん》
未辯名花五彩斑　未《いま》だ辯《べん》ぜず名花《めいくわ》の五彩《ごさい》の斑《まだ》らかなることを
遊客廻眸猶誤導　遊客眸《いうかくひとみ》を廻《めぐ》らして猶《なほ》し誤《あやま》りて導《い》ふ
応斯*丹穴聚鵷鸞　応《まさ》に斯《こ》れ丹穴《たんけつ》に鵷鸞《ゑんらん》の聚《あつ》まれるなるべしと

(15)
103
霞起《かすみたつ》　春之山辺者《はるのやまべは》　遠藝礼砥《とほけれど》　吹来風者《ふきくるかぜは》　花之香曾為流《はなのかぞする》
花々数種一時開　花々数種一時《くわくわすうしゆひととき》に開《ひら》き
芳馥従風遠近来　芳馥風《はうふくかぜ》に従《したが》ひて遠近《をちこち》より来《きた》る
嶺上花繁霞泛灔　嶺上花《れいじやうはな》繁《しげ》くして霞泛灔《かすみはんえん》たり
可憐百感毎春催　憐《あは》れぶべし百感《ひやくかん》の春毎《はるごと》に催《もよほ》すことを

(21)
6
春*来者《はるくれば》　花砥哉見濫《はなとやみらむ》　白雪之《しらゆきの》　懸礼留枝丹《かかれるえだに》　鶯之鳴《うぐひすのなく》
嗤見深春帯雪枝　嗤《あざわら》ひ見《み》る深春雪《しんしゆんゆき》を帯《お》ぶる枝《えだ》を
黄鶯出谷始馴時　黄鶯谷《くわうあうたに》を出《い》でて始《はじ》めて馴《な》るる時《とき》
初花初鶯皆堪翫　初花初鶯皆《しよくわしよあうみな》翫《もてあそ》ぶに堪《た》へたり
自此春情可得知　此《こ》れ自《よ》り春情得《しゆんじやうえ》て知《し》るべし

夏

(22)
715
蟬之声《せみのこゑ》　聞者哀那《きけばかなしな》*　夏衣《なつごろも》　薄哉人之《うすくやひとの》　成牟砥思倍者《ならむとおもへば》

嘒々蟬声入耳悲　嘒々《けいけい》たる蟬《せみ》の声耳《こゑみみ》に入《い》りて悲《かな》し
不知斉后化何時　知《し》らず斉后《せいこう》の化《くわ》せしこと何《いつ》れの時《とき》ぞ
絺衣新製幾千襲　絺《ち》衣《い》新《あらた》しく製《つく》ること幾千襲《いくせんしふ》ぞ
咲殺伶倫竹与糸　咲殺《せうさつ》す伶倫《れいりん》が竹《たけ》と糸《いと》とを

(24)
153
沙乱丹《さみだれに》　物思居者《ものおもひをれば》　*郭公鳥《ほととぎす》　夜深鳴手《よふかくなきて》　五十人槌行濫《いづちゆくらむ》

蕤賓怨婦両眉低　蕤賓怨婦《ずいひんゑんぷ》両眉低《りやうびた》れ
耿々閨中待暁鶏　耿々《かうかう》として閨中《けいちゆう》に暁《あかつき》の鶏《とり》を待《ま》つ
粉黛*壊来収涙処　粉黛壊《ふんたいくづ》れ来《きた》る涙《なみだ》を収《をさ》むる処《ところ》
*郭公夜々百般啼　郭公夜《ほととぎすよ》々《よ》百般啼《ももたびな》く

(25)
561
初夜間裳《よひのまも》　葬処無見湯留《はかなくみゆる》　夏虫丹《なつむしに》　惑増礼留《まどひまされる》　恋裳為鉇《こひもするかな》

好女係心夜不眠　好《よ》き女心《をうなこころ》に係《かか》りて夜眠《よるねむ》られず
終宵臥起涙連々　終宵臥《よもすがらふ》し起《お》き涙連々《なみだれんれん》たり
贈花送札迷情切　花《はな》を贈《おく》り札《ふだ》を送《おく》りて迷《まど》ふ情切《こころせち》なり
其奈遊*虫入夏燃　其《そ》れ遊虫《いうちゆう》の夏《なつ》に入《い》りて燃《も》ゆるを奈《いか》にせむ

(26)
156
夏之夜之《なつのよの》　臥歟砥為礼者《ふすかとすれば》　郭公鳥《ほととぎす》　鳴一音丹《なくひとこゑに》　明篠之目《あくるしののめ》

日長夜短嬾晨興　日《ひ》長《なが》く夜《よ》短《みじか》くして晨《つと》に興《おく》るに嬾《ものう》し
夏*漏遅明聴*郭公　夏漏遅明《かろうしののめ》に郭公《ほととぎす》を聴《き》く
嘯取詩詞偸走筆　詩詞《しし》を嘯取《せうしゆ》して偸《ひそ》かに筆《ふで》を走《はし》らす
文章気味与春同　文章《ぶんしやう》の気味《きみ》春《はる》と同《おな》じ

(29)
157
暮歟砥《くるるかと》　見礼者明塗《みればあけぬる》　夏之夜緒《なつのよを》　不飽砥哉鳴《あかずとやなく》　山公鳥《やまほととぎす》

難暮易明五月時　暮《く》れ難《がた》く明《あ》け易《やす》し五月《さつき》の時《とき》
郭公緩叫又高飛　郭公《ほととぎす》緩《ゆる》く叫《さけ》びて又高《またたか》く飛《と》ぶ
一*宵鐘漏尽尤早　一宵《ひとよ》の鐘漏尽《しようろうつく》ること尤《もと》も早《はや》し
想像閨筵怨婦悲　想像《おもひ》やる閨筵怨婦《けいえんゑんぷ》の悲《かな》しびを

(32)
159
去年之夏《こぞのなつ》　鳴旧手芝《なきふるしてし》　公鳥《ほととぎす》　其歟不有歟《それかあらぬか》　音之不変沼《こゑのかはらぬ》

去歳今年不変何　去歳《こぞ》も今年《ことし》も変《かは》らざること何《なに》ぞ
*郭公暁枕駐音過　郭公《ほととぎす》暁《あかつき》の枕《まくら》に音《こゑ》を駐《とど》めて過《す》ぐ
窓間側耳憐聞処　窓間耳《さうかんみみ》を側《そばた》てて憐《あは》れび聞《き》く処《ところ》
遮莫郭*公舌尚多　遮莫《さもあらばあれ》郭公《ほととぎす》の舌尚《したなほ》し多《おほ》きことを

(35)
562
夕去者《ゆふされば》　自蛍異丹《ほたるよりけに》　燃礼鞆《もゆれども》　光不*見早《ひかりみねばや》　人之都例無杵《ひとのつれなき》

怨深喜浅此閨情　怨《うら》み深《ふか》く喜《よろこ》び浅《あさ》し此《こ》の閨情《けいじやう》
夏夜胸燃不異蛍　夏《なつ》の夜《よ》胸《むね》燃《も》えて蛍《ほたる》に異《こと》ならず
書信休来年月暮　書信来《しよしんきた》ること休《やみ》て年月暮《としつきく》る
千般其奈望門庭　千般《ちたび》其《そ》れ門庭《もんてい》を望《のぞ》むを奈《いか》にせむ
郭*公本自意浮華　郭公本《ほととぎすもとより》　自意浮華《こころふくわ》なり
*四遠無栖汝最奢　四遠栖無《しゑんすみかな》くして汝最《なむちもと》も奢《おご》れり
性似蕭*郎令女怨　性《さが》は蕭郎《せうらう》に似《に》て女《をうな》をして怨《うら》みしめ
操如蕩子尚迷他　操《みさを》は蕩子《たうし》の如《ごと》く尚《なほ》し他《あたしひと》に迷《まよ》ふ

(36)
158
夏山丹《なつやまに》　恋敷人哉《こひしきひとや》　入丹兼《いりにけむ》　音振立手《こゑふりたてて》　鳴公鳥《なくほととぎす》

一夏山中驚耳根　一夏《いつか》山中耳《さんちゆうじ》根《こん》を驚《おどろ》かす
郭*公高響入禅門　郭公高《ほととぎすたか》く響《ひび》きて禅門《ぜんもん》に入《い》る
適逢知己相憐処　適《たまたま》知己《ちき》に逢《あ》ひて相憐《あひあは》れぶ処《ところ》
恨有清談無酒樽　恨《うら》むらくは清談《せいだん》のみ有《あ》りて酒樽無《しゆそんな》きことを

(38)
154
夜哉暗杵《よやくらき》　道哉迷倍留《みちやまよへる》　公鳥《ほととぎす》　吾屋門緒霜《わがやどをしも》　難過丹鳴《すぎがてになく》

月入西嵫杳冥宵　月西嵫《つきせいじ》に入《い》りて杳冥《えうめい》たる宵《よひ》
郭*公五夜叫飄颻　郭公五《ほととぎすご》夜《や》に叫《さけ》びて飄颻《へうえう》す
夏天処々多撩乱　夏天処々撩乱《なつぞらしよしよれうらん》すること多《おほ》し
暁牖家々音不遥　暁牖家々音遥《げういういへいへおとはる》かならず

(41)
710
誰里丹《たがさとに》　夜避緒為手歟《よがれをしてか》　公鳥《ほととぎす》　只於是霜《ただここにしも》　寝垂音為《ねたるこゑする》

秋

(43)
1020
秋風丹《あきかぜに》　綻沼良芝《ほころびぬらし》　藤袴《ふちばかま》　綴刺砥手《つづりさせとて》　蛬鳴《きりぎりすなく》

商飆颯々葉軽々　商飆颯々《しやうへうさつさつ》として葉《は》軽々《けいけい》たり
壁蛬流音数処忙　壁蛬《へききよう》の流音数処《りういんすうしよ》に忙《いそが》はし
暁露鹿鳴花始発　暁露《げうろ》鹿鳴《しかな》きて花始《はなはじ》めて発《ひら》く
百般攀折*一枝馨　百般攀《ももたびよ》ぢ折《を》る一枝《いつし》馨《かぐは》し

(46)
207
秋風丹《あきかぜに》　鳴雁歟声曾《なくかりがねぞ》　響成《ひびくなる》　誰*玉梓緒《たがたまづさを》　懸手来都濫《かけてきつらむ》

聴得帰鴻雲裏声　聴《き》き得《え》たり帰鴻《きこう》の雲《くも》の裏《うち》の声《こゑ》
千万珍重遠方情　千万珍重《せんばんちんちよう》す遠方《をちかた》の情《こころ》
繫書入手開緘処　繫書入手《けいしよにふしゆ》し緘《かん》を開《ひら》く処《ところ》
錦字一行涙数行　錦字《きんじ》一行涙数行《いちぎやうなみだすうかう》

(47)
229
女倍之《をみなへし》　匂倍留野辺丹《にほへるのべに》　宿勢者《やどりせば》　無綾浮之《あやなくあだの》　名緒哉立南《なをやたちなむ》

女郎花野宿羈夫
不許繁花負*万*区
蕩子従来無定意
未嘗告有得羅*敷

女郎花《をみなへし》野《の》に羈夫《きふ》宿《やど》る
許《ゆる》さず繁花《はんくわ》の万区《ばんく》に負《お》ふことを
蕩子《たうし》従来定《もとよりさだ》まれる意無《こころな》し
未《いま》だ嘗《かつ》て羅敷《らふ》を得《う》ること有《あ》るを告《つ》げず

(52)
243
秋之野之《あきののの》 草之袂歟《くさのたもとか》 花薄《はなすすき》 穂丹出手招《ほにいでてまねく》 袖砥見湯濫《そでとみゆらむ》

秋日遊人愛遠方
逍遥野外見蘆芒*
白花揺動似招袖
*疑是鄭生任氏嬢

秋日遊人《しうじついうじん》遠方《をちかた》を愛《あい》す
野外《やぐわい》に逍遥《せうえう》して蘆芒《ろばう》を見《み》る
白《しろ》き花揺動《はなえうどう》して招《まね》く袖《そで》に似《に》たり
疑《うたが》ふらくは是《こ》れ鄭生任氏《ていせいにんし》嬢《をみな》ならむかと

(53)
264
不散鞆《ちらねども》 *兼手曾惜杵《かねてぞをしき》 黄葉者《もみちばは》 今者限之《いまはかぎりの》 色砥見都礼者《いろとみつれば》

野樹斑々紅錦装
惜来爽候欲闌*光
年前黄葉再難得
争使涼風莫吹傷*

野樹斑々《やじゆはんぱん》として紅錦装《こうきんよそほ》ふ
惜《を》しみ来《き》たる爽候《さうこう》の闌《うす》らがむと欲《す》る光《ひかり》
年前《ねんぜん》の黄葉再《もみちばふたた》び得難《えがた》し
争《いか》でか涼風《りやうふう》をして吹《ふ》き傷《やぶ》ること莫《な》からしめむ

(57)
215
奥山丹《おくやまに》 黄葉踏別《もみちふみわけ》 鳴麋之《なくしかの》 音聆時曾《こゑきくときぞ》 秋者金敷《あきはかなしき》

秋山寂々葉零々
麋鹿鳴音数処聆
勝地尋来遊宴処
無朋無酒意猶冷

秋山寂々《しうざんせきせき》として葉零々《はれいれい》たり
麋鹿《びろく》の鳴《な》く音数《こゑあまた》の処《ところ》に聆《きこ》ゆ
勝地尋《しようちたづ》ね来《きた》りて遊宴《いうえん》する処《ところ》
朋《とも》も無《な》く酒《さけ》も無《な》くして意猶《こころなほ》し冷《すさま》じ

(59)
212
秋風丹《あきかぜに》 音緒帆丹挙手《こゑをほにあげて》 来船者《くるふねは》 天之外亘《あまのとわたる》 雁丹佐里介留《かりにざりける》

嘹々秋鴻乱碧空
濤音櫓響是相同
羈人挙檝催歌処
海上悠々四遠通

嘹々《れいれい》たる秋鴻碧空《しうこうへきくう》に乱《みだ》る
濤《なみ》の音櫓《おとろ》の響是《ひびきこ》れ相同《あひおな》じ
羈人檝《きじんかぢ》を挙《あ》げて歌《うた》を催《もよほ》す処《ところ》
海上悠々《かいじやういういう》として四遠《しゑん》に通《つう》ず

(64)
218
秋芽*之《あきはぎの》 花拆*介里《はなさきにけり》 高狭子之《たかさごの》 尾之上丹今哉《をのへにいまや》 麋之鳴濫《しかのなくらむ》

三秋有蘂号芽*花
麛子鳴時此草奢
雨後紅匂千度染
風前錦色自然多

三秋蘂有《さんしうずいあ》り芽花《はぎ》と号《なづ》く
麛子《しか》の鳴《な》く時《とき》に此《こ》の草奢《くさおご》る
雨《あめ》の後《のち》に紅《くれなゐ》の匂《にほひ》千度染《たびそ》め
風《かぜ》の前《まへ》に錦《にしき》の色自然《いろじねん》に多《おほ》し

(66)
257
白露之《しらつゆの》 色者一緒《いろはひとつを》 何丹為手《いかにして》 秋之山辺緒《あきのやまべを》 千丹染濫《ちぢにそむらむ》

白露従来莫染功
何因草木葉先紅

白露従来染《はくろもとよりそ》むる功莫《くうな》し
何《なに》に因《よ》りてか草木《くさき》の葉先《はま》づ紅《もみ》づる

三秋欲暮趁看処　三秋《さんしうく》暮れむと欲《し》て趁《お》ひて看《み》る処《ところ》
山野斑々物*忩　山野《さんや》斑々《はんばん》として物色《ぶつしよく》忩《いそがは》し

(67)
266
秋霧者《あきぎりは》　今朝者那*起曾《けさはなたちそ》　竜田山《たつたやま》　婆々曾之*黄葉《ははそのもみち》　卌人丹店見牟《よそにてもみむ》
山谷幽閑秋霧深　山谷《さんこく》幽閑《いうかん》にして秋霧《あきぎり》深《ふか》し
朝陽不見幾千尋　朝陽《てうやう》見《み》えず幾千《いくち》尋《ひろ》
杳冥若有天容出　杳冥《えうめい》若《も》し天容《てんよう》を出《いづ》ること有《あ》らば
霽後偸看錦葉林　霽《はれ》て後《のち》に偸《ぬす》み看《み》む錦葉《きんえふ》の林《はやし》を

(68)
263
雨降者《あめふれば》　笠取山之《かさとりやまの》　秋之色者《あきのいろは》　往還人之《ゆきかふひとの》　袖佐倍曾照《そでさへぞてる》
名山秋色錦斑々　名山《めいざん》の秋《あき》の色《いろ》錦《にしき》斑々《はんばん》たり
落葉繽紛客袖爛　落葉《らくえふ》繽紛《ひんぷん》として客袖《かくしう》爛《まだ》らかなり
終日廻看無倦意　終日《ひねもす》に廻《めぐ》り看《み》て倦意《けんい》無《な》し
一時風景是誰訕　一時《いちじ》の風景《ふうけい》是《こ》れ誰《たれ》か訕《そし》らむ

(69)
239
何人歟《なにびとか》　来手脱係芝《きてぬきかけし》　藤袴《ふぢばかま》　来留秋毎丹《くるあきごとに》　野辺緒匂波須《のべをにほはす》
秋来野外莫人家　秋来《あききた》りて野外《やぐわい》に*人家《じんか》莫《な》し
藤袴締懸玉樹柯　藤袴《ふぢばかま》締《むす》び懸《か》く玉樹《ぎよくじゆ》の柯《えだ》
借問遊仙何処在　借問《しやもん》す遊仙《いうせん》何《いづ》れの処《ところ》にか在《あ》る

誰知我乗指南車　誰《たれ》か知《し》らむ我《わ》が指南《しるべ》の車《くるま》に乗《の》ることを

(71)
296
甘南備之《かむなびの》　御室之山緒《みむろのやまを》　秋往者《あきゆけば》　錦裁服留《にしきたちきる》　許々知許曾為礼《ここちこそすれ》
試入秋山遊覧時　試《こころ》みに秋山《しうざん》に入《い》りて遊覧《いうらん》する時《とき》
自然錦繡換単衣　自然《じねん》の錦繡《きんしう》単衣《ひとへ》に換《か》へたり
戔々新服風前艶　戔々《せんせん》たる新服《しんぷく》風《かぜ》の前《まへ》に艶《えん》なり
咲殺*如林鳳羽儀　咲殺《せうさつ》す林鳳《りんほう》羽儀《うぎ》の如《ごと》きを

(75)
306
山田守《やまだもる》　秋之仮廬丹《あきのかりほに》　置露者《おくつゆは》　稲負鳥之《いなおほせどりの》　涙那留倍芝《なみだなるべし》
稼田上々此秋登　稼田上々此《かでんじやうのじやうこ》の秋《あきみの》登る
*秔稲離々九穂同　秔稲《かうたう》離々《りり》九穂《きうすい》同《おな》じ
鼓腹尭年今亦鼓　腹《はらつづみ》を鼓《う》ち尭年《げうねん》今《いま》も亦《ま》た鼓《う》つ
農夫扣角旧謳通　農夫《のうふ》角《つの》を扣《たた》きて旧謳《きうおう》に通《つう》ず

(77)
211
夜緒寒美《よをさむみ》　衣借*金《ころもかりがね》　鳴苗丹《なくなへに》　*芽之下葉裳《はぎのしたばも》　*移徙丹藝里《うつろひにけり》
寒露初降秋夜冷　寒露《かんろ》初《はじ》めて降《くだ》りて秋《あき》の夜《よ》冷《さむ》し
*芽花艶々葉零々　芽花《はぎのはな》艶々《えんえん》たり葉《は》零々《れいれい》たり
雁音頻叫銜蘆処　雁音《かりがね》頻《しき》りに叫《さけ》びて蘆《あし》を銜《ふふ》む処《ところ》
*幽感相干傾緑*醽　幽感《いうかん》相干《あひをか》して緑醽《りよくれい》を傾《かた》ぶく

冬

(80)
563
小竹之葉丹《ささのはに》　置*自霜裳《おくしもよりも》　独寝留《ひとりぬる》　吾衣許曾《わがころもこそ》　冷*増介礼《さえまさりけれ》
玄冬季月気猶寒　玄冬《げんとう》の季月《きげつ》気猶《なほ》し寒《さむ》し
露往霜来被似単　露往《あきゆ》き霜来《ふゆきた》りて被単《ふすまひとへ》なるに似《に》たり
松柏彫残枝惨*冽　松柏彫残《しようはくてうざん》して枝惨冽《えださんれつ》
竹叢変色欲枯殫　竹叢《ちくそう》色《いろ》を変《か》へて枯《か》れ殫《つ》きなむとす

(85)
902
白雪之《しらゆきの》　八重降敷流《やへふりしける》　*還山《かへるやま》　還々裳《かへるがへるも》　老丹介留鈍《おいにけるかな》
白雪干頭八十翁　白雪頭《はくせつあたま》を干《をか》す八十《やそち》の翁《おきな》
誰知屈指歳猶豊　誰《たれ》か知《し》らむ指《ゆび》を屈《かが》めて歳猶《としなほ》し豊《ゆたか》なることを
星霜如箭居諸積　星霜箭《せいさうや》の如《ごと》くして居諸積《きよしよつも》る
独歯人寰欲数冬　独《ひと》り人寰《じんくわん》に歯《よはひ》して数《あまた》の冬《ふゆ》にならむとす

(89)
316
大虚之《おほぞらの》　月之光之《つきのひかりし》　寒介礼者《さむければ》　景見芝水曾《かげみしみづぞ》　先凍介留《まづこほりける》
寒天月気夜冷々　寒天《かんてん》の月気《げつき》夜冷々《よるれいれい》たり
池水凍来鏡面瑩　池水凍《ちすいこほ》り来《きた》りて鏡面瑩《きやうめんかかや》く
倩見年前風景好　倩 見《つらつらみ》るに年前《ねんぜん》の風景好《ふうけいよ》く
玉壺晴後翫*清々　玉壺《ぎよくこは》晴れて後《のち》に翫《もてあそ》ぶこと清々《せいせい》たり

(90)
328
白雪之《しらゆきの》　降手積礼留《ふりてつもれる》　山里者《やまざとは》　住人佐倍哉《すむひとさへや》　思銷良牟《おもひきゆらむ》
雪後朝々興万端　雪後《せつご》の朝々《あさなあさな》に興万端《きようばんたん》
山家野室物斑々　山家野室《さんかやしつ》物斑々《ものはんぱん》たり
初銷粉婦泣来面　初《はじ》めて銷《き》ゆるときは粉婦《ふんぷ》の泣《な》き来《きた》る面《おも》
最盛応驚月色寛　最《もと》も盛《さか》りなるときは応《まさ》に月色《げつしよく》の寛《ゆた》かなるか
と驚《おどろ》くべし

(91)
564
吾屋門之《わがやどの》　菊之垣廬丹《きくのかきほに》　置霜之《おくしもの》　銷還店《きえかへりても》　将逢砥曾思《あはむとぞおもふ》
青女触来菊上霜　青女《せいぢよ》触れ来《きた》る菊《きく》の上《うへ》の霜《しも》
寒風寒気蘂芬芳　寒風寒気《かんぷうかんき》蘂芬芳《ずいふんぱう》たり
王弘趁到提*罇酒　王弘趁《わうこうお》ひ到《いた》りて罇酒《そんしゆ》を提《さ》げ
終日遊*遨陶氏荘　終日《ひねもす》に遊遨《いうがう》す陶氏《たうし》が荘《さう》

(92)
327
三吉野之《みよしのの》　山之白雪《やまのしらゆき》　踏別手《ふみわけて》　入西人之《いりにしひとの》　音都礼牟勢沼《おとづれもせぬ》
遊人絶跡入幽山　遊人跡《いうじんあと》を絶《た》ちて幽山《いうざん》に入《い》る
踏雪呑霜独*蔑寒　雪《ゆき》を踏《ふ》み霜《しも》を呑《の》みて独《ひと》り寒《さむ》らを蔑《なみ》す
不識相逢何歳月　識《し》らず相逢《あひあ》はむこと何《いづ》れの歳月《さいげつ》ぞ
夷斉愛崿遂無還　夷斉崿《いせいがく》を愛《あい》して遂《つひ》に還《かへ》ること無《な》し

(94)
340
雪降手《ゆきふりて》　年之暮往《としのくれゆく》　時丹許曾《ときにこそ》　遂丹緑之《つひにみどりの》　松裳見江介礼《まつもみえけれ》
松樹従来蔑雪霜　松樹《しようじゆ》従来《もとより》雪霜《せつさう》を蔑《なみ》す
寒嵐扇処独蒼々　寒嵐《かんらん》扇《あふ》ぐ処《ところ》独《ひと》り蒼々《さうさう》たり
奈何桑葉先零落　奈何《いかに》せむ桑葉《さうえふ》の先《さき》だちて零落《れいらく》することを
不屑槿花暫有昌　槿花《きんくわ》の暫《しばら》く昌有《さかえあ》ることを屑《もののかず》にせず

恋

(100)
661
紅之《くれなゐの》　色庭不出芝《いろにはいでじ》　隠沼之《かくれぬの》　下丹通手《したにかよひて》　恋者死鞆《こひはしぬとも》
閨*房怨緒惣無端　閨房《けいばう》の怨緒《ゑんしよ》惣《すべ》て端無《はしな》し
万事呑心不表肝　万事《ばんじ》心《こころ》に呑《の》みて肝《きも》を表《あらは》さず
胸火燃来誰敢滅　胸《むね》の火《ひ》燃《も》え来《きた》るも誰《たれ》か敢《あ》へて滅《け》さむ
紅深袖涙不応乾　紅《くれなゐ》深《ふか》き袖《そで》の涙《なみだ》まさに乾《ほ》すべからず

(103)
521
都例裳那杵《つれもなき》　君緒待砥手《ひとをまつとて》　山彦之《やまびこの》　音之為左右《おとのするまで》　歎鶴鉇《なげきつるかな》
*千般怨殺厭吾人　千《ち》般《たび》怨殺《ゑんさつ》す吾《われ》を厭《いと》ふ人《ひと》を
何日相逢万緒申　何《いづ》れの日《ひ》か相逢《あひあ》ひて万緒《ばんしよ》を申《の》べむ
歎息高低閨裡乱　歎息高低《たんそくかうてい》にして閨《ねや》の裡乱《うちみだ》れ
含情泣血袖紅新　情《じやう》を含《ふふ》みて泣血《きふけつ》し袖《そで》の紅《くれなゐ》新《あらた》し

(105)
558
恋侘手《こひわびて》　打寝中丹《うちぬるなかに》　往還《ゆきかへる》　夢之只*徑者《ゆめのただちは》　宇筒那良南《うつつならなむ》
恋緒連綿無絶期　恋緒連綿《れんしよれんめん》として絶《た》ゆる期無《ときな》し
履声佩響聴何時　履声佩響聴《りせいはいきやうき》かむこと何《いつ》れの時《とき》ぞ
君吾相去程千里　君《きみ》と吾《われ》と相去《あひさ》ること程千里《ほどせんり》
連夜夢魂猶不稀　連夜《れんや》の夢魂《むこん》は猶《なほ》し稀《まれ》らならず

(110)
571
恋敷丹《こひしきに》　侘手魂《わびてたましひ》　迷那者《まどひなば》　空芝杵幹之《むなしきからの》　名丹哉*起南《なにやたちなむ》
恋情无限匪須勝　恋情《れんじやう》限《かぎ》り无《な》く勝《た》ふるべからず
生死慇懃尚在胸　生死《せいし》慇懃《いんぎん》にして尚《なほ》し胸《むね》に在《あ》り
君我昔時長契*約　君《きみ》と我《われ》と昔時《せきじ》長《なが》く契約《けいやく》せり
嗤来寒歳栢*将松　嗤《あざわら》ひ来《きた》る寒《さむ》き歳《とし》の栢《かしは》と松《まつ》とを

(113)
809
都例无杵緒《つれなきを》　今者不*恋砥《いまはこひじと》　念鞆《おもへども》　心弱裳《こころよわくも》　墜留涙歟《おつるなみだか》
不枉馬蹄歳月抛　馬蹄《ばてい》を枉《ま》げずして歳月抛《さいげつなげう》つ
従休雁札望雲郊　雁札《がんさつ》休《や》みし従《よ》り雲郊《うんかう》を望《のぞ》む
恋情忍処寧応耐　恋情《れんじやう》忍《しの》ぶ処寧《ところなに》ぞまさに耐《た》ふべけむや
落涙交横潤斗筲　落涙交横《らくるいかうわう》して斗筲《とせう》を潤《うるほ》す

(119)
726
千色丹《ちぢのいろに》　移*徙良咩砥《うつろふらめど》　不知国丹《しらなくに》　意芝秋之《こころしあきの》　不黄葉禰者《もみぢならねば》

人情変改不須知　人情《にんじやう》の変改《へんかい》知《し》るべからず
見説生涯離別悲　見説《きくなら》く生涯《しやうがい》離別《りべつ》の悲《かな》しびありと
閑対秋林看落葉　閑《しづ》かに秋林《しうりん》に対《たい》して落葉《らくえふ》を看《み》るに
何堪爽候索然時　何《なに》ぞ爽候《さうこう》の索然《さくぜん》たる時《とき》に堪《た》へむや

注　諸本や意によって改めた漢字を掲出し、底本の漢字を（　）内に示した。括弧内の数字は『新撰万葉集』の番号を示す。

(6) 倡（偶）
(11) 早（底本ナシ。一字分空白）
(12) 良（郎）
(13) 丹（舟書入「丹歟」）
(21) 来（成）
(22) 那（哉）
(24) 郭公鳥（書入「公鳥イ」）壊（懐）郭公（郭公鳥書入「公鳥イ」）
(25) 虫（中）
(26) 漏（満）郭公（書入「鳥本」）
(29) 公（公鳥）
(32) 公（公鳥）公（公鳥）
(35) 不（底本ナシ）
(36) 公（公鳥）
(38) 公（公鳥）
(41) 公（公鳥）四（曰）蕭（簫）
(43) 一枝（底本ナシ。行末書入「本」）
(46) 玉（王）
(47) 負（眉）万（号）羅（蘿）
(52) 芒（英書入「如本」）疑（疑疑）
(53) 兼（包）闌（閗）傷（復書入「傷歟本」）
(64) 芽（苛）拆（或ハ書入カ）芽（苛）
(66) 忿（公）
(67) 起（不起）之（底本ナシ）
(69) 毎（底本ナシ）
(71) 如（女）
(75) 秔（税）
(77) 金（金乎）芽（苛）幽（茪）醽（鄢）
徙（従）芽（苛）
(80) 自霜（白露）増（憎）冽（例）
(85) 還山（奥山者）
(89) 清（底本ナシ。一字分空白）
(91) 罇（蹲）遨（趁）
(92) 蔑（夢）
(100) 房（扇）
(103) 千（手）
(105) 俓（侄）
(110) 起（赴）約（物）将（時）
(113) 恋（応）
(119) 徙（従）

序注

一、陽明文庫所蔵の『序注』（付録の「古今和歌集注釈書目録」の8・9にあたる。合綴されている東宮雅院・柿本人麿画讃一首并序を除く）を翻刻した。
二、翻刻は次の方針によった。
1　改行、読点は適宜定めた。
2　誤脱の補入記号のある書入れ・誤写のミセケチの記号のある書入れ、重ね書きの書入れは、特にそのことを示さない。
3　字体は通行の字体を基準とする。
4　漢文に付されている種々の記号や送り返名・振り仮名等は、原則としてすべて翻刻する。
5　声点・合点は、すべて省略する。
6　朱・墨の別は示さない。
三、翻刻に際し、次の記号を使用した。
1　（1オ）（2ウ）等は底本の丁数およびその表裏の末尾を示す。
2　□は判読不能の文字を示す。意によって解読した文字は□で囲った。
3　二の6以外の書入れは、括弧にくくって示した。

（田村　緑）

古今和歌集序

従五位上行土左守臣紀朝臣貫之上

件署所有疑、貫之者、延長年中自右京亮任土左守、加之此序末注御所預、仍為誤耳

夫和歌者、託《ケ》其《ノ》根《ヲ》於心地《ニ》一、発《ス》二其《ノ》花《ヲ》於詞-林《ニ》一者也、人之在《コトニ》二世一、不四能三無二為《ナルコト》一、思-慮易《ヤスク》二遷《ウツリ》一、哀-楽相変《ヒス》、感生《ス□リ》二於志一、詠形《アラハス》二於言《ニ》一、是以、逸《ヤスキ》者《セルモノハ》其《ノ》詞楽《タノシフ》、怨《ウラムル》-者《セルモノハ》其吟悲《フ》、可二以《テ》述-懐《ヲ》一、可以発《テヒライツ》二憤《イキトヲリヲ》一、動二天地《ヲ》一、感《シメ》二鬼神《ヲ》一、化《シ》人-倫《ヲ》一、和《ヤハラケ》夫婦《ヲ》一、莫三宜《キハ》二於和-歌一、ヽヽ有二六義一

文選張銑注云、(1オ)嘗暫《ムカシシハラク》、-暫試《コヽロミニ》論《ロムス》之、六義者《ト云ハ》謂下歌二事一曰二風一、布《シケル》義《ヲ》曰二賦一、取二類一曰二比一、感二物一曰二興一、政二事一曰二雅一、成二功一曰中頌上、随二作者志名一也

一曰風(歌事曰風)

譬喩不言也、今諷歌体也、風化天下、正夫婦、故用之卿人云便兼

毛詩云、上風-化下《シニ》一、ヽヽ以《ハ》風-刺上《シスヲ》

註云、風-化風-刺、皆謂《イハク》譬-喩《ヲ》二不二弁《サシテ》言一

或書云、風者諷也、ソフトヨムナリ、諷トイフハ、題ヲアラハニイハスシテ、義ヲサトラシムルナリ

又云、風ハ、題ヲアラハサスシテ、物ヲトリテ、ヒトヘニソレニナシテイフナリ

弘法大師御作鏡府云、一曰風、体一国之教、謂之風、関雎麟趾《シ》之化、王者之風也、鵲《シヤク》巣騶《スク》虞之徳、諸侯之風也、王云、天地之(1ウ)号令曰風、上之化下、猶風靡《ナヒカス》草、行春《コナフトキハ》令則和-風生、行秋令則寒政《セツス》(ママ)、言《ロ》、君臣不可軽其風也

ソヘウタ

ナニハツニサクヤコノハナフユコモリイマハヽルヘトサク
ヤコノハナ

此歌者、大鷦鷯《オヽサヽキノ》天皇(治天下八十七年、仁徳天皇、応神天皇第四子、元年正月即位、御難波高津宮、仁徳天皇乃弟者、菟道稚郎子也、弟遂不即位死也)、於難波津宮、末即帝位、与太子相譲及三年之時、王仁所詠也

此天皇ヲ大サヽキト申コトハ、日本紀ニミヘタリ

天皇ムマレマス日、ツクウフヤニトヒイレリ、ソノアシタニ、誉田《ホムタノ》天皇 応神天皇、大臣武内宿禰ヲメシテノタマハク、コレイカナルシルシソ、コタヘマウサク、ヨキシルシナリ、昨日オノカツマコウム時ニ、サヽキウフヤニトヒイレリ、コレモ

アヤ(2オ) シト、スメラノタマハク、ワカコト大臣コト、ヲ
ナシ日ムマレテ、トモニシルシアリ、ソノトリノナヲカヘテ、
御子ヲハ大サヽキノ王子トイヒ、大臣子ヲハツクノ宿禰トイ
ヒテ、ノチノヨノシルシトモセムトイヘリ
散位従五位上源朝臣兼似作歌云、
ツクスクネスメラカミコニナカヘセル心ハキミヲイフ(ママ)ハフ
ナリケリ
天皇即位以後四年ニアタルトシ、四望不烟《ヨモニノソムニケフリタヽス》、即止三二‐載ノ
課‐役ヲ一、殿雖破不修《トノヤフレタレトモツクラス》、第七年四月、登楼見烟、感曰、朕既
富
左大臣従二位兼行左近衛大将藤原朝臣時平作歌云、
タカトノニノホリテミレハアメノシタヨモニケフリテイマ
ソトミヌル
従三位守大納言兼行中宮大夫藤原朝臣師頼(ママ)作歌云、
オホサヽキスメラカヨヽリタツケフリアマノヒツキニモエ
マサルカナ(2ウ)
雖殿破不修トイフコトヲ、
皇太后宮大夫藤原朝臣国経作歌云、
オホサヽキタカツノミヤノアメモルヲフカセヌコトヲタミ
ハヨロコフ
治天下八十七年
同人歌云、
ケフリナキヤトヲメクミシスメラコソヤソトセアマリクニ
シラシケレ
天皇御ヨニ、コマノクニクロカネノタテ、クロカネノマトヲ
タテマツレリ、カノクニノマラウトニアヘタマフヘキ、マチ
キムタチヲツトヘテ、ソノマトヲイサシメタマフニ、イトホ
スコトナシ、タヽタテヒトノスクネイトホセリ、コマノマラ
ウト、コノユミイルコトノスクレタルヲヽチテ、トモニミカ
トヲカミス、コレニヨリテ、アクル日、タテヒトノスクネ、
カハネヲタマヒテ、イクハノトタノスクネトイフ
右兵衛督従四位下源朝臣仲宣作歌云、
クロカネノマトヲトホセルイサミニソナヲタマハリテヨニ
ツタヘケル
此歌(ナニハツノウタノコトナリ)ノコヽロ、ソヘウタニヨクア
ヒカナヘリ、タヽシコノ□ニハ、ヒトコトヲフタ(3オ) カタ
ニヨマシタルヲソヘウタトハイフ
キミナクテアシカリケリトオモフニハイトヽナニハノウラ

ソスミウキ
ホムタノ天皇、武内宿禰ヲツクシニツカハシテ、オホムタカラヲカムカヘシメタマフニ、武内宿禰ノヲトウト、ムマシウチノ宿禰ノスメラニマウサク、武内宿禰アメノシタヲネカフ心アリト、武内宿禰コレヲキヽテ、ヲホキニウレヘテ、フネヨリマウテイタリテ、ツミナキヨシヲマウス、ヽメラカムカヘトヒタマフニ、ヲノ〳〵アラソヒテサタメカタシ、スメラミコトノリシテ、アマツヤシロ、クツ(ママ)ヤシロニマウシテ、トモニクカタチセシムルニ、武内スクネカチヌトイヘリ
大納言国経歌云、
ツクシヘテカクタ(ママ)チセシニキヨキミハムヨノスメラニツカ
ヘキニケリ
盟神探《クカムタチ》、ユヲサクレハ、マコトニハテモタヽレス、ソラコトニハタヽルヽナリ
又、国経、十三歳始奉仕田邑天皇、其後六代、仍在此句云〻
ホムタノ天皇、曰(ママ)オホヤケフネアリ、名ハ軽野《カレノ》、コレハイツノクニノタテマツレルナリ、イマハクチテモチイカタシ、ヒサシクオホヤケモノタレハ、イサミワスレカタシ、イカテカコノフネノナヲシテ、ノチノヨマテハツタフヘキトテ、(3ウ)ソノフネノキヲトリテ、タキヽトシテ、シヲヽヤキテ、アマネクヽニ〳〵ニタマヒテ、フネヲツクラシメタマフ、マタ、シオノタキヽトシテタクトキニ、モエクヒノヤケヌ、アヤシミテタテマツレリ、スメラ琴ニツクラシメタマフニ、コヘサヤカニトホクキコユ
右大臣源光将(ママ)云、
トシヘタルフルキタキヽヲステネハソサヤケキヒヽキトヲ
クキコユル
的戸田　イクハノトタ
二曰賦(布義曰賦)
直陳其事、不譬喩者賦詞也
正義云、賦之言《イフコ、ロハ》、鋪直鋪陳、今之政教善悪ヲ
正義云、賦之言、鋪直鋪陳、今之政教善悪
或書云、賦者鋪也、鋪者事ヲ尽也、題乃心ヲ尽テタヽチニイフナリ
又、物ヲカソフルハ、ツクス義也、故ニ賦ヲカソヘ歌トイフナリ
カソヘウタ

サクハナニオモヒツクミノアチキナサミニイタツキノイル
モシラステ
コレハ、タヽコトニイヒテ、モノニタトヘナトモセヌウタナリ、コノウタ、イカニイヘル(4オ) ニカアラム、ソノ心エカタシ、五ニハ、タヽコトヽイヘルナム、コレニハカナフヘキ
此歌、拾遺集物名部ニツクミヲカクシテ、大伴(志賀)黒主所詠也
ミニイタツキノトイフコト、ヨクシレル人ナキニヤ、イトオホツカナシ
ヤマトモノカタリニ、イクタノヲムナノコトハニ、カクミクルシウトシヲヘテ、人ノナケキヲモ、イタツキヲモオモフニ、イト〳〵ホシトイヘリ、又、アルハトホキホトヨリイマスカルモアリ、アルハソノイタツキカキリナシ、コレモイト〳〵ホシキコトカキリナシトイヘリ、又、ヤマトノクニカツラキノコホリニスミケル、ヲキツシラナミヨミタルヲムナノ、ヲトコノコトハニ、ツレナシカホナレト、ヲムナノオモフコトハ、イトイミシキコトナリケルヲ、トカクイタツキシヲイカニオモフラムトヲモヒイテ、トカケリ
又、文集第四巻云、繚綾、念《ヘリ》女工乃労《イタハシキ》也トイヘリ、コレハ、コノ織物ヲオルナム、クルシウイタツカハシキトイフナリ、応似《シ》天台山《ノ》上《ノウヘノ》明月前《マ》、四十五尺曝布泉、中有《チ》文章又奇絶《ナリ》、地鋪《シキ》白煙花簇《アツメ》□□、ト(4ウ) イヘルハ、コレカヤウニナム、コノアヤハアルトイフナリ、又、糸細繚《クイトスチオ、□》 多女□、疼《ヒルム》札々、千《チ》々声、不盈尺、トイヘリ、コレモ、コレカヤウニナム、大事ナルチ□タヒヲルニ一尺ニタニミタストイフナリ、カヽルモノヲヽルナム、イタツカハシキトイフナリ
論語云、犬《ハ》以二守御子(ママ)一、馬《ハ》以三代《カハル》二労《イタツカハシキニ》一 能《ク》養二人一者也、コレ馬ハヒトノイタツカハシキニカハルトイヘルハ、人ノクルシカルヘキヲ、馬ニノリヌレハ、ヤスムトイヘルナリ、コレモクルシキコトヲ、イタツカハシトイフトミエタリ
双観経云、付三有《テモ》二田《ニ》一、憂《フ》四付三無二田一、憂四身心敏労《シテ》 無三有二安《コトキ》時一者、コレモ、敏労ハ、ワツラフトイヘリ
又、所労トイフハ、イタツカハシキトコロトカケリ、所労ハカリノタイシ□□アル、コレニヨリテ、命モウシナフコトナリ
又、或人云、手題(ママ)トカキタルハ、的ヲイル、イタツキトヨメリ、ソレヲ、又、イタツラトモヨムナリ、サレハ、身ニイタツキノイルモシラステトヨミタルニテ、(5オ) イタツラニナ

ルモシラストヨミタルトコ丶ロエツヘシ、オホカタ、コレラノ文ニテコ丶ロウルニ、身ニイタツキノトヨミタルハ丶ナヲ丶シトオモフ心ナム、タエカタク、イタツカハシウ、クルシウ、ワツラハシウ、ナヤマシキトイヘルナルヘシ
弘法大師御作文鏡秘府云、二曰賦、皎曰、賦賦者布也、匠《タクミニシ》事ヲ布文ノ、以写情ヲ也、王云、賦者錯雜万物ヲ、謂之賦
萓御作云、根来相剋拋息情、朝暮畇労体貊《テイコレヲ》零《ツ》

三曰比(取類曰比)
方比於物、諸言如言比詞也
正義云、見今之失、不敢行言、取比類以言之
或書云、比者ナスラフルナリ、モノニ丶スル心ナリ、故ニ比ヲナスラヘ歌トイフナリ
又云、比ハモノヲトリテ、ソレニヨレルコトハニ丶セイフナリ、風ニイクハクカナヘルコトナシ(5ウ)
弘法大師御文鏡秘府云、三曰、(ママ)比者全取外象、以興《タトフ》之、西北有□類是也、王云、比者直比其身、謂之仮、(ママ)皎、(ママ)鳩之類是也
ナスラヘウタ
キミニケサアシタノシモノヲキテイナハコヒシキコトニキエヤワタラム
コレハ、モノニモナスラヘテ、ソレカヤウニナムアルトヤウニイフナリ、コノウタ、ヨクカナヘリトモミエス
タラチメノヲヤノカフコノマユコモリイフセクモアルカイモニアハスシテ
カヤウナルヤ、コレニハカナフヘカラム

四曰興(感物曰興)
託事於物、諸挙草木鳥獣、以見意者比興詞也、比題興隠云〻
正義云、見今之美、嫌於媚諛、取善事以喩勧
或書云、興ヲハ、毛詩ニハ、タトヘトヨメリ、故ニタトヘウタトイフハ、カレヲモテコレニナスラフルナリ、コレニヨリテ、タトヘウタトイフナリ
弘法大師御作文鏡秘府云、四曰興、皎之、(ママ)興者立象於前、後以事論(6オ)之、関雎、(ママ)王云、興□指物及比其身、説之為興、蓋託《ツケ》喩《フル》謂之興也
タトヘウタ
ワカコヒハヨムトモツキシアリソウミノハマノマサコハヨ

ミツクストモ

コレハ、ヨロツノクサキトリケタモノニツケテ、コヽロヲミスルナリ、コノウタハ、カクレタルトコロナムナキ、ソレハヽシメノソヘウタトヲナシヤウナレハ、スコシサマヲカヘタルナルヘシ

スマノウラニシホヤクケフリカセヲイタミヲモハヌカタニタナヒキニケリ

コノウタ、ナトヤカナフヘカラム

ハルノヽニアサルキヽスノツマコヒニヲノカアリカヲヒトニシレツヽ

コノウタハ、ナニハツニナムカナフヘキ、サレトスコシサマヲカヘタルナリ

五曰雅(政事曰雅)

文曰、正為後正法、得其道、述其美云、称誉時世也

又、小雅、飲酒賞労宴賜云〻、命飲宴賞、若可用此体

毛詩云、言《イフテ》天下之事《ヲ》、形《アラハス》四方之風《ノ》謂之《ヲ》雅《ト》、〻者正也、政有小大、有小雅、有大(6ウ)雅焉

(或書云、雅者正也、マサシクタヽシトイフナリ、アリノマヽナルナリ、モノニモソヘス、タトヘモトラヌナリ、故ニ雅ヲタヽコト歌トイフヘシ)

(毛詩云、言天下之事、形四方之風謂之雅、〻者正也、政有小大、有小雅、有大雅)

タヽコトウタ(有恋部第四、小雅有大雅)

イツハリノナキヨナリセハイカハカリヒトノコトノハウレシカラマシ

コレハ、コトノトヽノホリタヽシキコトヲイフナリ、コノウタノコヽロ、サラニカナハス、トメウタトヤ、イフヘカラム

ヤマサクラアクマテイロヲミツルカナ花チルヘクモカセフカヌヨニ

カヤウニウルハシクヨメリ

六曰頌(成功曰頌)

美盛徳之形容告神明也、祝歌之体耳、抑、風雅者異体、賦比興者異詞、以彼三詞、成此二形

毛詩云、美盛徳之形容《ヲ》以其成功《ヲ》告於神明者《ナリ》

正義云、頌之言《ハ》誦也、容也、今之徳広以美之

或書云、頌者誦也、講讃之義也、祝ハホムルナリ、故頌《ヲ》謂祝

歌也

伝云、件祝歌心布秘義可尋者(7オ)

弘法大師御作文鏡秘府云、六曰頌、王云、頌者讃也、讃歎其

功、謂之頌也、皎云、頌者容也、美盛徳之形容、以其成功、

告於神明也、古人云、頌者敷陳似賦、而不華侈、恭慎如詺(ママ)

而異規誡、以六義為本、散乎(ママ)慎性、有君臣諷刺之道(ママ)

イハヒウタ

コノトノハムヘモトミケリサキクサノミツハヨツハニトノ

ツクリセリ

コレハ、ヨヲホメテ神ニツクルナリ、コノウタハ、イハヒウ

タトハミエスナムアル、ホメウタトヤイフヘカラム

此歌者、催馬楽呂歌ニ、ミツハヨツハノナカニトノツクリセ

リ、トアリ

ムヘモトミケリトイフハ、

日本記私記ニ、福草トカキテ、サキクサトヨメルナリ

又、三葉四葉トイヘルハ、檜葉ヲイフナリ

延喜式ニ、サキクサトハ檜葉ヲイフナリ、トカケリ、檜葉ノ

三葉ニアルナリ

トノツクリセリトハ、(7ウ) 檜シテ、トノヲツクルトイヘル

ニヤ、クルマノスタレ、ミスノ文ナトモ、コノキクサナリ

又、延喜式ニ、三枝祭トカキテ、サキクサノマツリトヨミタ

リ、コレニテモ、ミツハヨツハトヨマムニイハレアルニヤ

若《キハ》夫《レ》春《ノ》鶯《ノ》之囀《ノ》花《ノ》中《ニ》一、秋《ノ》蟬《ノ》之吟(鳴イ)二樹《ノ》上《ニ》一、雖《トモ》三無《ト》二曲折一、

各発《ス》二歌-謡《エウヲ》一、物《ノ》皆有《リ》二之《レ》一、自然之理也、然-而《トモ》神《ノ》世七代、

時質《スカタニ》人淳《アツクテ》、情-欲無《ニ》分

国常立尊《クニトコタチノミコト》 陽神

日本紀云、アメツチヒラクルハシメ、ウカヒタヽヨヘルナカ

ニ、ヒトツノモノアリ、カタチアシカヒノコトクニシテ、神

トナレリ、コレヲクニトコタチノミコトヽマウス、神ノヨノ

ハシメナリ、アシカヒハ、アシノツノクメルナルヘシ

従五位下大学頭藤原朝臣春海歌云、

アシカヒノナミノキサシモトホカラスアマノヒツキノハシ

メトオモヘハ(8オ)

従四位下行大学頭兼文章博士備前守大江朝臣維時作歌云、

アメノシタヲサムルハシメムスヒヲキテヨロツヨマテニタ

エヌナリケリ

天地《アメツチ》未定《イマタサタマラサル》之時《トキ》、其形《ソノカタチ》如《コトシ》 水母之浮《クラケノウカヘル》二水上《ノニ》一也 クラケナス

タユタヒテ、アメツチイマタワカレサル心ナルヘシ

葦牙含《アシカヒスメリ》ニ牙《アシ》一殃《カヒヲ》　アメツチサタマリテノチ、コノアシカヒ、神トナレリ

古語拾遺云、葦原瑞穂国《アシハラノミツホノクニ》者、吾孫《アコタチノ》可王之《キミノ》地《トコロナリ》

一、天鏡尊《アメカヽミノミコト》　コレハ、ヨノハシマリノカミナリ、クニノトコタチノミコトヲハ、コノアメカヽミノミコトノウミタマヘルトソ

角織神《ツククヒノカミ》　コレモ、ヨノハシマリノカミト、日本紀ニミエタリ

二、国狭槌尊《クニサツチノ》　陽神

三、豊斟渟尊《クミノナケサノ》(或トヨクムヌノ)　陽神、天地初開虚空仁有物、其形如葦牙、即生神云〻

已上三代、乾道独化、純男、皆陽神(8ウ)

四、泥土瓊《カヒチノ》尊　男　陽　沙土瓊《サヒチノ》尊　女　陰　(或第四)泥瓊尊《ウヒチニノミコト》

五、大土之道《ヲヽトノチノ》尊　陽　大戸間辺《オホトマヘノ》尊　陰

六、面垂《オモタル》(或足タル)尊　陽　惶根《カシコマシノ》(或カシコニシ、或カシコハケシ)尊　陰

已上六代、無男女状、無夫婦之義(或始有男女之形、無夫婦之義矣)

七、伊奘諾《イサナキノ》尊　陽　伊奘冉《イサナミノ》尊　妹

已上、乾坤道、相参、成男女　即、生八島山海、又、生日月神

已上、謂之神世七代　天神七代也

此外地神五代也　天照大神与素戈戈(マヽ)鳥尊、共化生之御子也、以上二神、尚坐天上矣

一、天照大神《アマテルヲホム》

二、正哉吾勝〻速日天忍穂耳尊《マサアアカツカツノハヤヒアマノヲシホミノ》

三、天津彦〻火瓊〻杵尊《ツヒコヒコヒニヽキ》

四、彦火〻出見尊《ヒコヒヒイテミノ》(9オ)

五、彦波瀲武鸕鷀草葺不合尊《ヒコナキサタケウカヤネフキアハセスノ》

(第三天津彦・・・・尊　天忍穂耳尊《アマノヲシホミノ》之太子也、母栲幡千〻姫《タイハタチヽヒメ》、高皇産霊《タカムスヒノ》尊之女也、治天下卅一万八千五百四十二年

天照大神　伊奘諾伊奘冉御子也、日神即是也、今伊勢大神宮也

第四神　彦火瓊〻杵《ヒコホニニキノ》尊第二子也、母ハコノ花サクヤヒメナリ、オホヤマツコノ神ノムスメナリ、治天下六十三万七千八百九十二年)

日本紀云、イサナキノミコトハ、イサナミノミコト、アマノウキハシノウヘニタチテ、トモニハカラヒテノタマハク、シタソコニクニナカラムヤトテ(コレヨリ、シタトイフナリ)、アマノタマホコヲサシクタシテサクルニ、アヲウナハラヲエタリ、ソノホコノサキヨリシタヽルシホ、コリテシマトナレリ、

コレヲオノコロシマトイフ、フタリノカミ、コノシマニクタリマシテ、メヲフトヽナリテ、クニ〳〵八ヲウミイタシタリ、ソレカナカニアハチヲハエナトセリ、ヲキサトヲハフタコニムメリ、コレヨリ、オホヤシマノナハヽシマレリ、ソノツキニ、ウミカハヤマヲウミ、(9ウ) キノオヤクヽノチ、クサノオヤカヤノヒメヲウミテノタマハク、ワレコレラヲウミツ、アメノシタノキミヲムマサラムヤハトテ、日ノカミ月ノカミヲウム、ツキニヒル子《コ》ヲウミテ、ミトセマテアシタヽストイヘリ

従四位上行式部大輔兼春宮亮備前守藤原朝菅根歌云、

アヲウナハラ(滄溟事也)イサナキミレハオホヤシマヽセキ
トヽモノカウニソアリケル

兵庫頭従五位下平朝臣斉章歌

トシコトノハルヤムカシノカヤノヒメ(草《クサノ》 祖草野《ヲヤカヤノ》姫《ヒメ》事也)ノ
ニモヤマニモクサノモユラム

従四位下行民部大輔兼文章博士大江朝臣朝綱

カソイロハアハレトミスヤヒルノコハミトセニナリヌアシ
タヽスシテ

凡、伊奘諾伊奘冉尊ノウミ給ヘル神、オホク日本紀ニミヘタリ

大日妻貴《オホヒルメノムチ》　日神也　天照大神也

月読尊《ツキヨミノミコト》　月神也

イサナキノミコトノヽタマハク、ワレアメノシタシルヘキウツノコ(宇豆、ヨシトイフ事ナリ)〔底欠〕ムマムトテ、右ノ手ニマスミノカヽミヲトリテ、月ヨミノミコトヲイ〔底欠〕セリ、(10オ) ソノヒトヽナリ、テリウルワシウシテ、アメノシタニテリ[ノ]□ ムトイヘリ、ウツハヨキトイフナルヘシ

従四位下守右大弁兼行近江守源朝臣公忠歌

ツキヨミノアメニノホリテヤミモナクアキラケキヨヲミル
カタノシサ

天浮橋《アマノウキハシ》

天瓊矛《アマノタマホコ》　アマノトホコトモ

滄溟《アラウノハラ》　ウミヲ云ナリ

矛鋒《ホコノサキヨリ》

磤馭《ウノコ》盧《ロ》島《シマ》　在伊勢国

大八《オホヤ》島《シマ》　大日本、伊与、隠岐、竹志、伊岐、津島、佐渡、秋津、謂之大八島

天霧《アマクサキリ》　コレハキリナリ、イサナキイサナミノミコト、コノ

アマクサキリノウチニシテ、ハシメテアマノトホコシテ、
コノクニヲサクリタマヒケリ
大夫　マスラヲ、ヲトコヲイフナリ　イサナキイサナミノミコト、
ヲノコロシマニアマクタリマシヽトキ、ハシメテマスラヲ
ニアヒタマフ
蛭児《ヒルコ》　イサナキイサナミノミコト、ハシメテアヒソメタマヒ
テ、コノヒルコヲウミテ、アシノフネニノセテナカシタマ
ヒケリ、ミコノカスニモイレスシテナカシタマヒテ(10ウ)
ケリ、三年マテアシタヽサリケリ、宇豆ヨシトイフコトナ
リ

鏡
古語拾遺云、天照神赫怒《イカリマシテ》入《マシ》天石窟《イハヤ》、閉《サシ》磐戸而幽居《カクレタマヒヌ》焉、
爾乃六合《クニノウチ》常闇《トコヤミニシ》、昼夜不分《ワイタメナシ》、群神愁迷、手足罔厝《ヲキトコロナシ》、思
兼《ツク》神深思遠《ク》慮議《クタハカリハカリ》曰、宜令火《(ママ)ノ》玉神率諸部《トモノヲノ》神《タチヲ》造《ツ》幣《マヒナヒモノ》、仍
令石凝姥《イシコリトメノ》神　天糠戸命之子、鏡作遠祖也、取天香山《ノカコノ》以鋳《イル》日像《ノ》之
鏡
又云、掘《ネコシニシ》天香山《ノ》之五百箇《ノ》真賢木　古語佐禰居自能禰居自、而
上枝《エ》懸《トリツケ》玉、中枝懸《トリツケ》鏡者
又云、従思兼神《ノ》之儀《ハ》、令石凝姥《コリトメ》神鋳日《ノ》像之鏡、初度所
鋳《タルイサヽカ》少不合意《カナ》　是紀伊国日前神也、次度所鋳《タル》其状美麗《ウルワシ》　是伊勢
大神也者
又云、吾之所捧《タル》宝鏡、麗《ウルワシ》恰《タトヘ》如汝命《イマシノ》、乞開戸而御覧《ミソナハセ》焉者
(11オ)
白銅鏡　マスミノカヽミ
古語拾遺裏書云、
問云、今謂之ヽヽ、其意云何《(ママ)》、答、是猶真澄也
問云、今如此紀者、万物之始、皆有其由、今此鏡、何人初作
乎、答、未詳
問云、此鏡等令有何処乎、答、未詳
八咫鏡　ヤアタノカヽミ
同裏書云、問謂之八咫、有何処《ルノ》乎《ヤ》、答云、未詳、于時戸部藤
卿進曰、嘗聞《ムカシキク》、我説、八咫烏《ヤタカラス》者、凡読咫為《ス》阿多《ト》、是手之義也、
一手之広四寸、両手相加正是八寸也、故謂咫八寸、今云八咫
者、是八ヽ六十四寸也、径《ワタリ》六寸四分、是則今在《マシマス》伊勢太神
也
天児屋命　大中臣并藤氏祖也(11ウ)
真経津鏡　マフツノカヽミ
問云、謂之ヽヽヽ、若有意乎、答曰、真是例又褒美之称也、

経津是《フツハ》(本マヽ)今相寄《アヒアヒヨスル》之義也、俗間、謂以此物一相寄此物
為《ス》二布都、是其義也、今鋳《イ》此鏡相二似天照太神御像也、故謂之
経都
白銅鏡《マスミノカヽミ》　日大紀《(ママ)》云、伊奘諾尊曰、吾　欲《オモフトタマフ》　生五御《アラスヤ》二　寓《アメノシタ》一　之
珍《ウツノ》三子四、乃以左手持白銅鏡、則有化出之神、是謂大日霊尊、
右手持白銀鏡《(ママ)》、則有化出之神、是謂月弓尊
素戔烏尊《ソサノヲノ》　コレハ、蛭子ヲウミ給テノチニ、コノカミヲウミ
タマヘルナリ
軻還突智《カクトチ》　コレハ、コノカミタチヲウミテ、モエコカレテ神
サリ□シメ《(ママ)》、マシメト《(ママ)》ハ、シニタマフナリ(12オ)
道敷神《ミチシキノカミ》　コレハ、ヽキタマヘルクツヲナケタマヒタリシカ、
神トナレルナリ、クツノナヽリ
煩神《ワツラヒノカミ》　コレハ、ヽキタマヘルコロモヲヌキテナケタマヒタ
リシカ、神トナレルナリ、コロモノナヽリ
開契神《アキクヒノカミ》　コレハ、キタマヘルハカマヲヌキテナケタマヘリシ
カ、神トナレルナリ、ハカマノナヽリ
倉稲魂《ウケノミタマノミコト》　コレハ、ウヱタマヒタリケルトキウミタマヘル
神ナリ
少童命《ワタツウミノミコト》　コレハ、ウミタマヘル海神ナリ
啼沢女命《ナキサハメノミコト》　コレハ、イサナミノミコトノウセタマヘルトキニ、
イサ(ナ)キノミコトノカナシヒテナキタマフナミタヲチテ
神トナリタルナリ
天吉葛《アマノヨサツラ》(12ウ)　コレハ、イサナミノミコトノウミタマヘルカ
ミナリ
目象《ミツハノヒメ》　コレハ、ウミタマヘル水神ナリ
埴山姫《ハニヤマヒメ》　コレハ、ウミタマヘル土神ナリ
塩古老翁《シホコノヲチ》　コレハ、イサナキノミコトノコナリ、カサノミサ
キトイフトコロニテ、アマツヒコニアヒタテマツリテ、ク
ニアルヨシ申ケル人ナリ
十握釼《トツカノタチ》　コレハ、イサナキノミコトノハキタマヘルタチナリ、
トツカトイフハ、ト□キトイフコトナリ、ムカシ、イサナ
キ《(ママ)》ノミコト、火ノカミヲウミテ、コカレテウセタマヒニケ
レハ、イサナキノミコト、イカリハラタチテ、コノトツカ
ノタチヲヌキテ、火神ヲミキタニナムキリタマヒケル、ソ
ノ火神ヲハ、カクトチトナムイヒケル
天柱《アマノミハシラ》　コレハ、イサナキイサナミノミコトノハシラヲフタ
リシテメクリテ、ハシメテアヒソメタマヒケリ(13オ)
五百箇磐石《イホツヽノイハムラ》　コレハ、イサナミノミコト、火神ヲウミテウセ

タマヒニシニ、イサナキノミコト、イカリテタチ(ヲ)ヌキテ、火神ヲミキタニキリタマヒケルニ、ソノキスノチノナカレテ、アマノヤスラカハラノホトリノイホツイハムラトナレルナリ、コレハ、イシナリ
黒髪《ミカツラ》　コレハ、イサナミ(ママ)ノミコトノカツラヲナケタマヒケルニ、ノニヲヒタルエヒトイフクサニナリニケリ、ミカツラトハ、カシラニシタマフカツラナリ
小戸《ヲコノ》橘之檍原《アハキノハラ》(ママ)　コレハ、イサナキノミコトノハラヘシタマフトコロナリ
千五百頭《チカウヘアマリイホカウヘ》　コレハ、イサナキイサナミノミコトノナカタカヒテヲハシケルトキ、イサナミノミコトノタマフヤウ、汝カクニノタミヲヒコトニ千人ヲコロサム、トノタマヒケレハ、イサナキノミコトノイハク、サラハ日コトニ千五百人ヲムマセテム、トコタヘタマヒケルナリ
ツヽナハセトリ　コレハ、イサナキイサナミノミコト、ハシメテコノトリノハタラクヲミ(13ウ)テ、ナラヒテ、ミトノマクアヒシソメタマヒケリ、男女スルハシメナリ、ツヽナハセトリハ、ニハクナフリナリ、トツキヲシヘトリトモイフ

和歌未㆓作《ツクラ》㆒、逮《ヲヨムテ》于素《ス》戔烏尊《サノヲノミコト》、到《ルニ》㆓出雲之国《ニ》㆒、始《テ》有三十一字之詠㆒、今反歌㆓之作(化イ)也
日本紀云、スサノヲノミコト、アメヨリイタリテ、イツモノクニヒノカハカミニイタリテ、アリキツヽ、ミイアハシセムトコロヲモトメテ、スカニイタリマシテノタマハク、ワカコヽロスカ〳〵シク、ソコニミヤヲタテヽヨミタマヘル歌ニイハク
ヤクモタツイツモヤヘカキツマコメニヤヘカキツクルソノヤヘカキヲ
五百箇御統《イホツスハルノタマ》
スサノヲノミコト、右ノミツラニマツヘルイホツスハルトイフタマヲ、右ノ手ニヲイテ、アマホヒノミコトヲウミタマヘリ
学生蔭孫従七位下矢田部宿禰公望歌云、
アマノホヒカミノミヲヤハヤサカニノイホツスハルノタマトコソキケ
ヤクモタツトハ、イツモノクニノナヽルヘシ、アフミヲサヽナミトイヒ、ツノクニヲナニハトイヘルカコトシ

天織田《アマノクヒタ》（ママ）
万葉集、溺死出雲娘子火葬吉野時、人丸作歌二首（14オ）
ヤマノハニイツモノコラハキリナレヤヨシノ丶ヤマノミネ
ニタナヒク
ヤクモサスイツモノコラカクロカミハヨシノ丶カハノヲキ
ヘサツサフ
ハシメノ歌ハ証歌ナラネト、二首カウチナレハシルス、ツキ
ノ歌ハ、ヤクモサス、ヤクモタツ、同詞也
コレハ、スサノヲノミコトノツクリタマフ田ナリ、雨ニアヒ
テナカレ、日ニアヒテヤケケリ、天照大神ノ御田ヲソコナハ
ムトシタマヒケリ
羽明玉神《ハアカルタマノ》　コレハ、スサノヲノミコトニタマヲタテマツリ
シカミナリ
奇稲田姫《クシイナタヒメ》　コレハ、イツモノクニツカミノムスメナリ、ソサ
ノヲノミコトノメナリ、チ丶ヲハアシナツチトイヒ、ハ丶
ヲハテナツチトイフ、ヤマ[ア]タヲロチトイフクチナハ、コ
ノクシイナタヒメノマムトシケレハ、ソサノヲノミコト、
タチシテ、ソノクチナハヲハキリタマヒテケリ、サテ、ソ
サノヲノミコト、クシイナタヒメヲカシラニコメテ、ユツ
ノツマクシニシテ、カシラニサ丶セタマヒケリ
瀛津島姫《ヲキツシマヒメ》　コレハ、スサノヲノカミノウミタマヘルカミナリ
ユツノツマクシ（14ウ）　コレハ、ソサノヲノミコト、イツモ
ノクニ丶イタリタマフトキニ、クニツカミノムスメクシイ
ナタヒメトイフカミヲ、カシラヲヤツマタナルヲロチノマ
ムトシケレハ、ソサノヲノミコトノクシイナタヒメヲユツ
ノツマクシトナシテ、ワカヲムカシラニサシタマヘリ
日本紀第一云、湯《ユ》津爪櫛《ツノツマクシ》
師説、湯者《ハ》、是潔斎之義也、
今云由紀者、悠紀也、是湯之義也、主基者、其次《ノツキ》也、然則《ハチ》、
湯者伊波比支与麻波留之辞《コトハ》也、津者、是語助《コトハノタスケ》也、故天津《アマツ》
等《ヲ》皆是也、爪櫛者《ツマクシハ》、其形如二爪《ツメノ》一也
問云、今此云爪櫛、与下文投《ノナクル》二於醜女《シコメ》爪《ツマ》一櫛者、同歟、異歟、
答云、案古事記云、刺左之御美豆良湯津之間櫛《マクシ》之男柱《ホトリハ》一《ヒトツ》箇
取闕《ヒキカク》也、下文云、刺其右御美豆良之湯津之間櫛《マクシヒキカイテ》引闕而抛《ナ□ツ》棄、
然則、左右各別、此文雖不見、而猶可依彼文也（15オ）
夜忌《ヨルイム》三擲《ナクルコトヲ》二櫛《クシヲ》一
問云、取闕男柱一箇《ヒキカイテホトリハヒトツヲ》為一火《ヒトツヒトホス》、故忌《イム》挙《コトヲ》一火《ヲ》一、何故更《ノニ》
忌三擲二櫛一乎、答云、是蓋《レシ》取闕男柱已畢之後、即投《ナ》棄其櫛《ツノヲ》

歟、故人忌三擲二櫛一
蝿切劔　ハヘキリノタチ　スレ(ママ)ハ、スサノヲノミコトノタチ
ナリ
古語拾遺云、蝿斫　ハ、キリ、劔名ナリ、此劔尤利劔也、若有三
居二其刃ノ上ニ一者、其蝿自斫、此鋭鋒之甚也
天蝿斫之劔　アマノハヘキリノツルキ　コレハ、ソサノヲノ
ミコトノイツモノクニヽテ、ヒトヲノムヲロチヲキリタマ
ヘルタチナリ
天十握劔　アマノトツカノツルキ
古語拾遺云、素戔烏神自天而降《マシ》到於出雲国簸《ノヒ》之川ノ上、以(15
ウ) 天ノ十握劔《ツカツルキ》其名天羽ゝ斬、今在石ノ上神宮、古語大蛇謂之羽、ゝ
言斬蛇也、斬八岐《マタ》大蛇《ヲロチ》
日本紀云、コレハ、イサナキノミコトノハキタマヘルタチナ
リ、トツカトイフハ、トニキトイフコトナリ、ムカシ、イサ
ナキ(ママ)ノミコト、火ノカミヲウミテ、コカレテウセタマヒニケ
レハ、イサナキノミコト、イカリハラタチ(テ)、コノトツカ
ノタチヲヌキテ、火ノカミヲ三キタニナムキリタマヒケル、
ソノ火ノカミヲハ、カクトチトナムイヒケル
草薙劔　クサナキノツルキ

古語拾遺云、素戔烏神斬八岐大蛇、其尾中得《タリ》二一霊劔《アヤシキツルキ》一、其
名天叢雲《ノムラト云ゝ》　大蛇上常有雲気、故為名、武ノ尊東征之年到相模国、
遇ノ野火難、即以此劔、芟《カリテ》二草《ヲ》一得二免一、更名二草薙劔《クサナキ》一、乃献《タテマツリ》
上《タマフ》於天《ノ》神《ニハ也ト云》者
日本紀云、天武天皇十四年六月、病祟即日以二草薙一送置二
尾張国愛智郡熱田名神、是也(16オ)
麁正　アラマサ、劔名也
古語拾遺裏書云、此劔斬二蛇一之後、得二麁正之号一云ゝ
八咫鏡及草薙劔　二種者(神)璽鏡劔、是也、別事歟
又云、天璽《ノマツシルシノ》　鏡劔者
俳優　ワサオキ　コレハ、アマテルヲホムカミ、ソサノヲノ
ミコトノアシキコトシタマフニヨリテ、ムツカリテアマノ
イハトニコモリタマヒケルトキニ、アマノウスケ(ママ)ノミコト、
テニチマキノホコヲトリテ、イハトノマヘニワサヲキヲシ
タマヒケリ、ワサヲキトハ、カウナトスルヤウノコトナリ、
カクラノヲコリナリ
阿那於毛志呂　事ノ切ナルヲハ、ミナアナトイフ、モロ〱
ノカホ、ミナアキラケクシロクナリタリシナリ、コレヨリ、
ヲモシロシトイフ

歌楽　カラク　カクラノヲコリ、神ノコトハナリ
阿波礼　ソラノハル丶ナリ
阿那佐夜憩　アナサヤケ　タケノハノコヘヲイヒケルナリ
（16ウ）
飯憩　ヲケ　木ノナ丶リ、キノハヲフリケルコトハナリ、コレラ、ミナカクラノヲコリナリ、ソサノヲノミコトノアシキコトヲシタマヒタルニヨリテ、アマテルヲムカミ、イワトニコモリタマヒシニヨリテイテキタルコトナレハ、シルシ申スナリ
嬰頸玉《クヒニウナケルタマ》　コレハ、スサノヲノミコトノクヒニカケタマヘルタマノヲニ、アマツヒコネノミコトムマレケリ、タマノヒトニムマレタルナリ、ウナケルトハ、カケタリトイフナリ
重播種子《シキマキ》　コレハ、スサノヲノミコトアシキ心アリテ、天照大神ノツクリタマフミ田ヲシキマキニシタマフナリ、シキマキトハ、タネマキタルウエニ、又タネヲマクナリ、田ヲアシクナサムトシタマヒケルナリ
天斑駒《アマノフチコ□》　ソサノヲノミコト、コノコマヲシテ、アマテル太神ノ[サ]田ヲフマストイヘリ

其後、雖天‐神之孫《アマツカミノマコ》、海童之女《ワタツミノムスメト》、莫《シ》不下以二和歌一《ヲ》通中情《コヽロヲ》上者《ノ》也（或本無之）
日本紀云、彦火《ヒコヒ》々《ヒ》出見尊《イテミノ》、ワタツミノムスメトヨタマヒメヲメトシタマヒテ、子《コ》ウマムトシタマフトキニ、トヨタマヒメノ丶タマハク、ヤツコ子ウマムトキニ、（17オ）ネカハクハナミマシソト、ミコト、シノフルコトアタハスシテ、ヒソカニユキテウカカヒタマフ、トヨタマヒメ、サカリニコウミタマフトキニ、竜ニナリヌ、ハチテノタマハク、モシワレニハチミセサラマシカハ、ウミクカアヒカヨヒテ、ヘタ丶リタユルコトナカラマシ、ヰマステニハチミツ、イカニシテカムツマシキ心ヲムスハム、トイヒテ、カハ（草）ヲモチテ、ミコヲツ丶ミテ、ウミノホトリニヲキテ、ウミノミチヲトチテサリヌ、トキニ、ヒコヒ丶イテミノミコト、ヨミタマヘルウタニイハク、
　セキツトリ（ヲキツトモ）カモツクシマニワカヰネシイモハ
　ワスレシヨノコト〱ニ
同文云、豊玉姫、ソノミコノキラ〱シキコトヲキ丶テアハレヒテ、又カヘリテヤシナハムトオモヘト、ヨカラシトオホ

シテ、イロト(弟)タマヨリヒメ(玉依姫)ヲヤリテ、ヤシナハセタマフトキニ、トヨタマヒメノミコト、タマヨリヒメニヨセテヨミタマヘルウタニイハク、

　アカタマノヒカリハアリトヒトハイヘトキミカヨソヒシタ
　　フトクアリケリ

已上二首、号曰挙歌云〻

同文云、コノカミホノスセリノミコト、ヨクワタノサチモノヲエ、ヲトウトヒコヒヽイテミノミコト、ヨクヤマノサチモノヲウ、トモニソノサチモノヲカヘムトオモ(17ウ)ヒテ、ユミ(ト)ツリトヲトリカヘタリ、トモニウルコトナクシテ、ヒコヒヽイテニノミコト、ツヰニソノツリヲウシナヒテ、ホノスセリノミコトニセメラレテ、ワタノヘタニイタリテ、タヽスミナケクトキニ、ヒトリノヒトアリテ、シホツヽノヲキナトナノリテ、コノミコトヲ、ワタツミ、トヨタマヒメノ、ミヤニヰテマツリヌ、ワタツウミ、ムカヘヲカミテ、ネムコロニツカウマツリテ、ムスメトヨタマヒメヲアハス、サテワタツミヤニトヽマレルコトミトセヲヘテ、(ミ)コトヲオホイナルワニヽノセテヲクリマツル、コレヨリサキニ、トヨタマヒメノイハク、ワレステニハラメリ、ナミノタカヽラム日、ワタノヘタニイテム、ウフヤヲツクリテマテト、ソノヽ(ママ)チニトヨタマヒメキタリテ、ヒヽイテミノミコトニマウサク、コヨヒコウムヘシ、ナミマシソト、ミコトキヽタマハスシテ、クシヲヒニトモシテミソナハスニ、トヨタマヒメ八尋鰐《ヤヒロノワニ》トナリテ、ハラハヒモコヨフ、サテハチシメラレヌルコトヲウラミテ、ワタノサトニカヘリヌ、ソノヲトウト、タマヨリヒメヲトヽメテヤシナハシム、ソノチコノナヲハ、ヒコナキサタケウカヤフキアハセスノ(ママ)コトヽイフ、コレウフヤニウノハヲフケリケルカ、フキアハセラレサリケレハナツクトイヘリ(18オ)

凡此贈答二首、号四挙歌云、

玉依姫者、海童之少女也、彦五瀬、稲飯命、三毛入野命、日本磐余彦天皇神武等母也

兄火酢芹《ホノスセリ》得海幸　ウミノサチ、弟彦火〻出見得山幸　ヤマノサチ、

塩土翁《シホツヽノヲキナ》

豊玉姫　備中守従四位下藤原朝臣俊房作歌云、

　ナミヲワケワカヒノモトヲタツネコシヒシリノミヨノヲヤ
　　ニソアリケル

玉依姫　刑部大輔従五位下大江朝臣千古作歌云、

シラナミニタマヨリヒメノコシコトハナキサヤツヒニトマ
リナリケム
八重之隈《ヤエノクマ》 海《ノ》底《ヲ》云ナリ ワタツウミノミヤハ、ヤヘノクマヲ
ヘタテタリ、ヒコヒヽイテミノミコト、ウミノミヤニイタ
リテ、トヨタマヒメヲメニシテ、カヘリタマヒケルトキニ、
ウミノカミマウシケルヤウ、カヘラセタマヒタリトモ、ヤ
エノクマヲワスレタマフナ、トナムマシケル、コレハ、ウ
ミノカミノウミノミヤヲナワスレタマヒソ申心ナリ
五百竹林《イホツヽノカタムラ》(ママ)(18ウ) コレハ、ヒコヒヽイテミノミコト、ワタツ
ウミノツラニヲハセシニ、シホツヽノヲキナ、玄櫛《クロキクシヲ》トリヰ
テヽナケヤリケレハ、ソノ櫛イホツヽノタカハヤシニナリ
ニケリ、ソノタケヲトリテ、コヲクミテ、ミコヲノセタテ
マツリテ、ウミノカミノモトニヤリタテマツリ(テ)ケリ
乳母《チヲモ》 湯母《ユヲモ》 コレモ、ヲナシミコト、ヽヨタマヒメノウミタ
マヘルコニ、チヲモユヲモツケタマヒシナリ、チヲモハメ
ノト、ユヲモハユウハナリ
姉 イロネ コレモ、ヲナシミコト、アネトノタマヒケルコ
トナリ、コノカミヲモ
狗人 イヌヒト コレハ、ミカトノツカハセタマフハヤトリ
ツカサトイフモノナリ、ヒコヒヽイテミノミコト、シホミ
ツタマシテ、ホノスソリノミコトヲセタメテ、ウミヲホラ
シタテマツラリ(ママ)タマヒシトキ、スチナクテ、ヤツカレキミ
ノミカキヲマモルイヌヒトシテマモリタテマツラムトチカ
ヒシナリ、イマノハヤトリノハシメナリ、ヤツカレトイフ
ハ、ワレトイフコトナリ
八十来属《ヤソノツヽキ》 狗人 コレハ、子孫八十代マテトイフコトナリ、
ヒコヒヽイテミノミコト、ホノスソリ(19オ) ノミコトヲセ
タメタマヒシトキ、ワヒテ、ヤツカレキミノイヌヒトシテ、
ヤソノツヽキマテマモラムトチカヒタマフナリ
潮満瓊《シホミツタマ》 潮洞瓊《シホヒルタマ》 山幸《ヤマノサチ》 海幸《ウミノサチ》 コレハ、アメノカミ、フタリ
ノミコマシケリ、コノカミヲハ、ホノスソリノミコトヽ申
ス、ヲトヽヲハ、ヒコヒイテミノミコトヽマウス、コノカ
ミハ、ウミノサチマシマス、ヲトウトハ、ヤマノサチマシ
マス、フタリノカミカタリテノタマハク、サチカヘム(ママ)セト
ノタマヒテ、ステニカヘヲハリタマヒテノチ、タカヒニサ
チヲエタマハス、コノカミクヤシカリタマヒテ、ヲトヽニ
ユミヤヲカヘシタテマツリテ、ワカタテマツリシチ〔底欠〕
(此等跡ハ本ヤフレタルナリ)タマフ、チトイフハ、ツリハリ

ナリ、ヲト丶、コノカミノツリハリヲウシ(ナヒテ)、ナケキワヒテ海ノ辺ヲアリキタマフニ、シホツ丶ノヲキナニアヒタ〔底欠〕トヒタテマツリテマウサク、ナトワヒタマフソト、ミコト、コトノアリ〔底欠〕ノタマフニ、ヲキナマウサク、ナワリ《(ママ)》タマヒソ、ヲキナ、ハカリコトヲセ〔底欠〕、マナシカ、タマヲツクリテ、コノミコヲイレタテマツリマナシカ〔底欠〕メナキコナリ、サテ、ウミニシツメタテマツリケレハ、ヲノツカラワタツウミノミヤニイタリタマヒニケリ、カキカトテソ《(ママ)》カ丶ヤキメキテタシ、カトノ(19ウ)マヘニカホヨキヲムナアリテ、ミコトヲミタテマツリテ、ワタツウミノ神ニツケ丶レハ、海ノカミ、ヤヘタ丶ミヲシキテ、ソノミコニコトノアリサマヲトヒタテマツルトキニ、ミコ、ハシメヨリ、コトノアリサマヲノタマヒケレハ、ワタツウミノカミ、ヨロツノイヲトモヲメシテ、モシツリハリノトニアルイヲヤアル、トタツネケレハ、ワタツウミノカミノツカハレヒトノイヒケルヤウ、コノホト、アカメトイフイヲ、ノトヲヤミテマイリサフラハス、ソレヲメシテ、ミサフラハム、トイヒテ、メシテミケレハ、ソノアカメカノトニ、コノミコノウシナハセタマヒタルツリハリアリケリ、

サテ、ワタツウミノカミノムスメ、トヨタマヒメヲ、コノミコメニシタマヒテ、三年ウミノヤミヤニヲハシケリ、コノクニヘカヘラムトオホス心ツキテ、ワタツウミノカミニソノヨシノタマヒケレハ、ワタツウミノカミ、コノツリハリヲタテマツリテイヒケルヤウ、コノツリハリヲアニノミコニカヘシタマハムトキハ、ヨチ《(ママ)》丶ノタマヒテカヘシタマヘ、トイヒテ、シホミツタマ、シホヒルタマヲタテマツリテイヒケルヤウ、コレヲモチテ、アニノミコニアヒタテマツリタマヒテ、シホミツタマヲトリイタシタマハ丶、シホミチテ、アニノミコオホ丶レタマヒテシナムトシテ、ワヒタマハムトキ、シホヒルタマヲトリイタシタマヘ、サラハ、アニノミコ、シタカヒタマヒナムモノソ、トヲシヘタテマツリケレハ、ソノマ丶ニシタマヒケレハ、ホノスソリノミコト、スチナクテ、(20オ)イマヨリノチ、ミコノワサヲキノタマ《(ママ)》トナラム、トイヒケレハ、ユルシタマヒテケリ、アカメトハ、タヒヲイフナリ、ヤマノサチトハ、ヤマニユキテカリヲシテ、シ丶トリヲトルナリ、ウミノサチトハ、ウミニテイヲ丶トルナリ

八重席薦《ヤエノタヽミ》　赤目《アカメ》　口女《クチメ》　鰭広《ハタノヒロモノ》　鰭狭《ハタノセハモノ》　コレハ、ウミノイ

ヲ丶イフナリ、大ナルヲハハタノヒロモノトイヒ、チヒサキヲハハタノセハモノトイフナリ、アシハラノナカツクニ丶ウケモチノカミトイフカミノ、ウミニムカヒテ、ハキイタシタマヒケレハ、ヨロツノイホハイテキケルナリ、山ニムカヒテハ、ケタモノヲハキイタシケリ

三床　ミヘノユカ　コレハ、ワタツウミノカミノモトヘ、ヒコヒ丶イテミノミコトイタリタマヒシトキ、ミツノユカヲマウケテ、スエタテマツリケレハ、ヒコヒ丶イテミノミコト、ハシメノ方ニハフタツノアシヲカケ、ナカノ方ニハフタツノテヲ丶キテ、ウチノ方ニハウチアクミニヰタマフナリ

羅《カリワナ》（20ウ）　コレハ、ヒコヒ丶イテミノミコト、ツリハリヲウシナヒテ、海ノ辺ヲアリキタマヒシトキ、雁アリテ、カリワナニカ丶リテタシナムヲミタマヒテ、イトヲ□□リテ、トキハナチタマフ、コノカリ、スナハチヲキナニナリテ、ウシナヒタマフハリヲエタマフヘキヨシヲイヒテ、メナシカタマヲツクリテ、イレタテマツリテ、ウミニシツメタテマツル

犢曇《タフサキ》　コレハ、ホノスソリノミコト、シホミツタマノユヘニシホミチテ、シナムトシケレハ、タフサキシテ、ヲトウトノヒコヒ丶イテミノミコト、コトニ（本マ丶）カウコヒタマヒケリ、ソフニヲ手ニヌリテ、スサニナリテツカハレマツラムトイヒケリ

滅ホロミチ　落薄鉤《ヲトロヘチ》　大鉤《オホチ》　貧鉤《マチ丶》　痴鉤《ユルケチ》（チ歟）　踉蹡鉤《ス丶ノミチ》

コレハ、ヒコヒ丶イテミノミコト、ホノスソリノミコトノツリハリヲカリテ、ツリシタマヒケルホトニ、ツリハリウセニケリ、ホノスソリノミコト、イカリテツリハリヲコヒカヘシタマヒケレハ、ウミノミヤニイタリテ、ワタツウミノカミノモトニテ、クチメトイフイヲノクチヨリ、ツリハリヲモトメイテ丶、カヘシタマヒテ、アニノホノスソリヲツリハリニヨセテ、ノリタマフコトハナリ、マチ丶トハ、マツシキツリトイフナリ、ユルケチトハ、ヲロカナルツリトイフナリ（21オ）

海驢皮《ミチノカハ》　コレハ、ウミニアルアサラシトイフモノ丶ヤウナルカハナ〔底欠〕、ワタツウ（此アイ〱ハネスミクヒテナシ）〔底欠〕カミ、ヒ〔底欠〕テ〔底欠〕コト〔底欠〕リヲ〔底欠〕

王瓶　ツルヘ　コレハ、トヨタマヒメノマカタテノミツクムツルヘナリ、（同ネスミクヒテナシ）〔底欠〕ケル〔底欠〕コノミ

チノカハ、ヤヘヲシキ(テ)スヘテタテマツリケリ

玉鋺《□マノマリ》　コレハ、タマノツルヘトイフナリ、トヨタマヒメノツルヘナリ

纏綿　ムツマカニ　コレハ、メ、ヲトコオモフナリ、ヒコヒヽイテミノミコトノ、ワタツウミノ神ノムスメトヨタマヒメヲムツマカニオモハセタマヒシナリ

呑餌　ツクノ(ク歟)フ　赤目　コレハ、イヲノウヱクフトイフコトハナリ、ヒコヒヽイテミノミコトノツリハリヲ、アカメトイフイヲノクヒタリケレハ、ワタツウミノカミイヒケルヤウ、イマヨリツクヽフコトナケレ、トイマシメケリ、コレハ、海竜王ノ、魚ツリ(21ウ)　ハリナクヒソ、トヲシヘタマフコトハナリ

蝶　タカヽキ　雉　ヒメカキ　タカヽキトハ、タカキカキナリ、ヒメカキトハ、ミシカキカキナリ、コノカキトモハ、ワタツウミノミヤニサマ〳〵ニツクリタリケルナリ

爰及人ノ代ニ、此風大興ニル、長歌短歌換頭混《クワムトウコム》本之類、雑体非一ニ、源流漸繁《クニシケシ》

長歌　以二句為一韻云ゝ

参議従三位大宰員外帥、応和(マヽ)元年六月左降

浜成卿式云、以第二句尾字為一韻、以第四句尾字為二韻、如是展転相望者

如弔天稚彦会者歌云、

アマナルヤ一句ヲトタナハタノ二句ウナカセル三句タマノミスマロ四句ミスマロノ五句アナタマハヤミ六、タニフタワタル七句アチスキノカミ八、(22オ)

和歌式云(和歌式云、以長称短歌謬也、二五三七卅字余一字是也、以上三為首、以下二為尾者)、卅一字余一字是也、以上三為首、以下二為尾者

文殊師利奏聖徳太子給歌云、

イカルカヤトミノヲカハノタエハコソワカヲホキミノミナハワスレメ

推古天皇十五年丁卯四月卅日夜半、斑鳩宮火災、廿九年辛巳太子於同宮薨、一云、卅年壬午二月五日、太子於同宮沐浴云ゝ

続日本後紀、仁明天皇嘉祥二年三月庚辰、興福寺大法師等為奉賀天皇宝算満于四十、致御祈作長歌、其体乱句依事、永不書入、三様皆以相違歟

短歌
従三位大宰員外帥藤原朝臣浜成　又名浜足、応(マヽ)和元年四月乙巳
任大宰帥、六月左降員外帥(22ウ)
浜成卿式云、以第三(或二)句尾字為初韻、以第五(本マヽ)句
尾字為終韻以還頭、為終句幷為六句、当於唱歌用之、還歌臨
着不須還頭云々
如彦火々出見天皇贈海竜歌曰、
　セキツトリ一句カモツクシマニ二句ワカヰネシ三、イモハ
　ワスレシ四、ヨノコト〳〵モ五、
和歌式云、五七々々、多少任意云々
柿本人丸奉寄高市親王歌曰、
　カケマクモ　カシコケレトモ　イハマクモ　カシコケレト
　モ　アスカヤマ　マカヽハコトニ　ヒサカタノ　アマツミ
　カトヲ　カシコクモ　サタメタマヒテ　カミサフト　イハ
　カクレマス　マキノタツ　フハヤマコエテ　カリフヤマ
　トヽマリマシテ　アメノシタ　サカエムトキニ　ワレモト
　モ〳〵
已上、長歌短歌両説相違
換頭　旋頭異名

五切之外加一切、五字七字任意、上中下切任意
　ユメチニハアシモヤスメスカヨヘトモナソヤカヒナシウ
　ツヽニ人メミシコトハアラ□
橘貞記朝臣乗船読歌云、
　フネニノリウシマカキワケタマモカルホトハカリシラナミ
　タツナアリカミルヘク
混本　一名越調歌　一名後悔歌(23オ)
五切之内捨一切也、五字七字任意、上中下句又任意
三国町祈歌云、或云祝歌、
　イハノウヘニネサスマツカウエトノミコソタノムコヽロア
　ルモノヲ
勘解次官安倍清行槿歌云、
　アサカホノユフカケマタスチリヤスキハナノヨソカシ
雑体
譬如牛馬犬鼠類一処相会、無有雅意云々
浜成卿式云、雑会、或無心所着歌、資人久米広足、
　アスカヤマミネコクフネノヤクシテラアハチノクニノカラ
　スキノヘラ
無心所着歌二首

万葉集第十六云、
　ワキモコカヒタヒ(額)ニヲ(生)フルスクロク(双六)ノコト
　ヒ(事負)ノウシノクラ(倉)ノウヘカサ(上瘡)
　ワカセコカタウサキ(犢鼻)ニスルツフイシノヨシノヽヤマ
　ニヒヲソカヽレル
右歌者舎人親王令侍座内、或有作無所由之歌人者賜以銭帛、
于時大舎人安倍朝臣子祖父乃作斯歌献上、登時以所募物銭二
千文給也

譬猶払《フ》二雲《ヲ》一之樹、生《シ》《マリ》自《ヨリ》寸苗《ヘウノ》之煙《リ》一、浮《フル》天《ニ》二之浪《ノ》、起《ヲコルカ》三自二
一滴《テキ》之露、至三于(23ウ)　難波津之什《シフ》献《マツリ》天皇《ニ》、富緒《トフニノヲ》
川《カワノ》之篇報《セシム》二太子《ニ》一

難波津之什
大サヽキノ天皇、難波宮ニテ位ヲ太子トアラソヒ給時ノ歌、
　ナニハツニサクヤコノハナフユコモリイマハハルヘトサク
　ヤコノハナ
コレハ、新羅王仁所詠也、木花者梅花云ゝ、衆木之先花故号
云ゝ、上句者オホネトイヘルモノヽハナヽルヘシ
歌論議云、ナニハツトハ、トキノ宮《ミヤ》ヲイヒ、コノハナトハ、
ムメノハナヲイヒ、イマハハルヘトハ、カミノミヤノクラヰ
ニツキタマヘルヲイフナリトソ
上句者、サクヤコノハナ　下句者、サクヤコノハナ
富(緒敷)川之篇
富緒川者、自斑鳩村流下云ゝ
　イカルカノヨルカノイケノヨロシクモキミヲイハネハオモ
　ヒソワカスル
万之歌也、此歌、大鷦鷯天皇於難波津宮、未即帝位、与太子
相譲、及三年之時、新羅人王仁所詠云ゝ、木花者、梅花也、
衆木之前、先華故号云ゝ
聖徳太子(用明天皇太子)伝云、廿一年冬十二月、命駕《ヲ》、巡看《ル》
山西《ノシ》科長《ナカ》山《ノ》本暮《ノ》(ママ)(24オ)　処《ヲ》、還向之時、即日《ノ》申時《ニ》、枉二道一入《ル》
於片岡山辺《ノ》道人《ノヲコナヒヒトノ》家《ニ》一、即有飢人《タノ》、臥《ル》道頭《ノニ》、去三丈許《ヲ》、烏駒《クロクマ》
届《イタ》二不二進一、太子加二鞭《ヲ》一、逡巡猶駐、太子自言哀哀《ヒ》《シフニ》、用音《ヲ》、
即下《ヲモ》自馬、舎人調使《ツカヒ》麿走進献杖《ヲ》、太子歩近飢人之上《ニ》一、臨
而語《フ》二之《ニ》一、可怜《アハレ》ゝゝ、何為人《ナニスル》耶《ソヤ》、如此一而臥《セル》、即脱《ヌキテ》紫御袍一
覆二其身一、所賜之御歌也
太子者、名廐戸、更名豊聡耳聖徳、或名豊聡耳大王、或法主
王、橘豊日天皇第二親王、天国押開広庭天皇之孫、母間人

空《(ママ)》太部皇女也、神異有験、朗悟稟姓、能談過去之回、兼覚方来之事矣
古徳伝云、舒明天皇之代、有一老人平群翁丸、生則奉仕聖徳太子眼目、古人忽得胸病、畢入死門、一日夜後蘇生語曰、我詣太子所生之五台山、太子問云、汝翁丸歟、答申爾也、太子悦云、(24ウ) 我帰日本欲達太子奉造大師、汝早帰本国待耳者、今案聖徳者彼太子化身歟
賜歌曰、
　シナテルヤカタヲカヤマニイヰニウヱテフセルソノタヒ、トアハレヲヤナシニナレケナリメヤサスタケノキミハヤナキモイヰニウヱテフセルソノタヒヽトアハレ
是夷振歌也、或又夷曲エヒスウタ
普通云、
　シナテルヤカタヲカヤマニイヰニウヱテフセルタヒ人アハレヲヤナシ
飢人起首、進答歌曰、七代記云、飢人達摩云ゝ、文殊化身、
　イカルカノ(ヤ)トミノヲカハノタエハコソワカオホキミノミナヲワスレメ
(伝文)飢人《ノ》形《チ》面《テ》長《ク》頭大《ニ》、両耳復長《シ》、目細《テ》而長、開二目《ヲ》二而見内《ニヲ》一、有金光一、異《リ》二於時人《ノニ》一、又其身太香《シ》、非《ス》二人所聞《ニ》一、命麿一(或太子於麿)曰、彼人香《ヤ》不《ヤ》、麿答《テ》啓《ク》、太香、太子曰、汝麿者命《ハ》可二延長一、飢人与太子相語数十言、舎人左右不識其意、還宮之後、遣使三視二之一、使復令《(ママ)》曰、飢人既死去、太子太悲《フ》、使厚葬埋、造墓高太(25オ)
暦録曰、大夫七人、往片岡発《アケテ》暮《(ママ)》看二之一、衣裳《ミソハ》帖二置棺《クノ》上《ニ》一、詔二取二其衣《ノヲ》、自服《ラス》如常、時人異之
　イヘナラハイモカテマカムクサマクラタヒニフシタルコノタヒヽトアハレ
太子竹原井ニイテヽアソヒ給ニ、タツタ山ニ死人ノアルヲ御覧シテ、カナシヒテヨマセタマヘル御歌ナリ
　モヽツテノイハネノイケニナクカモヲケフノヽミテヤクモカクレナム
大伴皇子イハレノイケニ死給ヘルヲ御覧シテヨミ給ヘル御歌ナリ
万葉歌
　イカルカノヨルカノイケノヨロシクモキミヲイワネハオモヒソワカスル
コレ、イカルカノミヤニアルイケナリ

斑鳩宮、伝云、推古天皇九年二月始造宮、十三年十月遷宮
于時大臣馬子宿禰七大夫等皆奉譏曰、殿下聖徳難測、妙跡易
迷、而道頭飢人是卑賤者、何以下馬与彼相語、復賜詠歌、及
其死也、無然原《ママ》葬、何以能治大夫已下之臣、太子聞者《ママ》、即
(25ウ)召七大夫譏者、命曰、卿等七人、宜往片岡発暮《ママ》著之、
七大夫等受命往開、無有其屍、棺門《ママ》太香、所賜斂物彩帛等帖
在棺上、唯太子所賜紫袍者無、暦録曰、衣裳帖置棺上、詔取
其衣、自服如常、時人異之者、七大夫等看而大奇、深嘆聖徳
不可思議、還向報命、太子日夕忽慕、常誦其歌、即遣舎人、
取其所斂衣服而御之如故
抑、伊賀留我夜止ハ、斑鳩宮也、
伝云、推古天皇九年辛酉春二月、皇太子初造宮于斑鳩村、十
三年十月、遷[幸]于斑鳩宮、十四年三月、太子在斑鳩宮、三百
歳後有帝皇気、廿九年辛巳春二月、太子在斑鳩宮、遷化 年
四十九、富緒川者自斑鳩村流下云々
用明天皇 欽明第四子、母片塩姫、大和国高市郡列槻ナミツキ(26オ)
日本紀橘豊日
タチハナノトヨヒノ天皇ナミキノ宮ニマス、コレハ太子ノミ
ヲヤナリ、又コノミコイカルカニミヤツクリシタマヘリ、同
天皇十二年四月ニ、太子ミツカライツクシキミノリ(憲法)ト
ヲチアマリナヽヲチ(十七箇条)ヲツクリテ奏シタマヘリ
中納言従三位兼行右衛門督源朝臣貞恒作歌
イカルカノナミキノミヤニタテシノリイマノサカシキミヨ
ニアフカナ
伝云、太子三歳春三月
日本紀云、春モヽノハナノアシタニ、アソヒタマフニ、チヽ
ノミコ太子モロトモニ、ソノニアソヒタマフニ、ミコトヒテ
ノタマハク、モヽノハナヲヤタノシヒトスル、マツノハヲヤ
ヲモシロシトスルト、太子コタヘタマハク、マツノハヲモシ
ロシトス、ミコマタトフタマフ、イカナレハソト、太子コタ
ヘタマハク、モヽノハナハシハラクノモノ、マツノハヽヒサ
シキ、ナリ、ソヘニヲモシロシトノタマヘリ
従四位下行右中弁藤原朝臣師尹作歌云、
サキニホフハナヲハヲキテトミノマツニハミマスイロ
ナカリケリ
束髪額《ヒサヽコハナ》(26ウ)
日本紀、コレハ、ヲサナキワラハノ十五六ノホトノヒタヒニ
カミヲユヒタテタル名ナリ、聖徳太子、モルヤトイフヒト、

タ、カヒシタマヒシトキ、カクテヲワシマシケリ
聖徳太子　厩戸皇子、豊聡八耳皇子、太法王皇太子、上宮太子
名厩戸皇子、妃巡第中、至于厩下、不覚有産之故也
又厩戸豊聡《トヨ》八耳《トヤツミヽノ》皇子　推古天皇二年有此号
又名大法王皇太子　同上
橘豊日天皇(用明天皇、御磐余池辺双槻宮《イハレイケノヘノナミキノ》治二年)第二親王、天国押開広庭天皇(欽明天皇アメクニヲシヒラキヒロニハノ)孫、母間人穴太部皇女也
用明天皇二年、立庶妹穴太(木)部間人《ノ》皇女《ヲ》為皇后《ト》、即太子母也
推古天皇(豊御食炊屋姫トヨミケカシキヤヒメ)元年、立太子為皇太子、万機《ヲ》悉委焉《クコヽロノマヽニス》、禄摂政(27オ)
同(女帝)六年春二月、挙膳大娘《カシハテノオホムスメ》為妃
同九年春二月、始皇太子造斑鳩宮、十三年十月遷宮、此時名上宮太子、以此宮為上宮之故也
同廿九年春二月、於斑鳩宮妃相共遷化　四十九
或《ハ》事開《ヒラキ》神-異《フタニ》一、或《ハ》興入二幽-玄一、但《ニ》見《シレハ》上古之歌《ヲ》一、多存《セリ》二古-質之一語《キヨヲ》、未《ス》為《タ》二耳《タラ》-目之翫《モテアソヒニ》一、徒為《ニ》二教誡《タリカウ》之端《ハシ》一、古天子、

毎《コトニ》良-辰美-景二、詔《シテ》侍宴《テニ》二預《ツカル》莚一者献《セシム》和歌、君子(臣)之情、由《テ》是《コレニ》(斯イ)二可見一、賢愚之性、於是相分《タリ》、所以随《ニ》民《ミ》之《ノ》欲《ヲモヒニ》一、択《シ》士之《ノ》才也、自《ヨリ》大-津《ノ》皇子之初作《テクレ》詩賦《ヲ》一
大津皇子、持統天皇之代、天武天皇之長子、母天智天皇女、持統天皇之妹(持統天皇妹、殊大田皇女也)、朱鳥元年十一月被誅　年廿四、始作詩賦(27ウ)
詞人才子慕《カヒ》二風《ヲ》一継《ツク》二塵《リヲ》一、移《シテ》彼《ノ》漢家之字《ヲ》一、化《スカ》二我日-域之俗《ヲ》一、民業一改、和-歌漸《ニ》衰《フ》、然猶有先-師柿《ノ》本大夫者、高振《ニハ》二神妙之思《ヲ》一、独歩《リユム》二古今之間《ヲ》一、有山辺《ノノ》赤人者《トイフモノ》、并和《ニ》-歌《ノ》仙也
人丸、先祖不見(人丸事具載目録)
(人丸、□足彦国□人命之後也、敏達天皇御代、依有柿樹家門、為柿本臣氏、□上道人丸、□玉乎人丸、已上三人異姓同名、可尋之、又、人丸入唐之□、見拾遺□)
古万葉集云、大宝元年辛丑幸紀伊国時作歌、従車賀(文武天皇受禅年、天武天皇孫、草壁皇第二子)
　ノチミムトキミカムスヘルイハシロノコマツカウレヲマタ
　モミムカモ

国史云、大宝元年九月丁亥、天皇幸紀伊国、冬十月丁未、車駕至武漏温泉、戊申従官幷国郡等《(ママ)》進階、幷賜衣衾
已上、行幸従駕者、定叙爵歟、加之仮名序注正三位、仍有位者歟、天智天皇御宇以後、文武天皇御在位間之人也

歌

アスカヽハモミチハナカルカツラキノヤマノアキカセフキソシヌラシ(28オ)

ムメノハナソレトモミエスヒサカタノアマキルユキノナヘテフレヽハ

ホノ〲トアカシノウラノアサキリニシマカクレユクフネヲシソ思フ

(人丸、仲実古今和歌集目六云、大春日同祖也、天足彦国押人命之後、敏達天皇御宇之人也、依有家門柿樹、為柿本臣氏者或云〻、人丸者殿上侍従□三位□江権守)

赤人、或明人、先祖不見

古万葉集云、神亀元年甲子冬十月五日幸紀伊国作歌(聖武天皇、文武天皇太子)

ワカノウラニシホミチクレハ……

国史云、同年冬十月辛卯、天皇幸紀伊国、癸巳行至那賀郡玉垣勾頓宮、甲午至海部郡玉津島頓宮留十余日、従駕百寮六位以下至伴部、賜禄、詔曰、改弱浜名明光浦

古万葉集云、神亀三年秋九月幸于播磨国印南郡、時従駕作歌

イナミノヽアサチオシナミサヌルヨノケナカクアレハイヱノシノフル(家之少篠王)

国史云、神亀三年冬十月辛亥、幸播磨印南野国郡司(28ウ)百姓供奉行在所(位)者授位賜禄

古万葉集云、天平八年(聖武天皇)夏六月、幸于芳野離宮応詔作歌

国史云、天平八年(聖武天皇)夏六月、幸于芳《ヨシ》野《ノ》離宮《ニ》、秋七月丁亥、詔《テ》賜芳野監《ノ》乃《ニ(ママ)》側《(ママ)》進百姓物、庚寅《トラ》、車駕《テ》還宮

已上、従駕者多進位階仍有位歟

歌

ハルノヽニスミレツマニトコシワレソノヲナツカシミヒトヨネニケリ

ワカセコニミセムトオモヒシムメノハナソレトモミエスユキノフレヽハ

ワカノウラニシホミチクレハカタヲナミアシヘヲサシテタツナキワタル

其《ノ》余業《リトヽムル》㆓和‐歌《ヲ》㆒、綿《メムトシテ》ゝ　不㆓絶㆒、及《テ》彼《ノ》時《キ》変《シ》澆‐醨《ニ》、人貴《フルニ》
奢《シャ》‐淫《イムヲ》、浮詞雲《ノコトク》　‐　興《リ》、艶‐流泉《ノコクニワク》　涌、其実《ミ》皆落《テ》、其花独《リ》
栄《サカヘ》、至㆔有㆓好色之家㆒、以㆓此㆒為㆓花‐鳥之使《ツカヒト》㆒、乞《コツ》‐食《ショク》　之
客《カク》、以㆓此㆒為《ス》　活《クワツケイノ》　計之(29オ)媒《ハカリコトヽ》、半《カハ》為《シテ》婦‐人之右《ト》、難㆔
進㆓大‐夫前《ニ》㆒、近‐代存《セル》㆓古風《ヲ》㆒者《ノ》、纔《ニ》一‐二人、然《モ》長‐短不㆓
同㆒、論以《シテ》可㆓弁《ツ》㆒、花山僧正《ハ》、尤得《トモ》　歌‐体《ヲ》㆒、然其《ノ》体(詞イ)其
花《シテ》而少㆓実《ミ》㆒、如㆔図‐画《トクワノ》好女《ノ》、徒《ニ》動《スカ》㆓人《ノ》‐情《ヲ》㆒

花山僧正遍昭　大納言正三位良岑安世男
承和十一年(仁明天皇、嵯峨天皇第二大、)補蔵人、十二年五位
即任兵衛佐、十三年任左近少将、嘉祥二年(仁明)補蔵人頭、
三年帝崩御葬日出家俗名宗貞、元慶三年(陽成天皇、清和太子)
任権僧正、仁和元年任僧正、寛平二(ママ)年入滅　七十六

歌

アサミトリイトヨリカケテシラツユヲタマニモヌケルハル
ノヤナキカ

ナニメテヽヲレルハカリソヲミナヘシワレヲチニキトヒト
ニカタルナ

在原《ノ》中将之歌《ハ》、其《ノ》情有余《リ》㆒、其詞不足㆒、如萎《シホメル》　花《ノ》雖《トモ》　少彩《サイ》
色㆒、而有薫香(29ウ)

在原業平(委見目六)、行平一父同母、弾正尹阿母親王五男、
母桓武天皇女、伊登内親王　四平、仲平、行平、守平、業平
〔底欠〕年左近将監、承和十四年(仁明天皇)蔵人、貞観五年(清
和天皇、文徳太子)左兵衛権佐、七年(清和)右馬頭、十九年(清
和)左近中将、元慶三年(陽成天皇)蔵人頭、四年(陽成)正月廿
八日卒　五十六

歌

ツキヤアラヌハルヤムカシノハルナラヌワカミヒトツハモ
トノミニシテ

オホカタハツキヲモメテシコレソコノツモレハヒトノヲイ
トナルモノ

文‐琳《リム》巧《ナレトモ》　詠‐物《ニ》㆒、然(忽イ本)其《ノ》体近《シ》㆓俗《ニ》㆒、如㆓賈《アキ》‐人之着《タルカ》㆓
鮮《セム》衣《ヲ》㆒

文琳、文屋康秀也、元慶三年(陽成天皇)任縫殿助

歌

フクカラニノヘノクサキシヽホルレハムヘヤマカセヲアラ

シトイフラム

深草天皇御葬送之日所詠也

クサフカキカスミノタニヽカケカクシテルヒノクレシケフ

ニヤハアラヌ(30オ)

宇治山《ノ》僧喜撰《セムハ》、詞《ハ》甚《タ》萎麗《ニシテ》、而首尾停滞《テイテイセリ》、如《シ》望《ニ》秋《ノ》月一

遇《ルカ》暁《ノ》雲《ニ》一

孫姫式云、基泉法師歌

コノマヨリミユルハタヽマホタルカモイサリヒミユ(ニ)ク

ウミヘユクカモ

宇治山喜撰歌

ワカイホハミヤコノタツミシカソスムヨヲウチヤマトヒト

ハイフナリ

ワカレナムタフサハフレシコクラクノニシノカセフケアキ

ノハツハナ

以此等歌案之、基泉、喜撰各別歟、宇治山或号撰喜、桑門作

和歌式云、人也、或又、称仙人 窺詮、各以不審

小野小町之歌《ハ》、古衣《ノソ》通姫《トヲリヒメカ》之流也、然艶《トモエムニシテ》 而無二気

力一、如三病婦《ヘイフ》之着《ツケタルカ》二花粉《フム》一

小町歌、出羽郡司女云々

オモヒツヽヌレハヤヒトノミエツラムユメトシリセハサメ

サラマシヲ

イロミヘテウツロフモノハヨノナカノ人ノコヽロノハナニ

ソアリケル(30ウ)

日本紀、天皇寵妃也、妓艶女也、衣通、日本紀ニハ書衣通郎

姫

雄朝津間稚子宿禰、允恭天皇、仁徳天皇子、履中反正弟

日本紀、ヲアサツマワカコソコネノ天皇、ニヒミヤニアソヒ

タマフトキニ、スメラミコト(琴)ヲヒキ、ヽサキタチテマヒ

タマフ、マヒヲハリテ、申タマハク、ヲムナコタテマツル、

スメラコタヘタマハク、タレソト、又マシタマハク、ヲノカ

ヲトウト、ナハヲトヒメ、カタチスクレテコロモヨリトホリ

テヽル、トキノヒトソトホリヒメトイフ

従五位上行少納言兼侍従紀伊介橘朝臣実利作歌云、

テリニテルカホハタレソトヽフマテニヒカリトホレルキミ

カヲトヒメ

日本記

允恭天皇トマウスミカトノキサキノヲトウト、カタチヨニス

クレテ、キタルキヌヨリハタノスキトホリテヒカリケレハ、ソトヲリヒメトイフ、ミカト、コレヲタヒ〳〵メシケレト、アネキサキノヲホサムコトニハヽカリテ、マイラサリケレハ、ミカト、イカツトイフヒト(舎人、中臣賊津使主)ヲメシテ、オホセラレケルヤウ、モシソトヲリヒメヲヰテキタラハ、タマモノヲアツクセム、トアリケレハ、イカツ申ケルヤウ、(31オ)キヌノナカニクヒモノヲカクシテ、ソトホリヒメマイラセタマヘ、トイヒケレハ、キサキノオホサムコヽロヲハイカテカヤフラム、シヌトモマイラシ、トイヒケレハ、イカツカイヒケルヤウ、ムナシクカヘリマイリテ、ヲホヤケニツミセラレマイラセムモヲナシコトナリトテ、七日ニハナ(ママ)ニフシテ、モノクハセ、ミツノマセケレト、ノマスシテ、ヒソカニキヌノウチノカテヲクヒテアリケレハ、ソトヲリヒメ、ツヒニマイリテ、ミカトノオホエイミシクアリケリ

衣通姫之子云〻、号比古姫、是也、父出羽郡司云〻

或書云、衣通姫者小野小町之母也、号孫姫、是也者

或書云、衣通郎姫、允恭天皇之后、応神天皇之孫女、稚野毛《ワカノケ》二流《フタマタ》皇子之女也

又云、衣通王、仁徳天皇御代人、衣通姫、是也者、雄朝津間《ヲアサツマ》稚子《ワカコ》宿禰《スクネ》

或書云、衣通姫者、近江国坂田郡忍坂大中姫《シノサカヲホナカヒメ》之弟也、大中姫者、允恭天皇之后也、住所近江国坂田上云〻、是母住所也、勅使至此所云〻

日本紀

□皇八年春二月、フチハラニヲハシマシテ、□カニソトヲリヒメノフミ(31ウ)ヲミタマフ、コノユフヘ、ソトホリヒメ、ミカト□タテマツリテヒトリヰタリ、ミカトノミマスル(臨)コトヲシラスシテヨム歌ニイハク、

ワカセコカクヘキヨヒナリサヽカニノクモノフルマヒ(ヲコナヒ)カネテシルシモ

ミカト、コノ歌ヲキコシメシテ感情アリテ詠シタマフ歌云、

サヽラカタニシキノヒモヲトキサケテアマタハネスミタヽヒトリノミ

皇后、コレヲキヽタマヒテ、オホキニウラミタマフ、衣通姫マウサク、ネカハクハ皇后ヲハナレテトホクヰムトオモフ、皇后ネタミタマフ心、スコシシスミタマフ、天皇、スナハチ宮ヲ河内国弟渟《チヌ》(ママ)ニツクリテ、衣通姫ヲスヱシメタマフ、委見日本紀第十三

国史云、元正天皇霊亀二年五(ママ)月癸卯、河内国和泉日根両郡ヲワカチテ珍努《チヌ》宮ニ供セシメタマフ、四(ママ)年甲子、大鳥和泉日根三郡ヲ割テ始テ和泉国監ヲシケリ

孝謙皇帝、天平勝宝九歳乙卯、勅テ和泉国トイフ、サレハ、河内弟(ママ)渟《チヌ》宮者今乃和泉国ナリ

　トコシヘニキミヲ(ニ)アヘヤモイサナトリ□ミノハマモノ

　ヨルトキヽシヲ(ヨルトキ〳〵ヲ)(32オ)

是ハ、衣通姫歌也、見日本紀十三巻、允恭天皇十一年春三月、天皇、弟(ママ)渟宮ニ幸給ニ、衣通姫、此歌ヲ詠時、天皇ノタマハク、他人ニキカシムヘカラス、皇后キヽタマヒテハ、オホキニウラミテム、故時人浜藻ヲナノリソトモイフト云〻

此歌ノ心ハ、トコシヘニハトコシナヘニトイフカ、イサナトリトハイソナトリカ、ソトナトハヲナシコヱナリ、トコシナヘニハ、ナトカキサキニアヒタマフトキ〳〵トコソチキリタマヒシカト、ウラミタマヘル心ナルヘシ

大伴《ヲヽトモノ》黒主《ロヌシハ》之歌(其陋イヤシイ)、古猿丸大夫《マウチキミ》之流《イ》也、頗有《フル》逸《トモ》興、而艶(体イ)甚鄙《タイヤシ》、如㆔田夫息㆓花《ノ》前《ニ》㆒

猿丸大夫、先祖不見

不知何代人、但古猿丸大夫之流トアリ、又黒主仁和初献大嘗会和歌之由、見或集、当昔称古可謂上古之万葉集以後元慶以往之比人歟、件人歌不見万葉集之故也(32ウ)

　ヒクラシノナキツルナヘニヒハクレヌトヲモフハヤマノカ

　ケニソアリケル

黒主

貞観之比人歟、又読延喜大嘗会歌

又、如後撰集者於唐崎勤祓預禄、然者陰陽師其歌云、

　ナニセムニヘタノミルメヲヽモヒケムヲキツタマモヲカツ

　クミニシテ

万葉集云、猿丸大夫者弓削王異名云〻

又、弓削王、在猿丸大夫集云〻、可考

又、薗城寺本主歟、大伴黒主村主等氏寺、中智証大師寄天台末寺之由、見縁記、是為遁国役云〻

金堂内陣柱記云、今年甲戌、右大臣大支与多等建此加藍云〻

皇代記云、天武天皇二年甲戌、大支太政大臣之孫、大支与多(大伴与多)大臣、家地造御井寺、今之三井寺是也、依父遺誡造之云〻、過康(33オ)平年中、見付之、然者黒主之寄進歟、如何、尤有疑

歌

ヲモヒツヽコヒシキトキハヽツカリノナキテワタルトヒト
　ハシラスヤ

カヽミヤマイサタチヨリテミテユカムトシヘヌルミハヲヒ
　ヤシヌルト

猿丸大夫墓所有近江国勢多辺、今皇嘉門院御領曾東庄内

此《ノ》外、氏姓《セイ》流風《セルモノ》者、不三可二勝《アケテ》数一、其大《レ》‐底皆、以艶《ヲ》一為二基《ト》一、不三知二歌《ノ》趣《ヲ》一者也、俗人争《フ》二事一、栄《エイ》一利《ヲ》一、不三用(開イ)二詠(和イ)歌一、悲哉《カヤ》、雖三貴《コト》兼《ネ》相‐将《ヲ》一富《コト》余《リ》二金‐銭《ヲ》一、而骨未《ルニ》三腐《クチ》二於土‐中《ニ》一、名先《タッテ》滅二世上《セイニ》一、適為《タメニ》後‐輩《ノ》(也イ)知者、唯和歌之人《ト》而已、何者《ハ》語近人耳《ニ》一、義貫《クワス》二神明《ニ》一也、昔平城天王子、詔《シテ》侍‐臣《ニ》、令《タマフ》三撰二万葉集《ヲ》一、自レ爾《ソレ》以来《コノカタ》、時歴《ハ》二十代《ヲ》一数過《タリ》二百年《ニ》一、其間和歌棄《スタレテ》不被採《トラ》

平城天子(33ウ)

以聖武天皇(治　年両帝)、天璽国押開豊桜彦《アメシルクニヲシアケトヨサクラヒコ》天皇、文武太子、母右大臣不比等女、可号平城天子歟

一者、此天皇御平城宮、二者、此天皇三年 神亀三年、奉諸歌之由、見日本紀、此御時被撰万葉集歟、三者、人麿者文武天皇(治十一年)之時 諱軽天之《アメノ》真《マ》宗豊祖父《ムネトヨヲホチノ》天皇、天武孫、草壁皇子第二子、母斉(ママ)明天皇、(俗可留天皇)、大宝元年之比、度ゝ行幸従駕之由、見国史、随又件年幸紀伊国之時歌

ノチミムトキミカムスヘルイハシロノコマツカウレヲマタ
　モミムカモ

在万葉集第二、然者人丸之現存、自文武天皇元年至于聖武之比歟、文武十一年、元明七年、元正九年、已上三代之間、人丸現存歟

(凡御難波宮之後、遷平城宮、天平勝宝□年五月□日崩、年□、陵在佐保山南)(34オ)

四者、大和語云、奈良帝之時、入猿沢池有終命之采女、其時人丸作歌云、

ワキモコカネクタレカミヲサルサハノイケノタマモトミル
　ソカナシキ

天皇御返歌

サルサハノイケモツラシナワキモコカタマモカツカハミツ
　ソヒマナシ

(大和語)立多川紅葉遊覧之日、人丸

タツタカハモミチハナカルカミナヒノミムロノヤマニシク

レフルラシ
天皇御返歌
タツタカハモミチミタレテナカレユクワタラハニシキナカ
ヤタエナム
以聖武天皇号奈良帝之条、既明大和語、就中以平城宮又号諾良宮之由、見日本紀、于時聖武天皇自藤原宮遷御平城宮也、仍号平城天子、名奈良帝歟、抑此平城宮者元明天皇 諱日本根子天津御代豊国成姫、天智天皇日女 御時、和銅二年始造宮、同三年遷宮此以前御藤原宮也、其後、(34ウ) 元正天皇 日本根子高瑞浄足姫、又飯高、天武天皇孫、草壁親王女、文武同母姉、聖武天皇以下代ゝ皆御平城宮之由、見日本紀、自桓武天皇遷都長岡京也、以奈良号平城事
公卿伝云、大伴宿禰安麿、慶雲二年平城朝任大納言兼大将軍、又兼大宰帥、在官十年贈従二位
万葉集云、安麿難波朝右大臣大紫大伴長徳卿之第六子、以之思之、以仁徳号難波朝、以文武称平城朝歟
橘氏ゝ諺云、兵部卿橘宿禰奈良麿者左大臣諸兄子也、母淡海公女也、生時先於平城市売之、仍以奈良為名者(天平勝宝八年二月日於崇福寺始行伝法会、勅使也、佐ゝ浪奈加良久始也)
以之思之、以奈良名平城歟
続日本紀云、従五位下紀朝臣園益男清人
養老六年為従五位下、又云、天平十五年治部大甫・・・等為平城宮(35オ) 留守、又云、授従四位下為武蔵守
以之思之、平城宮者遷宮以後、以清人等為留守歟
万葉集第十七云、天平十六年四月五日、独居於平城故郷旧宅大伴家持作歌六首者
以之思之、平城為故郷、是奈良之時也
五者、仮名序云、奈良帝御時、此歌大興者、又云、正三位柿本人丸歌ノ聖也、又有号赤人之者歌ニ巧也者
以之思之、人丸大宝之比、行幸之時、度ゝ従駕、又赤人神亀之比、行幸之時、度ゝ従駕、然者大宝者、文武天皇御時也、神亀者、聖武天皇御時也、以聖武号奈良之条、其謂之至歟
六者、年代暦ニ所載、平城四年、是大同者天皇、日本紀ニハ号安殿天皇、但又注云、平城天ヽ奈良天ヽ者頗以不得意、其(35ウ) 故者、桓武天皇延暦四年、自奈良京遷都長岡京之由、見日本紀、凡以人丸之存日、考年紀之遠近之処、人丸大宝之比在生之由、其証顕然也、自大宝元年以降至于平城四年 大同、文武十一年、元明七年、元正九年、聖武五年、孝謙十年、

廢帝六年、称徳六年、光仁十二年、桓武廿四年、平城四年、
已上百十四年也
以之思之、人丸更非此程之長寿乎、猶以聖武号平城之条、既
以一定歟
七者、此集異本云、大同御時オホシマニオハシマシテ、御ミ
アソヒタマフトキニ、ヨツノクラヰヨリカミツカタミナフチ
ハカマヲカサス、ソノ時歌ヲヨミテ申給ケラシ
大和語奈良帝者
　ミナヒトノソノカニヽホフフチハカマキミカ御タメニタヲ
　リタルケフ（作者可尋）（36オ）
此歌在日本紀、ソノ御カヘシニミカトヨミテタマヒケル
　（同）ヲリヒトノコヽロノマヽニフチハカマムヘシモフカク
　ニホヒチリケリ
以之思之、此集被撰之時、既注大同御時更無平城之字、其時
号安殿天皇也、但中古之比、年代暦之時、安殿天皇ヲ平城ト
号シケルモ有其故也、桓武天皇ノ御子三人、安殿、嵯峨、淳
和也、而安殿ト嵯峨ト有事之時、安殿者古京平城宮ニ令住給
ケルナリ、其時更平城ト申ケルナリ、タトヘハ、近来、新院
ヲ讃岐院ト申体歟、因茲安殿ヲ改テ、御住所之名ニ付テ、平
城トハ申ケルナリ、此集被撰之時、平城天子トハ、聖武天皇
ヲ申シ、大同御時トハ、安殿天皇ヲ申タルナリ
八者、万葉集仮名序云、（36ウ）ハツセアサクラノ宮ノ天皇（□
□天皇歟）ノ御歌ヨリハシメテ、和銅五年ミツノエノトシ（元
明、壬子歳）ノ夏卯月ニ、長田王《ヲサタノオホキミ》天平人ヲイセノ斎宮ニツカ
ハシケルトキニ、ヤストノミヤノ皇子トキコヘケルミコノヨ
ウタマヒケル歌マテナムコノ集ニハイテケル
万葉集云、泊瀬朝倉御宇大泊瀬稚武天皇御製一首 入歌二、、
内一首、短歌也、仍不注之第一ゝ首短第十九一、
　ユフサレハヲクラノヤマニフスシカノコヨヒハナカスイネ
　ニケラシモ
和銅五年壬子夏四月、遣長田王伊勢斎宮時山辺御井作歌
（第一御井作）
　ヤマノヘノミネヲミカヘリカミカセノイセノヲトメヲアヒ
　ミツルカモ
　ウラサユルコヽロサマミシヒサカタノアマノシクレノナカ
　レアフミハ
（同志貴皇子、持統時）
　ミナソコノヲキツシラナミタツタヤマイツカコエナムイモ

カアタリミム
右二首、今案不似御井所作、若疑当時誦之古歌歟(37オ)
抑長田王者
姓氏録云、継体天皇ゝ子、椙子王ゝ子、桜井王之□也、三国
真人之祖也
続日本紀曰、天平十一年従四位上長田王為刑部卿、天平廿七(ママ)
年卒、散位正四位下者、然者専相当聖武歟
又、或書云、万葉集作者、従大鷦鷯天皇御代至于孝謙天皇御
時之人也、天平宝字之比歟、加之、橘諸兄 本名葛城王 撰之
由(諸兄、天平宝字元年正月薨、年七十四)、有其説、件諸兄并真
楯等者天平宝字年中薨去之由、見旧記、爾無大同之疑歟
加之、万葉五巻抄序云、人丸集云、天平勝宝五年春二月、於
左大臣橘卿之東宅宴饗諸卿大夫等者、万葉集諸兄撰歟
九者、万葉集作者、都盧男女僧臣五百六十二人、皆是聖武天
皇御時之人也、孝謙天皇以下之歌并作者、更無之、大同勅撰
之条、□言、但作者之中、大伴家持為□、因幡守之
時、孝(37ウ)謙之代也、其歌少ゝ入之、然者聖武御在位之時
撰始、孝謙御即位之内終功歟、聖武者孝謙御在位之時太上天
皇也、天平勝宝八年五月二日崩御也、家持拝官年ゝ粗注之、
於他作者等者具雖見日本紀、続日本紀、姓氏録等不遑委曲、
只所注年紀許也、於家持者聖武孝謙両代撰定之由、為令露見
所勘申也、天平三年(ママ)内舎人、同十七年正月従五位下、同十八
年三月宮内少甫、同年八月(ママ)越中守、同廿一年四月従五位上、
天平勝宝五年中納言、天平勝宝七年三月兵部小輔(ママ)、同十一月
山陰道使、天平宝字二年右中弁
万葉集第廿云、天平宝字二年正月三日、召侍従竪子王等、令
侍於内裏之東屋垣、而即賜玉箒肆宴、于時、内相藤原朝臣奉
勅宣、諸卿等随堪任意作歌并賦詩、応詔旨、各陳心緒、作歌
賦詩、未得諸人之賦詩并作歌(38オ)

ハツハルノハツネノケフノタマハヽキテニトルカラニユラ
クタマノヲ

右一首、右中弁大伴宿禰家持作、但依大蔵、不堪奏也

ミツトリノカモハイロノアヲムマヲケフミルヒトハカキリ
ナシトイフ

右一首、為七日侍宴、右中弁大伴宿禰家持預作此歌、但依仁
王会事、却以八日(ママ)於内裏召諸王卿等賜酒、肆宴給禄、因斯不
奏也

ウチナヒクハルトモシラスウクヒスハウヱキノコマヲナキ

ワタラナム
右一首、右中弁大伴宿禰家持作、不奏
ハヽキヨシケフノアシロハイソノマツヽネニイマサネイマ
モミルコト
右一首、右中弁大伴宿禰家持
アチクサノハナハウツロフトキハナルマツノサエタヲワレ
ハムスハム
右一首、右中弁大伴宿禰家持
キミカイヱノイヒノシラナミイソニヨセシハシハミツモア
カムキミカモ
右一首、右中弁大伴宿禰家持
依興、各忠(ママ)高円離宮処作歌五首
タカマトノヽノウヘノミヤハアレニケリタヽシキヽミノミ
ヨトホソケハ
右一首、右中弁大伴宿禰家持
ハフクスノタエスシノハムオホキミノメシヽノヘニハシメ
ユフヘシモ
右一首、右中弁大伴宿禰家持（38ウ）
属自(ママ)山作三首

イケミツニカケサヘミエテサキニホフアシヒノハナヲソテ
ニコキイレナ
右一首、右中弁大伴宿禰家持
天平宝字六(ママ)年任因幡守
七月五日、於治部少輔大原今城真人宅、銭(ママ)因幡守大伴宿禰家
持宴歌一首
アキカセノスヱフキナヒクハキノハナトモニカサヽスアヒ
カワカレム
右一首、大伴宿禰家持作之
同六年正月　任民部大輔、同八年正月　任薩摩守、神護景雲元
年八月　大宰少弐、同四(マヽ)年九月　左中弁兼中務大輔、宝亀元年
十月　正五位下、同二年十一月　正五位上、同三年二月　式部
権大甫、同五年三月　相模守、同年九月　兼左京大夫、六年十
一月　遷右衛門督、同七年三月　伊勢守、同八年正月　従四位
上、（39オ）　同九年正月　正四位下、十一年二月　任参議、同年
兼右中弁、天応元年四月　兼春宮大夫、同年五月　左中弁　大
夫如故、同年十一月　従三位、延暦元年壬正月　坐水上川継反
事免移京外、同年四月　有詔宥罪、復参議春宮大夫、同年六
月　以本官出陸奥出羽按察使鎮守府将軍、同二年　在任不幾、

七月 弁中納言 大夫如故、同三年二月 任持節征東将軍、同四
年八月 薨《テ》後《チ》廿余日其屍未葬、大-伴継-人侍郎《シラウ》等射二殺中納言
藤原《ヲ》一継事《ツクコトヲ》一如二故《モトノ》一 覚《サトテ》 下《クタス》二獄《キヨク》一按験事遣《ヤル》二家持《ニ》由退除《テ》-名《ヲ》一
十者、代ゝ帝皇后
第一 神武天皇 橿原(ママ)、第二 綏靖天皇 大和葛城高野宮、第
三 安寧天皇 大和高市郡幣山南、第四 懿徳天皇 同軽曲峡
宮、(39ウ) 第五 孝照天皇 同掖上池上宮、第六 孝安天皇
同秋津島宮、第七 孝霊天皇 同片岡、第八 孝元天皇 同軽
島境原宮、第九 開化天皇 同春日平川、第十 崇神天皇 同
瑞籬宮、第十一 垂仁天皇 同菅原伏見東、第十二 景行天皇
同巻向日代宮、第十三 成務天皇 近江穴穂宮、第十四 仲哀
天皇 長門穴戸豊浦宮、第十五 神功皇后 大和盤(ママ)余権桜
宮、第十六 誉田天皇 同軽島豊明宮、第十七 仁徳天皇 難
波高津宮、第十八 履中天皇 大和般余若桜宮、第十九 反正
天皇 河内柴籬宮、第二十 允泰(ママ)天皇 河内遠明日香宮、第
廿一 安康天皇 大和石上穴穂宮、第廿二 雄略天皇 同泊瀬
朝倉宮、第廿三 清寧天皇 同磐余甕栗宮、第廿四 顕宗天皇
同近飛辺八鈎宮、第廿五 仁賢天皇 同石上広高宮、第廿六
武烈天皇 同弘瀬烈城宮、(40オ) 第廿七 継体天皇 同磐余玉
穂宮、第廿八 安閑天皇 同勾倉橋宮、第廿九 宣化天皇 同
廬入片野宮、第三十 欽明天皇 同礒城島金刺□、第卅一 敏
達天皇 同石余池宮、第卅二 用明天皇 同石余池辺列槻宮、
第卅三 崇峻天皇 同余橋宮、第卅四 推古天皇 同小墾宮、
第卅五 舒明天皇 同岡本宮、第卅六 皇極天皇 同明日香川
原板葺宮、第卅七 孝徳天皇 摂津難波長柄豊島宮、第卅八
斉明天皇、第卅九 天智天皇 近江大津宮、第四十 天武天皇
大和明香清原宮、第卌一 持統天皇 同藤原宮、第卌二 文武
天皇 同、第卌三 元明天皇 同、第卌四 元正天皇 平城宮、
諸良宮、第卌五 聖武天皇 難波宮、後平城宮、第卌六 孝謙
天皇 平城、第卌七 大炊天皇 平城、第卌八 孝倹天皇 平
城、(40ウ) 第卌九 光仁天皇 平城
已上卌九代皇后既以分明、平城宮者元明天皇和銅二年始作、
同三年自藤原宮遷幸、其後元明元正更無和歌之興、聖武天皇
於古記云、天平三年奉歌垣之吉野国栖寺者
野離宮召家ゝ歌被撰万葉集歟、自藤原宮遷御平城、仍号平城
天子也、自爾以来、倹(謙歟)、大炊、孝倹、光仁、四代皆御
平城宮、然而無和歌之興歟
爰桓武御時、以山背国葛野郡宇大村之地、為遷都、大工物部

建丸也
是後、安殿天皇有事自山背国移御古郷 平城宮、更号平城歟、元是安殿也

時歴十代、数過百年(41オ)
聖武天皇(治廿五年) 天璽国押開豊桜彦《アメシルクニヲシア□トヨサクラヒコ》天〻、又両帝、文武太子、母右大臣不比等女、御平城宮、天平勝宝崩、陵佐保山、孝謙之時太上天皇
孝謙天皇(治九年、女帝) 高野姫、又安倍、聖武女子、母不比等女、光明天后子、御平城宮、道鏡少僧都(□女帝九代、推古、皇極、斉明、持統、元明、元正、孝謙、廃帝、称徳)
淡路廃帝(治六年、女帝) 天武孫一品舎人親王七子、母不比等女、天平神護崩 卅三、御平城宮、日本紀大炊天皇、諱大炊
称徳天皇(治六年、女帝) 先高野姫、重祚、道鏡大臣 法皇後流、御平城宮、日本紀孝倹天皇
光仁天皇(治十一年) 日本根子天宗高紹天〻、又白壁、天智天皇孫、田原親王第六子、母太政大臣紀諸人母(ママ)、天皇元大納言、御平城宮、天応崩 七十二

桓武天皇(治卅五年、諱山部) 日本根子統禰興天〻、又柏原天皇、光仁太子、母皇太后宮高野氏 贈贈(ママ)正一位乙継女、自奈良京行幸長岡京(延暦四年也)、延暦崩 七十
平城天皇(治四年) 日本根天推国高彦天〻、桓武太子、母皇太后藤乙牟漏、内大臣贈太政大臣良継女、日本紀号安殿天皇、弘仁出家、同年崩
嵯峨天皇(治十四年) 諱賀美能、桓武第二子、平城同母弟、承和元年崩(41ウ)
淳和天皇(治十年) 天高譲弥遠天〻、又大伴、桓武第三子、母贈皇后宮旅子也、西院、承和十(ママ)年崩
仁明天皇(治十七年) 天璽豊聡恵天〻、正良、嵯峨第二子、母太皇大后宮橘氏内舎人贈太政大臣清支女、日本紀深草天皇、嘉祥崩 四十一
文徳天皇(治八年) 諱道康、又号田邑帝、仁明太子、母皇太后宮順子、左大臣冬嗣女、天安崩
清和天皇(治十八年) 諱惟仁、文徳第四子、母太皇后明子、良房女、忠仁公、元慶三年出家、四十(ママ)崩 四十一
陽成天皇(治八年) 諱貞明、清和太子、母中納言贈太政大臣藤長良女、天暦崩 八十一

光孝天皇(治四年) 諱時康、又小松天〻、仁明第三子、母贈
　皇太后藤沢子、従五位下贈太政大臣正一位総継女、天皇元
　大宰帥式部、仁和崩 五十七
宇多天皇(治九年(ママ)) 諱定省、亭子院、仁和法皇、寛平〻、光
　孝第三(ママ)子、母太皇大后班子、式部卿仲野親王女、昌泰出家、
　承平崩 六十二(ママ)
醍醐天皇(治卅(ママ)年) 諱敦仁、宇多太子、母太皇大后宮温子、
　内大臣高藤女、延長八年崩
時歴十代者、而自聖武至于醍醐既以十五代也、然上成数也、
十ニ余ヲ(42オ) 十五六マテハ号十、又廿余ヲモ廿五六マテハ
号廿也、是文筆之習云〻
数過百年之句、又自聖武始至于延喜五年百七十九年也、過百
年ト書タレハ、是又無相違、是ハ聖武御時被撰万葉集之後、
孝謙、廃帝、称徳、光仁、桓武、平城、嵯峨、淳和、已上八
代之間ハ、無和歌之興、及仁明御時、小野篁、在納言等興此
事、其以後、遍照、業平等出来、和歌弥盛、仍仁明以後延喜
御宇此風繁唱歟
野相公
参議従三位左大弁勘解由長官近江守小野朝臣篁者、参議

(42ウ) 正四位下岑守男、延暦副将軍永見孫也、承和五年流配、
八年復正五位下、仁寿二年薨、為遣唐使副使云〻
　ワタノハラヤソシマカケテコキテヌトヒトニハツケヨアマ
　　ノツリフネ
雖風流如野宰相、軽情如在納言
在納言
中納言行平也、阿保親王子、母伊登内親王、大同天皇孫、業
平兄也、正三位中納言民部卿、按察使、三品阿保親王第二子
具見目録、奈良天皇二世娶桓武天皇女伊登内親王、生行幸等
歌
　タチワカレイナハノヤマノミネニヲフルマツトシキカハイ
　　マカヘリコム
而皆以(依イ)他才ヲ一聞ニ、不ヨ以ニ斯ノ道ヲ一顕《ワレ》、階(ママ)《(ヘイ》下《ノ》御《ヲサメタマフテ》－宇天
下ヲ二于今九載《サイ》
御即位以後八年 昌泰三年、延喜五年 也、而九載之字有疑、寛
平九年受禅、雖然不用年代暦者弥以不審也、但一載ト書之条
(43オ) 別様ナレハ付テ書吉ニ九載ト書歟、如然之書様、先例

多存歟、
文集云、死囚四百来二帰獄《ニ》一
注云、貞観六年、親《ミツカラ》二録《シテ》囚徒一、帰《カヘスニ》死罪者三百九十人《ノ》于家《ニ》一
令《レテ》二明年秋《ノヲ》一、就二刑一、応二期一《ニ》畢《コト〱クニ》至《ル》、因《ヨテ》詔《テ》悉原《ニユルス》之
以三百九十人、称四百人也
又云、新豊老翁八十八、前後征蛮者、千万人行無一廻、是時
翁年廿四、臂析来成六十年
如文者、翁年八十八也、而廿四臂析其後六十年、然者可為八
十六之処謂八十八
後江相公詩云、崔《サイ》-儦《ヘウ》(人名)入室《テニ》一書千巻、范《ハウ》岫《シウ》(人名)辞官筆
一双
隋《スイ》書云、崔儦字岏、岐《キ》少与盧《トロ》思《シ》-道《タウラ》等同志《シ》支善《ヲトモヨシ》毎《ツネニ》以《テ》(43ウ)
読《テ》二書《ヲ》一為務《ツトメトシ》一嘗大暑貴□日不読五千巻《ヲ》一者無得入此室一云〻
如詩者四千巻不足
文時詩序云、少二《コトハ》於楽天一三年猶已衰之齢也、遊於勝地一一日
非是老幸一畢
于時文時ハ白居易ノ二年之弟、然而付書吉テ三年ト書云〻
時登尚歯会序云、会昌《ノ》刑部十二年之弟、撫鶴髪《ヲ》一而為唱首《ト》一貞
観刑部八代之孫、含燕弗而悲先蹤

如文者八代、実ニハ九代也
妙楽疏記云、若遇君減皆存大数云〻
文選序云、(44オ)時更《ヘ》七代《ヲ》一、逾《コヘタリ》千祀《シニ》一
注曰、七代謂自周至梁也、逾《トイフハ》越也、祀年也、言数千年歟
考唐年代、自周至梁十二代歟、然而称七代矣
仁流《レ》秋《アキツ》津洲《シマノ》之外《カニ》、恵《クエイ》茂筑波《ツクハ》山之陰《ヨリモ》一
秋津洲、又秋津島、又豊秋津洲
日本紀云、神武天皇(神日本磐余彦)卅一年四月乙酉、皇輿-巡
幸、因登腋《ワキノカムノホ□マノヲカニ》-上兼間岳、而廻望国状曰、妍哉《アナニカヤ》国之《ヨキコトナリ》獲《ノミテツルコト》矣、雖
内《ウツユ》木綿《フノ》之真《マ》-迮《セリクニ》国、猶如二蜻《アキツノ》-蛉之臂《トナメセノ》吐一焉、由二是一、始有二秋津
洲之号一
神武天皇、彦波瀲武鸕鷀草不合尊《ヒコナキサタケウカヤフキアハセスノ》第四子也(44ウ)
日本紀章宴云、スメラトシ(コノスメラノミコキシミ、ノミコ、
トシ)四十五ナルトキノタマハク、ワカアマツミヲヤタ、シ
キミチヲコナヒテ、コノニシノホトリヲシロシメス、ソノ、
チハルカナルクニハ、ナヲミウツクシミニモウル(ママ)ハヌカコト
クシテ、ムラ〱ノキミモアヒキシロヘリ、又シホツ、ノヲ
キナノイヒシハ、コレヨリヒムカシニアマノイハフネニノリ

テトヒクタレルモノアル、ヨキクニアリト、ワレソコニハシメテミヤツクリシテ、アマノヒツキヲヒロメム、コレアメノシタノモナカナルヘシ、ミコタチコタマ(ママ)ヘタマハク、コトハリナリト、ソノトシ、スメライクサヲヒキヰテ、ヒムカシヲウチタマヘリ、又コノスメラミコトイテマシテ、ヲカニノホリテノタマハク、コノクニノスカタハ或者アキツノトナメセルカコトクモアルカナト、コレヨリハシメテアキツシマノナアリ、アキツハムシノナヽルヘシ

秋津洲

神武天皇卅(ママ)一年辛卯四月、天皇巡幸、望於地勢、始有秋津島名、孝安天皇二年庚寅十月、遷都葛城郡秋津島宮

従五位下大内記兼周防権介三統宿禰理平作歌云、(45オ)

　トヒカケルアマノイハフネタツネテソアキツシマニハミヤ
　ハシメスル

クシタマニ□ハヤヒノミコトヽ申キ

天磐船ニノリタリシ人ハ、河内国ニ盤船明神トテヲハシマス

豊秋津洲

大己貴大神因而曰、玉牆内国、饒速《ニヒハヤヒ》日命、是也、虚空見日本国、及至饒速日命、乗天磐船、而翔行大虚、睨是郷而降之、故因曰之

日本云、イサナキイサナミノミコト、ハシメテメヲトコトナリテ、コノトヨアキツシマヲウミタマヘリ、コレハ日本也、アハチノ国ヲナムエナニハシケル

筑波山

件山在常陸国、繁茂之由、雖載人口、如彼国住人申状者不然云ヽ、只国中無山無樹、以此山称繁茂云ヽ

風俗云、

　ツクハネノコノモカノモニカケハアレトキミカミカケニマ
　スカケハナシ

　ツクハネノミネノ□ミチハヲチツモリシルシモシラヌモナ
　ヘテカナシモ(45ウ)

淵《フチ》変為《シ》瀬《ト》之声《ハ》、寂ヽ《トシテ》閉《テ》レ口《ヲ》一、砂長《シテ》為《イワヲ》巌二之頌《シフヲ》、洋ヽ《トシテ》満二耳《ニ》一

歌

　ヨノナカハナニカツネナルアスカヽハキノフノフチソケフ
　ハセニナル

ワカキミハチヨニヤチヨニサヽレイシイハホトナリテコケ
ノムスマテ

思三継二《ヒツカムト》既絶《タル》之風一《ヲ》、欲三興二《スヲコサムト》久廢《スタレタル》之道一《ヲ》、爰詔二《シテ》大内記紀《ノ》友則《ノリ》、御書所《ノ》預《リ》紀貫之、前甲斐少目《ノスナイサクワム》凡河内《ノ》躬恒、(ママ)左衛門府生《ニ》壬生《フノ》忠峯等一《ニ》、各献二《シム》家集幷古来旧歌一《ヲ》、名曰続万葉集、於二是一《ニ》重有《テ》三詔一、部類所二奉一之歌《ヲ》、勒《シテ》成二廿巻一、名曰《ハ》古今和歌集一《ト》、臣等詞少《スクナク》二春花之艶一、名竊《ヌスメリ》秋《ノ》夜之長一《ヲ》、況、進《テハ》恐時《リ》俗之嘲《アサケリヲ》一、退慙《クハツ》二才芸之拙《ツタナキヲ》一、適遇《テ》二和歌之中興《ニ》一、以楽《ハフ》二吾道之《カ》再昌《フタヽヒサカユルコトヲ》一、嗟乎、人丸既《ニ》没《シタレトモ》、和歌不三在二於斯一《ニ》乎（46オ）

論語云、文皇既没、文不三在二斯一畢

以此書歟

于時延喜五年歳次乙丑四月十八日、臣貫之等謹序《ラス》

今案、延喜五年四月十八日奉、詔之日歟、撰上之日ハ不注歟、延喜十一年亭子院歌合之歌、多以入之、凡ハ令ニ召古歌事ハ、十八日以前歟、各所進之歌ヲ撰始之日、四月十八日歟

貫之集云、延喜御時、ヤマトウタシレル人〳〵、イマムカシノ歌ヲタテマツラシメ御テ、承香殿ノヒムカシナル所ニテエラハシメ、御ハシメノ日、ヨフクルマテトカクイフアヒタニ、ホトヽキスノナクヲ、四月六日ノヨナリケレハ、メツラシカリ御テ、メシイタシテ歌ヨマセ御ニタテマツル

コトナツハイカヽナキケムホトヽキスコノクレハカリアヤシキハナシ

大鏡云、古今撰セラレシヲリ、忠岑、躬恒ナトハ、御書所ニメサレテ（46ウ）候ケルホトニ、四月二日ナリシカハ、マタシノヒネノコロニテ、イミシウケ□オハシマス、貫之ヲメシイタシテ、和歌ツカマツラシメタマヒケリ

コトナツイカヽナキケムホトヽキス……

コレヲタニケヤケキコトヽオモフタマヘシニ、ヲナシ御時、御［底欠］（ア歟）ソヒアリシヨ、御前ノ御ハシノモトニ躬恒ヲメシテ、月ヲユミハリトイフハナニノ心ソトオホセラレシカハ、

テル月ヲユミハリトノミイフコトハヤマヘヲサシテイレハナリケリ

コレニヨリ、オホウチキナトタマヒケリ、サテ、又、

シラクモノコノカタニシモヲリヌルハアマツカセコソフキテキヌラシ

又、コノ集第十七云、貫之、和泉国ニ侍ケルトキ、忠房大和ヨリコエマテキテ、トアリ、忠房歌云、

キミトオモヒヲキツノハマニナクタツノタツネクレハソアリトタニキク

貫之、返事

ヲキツナミタカシノウラノハマヽツノナニコソキミヲマチワタリツレ

忠房ハ、延喜廿二年任大和守之由、見系図、然者延喜五年撰
上之条僻事歟(47オ)
万葉歌少々入之、若不耐優美入之歟、若是失錯歟、新撰集ニ
モ弘仁以後延喜以後之由雖注載、其以後以往之歌多入之有疑
新撰和歌序云、昔延喜御宇、属世之無為、依人之有慶、令撰
万葉集、外古今歌一千篇(始自弘仁至于延長、詞人之作、華実相
兼云々)、更降勅命、抽其勝矣、伝勅者執金吾藤大納言、奉詔
者草莽臣貫之云々、未及抽撰、分憂赴任、政務余置、漸以撰
定者
又云、貫之秩罷帰日、将以献之、橋山晩松、愁雲之影已泣、
相(湘イ)浜秋竹、悲風之声忽幽、伝勅納言、又已薨、向何方
而上献、空貯妙辞於箱中、独屑落涙於襟上、若(47ウ)貫之逝
去、歌又散逸
以之思之、序始以延喜称昔随、又、貫之、古今撰定以後延長
八年正月任土左赴国、同九月延喜聖主崩御、然者上洛相当朱
雀院御宇承平之裡、仍与忠房贈答之後(延喜廿二年延長八年承
平)、僅可及十年歟、昔字渉疑殆事儀両端未知一詮而已

写本云、仁安二年秋七月二日費老眼考之、前三乃権守従五位上藤
原親重
元暦元年五月十八日於花洛之頭小屋両日之間、所終書写之功也、
執筆素命法印云々(48オ)

古今和歌集序

ヤマトウタハ、ヒトツコヽロヲタネトシテ、ヨロツノコトノハトソナリケル、ヨノナカニアルヒト、コトワサシケキモノナレハ、コヽロニオモフコトヲ、ミルモノキクモノニツケツヽ、イヒイタセルナリ、タニヽナクウクヒス、ミツニスムカハツノコエヲキケハ、イツレカハイキトシイケルモノヽ、ウタヲシラサリケル、チカラヲイレスシテアメツチヲモウコカシ、メニミエヌヲニカミヲモアハレトヲモハシメ、ヲトコヲムナノナカヲモヤハラケ、タケキモノヽフノ心ヲモナクサムルハ、ウタナリ、コノウタ、アメツチノヒラケハシメケルヨリ、イテキニケリ

　アマノウキハシノシタニテ、メカミヲカミトナリタマヘルコトヲイヘルウタナリ

シカアレトモ、ヨニツタハレルコトハ、ヒサカタノアメニシテハ、シタテルヒメニハシマリテ、

シタテルヒメハ、アメワカミコノメナリ、セウトノカミノカタチ、ヲタニヽウツリテカヽヤクヨメルエヒスウタナルヘシ、コレラハ、モシノカスモサタマラス、ウタノヤウニモアラヌコトヽモナリ(49オ)

日本紀云、味耜高彦根神、テリウルワシクシテ、フタヲフタヽニノアヒタニテリワタレリ、カレ、アフヒトノ歌ニイハク、アチスキタカヒコネノカミノイモウトシタテルヒメ、モロヒトヲシテヲタニヽテルヨシヲシラセムトテヨメルウタナリ

　アマナルヤヲトタナハタノウナカセルタマノミスタ(マ)ルノアナタマハヤミタニフタラスアチスキタカヒコネ

返歌

　アマサカルヒリツメノイワタラスニシトイシカハカタフチカタフチニアマハリワタシマロヨシニヨシヨリコネイシカハカタフチ

二丘《フタヲ》二谷《フタタニ》　故会者《カレアフヒト》下照媛《シタテルヒメ》

已上二首、エヒスウタトナツク、夷曲エヒスウタ

下照媛

日本紀云、コレハアメワカミコノメナリ、タカミムスヒノミコトハ、アマツヒコヒコホノニヽキノミコトヽ申カミノオホチナリ、コノユヘニ、アマツ(49ウ)ヒコトイフカミ、ホノミコトヽ□フカミヲ、アシワラノナカツクニノキミニ

ナサムトオホシテ、マツ、アメワカミコノカミヲツカワシテ、クニヲタヒラケサセタマフホトニ、アメワカミコ、ミシムラノナカツクニヽト、マリテ、シタテルヒメヲメニシテ、カヘリコトマウサス、コレニヨリテ、タカミムスヒノミコト、ナヽシノキシ(無主雉)ヲツカハシテミセタマフ、キシ、アメワカミコノカトニトヒクタリテ、カトノマヘノユツカツラノキ(馬津杜木)ノスエニヲリ、ソノトキニ、アマメサクメトイフモノ、アメワカミコニツケヽルヤウ、アヤシキトリキテヲリト申ケレハ、アメワカミコ、タカミムスヒノミコトノタヒタリシアマノカコユミアマノハヽヤヲトリテ、雉ヲイテコロシツ、ソノヤ、キシノムネヨリトホリテ、タカミムスヒノ御マヘニイタル、ソノトキニ、ミコト、ソノヤニチツキタリケレハ、タカミムスヒノミコト、コラムシテオホシケルヤウ、クニツカミヲタヽカヒケルヤナメリトヲホシテ、ヤヲトリテナケクタシタマヒケレハ、ソノヤヲチテ、又、アメワカミコノカタムナ□(50オ)アタリテシニケリ、コレヨノヒトノ、カヘシヤハイムトイフコ□ハシメナリ、アマノクニタマトイフカミ、ソノナクコエヲキヽテ、アメワカミコシニタリトシリテ、ハヤカセヲヤリテ、カハネヲソラヘモテノホセケリ、雁ヲハキリサチモチトシ、スヽメヲハ春女《ツキメ》トシケリ、カヤクキヲハナキメトシケリ、ヨロツノトリヲコノコトヽモニツカヒケリ

天鹿児《アマノカコ》弓《ユミ》、天羽々矢《アマノハハヤ》

神武天皇、ナカスヒコネヲウミタマヒケルトキモ、コノヤヲナム、シルシニミセタマヒケル

学生正六(ママ)位上藤原朝臣利博作歌云、

アマツカミヤヲヨロツトハイフナレトアメワカヒコノナコソタカケレ

馬津杜《ユツカツラ》

コレハ、アシハラノナカツクニヽ、アメワカミコト申カミノカトノマヘニウヱタルキナリ

妻子《ウカラヤカラ》

コレハ、メコトイフコトハナリ、アメワカミコノメコナリ、アメワカミコ、タカムスヒノカミノナケヲロシタマフヤニアタリテシニタマフトキ、ソノウカラヤカラナキヨハヒケリ、ソノコヱソラニキコユ(50ウ)

従四位下行左中弁兼木工頭源朝臣当時作歌云、

カラコロモシタテルヒメノセナコヒソアメニキコユルツ
ルナラヌネハ
カラノフミニ、ツルサハニナキテコヱソラニキコユトイヘ
リ、ソレヲツラネイヘルナルヘシ
アラカネノツチニテ、ソサノヲノミコトニソヲコリケル、チハ
ヤフルカミヨニハ、文字モサタマラス、ゝナホニシテ、コトノ
コゝロシリカタカリケラシ、人ノヨトナリテ、ソサノヲノミコ
トニソ、ミソモシアマリヒトモシニハナリケル
ソサノヲノミコトハ、アマテルヲホムカミノコノカミナリ、
ヲナトスミタマハムトテ、イツモノクニゝミヤツクリシタマ
フトキニ、ソノトコロニヤイロノクモタツヲミテ、ヨミタマ
ヘルナリ
ヤクモタツイツモヤヘカキツマコメニヤヘカキツクルソノヤ
ヘカキヲ
日本紀云、伊奘諾伊奘冉、二神、生明国及山川草木、次生
日神月神、最後生素戔烏神云ゝ
而天照大神兄、如何、有疑
カクテソ、ハナヲメテ、トリヲウラヤミ、カスミヲアハレミ、
ツユヲカナシフコトハ、サマ〳〵ニナリニケル、トヲキトコロ
ヘイテタツアシノモトヨリトシツキヲワタリ、タカキヤマノフ
モトノチリヒチヨリアマクモノタ□(51オ)マテ、ヲヒノホ
レルカコトクナルヘシ、ナニハツノウタハミカトノオ□ハシ
マリ、アサカヤマノコトハウネヘ(メ)ノタワフレヨリヨミテ、
アサカヤマカケサヘミユルヤマノ井ノアサクハヒトヲオモフ
モノカハ
カツラキノオホキミヲ、ミチノヲクヘツカハシタリケルニ、
クニノツカサコトヲロソカナリトテ、マウケナトシタリケレ
ト、スサマシカリケレハ、ウネメナリケルヲムナノ、カハラ
ケトリテヨメルナリ、コレニソ、オホキミノコゝロトケニケ
ル
諸兄　葛城王、左大臣橘卿也、後橘姓、見万葉集
コノフタツノウタハ、ウタノチゝハゝノヤウナリ、ソモ〳〵、
ウタノサマムツノ心(サマ)ナリ、カラノウタニモ、カクソアル
ヘキ、ソノムクサ、ヒトツニハ、ソヘウタ、オホサゝキノミカ
トヲソヘタテマツレルウタ、
ナニハツニサクヤコノハナフユコモリイマハゝルヘトサクヤ
コノハナ
トイヘルナルヘシ

フタツニハ、カソヘウタ
サクハナニヲモヒツクミノアチキナサミニイタツキノイ(ア)ルモシラステ
ミツニハ、ナスラヘウタ
キミニケサアシタノシモノヲキテイナハコヒシキコトニキエヤワタラム(51ウ)
トイヘリ
ヨツニハ、タトヘウタ
ワカコヒハヨムトモツキシアリソウミ(ナヌカユク)ノハマノマサコハヨミツクストモ
トイヘルナルヘシ
イツヽニハ、タヽコトウタ
イツハリノナキヨナリセハイカハカリヒトノコトノハウレシカラマシ
トイヘルナルヘシ
ムツニハ、イハヒウタ
コノトノハムヘモトミケリサキクサノミツハヨツハニトノツクリセリ
トイヘルタクヒナルヘシ、イマノヨヽ、イロニツキ、ヒトノコヽロ、ハナニナリニケルヨリ、アタナルウタハカナキコトノミイテクレハ、イロコノミノイヱニノミムモレキノヒトシレヌコトヽナリテ、マメナルトコロニハ、ハナスヽキホニイタスヘキコトニモアラスソナリニタル、ソノハシメヲヽモヘハ、カヽルヘクナムアラヌ、イニシヘノヨヽノミカト(惣、上古之帝也)、ハルハヽナノアシタ、アキハツキノヨコトニ、サフラフヒト〳〵ヲメシテ、コトニツケツヽ、ウタヲタテマツラシメタマフニ、アルハハナヲソフトテタヨリナキトコロニマトヒ、アルハ月ヲヽモフトテシルヘナキヤミニタトルコヽロヲコラムシテ、サカシキ、ヲロカナリ□(52オ)シロシメシケム、シカアルノミニアラス、サヽレイシニタトヘ、ツクハヤ□、キミヲネカヒ、ヨロコヒミニアマリ、タノシヒコヽロニスキ、フシノネニタ□ヒトヲコヒ、ナツムシノネニトモヲシノヒ、タカサコスミノヘノマツモヲヒアヒノヤウニヲホエ、ヲトコヤマノムカシヲオモヒテ、ヲミナヘシノヒトヽキヲクネルニモ、ウタヲイヒテソナクサメケル、ハルノアシタハナノチルヲミ、アキノヨコノハノヲツルヲキヽ、アルハ、トシコトニカヽミノカケニミユルユキトナミトヲナケキ、クサノツユミツノアハトヲミテ、ワカミヲヽトロキ、アルハ、キノフサカエヲコリテ、ケフハトシ(モ)ヲウシナヒ、シタシカリシモウトクナリ、アルハ、マツヤマノナミヲカケ、ノナカノミツヲクミ、アキハキノシタハヲナカメ、アカツキノシキノハネヲカソヘ、アルハ、クレタケノウキフシヲヒトニイヒ、ヨシノカハヲヒキカケテ、ヒトヲウラミキツルニ、イマハ、フシノヤマモケフリタヽス、ナカラノハシモツクルナリトキクヒトハ、ウタニノミソコヽロヲナクサメケル、イニシヘヨリ、カクツタハルウチニ、ナラノ御ヨソヒロマリニケル、カノ御ヨヤ、ウタノコヽロヲシロシメセリケム、カノ御トキニ、オホキニミ(ママ)ヽツノクラヰカキノモトノヒトマロナム、ウタノヒシリナリケル、コレハ、(52ウ) キミモ人モコヽロヲアワセタルトイフナルヘシ、アキノユヘ(ママ)タツタカハニナカルヽモチ(ママ)ハヽ、ミカトノ御メニハニシキトミエ、ハルノアシタヨシノヽヤマノサクラハヽ、ヒトマロカコヽロニクモカトナムヲホエケル、又、ヤマノヘノアカヒトヽイフモノアリケリ、ウタニアヤシクタヘタリ、ヒトマロハアカヒトカヽミニタヽムコトカタウ、アカヒトハヒトマロカシモニタヽムコトカタウナムアリケル、コノヒト〳〵ヲヽキテ、マタ、スクレタルヒトモ、クレタケノヨヽニキコエカタク、イトノヨリ〳〵ニタエスナムアリケル、コレヨリサキノウタヲアツメテ、万葉集トナツケラレタリ、コヽニ、イニシエノコトヲモウタノコヽロヲモシレルヒト、ワツカニヒトリフタリアリ、コレカレ、エタルトコロエヌトコロ、カタミニナムアリケル、カノトキヨリコノカタノトシハモヽトセニアマリヨハトツキ(時十代数百年事)ニナリヌルヲ、イニシエノコトヲモウタノコトヲモ、シレルヒトヨムヒトモオホカラス、イマハイフニ、ツカサクラヰタカキヲ、タハヤスキヤウナレハイレス、ソノホカ、チカキヨニキコエタルヒト、僧正遍照ハ、ウタノサマヲハエタレトマコトスクナシ、タトヘハ、ヱニカケルヲムナヲミテ□(53オ) コヽロヲウコカスカコトシ、在中将業平ハ、ソノコヽロアマリア□コトハアカス(タラス)、シホメルハナノ、イロナクテニホヒノコレルカコトシ□ヤスヒテ(文屋康秀)ハ、コトハタクミニシテ、ソノサマヨニチカシ、アキヒトノヨキヽヌキタラムカコトシ、宇治山ノキセムハ、コトハヽウルハシケレト、ハシメヲハリタシカナラス、イハヽ、アキノ月ニアカツキノクモノタナヒケルカコトシ、ヨメルウタシオホクキコヘネハ、コレカレヲカヨハシテヨクシラス、ヲノヽコマチハ、アハレナルヤウニテツヨカラス、ヨキヲムナノナヤメルニヽタリ、ツヨカラヌハ、ヲムナノウタナレハナルヘシ、オホトモノクロヌシハ、ソノサマイヤシ、イハヽタキヽヲヘルヤマヒトノ、ハナノカケニヤスメルカコトシ、コレヨリホカノヒト〳〵、ソノナキコユル、ノヘニヲフルカツラノハヒコリ(マヽ)、ハヤシニシケキコノハノコトクニオホカレト、ウタトノミオモヒテ、ソノヨシヽラテヨメレハイレス、カヽルヲ、イマ、スメラキ□アメノシタヲシロシメスコト、ヨツノトキコヽノカヘリ(四時九廻)ニナムナリヌル、アマネキヲホムウツクシミノナミ、ヤシマノホカマテナカレ、ヒロキヲホムメクミノカケ、ツクハ山ノフモトヨリモシケクヲハシマシテ、ヨロツノマツリコトヲキコシメスイマ、モロ〳〵ノコトヲステタマハヌアマリニ、イニシエヲモワスレシ、フリニシコトヲモオコシテ、イマモウシナハシ、ノチノヨニモツタハレトテ、(53ウ) 延喜五年四月十八日ニ、ソレマロラニオホセラレテ、万葉集ニイラヌウタノフルキ、ミツカラノウタヲタテマツラシメタマウテ、ソレカナカニ、ムメヲカサスヨリハシメテ、ホトヽキスヲキヽ、モミチヲリ、ユキヲミルニイタルマテ、又、ツルカメニツケテキミヲヽモヒヒトヲモイハヒ、アキハキナツクサヲミテツマヲヽモヒ、アフサカニイタリテタムケヲイノリ、アルハヽルナツアキフユノウタヲナム、コレハコレトエラハシメタマヘル、スヘテセムシテハタマキ、ナツケテ古今和歌集トイフ

称貫之自筆之本ニハ、千九十五首也、而千□之条、有疑、但、或説云、貫之カ自歌ヲ不撰入令進覧千首之後、貫之歌九十五首ヲ依勅定、追入之云ヽ

コノタヒアツメエラハレテ、ヤマシタミツノタエス、ハマノマサコノカスオホクツモリヌレハ、イマハ、アスカヽハセニナルウラミモキコエス、サヽレイシノイハホトナルヨロコヒノミソアルヘキ、ソレ、マロラコトノハニ、ハルノハナノニホヒスクナクテ、ムナシキナノミアキノヨノナカキヲカコテレハ、□ハ人ノミヽニヲソリ、カツハウタノコヽロニハチヲモヘト、タナヒ□(54オ) タチヰ、ナクシカノヲキフシ、ワレラカコノヨニヲナシクムマレテコ□トキニアヘルヲナム、ヨロコヒヌル、ヒトマロナクナリニタレト、ウタノ□ト、タトヒトキウツリ、コトサリ、タノシヒカナシヒユキカフトモ、コノウタノモシ、アヲヤキノイトノタエスシテ、マサキノカツラノナカクツタハリ、トリノアトヒサシクトヽマラハ、ウタノサマヲシリ、コトノコヽロヲエタラムヒト、ヲホソラノ月ヲミルカコトク、イニシエヲアフキテイマヲモコヒサラムカモ

写本云、仁安三年三月四日、前三乃権守藤原親重、以江家本写畢云ヽ
元暦元年五月十八日、於花洛之辺、書写畢、素命法印云ヽ(54ウ)

派生歌一覧

この一覧は、本歌・類歌・参考歌など従来指摘されている派生歌を古今和歌集の歌番号順に配列したものである。本歌取りの技法意識が明確になる、中世初期以降の勅撰和歌集(千載、新古今、新勅撰、続後撰、続古今、続拾遺、新後撰、玉葉、続千載、続後拾遺、風雅、新千載、新拾遺、新後拾遺、新続古今)および中世初期のまとまった詞華集である、藤原俊成が判を加えた千五百番歌合と、藤原定家の歌集である拾遺愚草・拾遺愚草員外(藤川百首を除く)とを対象とした。

主として、『十三代集一—四』(校註国歌大系)、『古今和歌集新講』(三浦圭三)、『千載和歌集』(久保田淳・松野陽一、笠間書院)、『新古今和歌集上・下』(久保田淳、新潮日本古典集成)、『風雅和歌集』(次田香澄・岩佐美代子、三弥井書店)、『訳注藤原定家全歌集上・下』(久保田淳、河出書房)によった。

勅撰和歌集と拾遺愚草・拾遺愚草員外は新編国歌大観の歌番号を、千五百番歌合はつがい番号を示した。行頭のアラビア数字は底本の古今和歌集の歌番号(18・19が新編国歌大観番号では19・18の順)を示す。

(田村　緑)

巻第一　春歌上

1 新勅撰四一　拾遺愚草二〇一

2 新古今三二六　風雅三八八

3 続古今九　続拾遺七　新拾遺二八　新後拾遺七七　拾遺愚草九〇一・一三〇四・二一四五

4 新古今三一・一四三六・一四四〇　続後撰一八　千五百番三左　拾遺愚草二九六三

5 新古今一八　続古今六七九・一八六三　新後撰一三　拾遺愚草一七三一・一八八三・二一一三

6 新古今一九・一四四二

7 新勅撰一〇二九　拾遺愚草一〇〇三・一三〇一・一六〇八　拾遺愚草員外六七五

9 新古今七三五　続古今三　拾遺愚草二一二九

10 新勅撰一三〇〇　拾遺愚草五〇四・一〇〇三・二五三三　拾遺愚草員外二〇三・六〇八

12 新古今一七　新続古今四一・一六二一　拾遺愚草四〇九・五〇一・二四四一

13 新古今一七　続古今五七　続拾遺一五・七九　拾遺愚草四・一一〇三・一七八一・一九四六・一九六六・二一三五　拾遺愚草員外五三三・六一〇

14 新古今一四一 拾遺愚草二〇三・九〇二
16 新古今二九
17 続拾遺二四 新続古今一八六
18 続拾遺二〇 拾遺愚草一〇〇五・一三〇四・一四〇三・一七三〇・二一四五
19 千載三 新古今一三 続後撰一〇三 続古今一九・二〇 千五百番五五左 拾
遺愚草九〇三・一二一一・一三〇四・二〇八九・二一三三・二一四四 拾遺愚草員外五四四
20 続拾遺四四一 拾遺愚草四〇五・七〇八
21 続古今二〇 拾遺愚草一一〇六
22 新古今一三 続拾遺二二 拾遺愚草一一〇六・一七八〇・一九一八
23 新古今一三 続古今五六 続拾遺二四・九九 新拾遺一〇 拾遺愚草二〇九〇・二一
三〇 拾遺愚草員外六〇七
24 風雅一五八 千五百番一一八左 拾遺愚草九二三・一二〇三・二四三三
25 新古今六八 千五百番一一三左 拾遺愚草一三〇八 拾遺愚草員外六〇三
26 新古今七三 続拾遺四一
27 新古今七三・七五 新勅撰三三 続拾遺四三 続千載四四 拾遺愚草二〇六・一九六
八 拾遺愚草員外五一九
28 続後撰一〇二八・一〇三一 風雅七七 拾遺愚草九〇八・一三一四・一七八四・二一六〇 拾遺愚
草員外五六三
29 千五百番九三左 拾遺愚草四一四
30 風雅一三四
31 新古今六三 続拾遺四六・四八七 新千載七一 拾遺愚草一一七・一三三〇 拾遺愚
草員外四一五
32 新古今五三 拾遺愚草二一三九
33 新古今四六 続古今一四九九 千五百番六七右・一一〇右 拾遺愚草一一〇七
34 続後撰一三一 続拾遺四七 拾遺愚草員外六七八
35 続古今一四九九 拾遺愚草員外六七八
36 続後撰九四 続古今七四三 千五百番一三〇左
37 新古今四一・四七
38 新古今五四・一四〇六 続拾遺四九・二八四 新後撰二一九 玉葉一八五五
39 玉葉一〇三 続後拾遺五三 拾遺愚草二一三八
40 千載二〇 新勅撰四〇六
41 千載三 続拾遺四五 続千載一六五四 拾遺愚草六・三〇五・八三六
42 続後撰一〇三五 拾遺愚草一〇一七
43 新勅撰三一三 続後撰一五一 続古今一一六 続拾遺一三五 拾遺愚草二一七三・二
三九七 拾遺愚草員外一〇七
44 千載四四 続古今一三三 続拾遺五一六 拾遺愚草一三〇三・一六一二・一八三五・二五九一
拾遺愚草員外五五一
45 続古今四三〇 拾遺愚草一一八一・一三〇六・一九五八 拾遺愚草員外四五八
46 新勅撰八九 拾遺愚草員外六〇七
47 拾遺愚草二〇一一
49 新古今二四六 新後撰六〇七 風雅七八三 新千載八六
51 新勅撰一〇四三
52 新古今一四六一 続後撰九三 新拾遺一二〇
53 風雅二一四 拾遺愚草員外六一八
54 拾遺愚草一一五・一三八一
55 風雅二一八
56 続拾遺七三 拾遺愚草一四・六一六・一四一〇・一七八六 拾遺愚草員外一〇八
57 続古今一五九三
59 新古今八七・一二四 新勅撰六〇・六六・七〇・七七 続拾遺五八・五九・六一・七五 新後撰
六一・七〇・七一・七三・七四・七七・七八・八六・八七・八九 続後拾遺六八・六九・七〇・七一 新拾遺九

三 拾遺愚草六〇一・一三一
60 新古今七九
62 続古今一三六 続拾遺九三 風雅三一・三四三 拾遺愚草一〇三七・一九六九
63 新古今一二四・一三四・一三五・一三六・八〇〇 続古今二二 続拾遺五五 新後撰一三七
拾遺愚草五一〇・六四八・九六九・一〇一六・一二一四・一八四七
65 続古今一三五
66 新古今一二一 続古今九六 風雅三〇四 拾遺愚草一八四三
67 新古今四八・一三五 続古今一二〇
68 拾遺愚草一五・二一八三

巻第二 春歌下

69 続拾遺九五・一〇四一
70 新古今一七三 続後拾遺一三四 拾遺愚草六四三・一〇一八
71 続拾遺五一〇・一三四八 新続古今一九三四
72 新勅撰一〇四 続千載一三五 新後拾遺八九 拾遺愚草一〇一八・二一七八
73 続古今一五三 続拾遺五九 風雅二四一・二八七
74 新千載三一七
75 新勅撰一〇三九 新拾遺一三
76 新古今一五五 続古今一四〇 続拾遺一三 新後撰一三九 新続古今一七二
拾遺愚草二〇・六四六・八四三
77 風雅一六八三
78 新古今六六四
79 拾遺愚草一一八
80 新古今一四五八 拾遺愚草一八四六
83 新勅撰一〇二

84 新古今一四六四 続後撰一二五 続古今一四三 新後撰八〇 玉葉二五〇 拾遺
愚草二三一・八二一
85 新勅撰六五 続後撰一〇六 新後撰一一九 拾遺愚草一六・一三五一
86 新勅撰三四〇 風雅三九
88 千載三三 新古今一一〇・一一九 新続古今一六二五
90 新古今八八・一四五七 新勅撰一三七 続後撰一〇〇・一〇一 続千載一一三 新千載
一五六 千五百番一七六右 拾遺愚草一三五八
91 新続古今二〇五九
93 新古今三六六 新勅撰一一七五 千五百番一八三左 拾遺愚草一八三一
94 拾遺愚草一三〇五
95 新古今八二 続後撰一四八 拾遺愚草四〇五・八〇六・九一七 拾遺愚草員外五三一
96 新古今八二 拾遺愚草三・二一八五
97 新古今九八七 続拾遺四八五・八六三 風雅一五六三 拾遺愚草三一三・一四六六
99 新後撰一一七
102 続拾遺六三・九六
103 新古今六八四
106 続拾遺一三六〇
107 新古今一〇九
109 新古今一三〇
110 続後撰一四九
111 続拾遺一一三・三九三 千五百番二四三左 拾遺愚草一七・二一七
113 新古今七五九・一三三三・一四七〇 新勅撰一〇八・一一四・一一四三 続後撰六四 続拾遺四
八八・五二一 玉葉二四〇 続千載二〇九 風雅三三七 千五百番二〇六右 拾遺愚
草八四一・一四〇八・一六一四・一七三七・一七八九・二一九〇 拾遺愚草員外四七三
115 千載八八 拾遺愚草三一八三

117 新古今一〇六 拾遺愚草六三〇
119 続古今一四一〇
121 続古今一六三
123 新古今七六三
124 千載一二四 新古今一五八 続拾遺二三五 千五百番二五七右 拾遺愚草員外六八九
125 千載一二三 新古今一六二 続拾遺二三七 拾遺愚草四一九 拾遺愚草員外一一九
126 新古今八二二・一六七 拾遺愚草九一七 拾遺愚草員外一一八・四二一
129 続拾遺二三七
133 新古今五三七 続古今一七〇・一七一 続拾遺一四三 拾遺愚草一〇二〇・二一九四 拾遺愚草員外六三三
134 新古今一七 拾遺愚草員外二五七・七二五

巻第三 夏歌

135 続千載七〇八 風雅三〇七 千五百番三二三左
137 続拾遺一七一 続後拾遺二〇一 風雅三一八 拾遺愚草一〇〇四・二一一八・二二三三・三〇四 拾遺愚草員外二二三
139 新古今二三七・二三八・二四四・二四五・二四六・二四七・八四四 続後撰一〇五〇・一〇五一・一〇五二 続拾遺一七六・五四九 新後撰一九九 続千載二七五・一七一八・一七一九 新拾遺二四六・二四七 新後拾遺二二六・六九二・六九三 千五百番四〇〇右・四一六左・四四〇左 拾遺愚草九二五・九二九・一〇三〇・一一三三・一四三〇・一七四四・二九三三 拾遺愚草員外五八〇
140 新勅撰一五五
141 新古今二〇二 拾遺愚草一三三四
142 新勅撰三〇三 新後撰一八九
143 新勅撰一〇三六 風雅三三六
144 新勅撰一六三 続古今三一 風雅一六九 千五百番三七七左
147 新古今二一六 拾遺愚草二六・四一八・六四五
148 続拾遺一七九 拾遺愚草二一〇一
149 新古今二一五 千五百番三九三左 拾遺愚草九四三・二〇六四
150 続拾遺二一〇
152 千五百番三八九右
153 新古今二二〇 新勅撰一七三 玉葉四八六
154 千五百番四三八左
155 新勅撰一五四
156 新勅撰一四九・一五九 続後撰一八四 続拾遺一六五 続後拾遺一八九・二二五 風雅三九〇 千五百番四六三左 拾遺愚草一七九四
157 続後撰二二五
159 続後撰二〇四 千五百番三九一右 拾遺愚草一二四
165 新古今一六九五 新拾遺四二一 千五百番四九八左
166 続古今二六四 新後撰一九六 風雅三九四 千五百番四三九右・四七七右・四八八右 拾遺愚草一〇三三・一一七・一六三三・二五五三
167 新古今一四九三 続古今一三五五 拾遺愚草一八九三
168 新古今二八二 拾遺愚草一九五六

巻第四 秋歌上

169 千載二三七 新古今二五七・二八六・二九〇 新勅撰一九五 続拾遺二一五・二三四 拾遺愚草一〇五七・一四三七 拾遺愚草員外三九六
170 新古今二六四 新勅撰二〇二
171 新古今三一九・一三〇五

172 千載三八七 新古今五三 続拾遺七四四 拾遺愚草四三六・一二五九
175 新古今三三・一六五五 続古今三一・一二四五 拾遺愚草二三四〇
176 千載三二八 新古今三三五
177 続後撰二五七 続古今三三三 続拾遺一八七
178 新勅撰二一三 玉葉四七〇
184 千載二七四 新古今三八一・三九六・四八〇・五九二・一五三三 新勅撰一二九二 続古今五一〇
続拾遺二八七 続後拾遺一三四 拾遺愚草四五〇・六五一・一〇四三・二〇六六
185 拾遺愚草二五三八
187 新勅撰三三五 拾遺愚草一五六・三三〇 拾遺愚草員外五四五
188 新勅撰一一三 続拾遺六一九
189 千載九二二 新勅撰二九五 続後撰二七八 新拾遺三八〇 続後拾遺一三七
190 新古今一三八五・一五一六
191 千載六二四 新古今五〇四・六〇四 風雅一三四 拾遺愚草六八四・九一〇・二一四九・二九二〇
193 千載三一七 新古今三八四・三九七 新勅撰一〇八一 続拾遺三一七・五七五 玉葉四六〇
194 新古今三九一・六〇四 拾遺愚草五〇七・一〇三一・一〇四八・二三二二・二三二四
新続古今四二三 拾遺愚草九四七・一〇四九
196 千載三一九 続後撰三〇三
199 新古今四七四 拾遺愚草二一〇八 拾遺愚草員外六四八
200 新古今一六六八 続拾遺六〇五 拾遺愚草一四三三
201 拾遺愚草一二八・一〇四四
202 新古今一五六〇 千五百番七五五右 拾遺愚草三三〇・一〇四四・二〇三〇・二〇六七 拾
遺愚草員外七三
204 新古今一六四五 拾遺愚草一〇三四
207 新勅撰一三三五 新後拾遺七五 拾遺愚草一八〇五 拾遺愚草員外七一四
208 新古今五一九 続拾遺五八一
209 続後拾遺三〇七
210 続拾遺二六五 拾遺愚草二〇七
211 新古今九四五 続拾遺二六六 新拾遺四九一 拾遺愚草二三五一
212 新勅撰五〇 千五百番一〇七左
214 新古今四四五 新勅撰一三四〇 続古今四四七 続千載一七四八 拾遺愚草員外
七五
215 千載一一五一 新古今四五一 拾遺愚草三五三 拾遺愚草員外五四一
217 新古今三三八
218 拾遺愚草一九三七・三三八〇 拾遺愚草員外一六四
219 風雅四七四
220 続後撰九三六 続古今三三〇・四五四・四八六 続拾遺三一四
221 新古今五九 新勅撰九二 続拾遺二五五 風雅五四七 新拾遺三七四 拾遺愚
草二〇二八・二二四八・二二五一・二三二一 拾遺愚草員外三五五
222 新勅撰三三九 続後拾遺二七九 拾遺愚草二三一五
226 千載二八八 続後撰五八五 続古今八一七
232 続古今四三九
233 続拾遺二五五
234 続古今四九七
237 新後撰二九九
238 風雅一四五三
240 拾遺愚草員外一五八
241 新古今三三九 続古今三五〇 拾遺愚草員外一五八
242 新古今三四九 続後撰三六三
243 新勅撰二四七 風雅七〇六 拾遺愚草一〇六一・一九九二・二〇六九・二三四八 拾遺愚草
員外一五五

244 千載二四七 新拾遺二八六
245 新古今七六
246 拾遺愚草三四三
247 新古今三三〇 続後撰九三 拾遺愚草五三八・一一七一・二一八九・二八四〇
248 新古今四七八 新続古今三九四 拾遺愚草四四一・六五九・一六二〇・一七五一 拾遺愚草員外四四五

巻第五 秋歌下

249 新古今三七一・七九五 続古今八九五 続拾遺三五三 続後拾遺四八九 新千載四〇八 新拾遺五六一 拾遺愚草三二四
250 新古今三八九・五三三 続後拾遺九七七 拾遺愚草八三七・一三四三・二三〇六・二三五三
251 新古今三七〇 拾遺愚草四八
255 続古今四三一 新後撰三一四
257 新千載五七三 新拾遺一四四九
258 新古今一七五八 続拾遺三三 新後拾遺七三七 千五百番七三八左 拾遺愚草三三四
260 新古今五三七・一〇八七 新勅撰二三六 続古今五七一 続拾遺三六三 拾遺愚草六九七・一三五一・二三八五・二五五八 拾遺愚草員外五九三
262 新古今三九一 千載三五三 続拾遺一〇三 拾遺愚草二七一五
263 新古今一一三
266 新古今五三九
270 続拾遺七四七 拾遺愚草四六・二三四九
272 新古今一六〇九 新勅撰六三 続古今七三 拾遺愚草一〇〇六
273 新古今七一九・七三七 続拾遺三四九・六一四・六九四 新後拾遺四三四 拾遺愚草一九〇三
277 新古今五〇七 新勅撰三四・三一一・三一四 続古今五九六 千五百番三九一左・八六六左 拾遺愚草一七六二・一八六七
281 新勅撰一〇九五
283 新古今五三〇・五四〇 新勅撰二一〇 続古今一一〇四 新拾遺一六八一 拾遺愚草三八〇・五八七
284 新古今二八五・五三五・五四一 新勅撰三四九 拾遺愚草一四九
286 続後撰九二一 拾遺愚草一一四〇
287 風雅五九二 拾遺愚草三六・一三四・二三〇七
288 続後撰四七六 風雅五〇一
290 続古今五六九 拾遺愚草二一〇九
291 続古今三五一 拾遺愚草三八三・二六八四
292 新勅撰三五六 続後撰二六六 続拾遺三六九
294 新古今一四八五 新勅撰三三九 続古今一一〇四 新拾遺四三三 新続古今一六八 拾遺愚草六〇四・二一一四・二一九二・二二二三 拾遺愚草員外六五三
297 新勅撰一一七 新拾遺五九三
298 千載三五九 拾遺愚草一八〇七
303 新古今五五五 新勅撰三七一 続拾遺一三〇・一三九 拾遺愚草一三五五
308 新千載二〇七一
309 拾遺愚草三三七
310 続拾遺三九六
311 新古今一六九 続後撰四四九 続古今五三五 拾遺愚草二・二七九
312 千五百番七九八左
313 続後撰四五三 千五百番八二三左 拾遺愚草一八〇七

巻第六 冬歌

315 新古今四八八 新勅撰一三四〇 新後撰三三一・四六四・四六五 続後拾遺四三九 風雅

二九　拾遺愚草五二一・一一七九・二〇〇四・二四三一・二四三五・二八四八　拾遺愚草員外五七八
317 新拾遺六六七
318 拾遺愚草九六九・一三六六
321 新古今一　続後拾遺四　風雅一五三
322 新古今六六九　拾遺愚草五八
323 新勅撰三
325 新古今九二三・四八三
327 新勅撰四一八
329 続拾遺一〇四五
332 続古今六六八　拾遺愚草二一三三・二四五八
333 風雅一　拾遺愚草二一〇六
334 新古今六七八・一四四二　新勅撰四八六　続拾遺五　風雅三三
337 千載三五　新古今四一・九〇・一〇二　拾遺愚草二〇九一
338 新古今六八一　新勅撰一二一四
339 続古今一六二八
340 新古今一六九六　続後撰五二五・一一七五　続後拾遺一〇七八　拾遺愚草八四七　拾遺愚草員外五七〇
341 新古今七〇三　新勅撰四三八　続拾遺一三〇四　新続古今一四五五　拾遺愚草三九七

巻第七　賀歌

343 続古今一八七七　拾遺愚草一三八六
344 新古今七一〇　風雅二三五八　新千載二三九八　千五百番一〇八五左　拾遺愚草二四八八・二九三〇
345 新後撰一五七九　新千載六六九　千五百番一〇六八左　拾遺愚草一九〇六・二九〇七
347 続拾遺一三〇三　拾遺愚草一一八六
348 続拾遺七五三・一四一六　拾遺愚草一一九〇
349 新勅撰一〇四・一〇九九　続後拾遺一〇八　拾遺愚草二四〇・二一七八
350 続古今四七六　新後撰一五六六
351 拾遺愚草員外六二七
353 続古今一七六四
354 新古今八〇四・一七六〇　新勅撰四六三　風雅一八二四　拾遺愚草一四九八・一九八三・二五一六・二八二六
356 続後撰一三三三　続拾遺七三六
358 新後撰九〇
359 続千載一六七七
360 新古今一五九九　続後撰二六七・五五七　拾遺愚草員外六三〇
361 続後拾遺四六三　拾遺愚草員外三三七
362 新古今五三六　続後撰四六五　続拾遺三六三　拾遺愚草員外五七四
363 続拾遺五一四
364 続古今一三九三　拾遺愚草一八九九

巻第八　離別歌

365 新古今九六八・一一三一　続古今一七五八　続拾遺四四九・一一〇二・一四三四　新後撰一九〇　拾遺愚草一三五九・一九三六・二五四三・二六八〇
366 続拾遺六六五　新続古今一三七三
367 拾遺愚草一一七六・一九五八
369 新古今一五五〇
370 拾遺愚草四一三
373 風雅九〇二

377 新古今一三三・一七八六
378 続後撰八四一 続古今八五三
380 千載四九七 拾遺愚草九〇
382 千載四五九 続拾遺五三・六六五
385 千載四七八 新古今五五一 続古今五四〇
386 新古今三三六 続拾遺五八三 拾遺愚草二六〇八
387 拾遺愚草員外七六三
388 新古今三四三 新千載七五七・一〇三四 拾遺愚草一三九一 拾遺愚草員外七六一
390 続後撰八三五 続拾遺六六六
392 拾遺愚草二四五三
400 続後撰八二八
404 新古今三五八・七五六 新勅撰一三五一 続後撰一三三五 続古今一三三三 続拾遺
八六七・一四〇六 玉葉一四九四 風雅一三一四・一三四三 千五百番二八七左・三八三右・一三一四
左・一三四九右 拾遺愚草二九三・六五八・一六三三・一七九六・二四一〇・二六三九 拾遺愚草員
外八〇

巻第九 羇旅歌

406 新古今一五一七 新勅撰一三一七 新拾遺一八八一 拾遺愚草三七六
407 新古今九一七 新勅撰四二六 続古今六〇九 新後撰四八五 続後拾遺三三三
風雅九三一 新拾遺七七四
409 千五百番一三五三左 拾遺愚草一二四九・二三九八
410 続拾遺七〇一 新拾遺八一〇
411 新古今九〇八・九七七 続古今九三五 続拾遺一三三七 新後撰五九三 玉葉一一四八
新拾遺七六五・七六六 千五百番一四三〇右・一四三七右
413 続後撰一二九九

414 新勅撰一三一九 拾遺愚草一六六三
416 新古今九七三
417 拾遺愚草一一六一・一八〇一
418 新古今六八八・一六五四
420 千載三六三・三七三 新勅撰三三一 続後撰四四三・四五三 続拾遺二一四 新千載一四
五 拾遺愚草九五六・一一三七・一三〇七・一四三九 拾遺愚草員外五〇九
421 新勅撰三三一

巻第十 物名

422 拾遺愚草三〇三
431 新古今九九一
432 続拾遺一〇〇九
440 続古今六四七
452 風雅六三三 新後拾遺四二八

巻第十一 恋歌一

469 新古今三〇・七〇・一〇四三・一四八九 新勅撰一四九 新拾遺二五六 拾遺愚草一三
七・一七四三・一九五五・一九八八・二五三七
470 新古今一一七四・一九三三
471 風雅一〇〇 拾遺愚草一〇一九
472 新古今一〇七三・一〇七四 続拾遺三九四 続千載一一五三 拾遺愚草一〇三六・一七二八・
一九七四・二六〇二
473 続後撰一九一 続古今一三 続拾遺二一五 拾遺愚草一三〇一
474 続古今九四八
475 続古今二九七・三〇三・九四三

476　新古今一二〇四　続千載一八四　風雅九六四・一〇九一　拾遺愚草一三七三
477　新古今一二〇五　続拾遺一六二　拾遺愚草一〇一三・二一三八
478　新古今一〇二二・一〇二三　拾遺愚草二一三六　拾遺愚草員外五七五
479　新古今一〇二三　続後撰七〇四　続拾遺一三九・四八六・九七六
480　続拾遺一〇〇四　拾遺愚草一三七三
481　新古今一四一八
483　新古今一七五九　新勅撰六九四・一〇〇七　続後撰七二四　続古今二五四・三四四・一一〇八
続拾遺四二一・八五五　拾遺愚草九三二・一〇七九・一二六八・一四五六・二七〇五
484　新古今九五九・一一〇六・一二九五・一八〇六　続後拾遺四〇六　風雅九六四・一六五一　新千載
五六六　新続古今一六六九　拾遺愚草八六九・一三七二・一六六九・一七五〇・一八四〇・二六四四
486　風雅一九八三　拾遺愚草一四五四・二八二六
487　拾遺愚草一八二八
488　拾遺愚草六三
489　続古今一三三五　続拾遺五八五　続千載四〇五
490　新古今二六九　続古今五七三　続拾遺三三　拾遺愚草一〇三九・一四七七・二一三八・二四
九六
491　新古今一〇一五・一〇六七・一一三〇　新続古今一〇五九
492　拾遺愚草六七二
494　続拾遺九九一
495　拾遺愚草一三三二・二六六八　拾遺愚草員外一三四
497　拾遺愚草二四一二　拾遺愚草員外三二
498　続後拾遺一三
499　新後撰一〇九〇
500　新勅撰七〇九
501　千載九七二　新続古今一一九二　千五百番五〇九右・一一八九左　拾遺愚草一八七八
502　新勅撰六九三
503　新古今一一五一　拾遺愚草八六一・九七四
504　新古今一〇三六・一一六〇　新勅撰六八九　拾遺愚草一七四八
505　拾遺愚草一四四九・二三七五
506　続後撰七三八　続古今一〇五三　続千載一一九〇　拾遺愚草二五八・一三〇三・二四五八
507　拾遺愚草七四・一三八五・一四七三・二六〇四・二六二一　拾遺愚草員外五三七
509　千五百番一二六七右
510　新勅撰一三四四　拾遺愚草員外四八五
511　新古今一〇二〇　新勅撰七三三
512　新勅撰六〇三　続後撰七八二　新後撰九三三・一五六九・一五七〇　風雅二二一八　千五百
番一三〇四左
513　新古今一三七九　続古今一二二四　続拾遺一一八八
515　新古今二六四・六五〇　続拾遺七〇一　拾遺愚草二六七九
516　千載六七七　新古今一三二八・一三二五・一三八〇　新勅撰九七二　続古今九二三・一一七・一一九
二・一二四六・一三三三　続拾遺八四六　風雅一一三〇　新拾遺一三三三　拾遺愚草五七九・一
〇八七
517　新古今一七六八
520　続古今一三三三
522　新古今六五二・一四三二　続拾遺五一六・八四九　新後撰九四六
525　新古今一一二七
526　風雅五一九
527　拾遺愚草三七八
528　新古今一三七三
532　新勅撰七七〇
533　拾遺愚草五六四　拾遺愚草員外二八三

536 新勅撰八二三・一二七〇
538 続古今一〇一〇
540 千載七二三 玉葉一五八一
543 千載八二三 続後撰九一四
544 拾遺愚草員外三〇
546 風雅三一九・六二七 新拾遺一六〇一
548 千載一一六〇 新古今一三五四 風雅五六八 拾遺愚草三九四 拾遺愚草員外七
六八
549 新勅撰七六二
550 風雅一六〇三

巻第十二 恋歌二

552 新古今一一二四 新拾遺一八七四 拾遺愚草二八五七
553 千載七三八 新古今一三八〇 続拾遺八四五
554 千載七〇〇 続後撰七三五 新後撰八七六・一〇七九 続千載七三八 風雅一〇八一・一九一
八 新拾遺七九八・一〇〇一
555 千載八七七 続後撰三〇六 続古今四四一 拾遺愚草一一七八
556 拾遺愚草一一七三・二六〇五
557 新古今一三五〇 拾遺愚草一三四九・二三七六・二六一八
558 千載八九九 新古今一三〇四 新勅撰八三六 拾遺愚草一四五四・一七六二・一七九二 拾
遺愚草員外四九四
559 新古今一三一三 新千載一一六五・一一六七 拾遺愚草九八八・一二五三・一七四七・一八六二・二二九
七六
560 続拾遺八〇三
562 新古今一〇三三・一四九五 新勅撰一七一 続拾遺九九三
565 続後撰六三六・六五五 拾遺愚草二三一八
566 続拾遺四五五・一〇〇〇
573 拾遺愚草一四四三
575 続古今一一五八 風雅一三九一 玉葉一五九二
579 拾遺愚草一〇三六
586 千載一一四三
587 新古今一三三九
590 拾遺愚草一一六三
591 続古今六三五
594 新古今九〇七・九五四 続古今九〇五
595 拾遺愚草員外二四三
597 新古今八一四
598 拾遺愚草二八二五
599 新勅撰一三四五
601 新古今三八・一三九・五〇一・一三九三・一九五八 風雅一一一六・一六三三 新続古今一三九一 拾
遺愚草一七三八・二一九六
603 千載六六六・七七四 続拾遺九三三 千五百番一一七八右
604 続古今二一七九
606 新古今一〇三五
607 新勅撰六五六
608 千載八九八 新古今一〇六三 続拾遺九四四 拾遺愚草二五八一
609 新古今四四五・一一三五・一三三六
611 新古今一一三五・一三三七 続古今一〇七〇 続拾遺八三四・九三七 千五百番一三〇六右
拾遺愚草二五八八
613 続拾遺八七五 拾遺愚草一一六五

614 続後撰九三五 続拾遺九一〇
615 千載七三〇・七三四・八八二 新古今五四九・一一四四・一一五二・一一五三・一四三三 続後撰七一八 続拾遺八七三 新後撰九七七 続千載一一三〇 新後拾遺一〇四七・一〇五六 拾遺愚草二八一

巻第十三 恋歌三

616 千載三 拾遺愚草二五九〇
617 風雅一三三四
618 新古今一〇六〇 続古今一三三
620 続後撰一一〇三 拾遺愚草一〇七八
622 新勅撰八一〇 続古今四四〇・一一二八 千五百番一三三三右 拾遺愚草三六五・一三八四・一八六四・二三二一・二六九八
623 続拾遺八二六 拾遺愚草八五三
625 新古今二〇九・三三五・三五九・四三四・一一三八・一二六〇・一三〇一 続拾遺九三〇 新拾遺二一七 拾遺愚草一〇九一・一三一八・一七九三・二一五一・二五四〇・二六二七 拾遺愚草員外五三五
626 続後撰九〇四 新拾遺一〇四九
628 新古今一一一八 続古今三九二・三九三 続拾遺九一四 新千載四三九
629 続拾遺三〇一
632 新古今九八二 続後撰八四六 続千載一三六七 新拾遺九七九 新続古今一三四六・一三四七 千五百番一一七三右 拾遺愚草一四六三・二六一九
634 続古今一一五四 拾遺愚草一三八六
635 新古今三〇四・一三八七 風雅四六九 新続古今一七〇四 千五百番一一七一左 拾遺愚草一〇六七 拾遺愚草員外七六
636 続拾遺九八五
637 新古今一一八四 続後撰六六二 拾遺愚草三三一・八六六・一〇八五
638 新古今一八三三
644 新古今一一五八・一三八四 風雅一九一〇 拾遺愚草一三八〇・一四六八・二三六〇
645 新勅撰八一五・一三四三 続後撰八三一
646 新古今一三〇〇 新勅撰八一六 続古今一七六八 風雅一九〇一 拾遺愚草二八七
647 新古今一一五七 新勅撰八三六 続後撰八八八 続古今八一三・一三五三 続拾遺九一三・九三九 風雅一〇九七・二〇六八 拾遺愚草四九七・一一六四・二〇七六・二六二五 拾遺愚草員外三九三・五九五
648 続古今二一〇
649 続後撰二一八 続古今一〇三一
650 新古今一一一八・一一一九・一五七九 続後撰一三五 続古今一三〇〇 千五百番一三三七左 拾遺愚草四七三・一一六三・一三八〇・一八七三・二一七四・二五四八・二六三四
653 新古今一五七三
658 続古今一一八五
659 拾遺愚草一四三五
661 続古今九五三 続拾遺七八八
662 拾遺愚草一〇六三
665 続拾遺一八三 拾遺愚草一九七四
666 新千載三三三
667 続後拾遺七二五 拾遺愚草一〇七九
670 新古今一〇三六・一一三三
671 続後撰四九四 続古今三二七 拾遺愚草三六七・九七三
672 拾遺愚草二四二一
675 続千載一一一三
676 千載八二三 新古今一一五九 続後撰六五〇 続拾遺七八三 拾遺愚草九四七・一〇七七

巻第十四　恋歌四

677 千載一八〇　新古今一八四　続古今一〇三九　続後拾遺八六三　拾遺愚草八五四・一二七四・一九六三
679 続後撰一三〇七　続拾遺一九六
680 続古今一六八七
681 続後撰八八七
682 続拾遺一九〇　拾遺愚草八〇三・一三一三・一七九六・二一一五
683 拾遺愚草二九〇五
684 新勅撰一三三〇
686 新古今一〇六八　続後撰三〇八　続古今五五四　続拾遺一九八
687 続古今一七〇一・一九二四　風雅三六二
688 続後撰九三一
689 新古今四三〇・四八九・五一八・六二一・六三六・六三七・六六二・七四二・一三九一　続古今四九三　続拾遺二九六・二九七　新千載五三三・六二八　新続古今四五〇・一七四五　千五百番一三八八右　拾遺愚草二四九・六六〇・一〇六八・二五五四
690 続後撰八〇五
691 新古今二二・一一九八・一三〇三・一三七六・一三七七・一三九三・一五一九　続後撰一八七・八〇九・九七八　続拾遺一五三・九〇三・九五六　風雅一〇五七　千五百番一八九右・一二八七右　拾遺愚草三三〇四
692 新古今四〇八・一五二六　玉葉六八五　風雅一〇五七　千五百番一三六左
693 新古今一三〇四　続古今一五七四
694 新古今三九三・一五六六・一八一九　新勅撰三三四　続拾遺三五一　続後拾遺二八一　拾遺愚草一〇四〇・二四五六　拾遺愚草員外五八一
695 新古今三三四　拾遺愚草二九三〇
696 新古今四〇〇　新勅撰一〇〇一　続古今三九六・一〇五三　新千載一一〇八
697 新勅撰三四三　続古今一二一一　拾遺愚草一七四一
699 新古今七〇
700 新勅撰九九八
702 続後拾遺八六〇
703 新古今一一四〇　新勅撰一六九　新拾遺一〇〇六　拾遺愚草二五九六
705 新古今一一三四・一三七一　新勅撰一一四〇　風雅一八八一　拾遺愚草七〇八・一二三四・三四四・二三五四・二八二五・二八八七
706 続古今一五五七
707 続古今五三五
708 新古今六四九・一〇八二・一九〇九　続古今四九一　拾遺愚草六八
709 続古今五一九
712 新勅撰一〇〇〇　続古今一一四三
713 続古今一一一三　拾遺愚草二四〇八
714 新古今五六三　新勅撰一〇九
715 新古今二六〇　続拾遺九八四　拾遺愚草二五八九
717 新古今一四四　続古今三三三　新続古今一四一八　拾遺愚草一八〇八・一九八六
718 新古今一三六二　玉葉一六七七　新千載二一三〇　拾遺愚草二七五三
722 続拾遺五五〇　新拾遺一〇八六
724 千載六六四　新古今九八四　新勅撰九八三・一三四二　続古今九五九　続拾遺七六七・八〇四　拾遺愚草一九六二・二一三〇・二三四〇・二五六七　拾遺愚草員外二八八
725 続古今五三九　続拾遺五六三
727 続古今一三三四　新千載一六二九　拾遺愚草一三三五・二三七四・二八九八　拾遺愚草員外六二〇
731 続拾遺九九二

732 玉葉二五六五　拾遺愚草一九七七・二〇三六
733 拾遺愚草一四六九・二三四一・二四四五
734 続拾遺一〇七五
735 新古今九六〇　拾遺愚草一三七三
737 続拾遺一〇六三
740 続後拾遺七・五五一
742 新古今一三四四　続後撰三四
745 続古今一一七一　続拾遺九五九
746 続拾遺九五四　新後拾遺一二三四　拾遺愚草一一七〇

巻第十五　恋歌五

747 新古今四四・四六・四七八・一二三六・一四一〇・一四五〇・一五四三　続古今七六二・一四九七　続拾遺三・三六・三一七　続千載一六五八　続後拾遺一〇〇四　風雅一三七三・一四〇〇・一四三二　新千載一六八七　新続古今一六三八　千五百番六七右・一七一右・三九七左・一三三三左・一四〇三左　拾遺愚草九〇六・九〇八・一〇〇八・一八〇三・二三三八・二七〇六
748 拾遺愚草員外一五五
752 新古今一四六〇
754 続後拾遺八七六　拾遺愚草八七四
755 続後撰一〇五五
756 新古今四〇一・一三六九　新勅撰一〇三八　続古今八八一　風雅一六八三　拾遺愚草一一三二・一四七四・一八五九・二三六七・二七五三
757 新古今一三四九
758 新古今一一〇八・一三一〇　続古今四六六　新後撰八九七　新拾遺一三三四
759 新古今一三一八　新後撰一〇九〇
761 新古今一一七九　新勅撰一三六〇　続後撰一一五七　続古今一〇六三　新拾遺一三七一　千五百番一三一五右・一四〇三右　拾遺愚草五九五・一三七四
764 新勅撰一三〇九・一三五〇　続千載一四六八
765 続古今一三五七
768 拾遺愚草一〇四七
770 新古今五三四・一三八五　拾遺愚草九八〇・一〇三二・二五四四
775 拾遺愚草一八五一
777 新古今一三一〇　新勅撰八六三　続拾遺二五六
780 新古今八九〇　続古今五〇一　新拾遺一三二六　拾遺愚草一八五・二七三・一一六六・一三〇五
782 新古今五八六・一三一九　続古今九九八　続拾遺一〇一六　拾遺愚草九五四・二三八二
784 続拾遺二〇五　拾遺愚草一六七〇
785 続古今五八七
795 新古今一一七九・一一五六・一一三八　新勅撰九一五　拾遺愚草二三四三
797 新古今一一七九・一一三三・一一三八　新勅撰九一五・一〇一〇　新続古今一四〇六　拾遺愚草三〇五・三五一・五四八・一四六六・二五七四
798 続古今一三九三
802 続古今一三五七
804 新古今一三五三　新勅撰二四三
806 新古今一三九六
807 千載一一六〇　新勅撰九八四　新後撰三九八　続後拾遺五〇六　新拾遺一〇五一　拾遺愚草一〇八七・二八九八
814 続古今一三一三　拾遺愚草二三九〇
816 新古今六　新勅撰八五一　拾遺愚草一三八九・二〇六八
817 新古今八九　拾遺愚草五一五
818 続古今一一〇七
819 拾遺愚草九二

820 続後撰九三 新後撰一一五三 新後拾遺一三三八 千五百番七九八右 拾遺愚草二五五
821 新古今一三五三 新勅撰三四
822 新拾遺三九五
823 新古今一二四三・一五六五 続後撰二五一
824 新古今一三五三 続拾遺一〇一五
826 続古今一三八〇
828 続古今一〇三・一六六〇 続拾遺一〇九三 風雅一九三八 千五百番一三三左

巻第十六 哀傷歌

829 拾遺愚草二九六八
831 千載一三五一
832 新古今七九三 新後撰一五三
833 続後撰一三一六
835 続古今一八〇六 風雅二〇三・一九〇〇・一九一〇 新拾遺一八六六
836 新古今一〇九七 続古今六二五 続拾遺八一〇 新千載二一七四 新続古今一三八一
838 新古今八五六・一七八七 続古今一五三六 続拾遺一三一六 拾遺愚草一七六九
839 千載二六九
841 新勅撰一三五〇
842 続後拾遺三七〇 拾遺愚草四九五・七二九 拾遺愚草員外四〇
844 続古今一四八九
845 拾遺愚草二八八九
846 拾遺愚草二八一七
848 千載一〇五四
850 新古今七六三・七六九
851 続後撰一三四一
852 新古今六七四・八二〇・一七一七
853 新古今一六七八 拾遺愚草五四〇・七二五
855 拾遺愚草一〇二六
856 玉葉三九五

巻第十七 雑歌上

863 新古今三一四 風雅一五三〇
864 新古今一六四 続拾遺三六七 拾遺愚草二七四三
865 千載一一五六 新古今七四三 新勅撰四五六・一一六九 続古今三五六 風雅二一九四
拾遺愚草二〇九〇・二五〇八・二五〇九・二五一二・二五一三 拾遺愚草員外四八二
867 新勅撰七七五・一〇二七 続後撰八五三 続古今五九〇・一二八六 玉葉三二八九 続後拾遺一八 新千載四三一 新続古今六二・一〇一八 拾遺愚草九一九・一九五七・二四一三 拾遺愚草員外三一九
868 新古今七三四・一六九七 風雅一三 新拾遺一七四七 千五百番一三五五左 拾遺愚草三九八・一九八六・二一八八 拾遺愚草員外四一四・四九二・六八三
870 風雅二六三 拾遺愚草一八八三
871 続後拾遺一六九 風雅二二三 新続古今二一〇五
872 新古今一四五 新勅撰五七〇・六〇四 続後撰一〇六〇・一〇九四 続古今六七三 続拾遺六四九 新後撰四七六 玉葉一〇一五 続後拾遺一一三五 風雅八八二 拾遺愚草七九五・一九〇九・一九八二・二四三〇 拾遺愚草員外一九二
873 続拾遺一〇六一 風雅一三三 拾遺愚草九三四
877 新古今三八二・一五一四 続古今三八二
878 千載八七三・一〇〇六 新古今四一九・一二五七・一二五九・一五三八 続後撰三六〇 続古今四一二・四七三・一四八二・一八五〇 新後撰一九一 続後拾遺三四九 千五百番四三〇右・七四〇

右 拾遺愚草九五・二三四・二七七・一四七九・二九四〇
879 新古今一二三八・一五三八・一五八七 新勅撰一〇八五・一三四五 続後撰一〇六八 続拾遺五〇五・一三二一 新後撰三八九・三九〇 風雅一五六一 千五百番一一三三左 拾遺愚草九七〇・一三三九・二三八七 拾遺愚草員外四四
880 続古今一三四八
881 続拾遺一三七五
882 続後撰三三五 拾遺愚草一〇二九
884 千載五九四 新古今二二一 続後拾遺一一八二 千五百番七一〇左 拾遺愚草六九六
886 新続古今一七八 拾遺愚草一九七八
887 新古今一四〇七 続後撰三六〇・一三一七 続古今一七一六・一七七八・一九一六 続拾遺一九七・一〇五一 新後撰一三〇九 続千載八〇五・一九五六 風雅一七八五 新千載一六一四 新後拾遺三〇五・一一九二 千五百番三八三左・一四〇八右
888 新古今一四三五 風雅一三一六 拾遺愚草員外三三
889 続拾遺一一四六・一四一六
890 新勅撰一三八三
892 新古今三七五 続古今五五九 拾遺愚草二〇三三
893 続古今一六三三
894 新勅撰七六一・一三三一
899 続古今一八三五
900 続後撰一〇六七 風雅一四〇六・二〇一六 拾遺愚草二八八〇 拾遺愚草員外五〇一
901 続古今一〇九・一一四 拾遺愚草員外五〇一
902 千載四五九
903 続古今一八八九 拾遺愚草一〇九九・一九八二
904 千載七三四 新古今七四三 風雅六七二 千五百番一一八七右
905 新古今一七九三 続拾遺一〇八三 新千載一八九七
906 千載三六四 新古今一八五六
907 新勅撰一八九 拾遺愚草一七八三
909 新古今七四〇 続後撰三六八 続拾遺四五〇・五九二・六五八・一一〇四 千五百番一四〇一右
910 新古今一七六一
911 新古今一八一 続後撰四八八 拾遺愚草一一〇四・一三一四・二〇九三・二三五七
913 新古今二六 新勅撰一二八二 続後撰一三三八 玉葉九三〇 新千載一六四一 千五百番一三八九右
914 新古今九三四 拾遺愚草一七七五
915 続古今六〇三 拾遺愚草一三六七
917 新古今一六〇七
918 拾遺愚草一三五五
921 千五百番一四三三右
922 続古今一四七〇 拾遺愚草九七三・一一二〇
923 千載一〇三六 新古今四三六 拾遺愚草二八〇
925 新古今二七 新勅撰六三五 続後撰三九・一三五五 新続古今六五七
926 新古今一六五三
927 千載一〇三七
930 続古今一〇二四 続拾遺五一八・七九七
931 新勅撰二八
932 続古今四五六

巻第十八 雑歌下

933 新古今九八六・一六五七 新勅撰一三六二 続後撰二〇六 続古今二四三・一〇九一・一七〇〇

玉葉九四三 続千載一四五〇 風雅一二三二・二〇五八 新千載二六七 新後拾遺三一
千五百番九三七右 拾遺愚草二七・一三八六・二〇三五
934 新勅撰五三三・八九〇 続古今一四七四 拾遺愚草一〇八七
935 続拾遺五八四
936 続後撰三七四 続拾遺一三三〇 新拾遺一五九八
938 新古今一四〇 続後撰四九九 新後拾遺一三一〇
941 新勅撰二六六 続古今一〇三三
942 千載五五一 新古今一三九 新勅撰八一六 続後撰一三四三・一三四四 続拾遺一三七〇
続後拾遺一三三 新後拾遺一四四六
943 続拾遺一三七〇
944 新古今一六三三 拾遺愚草一七〇一
945 新勅撰一三七五
947 拾遺愚草一一六
949 新古今三八〇 拾遺愚草二七三八
950 千載一〇七三 新古今一四六六・一六二八 続後撰一一八八 拾遺愚草四八六・五八六
951 千載三 新古今六六二 新勅撰五四 続古今三六一・九三
952 新古今一〇九九 新勅撰九三四 拾遺愚草員外七五四
954 新千載一九三九
955 続古今一六一五
956 新古今一一七・一六三〇 続古今一六八六 玉葉二五五一 新千載二〇三五
958 新古今一六三九 新勅撰九四一・一一三四 続後拾遺一一〇七
959 続古今一三七三 新後拾遺八一八 拾遺愚草二九六四
961 続拾遺二〇一・八三六
962 新古今九一七・一〇八三・一三三六・一六六二・一六八六・一八三三 新勅撰一三八五 続拾遺八三五
新続古今一〇七〇 拾遺愚草二五七八・二九六七 拾遺愚草員外四三
965 続古今一五八七 続拾遺五七六・一一七九 拾遺愚草一七四
968 新古今二五四 続古今四七四 拾遺愚草一〇三一
969 新古今二九三 拾遺愚草四八一
970 新古今六八一・一七三〇 新勅撰一〇六五 拾遺愚草一四四九
971 新古今三七四 拾遺愚草三四三・六五九・七五七・二〇〇四・二三三〇
972 新古今五二二・五二三 新勅撰二五〇 拾遺愚草三四三・七五七・八二九・一三四八・一六四五・一八
七四・二〇〇四・二三三〇
975 新勅撰八
976 続古今三三九・一七一五
978 新勅撰一〇一五
981 千載二六〇 新古今二九二 新勅撰九六 新拾遺一三九七 千五百番六八九左 拾
遺愚草一一八四・二三〇三 拾遺愚草員外六三
982 千載一〇・七九四 新古今一〇六二・一三三七・一六四四 続後撰五二一・九四〇 続拾遺四四五
新後撰一〇四五 玉葉一五七三 新千載一〇四四 新拾遺四三三・一〇四〇 新続古今
二〇四九 千五百番六〇三右・九四四左・一三九四左・一四三三右 拾遺愚草二一七三・一一六六・一
七四五
983 新古今七四六 新勅撰三〇六 玉葉三三五四 拾遺愚草二五一九・二六七四 拾遺愚
草員外一〇三
984 新勅撰一〇七六
985 拾遺愚草五四五・一三七六
987 新古今九六四 続後撰一三三九 続古今一四七六
988 続古今一七三五
991 新古今一六七三 続古今一八九一
992 拾遺愚草二八五・一〇一四・二五六六・二五七六・二六一六
994 新古今四一二 千五百番一三三八左 拾遺愚草一九一・一六七一

995 新勅撰一〇九六 拾遺愚草三五三・一〇三五・一一五五・二三七二・二六八二
996 続後撰一三八一
997 続拾遺五四三 新続古今八三八 千五百番一三九三右
1000 新勅撰七〇五

巻第十九 雑体

1001 千載八五一 新勅撰九八三 風雅一三〇四 拾遺愚草一〇七六・一六七〇・二五六七
1002 続拾遺六三四
1003 続古今一七七六・一七八三 続拾遺一一六六 拾遺愚草二七三〇
1006 新勅撰一三五六
1007 新古今一四九〇 続古今二七三 拾遺愚草九〇五・一三三九・二三〇一
1008 拾遺愚草九〇五・一一〇三
1009 新古今二六一 続後撰八九八 続拾遺一八五・一〇五八 新後撰一一一四 新拾遺三六八 新続古今一四〇八・一四〇九 千五百番六六七右・一〇九九左・一三〇八右
1012 新古今一四八一・一四九〇 新勅撰一一三六 続古今九六四 続拾遺九八三 拾遺愚草二九三
1015 新勅撰二一九・一一七六・一三六〇
1016 拾遺愚草五八七
1017 続古今六〇七
1020 拾遺愚草員外七三
1021 続後撰五二四 拾遺愚草二一二三・二四七一・二四八五 拾遺愚草員外五九四
1023 新後拾遺七九七
1026 拾遺愚草二〇一九
1028 新勅撰六八八・七二八 続古今三九〇 続拾遺八三〇 拾遺愚草一三七一
1030 拾遺愚草二六二一
1032 拾遺愚草四一八
1034 拾遺愚草一八九九
1036 続拾遺八五八
1041 新古今一四〇一 玉葉一五三九 拾遺愚草一七六
1042 拾遺愚草一七六
1049 拾遺愚草六四
1051 新古今一五九四 続古今一三八〇・一九〇三 続拾遺一一〇七 風雅一四四九 千五百番一四五九左 拾遺愚草一三九一 拾遺愚草員外七六〇
1055 新続古今一五四九
1056 千載一一九三 拾遺愚草八九九
1058 千載一一九三
1059 新古今一五三・四一六 続拾遺七八〇
1060 続古今三六五
1063 続拾遺五三〇 続千載七〇三
1067 新古今一九〇七 続拾遺七三三 拾遺愚草二七四三
1068 千載一一六〇

巻第二十 大歌所御歌・神遊びの歌・東歌

1069 続古今一八八六 拾遺愚草一四九六
1070 千載三五三 新勅撰四三
1071 千載三三九
1072 続後撰四〇七 拾遺愚草一一四八・一四七五・二一四八
1073 新後撰三三
1074 千載五八 拾遺愚草二九二四
1075 千載三八八 新古今一八六九 新勅撰五六五

1076 新古今七四九　続後拾遺二七・四七六　拾遺愚草三一七　拾遺愚草員外八六
1077 新古今五三八・五五七・五七四　続後撰四六七　続拾遺四三三　拾遺愚草九六一　拾遺
愚草員外二七五
1079 千載一〇二　新古今一三九　続古今一三〇五
1080 新古今一五九・九六五　続後撰三三九　玉葉三六三　続千載一三九　続後拾遺三三八
新千載四三七　千五百番九七一右・一四〇三右・一四五五左　拾遺愚草三三四・一〇九四・一
六七四
1081 拾遺愚草員外二九五
1082 新古今七四七
1084 続古今一八九〇　続拾遺一一六七　続後拾遺一一三四・一一三五　風雅一八〇〇　新千
載一八七四　拾遺愚草一一八五
1087 拾遺愚草一三五〇
1088 拾遺愚草一九六三・二三九六
1090 新古今一六九〇　続古今一六三八　新後撰六〇七
1091 新古今三〇〇　新勅撰一三一八　続拾遺二五〇　新千載二六三　千五百番一〇一三
左　拾遺愚草二〇六四　拾遺愚草員外六四五・七五八
1092 千載六八二　続後撰六二三　続古今五八一　新後撰一四〇〇　続後拾遺一一三〇　新
千載一一八八・一一三七　新拾遺一〇八四　新後拾遺九九八

1093 千載三三〇　新古今三三七・七〇五・九七〇・一三八四・一四七四　続後撰九四五　続古今一三九四
続拾遺一〇一・一〇三五・一〇三六・一〇三七・一一〇三　新後撰一〇三六　新拾遺一三五一　新後
拾遺五七四・一一六九　新続古今一三四三　拾遺愚草七六八・一二七五・一六七九・二六三七・二六三八
1095 新拾遺一八二八　拾遺愚草三三四・二五三三
1097 新古今九〇七　続後撰一三〇九　拾遺愚草一四七三
1098 拾遺愚草一一五四
1099 新古今三八一・六五五・一四七三　続後撰一〇三〇　続拾遺一一一九　続後拾遺一一一三
拾遺愚草一三九三

墨滅歌

1101 新勅撰四三
1107 新勅撰六七八
1108 続拾遺一〇三五
1110 新古今三四三　続古今一一六三　続千載一四九一　新拾遺一一一三　新後拾遺六六
五・一二〇三　新続古今二四三　千五百番一一九七右
1111 千載一一六三　新古今一四三〇　拾遺愚草三三四・一六三八・一九三四

古今和歌集注釈書目録

一、この目録は、『古今和歌集』の注釈書を、ほぼ成立の年次に従って配列したものである。注釈書以外にも、参考となる主なものを含めた。

二、目録の各項目は、通し番号、注釈書名、伝授者(著者)、成立年代、別称、版本(略号〔版〕)・翻刻または活字本(〔活〕)・影印または複製本(〔影〕)の順である。なお、〔版〕〔活〕は主なものを示し、〔影〕は全てのものを示すようにつとめた。

三、掲出の書名は、『日本古典文学大辞典』(岩波書店)により、これに掲出されていない場合は、『和歌大辞典』(明治書院)・『国書総目録』(岩波書店)の順に、これらによった。その他は、原則として、原本の外題・内題等によった。

四、成立年代、伝授者(著者)は、原則として、成立・書写などに言及する識語等によって示した。記述は推定によるものもある。注釈史上、影響の大きいとみなされるものなどについては、簡単に説明を加えた。

(田村　緑)

1　綺語抄　藤原仲実。嘉承二(一一〇七)—永久四(一一一六)か。仲実綺語抄・仲実抄とも。〔活〕続群書類従・日本歌学大系。〔影〕徳川黎明会叢書。

2　俊頼髄脳　源俊頼。天永二(一一一一)—永久三(一一一五)か。俊頼無名抄・俊秘抄・俊頼口伝・俊頼口伝集・唯独自見抄とも。関白藤原忠実の依頼により、高陽院泰子に奉る。〔活〕続々群書類従・日本歌学大系・日本古典文学全集。

3　古今和歌集目録　藤原仲実。永久元(一一一三)—元永元(一一一八)か。古今顕名集・古今顕名抄とも。古今集作者の伝記や入集歌数などを記す。〔活〕群書類従。

4　和歌童蒙抄　藤原範兼。元永元(一一一八)—大治二(一一二七)か。範兼童蒙抄・童蒙抄とも。〔活〕日本歌学大系。〔影〕古辞書叢刊。

5　奥義抄　藤原清輔。保延元(一一三五)—天養元(一一四四)か。崇徳天皇に奉り、後に追補して二条天皇に奉る。〔活〕日本歌学大系。〔影〕天理図書館善本叢書。

6　清輔本古今和歌集(勘物)　藤原清輔。〔活〕清輔本古今和歌集(日本古典文学会)。〔影〕尊経閣叢刊。

7　和歌初学抄　藤原清輔。仁安年間(一一六六—六九)以前か。現存本は、嘉応元(一一六九)に摂政藤原基房の命により奉る。〔版〕

寛文二(一六六二)など。〔活〕日本歌学大系。〔影〕天理図書館善本叢書・和歌初学抄本文と索引(小林印刷出版部)。

8　古今序註　藤原親重(勝命)。仁安二(一一六七)か。現存する最古の古今集真名序注。〔活〕新日本古典文学大系。〔影〕論集古今和歌集(笠間書院)。

9　古今序註　仁安三(一一六八)以前。仮名序注。江家本を藤原親重が書写。〔活〕新日本古典文学大系。〔影〕論集古今和歌集(笠間書院)。

10　古今集註　藤原教長。治承元(一一七七)。現存本は、巻十六の一部と巻十七の半ば以下欠。守覚法親王への講釈の聞書か。〔活〕日本古典全集・古今和歌集全評釈(右文書院)。〔影〕貴重図書影本刊行会叢書。

11　古今集註　顕昭。寿永二(一一八三)—建久二(一一九一)。管見抄・古今十巻抄・古今顕昭鈔・古今顕昭注・古今和歌集注・顕注とも。守覚法親王の命で、寿永二年序注を、文治元(一一八五)歌注を注進、更に加点差声し、建久二年に献上。〔活〕群書類従(序注)・続々群書類従(歌注)・日本歌学大系。

12　袖中抄　顕昭。文治年間(一一八五—九〇)か。〔版〕慶安四(一六五一)。〔活〕日本歌学大系・袖中抄の校本と研究(笠間書院)。

13　古今問答　藤原俊成。建久二(一一九一)か。某と俊成の古今集についての問答。某には、後京極良経、中山兼宗、守覚法親王、九条兼実などの説がある。〔活〕増補国語国文学研究史大成。〔影〕天理図書館善本叢書。

14　古来風躰抄　藤原俊成。建久八(一一九七)初撰本・建仁元(一二〇一)再撰本。式子内親王の命による。〔版〕元禄三(一六九〇)など。〔活〕続群書類従・日本歌学大系・日本古典文学全集など。

15　和歌色葉　上覚。建久九(一一九八)。和歌色葉集とも。顕昭に校閲を請い、後鳥羽院に献上。〔版〕寛文五(一六六五)。〔活〕日本歌学大系。〔影〕古辞書叢刊・和泉影印叢刊・神宮古典籍影印叢刊。

16　詠歌之大概　藤原定家。建保三、四(一二一五、六)以後。詠歌大概とも。梶井宮尊快法親王(後鳥羽院皇子)に進献。〔活〕日本歌学大系・日本古典文学全集・日本古典文学大系など。〔影〕古典資料(古典資料研究会)・詠歌大概(笠間書院)・百人一首(同上)・定家歌論集(新典社)。

17　八雲御抄　順徳院。承久三(一二二一)以前。八雲抄とも。承久の頃成り、九条殿(仲恭天皇)に進上。後加筆し、定家に送る。〔版〕古活字版など。〔活〕日本歌学大系・校本八雲御抄とその研究(厚生閣)など。

18　顕註密勘　藤原定家。承久三(一二二一)。古今和歌集抄・古今秘註抄・顕註密勘抄・顕注密勘・密勘とも。顕昭の注に、自説等を付加。顕昭の注は、現存の顕昭古今集註とは異同がある。〔版〕明暦三(一六五七)など。〔活〕日本歌学大系・古今和歌集全評釈。〔影〕日本古典文学影印叢刊。

19　定家本古今和歌集(勘物)　藤原定家。〔活〕日本古典文学大系など。〔影〕笠間影印叢刊など。

20　僻案抄　藤原定家。嘉禄二(一二二六)。三代秘々・僻案集・譬案集・大意抄・古今和歌口伝とも。三代集の略注。治承の頃(一一七七—八一)、父の俊成から古今・後撰の庭訓の口伝を受け、嘉禄二年に、「遺孤」(為家か)のためにまとめる。〔版〕刊年未

詳。〔活〕群書類従・日本歌学大系など。〔影〕天理図書館善本叢書・早稲田大学蔵資料影印叢書。

21　三秘抄　藤原為家か。建長八(一二五六)か。三鈔秘・三抄秘または古今集部分のみ独立して、古今集聞書・古今集渭注とも。三代集の語句に声点と注釈を付す。為家から受けた家説を某が記した旨の識語。〔活〕中世古今集注釈書解題(赤尾照文堂)。〔影〕細川家永青文庫叢刊・早稲田大学蔵資料影印叢書。

22　詠歌一体　藤原為家か。弘長年間(一二六一―六四)、または文永末年(一二七五)か。和歌一体・歌道之書・和歌秘抄・三賢秘決・八雲口伝とも。為相に与えた庭訓か。〔版〕元禄九(一六九六)など。〔活〕群書類従・日本歌学大系。〔影〕笠間影印叢刊・徳川黎明会叢書。

23　古今為家抄　藤原為家か。弘長三(一二六三)か。古今和歌集聞書・古今集為家抄とも。為家が中務宮宗尊親王に進覧の識語。書陵部など蔵。

24　古今序抄　藤原為家。文永元(一二六四)。〔活〕中世古今集注釈書解題。

25　明疑抄　藤原為家か。文永一一(一二七四)か。御子左家の口伝を為家から藤原公世が受けた旨の識語。〔活〕中世古今集注釈書解題。〔影〕叙説11(奈良女子大学)。

26　寂恵本古今和歌集(勘物)　寂恵古今集勘物・寂恵古今集書入とも。〔活〕古今和歌集全評釈。〔影〕古文学秘籍叢刊。

27　為兼卿和歌抄　京極為兼。弘安八―一〇(一二八五―八七)か。〔活〕日本歌学大系・日本古典文学大系など。〔影〕為兼卿和歌抄(書陵部)・和泉影印叢刊(翻刻とも)。

28　古今和歌集序聞書　藤原為顕。弘安九(一二八六)。三流抄とも。為顕の弟子能基の識語。〔活〕中世古今集注釈書解題。

29　古今和歌集(注)　弘安一〇(一二八七)。弘安十年古今集歌注とも。〔活〕中世古今集注釈書解題。

30　古今集注抄出　正応二(一二八九)以後。古今和歌集注抄出とも。〔影〕東京大学国語研究室資料叢書。

31　古今集註　冷泉為相か。永仁五(一二九七)か。古今和歌集抄・古今和歌集注・古今注・大江広貞注・為相注とも。大江広貞に伝授との為相識語。〔活〕京都大学国語国文資料叢書。

32　古歌抄　冷泉為相か。永仁五(一二九七)か。古今秘伝・古今大事・古今集極秘之大事とも。31の別紙口伝。神宮文庫など蔵。

33　古今和歌集相伝血脈次第　古今血脈とも。貫之自筆古今集の相伝過程・和歌宗匠家の系図など。31・32と関連するか。静嘉堂文庫など蔵。

34　古今訓点抄　嘉元三(一三〇五)。度会延明が一流の明匠から伝受との識語。〔影〕古典保存会複製書。

35　古今聞書　二条定為・為世。正和三(一三一四)・嘉暦三(一三二八)。古今和歌集聞書・古今集聞書・古今伝・六巻抄・行乗聞書とも。行乗法師の聞書。〔活〕中世古今集注釈書解題。〔影〕ノートルダム清心女子大学古典叢書。

36　古今和歌集序注　津守国冬か。元応二(一三二〇)に、「津守国冬自筆之写」との識語。内閣文庫蔵。

37　古今序註　古今和歌集序秘注千金莫伝とも。大東急記念文庫本は、文保三(一三一九)の識語。

38　古今集註　二条為世か。元亨四(一三二四)か。古今和歌集浄弁

註・古今和歌集註・故金臂中・古今和歌集抄とも。浄弁が為世の家説を受けたとの識語。書陵部・天理図書館蔵。

39　和歌庭訓　二条為世。嘉暦元(一三二六)か。和歌庭訓抄・庭訓抄・和歌秘伝抄とも。〔活〕日本歌学大系。

40　古今秘聴抄　元徳三(一三三一)元盛写の識語。曼殊院蔵。

41　古今集註　元徳三(一三三一)冷泉為秀より相伝の識語、応永一一(一四〇四)了俊の識語。お茶の水図書館蔵。

42　玉伝集和歌最頂　為顕流の伝書。〔活〕日本歌学大系。

43　深秘九章　為顕流の伝書。〔活〕日本歌学大系。

44　阿古根浦口伝　為顕流の伝書。〔活〕日本歌学大系。

45　玉伝深秘　玉伝深秘巻とも。為顕流の秘事を集大成した伝書。〔活〕中世古今集注釈書解題。

46　和歌古今灌頂巻　為顕流の伝書。真言密教的色彩が濃い。神宮文庫蔵。

47　古今和歌灌頂巻　46の改変本か。〔活〕続中世神仏説話(古典文庫)。

48　古今秘歌集阿古根伝　〔活〕室町ごころ(角川書店、前半のみ)。

49　古今秘伝抄　〔活〕室町ごころ(角川書店、首部のみ)。

50　古今和歌集秘事　為顕―伊長―僧宗善―律僧賢日―美濃大西坊慶誾と伝承したと記す。書陵部蔵。

51　和歌灌頂伝　為顕流の伝書。〔活〕大阪府立大学紀要16。

52　和歌口伝抄　家隆流の伝書。〔活〕日本歌学大系。

53　和歌灌頂次第秘密抄　家隆流の伝書。〔活〕大阪府立大学紀要19。

54　古今和歌集灌頂口伝　〔活〕中世古今集注釈書解題など。〔影〕早稲田大学蔵資料影印叢書。

55　古今大事同和歌集注　京都大学蔵。

56　古今集註　毘沙門堂本古今集註・古今注とも。末尾相伝系図に「太上天皇(後鳥羽院か)可有口伝如願―行念―上観―慶盛」とある。六条・二条両家説を中核に、顕昭・勝命・俊頼・定家・家隆・俊成・知家・為氏・為兼らの説や本説をあげて説く。〔活〕未刊国文古註釈大系。

57　古今秘註抄　二条義徳。〔活〕未刊国文古註釈大系。

58　古今秘注　57の古今秘註抄を以後六代の間にまとめ直す。〔活〕古今和歌集全評釈(顕昭古今集序注)。

59　古今和歌集兼好註　兼好か。古今和歌集註とも。東京大学蔵。

60　古今集序注　頓阿か。古今和歌集序註・頓阿序注・聴伝記とも。〔活〕中世古今集注釈書解題。

61　尊円歌書　古今序注・歌秘抄とも。〔影〕京都大学国語国文資料叢書。

62　破窓不出書　四辻宮家関係の相伝を善成の周辺でまとめたものか。書陵部蔵。

63　古今集註　片仮名本古今集注零本・古今集秘注とも。〔影〕天理図書館善本叢書。

64　古今和歌集(注)　正中二(一三二五)以前。西洞院範空書写の識語。〔活〕同朋学園仏教文化研究所紀要5(三鳥のみ)。

65　古今集註　北畠親房。正平年中(一三四六―七〇)。古今集親房註・古今和歌集(序)註・親房卿古今集(序)註・古今(仮名

序)秘註・古今集(序)秘鈔・古今鈔とも。後村上天皇の命により執筆、宗良親王が一見して奏上。〔活〕続群書類従(序注)・芸林29巻2号—4号(歌注)。

66　井蛙抄　頓阿。延文五(一三六〇)前後。〔活〕群書類従(水蛙眼目)・続群書類従・日本歌学大系。

67　桐火桶　藤原定家に仮託された歌論書。鵜鷺系偽書の一つ。〔活〕群書類従・日本歌学大系。〔影〕徳川黎明会叢書。

68　愚秘抄　鵜の本末とも。藤原定家に仮託された歌論書。鵜鷺系偽書の一つ。〔活〕群書類従・日本歌学大系。

69　三五記　鷺本・鷺末とも。藤原定家に仮託された歌論書。鵜鷺系偽書の一つ。〔活〕群書類従・日本歌学大系。

70　冷泉家和歌秘々口伝　応永二四(一四一七)以後。冷泉家口伝とも。〔活〕日本歌学大系。

71　古今和歌集(注)　古今和歌集秘事とも。〔活〕帝塚山短期大学紀要3。

72　撰集作者異同考　尊賢。応安四(一三七一)。〔活〕続群書類従。

73　古今序註　了誉。応永一三(一四〇六)。古今集序註・古今序註釈とも。〔版〕明暦四(一六五八)。〔活〕日本文学論究46(国学院大学)〜。

74　古今集聞書　耕雲(花山院長親)。応永一八(一四一一)。古今集耕雲聞書・古今和歌集聞書とも。大内盛見に伝授の聞書。天理図書館など蔵。

75　古今聞書　古今和歌集聞書とも。外題に「常縁」とある。応永二五(一四一八)書写の識語。京都府立総合資料館蔵。

76　古今和歌集註　応永三〇(一四二三)か。伝冬良注とも。師成親王の識語。頓阿の説を引用する。内閣文庫蔵。

77　古今抄　冷泉持為。宝徳二(一四五〇)。古今和歌集抄・古今秘伝抄・古今和歌集序註・古今和歌集註秘伝・古今和歌集冷泉持為卿抄とも。花頂殿に講説、同聴の北野法浄院の明献伝。書陵部など蔵。

78　古今和歌集両度聞書　東常縁。文明三—四(一四七一—七二)。古今(和歌)集抄・古今抄・古今和歌集鈔略・常縁抄とも。文明三年宗祇が二度の聞書をし、文明四年五月常縁が証明。〔版〕寛永一五(一六三八)など。〔活〕古今和歌集全評釈・中世古今集注釈書解題。

79　古今集童蒙抄　一条兼良。文明八(一四七六)か。古今童蒙抄とも。顕註密勘・僻案抄に漏れたものを、童蒙のために記すという。〔活〕群書類従。

80　古今集秘抄　一条兼良。古今集打聞童蒙抄・古今和歌集秘抄とも。〔活〕一条兼良の書誌的研究(桜楓社)。

81　古今和歌集注釈　一条冬良。大永元(一五二一)藤原基春の識語。桃園文庫蔵。

82　古今三鳥剪紙伝授　一条兼良か。古今集伝受とも。

83　古今伝受切紙附録　一条冬良。〔活〕古今伝受の史的研究(臨川書店)。

84　古聞　宗祇。文明一三(一四八一)。古今和歌集古聞・古今和歌集聞書とも。肖柏が聞書し、文明一四(一四八二)正月に宗祇の証明を得、その後も加筆。〔活〕文献探究10(巻二十のみ)・斯道文庫論集22〜。

85　古今集宗祇略抄　宗祇。文明一六(一四八四)。鈷訓和歌集聞書とも。大阪府立中之島図書館・書陵部蔵。

86　古今和歌東家極秘　文明一六、一七(一四八四、八五)以後。古今和歌集東家極秘とも。文明一〇(一四七八)に東頼数が東常縁から受けた口伝を冒頭に置き、東家流の切紙を集成。抄出本と思われるものに古今伝受書がある(早稲田大学蔵資料影印叢書)。〔活〕国文学研究資料館調査報告5(部分)。

87　古今声句相伝　尭孝・尭恵。声句相伝聞書・古今声句相伝聞書・古今集灌頂伝授とも。尭孝の古今集の訓みに関する伝授を、尭恵が、長享元(一四八七)に今川氏世に、明応三(一四九四)に鳥居小路経厚に伝える。尊経閣文庫など蔵。

88　古今和歌集(加注)　尭恵。長享三(一四八九)。嘉禄本に「幼学ノ最初」を注し、掟運に授ける。秋月郷土館蔵。

89　古今集註　飛鳥井栄雅。長享三(一四八九)。蓮心院殿説古今集註・古今聞書とも。〔活〕中世古今集注釈書解題。

90　古今伝授切紙　尭恵。延徳三(一四九一)―明応七(一四九八)。延徳二年四月十五日付で経厚が起請。尭恵が経厚に、延徳三年から四年にかけて数次にわたり相伝し、明応七年正月十一日付で伝授終了の証状を与える。曼殊院蔵。

91　難波津泰諶抄　宗祇。延徳三―四(一四九一―九二)。古今集聞書とも。宗長・泰諶に講じ、泰諶が聞書との識語。曼殊院蔵。

92　古今和歌集(加注)　尭恵。延徳四(一四九二)。貞応本に「二条家の正説」を注し、藤四品(常―泰)に授ける。陽明文庫蔵。

93　古今抄延五記　尭恵。延徳四(一四九二)。古今集延五記・古今和歌集註とも。尭孝から伝受した二条家の説を、和泉守藤原憲輔に伝授。〔版〕刊年不明。〔活〕古今集延五記(笠間書院、切紙なし)。〔影〕叙説54・4(奈良女子大学、切紙のみ)。

94　古今和歌集(加注)　尭恵。延徳四(一四九二)。嘉禄本に家の秘伝を注し、藤坊(―能)に授ける。陽明文庫蔵。

95　古今逕謂抄　東氏胤か。道暁相伝の説に東頼数説と東常縁説を付加したとの識語。京都大学など蔵。

96　古今栄雅抄　古今和歌集飛鳥井家伝来抄・飛鳥井家古今秘注抄・古今和歌集抄・古今抄・詁訓抄とも。明応七(一四九八)、従三位(雅俊)の識語。栄雅(雅親)以来の飛鳥井家説を中心に諸説集成。僧玉信がまとめたか。〔版〕延宝二(一六七四)。〔活〕古今和歌集全評釈。

97　古秘抄(別本)　宗祇か。〔影〕帝塚山短期大学紀要14(略本)・叙説54・10(奈良女子大学、広本)。

98　古今伝授切紙口伝　宗祇・素純。古今伝・古今集内聞書・古今伝授切紙条々・古今伝授切紙口伝条々とも。三条西実隆・清原宣賢受。〔影〕叙説52・10、53・4(奈良女子大学)。

99　古今十口抄　宗祇。文亀元(一五〇一)。十口抄・古今集為家十口抄・古今連著抄とも。越後府中の旅館で伝受との宗碩の識語。両度聞書に、同系流の複数聞書を傍注する。書陵部・京都大学など蔵。

100　古今和歌集聞書　宗祇。文亀元(一五〇一)。鈷訓抄とも。宗碩受。〔活〕斯道文庫論集21。

101　古今和歌集聞書　宗祇。文亀二(一五〇二)。文亀二年宗祇注とも。蓬左文庫・岡山大学蔵。

102　古今集為明抄　為明抄とも。十口抄的内容で、某の講説の聞書か。京都大学蔵。

103 古今伝授切紙　肖柏。永正三(一五〇六)。宗訊受。〔活〕〔影〕京都大学国語国文資料叢書(古今切紙集)。

104 古今私秘聞　猪苗代兼載。永正五―六(一五〇八―〇九)。猪苗代兼純が聞書したとの識語。〔活〕ノートルダム清心女子大学古典叢書。

105 古今集読人不知考　尭智。永正六(一五〇九)。古今和歌集隠名作者次第・古今隠名抄・古今隠名録とも。〔版〕万治元(一六五八)。〔活〕続群書類従。

106 延五秘抄　肖柏。永正八(一五一一)。古聞抄とも。肖柏所持本(古聞か)を近衛尚通が書写。〔活〕文献探究5(部分)。

107 古今和歌集抄　聞書とも。今治市河野美術館蔵(二本)。一本は、延五秘抄と同じ識語を、もう一本は、「慶長十九甲寅暦仲春日　従二位実条判」の識語を持つ。

108 古今和歌集注口伝抄　宗識。永正一三(一五一六)。京都大学蔵。

109 古今十吟抄　十吟抄とも。古今伝受抄や教端抄に引用。静嘉堂文庫蔵。

110 古今伝授聞書　泰昭。永正一四(一五一七)。永正記・古今聞書・泰昭聞書とも。泰昭が父泰諶から承けた講説を中心にして、永正一七(一五二〇)頃、経厚から受けた声句相伝を付加したもの。神宮文庫など蔵。

111 古今秘伝集　宗祇。大永三(一五二三)。素純聞書・古今和歌集抄・古今伝とも。素純受。書陵部・東洋文庫など蔵。

112 古今集声句相伝聞書　梁盛。大永四(一五二四)。兼俊受。駒沢大学蔵。

113 和歌秘抄　梁盛・経厚。古今和歌集聞書とも。大永五(一五二五)・大永七(一五二七)。某(兼俊か)が大永五年に梁盛から相承し、更に同七年経厚から口受との識語。書陵部蔵。

114 古今集聞書　経厚。享禄三(一五三〇)。古今序注とも。尊鎮親王受。内閣文庫蔵。

115 古今和歌集(注)　天文一六(一五四七)。上野図書館旧蔵。

116 古今集抄　平松文庫本古今集抄・平松抄とも。室町期までの諸注集成。応永三五(一四二八)・嘉吉三(一四四三)の年記のある切紙を含む。〔影〕京都大学国語国文資料叢書。

117 古今和歌集聞書　宗祇流の聞書。〔影〕東京大学国語研究室資料叢書。

118 古今集注　三条西家旧蔵本。〔影〕早稲田大学蔵資料影印叢書。

119 古今集注　三条西家旧蔵本。〔影〕早稲田大学蔵資料影印叢書。

120 古今伝受書　三条西実隆か。永正七(一五一〇)。徳大寺実淳の許へ送った切紙の自筆案文か。〔影〕早稲田大学蔵資料影印叢書。

121 古今血脈　三条西実枝。永禄一〇(一五六七)。古今血脈抄・古今集血脈・古今秘抄・古今和歌集聞書・尭恵今案抄・血脈抄とも。両度聞書に延五記・古今声句相伝の説を書入。実枝駿州在国中に孝甫(宗長の弟か)が伝受との識語。刈谷図書館など蔵。

122 伝心集・伝心抄　三条西実枝。元亀三(一五七二)―天正二(一五七四)。古今和歌集聞書とも。細川幽斎受。集は切紙、抄は注釈。〔影〕京都大学国語国文資料叢書(古今切紙集、伝心集のみ)。

123 古今伝受抄　肖柏の注を中心に諸注集成。京都府立総合資料館蔵。

124 古今他流切紙　宗哲。天正八(一五八〇)。江雪受。〔影〕京都大学国語国文資料叢書(古今切紙集)。

125 古今伝授切紙　天正一二(一五八四)。明応七(一四九八)の宗祇から近衛尚通への相伝文書のうち。幽斎が書写し、慶長五(一六〇〇)智仁親王に伝える。〔活〕〔影〕京都大学国語国文資料叢書(古今切紙集)。

126 古今伝授切紙　古今伝受二条家一子相伝とも。細川幽斎より木下長嘯子に授け、長嘯子より山本春正へ伝えたのを、服部南郭・元喬が書写。〔活〕和歌秘伝詳解(大鐙閣)・和歌秘伝鈔(畝傍書房)。

127 古今和歌集聞書　細川幽斎。慶長五(一六〇〇)。古今集聞書とも。智仁親王受。書陵部蔵。

128 古今集考異　智仁親王。古今集貞応嘉禄本不同とも。〔活〕〔影〕八代集全註(有精堂)。

129 古今集清濁　細川幽斎。慶長七(一六〇二)。古今集清濁口決・古今口決とも。佐方宗佐受。〔影〕ノートルダム清心女子大学古典叢書。

130 古今鈔　藤谷為賢。寛永四(一六二七)。古今集注とも。為賢から冷泉家説を相伝した上で更に原本を書写したとの良恕親王の識語。曼殊院・佐賀大学蔵。

131 伝授鈔　和田以悦。寛永一七(一六四〇)。諸抄を集成し、師松永貞徳の説を書き加える。初雁文庫蔵。

132 古今伝授切紙　良恕親王。寛永一八(一六四一)か。曼殊院蔵の桜町上皇勅封伝授資料の切紙類から、良恕親王が取捨し、天海大僧正に伝える。〔活〕慈眼大師全集。〔影〕叙説55・10(奈良女子大学)。

133 古今集御抄　後水尾院。明暦三(一六五七)。尭然法親王・道晃法親王・飛鳥井雅章・岩倉具起受。今治市河野美術館など蔵。

134 古今集無名作者抄　古今無名作者・古今無名作者抄とも。万治元(一六五八)法橋舟木本を書写の識語。〔活〕風間力三先生退職記念文集(甲南大学)。

135 首書古今和歌集　〔版〕万治三(一六六〇)。

136 一華抄　切臨。寛文二(一六六二)。松井簡治博士旧蔵。

137 古今和歌集聞書　後水尾院。寛文四(一六六四)。古今聞書・古今集聞書留とも。後西院・中院通茂・日野弘資・烏丸資慶受。書陵部など蔵。

138 古今和歌集註　夕陽庵以春。宗久が以春自筆本を譲り受けて延宝四(一六七六)に今井氏に贈るとの識語。初雁文庫蔵。

139 古今集仰恋　望月長孝。延宝六(一六七八)—元禄一五(一七〇二)。古今仰恋・古今和歌集聞書とも。門人某受。国会図書館など蔵。

140 古今和歌集講義　三之(木瀬随宜か)。延宝八(一六八〇)。田中常矩受。京都大学蔵。

141 古今和歌集序註　天和元(一六八一)—宝永元(一七〇四)。小幡正信が某から秘伝を受け、これを他に授けたとの識語。岡山大学蔵。

142 八代集抄　北村季吟。延宝七—九(一六七九—八一)。〔版〕天和二(一六八二)。〔活〕八代集全註(有精堂)。

143　古今和歌集(注)　後西院。天和三(一六八三)。霊元院への伝授に同聴した近衛基熙の聞書。陽明文庫蔵。
144　古今集序註　霊元院。天理図書館蔵。
145　古今和歌集読曲　霊元院。秘古今抄とも。三条西公福・烏丸光栄受。書陵部蔵。
146　古今集序抄　北村季吟。貞享三(一六八六)。〔影〕北村季吟古注釈集成(新典社)。
147　古今余材抄　契沖。元禄五(一六九二)。古今和歌集余材抄・余材抄とも。万葉代匠記執筆の余材で著すという。古今集の中世諸注を勘案する。これ以後を一般に新注と呼ぶ。〔活〕契沖全集(岩波書店)。
148　古今誹諧歌解　各務支考。元禄一〇(一六九七)。〔版〕天明三(一七八三)。〔活〕静岡女子大学国文研究11。
149　教端抄　北村季吟。元禄一二(一六九九)。十口抄・一華抄・永正記・十吟抄・管見抄・顕註密勘・僻案抄・延五記・蓮心院聞書・栄雅抄・佐々木高秀序抄・為家抄の諸注釈十二種を集成し師説・私見を付す。〔影〕初雁文庫本古今和歌集教端抄(新典社)。
150　古今和歌集(注)　中院通茂。宝永四(一七〇七)。中院通躬受。京都大学蔵。
151　古今集三鳥木伝　岡西惟中受。〔活〕研究と資料12。
152　古今秘伝集　享保一一(一七二六)。荷田家の伝、春満授。村井政方へ伝える。東常縁相伝の伝授書。書陵部蔵。
153　古今見聞抄　河瀬菅雄。静嘉堂文庫蔵。
154　古今和歌集抜註　延享二(一七四五)以前。明和七(一七七〇)橋本貞郁写。古今伝授系統の秘書的性格のもの。書陵部蔵。
155　古今通　五井純禎。宝暦元―四(一七五一―五四)か。天明五(一七八五)加藤景範補。近世の儒教思想によって注釈。国会図書館など蔵。
156　古今増抄　萩原貞辰。宝暦五(一七五五)。古今和歌集抄とも。二条・冷泉両流にわたる諸注集成。内閣文庫など蔵。
157　古今和歌集(加注)　橘千蔭。宝暦一四(一七六四)以前。京都大学蔵。
158　続万葉論　賀茂真淵。古今生弓抄とも。〔活〕賀茂真淵全集。
159　古今和歌集打聴(聞)　賀茂真淵。明和元(一七六四)。野村長平の妻弁子筆記、上田秋成が修補して刊行。〔版〕寛政元(一七八九)。〔活〕賀茂真淵全集。
160　古今集真名字解　菊池春林。明和九(一七七二)。〔版〕安永三(一七七四)。
161　古今和歌集類題　松井幸隆。同じ心、同じ調の和歌を集めた類題集。〔版〕安永三(一七七四)。
162　古今集遠鏡　本居宣長。寛政五、六(一七九三、九四)か。尾張藩士横井千秋の求めで口語訳。〔版〕寛政九(一七九七)。〔活〕本居宣長全集。
163　頭書古今和歌集遠鏡　山崎美成。〔版〕天保一四(一八四三)。〔活〕古今和歌集遠鏡(徳本正俊)。
164　古今和歌集遠鏡補正　中村知至。〔版〕天保一四(一八四三)。
165　古今集両序鄙言　尾崎雅嘉。古今和歌集両序鄙言とも。〔版〕寛政六(一七九四)。
166　古今集鄙言　尾崎雅嘉。古今和歌集鄙言とも。児女のために故事や諸注を引き、俗語で注釈。〔版〕寛政八(一七九六)。
167 古今集活注　木間保之か。天保三(一八三二)以前か。古今和歌集活註とも。遠鏡を修補。初雁文庫蔵。
168 古今六義諸説　小沢蘆庵。寛政六(一七九四)。国会図書館蔵。
169 続万葉異本考　海量。享和元—二(一八〇一—〇二)。清輔本古今集を見たときの記録。書陵部蔵。
170 古今集年内抄　小野高潔。文化一四(一八一七)。南葵文庫蔵。
171 古今和歌集野中清水　服部菅雄。文政元(一八一八)。竹柏園旧蔵。
172 古今集大全　黒沢翁満。文政五(一八二二)。日比谷図書館蔵。
173 古今和歌集仮名序(注)　富士谷御杖。〔活〕富士谷御杖集(思文閣)。
174 古今和歌集田舎問答　赤尾可官。〔版〕嘉永四(一八五一)。
175 古今和歌集部類草之部　腹巻越後尚則。集中の草の名とその歌をあげる。神宮文庫蔵。
176 古今和歌集朗解　宮下正岑。部立の心を本義として注釈。〔版〕文政七(一八二四)。
177 古今集序爪櫛　五十嵐篤好。文政九(一八二六)。北辺世家説が反映。大東急記念文庫蔵。
178 古今和歌集正義　香川景樹。天保三(一八三二)。古今和歌集異見とも。余材抄・打聴・正義などの説に対し、独自な説が見られる。〔版〕総論と序注、天保六(一八三五)。秋上下・冬、嘉永二(一八四九)。〔活〕明治二八(一八九五)、古今和歌集正義(勉誠社、明治二八年版の再刻)。
179 古今集正義講稿　香川景樹。古今和歌集正義講稿とも。自休・直好受。〔影〕古今和歌集正義講稿(勉誠社)。
180 古今和歌集正義総論補註　熊谷直好。天保一四(一八四三)。〔活〕日本歌学大系。
181 古今和歌集正義総論補註論　八田知紀。弘化二(一八四五)。〔活〕日本歌学大系。
182 古今和歌集正義総論補註論弁　熊谷直好。弘化三(一八四六)。〔活〕日本歌学大系。
183 古今集正義追考序　熊谷直好。古今和歌集正義追考序とも。〔活〕日本歌学大系。
184 古今和歌集新釈　藤井高尚。天保九—一一(一八三八—四〇)。〔活〕歌書刊行会叢書(巻五まで)。
185 古今集序存疑　鹿持雅澄。天保一二(一八四一)。闇夜の礫とも。十二段に分けて、諸説に対する異見を述べる。書陵部など蔵。
186 歴代和歌勅撰考　吉田令世。天保一五(一八四四)。万葉集ほか二十一代集の、時代・撰者・巻数等をあげ、関係記事などを記す。〔活〕存採叢書・校註国歌大系。
187 古今集撰緝考　六人部是香。嘉永四(一八五一)。成立事情・年代などを考証。国会図書館など蔵。
188 古今集仮名序真名序論　六人部是香。嘉永四(一八五一)。国会図書館など蔵。
189 古今和歌集大全　さゝのくまの翁。嘉永五(一八五二)門人正直清書との識語。余材抄を主とし、諸注を博引。初雁文庫蔵。
190 古今和歌集一首撰　大森盛顕。百人の作者を選び、歌一首をあげ絵を入れる。〔版〕嘉永六(一八五三)。
191 ひとつこころ　福住清風。飯田図書館蔵。

192 古今浅見抄　島田正篤。安政四(一八五七)。東京大学蔵。
193 訂正古今和歌集序　六人部是香・近藤芳樹。安政四(一八五七)。訂正古今集序とも。京都大学など蔵。
194 古今和歌集序古格正文　古道閣真弘。文久元(一八六一)。〔版〕文久元(一八六一)。
195 古今集序文義考　堀秀政。文久元(一八六一)。京都大学蔵。
196 古今和歌集紀氏直伝解　富樫広蔭。古今集紀氏直伝解とも。愛知県立大学など蔵。

明治

197 先入抄　渡忠秋。大歌所御歌の注釈。明治一四(一八八一)。
198 古今集進講筆記(続歌学全書)　高崎正風。明治一六(一八八三)。御講書始進講手控とも。明治三二(一八九九)、博文館。
199 標註古今和歌集　内藤万春。明治一七(一八八四)。内藤活版所。
200 古今和歌集講義　本居豊穎講・田所千秋筆記。明治二〇(一八八七)。六合館書店。
201 校註古今和歌集　岸本宗道。明治二五(一八九二)。東京堂。
202 標註参考古今和歌集　飯田永夫。明治二六(一八九三)。文芸倶楽部。
203 古今和歌集解　岡吉胤。明治二六(一八九三)。
204 新註古今和歌集講義　増田于信・生田目経徳。明治三〇(一八九七)。誠之堂。
205 古今和歌集序析義　鳥居忱。明治三四(一九〇一)。大日本図書。
206 質疑存疑　永井以保問・黒田清綱答。明治三八(一九〇五)。
207 古今集評解　中村秋香。明治四一(一九〇八)。前川文栄閣。
208 古今和歌集評釈　金子元臣。明治四一(一九〇八)初版、昭和二(一九二七)改版。底本は貞応本。近代的な諸説批判研究の最初のもの。明治書院。

大正

209 古今和歌集新釈　井上通泰。明治四三(一九一〇)。
210 撰集考異　富永春部編富永孝太郎増訂。享和元(一八〇一)から嘉永四(一八五一)に成立、大正初年に増訂。大正八(一九一九)。私家版。
211 新評古今と新古今　尾上柴舟。大正一一(一九二二)。弘道館。
212 校註古今和歌集　金子元臣。大正一二(一九二三)。明治書院。
213 古今和歌集新釈　佐佐木信綱。大正一二(一九二三)。広文堂。
214 万葉集・古今和歌集・新古今集選釈　石川誠。大正一三(一九二四)。大同館書店。
215 古今集現代釈義　寺西聴学。大正一三(一九二四)。
216 校註古本古今和歌集　尾上八郎。大正一五(一九二六)、昭和一三(一九三八)新訂版。雄山閣。
217 頭註古今和歌集作者別　早川幾忠編。大正一五(一九二六)。弘文堂書房。

昭和

218 参考古今和歌集新釈　石川誠。昭和二(一九二七)。大同館書店。
219 古今和歌集考鏡　長蓮恒。昭和二(一九二七)。好学舎。
220 古今和歌集　藤村作。昭和三(一九二八)。至文堂。
221 古今和歌集新釈　黒田勝見。昭和三(一九二八)。立川書店。
222 古今和歌集選釈　尾上八郎。昭和四(一九二九)。文献書院。
223 古今和歌集考鏡　長蓮恒。昭和四(一九二九)。小さい文字社。
224 口訳対照古今和歌集　安田喜代門・池田正俊。昭和四(一九二九)。中興館。

225 綜合古今和歌集新講　三浦圭三。昭和四(一九二九)、上巻のみ。啓文社。

226 古今和歌集新釈　山崎敏夫。昭和四(一九二九)。正文館。

227 古今集選釈　佐佐木信綱。昭和五(一九三〇)。明治書院。

228 古今和歌集新釈　長蓮恒。昭和五(一九三〇)。万上閣。

229 古今和歌集　鴻巣盛広。昭和七(一九三二)。大倉広文堂。

230 古今和歌集講義　金子元臣。昭和七(一九三二)。改造社。

231 頭註年代順作者別古今和歌集　安田喜代門。昭和七(一九三二)。春陽堂。

232 古今和歌集新講　西下経一。昭和八(一九三三)。三省堂。

233 八代集選釈　久松潜一。昭和八(一九三三)。大明堂。

234 古今和歌集通解　金子元臣。昭和九(一九三四)。明治書院。

235 古今和歌集評釈辞典　藤迺舎鶴峯。昭和九(一九三四)。東光書院。

236 古今和歌集選釈　尾上八郎。昭和一〇(一九三五)。日本文学社。

237 古今和歌集評釈　窪田空穂。昭和一〇—一二(一九三五—三七)、昭和三五(一九六〇)新版、東京堂。『窪田空穂全集』20・21、昭和四〇(一九六五)、角川書店。本文は藤村作『古今和歌集』(至文堂・昭和三・書陵部蔵文和二年頓阿本)に拠る。注解は八代集抄・余材抄・打聴・遠鏡・正義および金子元臣『評釈』などを参照。

238 校註古今和歌集　窪田空穂。昭和一三(一九三八)。武蔵野書院。

239 学生の為めの古今和歌集新古今和歌集の鑑賞　佐伯仁三郎・窪田章一郎。昭和一四(一九三九)。興文閣。

240 古今和歌集辞典　松本仁。昭和一四(一九三九)。立命館出版部。

241 校註古今和歌集　金子元臣。昭和一六(一九四一)。明治書院。

242 校註古本古今和歌集抄　尾上八郎。昭和一八(一九四三)。雄山閣。

243 古今・新古今集(現代訳日本古典)　藤川忠治。昭和一八(一九四三)。小学館。

244 古今和歌集新講　三浦圭三。昭和一八(一九四三)。天泉社。底本は貞応本系の桜園書院本。各歌の原歌・類歌・派生歌等を挙げる。

245 古今和歌集(続日本古典読本)　窪田章一郎。昭和一九(一九四四)。日本評論社。

246 古今集大歌所御歌　高崎正秀。昭和一九(一九四四)。青磁社。

247 古今和歌集(日本古典全書)　西下経一。昭和二三(一九四八)。朝日新聞社。底本は書陵部蔵文和二年頓阿本。近代的本文研究の成果を踏まえる。

248 古今和歌集選釈　本位田重美。昭和二三(一九四八)。武蔵野書院。

249 古今和歌集評解　谷鼎。昭和二四(一九四九)。有精堂。

250 古今和歌集(新註国文学叢書)　小西甚一。昭和二四(一九四九)。講談社。底本は高松宮家嘉禄本。漢詩文の研究の成果を踏まえる。

251 明解古今和歌集新研究　橘誠。昭和二七(一九五二)。精文館。

252 明解対訳　古今・新古今　竹松宏章。昭和二八(一九五三)。池田書店。

253 古今和歌集の解釈と文法　金田一京助・橘誠。昭和二九(一九五四)。明治書院。
254 八代集評釈　久松潜一。昭和二九(一九五四)。大明堂。
255 古今和歌集要解(文法解明叢書)　稲村徳。昭和二九(一九五四)、昭和五九(一九八四)新版。有精堂。
256 古今和歌集(現代語訳日本古典文学全集)　藤川忠治。昭和三〇(一九五五)。河出書房。
257 古今和歌集要解　福村徳。昭和三〇(一九五五)。有精堂。
258 実力本位　古今・新古今集詳解　田辺幸雄。昭和三二(一九五七)重版。山海堂。
259 古今和歌集新解　西下経一他。昭和三二(一九五七)。明治書院。
260 古今集・新古今集・山家集・金槐集(日本古典鑑賞講座)　窪田章一郎他。昭和三三(一九五八)。角川書店。
261 古今和歌集(日本古典文学大系)　佐伯梅友。昭和三三(一九五八)。岩波書店。底本は梅沢彦太郎氏旧蔵貞応本。語法の面からの解釈が特徴。
262 古今和歌集詳解　前嶋成。昭和三五(一九六〇)。大修館書店。
263 校訂古今和歌集　本位田重美。昭和三五(一九六〇)。武蔵野書院。
264 古今和歌集・新古今和歌集(古典日本文学全集)　窪田章一郎他。昭和四〇(一九六五)。筑摩書房。
265 新釈古今和歌集　松田武夫。昭和四三(一九六八)上巻、昭和五〇(一九七五)下巻。風間書房。底本は梅沢彦太郎氏旧蔵貞応本・嘉禎本と島津家旧蔵伝藤原良経本を参照。『古今集の構造に関する研究』(昭和四〇、風間書房)の構造論的な分析の成果を踏まえる。
266 古今・新古今(明解シリーズ)　井上宗雄・松野洋一。昭和四三(一九六八)。有朋堂。
267 文法全解　古今集(古典解釈シリーズ)　久保木哲夫。昭和四三(一九六八)。旺文社。
268 諸注集成　古今和歌集選　小泉弘。昭和四五(一九七〇)。有精堂。
269 古今和歌集(折口信夫全集ノート編)　折口信夫。昭和四六(一九七一)。中央公論社。
270 古今和歌集(日本古典文学全集)　小沢正夫。昭和四六(一九七一)。小学館。底本は高松宮家伝二条為世筆貞応元年本。同系統の桃園文庫本や初雁文庫本で校訂。古今集前後の重要な歌合にも注釈を施す。
271 古今和歌集・新古今和歌集(日本の古典)　窪田空穂・窪田章一郎他。昭和四七(一九七二)。河出書房新社。
272 古今和歌集(角川文庫)　窪田章一郎。昭和四八(一九七三)。角川書店。底本は伊達家本。
273 古今和歌集・後撰和歌集・拾遺和歌集　窪田章一郎他。昭和五〇(一九七五)。角川書店。
274 古今和歌集　玉上琢弥。昭和五一(一九七六)。桜楓社。
275 古今和歌集全評釈　竹岡正夫。昭和五一(一九七六)。右文書院。底本は伊達家本。元永本・関戸本・雅俗山庄本・雅経本・寂恵本によって校異を示す。清輔古今集勘物書入・教長古今集註・顕昭古今集註・顕註密勘・寂恵古今集勘物書入・両度聞書・古今栄雅抄の七種の古注を各歌ごとに翻刻する。富士谷成章研究に基づく語法研究の成果を踏まえる。

276 古今和歌集入門(有斐閣新書) 藤平春男・上野理・杉谷寿郎。昭和五三(一九七八)。有斐閣。

277 古今和歌集(新潮日本古典集成) 奥村恒哉。昭和五三(一九七八)。新潮社。底本は八代集抄本。古写本により校訂する。本文研究・歌枕研究の成果を踏まえる。

278 古今和歌集(古典新釈シリーズ) 小林和彦。昭和五三(一九七八)。加藤中道館。

279 古今和歌集(講談社学術文庫) 久曾神昇。昭和五四(一九七九)。講談社。『古今和歌集成立論』(風間書房、昭和三五、三六)の成果を踏まえる。

280 四季の歌恋の歌 古今集を読む 大岡信。昭和五四(一九七九)。筑摩書房。NHKラジオ「文化シリーズ古典講読」の活字化。

281 古今集・新古今集(図説日本の古典) 久保田淳・白畑よし・目崎徳衛。昭和五四(一九七九)。集英社。

282 古今和歌集(全対訳日本古典新書) 片桐洋一。昭和五五(一九八〇)。創英社。底本は伊達家本。各句索引を付す。伊勢物語・古今集の中世・注釈史研究の成果を踏まえる。

283 古今和歌集(岩波文庫) 佐伯梅友。昭和五六(一九八一)。岩波書店。

284 古今和歌集(新典社叢書) 杉谷寿郎・菅根順之・半田公平。昭和五六(一九八一)。新典社。底本は高松宮家嘉禄本。歌の原拠等および歌学書・歌論書の記述をあげる。

285 古今集・新古今集評釈 松尾聡・吉岡曠。昭和五六(一九八一)。清水書院。

286 古今集・新古今集(現代語訳日本の古典) 大岡信。昭和五六(一九八一)。学習研究社。

287 古今和歌集・王朝秀歌選(鑑賞日本の古典) 秋山虔・久保田淳。昭和五七(一九八二)。尚学図書。

288 古今・新古今集の花(カラー版古典の花) 松田修。昭和五七(一九八二)。国際情報社。

289 現代語訳対照 古今和歌集(旺文社文庫) 小町谷照彦。昭和五七(一九八二)。旺文社。底本は八代集抄本。地名索引・歌語索引を付す。歌語研究の成果を踏まえる。

290 古今和歌集(完訳日本の古典) 小沢正夫・松田成穂。昭和五八(一九八三)。小学館。

291 竹西寛子の古今集・空に立つ波 竹西寛子。昭和六〇(一九八五)。平凡社。

292 八代集1(東洋文庫) 奥村恒哉。昭和六一(一九八六)。平凡社。底本は正保四年刊本。歌論書等の重載を示す。

293 古今和歌集(校注古典叢書) 久曾神昇。昭和六一(一九八六)。明治書院。

294 古今和歌集(日本の文学・古典編) 川村晃生。昭和六一(一九八六)。ほるぷ出版。

295 尾崎左永子の古今和歌集・新古今和歌集(わたしの古典) 尾崎左永子。昭和六二(一九八七)。集英社。

296 古今集 恋の歌 山下道代。昭和六二(一九八七)。筑摩書房。

297 カラー版 古今和歌集 小町谷照彦。昭和六三(一九八八)。桜楓社。

解説

一 『古今集』以前

㈠ はしがき

明治の俳人正岡子規がその「再び歌よみに与ふる書」の中で、

貫之は下手な歌よみにて、古今集はくだらぬ集に有之候。

と主張したのは、明治三十一年(一八九八)二月のこと。以来、彼のこの趣旨の発言は十たびも続く。これは、子規が在来の堂上的な和歌の革新を試み、『万葉集』及び源実朝などの万葉調の歌を称揚するための手立てとして、『古今集』に対して直截的に発言した点が大いにあって、そこに誇張も言い過ぎもあろう。しかもなり振りかまわぬこの唱道は、以来百年近くも文学史の側の大勢を支配してきたのである。これを受けて、「万葉集は世界的な遺産、古今集はつまらぬ歌集」とは、今もなお生きている。

子規の示した具体例に、

先づ古今集といふ書を取りて第一枚を開くと直ちに「去年《こぞ》とやいはん今年とやいはん」といふ歌が出て来る。実に呆《あき》れ返つた無趣味の歌に有之候。日本人と外国人との合《あひ》の子を日本人とや申さん外国人とや申さんとしやれたると同じ事にて、しやれにもならぬつまらぬ歌に候。此外の歌とても大同小異にて、駄洒落《だじやれ》か理窟《りくつ》ツぽい者のみに有之候。(「再び歌よみに与ふる書」)

「月見れば千々《ちぢ》に物こそ悲しけれ我身一つの秋にはあらねど」といふ歌は最も人の賞する歌なり。上《かみ》三句はすらりとして難無けれども下《しも》二句は理窟なり蛇足なりと存候。歌は感情を述ぶる者なるに理窟を述ぶるは歌を知らぬ故にや候らん。……若し我身一つの秋と思ふと詠むならば感情的なれども、秋ではないがと当り前の事をいはば理窟に陥り申候。(「四たび歌よみに与ふる書」)

などがみえる。その主張の明々白々たる痛快さに、嘗て昭和十年代の杏壇《きょうだん》の教授はおろか、若い学生たちも手を拍いて喝采したところ。この子規の力説した点は、今や批判の対象となってはいるものの、まだそれは強い火影を持ち続けている。

『古今集』の、「去年とやいはん」「わが身一つの秋にはあらねど」などが、駄洒落や理窟に陥ると子規には感じられるにしても、何ゆえに勅撰歌集にそれらが選ばれたのか、その理由付けは容易なことではない。貫之らがなぜこの「去年とやいはん」の歌を冒頭に配置して『古今集』の巻頭を飾ったのか、開き直って考えることは甚だむつかしい。子規の非難もむしろ明治に生きた明治びととしての彼の文学観かも知れない。しかし古典はその成立の時代、その当時の人たちの立場に戻って理解すべきである。『古今集』は王朝びとのもの。その表現には、一直線ならぬ「捻《ひね》り」がある。後人はその捻りに眩惑されて、歌の本意がかえって理解しにくくなっているのではなかろうか。

『古今集』の捻り、理窟などをもつ難解度について、なおいえば、『万葉集』とは違った複雑性をもつことである。万葉びとたちは古代以来の固有の歌ごころを尊重する。中には文体を異にする外来の「詩」、いわゆる「漢詩」を試みた歌人もかなりある。大津皇子然り、大伴旅人・山上憶良然り。しかもその作詩は片手間であって、恐る恐る嘗試したというのが本音であろう。かりに歌を作る場合に、詩の表現を借用したとしても、つまるところ固有の表現に染めてしまう。外来の七夕伝説の詩を例にすれば、渡河する主人公は織女星、しかしわが国の男女の逢会《あい》のならいに従って、主人公が彦星に変わるのが万葉びとの歌の場合であった。同じ字面の「霞」についていえば、万葉びとは、朝焼け夕焼けなどの語義をもつ詩の場合の「霞」(xiá)を採らず、日本語の「霞《かすみ》」として使用したのであった。詩には「霞たなびく」式の表現はない。八世紀の『万葉集』は、日本的な固有の表現が中心であって、外来の詩の表現を借用することはほんの一部分に限られていた。九世紀に入るにつれて、歌の命脈は草むらにひそみつつ人知れず流れる「隠り水《こもりづ》」の如き細やかな状態におもむく。その大きな原因は、九世紀前期の文学が朝廷の唱導する「文章経国」の時代(後述)に当るために、「歌」ならぬ「詩」によるあやが優位を占めたことによる。これは、詩的表現への傾きが歌を圧倒したためであって、在来の歌のいのちがとだえたというわけではない。九世紀より百年余を経て、『古今集』の成立をみる。その一世紀間にわたって詩の表現をひたすら学んで来た王朝びとは、在来の歌の表現をあれこれと複雑化する。詩風讃美の成果を踏まえつつこれを新しい歌への表現の種としたのが、『古今集』の歌であったといえよう。いわば在来の歌の中に詩的要素を加味したのがこの勅撰歌集であって、そこには『万葉集』にみえない要素を多く含むことは当然の成り行きである。

わたくしどもは、子規の主張をしばらく認めると共に、『古今集』の表現のどの点に新鮮さがあるのか、またその原因は何かなど、現時点におけるそれなりの思考もあるはずである。最近頓《とみ》に国際化の波があらゆる面に押し寄せているという。それに釣られて、『古今集』の国際化などとは口をすべらすべきことではないが、それはそれとして、なお海の彼方の研究者たちが逆に『古今集』に関する成果をわれわれに示してはくれる。仏人ボノー(G. Bonneau)の『古今集』仏訳の業績は、半世紀以前のこととしてここで取り立てる必要もないが、わたくしの書斎内での貧しい知識をあげるならば、新しいところでは、『古今集』の英訳、Lauel R. Rodd & Mary C. Henkenius : Kokinshū (1984)がある。その序文の中で、『古今集』を、中国文化の讃美と日本の伝統の認識という相反する傾向による産物などとみなすのは、したたかな論といえよう。なおこの英訳本には、『古今集』の「序」についての評論もあり、更に「古今集序の中国的要素」などに関する論文をも加える。また新しい研究書の一つに、

Helen C. McCullough : Brocade by Night (1985)

もある。この『さ夜の浮織《うきおり》』(『夜の錦』)は、すでに、Robert H. Brower 氏によって紹介書評された如く(H. J. of Asiatic Studies, v. 47, No. 2, 1987)、「中国的遺産」(第一章)では中国詩の影響を論じ、「国風暗黒時代」(第三章)では九世紀の日本の詩に言及し、「構造論」(第七章)では新しい日本の古今集学の傾向を紹介し、随処に書評者自身の見解をも加える。これらを繙くことによって、逆にわが国の『古今集』研究の動向を知ることもできる。わたくし個人からいえば、部分的にはむしろ御株を奪われた思いなきにしもあらず、且つまた蒙を啓かれた思いをも感ぜざるをえない。これらの外国の学者たちの説は、おおよそわが国の古今集学の成果による点は大であるが、なお外からの刺激的な問題点をも提供する。いまのわが『古今集』の専門家は競って外国におけるその研究に十分答える必要もあろう。

(二) 九世紀前期の文学——弘仁・天長期のあや——

『古今集』について述べるに当って、まず「古今集以前」の文学のなにがしかは説く必要がある。それはそのまま『古今集』成立以前の九世紀の文学、いわゆる「国風暗黒時代」、換言すれば「漢風讃美時代」の文学について触れ

ることになろう。これらの文学が陰に陽に『古今集』という勅撰歌集に投影することは確かに予想されるにしても、後出する『古今集』は、まだ混沌として名もない卵の中の黄身《きみ》の如き状態であった。十世紀初頭に成立した『古今集』とそれ以前の九世紀のあやを比較することは、『古今集』の性格を浮き彫りにする効果がある。しかし卵の中の殻の中にある『古今集』はいかなる表現をもとうともまだ皆無《ゼロ》であり、ここでの対象はあくまでも九世紀の文学そのものに限定される。

この世紀が一部の学徒にやっと注意されはじめたのは、二十数年ほど前のことであろうか。長年月にわたって、「かな文学」を文学史の主流と称した文学史家の通説のために、この九世紀の文学はむしろ放置されたままであった。それに加えて、王朝びとによる勅撰詩集が撰進されようとも、漢詩漢文は「よそものなり」として忌み嫌う国文学者のかたくなな生理が拍車をかけ、これを無視する。『万葉集』以後、二世紀のちの『古今集』の誕生を突然変異の現象とみなす限りは、文学の流れを説くべき文学史の空白を埋めることはできない。しかもこれをよく承知したところで、実は九世紀の前半の中心をなす詩集の基礎的研究は未だしの状態である。この現状打開の道は曲りなりにも早急に進められるべきである。「詩」といっても、「歌」といっても、王朝びとの作である限り、ともにしたしい隣人同志として等しく待遇すべきであろう。

九世紀初期の注目すべき文学は、何といっても勅撰三大詩集の成立である。

㈠　第一詩集　『凌雲集《りょううん》』　嵯峨帝弘仁五年（八一四）
㈡　第二詩集　『文華秀麗集《ぶんかしゅうれい》』　同弘仁九年（八一八）
㈢　第三詩集　『経国集《けいこく》』　淳和帝天長四年（八二七）

弘仁・天長年間といえば、中国では盛唐を過ぎて、中唐の憲宗・文宗の頃に当る。もしこれらの詩集の詩に中国の詩の影響があるとすれば、中唐初期以前の中国詩はすべてその範囲内に入る。つまり少なくとも漢魏・六朝・初唐・盛唐の詩をその対象としなければならず、ことは甚だ困難なことである。三つの詩集のうち第一・第二詩集は嵯峨弘仁期の詩を集め、第三詩集は、弘仁期より淳和天長期に及び、詩のほかに賦や上代の対策文をも載せる。

平安初期、すなわち九世紀前期の文学の支援者《パトロン》は、嵯峨帝である。自ら詩をよくした帝を中心として、詩の華はひらき、やがて君臣唱和のあやは満開となって咲き誇る。その標榜するところは、「文章は経国の大業、不朽の盛事」である。第一詩集の序文に、

魏《ぎ》の文帝の曰へること有り、文章は経国の大業、不朽の盛事なり。年寿時《ねんじゅ》として尽くること有り、栄楽《えいらく》は其の身に止《とど》まると。(原文漢文)

とみえる。更に第三詩集の序文にも、同じ趣旨で、「魏文《ぎぶん》が典論《てんろん》の智、国を経《をさ》めて窮《きはま》ること無し。是《ここ》に知りぬ文の時義《ぎ》大きなる矣《かも》といふことを」という。これは周知の如く、『文選《もんぜん》』(巻五十二)にみえる魏の文帝の佚書『典論』の中の「論文」(文を論ず)のことばの借用であるが、文章を大業とみなす文学評論である。この「文章」とは、所説所論などを含む広い範囲の文学をさす。文章は国を治めることに役だつ偉大な事業であり、朽ちることのない盛大さがある、これに対して人の寿命には限りがあり、栄誉も楽しみもその人の一生涯限り、従って文章の無窮性には及ばない、の意。ここに文章の効能をほめたたえる。この標榜《スローガン》は文章を国家経営の大業とみなす魏文の「論文」の適用ではあるが、具体的にいえば、文学の永遠の不滅性を述べ、作詩をうながすことである。君唱えば臣これに和し、その成果は三大詩集に集中する。その内容に関しては、かりに第二詩集を例にすれば、

遊覧・宴集・餞別・贈答・詠史・述懐・艶情・楽府《がふ》・梵門・哀傷・雑詠に分類されるが、おおよその方向は知られる。これは、六朝詞華集『文選』の部立てを学んだ点が大である。なおこれらの分類を更に遊覧(行旅)関係と人事関係に大別できるが、右の分類の女人を主人公とする「艶情」の詩や、仏教に関する「梵門」(和製漢語か)も、人事関係の部に収めることもできよう。遊覧の旅という気晴らしも人事に関する心の憂いも、要するに、詩によってそれぞれの心のうちを表出する。これは、いわゆる『毛詩』の大序にいう、

詩は志の之《ゆ》く所なり。心に在るを志と為し、言《こと》に発するを詩と為す。情中《じやうちゆう》に動きて言に形《あらは》る……。(『文選』巻四十五、卜子夏「毛詩序」に同じ)

云々に当り、王朝びとは身を以てこれを詩の中に実現したといえよう。万葉歌人大伴家持と同様に、王朝びとの文学ごころにもすでに根をおろしていた詩想と思われる。

遊覧の旅は「河陽《かよう》」の地に始まる。そこには、狩猟の疲れをいやす河陽の離宮があった。今の京都府の大山崎町、大阪府高槻市の東に当る。河陽は淀河の陽《きた》の意、もと中国黄河の陽に当る河陽県に基づく。この河陽県は、むかし晋の県令潘岳(潘安仁)が「河陽一県すべて花ならぬはなし」といわれるほど、花で飾った風流の県である。王朝びとはこの河陽県という「文学境」を、そのまま淀河の北岸に適用し、新しく彼等の遊覧地「河陽」を案出したのである。藤原冬嗣「河陽の花」の詩の、「河陽の風土春色饒《ゆた》けし、一県千家花《いつけんせんか》ならぬは無し」は、ここをさす。河陽へのたび重なる行幸は、君臣あわせて三十余首の詩を生み、朝あけの淀川畔より夜の月に至るまで、一日の遊覧を楽しむ嵯峨帝の佳作「春江賦」も残る。

河陽に咲き誇る花もやがて色あせつつ移ろい、しかもなお年ごとに新しく咲く。だが、人は年ごとに老いゆき、も

はや昔の若さに戻ることはできない。「花」と「人」の間のこうした悲哀を詩によむことも、君臣の間に流行する。しかも「人」に対する「花」は他の物色にも応用される。

風光暖《だん》に就《つ》きて芳気新しくあれど、此《かく》の如《ごと》年年《ねんねん》観《み》る者《ひと》は老ゆ。(第二詩集)

明月年年《ねんねん》色を改めぬに、看《み》る人歳歳《さいさい》白髪《しらが》生ふ。(同じ)

は、嵯峨帝の御製。これは、初唐劉希夷《りゅうきい》の名高い「代白頭吟《だいはくとうぎん》」の一節、

今年《ことし》花落ち顔色改まり、明年《くるつとし》花開きて復《また》誰か在る……古人復《また》無し洛城の東、今人還《また》対す落花の風。年年歳歳《ねんねんさいさい》花相《あひ》似《に》たり、歳歳年年《さいさいねんねん》人同じからず……。

によることは、明白である。弘仁二年(八一一)六月廿七日、帰朝僧空海の献上した『劉希夷集』の「代白頭吟」が帝の目にとまり、早速「いち早きみやび」をその詩句の中に表現したものと想像される。御製「河上落花詞《よどがわにちるはなのうた》」に奉和した官人たちの詩句の、「人故《ふ》り花新しく逓《たが》ひに紅を惜しむ」(坂田永河)、「年年歳歳花茲《かく》の如し」(菅原清公)などの句もその一例。

河陽一県の花の主人公潘岳は、秋を哀れむ「秋興賦《しゅうきょうのふ》」(『文選』)の作者としても名高い。彼は『楚辞』(九辯)の宋玉の詩句を引用しつつ、木の葉の揺《ゆら》ぎ落ちる秋の物色に悲秋の痛ましさを歌う。嵯峨御製の「神泉苑九日落葉篇」(第二詩集)にみる、「吁嗟《うさ》す潘岳が興《けう》、感歎して涙空しく垂る」とは、この秋興賦の哀れをさす。また第三詩集にみる、「重陽の節《せち》神泉苑にして「秋哀れぶべし」を賦す」の九首は、御製以下九名の唱和の佳作である。その際、秋興賦はもちろん、「類書」である『藝文類聚』『初学記』などにみえる「秋あわれ」の語句を随処に利用して、あやを表現する。秋の悲哀感は一般の万葉びとには存在しなかったという。王朝びとは、漢籍という外来書の知識をよく把握して、

悲秋の観念を定着させる。『万葉集』にみえない「菊」の詩も、悲秋を彩る景物として漢籍に登場するが、やがて重陽節と菊と結ばれた、「九日翫二菊花一詩」(第三詩集)の如き公的な詩宴の菊の詩へと姿を現わす。

漢籍は、王朝びとに新しいくさぐさのものをもたらす。山水の色彩画を見て、その世界を詩に詠むことは、李白の詩など盛唐ごろではよく行なわれたが、嵯峨御製をめぐる「清涼殿画壁山水歌」(第三詩集)の詩群もその例である。その壁画によって、詩人たちはまだ見ぬ海や峻しい山岳を背景として、漂う小舟、落下する滝、松のもとの仙人など、遊覧を越えた空想の世界を描く。これは屏風歌の世界とも関係付けられよう。また詩には詩の「あそび」もある。文字の合離《つきはなれ》による「離合詩《りごうし》」や、十二支によって吉凶のことばを各句の頭に置く「建除詩《けんじょし》」なども、漢詩に学んで、あそびとしてこれらを試みる。この「詩のあそび」は後には「歌のあそび」ともなって現われてもこよう。また帰らぬ夫を待ちつつ空しい閨《ねや》をひとり守る女人の怨みの詩、すなわち「艶情」の詩も、やがては個人的な恋歌の一片とはなろうが、これももとは六朝・唐詩の情詩の系譜といえる。

九世紀の前期、弘仁・天長期の詩の中で著しい表現として、甲を乙にたとえる手法がみられる。いわゆる「見立て」の表現である。前述の「河上落花詞」を例にすれば、

山梨は似レ雪渓辺に飛び、洲鷺《しうろ》は疑レ雲林外に帰る。(滋野貞主)

にみる「似る」は「如し」の意、飛び散る山梨の花を白い雪に見立てたもの。また「似る」に対する「疑ふ」は、雲かと思う、雲とまがうかのようだ、の意で、洲《す》にいる白鷺《しらさぎ》を白雲に見立てたもの。「疑」は「似」つまり「如し」と同じ意となる。また「落花欺レ雪湖裏に満つ」(紀御依)の「欺《あざむ》く」は、雪ではないかと人を欺くほどよく似ている、判断を誤らすほど類似するの意。「欺く」は「似る」「如し」などを強調した表現の一つといえる。この対比的な見立て

の手法は、中国でいえば六朝詩に著しい。しかもこの手法はそのまま唐詩にも流入するために、受容関係に関して、王朝九世紀のこのたぐいの詩が六朝詩によるのか唐詩によるのか、その断定はできない。ここではこの手法の著しさを指摘すれば十分である。なお三詩集に関しては、ほかにも述べるべきことは多い。詩の文体、特に中唐の塡詞《てんし》が弘仁朝廷で試みられたことは注目に値する。しかしここでは、次期の国風讃美へと傾くべき特色のみを指摘することに止める。

(三) 九世紀後期の文学——承和期以降の詩と歌——

九世紀の詩の華は弘仁・天長期に咲きほこり、そのまま仁明帝の承和期《じょうわ》(その元年は八三四年)に入る。まだこの世紀の前半は終っていないが、承和のはじめのころ、わが詩史の上で特筆すべきことは新風の詩集の伝来である。それは、盛唐の代表詩人杜甫・李白の没後、「元白《げんぱく》文学集団」ともいうべき中唐詩人白居易(白楽天)と友人元稹《げんじん》をめぐる詩が伝えられたことである。これについては、承和五年(八三八)大宰府の役人藤原岳守が唐商人の貨物より「元白詩筆」をえて、仁明帝に献上したと、『文徳実録』にみえる。しかし当時遣唐副使に任命された小野篁《たかむら》の詩をみると、明らかに白居易の詩、すなわち「白詩」の詩句を使用した痕がみられ、承和五年以前にすでに白詩の伝来を推定することができる。白詩といっても、『白氏長慶集』『香山寺洛中集』『白氏文集』などその数は多く、時に応じて、それらが伝来する。白詩の中には、玄宗と楊貴妃の哀恋を語る「長恨歌」(元和元年(八〇六)作)、色の衰えたもと長安の倡女《うたひめ》の引く琵琶の音に感じて作られた「琵琶行」(元和十一年作)、政治を批評し社会の混迷を指摘した「新楽府」(元和四年作)「秦中吟」(元和五年作)などがあり、王朝びとの詩にあわれや忿懣《いきどおり》を与える。白詩は平易で俗なる「平俗の詩」といわれ、在来の耽美傾向に新しい詩風を送る。また長い間、「隠り水」の中にあった歌も次第に平仮名という形によって再び現われはじめる。前述の詩人小野篁は詩のほかに歌も試みた官人の一人であった。

承和の終焉(八五〇)と共に、文字通り九世紀の後半に入る。以後、清和帝貞観期、更に越えて宇多帝寛平期へと時は流れてゆくが、その間に「寛平御時后宮歌合」の歌もあり、寛平五年(八九三)の序をもつ『新撰万葉集』(上巻)の歌も誕生する。これはむしろ歌と詩の共存期ともいえる。特に『新撰万葉集』の歌と並んで、文選語などのほかに白詩語をかなり多く用いた詩を加えることはそのあらわれといえよう。しかも自由に書ける平仮名によって歌をものすることは、王朝びとにとっては便利でやさしい。ここに時の移るにつれて次第に歌が主役を占め、日ならずして成立しうる歌集の誕生も予想されるであろう。

『白氏文集』の伝来は在来の六朝・唐詩の詩風の上に白詩的な部分をもたらす。たとえば、六朝的な悲秋の詩想のほかに、

大抵《おほむね》四時《しいじ》心総《すべ》て苦し、就中《なかにつきて》腸《はらわた》を断《た》つは是れ秋の天。(巻十四・暮に立つ)

の如き、白居易の個人的な思いも一般化する。そこに王朝びとの間に新鮮な秋の思いも生れる。更に秋に関連していえば、秋は春と共に四時の中心をなす。白居易の詩には、各季節の終りの日「尽日《じんじつ》」を心から惜しみ、その気持を託す例が多い。「立春」の日から始まり、「三月晦日」「三月三十日」「春尽日」など春の尽日の感慨に及ぶ。それはなお「立夏」へとつらなり、夏の尽くる日は、立秋という「立秋日」「七月一日の作」などへと及び、一年の季節の回転と共に起る各季節の切れ目に深い詩ごころを懐く。こうした四季の移りに詩心をそそぐ白詩は、王朝びとの季節感にも投影し、後に生れるべき歌集の編集の仕方、その構造にも、何らかの暗示を与えることであろう。

『新撰万葉集』の詩はもとの歌を訳したものである。しかし詩訳の完成は四句を必要とし、歌は二句で事足る以上、そこに詩の余剰の部分が残る。その余りの詩句には現代人にとって、連想さえも思い浮かばないような表現内容を含む。『古今集』の歌には、詩を併用しない。しかし『新撰万葉集』の如き詩訳を思わせる歌もかなり指摘できる。そのためには、白詩などを中心とする詩の投げかける影に眼を向けることも一つの方法ではあろう。とはいえ、そんじょそこらの努力では果しえない部分もあって、王朝びとの心のあやは、遠く離れた現代であるだけに、なかなか汲み取りがたい点を含む。しかもその困難さのゆえにかえって学徒の心はゆさぶられるであろう。

（小島憲之）

二　古今和歌集

(一)　古今和歌集

成　立

醍醐天皇の治世、延喜五年(九〇五)四月に勅命があって、『古今和歌集』が撰進された。撰進のことに当った人々——一般に撰者と呼び習わしている——は、大内記 紀友則《きのとものり》、御書所預 紀貫之《きのつらゆき》、前甲斐少目 凡河内躬恒《おうしこうちのみつね》、右衛門府生 壬生忠岑《みぶのただみね》の四人である。

一般的には、事前の論議や風評などもあったであろうから、天皇のそば近くに、詔勅などの起草責任者の大内記として仕えていた友則や、宮中の書籍管理責任者の御書所預として仕えていた貫之らは、事柄の進行を感じ取り得たであろう。「古歌奉りし時の目録のその長歌」という詞書の付いた、一〇〇二番の貫之の歌は、勅命を承けての奉上歌とみられるが、そこには既に、『古今和歌集』そのものの部立て(後述)に極めて近い部類分けが示されていて、貫之の用意の程がうかがわれる。

撰者の筆頭の友則は、「紀友則が身まかりにける時よめる」と、八三八番の貫之の歌と八三九番の忠岑の歌の詞書にあるように、事業の半ばで死去し、その後は、かな序に「貫之らがこの世に同じく生れて、この事の時に会へるをなむ、喜びぬる」、まな序に「貫之等謹序」とその名が示されている貫之が撰者を代表して、撰集のことが進められたらしい。

延喜十三年(九一三)三月十三日に宇多上皇の御所の亭子院で催された亭子院歌合の歌(六八番・八九番・一三四番の三首)が採られていることは、少なくともこのころまでは、撰集の手が加え続けられていたことを示すと考えられる。

『古今和歌集』の完成の時期については、延喜五年とするもの、延喜十七年とするものなど、古くから説が分れるが、十世紀の初期とする点では特に異論はない。

今は、延喜五年四月に勅命が下り、延喜十三年から同十七年のあいだには完成していたと考えておくこととする。

時代的背景——王朝律令時代と古今人——

十世紀の初期は、広い意味で律令制の時代に含まれる。奈良時代に限定して特に「律令時代」ともいうので、平安時代に入ってからを「王朝律令時代」と限定して呼ぶこととするが、この王朝律令時代は、律令制に基づいて改めて整備がはかられた時期である。『弘仁式』(弘仁十一年(八二〇)成立)、『内裏式』(弘仁十二年(八二一)成立)、『令義解』(天長十年(八三三)成立)など法制が整えられ、やがて、施行細則の集大成ともいうべき『延喜式』(延長五年(九二七)成立)が成る。又、前代に成った『日本書紀』を承けて、『続日本紀』(延暦十六年(七九七)成立)から『日本三代実録』(延喜元年(九〇一)成立)までの五つの正史が作られ、いわゆる六国史が成る。その『日本三代実録』や『延喜式』は――後世から見れば王朝律令時代の最後を飾る出来事ではあろうが――、王朝律令制思想《イデオロギー》を直接に反映したものであり、それらの勅撰の書と相前後して勅撰集『古今和歌集』は成立しているのである。

その作者、百二十名あまりの人々は、万葉時代に属する安部仲麿――墨滅歌を含めれば衣通姫も――を除き、そのほとんどが、この王朝律令時代に生きて、その社会の運営に直接に携わった王朝律令官人であった。撰者筆頭の友則は、撰進の勅命があった時に大内記――後に貫之もこの職に任ぜられる――を勤めていたが、その職は、詔勅を起草し、位記を書き、天皇の行動を記録し、行幸に供奉し、漢学者・文章生と共に内宴に列座することなどを職務とする。撰者を代表し、後々も歌人として活躍して、『新撰和歌』や『土佐日記』をも残した貫之も、御書所預、越前権少掾(遥任か)、内膳典膳、少内記、大内記、加賀介(遥任か)、美濃介、大監物、右京亮、土佐守、玄蕃頭、木工権頭と勤め上げて、天慶九年(九四六)に七十五歳で死去する。友則も貫之も、他のほとんどの古今人《びと》と同様に、ごく普通の王朝律令官人だったのであり、その職務の余暇に和歌をよみ続けたのである。

王朝律令官人にとっては、日常的な職務において「読み書き」するものは、漢字であり、漢文であった。『日本三代実録』などの国史や『延喜式』などの法規、日常的な事務の文書・記録など、どれを取っても、漢字で書かれ、漢文で表現されていた。私的な記録も、その多くは同様である。その意味で、漢語は、王朝律令官人の日常的な書記言語であったのだが、同時に、この人々が――母語であって、日常会話で使いこなしていた和語を磨き上げて――、和歌を作ったのである。

従って、王朝律令時代に、王朝律令官人として生きて、和歌を作った多くの古今人たちは、和語をあやつって和歌をよみ、漢語をあやつって文章を作る、一種の二重言語《バイリンガル》生活者であった。

時代区分

『古今和歌集』の時代は、寛平后宮歌合が催され、『新撰万葉集』(原撰本)・『句題和歌』が成立して、和歌が文学史の正面に改めて浮び上って来る、宇多天皇の治世(八八七―八九七)を基準として、前期と後期とに分けられる。前期が、光孝天皇の治世まで(八八七以前)、後期が、宇多天皇の治世以後(八八七以後)である。

前期は、小野篁(六首。収載歌数を示す、以下準ず)、在原行平(四首)、そして、いわゆる六歌仙たち、すなわち、僧正遍昭(十七首)、在原業平(三十首)、小野小町(十八首)らによって代表される。

遍昭は「(ことばの)まこと少なし」(かな序)と、業平は「ことば足らず」(同上)と評されているが、この前期は、前代の万葉集にも示されているわが国固有の美意識・表現手法を継承しつつも、「国風暗黒時代」を通じて外来文化すなわち漢詩文に沈潜してその美意識・表現手法を学び取って、それらを融合して、やまとことばの新たなる地平を切り開きつつあった時期である。

後期は、藤原敏行(十九首)、素性法師(三十六首)、伊勢(二十二首)、そして、撰者の四人、紀友則(四十六首)、紀貫之(百二首)、凡河内躬恒(六十首)、壬生忠岑(三十五首)によって代表される。

前期を承けて、和・漢の美意識・表現手法を融合し熟成させて、「やまと歌は、人の心を種として、よろづの言の葉とぞなれりける。世の中に在る人、事、業、繁きものなれば、心に思ふ事を、見るもの、聞くものに付けて、言ひ出だせるなり」(かな序)というように、わが国の、人の「心」をゆれ動く思いのままにそのひだまでにわたって言い表すやまとことばによる表現、すなわち、新たなる和歌の世界を獲得した時期である。

和歌観

かな序・まな序に〈和歌の原理〉と〈和歌の歴史〉とに分けて述べられており、それは、三十一文字の和歌を基本的な形式とするという考え方を前提としている。

〈和歌の原理〉

和歌は、人の心をもととして、それをことばに示したものであり、これは、人間——広くは万物——の本性に根ざす行為である、ということを中核としている。

それは、既に言われていることでもあり、又、本書でもそのように注したことだが、『礼記』(楽記)、『毛詩』(大序)、『文選』(序)などに示されている、古代中国の詩の原理論をふまえたものである。

〈和歌の歴史〉

ほぼ次のようにまとめられる。

クニノトコタチノミコトに始まり、イザナギノミコト・イザナミノミコトに至る神世七代のあいだは、三十一文字の和歌は存在しなかった。三十一文字の和歌はスサノオノミコトが、この地上で初めて作った。その後、人々は、花や鳥を賞美し霞や露に感動する思いを、それぞれに区別して言い表わす美意識・表現手法を分岐し成熟させて、多様な和歌を作るようになり、これによって互いに思いを通じ合うようになった。難波の宮で天皇がよんだ三十一文字の和歌が天皇のものとしては最初のものだが、古代の天皇たちは、人々の作った和歌をみてその人となりを知り、人々は、自分で和歌をよみあるいは他人《ひと》のよんだ和歌を聞いて、思いをなぐさめた。奈良時代には盛んに和歌が作られるようになり、これらを平城天皇の治世に撰進したものが『万葉集』である。その後は、和歌が衰えて、近代になってようやく昔日の姿を取り戻し再び盛んになって来て、醍醐天皇のこの治世に『古今和歌集』を撰進することが出来た。

この場合も、古代中国の詩の歴史論をふまえ、その歴史的記述の影響を多分に受けてはいるのだが、この場合は、たとえば『文選』(序)が詩の生成以前について、冬は穴にこもり夏は巣にすんで、又、毛をしき血をのんでいた時代には文章がまだなかった、と儒教的な一種の合理主義的な歴史観によって述べているのに対して、『古今和歌集』(かな序・まな序)は、神の世から記述を始めるわが国の正史の歴史観——『日本書紀』に述べられている、神々を万物の起源とする神話的認識——によって述べている。それ以下の記述も基本的には、わが国の正史、すなわち、六国史の記述に添って展開する。

言い替えれば、『古今和歌集』の和歌観は、和歌は、原理的には漢詩と共通する普遍的な基盤に立っているものだが、歴史的にはわが国固有に発生し固有な展開を遂げたものだというのである。

組　織

詞書《ことばがき》・作者名・歌——時に左注《さちゆう》が加わる——の組合せを基本的単位として、これを部立て(後述)に従って整理し配置している。

詞書は、歌の成立事情や主題を示し、それが不明な場合は「題しらず」として示す。作者名も、それが不明な場合は「読人しらず」として示す。左注は、詞書・作者名・歌について、二次的・補足的に情報を付け加える。十七番の歌のように、詞書・作者名が全く示されていないで、前の十六番の歌に直接に続く場合は、十六番の詞書「題しらず」、作者(名)「読人しらず」を承けているものと理解してよい。ただし、巻二十の場合は、必ずしも、一首一首に特定の作者が予定されていない。

全二十巻、一千百首は、大きく二つの部分に分けられる。巻一から巻十九までの、人と人とが思いを通じる「人の歌」と、巻二十の、神々やその地上での継承者としての天皇をまつりことほぐ「神の歌」とである。

「人の歌」は、巻十八まで――の一千首――が、三十一文字という和歌の基本的形式のもので、同時に、そのよみ方が正格にかなっている歌、言わば、正体の歌であり、巻十九が、その条件に合わない雑体の歌である。

又、全二十巻、一千百首は、四季部(巻一―巻六)――更に、春(巻一・巻二)・夏(巻三)・秋(巻四・巻五)・冬(巻六)に分かれる――、賀部(巻七)、離別部(巻八)、羇旅部(巻九)、物名部(巻十)、恋部(巻十一―巻十五)、哀傷部(巻十六)、雑部(巻十七・巻十八)、雑体部(巻十九)、大歌所御歌・神遊・東歌部(巻二十)という部立てによって分類・整理されており、それぞれの部立ての内部は、更に「立春の日、残雪《のこんのゆき》」などと、下位の部立てによって分類・整理されている。

四季部(三百四十二首)は、季節という枠組みでとらえた自然を通じて人の思いを述べる歌を、恋部(三百六十首)は、恋という一種の極限状況によって人のあり方を代表させその特定の状況における人の思いを述べる歌を、それぞれに整理し配置している。その四季部と恋部――合せて七百二首――が二つの軸となって、『古今和歌集』が構成されているのである。その基本的構造を図示しておく。

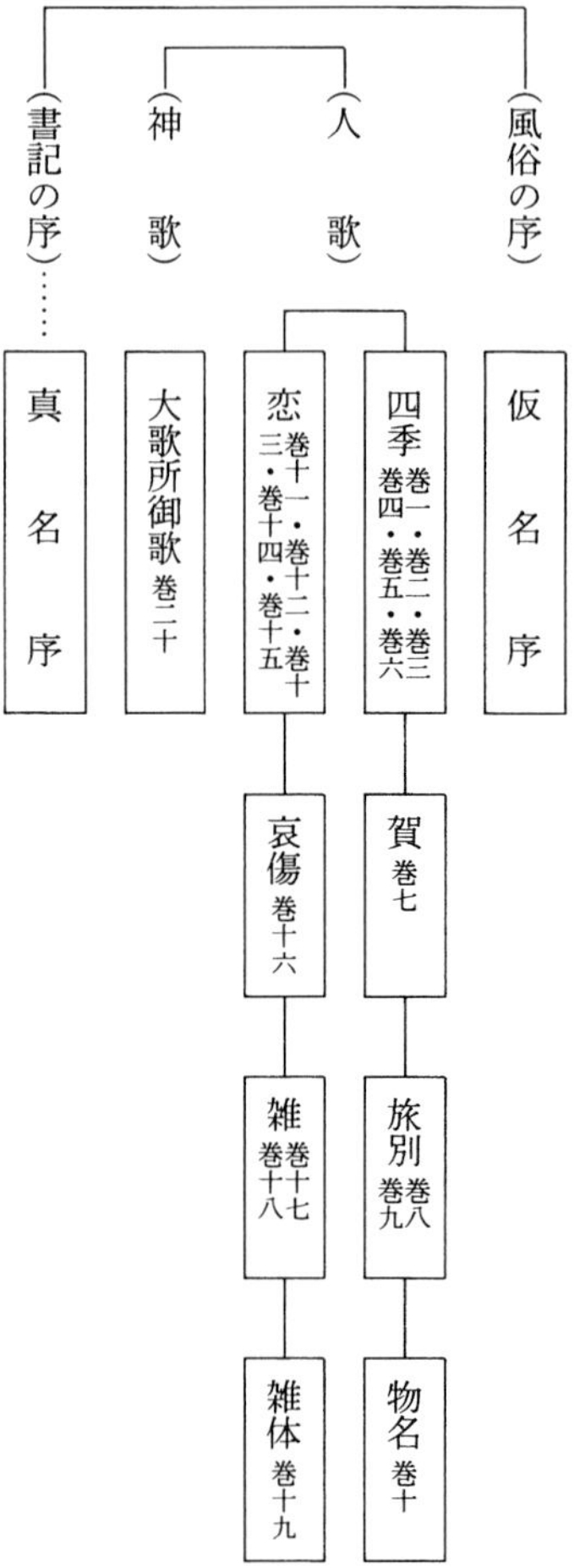

表現

優しくすんなりと読み下せる一首の中に、景物のイメージを生かしながら、揺れ動く人の心をそのひだまでを含めてよみ込むのが、『古今和歌集』の歌である。そのために、《序詞・掛詞・見立て》を使い、あるいは《漢語》をふまえ、さらには事柄の記述そのものを二転三転させて、それらの表現を通じて心情を二重にも三重にも言い表わそうとする。

四季部と恋部とについて、収載歌の多い歌人を、撰者と撰者以外に分けて二人ずつ選び、その人々の歌を取り上げて、表現の特徴的な部分を示してみる。

〈四季部〉

2 袖ひちてむすびし水の凍れるを春立つけふの風やとくらむ　（貫之）

30 春くればかりかへるなり白雲の道行きぶりに事やってまし　（躬恒）
6 春たてば花とや見らむ白雪のかかれる枝に鶯のなく　（素性）
169 秋きぬと目にはさやかに見えねども風の音にぞおどろかれぬる　（敏行）

〈恋部〉

471 吉野河いはなみ高く行く水のはやくぞ人を思ひそめてし　（貫之）
561 夜ゐの間もはかなく見ゆる夏虫にまどひまされる恋もする哉　（友則）
552 思ひつつ寝ればや人の見えつらむ夢としりせば覚めざらましを　（小町）
476 見ずもあらず見もせぬ人の恋しくはあやなく今日やながめ暮さむ　（業平）

四七一番、五六一番の歌に《序詞》が使われている。上句の吉野川の水の流れの激しさのイメージが下句の「思ひ」の激しさを指示し、同じく夏虫のはかなさのイメージが「恋」のはかなさを指示する。四七一番の歌の「はやく」は《掛詞》でもある。上句からは水流が「速く」で、下句では転じて「早く（…思ひそめ）」となる。六番の歌は雪と花の《見立て》である。二番、三〇番、一六九番の歌は、「孟春之月……東風解凍」（礼記・月令）、「帰雁」、「孟秋之月……涼風至」という《漢語》の表現をふまえる。

五五二番の歌は、それらの表現がみえないが、万葉集ならむしろ「思ひつつ寝れば…夢にし見ゆる」などと直截に言うところを、「夢としりせば覚めざらましを」とひとひねり加えて言う。四七六番の歌も、万葉集ならむしろ「見ずて恋ひつつ」「見ずは恋し」などと直截に言うところを、「見ず」と出して置いて「あらず」と否定し、更に「見もせず」ともう一度否定した上でようやく「恋し」が出てくる。

これらの表現は、『古今和歌集』が、技巧的・理知的だと言われるゆえんであるが、古今人が伝えようとしている、微妙に屈折する——人間の本来の姿でもある——その思いに耳を傾けて頂ければ幸いである。

(二)　古今和歌集の享受と伝本

享受と研究

『古今和歌集』以後、『後撰和歌集』『拾遺和歌集』と続き、十五世紀の『新続古今和歌集』に至るまで六百年近くにわたり、勅撰和歌集が撰進され続ける。それらをまとめて二十一代集と呼ぶが、この二十一代集の存在そのものが、『古今和歌集』の影響の大きさをよく示している。

享受の実態について、既に『枕草子』(二十三段)は、村上天皇の治世(九四六–九六七)に藤原師尹が娘の女御芳子に「書・琴」を習うと共に『古今和歌集』を暗誦することをすすめたことや、一条天皇の治世(九八六–一〇一一)に中宮定子が『古今和歌集』の歌の上句を言って女房たちに下句を答えさせたことなどを書いている。

平安時代の後期以降、多くの資料によって、享受の状況が一層明らかとなる。

院政期、『後拾遺和歌集』が撰進される十一世紀末には歌や語句の注釈が行われ、仲実の『綺語抄』、俊頼の『俊頼髄脳』に示されている。『千載和歌集』が撰進される十二世紀後半には『古今和歌集』を中心に「歌学伝授」が行われこれを中核に歌学が形成されるが、同時に、勝命の『序注』、教長の『古今集註』、顕昭の『古今集註』など『古今和歌集』そのものの注釈書があらわれる。

鎌倉期、『新古今和歌集』が撰進される十三世紀以降、俊成・定家・為家の御子左家、特にその嫡流としての二条家の歌学およびこれを継承した二条流歌学が優位を占め、その『古今和歌集』の解釈を土台として享受・研究が行われ続け、室町期、『新続古今和歌集』が撰進される十五世紀前半以後、勅撰和歌集の撰進事業が終って後も、二条流歌学は、『古今和歌集』の享受・研究をめぐって展開を見せ、「古今伝授」や「堂上伝授」「地下伝授」などと伝承形態を改めつつ、江戸期前半、十七世紀末に成立する契沖の『古今余材抄』、季吟の『教端抄』などを生み出す。

江戸期後半、十八世紀半ばから、宣長に代表される国学が登場し、その『古今和歌集遠鏡』のような口語訳(俗語訳・鄙語訳)を中心とする注釈方法が取られ、近代的論理に立脚する研究方法が形成されて、『古今和歌集』の享受・研究は、明治期以降もそれを踏襲して現在に至っている。

伝本

現在知られているかぎり、高野切・行成筆切などの古筆切と総称される断簡を除き、完本として現存しているものは、おおむね元永本・雅経本・清輔本・俊成本・定家本の五つの系統に大きく分けられる。

元永本は、元永三年(一一二〇)の年記があり、現存の完本としては最も古い。平安時代後期に流布した系統の一本で、筋切本・唐紙巻子本などが近い。

雅経本は、元永本についで古い写本とみられ、崇徳天皇御本をもととする教長本の写しである。

清輔本は、小野皇太后宮御本をもととする通宗本を清輔が校訂したものである。寛親本・永治本・前田本・天理本などが伝わる。

俊成本は、崇徳天皇御本をもとに基俊本を加味して俊成が校訂したものである。永暦本・建久本などが伝わる。

定家本は、俊成本をもとに定家が校訂したものである。定家は、生涯にわたって、年記の分かる場合だけでも十回を越える書写・校訂を行っている。このうち代表的なものは、御子左家嫡流の二条家に用いられた貞応(二年七月)本と、その庶流の冷泉家に用いられた嘉禄(二年四月)本である。貞応本は、中世・近世・近現代を通じて最も流布したもので、梅沢本(日本古典文学大系で底本とした)、頓阿本などが伝わる。本書が底本とした為定本もこの系統のものである。嘉禄本は、陽明文庫本、伝阿仏尼本などが伝わり、伊達本もこれに近い。

(三)　本書の方針

底本

定家・貞応本系統の為定本の転写本で、今治市河野美術館蔵の(外題)「詁訓和歌集」(登録番号一二〇・七〇五)を用いた。筆者は未詳ながら、後水尾天皇の周辺の公家の人の手になるものと思われる。いわゆる「御所伝授」が成立する八条宮智仁親王から後水尾天皇への伝授の後、明暦三年(一六五七)に、後水尾天皇が尭然法親王・道晃法親王・飛鳥井雅章・岩倉具起に授けた伝授の時に使われたと思われるもので、その折の聴聞の書入れが随所に施されている。その伝授の聞書も別途に伝存して相互に対照できる。

底本の親本の為定本は、定家の五世の孫、藤原為定(御子左家略系図参照)が、文保二年(一三一八)に、二条家に伝わった定家自筆の貞応本を書写したものである。

その書写奥書に「家の本を以ちて、和漢の文字仕ひ并びに行分け等を違へず、連ゝ《つらな》りて書写し校合し畢はんぬ」と言っており、祖本の定家自筆の貞応本の忠実な書写本であったことが知られる。この為定本の系統のものは、底本を含めて八本が知られており、松田武夫博士の『勅撰和歌集の研究』で「中山侯爵家旧蔵伝伏見院宸翰本」として示さ

〈御子左家略系図〉

俊成――定家――為家――為氏〔二条家〕――為世――為通――為定
為家――為教〔京極家〕
為家――為相〔冷泉家〕
為世――為藤

れたものもその一つである。これらは、貞応本ひいては定家本研究の基礎資料となしうるものでもある。

為定は、為通(道とも)の子、母は藤原雅有の娘で、正応二年(一二八九、異説もある)生、右中将・蔵人頭・右兵衛督・参議・権中納言・民部卿を歴《へ》て、貞和二年(一三四六)権大納言、同三年辞任、文和四年(一三五五)出家して法名釈空、延文五年(一三六〇)に七十二歳(異説もある)をもって死去する(尊卑分脈・公卿補任・諸家伝による)。鎌倉期から南北朝期にかけての動乱を生き抜いた人で、叔父で二条家の先代の為藤の死去の後を承けて、正中二年(一三二五)には十六番目の勅撰和歌集『続後拾遺和歌集』(四季部奏覧)の撰進をしている。『玉葉和歌集』以下の八代の勅撰和歌集に百二十首あまりが入集している。

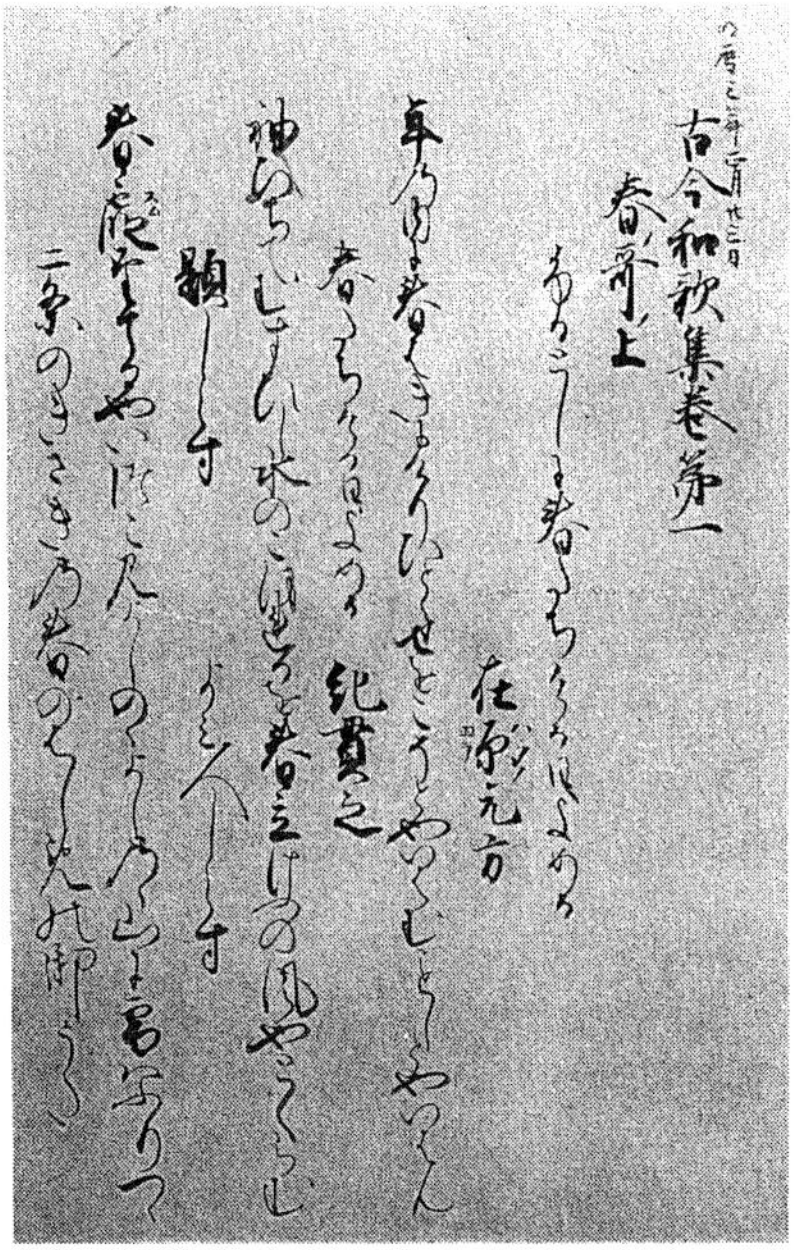

底本　巻第一　冒頭部分

本文と注釈

本文の翻刻は、凡例に示した規準で処理した。注釈は、十世紀の初期という成立の時代、言い替えれば、〈古今集時代〉のものとして読み解くことを主眼として、人・心・恋などの和歌の基本的語句や、景物・地名などのイメージについて、〈古今集時代〉の感じ方・考え方の注意すべき点を示すようにつとめると共に、次のような点に留意した。

(1) わが国固有の美意識を示す一助として、万葉集の歌や語句を引用・指摘するようにつとめた。引用は原則として新編国歌大観による。

(2) 中国の美意識・表現との関係を示すために、中国の詩文や王朝漢詩、あるいは相当する漢語を引用・指摘するようにつとめた。引用は原則として、経書は十三経注疏本、『文選』は六臣注本、『白氏文集』は白香山詩集本(長慶集二十巻の部分は漢数字で、後集十七巻の部分は算用数字で、それぞれ巻数を示した)、その他の中国の詩人の場合は『先秦漢魏晋南北朝詩』『全唐詩』による。

(3) そのほとんどが王朝律令官人であった古今人の生き方に関わる王朝律令制思想《イデオロギー》の概念や事例を示すために、六国史や『令義解』『令集解』などを引用・指摘するようにつとめた。引用は原則として新訂増補国史大系本による。

(4) どのような美意識に従って和歌が分類・整理されて、「春」「夏」……「恋」などの各部に配置されているかを示すために、《立春の日》《逢わずして慕う恋》などと部立て(歌群)を指摘し、また、春の部の一部(桜と花の歌群)と恋の部とでは、歌の数が多いことでもあり、〈咲く桜〉〈音に聞く恋〉などと更に下位区分の部立て(歌群)をも指摘した。

(5) 『古今和歌集』を理想とし、自らの和歌を作るための、更に広くは、この世を生き抜くための糧として読み続けた中世の人々の注説を引用・指摘することにつとめた。また、中世の『古今和歌集』の主な伝本や注釈書、および読みなどを主として抄出した『古今訓点抄』『古今声句相伝聞書』などに示されている清濁の記述(声点によるものを含む)のうち、注意を引かれるものは、よみくせなどをも含めて拾い、「中世注」としてまとめて掲出した。これらは、近現代にあっては、ほとんど無視されて来たものである。

付録

『古今和歌集』を理解する一助として付けた。

『新撰万葉集上(抄)』(原撰本)　〈古今集時代〉に生きた菅原道真の理解をよく示すものである。

『序注』　現在知られている、まな序・かな序の注釈書では最も古いもので、平安時代後期の院政期の研究の実態をよく示している。

派生歌一覧　『古今和歌集』の歌が、中世の人々の歌にどう反映しているかを探る手掛りの一助として作成した。

古今和歌集注釈書目録　『古今和歌集』が、どう読み続けられ、どう研究されて来たかを示す一助として作成した。

人名索引、地名索引、および初句索引と合せて利用されたい。

(四) 終りに

近現代の『古今和歌集』の注釈は、近世以来の――中でも特に国学的な――伝統を基礎としてなされて来た。本書では、従来顧みられることがほとんどなかった、中世人の『古今和歌集』の注説をも意識的に継承することにつとめた。

『古今和歌集』が成立してからほぼ一千百年、その研究の足跡が明瞭に示されてからでもほぼ八百年、『古今和歌集』は、日本人の美意識・表現をはぐくむ基礎であった。その意味でも、『古今和歌集』は正に〈古典〉なのである。今後とも、なじみ親しまれ、研究が蓄積されて、未来の文化をはぐくむ一助となることを願っている。

参考図書

基本的なものとして、次のものがある。

『古今和歌集成立論』(資料編三冊、研究編一冊。久曾神昇、昭和三六年完、風間書房)
『古今集の伝本の研究』(西下経一、昭和二九年、明治書院)
『古今集総索引』(西下経一・滝沢貞夫、昭和三三年、明治書院)
『古今集校本』(西下経一・滝沢貞夫、昭和五二年、笠間書院)
『古今和歌集声点本の研究』(資料編・索引編・研究編上。秋永一枝、昭和四七年以降、校倉書房)
『古今伝授の史的研究』(横井金男、昭和五五年、臨川書店)
『紀貫之伝の研究』(村瀬敏夫、昭和五六年、桜楓社)
増補国語国文学研究史大成7『古今集 新古今集』(西下経一・実方清編、昭和五二年、三省堂)

日本文学研究資料叢書『古今和歌集』(昭和五一年、有精堂)
『古今集新古今集必携』(藤平春男編、昭和五六年、学燈社)
一冊の講座『古今和歌集』(日本の古典4。昭和六二年、有精堂)

(新井栄蔵)

新 日本古典文学大系 5
古今和歌集

1989年 2 月20日 第 1 刷発行
2011年 3 月 7 日 第 6 刷発行
2017年 6 月13日 オンデマンド版発行

校注者 小島憲之《こじまのりゆき》 新井栄蔵《あらいえいぞう》

発行者 岡 本 厚

発行所 株式会社 岩波書店
〒101-8002 東京都千代田区一ツ橋 2-5-5
電話案内 03-5210-4000
http://www.iwanami.co.jp/

印刷／製本・法令印刷

ISBN 978-4-00-730615-0 Printed in Japan

索　　　引

初 句 索 引

1) この索引は，『古今和歌集』の巻第一から巻第二十および墨滅歌に収められた1111首の，初句による索引である．句に付した数字は，本書における歌番号を示す．

2) 検索の便宜のため，表記はすべて歴史的仮名遣いによる平仮名表記とし，五十音順に配列した．

3) 初句を同じくする歌が複数ある場合は，更に第2句を，第2句も同じ場合は第3句を示した．

あ

い

を

人名索引

人名索引には「作者名索引」「詞書等人名索引」
「引用中国詩人一覧」を収める.　(田村 緑)

作者名索引

1)　この索引は,『古今和歌集』に作品を収められた人物について, 簡単な略歴を記し, 該当する歌番号を示したものである.
2)　作者名の標示は, 原則として本文記載の名, もしくは官職名による.
3)　作者名の表記は, 原則として底本の本文および書入れに従う.
4)　配列は, 頭漢字を音読し, 現代表記の五十音順による. (下記一覧参照)
5)　詞書により作者と認定したものもある. 左注に記された作者は含まない.
6)　357–363 番の歌は歌番号を(　)でくくったが, これらは屏風歌で, 作者の記名欄に歌を屏風に書いた素性の名だけが示されているものである.
7)　生没年未詳の場合は, 特に記さない.

い	伊 衣 惟 因		神 真 深 人 仁	へ	平 兵 遍
う	雲	せ	是 清 聖 静 千 前	ほ	凡
お	乙	そ	素 宗	ま	万
か	河 菅 貫 閑 関	た	大	め	名
き	紀 喜 躬 興 業 近	ち	中 仲 忠 長 朝 直	も	茂
け	経 敬 景 潔 兼 元 言	て	定 貞	ゆ	友 有 幽 雄 融
こ	後 光 好 行 洽 高 康	と	当 東 棟 登 道 篤	り	利 陸 良
	篁 国 黒 今	に	二	れ	列
さ	左 采 三 讃	の	能	ろ	寵
し	屎 時 滋 実 秀 秋 淑	は	白		
	春 淳 小 承 勝 常 岑	ひ	美 敏		

あ・い・う・お

あやもち　伝未詳.「凡の山もち」「凡山茂」とも.　1105

伊勢《いせ》　藤原. 継蔭(仁和元年または 2 年に伊勢守)の娘. 宇多天皇の后藤原温子の女房. 宇多天皇の皇子を生む. のちに, 敦慶親王との間に中務を生む. 伊勢の御・伊勢の御息所と称される. 三十六歌仙の一人.『伊勢集』がある.　31, 43, 44, 61, 68, 138, 459, 676, 681, 733, 741, 756, 780, 791, 810, 920, 926, 968, 990, 1000, 1006, 1051

伊豆内親王《いとないしんのう》　伊登内親王・伊都内親王とも. 貞観 3 年(861) 9 月没. 桓武天皇の皇女. 平城天皇の皇子阿保親王の妻. 在原業平の母. 兼子内親王・桂内親王とも称される. (業平朝臣母皇女) 900

衣通姫《そとおりひめ》　衣通郎姫(そとおりのいらつめ)とも. 允恭天皇の后大中姫(おおなかの(つ)ひめ)の妹.　1110

惟岳《これおか》　紀. 惟凞(のりまさ・のりひろ)・菅原惟然とも. 貞観・元慶(859–885)ごろの人か. 六位か.　350

惟幹《これもと》　藤原. 伝未詳. 六位か.　860

惟喬親王《これたかのみこ》　惟高親王とも. 承和 11 年(844)生, 貞観 15 年(873)または寛平 9 年(897)没. 文徳天皇の皇子. 母は贈大納言紀名虎の娘更衣静子. 大宰師. 貞観 14 年(872)に出家. 小野宮と称される.　74, 945

因香《よるか》　藤原. 贈太政大臣高藤の娘. 母は尼

敬信．貞観13年(871)に従五位下，寛平9年(897)に掌侍，従四位下．のち典侍．80, 364, 736, 738

因幡《いなば》 桓武天皇の皇子仲野親王の孫．基世王(仁和5年に因幡権守)の娘．808

雲林院親王《うりんいんのみこ》 →常康親王

乙《おと》 壬生．益成《よしなり》(仁和4年に遠江介)の娘．413

か・き・け・こ

河原左大臣《かわらのひだりのおおいもうちぎみ》 →融

菅原朝臣《すがわらのあそん》 →道真

菅根《すがね》 藤原．斉衡2年(855)生か，延喜8年(908)没．右兵衛督良尚の子．文章生，文章博士，蔵人頭．菅原道真に連座して，大宰少弐に左遷．後に参議．贈従三位．醍醐天皇の侍読となる．『延喜式』の撰に加わる．212

貫之《つらゆき》 紀．撰者の一人．貞観14年(872)生か，天慶8年(945)没か．茂行の子．御書所預・大内記・土佐守・玄蕃頭・木工権頭．従五位上．『新撰和歌』の編者，『土佐日記』の作者．三十六歌仙の一人．『貫之集』がある．2, 9, 22, 25, 26, 39, 42, 45, 49, 58, 59, 78, 79, 82, 83, 87, 89, 94, 115, 116, 117, 118, 124, 128, 156, 160, 162, 170, 232, 240, 256, 260, 262, 276, 280, 297, 299, 311, 312, 323, 331, 336, 342, 352, (363), 371, 380, 381, 384, 390, 397, 404, 415, 427, 428, 436, 439, 460, 461, 471, 475, 479, 482, 572, 573, 574, 579, 583, 587, 588, 589, 597, 598, 599, 604, 605, 606, 633, 679, 697, 729, 734, 804, 834, 838, 842, 849, 851, 852, 880, 881, 915, 916, 918, 919, 931, 980, 1002, 1010, 1101, 1103, 1111

閑院《かんいん》 命婦．延喜(901–923)ごろの人．740, 837

閑院五皇女《かんいんのごのみこ》 未詳．天武天皇の末孫の雄法王(雄河王とも)の娘広井女王ともいう．広井女王は，貞観元年(859)没．従三位．尚侍．857

関雄《せきお》 藤原．延暦24年(805)生，仁寿3年(853)没．参議真夏の子．文章生・治部少輔(じぶのしょう)兼斎院長官．従五位下．東山進士と称される．琴や草書をよくした．282, 291

紀乳母《きのめのと》 紀．陽成天皇の乳母全子．嵯峨天皇の皇子源澄の妻か．元慶6年(882)に従五位上．454, 1028

喜撰《きせん》 基泉・窺詮とも．伝未詳．六歌仙の一人．『和歌作式』(『喜撰式』)の著者に仮託される．983

躬恒《みつね》 凡河内．撰者の一人．寛平6年(894)に甲斐権少目(さかん)，後に和泉権掾・淡路掾．三十六歌仙の一人．『躬恒集』がある．30, 40, 41, 67, 86, 104, 110, 120, 127, 132, 134, 161, 164, 167, 168, 179, 180, 190, 213, 219, 233, 234, 277, 304, 305, 313, 329, 338, (358), (360), 382, 383, 399, 414, 416, 481, 580, 584, 600, 608, 611, 612, 614, 636, 662, 663, 686, 750, 794, 840, 929, 956, 957, 976, 977, 978, 1005, 1015, 1035, 1067

興風《おきかぜ》 藤原．『歌経標式』の作者の参議浜成の曽孫．昌泰3年(900)に相模掾，延喜14年(914)に下総権大掾．管絃をよくした．三十六歌仙の一人．『興風集』がある．101, 102, 131, 178, 301, 310, 326, 351, 567, 568, 569, 745, 814, 909, 1031, 1053, 1064

業平《なりひら》 在原．天長2年(825)生，元慶4年(880)没．平城天皇の皇子阿保親王の子．母は桓武天皇の皇女伊豆内親王．中納言行平の弟．右馬頭・右近衛権中将・蔵人頭．従四位上．在五中将と称される．『三代実録』に「体貌閑麗．放縦不拘．略無才学．善作倭歌」と評される．『伊勢物語』の主人公に擬せられる．六歌仙・三十六歌仙の一人．『業平集』がある．53, 63, 133, 268, 294, 349, 410, 411, 418, 476, 616, 618, 622, 632, 644, 646, 705, 707, 747, 785, 861, 868, 871, 879, 884, 901, 923, 969, 970, 971

業平朝臣母皇女《なりひらあそんのははのみこ》 →伊豆内親王

近院右大臣《こんいんのみぎのおおいもうちぎみ》 →能有

近江采女《おうみのうねめ》 伝未詳．1109

経覧《つねみ》 阿保．延喜12年(912)没．左大史・算博士・主税頭(ちからのかみ)．従五位下．458

敬信《きょうしん》 典侍因香の母．または小野千古の母とも．885

景式王《かげのりのおおきみ》 文徳天皇の皇子の四品惟条親王の子．寛平9年(897)に従四位下．452, 786

潔興《きよき》 宮道．昌泰元年(898)に内舎人，延喜7年(907)に越前権少掾．966

兼芸《けんげい》 伊勢少掾古之の子．大和国城上郡の人か．陽成・光孝朝(876–887)の人か．または左大臣源融の孫占の子とも．396, 768, 875

兼輔《かねすけ》 藤原．元慶元年(877)生，承平3年(933)没．右近衛中将利基の子．紫式部の曽祖父．蔵人頭，中納言．従三位．堤中納言と称される．紀貫之撰の『新撰和歌』は，醍醐天皇の命を兼輔が仲介している．三十六歌仙の一人．『兼輔集』がある．391, 417, 749, 1014

兼茂《かねもち》　藤原．延喜 23 年(923)没．右近衛中将利基の子．兼輔の兄．蔵人，参議．従四位下．　385, 389

兼覧王《かねみのおおきみ》　承平 2 年(932)没．文徳天皇の皇子惟喬親王の子．侍従，神祇伯，宮内卿．正四位下．　237, 298, 398, 457, 779

元規《もとのり》　平．延喜 8 年(908)没．播磨介中興の子．蔵人，左衛門大尉．従五位下．　386

元方《もとかた》　在原．業平の孫．筑前守棟梁の子．正五位下．　1, 103, 130, 195, 206, 261, 339, 473, 474, 480, 626, 630, 751, 1062

言直《ことなお》　藤原．右大臣内麿の曾孫．従五位下安縄の子．昌泰 3 年(900)に内竪頭．　10

後蔭《のちかげ》　藤原．中納言有穂の子．寛平 7 年(895)に大蔵大丞，後に蔵人，右兵衛督，左近衛中将．従四位下．　108

光孝天皇《こうこうてんのう》　天長 7 年(830)または天長 8 年(831)生，仁和 3 年(887)崩．仁明天皇の皇子．母は贈太政大臣藤原総継の娘贈皇太后沢子．諱は時康．常陸大守等を務めたのち，元慶 8 年(884)に即位．仁和帝・小松帝と称される．小松山陵(京都双ヶ丘の東麓)に葬られる．後に，その北側に宇多天皇が仁和寺を建立．(仁和帝) 21, 347

好風《よしかぜ》　藤原．良風とも．陸奥守滋実の子．または散位正野の子とも．寛平 10 年(898)に左兵衛少尉(じょう)，のちに出羽介．従五位下．　85

行平《ゆきひら》　在原．弘仁 9 年(818)生，寛平 5 年(893)没．平城天皇の皇子阿保親王の子．業平の兄．母は桓武天皇の皇女伊豆内親王．蔵人頭，中納言．正三位．在(中)納言と称される．まな序に，小野篁とともにあげられる．元慶 5 年(881)に，奨学院を創設する．　23, 365, 922, 962

洽子《あまねいこ》　春澄．参議善縄の娘．元慶元年(877)に正五位下，のちに従三位．掌侍，典侍．　107

高子《たかいこ》　藤原．承和 9 年(842)生，延喜 10 年(910)没．贈太政大臣長良の娘．母は贈太政大臣総継の娘．関白太政大臣基経の妹．清和天皇の后．陽成天皇の母．皇太后，後にその位を止められ，死後復す．二条后と称される．『伊勢物語』のヒロインに擬せられる．(二条后) 4

高世《たかよ》　菅野．参議真道の子．弘仁 11 年(820)に周防守．　81

康秀《やすひで》　文屋．縫殿助宗于の子．貞観 2 年(860)に刑部中判事，のちに縫殿助．文琳と称される．六歌仙の一人．　8, 249, 250, 445, 846

篁《たかむら》　小野．延暦 21 年(802)生，仁寿 2 年(852)没．参議岑守の子．承和元年(834)に遣唐副使に任ぜられるが，病と称して進発しなかったので，隠岐国に流罪，のちに許される．文章生，大内記，蔵人頭，参議．従三位．野相公，野宰相と称される．まな序に在原行平とともにあげられる．書と詩の才をたたえられる．『令義解』の撰に加わる．『篁物語』の主人公．漢詩集『野相公集』は散佚．　335, 407, 829, 845, 936, 961

国経《くにつね》　藤原．天長 4 年(827)生か，延喜 8 年(908)没．贈太政大臣長良の子．関白太政大臣基経・清和天皇の后高子の兄．蔵人頭，大納言．正三位．　638

黒主《くろぬし》　大伴．猿丸大夫の子ともいう．寛平 9 年(897)，醍醐天皇即位の大嘗会に歌を奉る．近江国の豪族ともいう．六歌仙の一人．　88, 735, 1086

今道《いまみち》　布留．貞観 3 年(861)に内蔵少属(さかん)，寛平 10 年(898)に三河介．従五位下．　227, 870, 946

さ・し・せ・そ

左大臣　→時平

采女　→近江采女

三国町《みくにのまち》　紀．贈大納言名虎の娘種子．有常の妹．仁明天皇の后．常康親王・貞登の母．惟喬親王の母静子と藤原敏行の母の姉妹．更衣．または文徳天皇の皇子惟喬親王の娘とも．152

三条町《さんじょうのまち》　→静子

讃岐《さぬき》　安倍．清行(寛平 6 年に讃岐守)の娘．1055

屎《くそ》　源．久曾とも．作(つくる)の娘．　1054

時平《ときひら》　藤原．貞観 13 年(871)生，延喜 9 年(909)没．関白太政大臣基経の子．母は，仁明天皇の皇子人康親王の娘．左大臣仲平の兄．侍従，蔵人頭，左大臣．贈正一位太政大臣．本院大臣，中御門左大臣，単に左大臣とも称される．光孝天皇が，元服の加冠の役を務めた．『三代実録』『延喜式』の撰に加わる．(左大臣) 230, 1049

滋蔭《しげかげ》　小野．寛平 8 年(896)没．大蔵少丞，掃部頭(かもんのかみ)．従五位下．　430

滋春《しげはる》　在原．業平の子．在次の君と称される．六位内舎人．『大和物語』(144 段)に見え

る.　355, 372, 424, 451, 465, 862

実《さね》　源. 昌泰 3 年(900)没. 嵯峨天皇の孫の参議舒の子. 左兵衛少尉, 蔵人, 信濃守. 従五位上.　388

秀崇《ひでおか》　良岑. 元慶 3 年(879)に文章生, 寛平 8 年(896)に伯耆守. 従五位下.　379

秋岑《あきみね》　紀. 武内宿禰の子孫という美濃守善峰の子か. 無官六位か.　158, 324

淑人《よしひと》　紀. 中納言長谷雄の子. 淑望の弟. 延喜 9 年(909)に左近将監, のちに, 蔵人, 河内守. 従五位上.　1034

淑望《よしもち》　紀. まな序の作者. 延喜 19 年(919)没. 中納言長谷雄の子. 淑人の兄. 文章生, 秀才, 大学頭, 信濃権介. 従五位上.　251

春風《はるかぜ》　小野. 仁寿 4 年(854)に右衛門少尉, 元慶 2 年(878)に鎮守将軍に任ぜられ, 陸奥の蝦夷を征討する. 寛平 3 年(891)に讃岐権守. 正五位下.　653, 963

淳行《あつゆき》　伊香子. 伊香とも. 伝未詳.　373

小町《こまち》　小野. 仁明・文徳朝(833-858)ごろの人. 伝未詳. 六歌仙・三十六歌仙の一人. 『小町集』がある. 種々の伝承がある.　113, 552, 553, 554, 557, 623, 635, 656, 657, 658, 727, 782, 797, 822, 938, 939, 1030, 1104

小町姉《こまちのあね》　小野. 伝未詳.　790

承均《そく(ぞ)うく》　宋均とも. 元慶(877-885)ごろの人か. 伝未詳. 大和大掾某の子か.　75, 77, 924

勝延《しょうえん》　笠. 天長 4 年(827)生, 昌泰 4 年(901)没. 東大寺・延暦寺の僧. 真雅僧正の度縁により受戒. 少僧都.　831

勝臣《かちおん》　藤原. 右大臣内麿の孫越後介発生(《ちかよ》)の子. 元慶 7 年(883)に阿波権掾, のちに越後介. 従五位下.　255, 472, 999, 1102

常《ときわ》　源. 弘仁 3 年(812)生か, 仁寿 4 年(854)没. 嵯峨天皇の皇子. 母は更衣飯高氏. 兵部卿, 中納言, 左大臣. 正二位. 東三条左大臣と称される. (東三条左大臣) 36

常康親王《つねやすのみこ》　貞観 11 年(869)没. 仁明天皇の皇子. 母は贈大納言紀名虎の娘更衣種子. 文徳天皇・光孝天皇の弟. 嘉祥 4 年(851)に出家, 雲林院宮と称される. (雲林院親王) 781

岑雄《みねお》　上野(《かむつけの》). 承和(834-848)ごろの人か.　832

神退《しんたい》　近江国滋賀郡の人という.　925

真静《しんせ(ぜ)い》　河内国の人という. 御導師.　453, 921

深養父《ふかやぶ》　清原. 豊前介房則の子. または房則の祖父備後守通雄の子とも. 延喜 8 年(908)に内匠允, のちに内蔵大允, 延長 8 年(930)に従五位下. 『深養父集』がある. 清少納言の曾祖父または祖父.　129, 166, 300, 330, 378, 429, 449, 581, 585, 603, 613, 665, 685, 698, 967, 1021, 1042

人真《ひとざね》　酒井. 延喜 17 年(917)没. 左大史, 土佐守.　743

仁和帝　→光孝天皇

是則《これのり》　坂上(《さかのうえの》). 田村麻呂 4 代の孫好蔭の子. 外記・石見守望城(茂材とも)の父. 延喜 8 年(908)に大和権少掾, のちに大内記を経て, 延長 2 年(924)に加賀介. 従五位下. 蹴鞠の名手という. 三十六歌仙の一人. 『是則集』がある.　267, 302, 325, 332, (362), 590, 826, 932

清行《きよゆき》　安倍. 天長 2 年(825)生, 昌泰 3 年(900)没. 大納言安仁の子. 讃岐の父. 文章生, 侍従, 蔵人, 讃岐守. 従四位上.　456, 556

清樹《きよき》　橘. 昌泰 2 年(899)没. 遠江守数雄の子. 阿波守, 河内守. 従五位下.　655

聖宝《しょうぼう》　延喜 9 年(909)没. 真雅僧正の弟子. 東大寺別当, 僧正. 光仁天皇の皇子春日親王の後裔という.　468

静子《せいし(しずこ)》　紀. 贈大納言名虎の娘. 文徳天皇の后. 惟喬親王の母. 有常・三国町・藤原敏行の母の姉妹. 更衣. 三条町と称される. (三条町) 930

千古母《ちふるのはは》　小野. 道風の妻または娘か.　368

千里《ちさと》　大江. 平城天皇の皇子阿保親王の曾孫という. 参議音人(《おとんど》)の子. または少納言玉淵の子とも. 大学学生. 昌泰 4 年(901)に中務少丞, 延喜 3 年(903)に大丞. 寛平 6 年(894), 『句題和歌』(『大江千里集』とも)を奉る.　14, 155, 193, 271, 467, 577, 643, 859, 998, 1065

前太政大臣　→良房

素性《そせい》　良岑. 桓武天皇の皇子安世の孫. 蔵人頭宗貞(僧正遍昭)の子. 俗名を玄利(《はるとし》), 良因(《よしより》)朝臣とも. 出家して, 雲林院に住む. 寛平 8 年(896)の宇多天皇雲林院行幸の日に権律師となる. のちに, 石上の良因院に移るか. 三十六歌仙の一人. 能書家として知られ, 屏風を書いた. 『素性集』がある.　6, 37, 47, 55, 56, 76, 92, 95, 96, 109, 114, 126, 143, 144, 181, 241, 244, 273, 293, 309, 353, 354, 356, (357), 421, 470, 555, 575, 691, 714, 722, 799, 802, 803, 830,

947, 1012
宗于《むねゆき》　源．天慶２年(939)没．光孝天皇の孫．是忠親王の子．丹波権守，右京大夫．正四位下．三十六歌仙の一人．『宗于集』がある．24, 182, 315, 624, 788, 801
宗貞　→遍昭

た・ち・て・と

大輔《たいふ》　源．延喜(901–923)ごろの人か．但馬守弼(たすく)の娘．1056
大頼《おおより》　宗岳．算博士．伝未詳．591, 979
中興《なかき》　平．延長８年(930)没．光孝天皇の曾孫．内膳正忠望王の子．または右大弁季長の子とも．蔵人，文章生，大内記，美濃権守．従五位上．1048, 1050
仲平《なかひら》　藤原．貞観17年(875)生，天慶８年(945)没．関白太政大臣基経の子．母は仁明天皇の皇子人康親王の娘．贈太政大臣時平の弟．侍従，蔵人頭，左大臣．正二位．枇杷大臣(びわのおとど)とも称される．宇多天皇が，元服の加冠の役を務めた．748
仲麿《なかまろ》　安倍(阿倍とも)．文武２年(698)生か，宝亀元年(770)没．中務大輔船守の子．霊亀２年(716)，遣唐留学生に選ばれ，翌年入唐．唐の玄宗に仕え，光禄大夫などの官職につき，李白などと交渉があった．唐名は朝衡．天平勝宝５年(753)，遣唐大使藤原清河とともに帰国する途中，安南に漂着し，かろうじて唐に戻り，そこで没した．潞洲(ろしゅう)大都督の称号を贈られる．承和３年(836)贈正二位．406
忠《ほどこす》　源．恵とも．延長９年(931)没．嵯峨天皇の皇子弘の孫．但馬守弼(たすく)の子．主殿助(とのものすけ)，丹波守．正五位下．463
忠行《ただゆき》　藤原．延喜６年(906)没．近江守有貞の子．母は贈大納言紀名虎の娘．土佐掾，若狭守．従五位下．680
忠岑《ただみね》　壬生．忠峰とも．撰者の一人．従五位下安綱の子．忠見(忠実とも)の父．泉大将藤原定国の随身，左近衛番長などを経て，右衛門府生．のちに，摂津権大目(さかん)か．六位．天慶８年(945)に，『和歌体十種』(『忠岑十体』とも)を撰んだといわれる．三十六歌仙の一人．『忠岑集』がある．11, 157, 163, 183, 194, 214, 235, 236, 258, 263, 296, 306, 327, 328, (361), 425, 462, 478, 566, 586, 592, 601, 602, 609, 625, 628, 835, 836, 839, 841, 843, 917, 928, 1003, 1004, 1036
忠臣《ただおん》　菅野．元慶３年(879)に中宮大進．従五位下．809
忠房《ただふさ》　藤原．延長６年(928)没．信濃掾是嗣の子．播磨権少掾，蔵人，遣唐判官，山城守．正五位下．笛の名手で，「胡蝶楽」を作ったといわれる．196, 576, 914, 993
長盛《ながもり》　橘．尾張守秋実の子．母は従五位下秋篠氏成の娘．式部大輔直幹(なおもと)の父．寛平９年(897)に大膳少進(だいぜんのしょうじょう)，延喜26(延長４か)年(926)に長門守．従五位下．927
朝康《あさやす》　文屋．康秀の子．寛平４年(892)に駿河掾，延喜２年(902)に大舎人大允(おおとねりだいじょう)．225
直子《なおいこ》　藤原．貞観16年(874)に従五位下，延喜２年(902)に正四位下．典侍．807
定文　→貞文
定方《さだかた》　藤原．貞観18年(876)生か．承平２年(932)没．贈太政大臣高藤の子．母は宮内大輔宮道弥益の娘引子．宇多天皇の后胤子(たねこ)と同腹，堤中納言兼輔は従兄弟．内舎人，右大臣兼右近衛大将．贈従一位．三条右大臣と称される．『三条右大臣集』がある．231
貞樹《さだき》　小野．天武天皇の孫長屋王の曾孫の従五位上石見王(いわみのおおきみ)の子か．嘉祥２年(849)に春宮少進(とうぐうのしょうじょう)，貞観２年(860)に肥後守．従五位上．783, 937
貞文《さだふん》　平．定文とも．延長元年(923)没．桓武天皇の皇子仲野親王の曾孫．右近衛権中将好風の子．内舎人，侍従，三河権介．従五位上．平中と称される．延喜5, 6年(905, 906)に貞文家で歌合を主催する．『平中物語』の主人公に擬せられる．238, 242, 279, 666, 670, 823, 964, 965, 1033
当純《まさずみ》　源．文徳天皇の皇子右大臣能有の子．寛平６年(894)に太皇太后宮少進(しょうじょう)，延喜３年(903)に少納言．従五位上．12
東三条左大臣　→常
棟梁《むねやな》　在原．寛平10年(898)没．業平の子．東宮舎人，蔵人，筑前守．従五位上．『棟梁集』かとされる古筆切が伝存する．15, 243, 902, 1020
登《のぼる》　貞．仁明天皇の皇子．光孝天皇の弟．母は更衣三国町．承和(834–848)初年に源姓を賜わったが，母の過失により出家．法名は，深寂．のちに還俗して，貞姓を賜わる．貞観14年(872)に土佐守，寛平５年(893)に紀伊権守．正五位下．769

道真《みちざね》　菅原．承和12年(845)生，延喜3年(903)没．参議是善の子．母は伴氏．文章生，得業生，文章博士，のちに右大臣．寛平6年(894)遣唐使に任ぜられ，建議して廃止する．昌泰4年(901)，藤原時平に中傷され，大宰権帥に左遷．贈正一位太政大臣．大宰府天満宮，北野天神に祭られる．菅家・菅公・菅丞相と称される．『新撰万葉集』(『菅家万葉集』とも)の撰者と伝えられる．『菅家文草』『菅家後集』がある．『三代実録』『類聚国史』などの撰に加わる．（菅原朝臣）272, 420

篤行《あつゆき》　平．延喜10年(910)没．光孝天皇の孫興我王の子．文章生，筑前守兼大宰少弐．従五位上．447

に・の

二条《にじょう》　源．右京大夫至の娘．986

二条后　→高子

能有《よしあり》　源．承和12年(845)生，寛平9年(897)没．文徳天皇の皇子．母は伴氏．侍従，右大臣．贈正一位．近院右大臣・近院大臣と称される．（近院右大臣）737, 848, 869

は・ひ・へ・ほ

白女《しろめ》　参議大江音人の子の少納言玉淵の娘，または，源告(つぐる)の娘という．摂津国江口の遊女．387

美材《よしき》　小野．良樹とも．延喜2年(902)没．参議篁の孫．大内記伊予介俊生(俊生とも)の子．文章生，信濃権介．従五位下．229, 560

敏行《としゆき》　藤原．昌泰4年(901)または延喜7年(907)没とも．陸奥出羽按察使富士麿の子．母は贈大納言紀名虎の娘．少内記，大内記，蔵人頭，右兵衛督．従四位上．能書家としても知られ，屏風を書いた．三十六歌仙の一人．『敏行集』がある．169, 197, 218, 228, 239, 257, 269, 295, 422, 423, 558, 559, 578, 617, 639, 874, 903, 1013, 1100

平城帝《ならのみかど》　平城天皇をさす場合と，他の場合とがあり，説が分れる．

平城天皇《へいぜいてんのう》　宝亀5年(774)生，天長元年(824)崩．桓武天皇の皇子．母は贈太政大臣藤原良継の娘の皇太后乙牟漏(おとむろ)．大同元年(806)5月即位，同4年(809)4月譲位．薬子の乱をひき起こし，弘仁元年(810)出家．平城帝・奈良帝(ならのみかど)と称される．（平城帝）90

兵衛《ひょうえ》　藤原．高経(寛平2年に右兵衛督)の娘．右京大夫藤原忠房の妻．455, 789

遍昭《へんじょう》　良岑．遍照とも．俗名は宗貞．弘仁7年(816)生か，寛平2年(890)没．桓武天皇の孫．大納言安世の子．左近少将，蔵人．従五位上．嘉祥3年(850)，仁明天皇の崩御により出家．比叡山に登り，円仁・円珍に天台を学ぶ．元慶寺(花山寺)を創設し，座主となる．僧正．良僧正・花山僧正と称される．六歌仙・三十六歌仙の一人．『遍昭集』がある．27, 119, 165, 226, 248, 292, 348, 392, 394, 435, 770, 771, 847, 1016;（宗貞）91, 872, 985

凡山茂　→あやもち

ま・め・も

万雄《よろずお》　難波．伝未詳．374

名実《なざね》　矢田部．昌泰3年(900)没．文章生，大内記．444

茂行《もちゆき》　紀．望行とも．貫之の父．有朋の兄弟．承和(834–848)ごろの人という．850

ゆ

友則《とものり》　紀．撰者の一人となるが，完成以前に没したとみられる．宮内少輔有朋の子．貫之の従兄弟．寛平9年(897)に土佐掾，延喜4年(904)に大内記．三十六歌仙の一人．『友則集』がある．13, 38, 57, 60, 84, 142, 153, 154, 177, 207, 265, 270, 274, 275, 337, (359), 405, 431, 437, 438, 440, 442, 561, 562, 563, 564, 565, 593, 594, 595, 596, 607, 615, 661, 667, 668, 684, 715, 753, 787, 792, 827, 833, 854, 876, 991

有季《ありすえ》　文屋．有材とも．伝未詳．997

有助《ありすけ》　御春．有輔とも．延喜2年(902)に左衛門権少志(さかん)，同12年(912)に権少尉(じょう)．藤原敏行の家人で河内国の人という．629, 853

有常《ありつね》　紀．弘仁6年(815)生，貞観19年(877)没．贈大納言名虎の子．左兵衛大尉(じょう)，少納言，雅楽頭(うたのかみ)，周防権守．従四位下．419

有常娘《ありつねのむすめ》　紀．在原業平の妻．784

有朋《ありとも》　紀．有友とも．元慶4年(880)没．友則の父．内舎人，宮内少輔(くないのしょう)．従五位下．66, 1029

幽仙《ゆうせん》　藤原．幽仁とも．承和3年(836)生，昌泰3年(900)没．右近将監宗道の子．律師，延暦寺別当．393, 395

雄宗《おむね》　下野．伝未詳．728

融《とおる》　源．弘仁13年(822)生，寛平7年(895)没．嵯峨天皇の皇子．母は正五位下大原金子(全子とも)．相模守，左大臣．従一位．河原左大臣・河原大臣と称される．（河原左大臣）724, 873

り・れ・ろ

利春《としはる》　高向．寛平2年(890)に刑部丞，延長6年(928)に甲斐守．従五位下．450

利貞《としさだ》　紀．元慶5年(881)没．貞守の子．少内記，大内記，阿波介．従五位下．136, 369, 370, 446

陸奥《みちのく》　橘．石見権守葛直の娘．992

良香《よしか》　都．本名は言道．承和元年(834)生，元慶3年(879)没．主計頭《かずえのかみ》桑原貞継の子．文章生，文章博士，少内記，侍従．従五位下．『文徳実録』の編集に参加．466

良樹　→美材

良房《よしふさ》　藤原．延暦23年(804)生，貞観14年(872)没．贈太政大臣冬嗣の子．母は阿波守真作の娘尚侍美都子．蔵人，大学頭，摂政太政大臣．贈正一位．忠仁公と称される．（前太政大臣）52

良名《よしな》　物部．吉名とも．伝未詳．955

列樹《つらき》　春道．延喜20年(920)没．主税頭《ちからのかみ》新名宿禰の子．文章生，壱岐守．303, 341, 610

寵《うつく(ちょう)》　源．内蔵《くら》の誤写とも．大納言定の孫．大和守精の娘．従五位上．376, 640, 742

詞書等人名索引

1)　この索引は，『古今和歌集』の詞書・左注等に見える人物について，簡単な略歴を記し，該当する歌番号を示したものである．なお，歌を召す人や歌を奉られる人が誰であるか明示されていないような場合も，その人物名を掲出した．

2)　名前の標示・表記・配列その他は，作者名索引の場合と同様である．

3)　作者名索引に重出する人物の説明は省略し，記述の末尾に「→作者」と付記した．

い	伊 衣 惟 允		深 人 仁	ひ	敏
う	宇 雲	す	水	ふ	文
お	温 穏	せ	是 清 千 染 前	へ	平 並 遍
か	河 貫 閑 寛	そ	宗	ほ	保 法 本
き	基 躬 業 近	た	大 醍	ま	満
く	堀	ち	中 仲 忠	め	明
け	経 継 慧 兼 元	て	定 亭 帝 貞 天 田	ゆ	友 右 有 融
こ	五 後 公 光 后 高 康	と	東 敦	よ	陽
	篁 国 黒 今	な	内	り	利 竜 良
さ	斎 三	に	二 日	れ	列
し	時 滋 式 七 実 朱 春	の	能		
	淳 順 小 承 昇 常 真	は	班		

い・う・お

伊勢父《いせのちち》　→継蔭

伊豆内親王《いとないしんのう》　（業平朝臣母皇女）900．→作者

衣通姫《そとおりひめ》　1110．→作者

惟岳《これおか》　藤原．伝未詳．贈太政大臣長良の孫，右兵衛督高経の子か．大宰少弐．従五位下．390

惟喬親王《これたかのみこ》　418, 419, 854, 884, 970．→作者

允恭天皇《いんぎょうてんのう》　仁徳61年(373)または仁徳64年(376)生，允恭42年(453)崩．仁徳天皇の皇子．母は磐姫皇后．皇后大中姫の妹弟姫(衣通姫)を寵愛した．『万葉集』巻2・90左注に名が見える．（帝）1110

宇治橋姫《うじのはしひめ》　宇治橋を守る女神．清輔の『奥義抄』下，顕昭の『袖中抄』巻8などをはじめとして，種々の説話がある．宇治玉姫とも．

689

宇治玉姫《うじのたまひめ》 宇治橋姫と同じか. 689

宇多天皇《うだてんのう》 貞観9年(867)生, 承平元年(931)崩. 光孝天皇の皇子. 母は桓武天皇の皇子仲野親王の娘皇太后班子女王. 諱は定省(さだみ). 仁和3年(887)に即位. 寛平9年(897)に譲位. 昌泰2年(899)に出家. 朱雀院・亭子院・六条院・宇多院・寛平法皇・仁和寺法皇と称される. 多くの詩宴・歌合を主催し, 亭子院歌合で判者も勤め,『新撰万葉集』『句題和歌』の撰進を命ずるなど,『古今和歌集』撰集の基盤を作る.『大和物語』に逸話がみえる.『寛平御記』『亭子院御集』がある. (寛平) 12, 24, 46, 60, 92, 101, 116, 118, 131, 153, 177, 178, 212, 238, 243, 264, 269, 271, 272, 301, 310, 326, 340, 558, 639, 661, 688, 715, 802, 809, 874, 902, 903, 993, 998, 1020, 1031; (朱雀院) 230, 420, 439, 927; (亭子院) 68, 89, 134, 305; (法皇) 919, 920, 1067; 279

雲林院親王 →常康親王

温子《おんし(よしこ)》 藤原. 貞観14年(872)生, 延喜7年(907)没. 関白太政大臣基経の娘. 時平の妹. 仲平・忠平・穏子の姉. 宇多天皇の后. 敦慶親王の妻均子内親王の母. 皇太后. 七条后・七条中宮・東七条后・東七条院と称される. 伊勢が仕えた. (七条中宮) 968; (七条后) 1006

穏子《おんし(やすこ)》 藤原. 仁和元年(885)生, 天暦8年(954)没. 関白太政大臣基経の娘. 醍醐天皇の后. 保明親王・朱雀天皇・村上天皇の母. 太皇太后. 364

か・き・く・け・こ

河原左大臣, 河原大臣 →融

貫之《つらゆき》 紀. 914. →作者

閑院五皇女《かんいんのごのみこ》 857. →作者

寛平(御時) →宇多天皇

寛平御時后宮 →班子女王

基経《もとつね》 藤原. 承和3年(836)生, 寛平3年(891)没. 贈太政大臣長良の子. 摂政太政大臣良房の養子. 母は贈太政大臣総継の娘. 蔵人, 関白太政大臣. 昭宣公・堀河殿・堀河大臣・堀河太政大臣と称される.『文徳実録』の撰者. (堀川大臣) 349; (堀川太政大臣) 831

躬恒《みつね》 凡河内. 880. →作者

躬恒母《みつねのはは》 伝未詳. (母) 840

業平《なりひら》 在原. 617, 645, 705, 706, 784, 900; (人) 62. →作者

業平妻《なりひらのつま》 伝未詳. (妻) 868

業平妻の妹《なりひらのつまのおとうと》 伝未詳. (妻のおとうと) 868

業平朝臣母皇女 →伊豆内親王

近院右大臣 →能有

近江采女《おうみのうねめ》 664, 702, 703, 1108, 1109. →作者

堀川大臣, 堀川太政大臣 →基経

経也《つねなり》 良岑. 伝未詳. 貞観17年(875)5月19日没の経世(『三代実録』)の誤りか. 356

経也娘《つねなりのむすめ》 良岑. 伝未詳. 356

継蔭《つぎかげ》 藤原. 北家内麿の4世の孫. 伊勢守・大和守などを歴任. 伊勢の父. (父) 780

慧子皇女《あきらけい(き)このみこ》 元慶5年(881)没. 文徳天皇の皇女. 母は従五位上春宮亮藤原是雄の娘列子. 賀茂の斎院. 天安元年(857)に, 斎院を廃される. 885

慧子皇女母 →列子

兼覧王《かねみのおおきみ》 399. →作者

元慶 →陽成天皇

五条后宮 →順子

後蔭《のちかげ》 藤原. 385. →作者

公利《きみとし》 藤原. 北家魚名(うおな)の5世の孫. 母は筑前介藤原有孝女. 従四位下. 延喜10年(910)ごろ, 備中介. 376

光孝天皇《こうこうてんのう》 (仁和) 21, 108, 114, 248, 347, 348, 396, 1085. →作者

后宮 →高子; →班子女王

高経《たかつね》 藤原. 寛平5年(893)没. 贈太政大臣長良の子. 母は贈太政大臣総継の娘. 基経の弟. 内蔵頭, 左中弁, 右兵衛督. 正四位下. 849

高子《たかいこ》 藤原. (二条后)4, 8, 293, 445, 871; (后宮) 351. →作者

高津内親王《たかつのみこ》 承和8年(841)没. 桓武天皇の皇女. 母は従三位坂上苅田麿の娘従五位下全子. 大同4年(809)に嵯峨天皇の妃となり, 三品を授けられたが, まもなく廃された. 業良親王の母. 959

康秀《やすひで》 文屋. 938. →作者

篁妹《たかむらのいもうと》 小野. 伝未詳. (妹) 829

国経《くにつね》 藤原. 869. →作者

黒主《くろぬし》 大伴. 899. →作者

今上 →醍醐天皇

さ・し・す・せ・そ

斎院 →慧子皇女

斎宮《さいぐう》 誰をさすか不明. 文徳天皇の皇女恬

子(てんし)内親王とする説がある． 645

三善《みよし》 藤原．伝未詳． 355

時春《ときはる》 在原．業平の孫．滋春の子． 355

滋春母《しげはるのはは》 文徳天皇の皇女斎宮恬子内親王とも，藤原良相の娘染殿内侍ともいわれる． 862

式部卿親王 →敦慶親王

七条后，七条中宮 →温子

実《さね》 源． 387, 389. →作者

朱雀院(帝) →宇多天皇

春宮(東宮とも) →保明親王；→陽成天皇

淳和天皇《じゆんわ(な)てんのう》 延暦5年(786)生，承和7年(840)崩．桓武天皇の皇子．母は贈太政大臣藤原百川(ももかわ)の娘贈皇太后旅子．諱は大伴．兵部卿•治部卿•中務卿を経て，弘仁元年(810)に皇太弟．弘仁14年(823)に即位．天長10年(833)に譲位．勅撰三詩集時代の代表的詩人．『経国集』『新撰格式』『秘府略』『令義解』の編纂を命ずる． (諒闇) 845

順子《じゆんし》 藤原．大同4年(809)生か，貞観13年(871)没．贈太政大臣冬嗣の娘．仁明天皇の后．文徳天皇の母．太皇太后．五条后と称される． (五条后宮) 747

小町《こまち》 小野． 556. →作者

承和 →仁明天皇

昇《のぼる》 源．延喜18年(918)没．左大臣融の子．延喜8年(908)に中納言，のちに大納言．河原大納言と称される． 740

常康親王《つねやすのみこ》 (雲林院親王) 95, 394. →作者

真静《しんせ(せ)い》 556. →作者

深草帝 →仁明天皇

人麿《ひとまろ》 柿本．天武•持統•文武朝(672–707)の歌人．『万葉集』に約370首の歌が収載．大伴家持は，「山柿の門」と赤人(異説も)と並び称し，『古今和歌集』のかな序でも，赤人とともに「歌の仙」と賞する．歌道の世界で神格化され，歌神と崇められる．三十六歌仙の一人． 135, 211, 334, 409, 621, 671, 907, 1003

仁明天皇《にんみよう(めい)てんのう》 弘仁元年(810)生，嘉祥3年(850)崩．嵯峨天皇の皇子．母は贈太政大臣橘清友の娘皇后嘉智子．天長10年(833)に即位．諱は正良．承和帝•深草帝と称される． (諒闇) 845, 847; (深草帝) 846, 847; (承和) 1082

仁和(帝) →光孝天皇

仁和中将《にんなのちゆうじよう》 誰をさすか不明． 108, 114

仁和中将御息所《にんなのちゆうじようのみやすんどころ》 誰をさすか不明． 108, 114

仁和帝をば《にんなのみかどのおば》 誰をさすか不明． 348

水尾(帝) →清和天皇

是貞親王《これさだのみこ》 延喜3年(903)没．光孝天皇の皇子．母は桓武天皇の皇子仲野親王の娘皇太后班子女王．宇多天皇の兄．三品．左中将，大宰帥．『二宮歌合』(『是貞親王家歌合』とも)を主催． 189, 193, 197, 207, 214, 218, 225, 228, 239, 249, 257, 263, 266, 270, 278, 295, 306, 582

清樹《きよき》 橘． 654. →作者

清生《きよふ》 藤原．左大臣魚名の曾孫の大和守春岡の子か．大和守．従五位下． 369

清友《きよとも》 橘．諸兄の孫．嵯峨天皇の后嘉智子(かちこ)の父．仁明天皇の外祖父．贈太政大臣．正一位． 125

清和天皇《せいわてんのう》 嘉祥3年(850)生，元慶4年(880)崩．文徳天皇の皇子．母は摂政太政大臣藤原良房の娘太皇太后明子．諱は惟仁．天安2年(858)に即位．貞観18年(876)に譲位．水尾帝と称される．良房が臣下で初めて摂政となる．『貞観格式』の編纂を命ずる． (貞観) 255, 997; (水尾) 1083, 1105

千古《ちふる》 小野．伝未詳． 368

千古《ちふる》 大江．延長2年(924)没．参議音人の子．千里の弟．式部大輔，伊予権守．従四位下．江九と称される．醍醐天皇の侍読(じどく)となり，『白氏文集』を講ずる． 391

千古母《ちふるのはは》 小野． (母) 368. →作者

染殿后 →明子

前大臣《さきのおおいもうちぎみ》 誰をさすか不明． 866

前太政大臣 →良房

宗定《むねさだ》 紀．伝未詳． 377

た・ち・て・と

大直日神《おおなおびのかみ》 伊弉諾尊(いざなぎのみこと)が黄泉国(よみのくに)から脱出し，身の穢れを祓った時に生まれたと伝えられる．悪事を善事に転じる神．「大直毘神」「大直日命」とも． (大直日) 1069

大頼《おおより》 宗岳． 978. →作者

醍醐天皇《だいごてんのう》 元慶9年(885)生，延長8年(930)崩．宇多天皇の皇子．母は贈太政大臣藤原高藤の娘贈皇太后胤子．諱は敦仁．寛平9年(897)に即位．延長8年(930)に譲位．同年出家．延喜帝と称される．『三代実録』『延喜式』『古今和歌集』等の編纂を命じる．『延喜御集』がある． 22, 25, 59, 161, 342, 397, 1000, 1002, 1003; (今上) 1086

中務親王　→敦慶親王
仲平《なかひら》　藤原.　780. →作者
仲麿《なかまろ》　安倍.　406. →作者
忠岑姉《ただみねのあね》　壬生. 伝未詳.　836
忠岑父《ただみねのちち》　壬生. 従五位下安綱.　(父) 841
忠房《ただふさ》　藤原.　837. →作者
定国《さだくに》　藤原. 貞観 9 年(867)生, 延喜 6 年(906)没. 贈太政大臣高藤の子. 母は宮内大輔宮道弥益の娘. 尚侍満子の兄. 蔵人, 右大将, 大納言. 従三位. 泉大将と称される. 四十賀は, 延喜 5 年(905) 2 月のことである. (右大将藤原朝臣) 357
亭子院　→宇多天皇
帝　→允恭天皇
貞観(御時)　→清和天皇
貞辰親王《さだときのみこ》　延長 7 年(929)没. 清和天皇の皇子. 母は関白太政大臣基経の娘女御佳珠子(かずこ). 四品.　350, 369
貞辰親王をば《さだときのみこのおば》　誰をさすか不明.　350
貞保親王《さだやすのみこ》　貞観 12 年(870)生, 延長 2 年(924)没. 清和天皇の皇子. 母は贈太政大臣藤原長良の娘皇太后高子. 二品. 式部卿. 南院式部卿宮・南宮・桂親王と称される. 管絃・神楽の名手. 横笛の譜『南竹譜』(『南宮譜』)がある(逸書).　351
天照大神《あまで(て)らすおおみかみ》　伊弉諾尊が黄泉国から脱出し, 禊をしたとき, 左の目を洗って化生した神. 太陽神.「天照大御神」「天照坐皇大神」「大日孁貴」「天照大日孁尊」「天照日女之命」「指上日女之命」「安麻泥良須可未」「阿麻天留也比留女乃加見」「日神」とも. (日霊女)1080
天帝《あめのみかど》　どの天皇をさすか不明.　702, 703, 1108
田村(帝, 御時)　→文徳天皇
東宮(春宮とも)　→保明親王; →陽成天皇
東人《あずまひ(び)と・あずまと》　中臣. 意美麻呂(おみまろ)の子. 和銅 4 年(711)に従五位下. 式部少輔, のちに刑部卿. 従四位下.『万葉集』第三期の歌人.　720
敦慶親王《あつよしのみこ》　仁和 3 年(887)生, 延長 8 年(930)没. 宇多天皇の皇子. 母は贈太政大臣藤原高藤の娘贈皇太后胤子. 均子内親王・伊勢と婚す. 中務の父. 中務卿, 式部卿. 二品. 中務親王・式部卿親王・玉光宮と称される.『大和物語』などに恋物語が多く伝えられ,「好色無双之人」とされる. (式部卿親王) 857; (中務親王) 920

な・に・の

内侍のかみ　→満子
二条后　→高子
日霊女　→天照大神
能有《よしあり》　源.　(右大臣) 736. →作者

は・ひ・ふ・へ・ほ

班子女王《はんし(なかこ)にょおう》　昌泰 3 年(900)没. 光孝天皇の后. 桓武天皇の皇子仲野親王の娘. 宇多天皇の母. 皇太后. 洞院后と称される.『寛平御時后宮歌合』の主催者とされる. (寛平御時后宮) 12, 24, 46, 60, 92, 101, 116, 118, 131, 153, 178, 212, 243, 264, 271, 301, 326, 340, 558, 639, 661, 688, 715, 809, 902, 1020, 1031; (后宮) 874
敏行《としゆき》　藤原.　705, 833. →作者
文徳天皇《もんとくてんのう》　天長 4 年(827)生, 天安 2 年(858)崩. 仁明天皇の皇子. 母は贈太政大臣藤原冬嗣の娘太皇太后順子. 嘉祥 3 年(850)に即位. 諱は道康. 田村帝と称される. 御陵が山城国葛野(かどの)郡田村(京都市右京区太秦三尾町)にある.　(田村) 885, 930, 962
平城帝《ならのみかど》　90, 222, 283. →作者
並松《なんまつ》　礒神. 仁和 2 年(886)に, 従七位から従五位下に昇叙される. 石上神宮の神主といわれる.　870
遍昭《へんじょう》　良岑.　74, 227, 248, 309, 347. →作者
遍昭母《へんじょうのはは》　伝未詳. 光孝天皇の乳母か.　248
保明親王《やすあきらのみこ》　文彦親王とも. 延喜 3 年(903)生, 延喜 23 年(923)没. 醍醐天皇の皇子. 母は関白太政大臣藤原基経の娘太皇太后穏子. 延喜 4 年(904)立太子.　(春宮) 364
法皇　→宇多天皇
本康親王《もとやすのみこ》　延喜元年(901)没. 仁明天皇の皇子. 母は贈大納言紀名虎の娘更衣種子とも, 参議滋野貞主の娘女御縄子とも. 一品. 式部卿. 八条宮と称される. 薫物の名人として知られる.　352

ま・め

満子《まんし》　藤原. 貞観 16 年(874)生, 承平 7 年(937)没. 贈太政大臣高藤の娘. 大納言定国・宇多天皇の后胤子の妹. 延喜 7 年(907)に尚侍. 贈正一位.　(内侍のかみ) 357
明子《あきらけいこ》　藤原. 天長 6 年(829)生, 昌泰 3 年(900)没. 摂政太政大臣良房の娘. 文徳天皇

の后．清和天皇の母．太皇太后．染殿后と称される．（染殿后）52

に出家．諱は貞明．（春宮）8, 293, 445, 871;（元慶）1084

ゆ・よ

友則《とものり》　紀．　838. →作者

友則父《とものりのちち》　→有朋

右大将藤原朝臣　→定国

右大臣　→能有

有常《ありつね》　紀．　784. →作者

有常娘《ありつねのむすめ》　紀．　784. →作者

有朋《ありとも》　紀．　854. →作者

融《とおる》　源．（河原大臣）848;（河原左大臣）852. →作者

陽成天皇《ようぜいてんのう》　貞観 10 年(868)生，天暦 3 年(949)崩．清和天皇の皇子．母は贈太政大臣藤原長良の娘皇太后高子．貞観 19 年(877)に即位．元慶 8 年(884)に譲位．天暦 3 年(949)

り・れ

利基《としもと》　藤原．寛平年中(889–898)に没．贈太政大臣冬嗣の孫．内舎人良門の子．母は飛鳥部名村の娘．贈太政大臣高藤の兄．堤中納言兼輔の父．右中将．従四位上．贈正一位．853

利貞《としさだ》　紀．　969. →作者

竜田姫《たつたひめ》　竜田神社の祭神で，秋を掌る女神．298

良房《よしふさ》　藤原．（前太政大臣）7, 830. →作者

列子《れつし》　藤原．従五位上春宮亮是雄の娘．慧子皇女の母．文徳天皇の后．（慧子皇女母）885

引用中国詩人一覧

以下には，『古今和歌集』の脚注で，名前をあげて言及した中国の詩人を時代順に列挙し，該当する歌番号を付した．

（楚）	宋玉	184
（魏）	阮籍	224
（晋）	陶淵明	274
（宋）	孝武帝	168
	鮑照	257, 781
（梁）	何遜	332
	庾仲容	694
	簡文帝	334
	王筠	334
（北周）	庾信	208, 211
（陳）	陳後主	12
（初唐）	太宗	9, 206
	明皇(玄宗)	30
	許敬宗	180
	李嶠	23
	劉希夷	28, 42, 57, 90, 97, 98, 747
（盛唐）	孟浩然	169, 225
	李白	31, 69, 145, 250
	杜甫	265, 464, 466
（中唐）	李益	4
	盧仝	34
	元稹	34, 39, 41, 830
	白居易(白楽天)	1, 4, 8, 11, 12, 15, 16, 18, 26, 30, 36, 40, 57, 91, 93, 105, 111, 119, 128, 130, 132, 134, 135, 143, 148, 149, 156, 159, 165, 168, 184, 185, 189, 196, 210, 212, 232, 243, 249, 277, 294, 301, 309, 310, 340, 341, 342, 355, 365, 384, 400, 411, 477, 546, 616, 731, 746, 747, 830, 833, 835, 837, 846, 851, 879, 889, 902
（晩唐）	温庭筠	26
	高蟾	8
	韓偓	373

地 名 索 引

1) この索引は，『古今和歌集』の巻第一から巻第二十および墨滅歌の本文と左注，仮名序および真名序に挙げられた地名に簡単な説明を加え，歌番号を示したものである．(仮名序・真名序の場合は頁と行を示す．例えば「仮1. 2」は「仮名序 1 頁 2 行目」を表す)

2) 見出し語は漢字で表記し，現代仮名遣いで振り仮名を付して五十音順に配列した．

3) 地名の表記は，底本に漢字表記のある場合はこれに従い，それ以外は原則として通行の漢字表記に従った．

(田村 緑)

あ 行

明石の浦《あかしのうら》　兵庫県明石市の海岸．万葉集に詠まれる．能因歌枕の播磨国にあげる．「明し」を掛ける．　409, 仮12. 5

安積の沼《あさかのぬま》　→陸奥の安積の沼《みちのくのあさかのぬま》

安積山《あさかやま》　福島県郡山市日和田，安積山公園のあたり．万葉集に詠まれる．　仮6. 4

浅間の山《あさまのやま》　長野県と群馬県との境にある火山．能因歌枕の信濃国にあげる(あさまのたけ．「あさまやま」は駿河国)．「あさまし」を出す．　1050

飛鳥河《あすかがわ》(あすかのかわ)　奈良県高市郡明日香村を流れ，大和川に注ぐ川．万葉集に詠まれる．能因歌枕の大和国・常陸国にあげる．「明日」を掛ける．速い・絶えず流れる・淵瀬が変わるのイメージで詠まれる．人の世の変わりやすさや，月日が早くたつたとえに用いられる．　284, 341, 687, 720, 933, 990, 仮17. 1

東(東国)《あずま》　範囲は一定しないが，集中では主に，近江国の逢坂の関から東の国をいい，東海・関東・東北地方を広く指した．東海道・東山道の総称．万葉集に詠まれる．　373, 377, 378, 379, 410, 413, 415, 594, 1087

東路《あずまじ》　東へ行く道をいう場合，東を通る道をいう場合，東の地方をいう場合がある．万葉集に詠まれる．　594

東路の小夜の中山《あずまじのさやのなかやま》　594. →小夜の中山

安達《あだち》　→陸奥の安達《みちのくのあだち》

穴師の山《あなしのやま》　→巻向の穴師の山《まきもくのあなしのやま》

阿武隈《あぶくま》　福島県から宮城県に流れ，仙台湾に注ぐ阿武隈川．能因歌枕の陸奥国にあげる(あふくまかは)．「霧」が景物．　1087

天浮橋《あまのうきはし》　神が天上界から地上に降りる場合に，天空に浮いて懸かり，地上への通路となった橋．　仮5. 1

天の河《あまのかわ》　大阪府枚方市を流れ，淀川に合流する天野川．能因歌枕の摂津国にあげる．天空の天の河との対比で詠まれる．　418

淡路島山《あわじしまやま》　兵庫県の淡路島．万葉集に詠まれる．能因歌枕にあげる(淡路国)．　911

阿波国《あわのくに》　徳島県．南海道の一国．万葉集に詠まれる．能因歌枕にあげる．　969

伊加賀崎《いかがさき》　大阪府枚方市伊加賀の淀川沿岸．滋賀県大津市石山の瀬田川沿岸とも．能因歌枕の河内国にあげる．　457

伊香保の沼《いかほのぬま》　群馬県の榛名湖(はるなこ)．万葉集に詠まれる．「いかに」を出す．　1003

石山《いしやま》　滋賀県大津市石山にある石山寺．奈良時代の末に，良弁僧正が開山し，平安時代には，多くの人が参詣した．能因歌枕の近江国にあげる．　256

泉河《いずみがわ》　山城(京都府の一部)の南部を流れ，淀川に合流する木津川．万葉集に詠まれる．能因歌枕の山城国にあげる．「いつ(何時)見」を掛ける．　408

和泉国《いずみのくに》　大阪府南部．畿内五国の一国．能因歌枕にあげる．　914

出雲国《いずものくに》　島根県東部．山陰道の一国．万葉集に詠まれる．能因歌枕にあげる．　仮5. 7, 5. 8, 真340. 3

伊勢国《いせのくに》　三重県の一部．東海道の一国．万葉集に詠まれる．能因歌枕にあげる．　509, 510, 645, 683, 1002, 1006, 1085, 1099

礒神(石上，磯神，磯上)《いそのかみ》　奈良県天理市の石上神宮のあたりから西方一帯の地．「布留」はその中にあり，「礒神布留」と言われる．万葉集に詠まれる．能因歌枕の大和国にあげ

る(ふるの社).「布留(川)」を出し,「古」「経る」を掛ける.「布留の中道」は,諸説があり一定しない.奈良から布留までの間にある道か.「なかなかに」を出す. 144, 679, 870, 886, 1022

礒神寺(石上寺)《いそのかみでら》 奈良県天理市の「礒上」にあったとされる.素性が住持した良因院を指すか. 144

礒神布留《いそのかみふる》 →礒神

井手《いで》 京都府綴喜郡井手町.橘諸兄が別荘を建てた.普通名詞とする説もある.「山吹」と「かはづ(蛙,あるいは,河鹿)」が景物. 125

因幡国《いなばのくに》 鳥取県東部.山陰道の一国.万葉集にみえる.能因歌枕にあげる. 365

因幡の山《いなばのやま》 鳥取県岩美郡国府町あたりの山.「去なば」を掛ける. 365

犬上の鳥籠の山《いぬがみのとこのやま》 滋賀県彦根市正法寺の正法寺山という.「床」を掛ける.「犬上」は,近江国犬上郡で,今の滋賀県犬上郡と彦根市.万葉集に詠まれる.能因歌枕の近江国にあげる. 1108

妹背の山《いもせのやま》 和歌山県伊都(いと)郡と那賀郡の境あたりに,紀ノ川(吉野川の下流)を隔てて向かい合っている「妹山」と「背山」をいう.大和国の吉野川の両岸にある山をいうとも.万葉集に詠まれる.能因歌枕の紀伊国にあげる.「妹背(男女)」の仲のたとえに用いられる. 828

宇治橋《うじばし》 京都府宇治市の宇治川に架かる橋.能因歌枕の山城国にあげる.大化2年(646)に僧道登により架けられたが,長い橋なので中途が破損流出することもあった.「憂し」を掛ける.古いもの,「中絶えて人も通わぬ」のたとえに用いられる.また,橋を守る「宇治の橋守」「宇治の橋姫」「宇治の玉姫」も詠まれた. 689, 825, 904

宇治山《うじやま》 京都府宇治市の喜撰山.「憂し」を掛ける. 983, 仮14. 4, 14. 6, 真344. 5

蒲生野《うねのの》 滋賀県近江八幡市,八日市市,安土町にわたる蒲生野(がもうの)の別称.万葉集にみえる(蒲生野《がもうの》). 1071

雲林院《うりんいん》 京都市北区紫野の大徳寺のあたりにあった天台宗の寺院.淳和天皇の離宮であったのを,常康親王が受け継ぎ,元慶寺の別院として遍昭に付属させた. 75, 77, 292

相坂(逢坂)《おうさか》, **相坂山**(逢坂山) 京都府と滋賀県の境にある逢坂山で,関所がおかれ,東国との境目とみなされた.「逢坂の関」は,大化2年(646)に設置されたといわれ,延暦14年(795)に一時廃止,天安元年(857)に再び設置されたが,まもなく廃絶したという.万葉集に詠まれる.能因歌枕の近江国にあげる.「逢ふ」を掛ける.「逢坂の関」は,「木綿(ゆう)つけ鳥」「岩清水」が景物.人を隔てるものとしても詠まれる. 374, 390, 473, 536, 537, 634, 740, 988, 1004, 1107, 仮16. 7

麻生の浦《おうのうら》 未詳.三重県多気郡大淀の浦とも,三重県鳥羽市の海岸ともいわれる.「生ふ」を掛ける.「梨」を伴って,「成し」「無し」を掛ける. 1099

近江国《おうみのくに》 滋賀県.東山道の一国.万葉集に詠まれる.能因歌枕にあげる.「逢ふ身」を掛ける. 369, 664, 702, 740, 1071, 1086, 1108

大荒木の森《おおあらきのもり》(おはらきのもり・おおはらきのもり) 奈良県五條市の荒木神社か.元来普通名詞とする説もある.万葉集に詠まれる.老いの孤独のたとえに詠まれる. 892

大井(大堰)《おおい》 312, 350. →大井河

大井河(大堰河)《おおいがわ》 保津川が,京都市西京区の嵐山の麓を流れる時の名称.かつては葛野(かどの)川と称したが,秦氏が大堰を設けたので,この名となる.また,大井(堰)川と桂川とを合わせて,「西川」とも称した.能因歌枕の山城国・若狭国にあげる.天皇の行幸地.「堰」を掛ける. 1106; (西河) 919, 1067

大沢の池《おおさわのいけ》 京都市右京区嵯峨大沢,大覚寺の東隣にある.もと嵯峨天皇の離宮の池.「菊」が景物. 275

大伴の御津《おおとものみつ》 「難波の御津」の古名,あるいは,別名か.万葉集に詠まれる. 894

大原野《おおはらの》(大原とも) 京都市西京区大原野の大原野神社のある一帯.大原野神社は,嘉祥3年(850)に,藤原冬嗣が氏神である奈良の春日明神を勧請して作った.藤原氏出身の后妃,貴紳が多数参詣した. 871

岡《おか》 福岡県遠賀(おんが)郡芦屋町か.普通名詞とする説もある.万葉集に詠まれる. 1072

興津の浜《おきつのはま》 大阪府泉大津市の海岸.「(思ひ)置きつ」を掛ける. 914

をきの井《おきのい》 未詳. 1104

隠岐国《おきのくに》 島根県の隠岐島.山陰道の一国.遠流の地であった. 407, 961

小倉山《おぐらやま》(おぐらのやま) 京都市右京区嵯峨.大井(堰)川北岸の山で,嵐山と対する.能因歌枕

の山城国・紀伊国にあげる．「小暗(し)」を掛ける．「鹿」が景物．　312, 439

小黒崎みつの小島《おぐろさきみつのこじま》　未詳．宮城県内の島か．能因歌枕の陸奥国にあげる(水のこしま)．「をぐろ」「見つ」を掛ける．　1090

小塩の山《おしおのやま》　京都市西京区大原野の大原野神社の西方の山．能因歌枕の山城国にあげる．「大原野神社」とのかかわりで詠まれた．　871

男山《おとこやま》　京都府八幡市の石清水八幡宮のある山．能因歌枕の山城国にあげる．「男」のイメージで詠まれ，「女」のイメージを持つ「女郎花」を配したりする．　227, 889, 仮10. 8

音羽河《おとわがわ》　京都市山科区にある音羽山に発し，山科で四ノ宮川と合流して山科川となる川．比叡山に発し，高野川に合流し，京都市左京区一乗寺を流れる川，東山区清水寺付近に発し，東山七条のあたりへ流れ，賀茂川に注いだという川も同名である．「音(噂)」のイメージで詠まれる．　749

音羽の滝《おとわのたき》　京都市山科区音羽山にあったという滝．左京区一乗寺(比叡山の西坂本)あたり(928・929番)，東山区の清水寺奥の院あたりにも同名の滝がある．能因歌枕の山城国・大和国にあげる．「音」を出す．　928, 929, 1003, 1109

音羽山《おとわやま》(おとわのやま)　京都市山科区にあり，逢坂の関の南に位置する．京都市東山区の東山三十六峰の一つである清水山も同名である．能因歌枕の山城国・近江国にあげる．「音」を出す．「ほととぎす」「風」などが景物．　142, 256, 384, 473, 664, 1002

小野《おの》　京都市左京区修学院から八瀬にかけての地か．　299, 970

小野の篠原《おののしのはら》　普通名詞とする説が多い．滋賀県野洲郡野洲町という説もある．「忍ぶ」を出す．　505

姨捨山《おばすてやま》　長野県埴科郡戸倉町と更級郡上山田町の境にある冠着(かむりき)山という．能因歌枕の信濃国にあげる．「姨捨て」を掛ける．棄老説話を生む．　878

か　行

甲斐嶺《かいがね》　甲斐国(山梨県)の山々とも，山梨・長野・静岡の三県の境にある白根山ともいう．能因歌枕の甲斐国にあげる(かひのしらね，かひかね)．　1097, 1098

甲斐国《かいのくに》　山梨県．東海道の一国．万葉集に詠まれる．能因歌枕にあげる．甲斐国への道を「甲斐路」といい，「行き交ひ路」「効(かひ)」を掛ける．　416, 862, 937, 1097

帰山《かえるやま》　福井県南条郡今庄町の旧帰村にある山か．万葉集に詠まれる．能因歌枕の越前国・摂津国にあげる．「帰る」を掛ける．「かへるがへるも」を出す．「越」「越路」の地名とともに詠まれたり，旅・別・雁の主題のもとに詠まれた．　370, 382, 902

鏡山《かがみやま》(かがみのやま)　滋賀県蒲生郡竜王町と野洲郡野洲町の境にある山．能因歌枕の近江国・阿波国にあげる．「鏡」のイメージで詠まれる．899, 1086, 仮15. 3

笠取山《かさとりやま》(かさとりのやま)　京都府宇治市笠取にある山．能因歌枕の山城国にあげる．笠を手に取り持つイメージで詠まれた．　261, 263

笠結の島《かさゆいのしま》　未詳．大阪市東成区深江のあたりとする説，愛知県の渥美湾中の島とする説などがある．万葉集に詠まれる(笠縫《かさぬい》の島)．「笠(を)結ひ」を掛ける．　1073

春日《かすが》　奈良市東方．奈良公園のあたりを中心に，山々を含めて広くいう．万葉集に詠まれる．山麓に春日大社，興福寺などがある．「春日祭」は，奈良春日大社の祭．　406, 478

春日野《かすがの》　奈良市東方の春日山麓一帯傾斜地．万葉集に詠まれる．能因歌枕の大和国・筑前国にあげる．「若菜」「草」「若草」が景物．　17, 19, 22, 357, 478, 仮9. 6

春日野の飛火《かすがののとぶひ》　奈良市東方の春日野の一部か．和銅5年(712)に烽(とぶひ)が設置され，「飛火野」と呼ばれるようになった．「春日野」の異称か．「若菜」「とぶひの野守」が景物．　19

春日の山《かすがのやま》　三笠山(御蓋山)・若草山などを含む春日大社の背後の山の総称．春日大社をさして，藤原氏の象徴ともする．万葉集に詠まれる．　364

葛城山《かずらきやま》　大阪府と奈良県との境にある連山．金剛山を主峰とし，葛城山を含む．万葉集に詠まれる．能因歌枕の大和国にあげる．　1070

鹿背山《かせやま》　京都府相楽郡木津町を流れる木津川(泉川)の南側にある山．万葉集に詠まれる．「貸せ」「桛(かせ)」を掛ける．　408

片岡の朝の原《かたおかのあしたのはら》　奈良県北葛城郡王寺町から香芝(かしば)町にかけての丘陵地帯．万葉集に詠まれる(片岡)．能因歌枕の大和国にあげる(かたをかの)．「雁」「紅葉」が景物．　252

交野《かたの》　大阪府枚方市と交野市にまたがる野．桓武天皇の離宮があり，皇室の猟場であった．462

桂《かつら》　京都市西京区，桂川西岸の地．968

桂宮《かつらのみや》　未詳．京都市内の六条北，西洞院(にしのとういん)西にあった宇多天皇の皇女孚子(ふし)内親王の邸宅とする説や，西京区桂のあたりの宮殿とする説などがある．463, 1105

紙屋河《かみやがわ》　京都市北区の鷹ヶ峰から発し，北野神社と平野神社の間を流れ，桂川に注ぐ川．紙屋院(かみやのいん)のそばを流れていたので，こう称された．460

亀尾の山《かめのおのやま》(亀山とも)　京都市右京区嵯峨，大堰川の北岸にあり，小倉山に接した山．能因歌枕の山城国にあげる．「亀」にちなんで，賀の歌として詠まれることが多い．350

賀茂河(鴨河)《かもがわ》　京都市の上賀茂神社の西を流れ，下鴨神社の南で高野川と一緒になり，南下して桂川と合流する．万葉集に詠まれる．万葉集では泉河の部分名とも．170

賀茂社《かものやしろ》　京都市の賀茂神社．北区上賀茂本山の上賀茂神社(賀茂別雷《かものわけいかずち》神社)と左京区下鴨泉川の下鴨神社(賀茂御祖《かものみおや》神社)とがある．万葉集にみえる．能因歌枕の山城国にあげる．「姫小松」「木綿襷(ゆうだすき)」が景物．葵祭•臨時祭が行われた．487, 1100

唐琴《からこと》　岡山県倉敷市児島唐琴か．岡山県邑久(おく)郡牛窓町とも．楽器の「唐琴」を掛ける．456, 921, 1104

唐崎《からさき》(志賀の唐崎とも)　滋賀県大津市の唐崎のあたり．万葉集に詠まれる．能因歌枕の近江国にあげる．近江大津京の船着場．458, 459

河内国《かわちのくに》　大阪府の東半分．畿内五国の一国．万葉集に詠まれる．能因歌枕にあげる．994

神奈備の三室の山《かんなびのみむろのやま》　(1)本来は普通名詞で，神霊が降り居る場所をいう．奈良県生駒郡斑鳩(いかるが)町の神奈備山か．三輪山をいう場合もあるか．万葉集に詠まれる(神名備の三諸《みもろ》の山)．「紅葉」「榊葉」が景物．284, 296, 1074

(2) 284番左注によれば，奈良県高市郡明日香村の神奈備山(今の「雷(いかずち)の丘」)．

神奈備の森《かんなびのもり》　未詳．本来は「神のいます森」という意の普通名詞．飛鳥•竜田•三輪などの大和の森を指すか．万葉集に詠まれる(神奈備の伊波瀬の杜)．能因歌枕の摂津国にあげる．「紅葉」が景物．253, 388

神奈備山《かんなびやま》(かんなびのやま)　未詳．本来は普通名詞．奈良県生駒郡斑鳩(いかるが)町竜田あたりの山か．万葉集に詠まれる．能因歌枕の大和国にあげる(神なみ山)．254, 300

北山《きたやま》　京都市北区の衣笠山東麓の旧北山村．京都北部の山地一帯をいうとも．95, 297, 309

吉備国《きびのくに》　岡山県と広島県東部．備前•備中•備後を併せた旧称．万葉集に詠まれる．1082

吉備の中山《きびのなかやま》　岡山市吉備津の吉備津神社の裏山か．岡山県津山市の中山神社のある山とも．1082

清滝《きよたき》(清滝川とも)　京都市右京区嵯峨清滝．愛宕山麓を流れ保津川に注ぐ川．清流•急流のイメージを詠む．925

久米の佐良山(久米の皿山)《くめのさらやま》　岡山県津山市にある佐良山．元は久米郡佐良山村．「さらさらに」を出す．1083

暗部山《くらぶやま》(くらぶのやま)　未詳．京都市左京区の鞍馬山の古名か．能因歌枕にあげる(「くらふ山」は伊賀国，「くらま山」は山城国)．「暗し」「比ぶ」を掛ける．「暗し」のイメージで詠まれる．39, 195, 295, 590

越《こし》(越国《こしのくに》とも)　北陸道(若狭•佐渡を除く)の古称．福井県の東部•石川•富山•新潟の各県．万葉集に詠まれる．30, 370, 382, 383, 391, 414, 978, 980, 1003

越路《こしじ》　越国への道，北陸道．越国をもいう．万葉集に詠まれる．「来し路」を掛ける．414, 979

越路の白山《こしじのしらやま》　→白山《しらやま》

越国なる白山，越の白山　→白山

小余綾の磯《こよろぎのいそ》(こゆるぎのいそ)　神奈川県小田原市国府津から大磯あたりの海岸．万葉集に詠まれる(余綾《よろき》の浜)．能因歌枕の相模国にあげる．874, 1094

さ　行

嵯峨野《さがの》　京都市右京区嵯峨の一帯．238, 仮13. 6

相模国《さがみのくに》　神奈川県の大部分．東海道の一国．万葉集にみえる．能因歌枕にあげる．1094

ささのくま檜隈河《ささのくまひのくまがわ》　「ささのくま」は，万葉集の「さひのくま」(「檜隈川」の枕詞，1109•3097番)の転．「さひのくま」は，「さ」が接頭語で，奈良県高市郡明日香村檜前(ひのくま)，野口，

平田など一帯の地．万葉集に詠まれる．「檜隈川」は，奈良県高市郡明日香村檜前を流れる川．万葉集に詠まれる．「陽の隈」を掛ける．　1080

差出の磯《さしでのいそ》　→塩の山差出の磯《しおのやまさしでのいそ》

五月山《さつきやま》　未詳．普通名詞とする説が多い．　579

佐保《さほ》　奈良市法蓮から法華寺の一帯．佐保川の北岸．万葉集に詠まれる．「川霧」「千鳥」が景物．　361

佐保山《さほやま》(さほのやま)　奈良市法蓮・佐保田の北に東西に連なる一群の丘陵地．元明・元正・聖武の諸天皇陵がある．万葉集に詠まれる．能因歌枕の大和国にあげる．「秋霧」「紅葉」「柞(ははそ)の黄葉」が景物．　265, 266, 267, 281

小夜の中山《さやのなかやま》　静岡県掛川市日坂と菊川の間にある山．東国への道筋にあたる東海道の難所．「なかなかに」を出す．　594, 1097

更科(更級)《さらしな》　長野県の更級郡や更埴(こうしょく)市のあたり．能因歌枕の信濃国にあげる．　878

佐良山《さらやま》　→久米の佐良山《くめのさらやま》

塩釜の浦《しおがまのうら》　宮城県塩釜市あたりの海岸．松島湾．能因歌枕の陸奥国にあげる．「うら(さびし)」を掛ける．わびしいイメージで詠まれる．　852, 1088

塩釜の籬の島《しおがまのまがきのしま》　宮城県塩釜市の東にある松島湾内の島．能因歌枕の陸奥国にあげる(まかきの島)．「籬」を掛ける．「松」が景物．わびしいイメージで詠まれる．　1089

塩の山《しおのやま》　→塩の山差出の磯

塩の山差出の磯《しおのやまさしでのいそ》　未詳．山梨県塩山市笛吹川岸とする説，石川県羽咋郡(能登半島)などとする説がある．　345

志賀の山越え《しがのやまごえ》　「志賀」は滋賀県大津市にあった志賀寺(崇福寺)のこと．天智天皇の勅願により建立．万葉集にみえる．「志賀の山越え」は，京都市左京区北白川から滋賀県大津市北方へ出る山道で，志賀寺参詣の人々が通った．　115, 119, 303, 324, 404

敷島の大和《しきしまのやまと》　「日本」のこと．「敷島の」は「大和」の枕詞．万葉集に詠まれる．　697

篠原《しのはら》　→小野の篠原《おののしのはら》

信夫《しのぶ》　福島県福島市(旧信夫郡)．「忍(草)」を掛ける．　724

四極山《しはつやま》　未詳．大阪市住吉区から東住吉区の東南部にかけての丘陵という説，愛知県幡豆(ず)郡幡豆町・吉良町あたりの山という説，滋賀県にある山という説がある．万葉集に詠まれる．　1073

下出雲寺《しもついずもでら》(しもいずもでら)　未詳．京都市を流れる賀茂川のそばの上出雲寺の南にあったとする説がある．　556

下総国《しもつふさのくに》　千葉県北部と茨城県南部．東海道の一国．万葉集にみえる．能因歌枕にあげる(しもつけの国)．　411

白河《しらかわ》　比叡山に発し，東山山麓から賀茂川に注ぐ川．賀茂川以東，東山一帯をさすこともある．能因歌枕の山城国・肥後国にあげる．「知らず」を出す．「白」のイメージで詠まれる．　666, 830

白山《しらやま》　石川・富山・福井・岐阜の各県にまたがる白山(はくさん)．北陸の修験道の要地．万葉集に詠まれる．能因歌枕の加賀国にあげる．「白く」「知ら(ねども)」を出す．消えぬ「雪」が景物．　383, 391, 414, 979, 980, 1003

末の松山《すえのまつやま》　未詳．宮城県多賀城市八幡にあったという山か．波が越えるはずのないことから，ありえないことのたとえに用いられた．　326, 1093, 仮11. 2

菅原や伏見の里《すがはらやふしみのさと》　奈良市菅原あたり．垂仁天皇・安康天皇の御陵がある．万葉集に詠まれる(菅原の里)．　981

須磨《すま》，**須磨の浦**《すまのうら》　神戸市須磨区あたりの海岸．万葉集に詠まれる．「海人」「塩」「塩焼き衣」「塩焼く煙」「藻塩」などが景物．寂しさのイメージで詠まれる．　708, 758, 962, 仮8. 7

墨染《すみぞめ》　一般に普通名詞ととる．地名としては，京都市伏見区深草の一帯をいう．桓武天皇・仁明天皇などの陵墓がある．　832

隅田河《すみだがわ》　東京都の東部を流れ，東京湾に注ぐ川．古くは，武蔵と下総の境界であった．　411

住の江《すみのえ》　「住吉」の津，入江．万葉集に詠まれる．能因歌枕の摂津国にあげる．「波」「松(「待つ」を掛ける)」「忘れ草」が景物．　360, 559, 778, 779, 905, 1111, 仮10. 7

住吉《すみよし》　大阪市住吉区の住吉大社のあたり．万葉集に詠まれる．能因歌枕の摂津国にあげる．「松」「忘れ草」が景物．「住み好し」を掛ける．　906, 917

駿河なる田子の浦《するがなるたごのうら》　→田子の浦

駿河国《するがのくに》　静岡県中央部．東海道の一国．万葉集に詠まれる．能因歌枕にあげる．「為(す)る」を掛ける．　489, 534, 1002

関の藤河《せきのふじがわ》　岐阜県不破郡のあたりを流れる藤子川.「藤」を掛ける.「絶えず」を出す. 1084

摂津国《せつつのくに》(難波国，津国とも)　大阪府の一部と兵庫県の一部. 畿内五国の一国. 万葉集に詠まれる. 能因歌枕にあげる.　604, 696, 890, 962

た　行

高砂《たかさご》　兵庫県高砂市•加古川市付近，加古川の河口のあたりか. 普通名詞とする説もある. 能因歌枕の播磨国にあげる.「鹿」「松」が景物.「高砂の松」は，長寿のイメージで詠まれ，老いの孤独にたとえて用いられることもある.　218, 908, 909, 仮10. 7

高師の浜《たかしのはま》　大阪府高石市あたりの海岸. 万葉集に詠まれる.「松」が景物.「高し」を掛ける.　915

田子の浦《たごのうら》　静岡県富士市の田子ノ浦. 万葉集に詠まれる. 能因歌枕の駿河国にあげる.「波」が景物.　489

但馬国《たじまのくに》　兵庫県北部. 山陰道の一国. 万葉集にみえる. 能因歌枕にあげる.　417

橘小島の崎《たちばなのこじまのさき》(たちばなのおじまのさき)　未詳. 京都府宇治市の宇治川のあたりにあったという説，奈良県高市郡明日香村橘にあったという説がある. 万葉集に詠まれる(橘の島).「山吹」が景物.　121

竜田河《たつたがわ》　奈良県の生駒(いこま)山中に発し，生駒郡斑鳩(いかるが)町で大和川に注ぐ川. 能因歌枕の大和国にあげる.「紅葉」が景物.「立つ」を掛ける.　283, 284, 293, 294, 300, 302, 310, 311, 314, 629, 仮11. 10, 12. 4

竜田山《たつたやま》(たつたのやま)　奈良県生駒郡斑鳩(いかるが)町•平群町あたりの山の総称. 奈良から大阪への要路があった. 万葉集に詠まれる. 能因歌枕の大和国にあげる.「紅葉」が景物.「立つ」「裁つ」を掛ける.　108, 994, 995, 1002

玉津島《たまつしま》　和歌山市和歌浦の玉津島神社のあたり. 万葉集に詠まれる.　912

田蓑の島《たみのしま》　未詳. 大阪市. 淀川河口にあった島の一つか. 堂島川にかかる田蓑橋のあたりという説，天満あたりという説，津守あたりという説などがある. 雨具の「田蓑」を掛ける.　913, 918

手向山《たむけやま》　本来普通名詞とする説が多い. 奈良市東方の若草山の西にある手向山神社あたりという説もある.「手向」のイメージで詠まれる.　420

筑紫国《つくしのくに》　福岡県の大部分. 西海道の筑前(福岡県北部)•筑後(福岡県南部)の総称. 九州地方をいう場合もある. 万葉集に詠まれる.　387, 991

筑波山《つくばやま》(筑波嶺《つくばね》とも)　茨城県新治郡•つくば市•真壁郡にまたがる山. 万葉集に詠まれる. 能因歌枕の常陸国にあげる. 君主の恩恵を賛美するたとえに用いられる.　966, 1095, 1096, 仮10. 5, 15. 9, 真348. 1

津国《つのくに》　→摂津国《せつつのくに》

津国の須磨　→須磨《すま》

津国の長柄橋　→長柄橋《ながらのはし》

津国の難波　→難波《なにわ》

常盤山《ときわやま》(ときわのやま)　本来普通名詞とする説が多い. 京都市右京区御室双岡の西南，妙心寺の西の丘陵とする説もある. 嵯峨天皇の皇子左大臣源常(ときわ)の山荘があったという. 能因歌枕の常陸国にあげる.「時は」を掛ける. 紅葉しないイメージで詠まれる.　148, 251, 362, 495

鳥籠の山《とこのやま》　→犬上の鳥籠の山《いぬがみのとこのやま》

鳥羽《とば》　→山城の鳥羽《やましろのとば》

飛火野《とぶひの》　→春日野の飛火《かすがのとぶひ》

富緒河《とみのおがわ》　奈良県生駒郡斑鳩(いかるが)町の法隆寺の東を流れる富雄川. 能因歌枕の大和国にあげる.　真340. 7

な　行

長岡《ながおか》　京都府長岡京市. 桓武天皇の延暦3年(784)から同13年(794)まで都があった. 能因歌枕の山城国にあげる.　900

長浜《ながはま》　未詳. 三重県員弁(いなべ)郡にあったという. 命•代などが長く続くイメージで詠まれる. 能因歌枕の伊勢国にあげる.　1085

中道《なかみち》　679. →磯神《いそのかみ》

中山《なかやま》　→吉備の中山《きびのなかやま》; 小夜の中山《さやのなかやま》

長柄橋《ながらのはし》　大阪市大淀区の淀川にかかる長柄橋のあたりにあったという. 能因歌枕の摂津国にあげる. 弘仁3年(812)6月に架橋され，以後度々損壊•再架を繰り返した.「長(ら)」「無(から)」を掛ける.「永らへて」を出す. 長らえるもの，後には，古いもの•壊れたもののたとえに用いられる.　826, 890, 1003, 1051, 仮11. 5

渚院《なぎさのいん》　大阪府枚方市渚元. 惟喬親王邸. 観

音堂がその遺跡という. 53

名取河《なとりがわ》 宮城県名取市を流れ, 仙台湾に注ぐ川. 能因歌枕の陸奥国にあげる.「なき名取り」を出す. 評判がたつことのたとえとして詠まれる. 628, 650, 1108

元永本『古今和歌集』では, 1108 番は「いさら川」とあり, 万葉集の「いさや川」の転訛したものか.「いさや川」は滋賀県彦根市で琵琶湖に注ぐ大堀川(芹川).

難波《なにわ》 大阪市及びその周辺の地域. 仁徳・孝徳・聖武の各天皇の皇居があった. 万葉集に詠まれる.「名には」「何は」を掛ける. (「難波…」の場合も同じ).「御津」「三津寺」「長柄橋」「葦」が景物. 604, 649, 696, 894, 916, 918, 973, 1051

難波潟《なにわがた》 大阪市付近一帯の海岸, その干潟をいう. 万葉集に詠まれる.「浦(「怨む」を掛ける)」「御津・三津(「見つ」を掛ける)」を出す.「海人(「尼」を掛ける)」「玉藻」が景物. 913, 916, 974

難波津《なにわづ》 大阪市の船着場のある一帯の地. 大鷦鷯尊(仁徳天皇)の造営した難波高津宮があった. 万葉集に詠まれる. 能因歌枕の摂津国にあげる. 仮6. 3, 6. 10, 真340. 7

難波なる長柄橋《なにわなるながらのはし》 →長柄橋

難波なる三津寺《なにわなるみつのてら》 →三津寺

難波の浦《なにわのうら》 大阪市の海岸の入江.「憂(う)」を掛ける.「御津の海人(「三津の尼」を掛ける)」「波」が景物. 973, 1003

難波の御津《なにわのみつ》, **難波なる御津**《なにわなるみつ》 難波の港. 大阪湾内.「身」「見つ」「三津(寺)」「水」を掛ける.「焼く塩」を出す. 万葉集に詠まれる. 649, 894

奈良(平城)《なら》 奈良市を中心に, 奈良盆地北部の地. 元明天皇の和銅 3 年(710)から桓武天皇の延暦 3 年(784)まで, 平城京が営まれた. 万葉集に詠まれる. 旧都, 見捨てられた地のイメージで詠まれる. 90, 144, 227, 325, 420, 985, 986, 997, 仮11. 7

西河《にしかわ》 →大井河《おおいがわ》

西大寺《にしのおおてら》 西寺(さいじ). 桓武天皇の延暦 15 年(796)に, 左京の東寺(とうじ)に対し, 右京に建てられたが, 現存しない. 現在の京都市南区にある洛陽工業高校のあたり. 27

仁和寺《にんなじ》 京都市右京区御室(おむろ)にある仁和寺. 光孝天皇の勅願により, 仁和 4 年(888)に宇多天皇が開き, 法皇として延喜 4 年(904)に入寺し, 御室御所と呼ばれた. 279

布引の滝《ぬのひきのたき》 神戸市中央区布引にある生田川上流の滝. 能因歌枕の摂津国にあげる. 白い布のイメージや, 飛沫を白玉のイメージで詠む. 922, 923, 927

野中の清水《のなかのしみず》 普通名詞とする説が多い. 兵庫県の印南野などの諸説がある. 887, 仮11. 2

は 行

初瀬《はつせ》 奈良県桜井市初瀬(はせ)にある長谷(はせ)寺. 新義真言宗豊山(ぶざん)派の総本山. 観音信仰の霊地として, 参詣者が多かった. 能因歌枕の大和国にあげる(をはつせ山).「花(梅)」「桜」が景物. 42, 986

初瀬河《はつせがわ》 奈良県桜井市初瀬(はせ)のあたりを流れ, 佐保川と合流して大和川となる川. 万葉集に詠まれる. 能因歌枕の大和国にあげる.「二本の杉」が景物. 1009

花山《はなやま》(かざん) 京都市山科区北花山の元慶寺. 花山寺とも. 貞観 10 年(868)に清和天皇の勅願により建立. 遍昭が住んでいた. 119, 392, 真344. 2 (華山)

比叡の山《ひえのやま》(「比叡」「山」とも) 京都府と滋賀県の境にある山. 天台宗の総本山延暦寺がある. 87, 393, 394, 847, 928, 970

ひき野《ひきの》 未詳. 大阪府堺市の引野や日置荘(ひきしょう)のあたりか.「引き」を掛ける. 702

常陸国《ひたちのくに》 茨城県の大部分. 東海道の一国. 万葉集に詠まれる. 能因歌枕にあげる. 376, 1095

檜隈河《ひのくまがわ》 →ささのくま檜隈河

深草《ふかくさ》 京都市伏見区深草のあたり. 桓武天皇・仁明天皇などの陵墓がある. 能因歌枕の山城国にあげる(深草山).「鶉」が景物. 草深い野山というイメージで詠まれる. 831, 832, 971

吹上の浜《ふきあげのはま》(吹上の浦, 吹上とも) 和歌山市西南部から, 紀ノ川河口一帯の地. 能因歌枕の紀伊国にあげる.「吹き上げ」を掛け, そのイメージで風や浪が詠まれる. 272

藤河《ふじがわ》 →関の藤河《せきのふじがわ》

富士の山《ふじのやま》(富士の嶺《ふじのね》とも) 静岡・山梨両県にまたがる休火山. 万葉集に詠まれる. 能因歌枕の駿河国にあげる. 燃える恋の思いにたとえて用いる. 534, 680, 1001, 1002, 1028, 仮10. 6, 11. 4

伏見の里《ふしみのさと》 →菅原や伏見の里《すがはらやふしみのさと》

二見の浦《ふたみのうら》 兵庫県城崎郡の円山川の河口付近という説，兵庫県明石市二見あたりの海岸という説がある．「蓋」「身」を掛ける．「玉櫛笥」を出す． 417

布留《ふる》 →礒神《いそのかみ》

布留河《ふるかわ》 奈良県天理市布留を流れて，初瀬川に注ぐ川．万葉集に詠まれる．「古川」と普通名詞にする説もある．「経(古)る」を掛ける． 1009

布留の滝《ふるのたき》 奈良県天理市布留にあった滝．「桃尾滝」という説もある． 248, 396

細谷河《ほそたにがわ》 岡山市吉備津の吉備津神社のあたりを流れる川．普通名詞とする説もある．万葉集に詠まれる．地形をいう「細谷」を掛ける． 1082

堀江《ほりえ》 いわゆる難波堀江．「仁徳紀」11 年(323)の条に，運河を作り，南の水を大阪湾に入れ，堀江と名づけたとある．位置は明らかでない．天満川のことか．万葉集に詠まれる．能因歌枕の摂津国にあげる．「棚無し小舟」が景物． 732

ま　行

籬の島《まがきのしま》 →塩釜の籬の島《しおがまのまがきのしま》

巻向の穴師の山(纏向の穴師の山)《まきもくのあなしのやま》 奈良県桜井市穴師にある三輪山の北の山．万葉集に詠まれる． 1076

松山《まつやま》 →末の松山《すえのまつやま》

三笠の山《みかさのやま》 奈良市東方の春日にある三笠山(若草山とも)．万葉集に詠まれる．能因歌枕の大和国にあげる．「御笠(蓋)」を掛ける． 406, 1010

瓶の原《みかのはら》 京都府相楽郡賀茂町．木津川が流れ，南岸に鹿背山，北岸に聖武天皇の恭仁京跡がある．万葉集に詠まれる．平安京から3日の行程．「三日」「見」を掛ける． 408

三河国《みかわのくに》 愛知県東部．東海道の一国．万葉集にみえる．能因歌枕にあげる． 410, 938

御手洗河《みたらしがわ》 本来普通名詞とする説が多い．京都市北区の上賀茂神社の境内を流れる小川を特に指す場合もある．能因歌枕の山城国にあげる．「禊」のイメージで詠まれる． 501

陸奥の安積の沼《みちのくのあさかのぬま》 福島県郡山市日和田の安積山公園のあたりにあったという沼．「花かつみ(「かつ見」を掛ける)」が景物． 677

陸奥の安達《みちのくのあだち》 福島県二本松市あたり．檀弓の産地．「真弓」が景物．「引く(「弓を引く」と「誘う」の意を掛ける)」を出す． 1078

陸奥国《みちのくのくに》(《みちのくに》) 福島・宮城・岩手・青森の四県．東山道の一国．ほぼ，東北地方の東半分．万葉集に詠まれる．能因歌枕にあげる． 368, 380, 628, 677, 724, 1078, 1087, 1088, 仮6. 5

御津《みつ》 →大伴の御津《おおとものみつ》；難波の御津《なにわのみつ》

みつの小島 →小黒崎みつの小島《おぐろさきみつのこしま》

三津寺《みつのてら》，**三津**《みつ》 大阪市南区にある三津寺．「見つ」「御津」を掛ける． 973, 974

水無瀬河《みなせがわ》 本来は伏流を示す普通名詞とする説が多い．『古今和歌集』前後に，特定の地を指すようになる．京都府乙訓郡山崎あたりと大阪府三島郡島本町を流れる川．能因歌枕の山城国にあげる．表面に現れない，あるいは表せない心にたとえて詠まれる． 607, 760, 793

美濃国《みののくに》 岐阜県南部．東山道の一国．万葉集に詠まれる．能因歌枕にあげる． 1084

美作国《みまさかのくに》 岡山県北部．山陽道の一国． 1083

三室の山《みむろのやま》 1074. →神奈備の三室の山《かんなびのみむろのやま》

宮木野(宮城野)《みやぎの》 仙台市東方一帯の野．「もとあらの小萩」「露」が景物．「宮き(域)」「宮木」を掛ける． 694, 1091

都島《みやこじま》 未詳．東北地方の地名か．能因歌枕の陸奥国にあげる． 1104

み吉野《みよしの》 「吉野」の美称．万葉集に詠まれる．「吉野の滝」「吉野山」を出す． 3, 60, 317, 325, 327, 363, 431, 699, 950, 951. →吉野

海松布の浦《みるめのうら》 未詳．地名ととらず，「海松布」が「浦」に「寄る」と解釈する説が多い．「海松布」「見る目(男女が逢う機会)」を掛ける． 665

三輪山《みわやま》(《みわのやま》) 奈良県桜井市三輪にある山．大神《おおみわ》神社の御神体．万葉集に詠まれる．「春霞」「花」「杉」が景物．「待つ」を出す． 94, 780, 982

武蔵野《むさしの》 東京都・埼玉県・神奈川県の一部を含めた平野．万葉集に詠まれる．能因歌枕の武蔵国にあげる．荒涼としたイメージで詠まれる．「草」「紫草」が景物． 821, 867

武蔵国《むさしのくに》 東京都・埼玉県と神奈川県の一部．古くは東山道，奈良後期以後東海道の一国．万葉集にみえる．能因歌枕にあげる． 390, 411

明州《めいしゅう》 中国の浙江省寧波． 406

最上河《もがみがわ》　山形県を流れ，日本海に注ぐ川．日本三急流の一つ．「稲舟(「否(いな)」を掛ける)」が景物．　1092

守山《もるやま》　滋賀県守山(もりやま)市のあたり．能因歌枕の近江国•遠江国にあげる．「漏る」を掛ける．　260

や　行

八橋《やつはし》　愛知県知立(ちりゅう)市にあった八つ，または多数の橋．能因歌枕の三河国にあげる．410

山《やま》　→比叡の山《ひえのやま》

山崎《やまざき》　京都府乙訓郡大山崎町．淀川の船着場であった．　387, 388

山科《やましな》　京都市山科区．万葉集に詠まれる．664, 1109

山科の音羽の滝《やましなのおとわのたき》　→音羽の滝

山科の音羽山《やましなのおとわやま》　→音羽山

山城国《やましろのくに》　京都府の一部．畿内五国の一国．万葉集に詠まれる．能因歌枕にあげる．696, 759

山城の鳥羽《やましろのとば》　京都市南区上鳥羽と伏見区下鳥羽の一帯．「とは(常•永遠)」を掛ける．天皇の行幸地であった．　696

山城の淀《やましろのよど》　京都市伏見区淀のあたり．「真菰」「沢水」「若菰」が景物．　587, 759

大和国《やまとのくに》　奈良県．畿内五国の一国．万葉集に詠まれる．能因歌枕にあげる．　265, 332, 588, 780, 914, 994, 1070

吉野《よしの》　奈良県吉野郡一帯．斉明•天武•持統などの諸天皇の離宮があったという．万葉集に詠まれる．「み吉野」(「み吉野の吉野」とも)，「吉野(の)河」(「み吉野の大河」とも)，「吉野の里」，「吉野の滝」(「み吉野の吉野の滝」とも)，「吉野(の)山」(「み吉野の吉野の山」「み吉野の山」とも)と称して詠まれる．→各項参照

吉野河《よしのがわ》(よしののかわ)　紀ノ川の上流．単に「大川」ともいう．万葉集に詠まれる．能因歌枕の大和国にあげる．流れが早く音をたてる激流のイメージで詠まれる．恋心の激しさのたとえ，男女の仲が世間の評判になるたとえに用いられる．「山吹」「藤」が景物．「よしや」を出す．124, 471, 492, 651, 673, 699, 794, 828, 仮11. 4. →吉野

吉野の里《よしののさと》　山里•深山•奥山として詠まれる．「雪」が景物．　332．→吉野

吉野の滝《よしののたき》　吉野町宮滝あたりを主としていうか．万葉集に詠まれる．激流のイメージで詠まれる．　431, 924．→吉野

吉野山《よしのやま》(よしののやま)　奥山•深山•遠い所•隠棲の地•ふる里として詠まれる．万葉集に詠まれる．能因歌枕の大和国にあげる．「雪」「桜」「岩のかけ道」が景物．　3, 60, 317, 321, 325, 327, 363, 588, 950, 951(み吉野の岩のかけ道), 1005, 1049, 仮12. 1．→吉野

淀《よど》　587. →山城の淀《やましろのよど》

淀河《よどがわ》　宇治川•木津川•桂川が合流しているあたりをいい，下流は大阪湾に注ぐ．「よどむ」を出す．能因歌枕の山城国にあげる．461, 721

ら　行

竜門《りゅうもん》　奈良県吉野郡吉野町山口にあった竜門寺．　926

わ　行

和歌の浦《わかのうら》　和歌山市和歌浦の玉津島神社のある片男波(かたおなみ)の入江のあたり．万葉集に詠まれる．能因歌枕の紀伊国にあげる．仮12. 5

「延喜式」による行政区分および京からの行程

＊数字は日数の上限，下限を示す．
＊(　)内は海路による日数を示す．
＊西海道は太宰府からの日数を示す．太宰府は27-14(30)である．

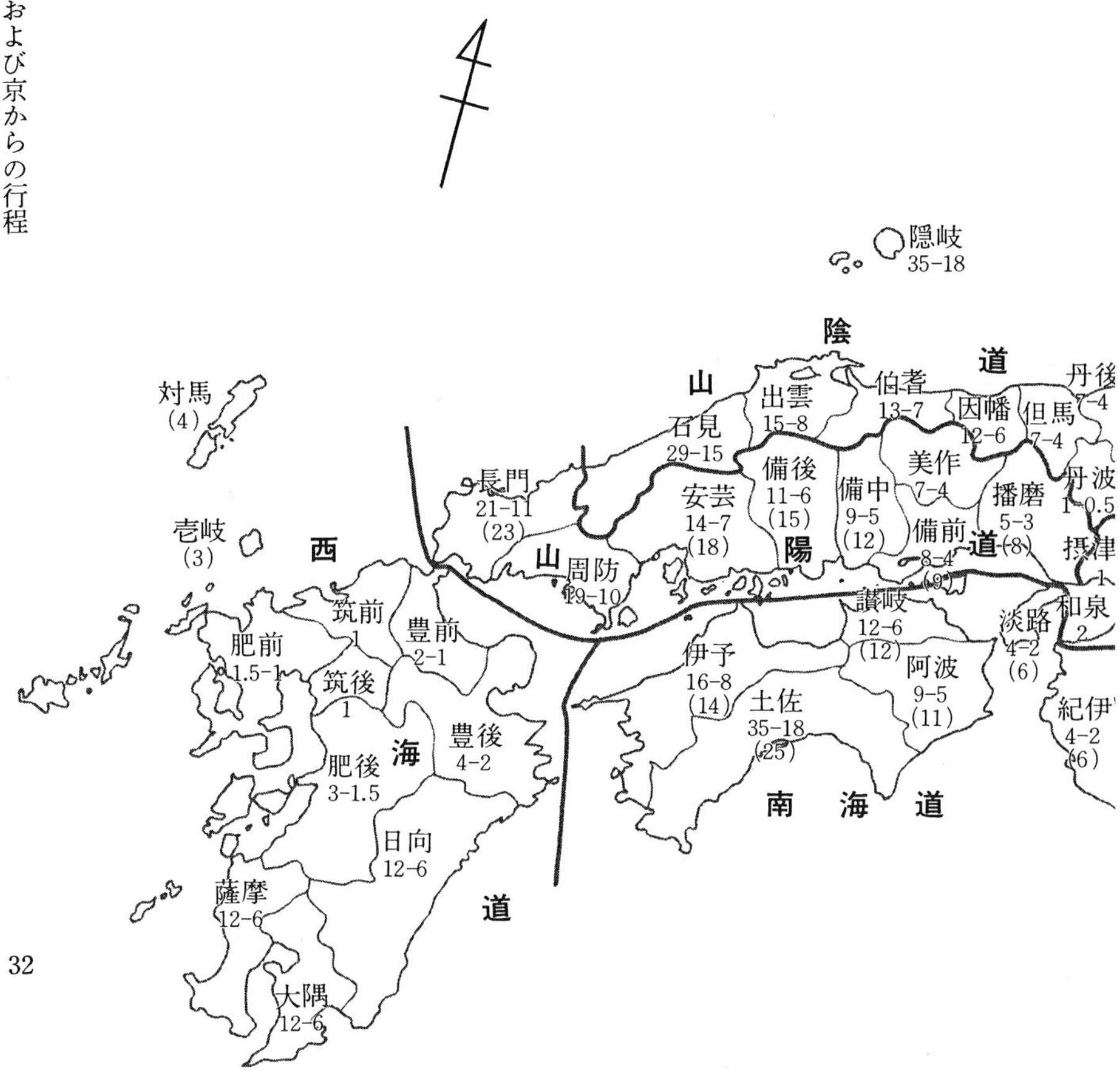

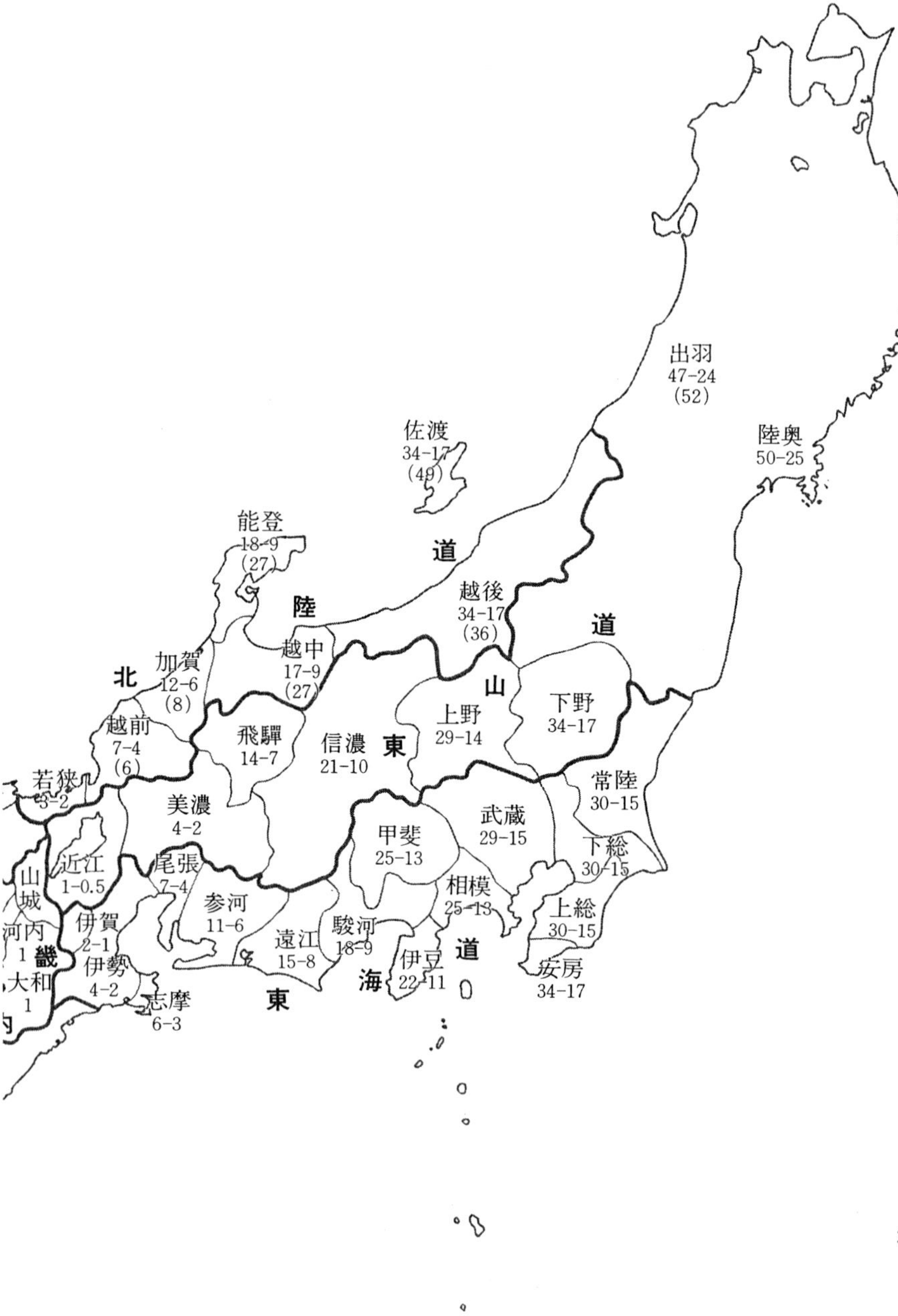
出羽
47-24
(52)
陸奥
50-25
佐渡
34-17
(49)
能登
18-9
(27)
道
越後
34-17
(36)
陸
道
加賀
12-6
(8)
越中
17-9
(27)
北
山
上野
29-14
下野
34-17
越前
7-4
(6)
飛騨
14-7
信濃
21-10
東
若狭
3-2
美濃
4-2
常陸
30-15
武蔵
29-15
甲斐
25-13
下総
30-15
山城
近江
1-0.5
尾張
7-4
相模
25-13
参河
11-6
上総
30-15
河内
1
伊賀
2-1
遠江
15-8
駿河
18-9
道
畿
伊勢
4-2
伊豆
22-11
海
安房
34-17
大和
1
志摩
6-3
東
内